BASTEI
LÜBBE

Die WOLFGANG HOHLBEIN EDITION im BASTEI LÜBBE Taschenbuch-Programm

25 260 GEISTERSTUNDE
25 261 DIE TÖCHTER DES DRACHEN
25 262 DER THRON DER LIBELLE
25 263 DER HEXER VON SALEM Buch 1
25 264 NEUES VOM HEXER VON SALEM Buch 2
25 265 DER HEXER VON SALEM Der Dagon-Zyklus Buch 3
25 266 DER SOHN DES HEXERS
25 267 DIE HELDENMUTTER
25 268 DIE MOORHEXE
25 269 DAS GROSSE WOLFGANG-HOHLBEIN-BUCH
25 270 DAS JAHR DES GREIFEN (mit Bernhard Hennen)
Der Sturm
Die Entdeckung
Die Amazone
25 271 SPACELORDS (mit Johan Kerk)
Hadrians Mond
St. Petersburg Zwei
Sandaras Sternenstadt

Weitere Taschenbücher von Wolfgang Hohlbein

13 228 Auf der Spur des Hexers
13 406 Die Sieben Siegel der Macht
13 453 Die Hand an der Wiege
13 539 Giganten (mit F. Rehfeld)
13 627 Der Inquisitor
20 172 Die Schatten des Bösen

EL MERCENARIO
(mit Vicente Segrelles)
20 187 Der Söldner
20 191 Die Formel des Todes
20 199 Die vier Prüfungen

SPACELORDS
23 162 Operation Mayflower (mit Ingo Martin)

CHARITY
23 096 Die beste Frau der Space Force
23 098 Dunkel ist die Zukunft
23 100 Die Königin der Rebellen
23 102 In den Ruinen von Paris
23 104 Die schlafende Armee
23 106 Hölle aus Feuer und Eis
23 110 Die schwarze Festung
23 115 Der Spinnenkrieg
23 117 Das Sternen-Inferno
23 121 Die dunkle Seite des Mondes

Wolfgang Hohlbein

GEISTER
STUNDE

BASTEI
LÜBBE

BASTEI-LÜBBE-TASCHENBUCH
Band 13 328

Erste Auflage:
Juli 1991
Zweite Auflage:
März 1993
Dritte Auflage:
April 1995
Vierte Auflage:
März 1998

Lektorat:
Michael Schönenbröcher
Titelillustration: J. Warhola
Umschlaggestaltung:
Quadro Grafik, Bensberg
Druck und Verarbeitung:
Brodard & Taupin,
La Flèche, Frankreich
Printed in France
ISBN 3-404-13328-5

VORWORT

Hallo und willkommen zu meiner ersten GEISTERSTUNDE. Wenn Sie schon etwas von mir gelesen haben, wissen Sie ja, was Sie hier erwartet, nämlich vier unheimliche Geschichten, in denen ich versuchen werde, Sie in das Reich der Phantasie und des Horrors zu entführen.

Sie werden sich vielleicht fragen, warum ich diese Sammlung zusammengestellt habe, denn sie enthält – bis auf eine Story – nur ältere, schon einmal veröffentlichte Texte. Nun, die Antwort ist ganz simpel: Um mir von dem Honorar eine neue Segeljacht, eine Villa im Tessin, einen Porsche Turbo 928, vier Daimler-Benz-Aktien, ein neues Motorrad und eine Palette Kitekat für meine Katzen zu kaufen.

Okay, ich geb's zu – für das Katzenfutter wird's wohl nicht mehr reichen...

Spaß beiseite: Ich habe gezögert, diese Story-Sammlung freizugeben, aber nicht sehr lange. Daß ich mit dem Verfassen von Heftromanen im *Weird-Fiction*-Bereich (das klingt besser als *Gespenster-Krimis*, gelle?) quasi das Schreiben ›erlernt‹ habe, ist kein Geheimnis, und ich habe auch nie versucht, einen Hehl daraus zu machen. Ganz im Gegenteil finde ich die Einrichtung des vielgescholtenen ›Heftchens‹ ganz hervorragend – und nahezu unverzichtbar in einer Verlagslandschaft wie der deutschen. Anders als zum Beispiel in Amerika gibt es hier ja kaum einen Magazin- und Kurzgeschichtenmarkt, auf dem sich ein junger Autor seine ersten Sporen verdienen, lernen und ein wenig experimentieren könnte. Ich persönlich jedenfalls möchte die Jahre nicht missen. Ich will nicht behaupten, daß ich das Schreiben dabei gelernt habe (manche behaupten, ich könnte es heute noch nicht), aber sie haben mir doch unendlich dabei geholfen, Dinge wie Disziplin, Handwerk, dramaturgischen Aufbau oder auch einfach das ›Ausleben‹ von Ideen zu erlernen.

Für diese Chance möchte ich an dieser Stelle einfach mal dem Bastei-Verlag und all seinen Mitarbeitern, denen ich jetzt seit einem guten Jahrzehnt auf die Nerven gehe, von Herzen danken – und natürlich auch Ihnen, meinen Lesern und Fans (ja, genau Ihr beiden – ich meine Euch ganz persönlich). Und ein noch größeres Dankeschön gibt es für die Chance, diese Sammlung herauszubringen. Welcher Autor bekommt schon die Möglichkeit, Geschichten aus den ersten Jahren seines Schaffens noch einmal gründlich zu überarbeiten und seinem jetzigen Niveau anzupassen?

Betrachten Sie die GEISTERSTUNDE also bitte nicht als ›kalten Kaffee‹, sondern vergleichen Sie – falls Sie die Originale besitzen – die Texte von damals einfach mal mit denen von heute. Und wenn Sie wollen, schreiben Sie an den Verlag, ob Ihnen ein Unterschied aufgefallen ist und was Sie dazu meinen. Ich verspreche, jeden Brief zu beantworten!

Und jetzt: Gutes Gruseln!
Ihr

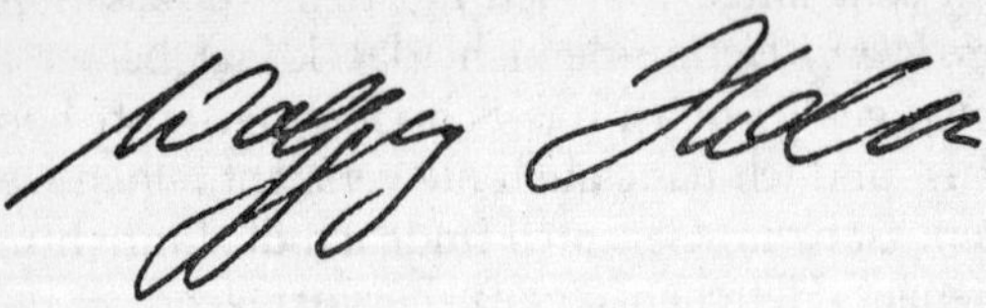

DAS HAUS IM NEBELMOOR – so der Titel von MALCOLMS FLUCH im Original – war einer meiner ersten Heftromane überhaupt; und im Grunde geht er nicht einmal auf eine Idee von mir zurück, sondern auf die meines Kollegen Karl-Ulrich Burgdorf, mit dem ich auch danach noch oft und gern zusammengearbeitet habe. Während eines unserer endlosen Gespräche fiel dieser Titel, ohne daß einer von uns beiden eine Geschichte dazu gehabt hätte. Aber irgend etwas faszinierte mich daran. Ich bat Karl-Ulrich, ihn mir zu überlassen, er sagte ›ja‹ – und wenige Wochen später lag das Ergebnis vor; damals noch als Teil der Romanserie um DAMONA KING, die weiße Hexe. Um diesen Roman auch einzeln lesbar zu machen, mußte ich aus DAMONA Jennifer und aus Mike Hunter Mike Lawrence werden lassen; o ja, und auch Hananiel hat sich ein wenig verändert, und Malcolm ...

Aber was rede ich? Lesen Sie doch selbst!

MALCOLMS FLUCH

»Aus!« Mike Lawrence knallte die Motorhaube des Porsche zu, wischte seine ölverschmierten Finger in Ermangelung eines Putzlappens an seiner Jeanshose ab und ließ sich dann seufzend wieder auf den Beifahrersitz fallen. »Diese Kiste fährt keinen Meter mehr«, sagte er in leicht verärgertem Ton. »Hast du eine Kippe da?«

Jennifer verzichtete auf eine ihrer üblichen spöttischen Bemerkungen, mit denen sie ihm seit gut zwei Jahren den Spaß am Rauchen verdarb – nachdem er in einem Anfall von geistiger Umnachtung versprochen hatte, damit aufzuhören. Schweigend griff sie an ihm vorbei ins Handschuhfach und holte eine Packung heraus, die sie ihm reichte. Mike klemmte sich eine Zigarette zwischen die Lippen und ließ sein Feuerzeug aufschnappen.

»Was ist überhaupt los?« fragte Jennifer nach einer Weile.

Mike zuckte die Achseln. »Ich bin Arzt, kein Mechaniker«, sagte er. »Aber nach allem, was ich von Autos verstehe, ist die Maschine hin.«

»Aber das ist doch unmöglich! So plötzlich?«

»Nichts ist unmöglich«, sagte Mike und blies einen Rauchring durch das halb heruntergekurbelte Seitenfenster.« Vielleicht ist auch nur der Sprit alle – was weiß ich«, fügte er achselzuckend hinzu. »Jedenfalls kommen wir mit der Kiste keinen Yard mehr weiter. Haben wir einen Reservekanister?«

Jennifer nickte. »Sogar zwei. Einen vollen in der Garage, und einen leeren unter dem Rücksitz.«

»Deinen Humor scheinst du jedenfalls noch nicht verloren zu haben«, murrte Mike. »Aber das ist auch gut so. Du wirst ihn brauchen.«

Jennifer zog fragend die linke Augenbraue hoch.

»Wir werden wohl oder übel laufen müssen«, sagte Mike nach einer Weile. »Zehn Meilen durch Nacht und Nebel und einen menschenleeren Wald. Brrr.«

Jennifer lächelte humorlos. »Angst?«

»Nein. Aber Muskelkater von deinem blöden Fitness-Programm«, gab Mike übellaunig zurück. »Vor allem aber keine Lust auf eine Nachtwanderung. Und alles nur wegen dieser blöden Kiste. Das nächste Mal kaufe ich mir ein Fahrrad. Auf lange Sicht gesehen ist das nicht so anstrengend.«

Diesmal gelang es Jennifer nicht, sich die ironische Antwort zu verkneifen, die ihr auf der Zunge lag. »Wer wollte denn fliegen, und wer bestand auf einer romantischen Autofahrt durch die malerischen kleinen Dörfer? Also jammer mir jetzt bloß nichts vor.«

Ihre harten Worte taten ihr gleich darauf wieder leid, doch sie brachte keine Entschuldigung über die Lippen. Statt dessen strich sie sich nur stumm einige hellblonde Locken aus der Stirn und lehnte sich in den bequemen Schalensitz des Sportwagens zurück. Auch sie war gereizt und müde. Zwei Tage lang hatten sie sich auf einem Kongreß in London einen langweiligen medizinischen Vortrag nach dem anderen angehört. Sie waren beide Ärzte und besaßen eine gemeinsame Praxis in Edinburgh. Auf einem ähnlichen Kongreß hatten sie sich vor gut sechs Jahren kennengelernt, sich ineinander verliebt und schließlich geheiratet.

Jennifer sah auf die Uhr. Mitternacht war bereits vorbei. Am frühen Nachmittag hatten sie sich in London auf den Weg gemacht, doch was – vor allem von Mike – als romantischer Ausflug ohne jeden Streß geplant war, hatte sich schon bald zu einem Alptraum-Trip entwickelt. Zuerst waren sie für mehr als zwei Stunden in einen Stau geraten, hatten sich wenig später an den Scherben einer achtlos auf die Fahrbahn geworfenen Flasche einen Reifen aufgeschlitzt und sich gegen Abend schließlich aufgrund miserabel ausgeschilderter Umleitungen immer weiter von ihrer ursprünglichen Route entfernt. Aber es gab eben Tage – und Nächte –, in denen alles schiefging, was nur schiefgehen konnte, und eine ernsthafte Panne hatte ihnen auf dieser Fahrt bislang noch gefehlt.

Jennifer seufzte.

Eigentlich hatten sie um diese Zeit schon längst im behaglichen geheizten Wohnzimmer ihrer Villa vor dem Kamin sitzen und mit einem Glas Cognac den Streß der vergangenen Tage hinunterspülen wollen. Statt dessen saßen sie auf dieser verdammten Landstraße fest und warteten darauf, daß ein Wunder geschah, und sie befanden sich in einer derart abgelegenen Gegend Schottlands, daß es selbst am hellen Tage schwer gewesen wäre, einen anderen Autofahrer zu treffen. Um diese Uhrzeit ... sie schauderte, kurbelte das Fenster hoch und schaltete die Zündung ein. Am Armaturenbrett des Porsche glühten zwei kleine, farbige Lämpchen auf. Die Heizung begann zu summen, und aus den Lüftungsschlitzen drang ein angenehmer warmer Luftstrom.

»Was glaubst du, wie lange die Batterie das durchhält?« fragte Mike.

Jennifer zuckte mit den Achseln. »Vielleicht so lange, bis jemand vorbeikommt und uns auf liest«, sagte sie ohne rechte Überzeugung.

»Wahrscheinlich ist der Saft in spätestens einer Stunde alle«, murmelte Mike. »Wird eine ziemlich ungemütliche Nacht werden.«

»Du willst allen Ernstes hier im Wagen bleiben?« fragte Jennifer.

Mike drückte seine erst halb gerauchte Zigarette im Aschenbecher aus. »Hast du eine bessere Idee?«

Jennifer starrte an ihm vorbei auf die massige, schwarzgrüne Wand des Tannenwaldes, der die Straße auf beiden Seiten hin wie ein gigantischer natürlicher Zaun säumte. Ihr Blick verlor sich schon nach wenigen Metern in ungewissem Schwarz. Ohne daß sie einen logischen Grund dafür angeben konnte, erfüllte sie der Anblick mit Unbehagen. Über der Straße war ein schmaler, tintenblauer Streifen des Sternenhimmels sichtbar, der irgendwo, nicht einmal besonders weit entfernt, mit dem hellgrauen Asphaltband verschmolz. Jennifer hatte plötzlich den Eindruck, sich am Grunde eines tiefen, endlosen Schachtes zu befinden, dessen Wände aus purer gestaltgewordener Schwärze bestanden. Der Gedanke, die ganze Nacht über in dieser bedrückenden Umgebung praktisch gefangen zu sein, behagte ihr ganz und gar nicht. Aber die Vorstellung, auszusteigen und den – und wenn auch nur eingebildeten – Schutz des Wagens zu verlassen, gefiel ihr plötzlich noch weniger.

Mike beugte sich vor und schaltete das Autoradio ein, aber aus dem Lautsprecher drangen nur knarrende und knisternde Geräusche, solange er auch an der Sendereinstellung drehte. Schließlich zuckte er mit den Achseln, schaltete das Gerät aus und ließ sich mit einem ergebenen Seufzer zurücksinken.

»Also – was tun wir?«

»Woher soll ich das wissen?« fragte Jennifer. »Es kann die ganze Nacht über dauern, bis hier jemand vorbeikommt – wenn überhaupt. Andererseits habe ich keine besondere Lust, die acht Meilen bis zur nächsten Ortschaft zurückzulaufen.«

Mike deutete mit einer Kopfbewegung nach vorne. »Gehen wir vorwärts.«

»Und wie weit?«

»Keine Ahnung. Aber schließlich sind wir hier in Schottland, nicht irgendwo in Australien. Früher oder später werden wir auf eine Ortschaft stoßen.«

»Ich fürchte eher später«, murmelte Jennifer. »Wenn wir wenigstens eine Straßenkarte hätten ...«

»Haben wir«, sagte Mike, wobei es ihm sichtlich schwerfiel, sich ein schadenfrohes Grinsen zu verkneifen. »Auf der Werkbank. Direkt neben dem Reservekanister.«

Jennifer schenkte ihm einen finsteren Blick. »Witzbold«, sagte sie humorlos. »Hättest du rechtzeitig getankt, statt ...«

Mike brachte sie mit einer unwilligen Geste zum Schweigen. »Lassen wir das, Jenny. Es hat keine Sinn, wenn wir uns jetzt auch noch streiten. Außerdem glaube ich nicht, daß der Tank leer ist. Wir lassen den Wagen morgen früh abschleppen und in Ordnung bringen. Schließlich sind wir nicht die ersten, die mit einer Wagenpanne liegenbleiben.« Er nickte aufmunternd, öffnete den Wagenschlag und stieg mit einer entschlossenen Bewegung aus. »Komm. Gehen wir.«

»Bist du sicher, daß der Wagen morgen früh noch dasteht, wenn wir ihn einfach hierlassen?« fragte Jennifer in einem schwachen Versuch, ihn zurückzuhalten.

Mike zuckte gleichmütig die Achseln. »Ich glaube kaum, daß die Autodiebe hier in der Gegend mit einer kompletten Reparaturmannschaft anrücken«, sagte er. »Außerdem ist er ja versichert.«

Jennifer seufzte, zog den Zündschlüssel aus dem Schloß und stieg ebenfalls aus. Die Nacht fiel mit eisiger Kälte und böigem, durchdringendem Wind über sie her, als sie die geschützte Fahrerkabine verließ. Sie fröstelte, schlang die Hände um die Oberarme und streifte dann hastig ihre Jacke über. Einen Moment lang betrachtete sie stirnrunzelnd ihre modischen, hochhackigen Stöckelschuhe, hob dann resignierend die Schultern und zog die Schuhe aus, um sie hinter dem Fahrersitz des Porsche zu verstauen. Auf einem Kongreß mochten Schuhe wie diese angebracht sein, aber für einen vielleicht meilenweiten Fußmarsch waren sie denkbar ungeeignet, ebenso wie der dünne Rock, den sie trug. Sie klappte den Kofferraum auf, öffnete die Reisetasche und nahm eine Jeans heraus. Hastig streifte sie den Rock ab und schlüpfte in die Hose, dann griff sie nach ein paar flachen Slippern aus weißem Segeltuch, die sie in London gekauft hatte. Sie hatte sie eigentlich nur zu Hause tragen wollen, und für eine Wandertour Marsch waren sie aufgrund ihrer nur hauchdünnen Sohle ebenfalls alles andere als ideal. Aber das waren ihre nackten Füße erst recht nicht.

Jennifer seufzte erneut und schloß den Kofferraum wieder. Mike beugte sich noch einmal ins Innere des Wagens und nahm irgend etwas aus dem Handschuhfach, das er rasch unter der Jacke verstaute, bevor sie erkennen konnte, um was es sich handelte. Sie wollte es auch gar nicht wissen. Sie wartete, bis er den Wagen umrundet hatte, dann hakte sie sich bei ihm unter und ging zögernd los.

Sie waren erst eine knappe halbe Stunde unterwegs, aber Jennifer hatte jetzt schon das Gefühl, keinen Meter mehr weiterzukommen. Ihre Füße brannten, und sie fror so erbärmlich, daß sie ihre eigenen Zähne klappern hörte. Der Wind war in den letzten Minuten merklich aufgefrischt und hatte sich zudem gedreht, so daß er nun wie durch einen Kanal über die Straße pfiff und von den Kronen der Bäume rechts und links nicht mehr gebrochen wurde, sondern allenfalls noch reflektiert und auf die Straße zurückgelenkt. Mike ließ ihren Arm los, blieb stehen und begann seine Jacke aufzuknöpfen.

»Verrate mir, was du vorhast, ehe du weitermachst«, sagte Jennifer.

Mike lächelte verlegen. »Ich merke doch, wie du frierst, und . . .«

Jennifer winkte mit einer hastigen Bewegung ab. »Laß den Blödsinn, ja? Mir ist im Augenblick wirklich nicht nach theatralischen Gesten zumute.«

»Es ist keine theatralische Geste«, begehrte Mike auf. »Ich sehe doch, wie kalt dir ist.«

»Stimmt. Aber ich werde es überleben. Ich friere lieber ein bißchen, statt dich wochenlang gesundzupflegen und die Praxis allein führen zu dürfen, wenn du mit einer Lungenentzündung im Bett liegst.« Sie griff nach seinen Jackenaufschlägen und zog sie demonstrativ zusammen. »Geh lieber weiter. Wenn wir hier herumstehen, holen wir uns wirklich den Tod.«

»Klar. Lieber soll ich arbeiten, während *du* dich mit einer Lungenentzündung im Bett ausruhst.«

»Im Gegensatz zu dir habe ich aber nicht gerade eine Erkältung hinter mir.« Sie schüttelte noch einmal den Kopf, ging weiter und warf eine Blick über die Schulter zurück. In der Ferne war Nebel aufgekommen, ein zarter, treibender Schleier, der aus dem Wald herauskroch und die Konturen der Straße verschwimmen ließ. Trotz des Windes schien er sich kaum zu bewegen – ein Phänomen, für das Jennifer im Moment keine befriedigende Erklärung fand. Aber es gab eigentlich eine Menge Dinge, für die sie keine Erklärung wußte. Dieser Wald hatte etwas Seltsames, Unwirkliches. Ihre Schritte – vor allem die von Mikes harten Absätzen – erzeugten ein viel zu lautes Echo auf dem feuchten Asphalt, ein Geräusch, das von den dichtstehenden Bäumen beiderseits auf bizarre Weise verzerrt und reflektiert wurde. Die tiefhängenden Äste, die fast bis zur Straßenmitte hinausreichten und einen unregelmäßigen, zerfransten Baldachin über ihren Köpfen bildeten, erinnerten sie plötzlich an gierig ausgestreckte Knochenhände, die nur darauf warteten, daß sie in ihre Reichweite gelangten. Dieser ganze Wald strahlte etwas Böses, Abweisendes aus.

Sie blieb stehen und schüttelte verwirrt den Kopf. Was waren das für verrückte Gedanken? Sie war ein rational denkender

Mensch, und wenn es auch nicht gerade zu ihren Lieblingshobbys gehörte, nachts durch einsame Wälder zu irren, so hatte sie doch niemals übermäßige Angst vor der Dunkelheit verspürt. In manchen Großstädten mit ihren erschreckend hohen Kriminalitätsraten mußte man es sich dreimal überlegen, bevor man nachts noch einen Fuß vor die Tür setzte, aber hier war die Aussicht nicht besonders groß, einer Straßengang oder irgendwelchem anderen zwielichtigen Gesindel in die Hände zu fallen. Und dennoch...

Mike blieb ebenfalls stehen. »Was ist? Hast du irgend etwas gehört?«

Jennifer schüttelte hastig den Kopf. »Nein, es ist nur...« Sie brach ab und zuckte verlegen mit den Schultern.

Mike legte ihr beruhigend die Hand auf den Arm. »Besonders wohl fühle ich mich auch nicht«, gestand er. »Aber das dürfte wohl normal sein. Eine Urangst des Menschen. Ich glaube, man könnte den abgebrühtesten und zynischsten Burschen nehmen, aber selbst ihm würde mulmig werden, wenn man ihn mitten in der Nacht allein über einen Friedhof schicken würde, obwohl die Toten bestimmt keinem mehr etwas tun. Hier ist zwar kein Friedhof, aber...«

Jennifer hob abwehrend die Hände. »Schon gut«, unterbrach sie seinen Redefluß. Erst einen Augenblick später begriff sie, daß Mike mit seinen Worten nicht nur sie beruhigen, sondern auch seine eigene Nervosität unterdrücken wollte, indem er die bedrückende Stille durchbrach. »Wir sind beide keine Kinder mehr, nicht wahr?«

»Gehen wir weiter«, sagte er leise. »Irgendwo muß es schließlich ein Haus oder sonst was geben.«

»Und du meinst, daß du um diese Zeit noch jemanden findest, der uns hilft?«

Mike grinste. »Glaubst du im Ernst, ich hätte Hemmungen, halb Schottland aus dem Bett zu klingeln, um von dieser zugigen Straße wegzukommen?« fragte er. »Ich...« Er zuckte zusammen, ließ Jennifers Hand los und fuhr mit einer nervösen Bewegung herum.

»Was war das?« flüsterte er.

Jennifer legte den Kopf auf die Seite und lauschte. »Ich höre nichts«, sagte sie nach einer Weile. »Nichts Außergewöhnliches jedenfalls.«

Mike blickte unsicher über den Waldrand und lächelte dann nervös. »Vielleicht habe ich mich auch getäuscht«, murmelte er ohne rechte Überzeugung. »Deine Nervosität scheint ansteckend zu wirken.«

Irgendwo im dichten Unterholz rechts der Straße knackte ein Zweig; ein harter, trockener Laut, der die nächtliche Stille wie ein Pistolenschuß durchbrach. Mike fuhr herum, griff automatisch unter die Jacke und zog die Hand dann mit einer verlegenen Bewegung zurück. Der kurze Augenblick hatte jedoch ausgereicht, Jennifer den Stahl der Luger sehen zu lassen, die in seinem Gürtel steckte. Mike war einmal nachts auf der Straße von Betrunkenen zusammengeschlagen worden. Obwohl er keinen Waffenschein besaß, hatte er sich wenige Wochen später zu einem horrenden Preis auf dem schwarzen Markt die Pistole gekauft. Das also hatte er vorhin aus dem Handschuhfach genommen. Gewöhnlich haßte Jennifer die Waffe, und sie hatte Mike schon mehr als einmal vergeblich gebeten, sie wieder zu verkaufen oder besser noch einfach wegzuwerfen. Jetzt aber beruhigte sie der Schutz, den die Luger eventuellen Gefahren gegenüber bot, mehr als alle Worte Mikes und das, was ihr eigener Verstand ihr sagte.

»Ich glaube, ich bin wirklich ein wenig zu nervös«, versuchte Mike die Situation zu überspielen. »Nur wegen eines As. . .«

Er verstummte, als Jennifer ihn mit einer hastigen Geste zum Schweigen brachte. »Still!« flüsterte sie. »Da bewegt sich etwas!«

Mike griff abermals unter seine Jacke, zog die Luger diesmal wirklich hervor und starrte konzentriert zum Waldrand hinüber. Jennifer hatte recht – irgendwo in den ungewissen Schatten dort bewegte sich etwas. Aber er konnte nicht erkennen, was es war. Er tauschte einen blitzschnellen Blick mit Jennifer und huschte nach links, einige Schritte von ihr fort. Wenn im Wald wirklich etwas Gefährliches auf sie lauerte, dann konnten sie auf diese Weise wenigstens nicht beide gleichzeitig angegriffen werden.

Wieder knackte ein Ast, dann ertönten schnelle, unregelmäßige Schritte, untermalt von einem Knirschen und Bersten, als breche ein schwerer Körper rücksichtslos durch Unterholz. Mike sah sich hastig nach einem Versteck um und wich schließlich in den schwarzen Schatten des gegenüberliegenden Waldrandes zurück. Jennifer tat es ihm gleich. Hastig sah er sich nach beiden Seiten um. Die Straße war immer noch leer, aber der Nebel war näher gekommen. Mike fühlte sich unwillkürlich an ein großes, schweigendes Tier erinnert, als er die lautlos näherkriechende Nebelwand betrachtete. Der Wind zerteilte sie immer wieder zu wirbelnden Schwaden, formte groteske Figuren und durchscheinende, tastende Arme, die der eigentlichen Nebelwand vorauseilten und den feuchten Asphalt abzusuchen schienen.

Mike schüttelte den Gedanken mit einem ärgerlichen Knurren ab und sah aufmerksam zu Jennifer hinüber. Sie hatte sich am gegenüberliegenden Waldrand hinter den Stamm einer mächtigen moosbewachsenen Tanne zusammengekauert und starrte aufmerksam in die Dunkelheit vor sich.

Die Schritte kamen näher. Mike glaubte so etwas wie keuchende, hastige Atemzüge wahrzunehmen, dann brach ein kleiner, braungekleideter Körper aus dem Unterholz, blieb eine halbe Sekunde lang stehen und rannte blindlings die Straße hinunter, Jennifer geradewegs in die Arme.

Ein Kind! dachte Mike verblüfft. Er richtete sich auf, steckte die Pistole weg und eilte ihr mit zwei, drei eiligen Sprüngen zur Hilfe. Jennifer hatte das Kind an den Armen gepackt, aber es wehrte sich mit erstaunlicher Kraft, so daß Jennifer alle Mühe hatte, es festzuhalten und gleichzeitig seinen wütenden Fußtritten auszuweichen.

»Warte!« rief Mike. »Ich helfe dir!«

Er packte den Knirps bei den Schultern, riß ihn grob herum und drückte seine Handgelenke vorsichtig zusammen, um ihm nicht unnötig weh zu tun. Als Dank kassierte er einen gemeinen Tritt vor das rechte, eine halbe Sekunde später vor das linke Schienbein. Er schrie überrascht auf, ließ die Arme des Kleinen los und hüpfte fluchend auf einem Bein davon. Das Kind wirbelte herum, huschte an Jennifer vorbei und wurde im letzten Augenblick am Arm zurückgerissen.

»Verdammt noch mal, hör auf!« sagte Jennifer. »Wir tun dir doch nichts!«

Ihre Worte erzielten Wirkung. Das Kind hörte auf, sich zu wehren, riß aber seinen Arm mit einer blitzschnellen Bewegung los und wich zwei, drei Schritte zurück. Die Augen in dem kleinen, schmutzverkrusteten Gesicht blitzten mißtrauisch auf. Jennifer trat einen Schritt auf das Kind zu und blieb sofort wieder stehen, als sie sah, wie es zusammenzuckte.

»Wirklich«, sagte sie leise. »Du brauchst keine Angst vor uns zu haben. Wir tun dir nichts.«

»Wer . . . seid ihr?«

Jennifer lächelte sanft. »Mein Name ist Jennifer. Und das da«, erklärte sie mit einer Kopfbewegung auf Mike, der ebenfalls stehengeblieben war und ihren kleinen Gefangenen mit kaum verhohlenem Zorn anfunkelte, »ist Mike. Wir haben uns verirrt. Unser Auto ist kaputtgegangen, weißt du. Wir suchen jemanden, der uns hilft.« Sie lächelte erneut, streckte die Hand aus und trat einen weiteren Schritt nach vorne. Diesmal verzichtete das Kind darauf, weiter auszuweichen. »Wie heißt du?« fragte sie.

»Malcolm.«

»Malcolm, so.« Sie betrachtete Malcolm genauer, ließ sich auf ein Knie nieder und streckte die Hand aus. Der Junge war höchstens zehn Jahre alt. Ein brauner, lose fallender Umhang hüllte seinen Körper fast vollkommen ein und ließ nur die schmalen, dürren Finger frei. Sein Gesicht war fast vollkommen unter einer spitzen, nach vorne gezogenen Kapuze verborgen, so daß es mehr zu ahnen als zu erkennen war. Zudem starrte er vor Schmutz. »Und was . . .«, fragte Jennifer behutsam, um das gerade aufgebaute Vertrauen nicht vorschnell wieder zu zerstören, »macht ein kleiner Junge in der Nacht im Wald?«

Malcolm schluckte mühsam. Sein Hände zuckten, und sie konnten sehen, wie sich die Augen hinter der Kapuze mit Tränen füllten. »Ich bin nicht klein«, entgegnete er trotzig. »Ich werde nächsten Monat zehn!« Seine Stimme schwankte hörbar.

»Na gut, dann bist du eben ein großer Junge«, antwortete Jennifer geduldig. »Und was macht ein so großer Junge wie du allein im Wald?«

»Ich ... ich ...« stotterte Malcolm, brach dann ab und blickte über Jennifers Schulter auf die beharrlich näher kriechende Nebelwand.

»Mum ...« sagte er.

»Was ist mit deiner Mutter?«

»Sie ist ...« Er brach erneut ab, schluchzte und fuhr sich mit dem Unterarm über die Augen. »Sie hat ... Dad und Mum hatten einen Unfall gehabt«, sagte er stockend.

»Einen Unfall? Was für einen Unfall? Und wo?«

»Ich ... ich weiß nicht ... Wir sind mit dem Auto gefahren, und dann war da dieser Baum ... und ... und ...« Seine Stimme ging in ein erstickendes Wimmern über, als er endgültig die Kontrolle über sich verlor. Er begann zu schluchzen, schlug die Hände vor das Gesicht und ließ es widerstandslos zu, daß Jennifer ihn in die Arme nahm.

»Weine ruhig«, flüsterte sie, während sie seinen Körper an die Brust drückte und zärtlich seine Schultern streichelte. »Weine ruhig, wenn es dir hilft. Du brauchst keine Angst mehr zu haben. Wir sind ja da. Mike und ich passen auf dich auf.« Sie wiegte ihn wie einen Säugling in den Armen. Malcolm begann hemmungslos zu weinen und klammerte sich so fest an sie, daß seine Fingernägel schmerzhaft in die Haut schnitten. Sein Körper erschien ihr seltsam leicht. Sie spürte ihn kaum.

Mike trat lautlos neben sie. Einen Moment lang starrte er das schluchzende Kind in ihren Armen hilflos an. »Wo sind deine Mum und dein Dad verunglückt?« fragte er dann.

Malcolm vergrub sein Gesicht an Jennifers Schulter und begann noch heftiger zu schluchzen. Jennifer warf Mike einen warnenden Blick zu, aber Mike ließ sich nicht beirren. Er berührte Malcolm an der Schulter und schüttelte ihn so lange, bis der Junge widerwillig den Kopf hob und ihn ansah. »Wann ist es passiert?« fragte er.

Malcolm zog schniefend die Nase hoch. »Gestern«, sagte er.

»Gestern? Und wie ... bist du die ganze Zeit über durch den Wald geirrt?« fragte Jennifer erschrocken.

Malcolm nickte.

»Kein Wunder, daß er total verstört ist«, murmelte Mike. »Der arme Kleine muß vollkommen verängstigt sein.« Er wandte sich wieder an den Jungen und griff nach dessen Kapuze, um sie zurückzuziehen. Malcolm kreischte angstvoll auf und schlug seine Hand beiseite.

»Laß ihn«, sagte Jennifer warnend.

Malcolm schlang die Arme um ihren Hals und drängte sich schutzsuchend an sie. »Schick ihn weg«, verlangte er weinerlich. »Ich mag ihn nicht.«

Jennifer lächelte. »Das geht nicht, Malcolm«, erklärte sie geduldig. »Mike ist mein Mann. Ohne ihn fürchte ich mich genauso hier im Wald wie du. Aber du mußt uns von deinen Eltern erzählen. Wieso bist du nicht im Wagen geblieben, bis Hilfe gekommen ist?«

»Ich bin dageblieben. Aber es ist niemand gekommen. Ich habe fast die ganze Nacht gewartet, aber dann habe ich Angst gekriegt, und ... und als ich euch gehört habe ...«

»Moment mal!« sagte Mike. »Du hast uns *gehört*?«

Malcolm nickte.

»Von wo?«

»Ich weiß nicht. Nicht ... sehr weit.«

»Versuch dich zu erinnern, Junge«, sagte Mike eindringlich. »Wie lange bist du gelaufen?«

»Nicht lange«, antwortete Malcolm nach kurzem Überlegen. »Ein paar Minuten.«

Jennifer setzte ihn vorsichtig zu Boden und ging neben ihm in die Hocke. Sie versuchte, ihm ins Gesicht zu sehen, aber Malcolm drehte störrisch den Kopf weg, zog lautstark die Nase hoch und ballte die Hände zu Fäusten. »Glaubst du, daß du uns hinführen kannst?« fragte Jennifer.

Der Junge nickte abgehackt. »Ja. Könnt ihr ... Mum und Dad helfen?«

Jennifer stand auf. »Wir können es zumindest versuchen«, sagte sie zuversichtlich. »Aber dafür mußt du uns erst hinführen.«

Malcolm trat einen Moment unschlüssig auf der Stelle, drehte sich dann widerstrebend um und ging auf den Waldrand zu. Mike und Jennifer folgten ihm. Bevor sie in den Wald eindrangen, drehte sich Jennifer noch einmal um und warf einen nervösen Blick über die Schulter zurück. Der Nebel war noch dichter geworden und wogte jetzt wie eine brusthohe, lebende Mauer beiderseits der Straße. Dünne, halbtransparente Fühler schienen aus der Wand herauszuwachsen und zitternd nach ihr und Mike zu greifen, während die Nebelbank langsam, aber unaufhaltsam näher kroch. Nur noch ein winziger, halbkreisförmiger Teil der Straße war überhaupt sichtbar, jene Stelle, an der sie, Mike und der Junge sich bisher aufgehalten hatten. Und noch während Jennifer hinsah, schloß sich auch diese letzte Lücke.

Hinter ihnen war jetzt nichts als treibender, undurchsichtiger Nebel.

»Ist es noch weit?« fragte Jennifer.

Malcolm reagierte nicht, sondern ging ruhig weiter, als hätte er überhaupt nichts gehört. Sein brauner Umhang umflatterte seine dürre Gestalt, während er wenige Schritte vor Jennifer und Mike durch das dichte Unterholz eilte und sich geschickt zwischen dornigen Büschen und abgestorbenen Baumwurzeln hindurchschlängelte.

»Malcolm!« sagte Jennifer scharf.

Malcolm blieb widerstrebend stehen und drehte sich um. Seine Augen blitzen ungeduldig auf.

»Ich habe dich gefragt, ob es noch weit ist«, wiederholte Jennifer in strengem Ton.

Malcolm schüttelte andeutungsweise den Kopf. »Nicht sehr weit. Ein paar Minuten noch.«

»Das hast du vor einer Viertelstunde auch schon gesagt«, knurrte Mike ungehalten. Jennifer warf ihm einen warnenden Blick zu, aber Mike redete ungerührt weiter. »Vermutlich haben wir uns längst in diesem verdammten Wald verlaufen und rennen im Kreis herum.«

Malcolm begann unruhig auf der Stelle zu treten. »Bitte, Mike, es ist nicht mehr weit«, sagte er weinerlich. »Bestimmt nur noch ein paar Minuten.«

Mike knurrte etwas, sah Jennifer an und zuckte dann resignierend mit den Achseln. Seinen Zustand als verärgert zu bezeichnen, wäre geschmeichelt gewesen. Er kochte. Sein nagelneuer Anzug war verdreckt und zerknittert, als hätte er eine Woche darin geschlafen, und auf seiner Stirn prangte ein frischer, blutiger Kratzer, wo er gegen einen tiefhängenden Ast gelaufen war. Und er fror erbärmlich. Seine erste Handlung nach Betreten des Waldes war gewesen, in ein knöcheltiefes Schlammloch zu treten und sich Schuhe und Strümpfe bis auf die Haut zu durchnässen.

»Von mir aus«, knurrte er. »Gehen wir weiter. Aber wenn du uns an der Nase herumführst, Kleiner«, fügte er drohend hinzu, »versohle ich dir dermaßen den Hintern, daß du noch deinen Enkelkindern davon erzählen kannst.«

Jennifer lächelte flüchtig und wandte sich dann wieder an Malcolm. »Du kannst uns ruhig sagen, wenn du dich verlaufen hast«, sagte sie geduldig. »Hab keine Angst vor Mike. Der tut nur so wild. In Wirklichkeit mag er Kinder ganz gern.«

»Glaub' ich nicht«, erwiderte Malcolm störrisch.

»Es stimmt aber. Er ist selbst manchmal noch ein Kind, genau wie du. Nur ein wenig größer.« Jennifer lächelte, streckte die Hand aus und wollte nach Malcolms Arm greifen, aber der Kleine wich sofort einen halben Schritt zurück und sah sich gehetzt nach einem Fluchtweg um.

Jennifer resignierte.

Was immer passiert war – das Kind war vollkommen verängstigt. Sie hatte zwar selbst keine Kinder, besaß aber zumindest genug theoretisches Wissen, um zu erkennen, daß sie hier nur mit Geduld weiterkommen würde, mit sehr viel Geduld. Sie stand auf, nickte Malcolm auffordernd zu und ging dicht hinter ihm weiter. Der Junge bewegte sich äußerst zielsicher und selbstbewußt. Eigentlich gar nicht wie ein Kind, dachte Jennifer. Eher wie ein zu klein geratener Erwachsener. Sie schüttelte den Gedanken mit einem ärgerlichen Kopfschütteln ab und konzentrierte sich wieder auf den Weg – soweit es etwas zu konzentrieren gab. Der Wald war so finster, daß man kaum die Hand vor Augen sehen konnte. Selbst Malcolms Gestalt, die sich weniger als zwei Schritte vor ihr bewegte, war nur schemenhaft zu erkennen, und Büsche und Bäume schienen übergangslos wie aus dem Boden gewachsen aus der Dunkelheit aufzutauchen. Aber der Junge schien trotzdem ganz genau zu wissen, wo er hinwollte. Es war beinahe unvorstellbar, daß er sich hier zurechtfinden sollte. Es gab keinerlei markante Punkte, an denen man sich orientieren konnte – schon gar nicht, wenn man ein Kind war und sich angeblich erst seit einigen Stunden in der Gegend befand, von denen Malcolm nach eigener Aussage die meiste Zeit wartend im Wagen verbracht hatte. Auf alle Fälle war es vollkommen unmöglich, daß er ihre Schritte und ihre nur leise geführte Unterhaltung über diese Entfernung gehört hatte.

Irgend etwas an seiner Geschichte stimmte nicht, stimmte ganz entschieden nicht. Aber er war völlig verstört, und vielleicht durfte sie einfach nicht jedes seiner Worte auf die Goldwaage legen.

»Möchte wissen, wo in dieser gottverlassenen Wildnis eine Straße herkommen soll«, brummte Mike hinter ihr schlechtgelaunt.

Jennifer sah sich im Gehen um und schüttelte unwillig den Kopf. »Nicht so laut«, flüsterte sie. »Er kann dich verstehen.«

Mike grinste gekünstelt. »Na und?«

»Er ist sowieso verängstigt genug«, sagte Jennifer.

»Was du nicht sagst.« Mike grunzte, blieb mit dem Jackenärmel in dornigem Gestrüpp hängen und befreite sich mit einem gemurmelten Fluch. Ein Stück seiner Jacke blieb am Busch zurück. Seine Laune sank nochmals um mehrere Grade. »Wenn du mich fragst«, sagte er wütend, »dann führt uns dieses Früchtchen an der Nase herum«.

Jennifer wußte nicht, ob sie nun lachen oder ärgerlich sein sollte. Vielleicht ärgerte es sie nur, daß Mike genau das ausgesprochen hatte, was ihr selbst durch den Kopf ging, was sie jedoch zu verdrängen versuchte. »Und was glaubst du, hat er vor?« fragte sie so leise, daß Malcolm ihre Worte kaum verstehen konnte. »Uns in ein Knusperhäuschen locken, in dem eine alte Hexe darauf wartet, uns zu mästen und zu braten?«

Sie spürte sofort, daß sie diesmal über das Ziel hinausgeschossen war. Mike schien im Moment keinen sonderlich ausgeprägten Sinn für Humor zu haben. Seine Mine verfinsterte sich noch mehr. »Schon gut«, brummte er. »Streiten wir uns später.«

Jennifer wollte noch etwas sagen, aber Mike war endgültig eingeschnappt. Er starrte beleidigt an ihr vorbei und war wild entschlossen, für den Rest des Abends zu schweigen. Wenigstens so lange, bis sie das Auto gefunden hatte. Oder was immer sich dort befand, wo der Junge sie hinführen würde.

Im Grunde wußte er sehr genau, daß sein Ärger ganz und gar unberechtigt war. Kein Kind – auch ein noch so durchtriebenes – würde um diese Zeit mutterseelenallein in einen solchen Wald gehen, nur um zwei zufällig daherkommenden Fremden einen üblen Streich zu spielen. Seine Wut auf Malcolm entsprang im Grunde nur der Angst, die tief in ihm brodelte. Dieser unheimliche Wald bereitete ihm ein fast körperliches Unbehagen. Es war etwas an ihm, das Mike ängstigte, obwohl er zu stolz war, dies vor sich selbst oder gar Jennifer zuzugeben. Aber er glaubte, daß sie es ebenfalls spürte, vielleicht stärker noch als er selbst. Schon draußen auf der Straße war ihm die finstere Ausstrahlung des Waldes aufgefallen, eine seltsame, fast fühlbare Ablehnung, ein negatives Etwas, das zwischen den Schatten lauerte, als wäre dieser Wald nicht einfach ein Wald, sondern ein gigantisches böses Ding, das nur darauf wartete, daß ein unbedarfter Fremder in seinen aufgerissenen Rachen lief. Und jetzt, als sie die relative Sicherheit der Straße verlassen hatten und in den Wald vorgedrungen waren, war dieses Gefühl noch stärker geworden. Unter anderen Umständen hätte er über solche Gedanken gelacht, und wahrscheinlich würde er genau das am nächsten Morgen tun, aber im Moment erschien ihm das Gefühl der Bedrohung höchst real.

Er starrte nervös auf Jennifers Rücken, dann auf die kleine, braungekleidete Gestalt vor ihr und schließlich auf die schwarzen Schatten rechts und links. Irgendwie hatte er das Gefühl, daß diese Schatten nicht so leer waren, wie sie sein sollten, daß sich irgendwo in der Dunkelheit etwas bewegte, lauerte, sie beobachtete. Aber er kam nicht mehr dazu, seine Befürchtung auszusprechen.

Warnungslos, von einer Sekunde auf die andere, öffnete sich der Boden unter seinen Füßen. Mike warf erschrocken die Arme hoch und griff in die leere Luft. Sein entsetzter Aufschrei erstickte in einem keuchenden Wimmern, als sein Körper mit erbarmungsloser Wucht auf dem unsichtbaren Boden der Fallgrube aufschlug.

»Wir sind gleich da«, sagte Malcolm aufgeregt. Er blieb stehen, legte den Kopf in den Nacken und blinzelte zu ihr empor. »Hinter den Bäumen da vorne.«

Jennifer wollte sich umdrehen und nach Mike sehen, aber Malcolm griff hastig nach ihrer Hand und zerrte sie mit erstaunlicher Kraft hinter sich her, ohne Rücksicht darauf zu nehmen, daß sie sich an den tiefhängenden Ästen Gesicht und Hände zerkratzte. Sie unterdrückte den aufkommenden Ärger. Es war nur natürlich, daß Malcolm sie so schnell wie irgend möglich zur Unfallstelle bringen wollte. Der Junge mußte halb wahnsinnig vor Angst und Sorge um seine Eltern sein.

Der Wald hörte so übergangslos auf, wie er begonnen hatte. Jennifer zog unwillkürlich den Kopf ein, als ein knorriger Ast wie eine bizarre vielfingrige Hand nach ihrem Gesicht zu schlagen schien, schloß für eine halbe Sekunde die Augen und fand sich unvermittelt auf einer schmalen, ausgefahrenen Straße wieder.

»Schnell!« keuchte Malcolm. »Hinter der nächsten Biegung liegt das Wrack!«

Irgend etwas an seiner Art zu reden irritierte Jennifer. Malcolm sprach eigentlich nicht so, wie man es von einem zehnjährigen, verängstigten Kind erwartet hätte. Aber der Junge zog sie zu schnell weiter, als daß sie den Gedanken zu Ende verfolgen konnte. Sie hetzten den Weg hinunter, liefen um eine Biegung und standen plötzlich vor dem zertrümmerten Wrack eines alten Ford.

Jennifer ließ die Hand des Jungen los, umrundete den Wagen mit eiligen Schritten und riß mit bebenden Händen die Fahrertür auf. Das Wageninnere bot einen furchtbaren Anblick. Der stürzende Baum, der die Fahrt des Ford abrupt gebremst hatte, hatte die Windschutzscheibe zertrümmert und das Dach eingedrückt. Ein zersplitterter Ast ragte wie ein gebogener, tödlicher Speer durch das dünne Blech. Das Lenkrad war zerbrochen, Sitze und Himmel zerfetzt, und überall war Blut und Glas.

Aber von den Insassen des Wagens war keine Spur zu entdecken. Jennifer richtete sich verblüfft auf und drehte sich halb um, ohne den Blick von dem zertrümmerten Etwas zu nehmen, das einmal ein Auto gewesen war. »Sie müssen auf eigene Faust losgegangen sein, als der Junge weg war . . .« murmelte sie. Die Erklärung klang lahm, und sie spürte, daß sie falsch war, aber es war die beste, die ihr im Moment einfiel. »Wir . . .« Sie brach abrupt ab, als ihr die Stille auffiel. »Mike?« sagte sie, während sie sich langsam herumdrehte.

Mike war verschwunden. Jennifer starrte einen Moment lang verwirrt in die Runde um sich, machte dann einen hilflosen Schritt und rief noch einmal: »Mike?«

Der Wald verschluckte ihre Stimme, und aus den Baumkronen ertönte ein leises, raschelndes Geräusch, das ihr einen eisigen Schauer über den Rücken laufen ließ. Sie schluckte, unterdrückte die plötzlich aufkommende Furcht und zwang sich, ruhig zu bleiben. Jetzt, als daß sie darüber nachdachte, fiel ihr plötzlich auf, daß sie Mike schon eine Weile lang weder gesehen noch gehört hatte. Aber Malcolm hatte sie zu sehr in Atem gehalten, als sie darauf geachtet hätte.

Malcolm! Wo war der Junge?

Sie fuhr abermals herum und sah sich aus mißtrauisch zusammengekniffenen Augen um. Malcolm war ebenfalls verschwunden. Plötzlich kamen ihr all die kleinen Unstimmigkeiten im Verhalten des Jungen wieder zu Bewußtsein. Aber sie war selbst zu nervös und überrascht gewesen, um wirklich darauf zu achten.

Panik stieg in ihr auf. Sie begann zu zittern, und am liebsten wäre sie einfach losgerannt, egal wohin, einfach nur weg von hier, raus aus diesem verfluchten Wald und . . .

Sie zwang sich zur Ruhe, atmete ein paarmal tief durch. Die Atem- und Meditationsübungen, die sie regelmäßig durchführte, um den beruflichen Streß abzubauen, kamen ihr dabei zugute. Sie mußte sich beherrschen. Wenn sie jetzt die Nerven verlor, war alles aus. Für einen kurzen Moment schloß sie die Augen. Es wunderte sie selbst, daß es ihr gelang, so ruhig zu bleiben. Vielleicht lag es daran, daß ihr noch gar nicht richtig ins Bewußtsein gedrungen war, in welcher Lage sie sich befand.

Mike und Malcolm waren verschwunden, aber zumindest der Junge konnte noch nicht weit sein. Trotzdem verzichtete Jennifer darauf, noch einmal nach ihm zu rufen.

Ihr Blick tastete wieder über den zertrümmerten Wagen. Zumindest dieser Teil der Geschichte schien zu stimmen. Sie blickte noch einmal mißtrauisch zum Waldrand und ging dann zum Wagen zurück, um ihn gründlicher zu untersuchen. Es schien an ein Wunder zu grenzen, daß die Wageninsassen noch die Kraft gehabt hatten, das vollkommen zertrümmerte Wrack zu verlassen. Hätte das Fahrzeug die Stelle eine halbe Sekunde später passiert, hätte der Baum die Fahrerzelle genau getroffen und jeden getötet, der sich darin befand. Und auch so war die Zerstörung schon schlimm genug. Der fast mannsdicke Stamm hatte die Kühlerhaube zerschmettert und das Vorderteil des Wagens regelrecht in den Boden gerammt. Der Wagen sah aus, als wäre er von einem gigantischen Hammer getroffen worden. Unter dem Heck hatte sich eine große, ölig schimmernde Pfütze gebildet. Es stank durchdringend nach Öl und Benzin, und das Blut auf den Polstern hatte sich mit auslaufendem Treibstoff vermischt.

Jennifer trat zurück und sah sich nachdenklich um. Ihr Gefühl sagte ihr, daß hier etwas nicht stimmte. Der Baum hatte einen Durchmesser von gut fünfzig Zentimeter. Ein solcher Stamm stürzte nicht einfach um, zumal es bereits seit Wochen keinen Sturm mehr gegeben hatte. Noch einmal sah sie suchend zum Waldrand hinüber und umrundete dann den Wagen. Ihr Verdacht bestätigte sich, als sie auf der anderen Seite des Fahrzeugs angekommen war. Der Baum war nicht von selber gestürzt. Jemand hatte mit großer Sorgfalt eine Kerbe hineingeschlagen und ihn genau in dem Augenblick zum Umstürzen gebracht, in dem der Ford vorbeigekommen war. Dies hier war kein Unfall, sondern ein gezielter Mordanschlag.

Ein leises Rascheln vom Waldrand her ließ sie herumfahren. Das Bild hatte sich in den wenigen Sekunden, in denen sie sich mit dem Baum beschäftigt hatte, drastisch verändert. Die schwarzgrün gemusterten Schatten des Waldes waren hinter den treibenden Nebelschleiern verschwunden, fast – ja, als wäre der Nebel, den sie auf der Straße bemerkt hatte, wie ein geduldiges Raubtier hinter ihr hergekrochen!

Jennifer versuchte, den Gedanken abzuschütteln, aber es gelang ihr nicht. Im Gegenteil. Das bedrückende Gefühl, das der Anblick dieses unwirklichen, auf sonderbare Art beinahe lebendige Nebel in ihr auslöste, wurde mit jedem Moment stärker. Die graue Wand wogte vor ihr auf und nieder, bildete Wirbel und Schleier, Arme, Fühler und kleine, gierig ausgestreckte Finger, die über den ausgefahrenen Lehmboden des Waldweges krochen, formte sich zu Gesichtern und bizarren Gestalten, die ebensoschnell wieder vergingen, wie sie entstanden.

Jennifer zog fröstelnd die Schultern zusammen und wich Schritt für Schritt zurück, bis sie gegen das kühle Metall des Autowracks stieß. Auch aus der gegenüberliegenden Seite des Waldes kroch jetzt langsam der Nebel hervor, und sie mußte nicht um die Wegbiegung sehen, um zu wissen, daß sich auch von dort eine lautlose, graue Wand näher schob. Sie war eingeschlossen, gefangen in einem unerbittlichen Kreis der Wirklichkeit, hinter dessen Grenzen irgend etwas Schreckliches lauerte. Und es war kein Zufall, daß sie ausgerechnet hierher gekommen war. Malcolm hatte sie geschickt in eine Falle gelockt!

Sie preßte sich enger gegen den Ford und starrte aus angstvoll aufgerissenen Augen auf die näher kriechenden Nebelfinger. Hinter den wogenden Schleiern schienen sich dunkle Körper zu bewegen. Sie hörte ein leises Rascheln und Knacken, als bewege sich jemand vorsichtig durch den Wald, dann Schritte und ein mühsames, keuchendes Atmen.

»Mike?« fragte sie mit zitternder Stimme. »Bist du das?«

Sie erhielt kein Antwort. Aber die Schritte kamen näher.

Jennifer atmete erleichtert auf, als sie die kleine, braungekleidete Gestalt erkannte. Malcolm! Trotz allem war sie plötzlich froh, den Jungen zu sehen. Wenigstens war sie jetzt nicht mehr allein in diesem Wirklichkeit gewordenen Alptraum.

»Malcolm«, sagte sie erleichtert. »Wo bist du gewesen? Und wo ist Mike?«

Der Junge antwortete nicht. Er trat vollends aus der Nebelbank heraus, blieb stehen und musterte sie schweigend. Sein Gesicht war fast vollständig hinter der tief nach vorne gezogenen Kapuze verborgen, aber Jennifer glaubte trotzdem, so etwas wie ein grausames Lächeln auf seinen Zügen wahrzunehmen.

»Warum...« fragte sie mühsam, »warum antwortest du nicht. Was ist hier überhaupt los?«

Die kleine Gestalt trat einen Schritt näher und streifte dann mit einer umständlichen Bewegung die Kapuze zurück. Es war nicht Malcolm. Es war überhaupt kein Kind, sondern ein dürrer, abgrundtief häßlicher Gnom mit einem übergroßen, blassen Schädel. Die Haut glänzte wie Wachs, und quer über die Kopfhaut, auf der unregelmäßig Büschel grauen, strähnigen Haares wuchsen, verlief ein Netzwerk blauer, geschwollener Adern. Und als wäre die Erscheinung nicht schon von Natur aus abscheulich genug, verzog sie das Gesicht noch zu einem satanischen, boshaften Grinsen, während sie Jennifer aus boshaften Augen anstarrte. Und noch während Jennifer starr vor Entsetzen auf die unglaubliche Erscheinung hinuntersah, tauchten weitere braunverhüllte Gestalten aus dem Nebel auf. Nach wenigen Sekunden sah sie sich einem Halbkreis aus sechs oder sieben Zwergen gegenüber.

Sie fuhr herum, als auch hinter ihr Schritte laut wurden.

Auf der anderen Straßenseite war eine zweite Reihe von Gnomen erschienen.

»Was... was wollt ihr?« fragte Jennifer, mühsam darum bemüht, das Zittern in ihrer Stimme zu unterdrücken. Was sie sah, konnte nicht wahr sein, es war schlichtweg unmöglich. Es handelte sich weder um Kinder noch um Liliputaner, sondern um... Jennifer fand keine Worte. Auch die Bezeichnung als Gnome war nicht wirklich passend für die Alptraumgestalten, doch sie kam der Wahrheit noch am nächsten.

Der Nebel rückte weiter vor, und mit ihm zog sich auch der Kreis der Zwerge zusammen. Jennifer preßte sich noch dichter gegen das Autowrack, als könne sie der Gefahr auf diese Weise aus dem Wege gehen. Einer der Zwerge stieß ein häßliches Kichern aus, griff unter seinen Umhang und förderte ein langes, schartiges Messer zutage. Auch die anderen zogen Waffen – Keulen, kleine, mit nadelspitzen Stacheln versehene Morgensterne, Messer oder Knüppel. Einer der Zwerge trat mit einem drohend vorgestreckten Messer in der Hand auf sie zu.

»Gib auf und komm freiwillig mit uns!« verlangte er. Seine Stimme klang schrill und unangenehm. Ihr Klang ließ Jennifer frösteln. Sie schüttelte den Kopf.

Der Zwerg kicherte. »Überleg es dir«, sagte er. »Du hast keine Chance.« Plötzlich hob er sein Messer, machte einen Satz und hackte mit der schartigen Klinge nach Jennifers Beinen. Der Angriff wurde von den Zwergen mit johlendem Gebrüll kommentiert.

Jennifer wich mit einem verzweifelten Satz zur Seite und schlug gleichzeitig nach dem Arm des Gnoms. Aber sie hatte seine Reaktion unterschätzt. Der Zwerg fuhr herum, verdrehte seinen Arm in einen unmöglichen Winkel und zog die Hand zurück. Dort, wo sich einen Sekundenbruchteil zuvor noch sein Handgelenk befunden hatte, war plötzlich die Klinge des Messers. Jennifer bemerkte die Gefahr im letzten Augenblick und versuchte, ihren Schlag abzubremsen. Es gelang ihr nur zur Hälfte. Ihre Handkante schrammte über die rostige Messerklinge; der Stahl schnitt ihre Haut. Ein heißer Schmerz explodierte in ihrer Hand und raste durch den Arm bis in die Schulter empor. Sie schrie auf, taumelte zurück und umklammerte mit der Linken ihre Hand. Zwischen ihren Fingern sickerte Blut hervor. Der Schnitt war nicht sonderlich tief, aber er schmerzte höllisch.

Erneut kicherte der Gnom böse. »Wehr dich ruhig«, zischte er. »Um so mehr Spaß macht es.« Jennifer zerbiß einen Fluch auf den Lippen. Sie wartete, bis der Gnom ein weiteres Mal vorpreschte, federte dann ansatzlos hoch und sprang mit einem mächtigen Satz über den angreifenden Zwerg hinweg. Sie landete ungeschickt auf Händen und Knien, rollte sich blitzschnell über die Schulter ab und stieß dem überraschten Zwerg aus der gleichen Bewegung heraus die Beine in den Leib. Der Zwerg krächzte, ließ sein Messer fallen und krümmte sich.

Aus der Reihe der übrigen Gnome erscholl ein wütendes Gebrüll. Aber sie verzichteten noch darauf, einzugreifen. Offensichtlich wollten sie das grausame Schauspiel in vollen Zügen auskosten.

Jennifer stemmte sich hoch. Der Tritt, den der Zwerg eingesteckt hatte, hätte selbst einen kräftigen Mann für Minuten außer Gefecht gesetzt, aber der Gnom schien über eine ans Unglaubliche grenzende Zähigkeit zu verfügen. Er erhob sich knurrend auf die Füße, bückte sich nach dem Messer und tänzelte dann näher. Seine Augen blitzten wütend.

Jennifer wich langsam zurück, bis sie wieder das Wrack im Rücken spürte. Ihr kam eine verzweifelte Idee. Sie zog ein Streichholzheftchen aus der Jackentasche und brach gleich drei der Hölzer ab. Noch bevor die Zwerge begriffen, was sie plante, hatte sie die Hölzer entzündet und eine Ecke des Heftchens angebrannt. Mehrere Gnome stürzten sich gleichzeitig auf sie, als Jennifer das brennende Heftchen ins Innere des Wracks fallenließ und sich gleichzeitig zur Seite warf.

Im ersten Moment schien überhaupt nichts zu passieren, und sie befürchtete schon, daß die kleine Flamme verloschen wäre. Aber dann glühte ein greller Funke hinter der geöffneten Wagentür auf, wuchs mit ungeheurer Geschwindigkeit zu einer weißglühenden Flamme und erfaßte blitzschnell das gesamte Wageninnere. Jennifer krümmte sich zusammen und riß instinktiv die Arme vors Gesicht, als das ausgelaufene Benzin mit einem einzigen, gewaltigen Schlag Feuer fing. Das Autowrack schien für eine tausendstel Sekunde von innen heraus aufzuglühen. Eine gewaltige, brüllende Stichflamme schoß in den Himmel. Ein donnernder Schlag ließ die Lichtung erbeben und fegte Jennifer und die vollkommen überraschten Zwerge von den Füßen. Eine ungeheure Hitzewelle rollte über sie hinweg, vertrieb den Nebel und ließ Äste und trockenes Laub aufglühen. Alles war plötzlich von grellem, schmerzhaft intensivem Licht überstrahlt.

Jennifer rollte sich blitzschnell auf die Füße, schlug einen brennenden Zweig zur Seite und tauchte mit einem verzweifelten Satz im Wald unter. Hinter ihr schrien die Zwerge wütend auf, als sie begriffen, was geschehen war. Ein zweiter, dröhnender Schlag ließ die Lichtung erzittern, als der restliche Treibstoff im Tank des Ford hochging, und die heiße Druckwelle ließ Jennifer noch schneller vorwärts taumeln. Sie prallte schmerzhaft gegen einen Baum, warf einen Blick über die Schulter zurück und erkannte ein halbes Dutzend kleiner geduckter Gestalten, die mit wütendem Gekreische hinter ihr herhetzten.

Das grelle Licht des brennenden Autowracks verwandelte ihre Körper in schwarze huschende Schatten und ließ sie noch bedrohlicher erscheinen, als sie ohnehin waren.

Jennifer hetzte blindlings weiter. Der Nebel war hier weniger dicht als auf der Lichtung, so daß sie wenigstens ein paar Meter weit sehen konnte. Sie brach hindurch und rannte, so schnell sie konnte. Hinter ihr erklang das Trappeln zahlreicher winziger Füße, begleitet von einem Chor wütender Stimmen. Sie lief schneller, obwohl sie wußte, daß sie das Tempo nicht länger als ein paar Minuten durchhalten würde. Ihre Lunge brannte bereits jetzt bei jedem Atemzug, und ihr Herz hämmerte wütend. Aber der Abstand zwischen ihr und den Verfolgern wurde beständig größer. Sie sah sich hastig im Laufen um. Die Zwerge waren merklich zurückgefallen, und einige hatten die Verfolgung wohl bereits aufgegeben.

Der Wald schien immer dichter zu werden, und nach einiger Zeit bildete das verfilzte Unterholz eine fast undurchsichtige Barriere, durch die sie nur noch mühsam vorwärtsstolpern konnte. Ihr einziger Trost war, daß ihre Verfolger mit den gleichen Schwierigkeiten zu kämpfen hatten. Sie sah sich noch einmal um und bemerkte, daß von dem guten Dutzend Zwerge, die anfangs hinter ihr hergewesen waren, gerade noch drei übrig waren, und auch diese waren bereits ein gutes Stück hinter ihr. Trotzdem gönnte sich Jennifer noch keine Rast.

Der Mond schien hell vom Himmel, aber das Licht erreichte den Waldboden nicht. Längst schon hatte Jennifer die Orientierung verloren. Sie lief durch eine endlose, von schreckerregenden Schatten und Kälte erfüllte Alptraumlandschaft. Der Nebel lag über dem Land wie ein feuchtes, kühles Leichentuch, so dicht, daß sie kaum weiter als einen Meter sehen konnte, und mehr als einmal tauchten Bäume und verfilzte, stachelige Büsche so abrupt aus der treibenden grauen Masse auf, daß sie hineinlief und sich die Haut aufriß.

Schließlich konnte sie nicht mehr weiter. Die Beine versagten ihr den Dienst, und bei jedem Atemzug schien feurige Lava in ihre Lunge zu dringen. Sie blieb keuchend stehen, lehnte sich gegen einen Baum und wartete, bis ihre Knie zu zittern aufgehört hatten. Von ihren Verfolgern war nichts mehr zu bemerken, aber die Angst vor den unheimlichen Gnomen saß ihr immer noch wie eine unsichtbare, eisige Hand im Nacken.

Jennifer sah sich furchtsam nach allen Seiten um. Der Nebel lastete wie eine Mauer um sie herum. Zögernd streckte Jennifer die Hand aus. Sie verschwand in der wattigen, grauen Masse, kaum daß sie den Arm ganz ausgestreckt hatte. Feuchtigkeit kroch an ihrem Körper empor, wühlte sich durch ihre Kleidung und legte sich wie ein klammer, eisiger Mantel auf ihre Haut. Sie zog hastig die Hand zurück und blickte aus weit aufgerissenen Augen auf ihre Finger. Sie glitzerte feucht. Winzige Wassertröpfchen perlten auf ihrer Haut.

Jennifer schloß für ein paar Sekunden die Augen. Mit einer Kraft, die sie sich selbst kaum mehr zugetraut hatte, drängte sie die aufsteigende Panik zurück und versuchte, Ordnung in das Chaos zu bringen, das hinter ihrer Stirn herrschte. Sie mußte die Nerven behalten, wenn sie hier heraus wollte.

Verzweifelt fragte sie sich, was mit Mike geschehen sein mochte, wie er so plötzlich praktisch von ihrer Seite verschwunden sein konnte, ohne daß sie etwas gemerkt hatte. Vielleicht irrte er genau wie sie irgendwo in diesem Wald herum, aber wahrscheinlicher war, daß er den Zwergen in die Hände gefallen war. In diesem Fall konnte sie ihm nicht helfen. Ihre einzige Chance lag darin, Hilfe herbeizuholen. Alles andere wäre vorsätzlicher Selbstmord.

Sie begann, vorsichtig weiterzugehen. Der Nebel schien noch dichter zu werden, obwohl sie dies vor wenigen Augenblicken noch für unmöglich gehalten hatte. Sie war praktisch blind. Jennifer wußte, daß sie sich schon jetzt hoffnungslos verirrt hatte. Vielleicht bewegte sie sich die ganze Zeit über nur im Kreis und lief den Zwergen genau in die Arme. Aber das mußte sie riskieren, wenn sie je aus dieser unwirklichen Alptraumlandschaft heraus wollte. Schritt für Schritt quälte sie sich weiter voran, tastete sich an schemenhaft erkennbaren Bäumen und dürren, an bizarre Skelette erinnernde Büschen entlang und stolperte schließlich einen sanft abfallenden, bewachsenen Hang hinunter. Der Boden unter ihren Füßen federte und gab unter ihrem Körpergewicht nach, so daß sie bis an die Knöchel in eine weiche, eiskalte Masse einsank und sich nur mit Mühe weiter fortbewegen konnte. Ihre Schritte verursachten ein saugendes Geräusch.

Sumpf, dachte sie erschrocken. Sie blieb stehen, sank sofort wieder ein und sah sich hilflos nach rechts und links um. Sie war aus dem Wald heraus und in Sumpf oder Moor geraten!

Jennifer fuhr herum, lief in neu erwachender Panik davon und stolperte über ein unsichtbares Hindernis. Der Nebel verschluckte ihren erschrockenen Aufschrei. Sie fiel vornüber aufs Gesicht, stemmte sich mühsam hoch und rang sekundenlang keuchend nach Atem. Ihr Gesicht war mit Schlamm bedeckt, und ihre Arme steckten fast bis zu den Ellenbogen im weichen Boden. Und sie spürte, wie sie unerbittlich tiefer sank! Sie warf sich herum, bekam einen Arm frei und sank dafür mit dem anderen Arm bis an den Ellenbogen ein. Der Boden schien wie mit tausend unsichtbaren, gierig aufgerissenen Mäulern nach ihr zu schnappen. Sie griff blind um sich, bekam ein Grasbüschel zu fassen und klammerte sich daran fest. Ihre Beine sanken unbarmherzig tiefer, und die eisige Kälte des Sumpfes saugte ihr auch das letzte bißchen Kraft aus den Gliedern.

Jennifer spürte, wie Beine herabsanken, so daß sie nun fast senkrecht in der zähen, klebrigen Masse stand, und an ihren Füßen schienen Zentnergewichte zu hängen.

Der Nebel riß für einen Moment auf, und sie konnte schemenhaft ihre Umgebung erkennen. Sie befand sich in einem runden, kaum mehr als einen Meter durchmessenden Sumpfloch. Ringsherum schien der Boden fester zu sein.

Sie spürte, wie sie wieder ein Stück weiter in den saugenden, tödlichen Rachen des Sumpfes sackte, setzte noch einmal alles auf eine Karte und ließ ihren provisorischen Halt los. Mit einer ungeheuren Kraftanstrengung warf sie sich herum, streckte den Arm aus und griff verzweifelt nach einer knorrigen Wurzel, die wie eine braune, geschuppte Schlange dicht vor ihr aus der Oberfläche des Sumpfes wuchs.

Ihre Fingernägel schrammten über das feuchte Holz, rissen eine Reihe schmaler, parallel laufender Kratzer in seine Oberfläche und glitten hilflos ab. Sie wollte schreien, aber die abrupte Bewegung hatte sie nach vorne stürzen lassen. Ihr Gesicht lag plötzlich unter eisigem, klebrigem Sumpf begraben.

Sie griff hilflos in die Luft, strampelte verzweifelt mit den Beinen und rutschte durch die Bewegung noch tiefer in den Sumpf. Sie bekam keine Luft mehr. Vor ihren Augen tanzten rote, schmerzhaft grelle Kreise. Ihre Lungen schienen zu platzen. Sie riß instinktiv den Mund auf, keuchte und schlug in blinder Todesangst um sich.

Irgend etwas griff nach ihrer Hand, umklammerte ihre Finger und riß sie dann mit einem einzigen brutalen Ruck aus dem Sumpf. Ein greller Schmerz jagte ihren Arm hinauf. Sie hatte das Gefühl, als ob ihr die Hand aus dem Gelenk gerissen würde. Ihr Körper segelte durch die Luft, krachte unsanft gegen einen Baumstumpf und landete mit einem dumpfen Geräusch auf den Boden. Sie keuchte, spuckte Schlamm und Wasser aus und rang sekundenlang qualvoll nach Luft. Irgendwo neben ihr bewegte sich etwas Großes, Dunkles und Massiges. Sie versuchte den Kopf zu drehen, aber ihr Körper bestrafte die Bewegung mit einem weiteren qualvollen Hustenanfall. Sie würgte, erbrach sich stöhnend und blieb mehr als ein Minute lang reglos und mit zitternden Knien liegen, ehe sie die Kraft fand, den Kopf zu heben und sich mühsam auf Hände und Knie hochzustämmen.

Sie war allein.

Der Nebel hatte sich so weit gelichtet, daß sie zehn, fünfzehn Meter weit sehen konnte, aber ihr geheimnisvoller Retter war spurlos verschwunden. Verblüfft richtete sie sich in eine halb sitzende, halb hockende Stellung auf und suchte ihre Umgebung nach Anzeichen ihres geheimnisvollen Lebensretters ab. Direkt neben dem Sumpfloch war das nasse Gras niedergedrückt, aber diese Spuren konnten genausogut von ihren verzweifelten Bemühungen, sich selbst aus dem Sumpf zu ziehen, stammen.

Sie stöhnte, wischte sich den ärgsten Schlamm aus Gesicht und Haar und stand mühsam auf. Ihre Knie zitterten, und mit einemmal spürte sie die Kälte so stark, daß sie wie Espenlaub zu zittern begann. Sie lehnte sich gegen einen Baum, schloß die Augen und wartete, bis sich ihr hämmernder Puls einigermaßen beruhigt hatte. Eisiger Wind kam auf, biß durch ihre durchnäßte Kleidung und ließ sie frösteln. Sie öffnete die

Augen, schlang frierend die Arme um den Oberkörper und löste sich zögernd vom Baum. Ihr Blick war starr auf den Boden gerichtet, während sie vorwärtstaumelte.

Nur allmählich kam Jennifer zu Bewußtsein, wie knapp sie dem Tod entronnen war. Ihr zielloses Stolpern durch den Nebel hatte sie wieder zum Rand des Sumpfgebietes geführt. Der Boden war hier immer noch weich und schlammig, aber er trug ihr Körpergewicht. Trotzdem bewegte sie sich äußerst zögernd voran. Sie wußte, daß sie nicht noch einmal die Kraft haben würde, sich aus einem weiteren Sumpfloch zu befreien. Und ob ein zweites Mal ein Lebensretter aus heiterem Himmel auftauchen würde ...

Jennifer schauderte. Sie konnte sich einfach keinen Reim auf das Geschehen machen – vor allem nicht auf die Tatsache, daß ihr Retter – wer immer es gewesen sein mochte – so sang- und klanglos verschwunden war, ehe sie ihm auch nur danken konnte. Das Ganze kam ihr mehr und mehr wie ein böser Alptraum vor. Aber die Kälte in ihren Knochen und der Schlamm, der ihre Kleidung durchtränkt hatte, bewiesen ihr deutlich, daß sie nicht träumte. Dies, und der pochende Schmerz in ihrer Linken.

Sie blieb stehen, streifte den Blusenärmel zurück und starrte sekundenlang fassungslos auf ihren nackten Unterarm. Auf der Haut waren rote, blauunterlaufene Quetschungen einer Hand zu erkennen. Einer Hand, die den Spuren zufolge gut doppelt so groß wie die eines Menschen sein mußte ...

Mike erwachte stöhnend. Sein Kopf dröhnte, und in seinem Mund war bitterer Blutgeschmack. Er mußte sich beim Aufprall in die Zunge gebissen haben. Er blinzelte, wälzte sich mühsam auf den Rücken und stieß mit dem Arm gegen etwas Hartes, Scharfes. Er wandte den Kopf und erkannte einen armlangen, zugespitzten Bambusstab, der unmittelbar neben ihm aus dem Boden wuchs. Auf seiner Spitze schimmerten Tropfen einer grünlichen, zähen Flüssigkeit.

Der Anblick vertrieb schlagartig auch den letzten Rest von Benommenheit. Mike setzte sich ruckartig auf, schüttelte den

Kopf und sah sich mit klopfendem Herzen um. Er lag auf dem Boden einer vielleicht dreißig Fuß durchmessenden Grube, deren Wände sich über seinem Kopf nach innen neigten und nur etwa einen fünf Fuß großen Kreis grauschimmernden Himmel erkennen ließen. Der Boden der Grube war mit mehreren tödlichen Bambusspeeren gespickt. In Mikes Magen breitete sich ein flaues Gefühl aus, als ihm klar wurde, wie knapp er dem Tod entronnen war. Er war direkt am Rand der Grube nach unten gerutscht und dicht vor den Spießen aufgeschlagen. In einer blitzartigen Vision sah er sich selbst, aufgespießt wie ein übergroßer Käfer auf den mörderischen Bambusspitzen hängend. Er stöhnte auf, ballte die Hände zu Fäusten und bewegte sich vorsichtig, wobei er es sorgsam vermied, die – höchstwahrscheinlich vergifteten – Spitzen zu berühren.

Er stand auf und versuchte die Wand der Grube zu erklimmen. Das Erdreich war locker und zerfiel unter seinen Fingern zu krumigen Brocken.

Mike ließ enttäuscht die Arme sinken. Das Licht in der Grube reichte kaum aus, daß er die gegenüberliegende Wand sehen konnte, aber er wußte, daß er aus eigener Kraft niemals hier herauskommen würde. Die Erbauer der Grube würden kaum so freundlich gewesen sein, einen unterirdischen Gang anzulegen für den Fall, daß eines der Opfer den Sturz überleben sollte. Die Grube war nicht allzu hoch – vielleicht drei Meter –, aber es gab an den einwärts geneigten Wänden einfach keine Möglichkeit, emporzuklettern. Und zu springen wagte er nicht. Vermutlich hätte er es geschafft, die Ränder der Fallgrube mit einem Satz zu erreichen, aber das Risiko erschien ihm zu groß. Wenn das lockere Erdreich nachgab und er ein zweites Mal abstürzte, würde er aufgespießt werden. Ein weiteres Mal konnte er sich unmöglich auf sein Glück verlassen.

Der Anblick dieser teuflischen Falle erfüllte Mike mit kalter Wut. Wer immer sich diese Anlage ausgedacht hatte, mußte wahnsinnig sein, krank.

Er fuhr herum, ging in die Knie und rüttelte prüfend an einem der Bambusspeere. Er saß unverrückbar fest im Boden, als wäre er einbetoniert. Mike seufzte, richtete sich wieder auf und ließ sich mutlos gegen die Wand sinken. Er hatte keine andere Wahl, als darauf zu warten, daß der Besitzer dieser Fallgrube irgendwann nachschauen kam, ob sich ein Opfer darin gefangen hatte.

Mike ging vorsichtig zur Mitte der Fallgrube und ließ sich zwischen den Speeren nieder. Feuchtigkeit und Kälte begannen in die Grube zu kriechen, und Mike spürte plötzlich, wie sehr er fror. Er schlug den Kragen hoch, zog die Beine an den Körper und lehnte sich mit dem Rücken gegen einen der Bambusstäbe. Er war sich darüber im klaren, daß es Stunden, wenn nicht Tage dauern konnte, ehe ihn jemand entdeckte. Und selbst dann war er noch nicht in Sicherheit. Wer immer diese teuflische Falle konstruiert hatte, mochte durchaus noch andere Überlegungen auf Lager haben.

Seine Geduld wurde jedoch auf keine harte Probe gestellt. Seine Uhr war beim Sturz stehengeblieben, so daß er keine Möglichkeit hatte, wirklich festzustellen, wieviel Zeit verging, aber es konnte allerhöchstens eine halbe Stunde sein, als er die Geräusche hörte. Zuerst war es nur ein leises Rauschen und Knacken, aber nach wenigen Augenblicken hörte er deutlich Schritte, begleitet von dumpfen Geräuschen, wie sie entstehen, wenn ein großer, massiger Körper durch dichtes Unterholz bricht.

Er blinzelte zum Rande der Fallgrube empor, überlegte einen Moment und zog dann mit einer entschlossenen Bewegung seine Waffe. Die Schritte kamen jetzt rasch näher. Mike legte sich vorsichtig auf den Bauch, verbarg die Hand mit der Waffe unter seinem Körper und blinzelte aus zusammengekniffenen Augen. Alles kam jetzt darauf an, daß er überzeugend den Toten spielte.

Ein riesiger, verzerrter Schatten erschien in dem Fleck goldenen Sonnenlichts, das von oben hereinströmte. Mike mußte sich mit aller Kraft beherrschen, um nicht den Kopf zu drehen und zu dem Wesen hinaufzustarren, das am Rande der Fallgrube stand. Selbst wenn er bedachte, daß das schräg einfallende Licht den Schatten verzerrte, mußte es ein Gigant sein.

Eine Zeitlang stand der Schatten reglos da und starrte scheinbar interessiert zu ihm herunter. Die langen, seltsam unproportionierten Arme bewegten sich lautlos. Dann ertönte ein raschelndes Geräusch, Erdbrocken und kleine Steine lösten sich vom Rand der Grube und polterten auf Mike herunter, der Schatten ging in die Knie und sprang mit einem federnden Satz in die Tiefe.

Mike unterdrückte einen Aufschrei, als der schwere Körper neben ihm aufprallte. Er konnte nur Füße und Beine des Mannes erkennen, aber selbst dieser Augenblick reichte, ihm einen eisigen Schauer über des Rücken zu jagen. Was er sah, waren keine menschlichen Beine! Die unmöglich großen Füße hatten zu wenige Zehen und wirkten verkrüppelt. Die Haut war von einem ledrigen, feuchtglänzenden Braun und wirkte aufgedunsen und verquollen, und die Beine steckten in den vermoderten Resten einer schwarzen Stoffhose. Ein ungeheurer Gestank ging von der Erscheinung aus und nahm Mike den Atem. Einer der nadelspitzen Baumbusspeere war durch den Fuß gedrungen. Die Wucht des Aufpralls hatte ihn tief in das Bein hineingetrieben; die Spitze schaute schräg, dicht unterhalb des Knies, aus der feuchtglänzenden Haut, aber das Wesen schien keinerlei Schmerzen zu spüren. Mit einer fast beiläufigen Bewegung bückte es sich, grapschte mit einer gigantischen, sechsfingrigen Hand nach dem Stab und riß ihn mit einem Ruck aus dem Boden.

Mike zwang sich mit äußerster Willensanstrengung dazu, still liegenzubleiben, als die borkigen Finger des Monstrums über seinen Rücken und sein Gesicht tasteten. Er schauderte. Die Haut des ... *Dinges* fühlte sich kalt und auf ekelerregende Weise schleimig an. Die riesigen Finger fuhren über seine Wange, seine Schläfe und sein Haar und zogen sich dann zurück.

Mikes Finger spannten sich um den Abzug der Pistole. Aber noch konnte er nichts tun. Es nützte ihm gar nichts, wenn er das Ungeheuer erschoß und dann hier unten verhungerte. Ganz davon abgesehen, daß er plötzlich gar nicht mehr so sicher war, ob die Waffe wirklich ausreichte, um mit diesem Giganten fertig zu werden.

Das Wesen blieb einen Augenblick lang unschlüssig stehen, bückte sich dann und hob ihn wie eine gewichtslose Stoffpuppe vom Boden auf. Mike schrie auf, als er wie ein Spielzeug hochgeworfen wurde und im hohen Bogen aus der Fallgrube segelte. Er krümmte sich unwillkürlich zusammen, um den erwarteten Aufprall abzufangen, aber der Schlag trieb ihm trotzdem die Luft aus den Lungen. Benommen blieb er einen Moment lang liegen, wälzte sich dann auf den Rücken und spähte zur Fallgrube hinüber. Am Rand des Loches erschien eine riesenhafte Pranke, tastete suchend herum und klammerte sich dann fest. Augenblicke später erschien die andere Hand des Monstrums, dann wurden Kopf und Oberkörper mit einem kräftigen Ruck nach oben gezogen.

Mike ächzte, als er die Kreatur im hellen Sonnenlicht deutlich erkennen konnte. Das Wesen war nicht so groß, wie er gedacht hatte, aber so ungeheuer massig, daß es unwillkürlich den Anschein eines Riesen erweckte. Sein Körper wirkte auf schwer zu beschreibende Weise verzerrt und verwachsen und unproportioniert. Der rechte Arm schien merklich länger zu sein als der andere, und das Gesicht . . .

Mike hob die Waffe und begann langsam zurückzukriechen. In dem zerstörten Etwas, das das Ding dort trug, wo bei einem Menschen ein Gesicht sein sollte, zuckte es überrascht, als es sah, daß sein vermeintlich totes Opfer floh. Ein tiefes, grollendes Knurren drang aus seiner Brust. Er verdoppelte seine Anstrengungen, hievte sich mit einem Ruck vollends aus der Fallgrube empor und sprang mit einer Bewegung, die sein plumpes Äußeres mit Lügen strafte, auf die Füße.

Mike erhob sich ebenfalls. Die Mündung der Luger folgte jeder Bewegung der Bestie, aber er drückte nicht ab. Das Monstrum schien die Gefahr, die die Waffe bedeutete, durchaus richtig einzuschätzen. Es kam näher, blieb dann stehen und starrte Mike aus kleinen, boshaften Augen an. Aus seiner Kehle drangen knurrende Laute.

Mike wich langsam zurück, ohne das Monstrum aus den Augen zu lassen. Das Wesen machte einen tapsenden Schritt und blieb erneut stehen, als Mike eine warnende Bewegung mit der Waffe machte. Seine Gedanken überschlugen sich. Er würde das Ungeheuer mit seiner Waffe nicht auf alle Ewigkeiten in Schach halten können. Aber es widerstrebte ihm auch, es einfach über den Haufen zu schießen. Er wich zurück, bis er mit dem Rücken gegen einen Baumstamm stieß, wechselte die Luger von der Rechten in die Linke und tastete mit der freien Hand nach oben. Seine Finger stießen an einen kräftigen, weit ausladenden Ast.

Er beschloß, alles auf eine Karte zu setzen. Das Ding sah nicht so aus, als wäre es ein geschickter Kletterer. Er zielte, drückte zweimal hintereinander ab und ließ die Waffe blitzschnell in der Tasche verschwinden. Die Kugeln fuhren rechts und links des Ungeheuers in den Boden und ließen Dreck und trockenes Laub aufspritzen. Das Wesen knurrte und wich erschrocken zurück.

Auf diese Chance hatte Mike nur gewartet. Er fuhr herum, federte hoch und sprang mit weit ausgestreckten Armen nach dem untersten Ast. Seine Finger klammerten sich um das borkige Holz, fanden Halt, und Mike zog sich mit einem verzweifelten Ruck empor. Hinter ihm brüllte das Moormonster wütend auf und stürmte wie eine lebende Dampfwalze heran. Die Erde bebte unter seinen Tritten.

Mike stemmte sich ächzend hoch und zog verzweifelt die Beine an, als das Monstrum nach ihm griff. Eine riesige, sechsfingrige Pranke grapschte nach seinem Fuß, glitt daran ab und zuckte sofort wieder hoch. Mike warf sich verzweifelt nach vorn, griff nach dem nächsten Ast und zog sich mit einem energischen Ruck vollends aus der Reichweite des Monstrums. Der Ast ächzte unter seinem Gewicht, bog sich durch und schüttelte sich wie ein lebendes Wesen. Aber er hielt.

Mike lehnte sich keuchend gegen einen Baumstamm, rutschte in eine sichere Lage und spähte in die Tiefe. Das Moormonster stand mit wütend geballten Fäusten unter ihm und stieß knurrende Laute aus. Aber es machte nicht einmal den Versuch, hinter ihm herzuklettern.

Mike seufzte erleichtert. Seine Vermutung war richtig gewesen. Er war – wenigstens für den Moment – in Sicherheit. Mike drehte sich herum, griff sichernd nach einem weiteren Ast und kletterte langsam höher in den Baum hinauf. Das Blattwerk war dicht genug, um ihn den Blicken seines Verfolgers zu entziehen, und mit etwas Glück würde die Bestie schon bald die Geduld verlieren und verschwinden. Er kletterte bis zur halben

Höhe des Baumes, suchte sich dann einen einigermaßen bequemen Sitzplatz in der Astgabel und lehnte sich gegen den Stamm. Von hier oben hatte er einen relativ guten Ausblick über seine Umgebung. Die Bäume standen dicht genug, daß er mit einiger Mühe und viel Kletterei auf einen anderen überwechseln konnte, wenn sich das Monstrum als geduldiger erwies, als er hoffte.

Er begann, seine Umgebung genauer in Augenschein zu nehmen. In drei Himmelsrichtungen erstreckte sich nichts als Wald – eine dichte, verfilzte grüne Decke, die bis zum Horizont zu reichen schien und irgendwo in unbestimmter Entfernung mit ihm verschmolz. Nur im Westen gab es eine Unterbrechung – einen runden, buckeligen Hügel, auf dessen Rücken ein formloser Umriß thronte. Sein Fuß verschwand in einer grauen, wallenden Masse, die Mike erst nach längerer Zeit als Nebel identifizierte. Eine körperlich spürbare Aura des Bösen schien den Hügel einzuhüllen.

Mike schauderte und wandte den Blick ab. Was immer diesen Wald beherrschte, würde dort vorne zu finden sein.

Der Gedanke brachte ihn wieder auf das Monstrum zurück. Er löste sich vom Stamm, hielt sich mit der Linken fest und beugte sich vor, um hinunterzusehen. Von der Bestie war keine Spur mehr zu entdecken, aber das konnte genausogut eine Falle sein. Die Kreatur war nicht einfach nur eine hirnlose Scheußlichkeit, sondern ein Wesen, das durchaus in der Lage war zu denken, wie sein Verhalten bewiesen hatte. Wer eine solche Falle anlegen konnte, mußte über einen geradezu satanischen Verstand verfügen.

Mike wartete eine gute Viertelstunde, ehe er behutsam herabzuklettern begann. Alle paar Meter blieb er reglos hocken und lauschte. Der Wald war ruhig, fast zu ruhig. Es gab keine Vogelstimmen, keine Geräusche, wie man sie selbst in einem unberührten Wald fand. Selbst das Rauschen des Windes in den Baumkronen schien unnatürlich leise und gedämpft, als hätte sich ein gewaltiger Filter zwischen ihn und die Realität geschoben. Er kletterte weiter, blieb minutenlang auf dem untersten Zweig hocken und sprang schließlich – die Waffe schußbereit in der Rechten – mit einem entschlossenen Satz auf den Boden.

Seine Vorsicht war unbegründet. Das Monstrum war verschwunden. Alles, was noch an seine Gegenwart erinnerte, war die offenstehende Fallgrube und eine Reihe tiefer Fußabdrücke, die vom Waldrand zur Grube, von dort aus zu seinem Baum und dann wieder zum Wald führte. Mißtrauisch spähte Mike in die Runde. Er konnte sich einfach nicht vorstellen, daß die Bestie so schnell aufgab. Vermutlich hatte sie sich irgendwo in der Nähe auf die Lauer gelegt und wartete auf eine günstige Gelegenheit, über ihn herzufallen.

Seine Gedanken wurden abrupt unterbrochen, als aus dem Wald ein gellender, entsetzter Schrei zu ihm herüberwehte.

Jennifer blieben nur ein paar Sekunden, um sich zu erholen, dann drangen gedämpfte Wortfetzen an ihr Ohr. Die Stimmen schienen von vorne zu kommen, aber der Nebel, der immer noch dicht über dem Boden hing, verzerrte alle Geräusche und machte eine genaue Orientierung so gut wie unmöglich. Irgendwo in den wogenden Schwaden schien sich etwas zu bewegen, aber nicht einmal das konnte Jennifer mit absoluter Gewißheit sagen.

Sie preßte sich dicht gegen den Boden und lauschte mit angehaltenem Atem. Die Stimmen kamen näher, entfernten sich dann erneut. Sie konnte die einzelnen Worte nicht verstehen, aber der schrille Klang ließ keinen Zweifel daran, daß es sich um die Gnome handelte.

Sie atmete tief ein, erhob sich vorsichtig auf Hände und Knie und kroch auf die Stimmen zu. Der Boden stieg vor ihr leicht an und bildete etwa in Kniehöhe eine messerscharf gezogene Linie, hinter der sich vermutlich ein Hang oder ein Felsabbruch befand. Sie sah sich ängstlich nach allen Seiten um, raffte dann all ihren Mut zusammen und kroch weiter, bis sie die Kante erreichte.

Ihr Verdacht bestätigte sich. Unter ihr bewegte sich eine Gruppe von zehn oder zwölf kleinen, in zerfetzte braune Umhänge gekleideten Gestalten. Jennifer zuckte zusammen und zog blitzschnell den Kopf ein, als eine der Gestalten zu ihr hinaufsah. Ihr Herz begann zu rasen.

»Sie muß hier irgendwo sein«, krächzte eine schrille Stimme. »Ich spüre es!«

»Du mit deinem Gespür! Wahrscheinlich ist sie längst im Moor ersoffen. Schade drum«, gab ein anderer zurück.

Jennifer atmete auf. Wenn ihr die Worte auch einen kalten Schauer über den Rücken jagten, so bewiesen sie ihr doch wenigstens, daß sie nicht entdeckt worden war. Vorsichtig schob sie sich wieder nach vorne und spähte erneut zu der Gruppe hinunter.

»Sie ist nicht ersoffen!« lamentierte der, der zuerst gesprochen hatte. Seine Stimme klang krächzend und ungefähr so, als gurgele er jeden Tag dreimal mit Rasierklingen. »Ich spüre, daß sie lebt. Wenn Hananiel sie nicht erwischt hat, läuft sie hier irgendwo rum.«

»Hananiel! Hananiel! Irgendwann drehe ich diesem Blödmann den dicken Hals um!« zischte ein anderer Gnom.

»Spuck keine großen Töne! Hättest du besser auf dieses verdammte Weib aufgepaßt, bräuchten wir jetzt nicht hier rumzusuchen.«

»Pah, es ist genauso deine Schuld. Wer hat denn . . .«

Jennifer kroch schaudernd zurück, während sich die Zwerge unter ihr mehr und mehr in die Haare gerieten und schließlich alle durcheinander schrien, brüllten und krächzten. Sie zitterte. Ihre Lippen bebten, und sie mußte mit aller Macht ein hysterisches Schluchzen unterdrücken. Mit einemmal sehnte sie sich fast danach, in den Schutz des Nebels zurückzukehren. Sie beruhigte sich erst wieder, als sie im Schutz der Bäume angekommen war und sich aufrichten konnte. Auf der anderen Seite des Hügels stritten die Zwerge immer noch miteinander, aber der mit der krächzenden Stimme schien mehr und mehr die Oberhand zu gewinnen – was nichts anderes bedeutete, als daß er die anderen schlicht und einfach überbrüllte. Nach einer Weile trat schließlich so etwas wie Ruhe ein, in der nur noch eine einzige Stimme zu hören war, die Befehle und Anordnungen brüllte. Jennifer versuchte die Worte zu verstehen, aber es gelang ihr nicht.

Sie preßte sich zitternd gegen den Baum. Ihre Gedanken überschlugen sich. Sie versuchte erst gar nicht zu verstehen, was hier eigentlich vor sich ging. In ihrem Weltbild war nie Platz für Dinge wie Geister und Erscheinungen gewesen, und sie weigerte sich selbst jetzt noch, daran zu glauben. Entweder, sie war total übergeschnappt und lag in irgendeinem Krankenhausbett und phantasierte, oder die Zwerge waren real – und etwas Reales konnte man bekämpfen. Es hatte wenig Sinn, wenn sie weiterhin blindlings umherirrte. So würde sie nie von hier wegkommen. Über kurz oder lang würde sie entweder wieder in ein Sumpfloch geraten oder von den Gnomen eingeholt werden. Wenn sie eine Chance haben wollte, mußte sie planmäßiger vorgehen, und das bedeutete vor allem, daß sie unbedingt Informationen erhalten mußte.

Widerstrebend näherte sie sich wieder der Kante. Sie schob sich auf dem Bauch kriechend die letzten Meter empor und spähte vorsichtig in den Weg hinunter.

Die Zwerge waren bis auf drei verschwunden. Einer von ihnen – der mit der unangenehmen Stimme – gab den beiden anderen in rüdem Tonfall Befehle, worauf diese einen schweigenden Blick austauschten und dann mit huschenden Schritten im Wald verschwanden.

Jennifer spannte sich. Wenn sie überhaupt eine Chance hatte, dann jetzt. Sie wartete noch zehn Sekunden, um ganz sicherzugehen, daß keiner der anderen zurückkehren würde, visierte den Gnom dann kurz an und sprang.

Sie verfehlte ihr Opfer, krachte neben ihm auf den Boden und kam mit einer geschmeidigen Bewegung wieder hoch. Der Zwerg fuhr herum und riß erschrocken Augen und Mund auf. Sein pockennarbiges Gesicht verzerrte sich zu einer ungläubigen Fratze. Jennifer sprang vor, schlug nach ihm und verlor zum zweiten Mal die Balance, als der Gnom ihrer Hand mit einer blitzschnellen Bewegung auswich und herumwirbelte.

Aber so schnell gab Jennifer nicht auf. Wenn sie den Zwerg entkommen ließ, war sie verloren. Sie raffte sich auf, sprang mit einem Satz hinter dem fliehenden Gnom her und riß ihn an der Schulter zurück. Ihr linker Arm schlang sich um seinen Hals, während sie mit der anderen Hand seinen Kopf zurückdrückte und ihm gleichzeitig den Mund zuhielt. Jennifer keuchte, trat einen Schritt zurück und riß den Zwerg mit aller

Kraft vom Boden hoch, um gleich darauf – von ihrem eigenen Schwung mitgerissen – haltlos nach hinten zu taumeln und zum dritten Mal zu Boden zu stürzen. Sie hatte das Gewicht des Gnoms instinktiv eingeschätzt, aber der Körper unter dem zerschlissenen Umhang schien buchstäblich nichts zu wiegen.

Sie krachte hin, preßte den Zwerg mit aller Kraft an sich und biß wütend die Zähne zusammen. »Hör auf!« keuchte sie. »Hör auf zu strampeln, oder ich breche dir den Hals!« Sie bekräftigte ihre Worte mit einem wütenden Druck. Das Strampeln hörte augenblicklich auf. Jennifer wälzte sich auf die Seite, setzte sich mühsam auf die Knie und sagte: »Wenn du auch nur einen Muckser von dir gibst ...«

Ein abgehacktes Nicken. Offenbar hatte der Gnom ihre Warnung verstanden.

Vorsichtig, jederzeit bereit, wieder zuzudrücken, lockerte sie den Griff um seine Kehle und nahm gleichzeitig die Hand von seinem Gesicht. Der Gnom keuchte, warf ärgerlich den Kopf herum und funkelte sie boshaft an.

»Das nützt dir gar nichts«, sagte er böse, aber in einer Lautstärke, die Jennifer bewies, wie ernst er ihre Warnung nahm.

Sie zog vorsichtig ihre linke Hand zurück, griff nach seinem Arm und umklammerte das Gelenk, ehe sie sich aufatmend erhob. Der Zwerg machte einen halbherzigen Versuch, sich loszureißen, hörte aber sofort wieder auf, als Jennifer sein Gelenk zusammenpreßte.

»Und jetzt«, sagte sie, immer noch keuchend, »wirst du mir ein paar Fragen beantworten.«

»Nichts werde ich«, zischte der Zwerg. »Laß mich sofort los, wenn dir dein Leben lieb ist!«

Jennifer lächelte zuckersüß. »Zuerst deinen Namen«, verlangte sie sanft, selbst erstaunt darüber, wie ruhig sie war. »Es ist lästig, immer *Kleiner* oder *Knirps* sagen zu müssen.«

Die Augen des Zwergs flammten haßerfüllt auf, aber ein weiterer Druck auf seine Hand brachte seinen Widerstand schnell zum Wanken. »Du erfährst nichts!« keuchte er. »Gar nichts. Und ich werde dafür sorgen, daß ...«

»Deinen Namen«, sagte Jennifer geduldig und drückte noch

einmal zu. Der Zwerg schrie auf und brach in die Knie. Jennifer riß ihn wieder in die Höhe.

»Du erfährst . . . nichts!« wiederholte er. »Ich denke nicht daran, etwas zu sagen – und wenn du mir den Arm abreißt!«

Jennifer überlegte einen Moment. »Meinetwegen, lassen wir den Namen. Der spielt jetzt keine Rolle. Aber ich will wissen, wer ihr seid. Welche Rolle spielt Malcolm, und wer ist dieser Hananiel, von dem ihr gesprochen habt? Und vor allem – wo ist Mike, mein Mann? Was geht hier überhaupt vor?« Der Gnom schwieg beharrlich, und Jennifers Zorn steigerte sich allmählich in eine kalte, berechnende Wut. Sie begriff die Zusammenhänge noch nicht, aber ihr wurde klar, daß der Zwerg ein Schlüssel zu allen Rätseln war. Ihre aufgestaute Angst und die Sorge um Mike verwandelten sich schlagartig in rasende Wut auf den Gnom. »Also gut«, sagte sie gepreßt. »Wenn du nicht reden willst – ich kann auch anders!« Sie fuhr herum und begann, die steil ansteigende Flanke des Hohlweges emporzuklettern, wobei sie den zeternden Gnom wie ein störrisches Kind hinter sich herzerrte. »Siehst du den Wald dort unten?« fragte sie harmlos, als sie auf dem Hügelkamm angelangt waren. »Ich kenne dort unten ein paar hübsche Sumpflöcher. Möchtest du vielleicht in einem davon baden?«

Ein entsetztes Glitzern erschien in den Augen des Zwerges. Er erblaßte noch mehr. Sein Unterkiefer sank herab.

»Das . . . das wagst du nicht!« keuchte er. »Das wäre Mord!«

Jennifer schüttelte den Kopf. »Ach was«, sagte sie lächelnd. »Es merkt doch keiner.«

»Du . . . du . . . bist wirklich . . .«

»Fähig, dich zu ersäufen«, vollendete Jennifer den Satz. »Also – entweder, du beantwortest jetzt meine Fragen, oder . . .« Sie ging ein paar Schritte auf den Wald zu und zerrte den Gnom weiter hinter sich her.

»Warte!« keuchte der Zwerg. »Ich . . . ich sage dir, was du willst!« Seine Stimme bebte. Trotz der Kälte perlte sein Gesicht vor Schweiß. Und er zitterte vor Angst.

Jennifer atmete innerlich auf. In ihr war nicht einmal ein Hundertstel der Ruhe, die sie vorgab. Sie hatte einfach darauf gesetzt, den Gnom einzuschüchtern zu können, ehe ihre Selbstbeherrschung zu Ende war und sie einfach hysterisch kreischend zusammenbrach. Sie hatte gepokert und gewonnen. Dem Zwerg galt ein Menschenleben offenbar nichts. Und er nahm automatisch an, daß Jennifer ebenso empfand. Hätte er geahnt, wie es wirklich in ihr aussah, hätte sie den Schlagabtausch keine fünf Sekunden lang durchgehalten.

»Also!«

»Ich . . . Was hältst du von einem Geschäft? Ich erzähle dir, wo dein Begleiter ist, und du läßt mich laufen?«

Jennifer schüttelte den Kopf. »Ein anderer Vorschlag. Du erzählst mir alles, und ich verzichte darauf, dich eine halbe Stunde lang unter Wasser zu drücken.«

Im Gesicht des Zwerges arbeitete es.

Jennifer deutete mit einer Kopfbewegung auf den Sumpf. »Ich kann dir beim Nachdenken helfen, wenn du willst«, sagte sie drohend.

Der Gnom zuckte zusammen. »Okay, ist ja schon gut . . .«

»Also?«

»Er ist in eine unserer Fallen gestürzt. Wahrscheinlich ist er noch dort. Ich glaube kaum, daß die anderen ihn schon herausgeholt haben.«

»Dann bring mich hin! Wo ist diese Falle?«

»Es ist nicht weit«, sagte der Zwerg. »Du gehst etwa zwei Meilen in diese Richtung.« Er deutete mit der freien Hand auf einen Punkt irgendwo hinter Jennifer. »Siehst du den Baum mit dem abgestorbenen Ast?« Jennifer wandte unwillkürlich den Kopf und folgte dem ausgestreckten Arm des Zwerges.

Sie merkte zu spät, daß der Gnom sie hereingelegt hatte. Für den Bruchteil eines Augenblickes lockerte sich ihr Griff, und der Zwerg nutzte diese Chance. Er riß sich mit überraschender Kraft los, versetzte ihr einen Stoß vor die Brust und hetzte davon. Jennifer taumelte zurück, fing sich im letzten Moment wieder und rannte fluchend hinter dem fliehenden Zwerg her.

Der Gnom hetzte hakenschlagend den Hang hinunter, tauchte unter den tiefhängenden Ästen eines Baumes hindurch und sprang mit einem triumphierenden Kreischen in die Nebelbank. Eine halbe Sekunde später verwandelte sich sein Triumphgeschrei in ein entsetztes Brüllen. Ein dumpfes Platschen ertönte.

Jennifer blieb unwillkürlich stehen und blickte aus schreckgeweiteten Augen in die undurchdringliche Nebelwand.

»Hilfe!« brüllte der Zwerg. »Hol mich raus!«

Er mußte in ein Sumpfloch gefallen sein, dachte Jennifer erschrocken. Sie machte einen zögernden Schritt. Der Boden federte merklich unter ihr.

»Hilf mir doch!« kreischte der Zwerg. »Ich ersaufe hier!«

Jennifer tastete sich vorsichtig weiter. Der Nebel reichte ihr kaum noch bis zur Hüfte, aber er war trotzdem undurchdringlich. Vorsichtig, immer eine Hand an einem Baum oder Busch, tastete sie sich in die Richtung vor, aus der die gellenden Hilferufe des Zwerges kamen. Das Wesen hatte noch vor Minuten Pläne geschmiedet, sie und Mike kaltblütig zu ermorden, und vermutlich würde er es auch jetzt noch ohne mit der Wimper zu zucken tun, wenn er die Gelegenheit hätte, aber sie konnte ihn trotzdem nicht einfach ertrinken lassen, ohne wenigstens zu versuchen, ihn zu retten. Sie ging weiter, tastete blind mit dem Fuß über den unsichtbaren Boden und blieb schließlich stehen, als das Geschrei ganz nahe war.

»Wo bist du?«

»Hier! Ich . . .« Das Gebrüll brach ab und ging in ein schreckliches, blubberndes Gurgeln über. Jennifer bückte sich, tauchte in den Nebel ein und tastete vorsichtig mit den Fingern über den Boden. Ihre Fingerspitzen berührten die feuchte Grasnarbe, fuhren über eine abbröckelnde Kante und tauchten schließlich in schlammiges Wasser. Sie zuckte zurück, beugte sich dann unter großer Willensanstrengung vor und tastete durch die schlammige Brühe. Ihre Hand berührte etwas Ledriges – die verzweifelt ausgestreckte Klaue des Zwerges! Jennifer griff instinktiv zu und zog mit aller Kraft. Aber sie schaffte es nicht, den Gnom aus dem Sumpfloch herauszuziehen – im Gegenteil. Eine unsichtbare Kraft schien den winzigen Körper in die Tiefe zu saugen. Sie warf sich verzweifelt zurück, griff schließlich mit beiden Händen zu und legte ihre ganze Kraft in einen einzigen, gewaltigen Ruck. Der Zwerg schrie quälend auf, kam mit einem saugenden Geräusch frei und platschte wie ein nasser Sack neben Jennifer auf den Boden. Seine Kleider trieften vor Wasser und waren schlammverschmiert. Er wälzte sich auf dem Boden, umklammerte sein Handgelenk und kreischte hoch und schrill. Aber er erholte sich überraschend schnell, wurde plötzlich ruhig und sah Jennifer aus boshaft funkelnden Augen an.

»Deinetwegen wäre ich fast ersoffen«, giftete er. »Man sollte dich mal da reinschmeißen, damit du merkst, wie das ist!« Er fuhr herum, hob den Fuß und versuchte seine Ankündigung in die Tat umzusetzen. Jennifer ließ sich im letzten Moment zur Seite fallen und griff nach dem dürren Hals des Zwerges, erwischte aber nur einen Zipfel seines Umhanges.

Der morsche Stoff zerriß unter dem Druck ihrer Finger.

Jennifer schrie entsetzt auf.

Unter dem Umhang befand sich nichts als ein bräunliches, mit hellen Schimmelflecken übersätes Skelett!

Jennifer begann hysterisch zu schreien, während der Gnom in meckerndes Gelächter ausbrach und mit ausgestreckten Händen auf sie zukam.

Für die Dauer von zwei, drei Sekunden war Jennifer unfähig, irgend etwas anderes zu tun, als gelähmt vor Schrecken dazusitzen und aus schreckgeweiteten Augen auf den näher kommenden Horror-Zwerg zu starren. Ihr Blick schien sich wie hypnotisiert an dem gräßlichen Skelett festzusaugen, das unter dem wehenden Cape zum Vorschein gekommen war. Süßlicher, unerträglicher Verwesungsgeruch schlug ihr entgegen und nahm ihr den Atem. Sie keuchte, kroch ein paar Schritte zurück und schlug wimmernd die Arme über dem Kopf zusammen, als die dürren Finger des Gnoms nach ihr griffen.

Die Berührung der kalten Leichenhaut brach den Bann. Sie schrie noch einmal auf, stieß den Zwerg in einer instinktiven Bewegung von sich und kam schwankend auf die Füße.

Der Zwerg kicherte. Sein Gesicht verzerrte sich zu einer Grimasse boshafter Vorfreude. Seine Hände zuckten. Langsam, mit wiegenden Schritten, kam er näher und trieb Jennifer auf das Sumpfloch zu, aus dem sie ihn Sekunden zuvor erst befreit hatte. Sie stolperte, sah sich verzweifelt nach einem Fluchtweg um und sprang im letzten Augenblick zur Seite, als die dürren Klauenhände vorzuckten.

»Bitte . . .« keuchte sie. »Bitte nicht. Ich habe dich gerettet.«

»Na und?« kicherte der Zwerg. »Was bist du so blöd?« Er lachte, rollte mit den Augen und griff dann blitzartig nach Jennifers Arm. Seine Klaue legte sich fest um Jennifers Handgelenk, preßte es zusammen und zwang sie in die Knie.

»Eigentlich sollte ich dich zu den anderen bringen«, sagte er nachdenklich. »Aber vielleicht behalte ich dich für mich allein.«

Jennifer wehrte sich verzweifelt, aber gegen die Kraft des Gnoms hatte sie nicht die geringste Chance. Sie begriff, daß er die ganze Zeit nur mit ihr gespielt hatte. Selbst als sie ihn unten im Hohlweg angegriffen hatte, hätte er sie mit Leichtigkeit überwältigen können. Er hatte sie absichtlich die ganze Zeit über in dem Glauben gelassen, ihm überlegen zu sein, um seinen Triumph später noch besser auskosten zu können.

Der Zwerg kicherte, als er das Entsetzen auf ihrem Gesicht sah. Er trat zurück, versetzte ihr einen Stoß in die Seite und wies mit einer Kopfbewegung nach Westen. »Los«, zischte er drohend. »Setz dich in Bewegung!«

Jennifer gehorchte ängstlich. Dicht gefolgt von dem Zwerg, stolperte sie blind durch den Nebel, zurück in die Richtung, aus der sie gekommen waren. Sie erreichten den Hohlweg, arbeiteten sich den schrägen Hang hinunter und blieben stehen.

»Dort entlang!« Der Zwerg deutete nach Westen und unterstrich seinen Befehl mit einem weiteren Knuff in Jennifers Rippen. »Nun mach schon, bevor ich . . .« Er brach mitten im Satz ab, erstarrte für einen Augenblick und fuhr dann mit einer schlangenartigen Bewegung herum.

Jennifer zuckte ebenfalls erschrocken zusammen, doch gleich darauf wich ihr Schrecken unbändiger Freude. »Mike!« schrie sie. Nur der zwischen Mike und ihr stehende Gnom hinderte sie daran, sofort auf ihn zuzurennen. Der Zwerg trat einen halben Schritt auf Mike zu und blieb dann lauernd stehen. Seine dürren Hände krümmten sich zu kleinen, gefährlichen Klauen.

»Paß auf!« keuchte Jennifer hastig. »Er ist gefährlich!«

Der Zwerg fuhr mit einer wütenden Bewegung herum. »Halt das Maul!« geiferte er. »Bevor ich es dir stopfe!«

Gleichzeitig sprang er mit einem Satz vor. Seine gierig ausgestreckten Klauen hackten nach Mikes Gesicht und verfehlten es um wenige Millimeter. Der Mann keuchte überrascht, sprang zurück und versetzte dem Gnom eine schallende Ohrfeige, die ihn zurücktaumeln und hilflos zu Boden stürzen ließ.

»Laß es lieber«, sagte er drohend. »Ich vergreife mich nicht gern an einem Schwächeren, aber wenn es sein muß . . .«

Der Zwerg kreischte wütend, sprang auf die Füße und zog ein fast armlanges Messer unter seinem Cape hervor. Mit einem ärgerlichen Fauchen drang er ein zweites Mal auf seinen Gegner ein. Mike sprang zurück, wich mit einer Bewegung, die fast zu schnell war, als daß das Auge ihr noch folgen konnte, zur Seite aus und trat nach dem Handgelenk. Der Gnom kreischte vor Schmerz und Wut, ließ das Messer fallen und umklammerte sein Handgelenk. Aber der Schmerz hielt nur einen Sekundenbruchteil lang an. Er schwang die Füße und drosch auf seinen vollkommen überraschten Gegner ein.

Jennifer stöhnte unwillkürlich auf, als sie sah, wie sich Mike unter den Hieben des Gnoms zusammenkrümmte. Obwohl er seinen Gegner um fast einen Meter überragte, sah es für einen Moment so aus, als hätte er in dem ungleichen Kampf nicht die Spur einer Chance. Er steckte eine Reihe Treffer ein, stolperte über eine Wurzel und landete mit einem keuchenden Laut auf dem Rücken. Der Zwerg war mit einem Satz über ihm, hockte sich auf seine Brust und schlug weiter auf ihn ein.

Jennifer reagierte in diesem Augenblick, ohne zu denken. Sie löste sich aus ihrer Erstarrung, lief zu den beiden Kämpfenden hinüber und zerrte den Zwerg mit einem verzweifelten Ruck von seinem Opfer herunter. Der Zwerg schrie wütend auf, fuhr herum und schüttelte sie mit einer ärgerlichen Bewegung ab. Sie taumelte zurück, verlor das Gleichgewicht und stürzte lang hin.

Der Zwerg funkelte sie böse an und wandte sich dann wieder seinem Gegner zu. Mike hatte die winzige Atempause, die Jennifers Eingreifen ihm verschafft hatte, genutzt und sich auf Hände und Knie erhoben. Sein Gesicht wirkte verschwollen, und auf seiner Stirn prangte eine dunkelrot unterlaufene Beule. Aber er schien begriffen zu haben, daß er seinen Gegner vollkommen falsch eingeschätzt hatte.

Der Zwerg griff erneut an. Aber diesmal war Mike vorbereitet. Er blockte einen Fausthieb des Gnoms mit dem Unterarm ab, fing die nachsetzende Gerade mit der flachen Faust auf und verdrehte dem Zwerg blitzartig den Arm. Der Zwerg brüllte, wand sich wie eine Schlange und rammte seinen Gegner mit beiden Füßen. Mike keuchte und ließ instinktiv den Arm los. Der Gnom sprang zurück. Der Blick seiner kleinen boshaften Augen tastete verzweifelt über den Boden und blieb an der schimmernden Messerklinge hängen. Er fuhr herum und hetzte mit zwei, drei weit ausgreifenden Sprüngen zu der Stelle, an der die Waffe im Gras lag. Durch die schnelle Bewegung verrutschte sein Umhang, und für einen winzigen Augenblick wurde das phosphoreszierende Skelett darunter sichtbar.

»Mike! Das Messer!«

Mike war für einen Moment abgelenkt gewesen. Er stieß ein entsetztes Keuchen aus, als er die unglaubliche Erscheinung gewahrte. Seine Augen weiteten sich entsetzt, und sein Gesicht überzog sich plötzlich mit einer unnatürlichen Blässe. Aber der Schrecken dauerte nur wenige Sekunden an. Dann hatte er sich wieder in der Gewalt. Er stand auf, warf Jennifer einen hastigen Blick zu und konzentrierte sich auf den Zwerg.

Die Messerklinge schimmerte drohend auf, als der Gnom vorsichtig auf sein Opfer zutänzelte. Die Art, in der er die Waffe hielt, zeigte deutlich, daß er damit umzugehen verstand, und das Zittern seiner Hände schien eher auf Wut als auf Angst zurückzuführen zu sein. Er zischte drohend, hackte ein paarmal mit dem Messer in die Luft und trieb den fast doppelt so großen Mike Schritt für Schritt auf die rückwärtige Wand des Hohlweges zu.

Was dann geschah, ging zu schnell, als daß Jennifer hinterher noch hätte sagen können, was im einzelnen passiert war. Mike federte plötzlich zur Seite, drehte sich in der Luft und trat aus einem geradezu unmöglichen Winkel zu. Sein ausgestreckter Fuß streifte den Schädel des Zwerges nur, aber allein diese Berührung war heftig genug, um den Gnom zurückprallen zu lassen. Er schrie auf, ließ seine Waffe fallen und kämpfte verzweifelt um sein Gleichgewicht. Mike war mit einem einzigen Satz bei ihm. Sein Arm, durchbrach die Deckung des Zwerges und schleuderte ihn endgültig zu Boden. Der Gnom fiel wie ein gefällter Baum, zuckte noch einmal und blieb dann reglos liegen.

Mike richtete sich schweratmend auf, blickte noch einmal mißtrauisch auf den reglosen Zwerg herunter und kam dann zögernd auf Jennifer zu.

»Alles in Ordnung?« fragte er leise.

Jennifer nickte zaghaft und griff nach der hilfreich ausgestreckten Hand. Sie stand auf, sah angstvoll zu dem reglos daliegenden Gnom hinüber und rang sich dann ein einigermaßen gelungenes Lächeln ab. »Wo ... wo hast du bloß gesteckt? Ich ...« Ihre weiteren Worte gingen in einem Schluchzen unter. Schlagartig brach die Mauer aus Selbstbeherrschung, die sie während der vergangenen Stunden mühsam aufrechterhalten hatte. Sie preßte sich an Mike und ließ den Tränen freien Lauf. Tröstend schlang er die Arme um sie und preßte sie an sich. Sie konnte spüren, daß er fast ebenso zitterte, wie sie selbst.

»Du ... du hast mich gerettet«, stammelte sie zwischen den Tränen. »Wenn du nicht gekommen wärst ...«

»Du hast ja auch laut genug geschrien, um halb England zu alarmieren«, versuchte er einen schwachen Scherz, um die Spannung zu brechen, und fügte hinzu: »Außerdem ist es mein Hobby, hübsche junge Frauen aus den Klauen häßlicher Zwerge zu befreien. Und dich ganz besonders.«

Jennifer löste sich mühsam aus seiner Umarmung, fuhr sich mit dem Unterarm über die Augen und blinzelte die letzten Tränen weg. »Wir sollten von hier verschwinden«, sagte sie, »ehe die anderen kommen.«

»Die anderen?« Mike zuckte zusammen. »Du meinst, es ... es gibt noch mehr von diesen Zwergen?«

Jennifer nickte. »Ja. Und sie werden garantiert in wenigen Augenblicken hier auftauchen.«

»Dann verschwinden wir besser so schnell wie möglich.« Mike schaute sich besorgt um. Noch aber war von weiteren Zwergen nichts zu entdecken. »Kannst du noch laufen?« fragte er mit einem Blick auf ihre Schuhe.

Jennifer rang sich ein verkniffenes Lächeln ab. »Ich muß wohl, auch wenn ich bestimmt schon ein paar Dutzend Blasen an den Füßen habe. Weißt du, wie wir zur Straße zurückkommen?«

Mike schüttelte den Kopf. »Aber ich habe ein Haus gesehen, nicht weit von hier«, erklärte er. »Vielleicht finden wir dort Hilfe.«

»Ein Haus? Hier? Mitten im Wald?« Ungläubig verzog Jennifer das Gesicht.

»Ich habe es von einem Baum aus gesehen.« Mike zögerte einen Moment. »Es machte einen ziemlich heruntergekommenen Eindruck, und es . . . es wirkte irgendwie unheimlich. Aber in allen anderen Richtungen war nur Wald zu sehen«, fügte er rasch hinzu.

Jennifer überlegte kurz. Es war nicht sonderlich wahrscheinlich, daß hier, mitten in dem von den Zwergen beherrschten Gebiet, jemand wohnte, von dem sie Hilfe zu erwarten hatten. Viel größer erschien ihr die Gefahr, daß es sich um einen Verbündeten der Zwerge handelte, wenn sich nicht sogar ihr Unterschlupf befand. Trotzdem nickte sie. Wenn es einen Ort gab, wo die Zwerge bestimmt nicht nach ihnen suchen würden, dann dort, in der Höhle des Löwen. Und vielleicht gab es dort ja sogar ein Telefon, oder sie konnten dort wenigstens etwas erfahren, das ihnen half, von hier zu entkommen.

»Sehen wir zu, daß wir hier wegkommen«, sagte sie.

Einige Minuten lang eilten sie schweigend nebeneinander her, zwängten sich durch Gestrüpp und kletterten über umgestürzte Bäume hinweg. Schließlich ließ sich Jennifer schweratmend an einem Baumstumpf zum Boden sinken.

»Ich glaube, wir sind ihnen vorläufig entkommen«, stieß sie hervor. »Ich brauche eine Pause, wenigstens ein paar Minuten. Ich bin völlig erledigt.«

Mike nickte und setzte sich neben sie. Auch ihm lief trotz der Kälte Schweiß über das Gesicht. Als Jennifer wieder zu Atem gekommen war, begann sie zu erzählen, was ihr zugestoßen war.

»Ohne dich wäre ich verloren gewesen«, beendete sie ihren Bericht. »Dieser Monsterzwerg hat die ganze Zeit über nur mit mir gespielt. Wahrscheinlich hat es ihm Freude bereitet, zuzusehen, wie ich mir falsche Hoffnungen mache.« Sie seufzte, schüttelte sich, als könne sie so leichter mit der Erinnerung an das Grauen fertig werden, und umschlang die eng an den Körper gezogenen Knie mit den Händen. Von ihrer anfänglichen Selbstsicherheit und Überlegenheit war nicht mehr viel übriggeblieben. Sie wirkte wie ein Häufchen Elend, wie sie so neben Mike auf der feuchter Erde hockte und blicklos zu Boden starrte.

Mike zog die angebrochene Zigarettenpackung aus der Jackentasche und hielt sie ihr hin. Jennifer zögerte. Im Gegensatz zu Mike, der es trotz aller großspurigen Ankündigungen immer noch nicht geschafft hatte, hatte sie bereits vor Jahren mit dem Rauchen aufgehört. Dennoch griff sie zu, und er nahm sich ebenfalls eine Zigarette. Jennifer wich seinem Blick aus, als er ihr Feuer gab. Ihre Finger zitterten unmerklich. Sie rauchte hastig und mit schnellen, gierigen Zügen.

Mike lehnte sich zurück, schloß für einen Moment die Augen und sog nachdenklich an seiner Zigarette. Nach allem, was er gehört und bereits erlebt hatte, glaubte er nicht mehr daran, daß ihr Wagen durch einen Zufall oder einen technischen Defekt stehengeblieben war. Der Porsche war so gut wie neu, und wenn die Deutschen eines konnten, dann Autos bauen. Nein – er hatte zwar keine Ahnung, wie sie es bewerkstelligt hatten, aber er war sich so gut wie sicher, daß die Zwerge irgendwie dafür verantwortlich waren.

Auch er berichtete in groben Zügen, was ihm widerfahren war, wobei er jedoch absichtlich die Einzelheiten seiner Begegnung mit dem Moormonster verschwieg. Es hatte keinen Sinn, Jennifer noch mehr zu beunruhigen. »Jedenfalls«, fuhr er fort, »muß dieses Ding irgend etwas mit den Zwergen zu tun haben. Vielleicht ist es ihr Anführer, und die Gnome gehen in seinem Befehl auf Menschenjagd.«

»Aber warum?« fragte Jennifer. Ihre Stimme bebte. Sie schien kurz davor zu stehen, erneut in Tränen auszubrechen. »Das alles ist so . . . so sinnlos.«

Mike zuckte die Achseln. »Wahrscheinlich wissen wir einfach noch nicht genug, um den Sinn hinter allem erkennen zu können«, sagte er und wechselte das Thema. »Du hast wirklich nicht gesehen, wer dich aus dem Sumpfloch befreit hat?« fragte er.

Jennifer schüttelte den Kopf. »Nein. Es ging alles so schnell.

Ich war schon halbwegs ertrunken, glaube ich. Als ich wieder zu Atem gekommen bin, war mein Lebensretter verschwunden. Vielleicht ist er vor den Zwergen geflohen. Einige von ihnen waren ganz in der Nähe.« Sie machte eine Pause. »Zumindest aber kenne ich seinen Namen«, ergänzte sie dann.

Mike verschluckte sich vor Überraschung fast an seinem Zigarettenrauch, hustete und sah Jennifer aus großen Augen an. »Und das sagst du erst jetzt?« keuchte er. »Wie heißt er? Und wer ist es?«

»Sein Name ist Hananiel, jedenfalls glaube ich das. Aber wer er ist, weiß ich ebensowenig wie du.«

»Und woher weißt du überhaupt von ihm?«

»Es war das einzige, was ich aufschnappen konnte, als ich die Zwerge belauscht habe«, erklärte Jennifer. »Sie unterhielten sich über jemanden namens Hananiel. Einer sagte etwas von einem großen, starken Kerl, glaube ich. Es hörte sich fast an, als hätten sie Angst vor ihm. Zumindest schienen sie ihm nicht gerade wohlgesonnen zu sein. Aber das ist auch schon alles, was ich gehört habe. Vielleicht täusche ich mich ja auch, und sie meinten etwas ganz anderes.«

Mike überlegte einen Moment. Jennifers Worte ließen die ganze Angelegenheit in einem vollkommen veränderten Licht erscheinen. Möglicherweise gab es in diesem Wald ja wirklich jemanden, der den Zwergen nicht eben freundschaftlich gegenüberstand. Und dieser jemand mußte über genügend Macht verfügen, um selbst den Zwergen und ihrem gigantischen Gebieter Respekt einzuflößen. Wäre es nicht so, hätten sie ihn schon längst umgebracht. Die Aussicht auf Hilfe verlieh Mike neue Energie. Wenn, dann würde Jennifers unbekannter Helfer vermutlich wirklich in dem Haus wohnen.

Er trat seine Zigarette aus, richtete sich auf und half Jennifer, ebenfalls aufzustehen. »Es wird Zeit, daß wir aufbrechen.«

Sie waren etwa zehn Minuten gelaufen, als Mike plötzlich stehenblieb. Jennifer reagierte um eine Winzigkeit zu spät, prallte unsanft gegen ihn und wäre gestürzt, wenn Mike nicht blitzschnell zugegriffen hätte. Sie taumelte, unterdrückte mühsam einen erschrockenen Ausruf, als sie sah, wie Mike einen Finger über den Mund legte und angespannt das Gesicht verzog, und lauschte ebenfalls. Hinter ihnen klangen gedämpfte Stimmen auf. Jennifer zuckte sichtlich zusammen, als sie die hellen, krächzend hervorgestoßenen Laute vernahm.

»Zwerge?« fragte Mike im Flüsterton. Er mußte ihren erschrockenen Gesichtsausdruck richtig gedeutet haben.

Jennifer nickte abgehackt und sah sich instinktiv nach einem Versteck um. Mike griff nach ihrem Handgelenk, deutete mit einer Kopfbewegung nach Westen und rannte wortlos los. Jennifer stolperte, mehr gezogen als aus eigener Kraft, hinterher.

Mike lief in strengem Tempo zwischen den dichtstehenden Bäumen hindurch, sah sich immer wieder ängstlich um und blieb schließlich schweratmend stehen.

»Es hat keinen Sinn«, sagte er. »Wir verirren uns immer tiefer in diesem verfluchten Wald. Wir müssen uns irgendwo verstecken.«

»Und wo?«

Mike blickte sekundenlang nachdenklich in die Baumwipfel empor und schüttelte dann den Kopf. Dem plumpen Moormonster hatte er vielleicht durch seine gewagte Kletterpartie entkommen können, aber die kleinen, beweglichen Zwerge würden Jennifer und ihn wie überreife Äpfel aus den Zweigen pflücken. Er ließ Jennifers Hand los, trat einen Schritt zurück und deutete schließlich zögernd nach rechts.

»Dort.«

Jennifer schauderte. In der Richtung, in die Mike gewiesen hatte, brodelten hellgraue Nebelschwaden über dem Boden. Die Umrisse der Bäume schienen zu verschwimmen, sich allmählich aufzulösen und zu verfasern, und dahinter war nichts als graue Ungewißheit. Aber sie mußte zugeben, daß es ihre einzige Chance war. Es war sinnlos, den Zwergen davonlaufen zu wollen. Selbst wenn sie schneller sein sollten – was Jennifer bezweifelte – würden sie nur weiter im Kreis herumirren und früher oder später einer anderen Gruppe in die Hände laufen. Sie nickte verkrampft und ging neben Mike auf die treibende Nebelwand zu.

Es wurde merklich kühler, als sie in das graue Nichts eindrangen. Feuchtigkeit schlug wie eine unsichtbare Woge über ihnen zusammen und durchtränkte sie innerhalb weniger Augenblicke bis auf die Haut. Jennifer griff instinktiv nach Mikes Hand. Ihre Finger gruben sich so tief in seine Haut, daß er schmerzhaft aufstöhnte.

»Beruhige dich«, sagte er leise. Der Nebel dämpfte seine Stimme und gab ihr einen verzerrten Klang, und selbst auf die geringe Entfernung konnte sie sein Gesicht nur als schemenhaften Umriß erkennen. »Der Nebel tut dir nichts.«

»Wir ... müssen vorsichtig sein«, sagte sie mühsam. »Der Boden ist voller Sumpflöcher.«

Mike nickte. Sie hatte den Eindruck, daß er lächelte, aber nicht einmal das konnte sie mit absoluter Bestimmtheit sagen.

Die Sicht wurde noch schlechter, als sie weitergingen. Der Boden federte unter ihren Tritten, und mehr als einmal prallten Mike oder Jennifer zurück, wenn ihre Füße plötzlich ins Leere stießen.

»Sie ... sie werden uns kriegen«, sagte Jennifer plötzlich.

Mike blieb stehen und lachte leise. Es klang unecht. »Reiß dich zusammen, Jenny«, sagte er. »In dieser Milchsuppe würden sie nicht einmal einen ausgewachsenen Dinosaurier finden. Geschweige denn uns.«

Jennifer schüttelte störrisch den Kopf. »Sie sind da«, behauptete sie. »Ich spüre es. Sie wissen genau, wo wir sind. Sie ... sie spielen nur mit uns.«

Mike verzichtete auf eine Antwort. Er spürte, daß sie dicht davor stand, endgültig hysterisch zu werden. Er hatte noch nie erlebt, daß ihr die Nerven in solchem Maße durchgegangen waren, aber sie hatten sich auch noch nie in einer solchen Situation befunden. Nach allem, was sie erlebt hatte, konnte er es ihr nicht einmal verübeln. Er war sich nicht einmal selbst sicher, ob Jennifer nicht vielleicht mit ihrer Angst recht hatte. Immerhin waren die häßlichen Gnome hier zu Hause, und es war gut möglich, daß der Nebel für sie ebensowenig ein Hindernis darstellte wie der Londoner Nebel für einen Hafenarbeiter, der seit vierzig Jahren den gleichen Weg nimmt.

Er drückte beruhigend Jennifers Hand und sah sich konzentriert um. Das graue Nichts formte sich vor ihnen zu bizarren

Figuren und grotesken, verkrüppelten Gestalten, Gesichtern, Händen und drohenden, formlosen Umrissen. Aber das war Einbildung, mehr nicht. Es war nicht der Nebel, der sie ängstigte, sondern das Ungewisse, das dahinter lauern mochte. Wenn es etwas gab, vor dem sich jeder Mensch fürchtete, dann war es das Unbekannte, Fremde. Und hinter diesem Nebel konnte sich alles mögliche verbergen.

Mike klammerte sich verzweifelt an diesen Gedanken, um nicht ebenfalls die Nerven zu verlieren. Ihre Situation war schon schlimm genug. Sie befanden sich in einer fremden Gegend voller unbekannter Gefahren und Feinde. Er selbst war dem Tod zweimal innerhalb weniger Stunden nur knapp entronnen, und er hatte dabei mehr Glück gehabt, als er erwarten durfte. Das nächste Mal, das spürte er, würde er sich nicht mehr auf sein Glück verlassen können.

Ein leises Geräusch drang durch den Nebel zu ihnen. Es klang, als lache jemand. Mike zuckte zusammen. Das Geräusch wiederholte sich aus der entgegengesetzten Richtung. Diesmal hörte es Jennifer ebenfalls. Sie fuhr zusammen und stieß einen unterdrückten Schreckensschrei aus.

Ein dunkler, verwaschener Umriß schälte sich vor ihnen aus dem Nebel, verharrte einen Sekundenbruchteil lang reglos und verschwand dann wieder. Erneut ertönte das leise, boshafte Lachen.

»Sie sind da«, keuchte Jennifer.

Mike nickte wütend. »Stimmt«, sagte er knapp. Er stellte sich schützend vor Jennifer und ballte entschlossen die Fäuste, als ein weiterer formloser Umriß vor ihnen emporwuchs. Mit einer geschmeidigen Bewegung zog er die Pistole und ließ den Sicherungshebel herausspringen.

Der Zwerg kam langsam näher, die Hände wie Raubtierkrallen vorgestreckt. Der brodelnde Nebel ließ ihn größer und bedrohlicher erscheinen, als er war.

Mike spannte sich, als er das Geräusch hinter seinem Rücken hörte. Er gewahrte eine Bewegung aus den Augenwinkeln, drehte flüchtig den Kopf und stieß einen wütenden Schrei aus. Sie waren eingekreist. Ein gutes halbes Dutzend Dämonenzwerge stand abwartend um sie herum und beobachtete sie mißtrauisch. Mike reagierte augenblicklich. Er täuschte einen Ausfall nach rechts vor, änderte mitten im Sprung die Richtung und rannte den vor ihnen stehenden Zwerg kurzerhand über den Haufen. Jennifer riß er hinter sich her. Seine Aktion schien für die Zwerge vollkommen überraschend zu kommen. Hinter ihnen erscholl zorniges Gebrüll, dann zitterte der sumpfige Boden unter dem hastigen Trappeln zahlreicher Füße.

Mike prallte gegen einen Baum, der warnungslos vor ihnen aus dem Nebel auftauchte, stieß sich fluchend ab und brach rücksichtslos durch das unsichtbare Unterholz. Er glitt aus, strauchelte, trat in ein heimtückisch aufklaffendes Sumpfloch und riß sich im letzten Augenblick zurück. Hinter ihnen kam das wütende Geheul der Zwerge immer näher.

Jennifer keuchte. »Ich ... ich kann nicht mehr«, stöhnte sie.

Aber Mike zerrte sie weiter. Wenn sie auch nur einen Augenblick lang stehenblieben, waren sie verloren. Sie liefen schneller als die Zwerge, aber nicht schnell genug. Und es war nur eine Frage der Zeit, bis einer von ihnen stolpern oder in ein unter dem Nebel verborgenes Sumpfloch fallen würde.

Vor ihnen hellte der Nebel sich auf. Mike verdoppelte seine Anstrengungen, als er den flirrenden Lichtschimmer sah, der durch die Nebelschwaden brach. Dann, von einer Sekunde zur anderen, waren sie aus dem Wald heraus.

Der Anblick war so phantastisch, daß Mike noch ein paar Schritte weiterstolperte und dann fasziniert stehenblieb und für einen Augenblick sogar die Gefahr in seinem Rücken vergaß. Vor ihnen lag eine weite, fast kreisrunde Lichtung. Der Boden war knöcheltief mit dichtem, wallendem Nebel bedeckt, so daß er den Eindruck hatte, auf einen brodelnden grauen See hinauszublicken. In der Mitte des Nebelsees erhob sich ein mächtiger, seltsam regelmäßig geformter Hügel, dessen Flanken mit kränklichem, braunem Gras bewachsen waren und auf ihm ...

Mike stöhnte. Es war ein Haus, aber der Anblick war so grauenhaft, daß er seine ganze Willenskraft aufbieten mußte, um nicht entsetzt den Blick abzuwenden. Das Gebäude wirkte irgendwie – *verkrüppelt.* Ein verzerrtes, verdrehtes Etwas, die Karikatur eines Hauses. Eine fühlbare Aura der Gewalt des Bösen schien wie ein eisiger Windhauch davon auszugehen.

Mike mußte sich zwingen, noch einmal hinzusehen. Er wußte plötzlich mit unumstößlicher Sicherheit, daß sie in dem Haus keine Hilfe finden würden. Die Zwerge hatten sie absichtlich hierhergetrieben. Und sie waren blind in die Falle getappt.

Ein Geräusch vom Waldrand her ließ ihn herumfahren.

Ein halbes Dutzend Zwerge war aus dem Nebel getreten und ebenfalls stehengeblieben. Mike sah, wie sie sich leise unterhielten und dabei immer wieder erregt auf sie und den Hügel deuteten. Sie wirkten seltsam unentschlossen, beinahe ängstlich. Aus irgendeinem Grunde schienen sie noch zu zögern, ihre Opfer endgültig zu überwältigen. Es kam Mike beinahe so vor, als hätten sie genausoviel Angst vor dem Haus wie er selbst. Einer der Gnome machte einen zaghaften Schritt, blieb stehen und sah sich angstvoll nach seinen Kumpanen um. Gleich darauf machte er einen weiteren Schritt und blieb abermals stehen. Dann folgte ihm der Rest der Gruppe. Mike begriff, daß ihre Unsicherheit nicht mehr lange anhalten würde. Sie hatten nur noch Sekunden.

»Wenn ich abdrücke, dann lauf los«, sagte er leise. Jennifer zuckte erschrocken zusammen. »Was . . .«

»Ich versuche sie abzulenken. Vielleicht hast du allein eine Chance«, sagte Mike, ohne die Gnome aus den Augen zu lassen. »Versuch, hier herauszukommen«, fuhr er hastig fort. »Du mußt Hilfe holen. Zusammen schaffen wir es aus eigener Kraft niemals.«

Die Zwerge stießen ein triumphierendes Geheul aus und stürzten alle gemeinsam vor. Mike fluchte, ging blitzschnell in die Combat-Stellung und drückte zweimal hintereinander ab. Zwei der kleinen, braunverhüllten Gestalten schienen mitten im Schritt von einer unsichtbaren Riesenfaust gepackt und herumgewirbelt zu werden. Der Angriff kam für einen Moment ins Stocken, als die Gnome sahen, was geschehen war. Aber sie überwanden ihre Furcht rasch. Wie auf ein gemeinsames Kommando hin schwärmten die Zwerge aus und begannen Mike einzukreisen.

»Lauf!« brüllte Mike. »Schnell!«

Er drückte noch einmal ab, während Jennifer neben ihm herumfuhr und endlich loslief. Einer der Zwerge löste sich aus der

Kette und hetzte mit großen Sprüngen hinter ihr her. Mike folgte der winzigen Gestalt eine halbe Sekunde lang mit dem Pistolenlauf und drückte ab. Der Zwerg schrie auf, überschlug sich und verschwand unter der brodelnden Nebeldecke, aber sofort nahmen andere seinen Platz ein.

Dann hatte er keine Zeit mehr, sich weiter um Jennifer zu kümmern. Die überlebenden Dämonen schrien wutentbrannt auf und stürzten sich gemeinsam auf ihn. Mike taumelte zurück. Die Waffe wurde ihm aus der Hand gerissen. Er ging zu Boden, stemmte sich halbwegs wieder hoch und krümmte sich unter dem Hagel von Schlägen und Tritten. Es gelang ihm, die Angreifer abzuschütteln. Benommen wankte er einige Schritte, dann wuchs plötzlich ein dunkler, massiger Schatten vor ihm auf.

Während sie rannte, warf Jennifer immer wieder einen Blick über die Schulter zurück. So bemerkte sie, daß die Zwerge plötzlich von Mike abließen. Und sie sah auch den gigantischen, unförmigen Umriß, der plötzlich aus dem Haus stürmte und sich mit weit aufgerissenen Armen auf ihn warf.

Jennifer rannte, so schnell sie nur konnte. Sie holte das Letzte aus ihrem Körper heraus. Verzweiflung und Todesangst verliehen ihr zusätzliche Kräfte, und doch wußte sie, daß sie den Zwergen nur noch durch ein Wunder ein zweites Mal würde entkommen können.

Die Geräusche ihrer Verfolger waren leiser geworden, aber das bedeutete höchstens einen Aufschub.

Plötzlich knackte über ihr ein Zweig.

Jennifer erstarrte und fuhr dann mit einer erschrockenen Bewegung herum. Ihr Kopf flog in den Nacken. Was sie sah, ließ sie erschrocken aufstöhnen. In den weit ausladenden Ästen des Baumes, unter dem sie sich befand, hockte ein grinsender Zwerg, baumelte mit den Füßen und zielte mit einem Bogen, der fast länger war als er selbst, auf sie. Der Pfeil sirrte herunter, streifte ihre Schulter und grub sich zentimetertief in einen Baumstamm.

Jennifer sah einen dicken, unterarmlangen Ast vor sich auf

dem Boden liegen. Ohne zu überlegen bückte sie sich danach, zielte kurz und schleuderte den Ast mit aller Kraft.

Der Zwerg wurde von ihrer Aktion völlig überrascht. Er brüllte auf, als ihn das Holzstück am Kopf traf und ließ seine Waffe fallen. Jennifer rannte weiter.

Erneut raschelte es über ihr. Sie warf im Rennen den Kopf in den Nacken und erkannte eine ganze Anzahl kleiner, braungekleideter Gestalten, die sich mit affenartiger Geschicklichkeit von Ast zu Ast schwangen und sie langsam einzukreisen begannen. Die Schnelligkeit ihrer Bewegungen ließ Jennifer unwillkürlich an große, vierbeinige Spinnen denken. Sie schauderte, schlug einen Haken und versuchte, die Einkreisung zu durchbrechen. Die Zwerge wechselten blitzschnell die Richtung und waren bereits nach weniger Augenblicken wieder über ihr.

Jennifer sprang im letzten Augenblick zur Seite, als sich einer der häßlichen Gnome aus den Ästen fallen ließ. Seine ausgestreckte Klaue kratzte über ihre Schulter, glitt daran ab und riß Fetzen aus dem Ärmel ihrer Lederjacke. Sie fuhr herum, schmetterte ihm den Lauf der Luger ins Gesicht und ging im nächsten Moment unter dem Anprall eines weiteren Angreifers zu Boden. Ein dürrer, unmenschlich starker Arm legte sich von hinten um ihre Kehle und drückte zu.

Jennifer keuchte, krümmte sich zusammen und schleuderte den Gnom über ihre Schulter. Er segelte in hohem Bogen durch die Luft, prallte gegen einen Baum und blieb reglos liegen. Aber auch dies verschaffte Jennifer nur für Sekunden Luft. Ein weiterer Zwerg landete auf ihrer Schulter, krallte sich in ihrem Haar fest und kratzte nach ihren Augen. Jennifer schlug mit dem Ellbogen zurück, traf irgend etwas Hartes und stöhnte befreit auf, als der Zwerg mit einem Schmerzlaut von ihr abließ und sich auf dem Boden zusammenkrümmte.

Plötzlich waren überall kleine, braungekleidete Gestalten. Dutzende von winzigen Händen griffen gierig nach Jennifer, zerrten an ihren Haaren, ihrer Kleidung, ihren Gliedern. Sie stürzte, trat hilflos um sich und stemmte sich verzweifelt gegen die heranwogende braune Flut. Schläge prasselten auf sie herunter und trieben ihr die Luft aus den Lungen,

Und dann, genauso wie der Alptraum begonnen hatte, hörte

es auf. Die Zwerge zogen sich wie auf ein gemeinsames Kommando hin zurück und bildeten einen weiten, lockeren Kreis um sie herum. Jennifer stemmte sich mühsam auf Hände und Knie hoch. Ihre Arme zitterten und waren kaum in der Lage, ihr Körpergewicht zu tragen, und vor ihren Augen tanzten kleine, flimmernde Sterne. Ihr Körper fühlte sich an, als wäre er stundenlang bearbeitet worden.

Vor ihr teilte sich die Reihe der Zwerge, als eine weitere, in schmuddeliges Braun gekleidete Gestalt aus dem Wald kam. Jennifer keuchte erstaunt, als sie das Gesicht erkannte.

»Malcolm!«

Der Zwerg kicherte, blieb stehen und schlug mit einer schnellen Bewegung die Kapuze zurück. Das Gesicht, das darunter zum Vorschein kam, schien noch abstoßender zu sein als das der anderen Zwerge.

»Nett, daß du mich wiedererkennst«, höhnte der Zwerg. »Soviel Grips hätte ich dir gar nicht zugetraut.« Er lachte hämisch und machte dann eine befehlende Geste. »Steh auf!«

Jennifer gehorchte automatisch. Die Zwerge rückten drohend näher, aber Malcolm scheuchte sie mit einer herrischen Handbewegung zurück. »Du hast uns schon ganz viel Ärger gemacht«, sagte Malcolm nachdenklich. »Dumm von dir. Sehr dumm.«

Jennifer schluckte mühsam. Malcolms Worte klangen auf seltsame Weise beunruhigender, als hätte er wirklich Drohungen ausgestoßen.

»Was . . . was wollt ihr von mir?« fragte sie mühsam.

Malcolm kicherte leise.

»Was für eine dumme Frage«, sagte er. »Was wollen wir schon von dir, Kleine? Dich wollen wir. Und wie du siehst, haben wir dich ja schon.« Er trat einen Schritt zurück und machte eine weitere Geste, worauf zwei der anderen Gnome vortraten und auf Jennifer zukamen. In ihren Händen baumelten daumendicke Stricke.

»Du hast die Wahl«, sagte Malcolm beiläufig. »Entweder du kommst jetzt mit, ohne noch mehr Ärger zu machen, oder wir schmeißen dich gleich hier in ein Sumpfloch und ersäufen dich!«

Jennifer schauderte. Der Zwerg würde seine Drohungen wahr machen, das spürte sie. Sie streckte gehorsam die Hände vor und ließ es zu, daß ihre Gelenke aneinandergebunden wurden. Sich jetzt noch zu wehren, wäre glatter Wahnsinn gewesen.,

»Wohin bringt ihr mich?« fragte sie.

Malcolm schürzte geringschätzig die Lippen und entblößte dabei eine Doppelreihe fauliger, gelber Zähne.

»An einen Ort, den noch kein Sterblicher lebend verlassen hat«, erklärte er zweideutig. »Aber keine Angst – dir wird schon nichts geschehen. Wenigstens vorläufig nicht. Erst müssen wir uns um deinen Freund kümmern.«

Jennifer zuckte zusammen. »Mike?« fragte sie mit neu aufkeimender Hoffnung. »Was ist mit ihm?«

Malcolm hob die Schultern. »Was soll mit ihm sein?« fragte er. »Er ist uns entkommen, aber wir schnappen ihn schon. Keine Sorge, Schätzchen. Uns ist bisher noch keiner entkommen. Wenn ich auch zugeben muß«, fügte er mit einer Spur widerwilliger Anerkennung hinzu, »daß uns bisher keiner solche Schwierigkeiten gemacht hat wie ihr. Aber das erhöht den Reiz der Sache eher noch. Und jetzt haben wir genug geredet. Gehen wir!«

Die Gruppe setzte sich schweigend in Bewegung. Jennifer erhielt einen rüden Stoß in den Rücken und taumelte ebenfalls los. Ihre Handgelenke waren so fest zusammengebunden, daß sie ihre Hände schon nach wenigen Augenblicken nicht mehr spürte. Ein weiterer Strick verband ihre Handgelenke mit einem der Zwerge, so daß ein Fluchtversuch von vornherein aussichtslos erschien. Zumindest für den Moment war sie dazu verurteilt, sich in ihr Schicksal zu fügen. Vielleicht ergab sich später eine bessere Gelegenheit zur Flucht.

Sie bewegten sich rasch in westlicher Richtung durch den Wald. Das Unterholz begann sich nach wenigen Minuten wieder zu lichten, und auch die Bäume traten weiter auseinander. Es wurde heller. Nach einer Weile verschwand das Unterholz vollkommen, und der Boden wurde zunehmend sumpfiger. Große, ölig schimmernde Pfützen, unter deren Oberfläche es ununterbrochen zu brodeln und zu kochen schien, durchbrachen den Waldboden, und manchmal bewegte sich die Prozession der Zwerge in einem scheinbar sinnlosen Zickzack-Kurs zwischen den Bäumen dahin. Jennifer schauderte. Hätte die wilde Verfolgungsjagd nur wenige Minuten länger gedauert, wäre sie wahrscheinlich in eines dieser Sumpflöcher gefallen und jämmerlich ertrunken. Indirekt hatten die Zwerge ihr das Leben gerettet. Aber nur, fügte sie in Gedanken hinzu, um sie wahrscheinlich auf viel grausamere Weise umzubringen.

Sie durchquerten den Sumpfgürtel, wandten sich nach Osten und erreichten nach einer halben Stunde den Waldrand. Wenige Minuten später tauchte die Ruine vor ihnen auf.

Jennifer war überzeugt gewesen, daß man sie zu dem Haus bringen würde, das sie zuvor schon gesehen hatte, aber das war ein Irrtum. Sie blieb unwillkürlich stehen, als sie das Gebäude erblickte, aber einer der Zwerge versetzte ihr einen Tritt gegen die Wade, so daß sie eilig weiterstolperte.

Das Gebäude lag halb verborgen hinter den wallenden Nebelschleiern vor der kreisförmigen Lichtung, deren genaue Grenzen in den treibenden Nebelschwaden nicht zu erkennen waren. Aber sie mußte sehr groß sein. Die vom Wind und Jahreszeit zerschmetterten Reste der ehemaligen Allee zogen sich, aus dem Nirgendwo kommend, bis zu den halb eingestürzten Mauern einer brusthohen Umfriedung dahin, die das eigentliche Gebäude einschloß. Es war ein weitläufiger, dreistöckiger Bau im viktorianischen Stil, der früher einmal sehr schön gewesen sein mußte – ein Herrenhaus oder das Jagdschloß eines Adeligen vielleicht. Aber die Jahrhunderte, die an ihm vorübergegangen waren, hatten von seiner ehemaligen Schönheit nicht viel übriggelassen. Das Dach war eingestürzt und hatte einen Teil der obersten Etage mit sich in die Tiefe gerissen. Die Fenster blickten wie schwarze, augenlose Höhlen auf Jennifer herunter, und die ehemals weißgetünchten Wände waren fleckig und mit wucherndem Efeu und Schimmelpilz überzogen. Vor dem breiten Hauptportal bildeten die Trümmer eine fast undurchdringliche Barriere, und als sie näher kamen, bemerkte Jennifer, daß die großen Türen am oberen Ende der geborstenen Steintreppe schräg und halb verfault in den Angeln hingen.

Die Zwerge schleiften sie grob auf den Eingang zu und hielten erst an, als sie in der weitläufigen Empfangshalle standen.

Jennifer sah sich neugierig um. Auch hier waren die Zeichen des Verfalls überdeutlich. Von den Wänden hingen die vermoderten Reste der ehemaligen Tapete, und auf den geborstenen Steinfliesen des Bodens hatten sich Regenwasser und hereingewehter Staub zu einer dicken, schlammigen Kruste vereinigt. Ein Teil der Zwischendecke war eingestürzt, und die herabfallenden Trümmer hatten die geschwungene Freitreppe, die ins obere Stockwerk hinaufführte, unter sich begraben. An den Wänden hingen verblichene Bilder in kostbaren Rahmen, und direkt neben dem Eingang stand eine verrostete Ritterrüstung, die Rechte mit einem abgebrochenen Schwertstumpf wie zu einem spöttischen Gruß erhoben.

Malcolm deutete mit einer herrischen Geste auf eine schmale Holztür, die in der rückwärtigen Wand des Raumes eingelassen war. »Dort hinunter«, fauchte er.

Jennifer setzte sich gehorsam in Bewegung. Einer der Zwerge eilte voraus und mühte sich ächzend mit der schweren Tür ab. Dahinter kam eine schmale, ausgetretene Steintreppe zum Vorschein, die steil in die Tiefe führte. An ihrem unteren Ende flackerte rötliches Fackellicht. Ein Schwall abgestandener Luft schlug ihr entgegen.

Malcolm machte eine einladende Handbewegung und lächelte spöttisch. »Gehst du allein, oder soll ich dich runterschmeißen?« fragte er.

Jennifer starrte ihn böse an und setzte zögernd einen Fuß auf die oberste Stufe, ehe sie die nächste in Angriff nahm.

»Schneller!« zischte Malcolm ungeduldig. »Wir haben schließlich nicht den ganzen Tag Zeit. Immerhin«, fügte er mit einem meckernden Lachen hinzu, »haben wir heute abend noch etwas vor. Du und wir.« Er drängte sich an ihr vorbei und eilte vor ihr die Treppe hinunter. Jennifer hörte ihn irgendwo unter sich an einer Tür hantieren. Eine Kette klirrte, dann erklang das Quietschen schwerer, altersschwacher Scharniere.

Sie erreichte den Fuß der Treppe und wurde von ihren Bewachern grob weitergestoßen. Vor ihr lag ein niedriger, von einer einzelnen Fackel nur unzureichend erleuchteter Gang. An seinem Ende befand sich eine halbrunde Tür aus schweren Eichenbalken.

»Wenn ich bitten dürfte, Gnädigste«, sagte Malcolm hämisch. »Eure Gemächer sind bereit. Ich hoffe, ihr seid damit zufrieden.«

Jennifer trat zögernd durch die Tür. Dahinter befand sich ein weiter, fensterloser Raum mit feuchten Steinwänden. Der Boden bestand aus festgestampftem Lehm. In einer Ecke lag ein Haufen schimmeligen Strohs, daneben eine mit Grünspan überzogene Kanne und eine flache Metallschüssel, in der irgend etwas Undefinierbares vor sich hinfaulte.

Malcolm entzündete die Fackel und befestigte sie neben der Tür an der Wand.

»Ich gebe zu, es ist nicht sonderlich bequem«, sagte er. »Aber du wirst es nicht allzu lange aushalten müssen.« Er lachte häßlich und winkte ungeduldig, als Jennifer immer noch zögerte, den Kerker zu betreten.

Sie machte einen widerwilligen Schritt und drehte sich herum. »Nehmt mir wenigstens die Handfessel ab«, sagte sie, während sie Malcolm die gefesselten Hände entgegenstreckte.

Der Zwerg überlegte einen Moment, zuckte dann die Achseln und zog ein rostiges Messer aus dem Gürtel. »Warum nicht. Du wirst dich wohl kaum durch die Wände graben können«, murmelte er. Er schnitt den Strick durch, steckte das Messer zurück und entfernte sich rückwärts gehend.

Jennifer zuckte zusammen, als die Tür mit dumpfem Geräusch ins Schloß fiel.

Es klang, als schlüge ein überdimensionaler Sargdeckel zu.

In den Ecken nistete Feuchtigkeit. Die flackernde Fackel erfüllte den Raum mit tanzenden Schatten, die ihren Augen bizarre Formen und Bewegungen vorgaukelte, wenn sie nur lange genug hinsah. Die Kammer war von einem durchdringenden, unerträglichen Fäulnisgestank erfüllt, und unter der Decke bildeten staubverhangene Spinnweben einen grauen Baldachin.

Jennifer kauerte sich fröstelnd in der Mitte des Raumes zusammen und sah zum hundertsten Male auf die geschlossene

Tür vor sich. Sie wußte nicht, wie lange sie bereits in diesem finsteren Verlies eingesperrt war. Ihr Zeitgefühl war während der vergangenen Stunden vollkommen verlorengegangen. Aber es mußte lange sein. Ihre Kehle war ausgedörrt und brannte. Sie hatte Hunger, und ihr Magen knurrte so laut, daß sie beinahe glaubte, man müsse das Geräusch überall im Gebäude hören. Ihre Gedanken drehten sich im Kreise. Sie hatte sich verzweifelt das Hirn zermartert und versucht, eine Erklärung für das grauenhafte Geschehen zu finden, aber sie war nicht von der Stelle gekommen. Alles, was sie wußte, war, daß sie gefangen war, daß die Zwerge Jagd auf Mike machten und daß man sie aller Wahrscheinlichkeit nach umbringen würde.

Mike . . .

Sie erinnerte sich noch deutlich, wie die gigantische Kreatur, bei der es sich nur um das Moormonster handeln konnte, in dessen Falle er zuvor geraten war, sich auf ihn gestürzt hatte. Trotzdem schien Mike noch einmal entkommen zu sein, wenn sie Malcolms Worten glauben durfte. Aber vielleicht handelte es sich ja auch nur um eine weitere Boshaftigkeit des Zwerges, mit der er ihr eine Hoffnung vorgaukeln wollte, die es gar nicht gab. Möglicherweise amüsierte er sich insgeheim königlich über sie, und Mike befand sich ebenfalls längst in Gefangenschaft. Vorausgesetzt, er lebte überhaupt noch.

Sie schrak aus ihren Gedanken auf, als auf der anderen Seite der Holztür ein gedämpftes Klirren laut wurde. Ein Riegel wurde zurückgeschoben, und in der Tür öffnete sich eine schmale Klappe, die sie vorher nicht bemerkt hatte. Ein dürres, verhutzeltes Gesicht mit brennenden Augen starrte zu ihr hinein.

Jennifer setzte sich auf und wartete gespannt, was weiter geschah. Sekundenlang starrte der Zwerg boshaft zu ihr herunter, dann wurde die Klappe wuchtig zugeschlagen, und ein Schlüssel drehte sich quietschend in einem rostigen Schloß. Die Tür schwang langsam auf. Ein braungekleideter Zwerg erschien, ein Tablett mit einem Tonkrug und ein paar Brocken halbverschimmelten Brotes vor sich herbalancierend. Er blieb einen Moment lang stehen, warf Jennifer einen drohenden Blick zu und trat dann vollends in die Zelle hinein.

»Dein Essen«, krächzte er, während er ihr auffordernd das Tablett entgegenhielt.

Jennifer reagierte nicht.

Hinter dem Zwerg erschien eine zweite, gnomenhafte Gestalt. In ihren Händen blitzte ein fast meterlanges Schwert. Aber der Gang hinter ihm war leer. Offensichtlich hatte man nur diese beiden hinuntergeschickt.

Jennifer überschlug blitzschnell ihre Chance. Sie hatte am eigenen Leib zu spüren bekommen, wie unglaublich stark die Dämonenzwerge waren. Aber sie mußte es riskieren.

Der Zwerg verzog ärgerlich das Gesicht, murmelte etwas Unverständliches und schlurfte mit müden Schritten auf sie zu. Einen halben Meter vor ihr blieb er stehen, setzte das Tablett ab und funkelte sie böse an.

Jennifer wartete, bis er sich herumdrehte, um zur Tür zurückzugehen. Dann fuhr sie blitzschnell herum, trat nach seiner Kniekehle und sprang über den stürzenden Zwerg hinweg.

Der andere Gnom reagierte um einen Sekundenbruchteil zu spät. Das Schwert in seiner Hand zuckte hoch und flirrte als silberner Schemen auf Jennifer zu. Jennifer duckte sich im letzten Moment weg, und die Klinge hämmerte dicht über ihr gegen die Wand. Funken und Steinsplitter stoben auf. Das Schwert ächzte hörbar, federte zurück und wurde dem überraschten Zwerg aus der Hand geprellt. Jennifer sprang vor, packte den kaum metergroßen Gnom bei den Schultern und warf ihn im hohen Bogen gegen seinen Kumpan, der sich soeben wieder auf die Füße erhoben hatte. Die beiden Dämonen gingen in einem fluchenden Knäuel ineinander verstrickter Glieder zu Boden.

Jennifer grinste schadenfroh, sprang durch die Tür und warf sich mit aller Kraft gegen die schweren Eichenbalken. Die rostigen Scharniere kreischten protestierend auf. Das Türblatt erzitterte und bewegte sich mit quälender Langsamkeit. Jennifer keuchte, stemmte sich noch einmal gegen die Tür und schob sie mit einer verzweifelten Kraftanstrengung zu. Der Riegel rastete mit einem dumpfen Geräusch ein.

Jennifer trat schweratmend von der Tür zurück. Ihr Herz jagte. Sie spürte plötzlich, daß sie sich vollkommen verausgabt hatte. Ihre Glieder waren steif vom stundenlangen, bewegungslosen Sitzen in der eisigen Zelle, und aus ihrem Magen kroch langsam eine Welle der Übelkeit empor. Sie ließ sich gegen die feuchte Steinwand sinken, rang keuchend nach Atem und wartete, bis sich ihr Pulsschlag wenigstens einigermaßen beruhigt hatte.

Hinter ihr begannen die beiden eingesperrten Zwerge wütend gegen die Tür zu hämmern. Jennifer lächelte flüchtig. Die Tür bestand aus fast zehn Zentimeter starken Eichenbohlen und hätte vermutlich selbst dem Ansturm eines wütenden Elefantenbullen standgehalten. Nicht einmal die ungeheuren Körperkräfte der Zwerge würden fähig sein, dieses Hindernis zu überwinden.

Trotzdem hatte sie keine Zeit zu verlieren. Wahrscheinlich würde das Fernbleiben der beiden Zwerge schon in wenigen Minuten auffallen. Bis dahin mußte sie von hier verschwunden sein. Sie sah sich hastig nach etwas um, das sie im Notfall als Waffe benutzen konnte, bückte sich schließlich nach dem Schwert des Zwerges und wog es mißmutig in der Hand. Die Klinge war zu schwer und dazu noch kopflastig. Kaum gut genug, um damit Kartoffeln zu schälen, dachte sie sarkastisch. Sie legte die Waffe wieder aus der Hand, warf ihr einen fast wehleidigen Blick zu und seufzte ergeben. Sie konnte mit einem Schwert nicht umgehen. Im Kampf würde ihr die Waffe nichts nutzen, sie höchstens behindern.

Sie wandte sich um und ging dicht an die Wand gepreßt den Gang hinunter. Am Fuße der Treppe blieb sie stehen und spähte mit angehaltenem Atem nach oben. Die offenstehende Tür schimmerte als helles, verwaschenes Rechteck am oberen Ende der Treppe. Sie zögerte einen Moment, raffte dann all ihren Mut zusammen und begann auf Zehenspitzen, die Treppe hinaufzusteigen. Vorsichtig, alle Sinne bis zum Zerreißen angespannt, erreichte sie das obere Ende und blieb unter der Tür stehen.

Die weite Eingangshalle der Ruine war verwaist. Eine Windböe spielte raschelnd mit trockenem Laub und Schmutz und brach sich heulend an zerborstenem Gemäuer. Aus dem rückwärtigen Teil des Gebäudes drang Klirren von Glas und helles, meckerndes Lachen zu ihr hinüber, aber in der Halle selbst war kein Anzeichen von Leben zu entdecken.

Jennifer sprang mit einem Satz aus der Tür und spurtete los. Sie bemühte sich, leise zu laufen. Trotzdem hatte sie das Gefühl, daß ihre Schritte wie Kanonendonner durch die riesige Halle dröhnten.

Sie sprang über eine umgestürzte Säule, hetzte mit weit ausgreifenden Schritten auf das offenstehende Portal zu und – prallte entsetzt zurück.

Auf dem unkrautüberwucherten Weg näherte sich eine Gruppe braungekleideter Zwerge!

Jennifers Gedanken überschlugen sich. Sie hatte nicht die Spur einer Chance, an den Zwergen vorbeizukommen. Es gab nur eine Möglichkeit – zurück ins Haus. Sie fuhr herum, lief bis in die Mitte der Empfangshalle und blieb ratlos stehen. Der weitläufige Raum bot so gut wie keine Deckungsmöglichkeiten. Zu beiden Seiten zweigten Türen ab, aber dahinter konnte sich alles mögliche verbergen – schlimmstenfalls ein Dutzend Zwerge. Sie sah sich verzweifelt um, warf einen gehetzten Blick zum Eingang zurück und lief schließlich auf die trümmerbedeckte Freitreppe zu.

Es wurde zu einem Wettlauf mit der Zeit. Die zerborstenen Steinquader machten ein Besteigen der Treppe fast unmöglich, aber der näher kommende Lärm der Zwergenbande stachelte sie zu einer fast übermenschlichen Anstrengung an. Sie kletterte keuchend über die Trümmer, zwängte sich rücksichtslos zwischen kantigen Steinbrocken hindurch und stolperte schließlich die obersten Stufen empor. Sie erreichte den Treppenabsatz im gleichen Augenblick, in dem die Zwerge in der Halle auftauchten.

Jennifer warf sich mit einem verzweifelten Satz hinter der Balustrade in Deckung und blieb dicht gegen den Baum gepreßt liegen. Ihr Herz hämmerte, und sie preßte die Faust gegen den Mund, um sich nicht durch lautes Keuchen zu verraten.

Die Zwerge betraten nacheinander die Halle, blieben eine Minute lang eifrig diskutierend stehen und verschwanden schließlich durch eine der Seitentüren.

Jennifer atmete erleichtert auf. Diesmal war es wirklich nur um Bruchteile von Sekunden gegangen! Vorsichtig richtete sie sich auf Hände und Knie auf, griff nach dem Treppengeländer und zog sich daran empor. Der morsche Stein ächzte unter der Belastung. Kalk rieselte in einem dünnen Rinnsal zu Boden, und ein winziger Splitter löste sich und prallte scheppernd fünfzehn Meter unter ihr auf die Fliesen.

Jennifer erstarrte. Sekundenlang stand sie vollkommen bewegungslos da und blickte aus angstvoll aufgerissenen Augen nach unten. Aber das Geräusch schien nicht gehört worden zu sein.

Vorsichtiger geworden, löste sie sich vom Treppengeländer und wich Schritt für Schritt bis zur Wand zurück.

Unter ihr wurde eine Tür geöffnet. Eine braungekleidete Gestalt erschien in der Halle, rief irgend etwas in einer fremdartig klingenden Sprache und eilte dann mit schnellen Schritten zu einer Tür auf der gegenüberliegenden Seite.

Jennifer fluchte lautlos in sich hinein. Das Haus schien alles andere als ruhig zu sein. Es mußte buchstäblich Dutzende von Zwergen beherbergen, und sämtliche Gänge schienen sich in dieser Halle zu kreuzen. Sie konnte es nicht wagen, die Treppe herunterzusteigen und direkt durch den Ausgang hinauszuspazieren. Ob sie wollte oder nicht – sie mußte den einmal eingeschlagenen Weg zu Ende verfolgen und weiter nach oben gehen.

Sie drehte sich um, blinzelte mißtrauisch in die wabernden Schatten am oberen Treppenende und ging zögernd los.

Das Letzte, woran er sich erinnerte, war ein gewaltiger, berstender Schlag, der die Welt aus den Angeln gehoben und ihn in ein Chaos aus Schreien und Schmerzen und Angst gestürzt hatte. Dann nichts mehr ...

Mike Lawrence hob mühsam die Hand und fuhr sich über die Stirn. Die Berührung schmerzte, und seine Fingerspitzen fühlten sich feucht und klebrig an, als er die Hand zurückzog. In seinem Rücken saß ein kleiner, beißender Schmerz, und von der Taille abwärts fühlte sich sein Körper seltsam taub und leblos an. Er öffnete die Augen, tastete einen Moment lang blind um sich und setzte sich dann mit einem leisen Stöhnen auf. Dunkelheit umgab ihn. Die Luft roch muffig und feucht, und seine Finger ertasteten glitschigen, mit feuchtem Schimmel überzogenen Stein. Etwas Nasses, Schleimiges blieb an seinem Arm hängen. Er zuckte angewidert herum und schüttelte es ab.

»Hallo? Ist da jemand?«

Er bekam keine Antwort. Seine Stimme erzeugte ein seltsames, hallendes Echo. Der Raum, in dem er sich befand, mußte sehr groß sein. Ein Keller vielleicht, ein Gewölbe, oder – eine Gruft.

Er schluckte den Schrecken, den der Gedanke in ihm auslöste, herunter und zwang sich dazu, sekundenlang reglos sitzen zu bleiben und mit weit aufgerissenen Augen in die Dunkelheit zu lauschen. Seine Umgebung war nicht so still, wie er zu Anfang angenommen hatte. Irgendwo tropfte Wasser, und dazwischen glaubte er das Huschen von kleinen, krallenbewehrten Pfoten zu vernehmen. Ratten oder Mäuse. Er schauderte leicht bei dem Gedanken, drängte die erneut aufkommende Angst aber mit großer Willensanstrengung zurück. Ratten waren nicht gerade ungefährlich, aber er wußte auch, daß sie einen Menschen nicht so ohne weiteres angriffen, wie es in manchen Horrorromanen oder -filmen dargestellt wurde.

Seine Gedanken drehten sich wild im Kreis. Er wußte nicht, wo er war, auch nicht, wie er hierhergekommen war. Alles, woran er sich erinnerte, war, daß er und Jennifer ...

Der Gedanke entglitt ihm sofort wieder.

Er stand auf, tastete blind um sich und stand dann schwankend auf. Die Finsternis schien sich zu verdichten, seinen Körper wie eine wattige, erstickende Masse einzuhüllen und ihn selbst am Atmen zu hindern. Sein Herz begann zu rasen; schnell, hart und schmerzhaft. Für einen Moment wurde er von Panik übermannt, aber das Gefühl verschwand ebenso schnell wieder, wie es gekommen war.

Er mußte hier heraus, ganz egal wie!

Irgendwo über seinem Kopf ertönte ein dumpfes, polterndes Geräusch. Er zuckte zusammen, blieb stehen und legte den Kopf in den Nacken. Aber die Dunkelheit war vollkommen. Das Geräusch wiederholte sich, weiter rechts diesmal und weniger deutlich. Er streckte die Arme über den Kopf, stellte sich auf die Zehenspitzen und fühlte rauhen Zement, durch den die parallel laufenden Spuren der ehemaligen Verschalung verliefen.

Ein Keller also. Wenigstens darüber hatte er Gewißheit. Und wenn es ein Keller war, dann mußte er auch einen Ausgang haben ... Er ging weiter, die Hände tastend wie ein Blinder vorgestreckt und mit kleinen schlurfenden Schritten, stieß schließlich gegen eine feuchte Steinwand und tastete sich daran entlang. Nach einer Weile griffen seine Finger ins Leere. Er blieb abrupt stehen, sah sich sinnloserweise um und ging in die Knie. Der Boden brach vor ihm entlang in einer messerscharfen gezogenen Linie ab. Er ließ sich vollends auf die Knie nieder, legte die Rechte haltsuchend gegen die schleimige Wand und tastete mit der anderen Hand weiter. Seine Finger glitten über die Kante, tasteten sich ein Stück weit senkrecht hinab und stießen dann erneut auf Widerstand.

Eine Treppe! durchzuckte es ihn.

Eine Treppe, die aus diesem Kellergewölbe noch weiter in die Tiefe führte. In Gedanken malte er sich alle nur vorstellbaren Schrecken aus, die er dort unten erwarten mochte. Aber es gab keine andere Möglichkeit, hier herauszukommen. Er stand auf, atmete tief ein und setzte mit klopfendem Herzen den Fuß auf die oberste Stufe.

Erneut ertönte das dumpfe, polternde Geräusch von oben. Er blieb stehen, streckte instinktiv die Arme aus und stieß auf beiden Seiten auf Widerstand. Vorsichtig ging er weiter. Die Treppe schien kein Ende zu nehmen. Nach einer Ewigkeit erreichte er die letzte Stufe, blieb einen Herzschlag lang stehen und stieß dann gegen eine wuchtige Holztür. Schwere Metallbeschläge, ein schenkelstarker Holzriegel, der offensichtlich von der anderen Seite aus gesichert war ...

Mike ballte in sinnloser Wut die Fäuste. Er hatte einen Ausgang gefunden, aber er hätte genausogut auf eine massive Steinmauer stoßen können. Er war gefangen.

Wieder ertönte das dumpfe Poltern über ihm, gefolgt von etwas, das er mit viel Phantasie als Schritte identifizieren konnte, dann knarrte eine Tür und fiel gleich wieder darauf wuchtig ins Schloß. Einen Moment lang kehrte wieder Schweigen ein, dann erklangen auf der anderen Seite schwere, schlurfende Schritte.

Mikes Herz machte einen schmerzhaften Sprung, als er

begriff, daß die Schritte näher kamen. Ohne zu wissen woher, spürte er, daß da etwas Gefährliches und vielleicht Tödliches auf ihn zukam. Das waren nicht die Schritte eines Menschen! dachte er entsetzt. Es war ein mühsames, schlurfendes Schleppen, ein dumpfes und machtvolles Geräusch, als wälze sich irgend etwas Gigantisches auf die Tür zu. Er zuckte zusammen, als sich der Riegel unter seinen Fingern bewegte, erstarrte für eine halbe Sekunde und preßte sich dann mit klopfendem Herzen eng gegen die feuchtkalte Wand.

Ein Schlüssel wurde ins Schloß geschoben und quietschend herumgedreht. Die Tür bebte, quietschte schrill und schwang dann mit einem nervenzerfetzenden Knarren auf. Ein schmaler, trübgrau gefärbter Lichtstreifen fiel in den Raum und vertrieb die Dunkelheit.

Mike unterdrückte im letzten Moment einen entsetzten Aufschrei, als die riesige Gestalt unter der Tür erschien. Das Gegenlicht verwandelte sie in einen flachen, schwarzen Schatten, so daß Mike nur einen verschwommenen Umriß wahrnehmen konnte, aber das wenige, was er sah, reichte vollkommen, um sein Blut in den Adern gefrieren zu lassen.

Die Gestalt füllte die zwei Meter hohe Tür fast vollständig aus. Ihre Umrisse erinnerten Mike an einen Menschen, wenn auch an die bizarre, perverse Karikatur eines Menschen. Kopf und Schultern schienen miteinander verwachsen zu sein und ohne Hals ineinander überzugehen. Ein erstickender, moderiger Geruch wehte ihm entgegen.

Und dann, urplötzlich sein Gedächtnis zurück. Er erinnerte sich wieder, wie Jennifer und er vor den Zwergen geflohen waren, und er wußte auch wieder, was die Gestalt war.

Das Monster aus dem Moor, in dessen Fallgrube er gestürzt war.

Die Gestalt blieb einen Moment lang unter der Tür stehen und bewegte sich dann mit einem tapsigen Schritt in den Raum hinein. Mike preßte sich noch enger gegen die Wand und hielt unwillkürlich den Atem an. Das Monstrum stieß einen leisen, grollenden Laut aus, streckte die Hand nach vorne und drehte langsam den Kopf. Kleine tückische Augen schienen Mike gierig anzublinzeln.

Mike reagierte um den Bruchteil einer Sekunde früher als das Monster. Er sprang zur Seite, tauchte unter den grapschenden Händen des Giganten weg und schlug instinktiv zu. Seine Hand klatschte in eine feuchte, schwammige Masse und wurde federnd zurückgeschleudert. Mike schrie vor Angst und Ekel auf, warf sich zurück und hetzte mit einem verzweifelten Sprung auf die rettende Tür zu. Hinter ihm erklang ein wütendes Brüllen. Eine riesige, unmenschlich starke Hand legte sich auf seine Schulter und riß ihn brutal. Er taumelte, stieß das Ding mit einer ungeheuren Kraftanstrengung von sich und stolperte rückwärts durch die Tür. Mehr instinktiv als aus wirklichen Überlegen griff er nach der Tür, warf sie zu und stemmte sich mit seinem ganzen Körpergewicht dagegen. Seine Finger tasteten nach dem Schlüssel und drehten ihn mit fliegender Hast um. Das Schloß hakte, klemmte für einen Moment und rastete dann mit hörbarem Klicken ein.

Keine Sekunde zu früh! Die Tür erzitterte unter dem Anprall eines riesigen Körpers. Ein weiteres Brüllen drang durch das morsche Holz. Mike stieß einen kleinen erschrockenen Schrei aus und taumelte zurück. Die Tür erbebte unter einem zweiten, noch wütenderen Anprall. Holz splitterte. Ein fingerbreiter, gezackter Riß spaltete das Türblatt der Länge nach, und eine der schweren gußeisernen Nieten sprang mit einem peitschenden Knall ab und klirrte zu Boden.

Mike begriff endlich, in welcher Gefahr er sich befand. Eine halbe Sekunde lang starrte er noch aus geweiteten Augen auf die Tür, ehe er auf dem Absatz herumfuhr und davonlief, so schnell er konnte. Hinter ihm zerbarst die Tür vollends. Mike rannte noch schneller, doch es reichte nicht. Eine unmenschlich starke Hand packte ihn an der Schulter und riß ihn zurück, so hart, daß er stürzte und benommen liegenblieb.

Das Ungeheuer beugte sich über ihn. Wie schon einmal drangen sonderbare knurrende Laute aus seinem Mund.

Wie gelähmt starrte Mike zu ihm auf.

Und dann plötzlich begriff er . . .

Die Tür knarrte so laut, daß Jennifer sich einbildete, man müsse das Geräusch durch das ganze Haus hören. Sie preßte die Hand gegen das Türblatt, als könne sie das Geräusch dadurch dämpfen, warf einen ängstlichen Blick über die Schulter zurück und schlüpfte dann durch den schmalen Spalt in den angrenzenden Raum. Es dauerte einige Sekunden, ehe sich ihre Augen an die schummrige Beleuchtung gewöhnt hatte. Sie befand sich in einer schmalen, niedrigen Kammer, deren Wände über und über mit Büchern und alten Folianten vollgestopft waren. Die Luft roch muffig nach altem Papier und Staub, und durch die Bretter vor dem vernagelten Fenster sickerte ein schmaler Sonnenstrahl. Unter ihren Füßen wirbelte jahrzehntealter Staub auf, als sie die Tür hinter sich schloß und mit ein paar schnellen Schritten zum Fenster ging. Sie stellte sich auf die Zehenspitzen und blinzelte neugierig durch den Spalt in der Bretterverschalung.

Sie schien sich in einem Eckzimmer zu befinden. Das Haus mußte U-förmig angelegt gewesen sein, ehe es dem Verfall anheimgefallen war. Vor ihr erstreckte sich im rechten Winkel eine hohe, teilweise eingefallene Mauer mit blinden Fensterhöhlen. Die wenigen stehengebliebenen Dachsparren wirkten wie dürre Finger, die mit einer hilflosen Geste in den Himmel griffen. Große Teile der Mauer waren verkohlt und geschwärzt. Offenbar hatte es hier irgendwann vor langer Zeit einmal gebrannt.

Jennifer trat vom Fenster zurück und sah sich unschlüssig in der Kammer um. Das hier mußte früher einmal ein Archiv oder eine Bibliothek gewesen sein. Sie ging zu einem der Regale, blies den Staub von den Bücherrücken und fuhr neugierig mit den Fingern über die brüchigen Ledereinbände. Schulbücher ... und keiner der Bände schien jünger als fünfzig Jahre zu sein. Sie trat zurück, ging an den schmutzverkrusteten Schreibtisch unter dem Fenster und zog wahllos eine Schublade auf. Vergilbtes Papier quoll ihr entgegen. Sie nahm es heraus, warf die Blätter nach flüchtiger Durchsicht achtlos zu Boden und zog eine andere Schublade auf. Darin lag ein Bleistiftstummel neben einem Fäßchen mit längst eingetrockneter Tinte, darunter eine zerfledderte Kladde. Sie nahm das Buch heraus und schlug es neugierig auf. Auf dem Deckblatt befand sich ein verblichener Stempel:

SWEEPSTAKE
SOMMERINTERNAT

Sie wog das Buch in der Hand und begann wahllos darin zu blättern. Ihr Verdacht erhärtete sich. Das Haus mußte früher ein Internat gewesen sein – wahrscheinlich ein Institut für die Kinder reicher Leute, die es sich leisten konnten, den großen Aufwand, der hier getrieben wurde, zu bezahlen, um ihren Kindern eine anständige Ausbildung zu bieten. Oder um sie los zu sein.

Sie blätterte weiter. Die Seiten weiter. Die Seiten waren mit akkuraten Reihen einer kleinen, krakeligen Handschrift ausgefüllt, die zu entziffern sie sich nicht die Mühe machte. Auf einer Seite befand sich eine ungeschickte Kinderzeichnung, darunter die Worte ›Sammy ist dof‹ – doof mit einem ›o‹. Jennifer lächelte. Offensichtlich waren die Kinder auch vor einem halben Jahrhundert nicht anders gewesen als heute.

Sie wollte die Kladde schon wieder aus der Hand legen, als ihr Blick auf die letzte Seite fiel. Sie stutzte. Auf dem Blatt befand sich eine Namensliste, offensichtlich eine Aufstellung der Zöglinge, die zu dem Zeitpunkt, an dem das Buch in Gebrauch gewesen war, im Institut wohnten. Einer der Namen war rot unterstrichen ...

Malcolm Kenderwitch.

Malcolm ...

Sie starrte eine Zeitlang auf die Seite, riß sie dann mit einer entschlossenen Bewegung heraus und legte das Buch wieder auf den Tisch zurück. Dann begann sie den Raum genauer zu untersuchen. An einer der Seitenwände befand sich eine schmale Tapetentür, die früher so gut wie unsichtbar gewesen sein mußte, jetzt aber schräg und verquollen in den Angeln hing. Sie drückte die Klinke herunter, zog die Tür einen Spalt breit auf und spähte neugierig hindurch.

Dahinter befand sich ein viereckiger Schacht mit unverkleideten Ziegelmauern, in dem eine rostige Wendeltreppe steil in die Tiefe führte. Jennifer trat entschlossen auf die Leiter hinaus, zog die Tür hinter sich zu und stieg langsam die Stufen hinab. Sie zählte jeden einzelnen Tritt, kam aber recht bald aus dem Takt und gab auf. Mit jedem Schritt, den sie weiter hinabstieg, schien es finsterer zu werden. Der Schacht hatte keine Fenster, und das einzige Licht kam durch ein unregelmäßig geformtes Loch im Dach hoch über ihr. Sie blieb stehen, legte den Kopf in den Nacken und registrierte erschrocken, wie weit sie bereits hinabgestiegen war. Sie mußte sich jetzt schon tief unter der Erde befinden.

Nach einer Ewigkeit erreichte sie das Ende der Treppe und stand vor einer niedrigen, verschlossenen Tür. Sie zögerte einen Moment, drückte dann die Klinke herunter und warf sich mit aller Kraft gegen die Türfüllung. Das altersschwache Schloß gab mit einem kreischenden Geräusch nach. Die Tür flog auf, und Jennifer stolperte in den dahinterliegenden Raum.

Sie mußte sich beherrschen, um nicht laut aufzuschreien.

Vor ihr lag ein weitläufiger, von einer Unzahl von Fackeln taghell erleuchteter Kellerraum. Mächtige Stützpfeiler trugen die gewölbte Decke, und zwei Wände wurden von einem Berg aufgestapelten Gerümpels verdeckt. In der Mitte des Gewölbes gähnte ein riesiger, kreisrunder Schacht im Boden, und dahinter ...

Jennifer stöhnte. Sie hatte durch ihren Beruf als Ärztin schon viel Abscheuliches gesehen, aber dieser Anblick war fast mehr, als sie verkraften konnte. Hinter dem Schacht stand ein barbarisch geformter Thron. Geschnitzte Teufelskrallen bildeten Beine und Armlehnen, die Rückenlehne war in der Form einer riesigen, einwärts gekrümmten Kralle ausgearbeitet. Auf dem barbarischen Möbelstück wirkte die verkrümmte Gestalt, die ihr aus erloschenen Augen entgegenblickte, seltsam verloren und einsam.

Jennifer trat zögernd näher. Ihrer Größe nach zu schließen, mußte die verkohlte Leiche auf dem Thron ein Kind gewesen sein. Die Glieder waren schwarz verbrannt und wie unter Schmerzen an den Leib gepreßt, und der Körper unter dem zerfetzten braunen Umhang wirkte ausgemergelt und rissig wie altes Pergament. Seltsamerweise hatte das Feuer das Gesicht unversehrt gelassen. Jennifer schauderte. In den starren Zügen des Toten hatte sich ein Ausdruck unbeschreiblichen Hasses eingegraben. Die Augen schienen selbst im Tode noch abgrundtiefe Wut auszustrahlen.

Sie riß ihren Blick gewaltsam von der grauenhaften Erscheinung los und beugte sich vorsichtig über den Schacht. Der Anblick ließ sie schwindeln. Die Wände waren glatt und wirkten, als wären sie frisch poliert. Ein leichter Schwefelgeruch stieg von unten empor, und für einen Moment hatte sie das Gefühl, eine vage Bewegung in der ungewissen Schwärze am Grunde des Schachtes zu bemerken.

Aber sie war sich nicht sicher.

Die Tür fiel mit einem dumpfen Schlag hinter ihr ins Schloß, und Jennifer fuhr wie von der Tarantel gestochen herum.

»Meine Gratulation«, sagte Malcolm spöttisch. »So weit ist vor dir noch niemand gekommen, Schätzchen.«

Jennifer zog scharf die Luft ein. Malcolm war allein gekommen, und für einen Moment spielte sie mit dem Gedanken sich auf ihn zu stürzen.

»Tu es nicht«, sagte der Zwerg leise. »Lebend kommst du hier sowieso nicht mehr raus, aber ich möchte mir das Vergnügen noch ein bißchen aufheben.« Er grinste flüchtig und lehnte sich mit vor der Brust verschränkten Armen gegen die Tür.

»Gefällt dir unsere kleine Schatzkammer?« fragte er hämisch.

Jennifer sah unwillkürlich zu der verkohlten Leiche auf dem Thron hinüber und starrte dann wieder den Zwerg an. Ihr Gesicht blieb vollkommen ausdruckslos, aber in Gedanken suchte sie verzweifelt nach einem Fluchtweg.

Malcolm kicherte. »Wenn du schon mal da bist, kann ich dir genausogut alles zeigen. Dann ist die Überraschung später nicht so groß. Aber ich vermute, du hast dich schon umgesehen.«

Jennifer blickte kurz in den bodenlosen Schacht hinunter.

»Was . . . was bedeutete das?« fragte sie stockend.

»Das wird deine neue Heimat, Kleine«, grinste Malcolm. »Eine hübsche Eigentumswohnung, extra für dich und deinen Begleiter vorbereitet.«

»Mike?« fragte Jennifer erschrocken. »Ihr habt Mike gefangen?«

Malcolm schüttelte den Kopf. »Noch nicht, aber er wird bald eintreffen. Du brauchst dich nicht mehr lange zu gedulden«, fügte er hämisch hinzu. »Aber jetzt will ich dich nicht länger auf die Folter spannen. Du bist sicher schon ungeduldig, zu erfahren, was das alles hier soll.« Er schnippte mit den Fingern und trat beiseite, als die Tür knarrend aufschwang. Zwei weitere Zwerge betraten das Gewölbe. Einer von ihnen trug einen mit einem Tuch abgedeckten Bastkorb, den er Malcolm in die Hand drückte. Jennifer hatte den Eindruck, als ob sich unter dem schmuddeligen Tuch etwas bewegte.

Malcolm trat grinsend an den Schacht heran, griff in den Korb und förderte ein zappelndes Kaninchen zutage.

»Jetzt paß auf«, sagte er, während er das Tier an den Ohren über den Rand des Schachtes hielt und losließ. Das Kaninchen verschwand lautlos in der Tiefe.

Einen Augenblick lang geschah gar nichts. Dann begann der Boden zu vibrieren. Ein dumpfes Grollen drang aus der Tiefe empor. Am Boden des Schachtes begann es dunkelrot zu glühen. Ein Schwall warmer Luft drang in das Gebäude, dann ließ ein hoher, klagender Laut die morschen Steinwände erzittern.

Malcolm trat gierig an den Rand des Schachtes. Seine Augen leuchteten.

Irgend etwas schien aus der Tiefe emporzukriechen. Jennifer hatte einen vagen Eindruck von Bewegung. Plötzlich glaubte sie, die Anwesenheit von etwas Fremdem zu spüren. Irgend etwas Unsichtbares hatte den Keller betreten.

Mit einemmal ahnte sie, was mit den Insassen des Autowracks geschehen war, das sie gesehen hatte. Und sie waren sicherlich nicht die einzigen gewesen ...

Eine eisige Hand schien ihren Rücken emporzukriechen und sich um ihre Kehle zu schmiegen. Sie keuchte, taumelte einen halben Schritt zurück und sank wimmernd in die Knie. Das Gefühl verschwand nur langsam. Ihre Hände zitterten, und in ihrem Inneren schien irgend etwas abgestorben zu sein.

Was sie gesehen hatte, war unmöglich, und doch ...

Noch vor kurzem hätte sie auch widerwärtige Gnome und Moormonster ins Reich der Märchen verbannt, nur dazu da, Menschen einen wohligen Schauer zu bereiten. Was sie in den letzten Stunden erlebt hatte, aber war kein Märchen gewesen, sondern die Wirklichkeit, und die Schauer, die ihr über den Rücken rannen, waren alles andere als wohlig.

Malcolm kicherte boshaft. Der Zwerg wirkte plötzlich verändert. Größer... stärker... auf eine unbestimmte, äußerlich nicht sichtbare Art verjüngt. Jennifer begriff plötzlich das schreckliche Geheimnis der Horror-Zwerge. Sie wußte nicht, was sie zu dieser Erkenntnis brachte, aber innerhalb der irrealen Alptraumwelt, in der sie sich befand, schien alles eine andere, eigene Logik zu besitzen.

Was immer am Grunde jenes höllischen Schachtes lauerte, brauchte Leben, Opfer, die ihm die Zwerge brachten. Als Gegenleistung lieferte es den Dämonen Energie. Eine perfekte, grauenhafte Symbiose.

»Ich sehe, daß du begriffen hast«, höhnte Malcolm. »Vielleicht tröstet dich der Gedanke, daß du nicht ganz sinnlos stirbst. Aber es wird jetzt Zeit, mit den Vorbereitungen zu beginnen. Wir haben nicht oft Gäste wie dich und deinen Begleiter. Ein solches Ereignis muß gebührend gefeiert werden, wie du sicher verstehen wirst. Hättest du die Güte, mittlerweile in unser kleines Gästezimmer zurückzukehren?«

Die beiden anderen Zwerge rissen Jennifer grob auf die Füße und stießen sie durch die Tür. Sie gingen durch einen langen, niedrigen Gang, stiegen eine schmale Steintreppe empor und erreichten schließlich wieder den Korridor, an dessen Ende der Kerker lag. Die Tür war weit geöffnet, zwei Dämonenzwerge blickten ihr haßerfüllt entgegen. Jennifer glaubte die beiden zu erkennen, die sie vorhin übertölpelt hatte. Sie zog den Kopf ein, stolperte in den Raum und sank mit einem unterdrückten Schluchzen zu Boden. Hinter ihr fiel die Tür wuchtig ins Schloß.

Jennifer ließ die schmerzenden Füße sinken, mit denen sie im Lauf der letzten Stunden, seit sie in dieses unterirdische Verlies geworfen worden war, wieder und wieder ohne Erfolg gegen die Tür gehämmert hatte. Niedergeschlagen kauerte sie sich in eine Ecke. Wieder begann das quälende tatenlose Warten.

Ganz hatte sie die Hoffnung noch nicht aufgegeben. Vielleicht war all dies doch nur ein Alptraum, und sie würde irgendwann friedlich in ihrem Bett aufwachen, oder es würde Mike irgendwie doch noch gelingen, sie zu befreien. Aber auch wenn sie es sich nicht eingestehen wollte, wußte sie insgeheim, daß diese Hoffnungen trügerisch waren, die eine so sehr wie die andere. Dies war kein Traum, und sie hatte selbst gesehen, wie Mike von dem Moormonster gefangen worden war.

Selbst wenn es kein Verbündeter der Gnome war – und dieser Eindruck hatte sich immer mehr verstärkt, schließlich hatte Malcolm selbst gesagt, daß sie Mike noch nicht in ihrer Gewalt hätten –, bedeutete das noch lange nicht, daß ihm ein weniger schlimmes Schicksal als ihr bevorstand.

Sie konnte nur . . .

Jennifer erstarrte, als von der anderen Seite der Tür her leise, undeutliche Geräusche an ihr Ohr drangen. Sie sprang auf und spannte sich. Die Tür zitterte, erbebte dann unter einem ungeheuren Schlag und schlug krachend gegen die Wand. In der Öffnung erschien ein gigantischer, verkrüppelter Umriß. Jennifer keuchte überrascht. Vor ihr standen nicht die Zwerge, sondern das Moormonster.

Trotzdem überwand sie ihre Schrecksekunde blitzschnell. Sie duckte sich, federte aus dem Stand hoch und sprang auf das Ungeheuer zu.

Bei einem Menschen wäre der Tritt tödlich gewesen, aber das Ungeheuer taumelte nur einen halben Schritt zurück, knurrte drohend und trat dann mit einem schnellen Schritt auf sie zu.

Jennifer tauchte unter dem vorzuckenden Arm der Bestie weg, doch sie war nicht schnell genug. Das Ungeheuer knurrte verärgert, griff nach ihrem Arm und verdrehte ihn. Sie schrie gellend auf und brach in die Knie. Noch im Zusammenbrechen trat sie abermals zu und rammte dem Monster den Fuß in den Unterleib.

»Jennifer, hör auf! Hör um Gottes willen auf!«

Die Stimme ließ sie erstarren. Das Monster ließ ihren Arm los, trat einen halben Schritt zurück und funkelte sie mißtrauisch an. Hinter ihm erschien . . .

»Mike!« schrie sie. Sie rannte an der Moorbestie vorbei und

warf sich in seine Arme. Mit aller Macht klammerte sie sich an ihn, als wollte sie ihn nie wieder loslassen. »Mike, wie kommst du hierher? Ich . . . ich hatte solche Angst.«

Behutsam löste er sich aus ihrem Griff. »Keine Angst, jetzt wird alles gut. Wir werden dich hier wegbringen.«

»Wir?« Jennifer starrte an ihm vorbei auf den Gang hinaus. Im flackernden Licht der Fackel waren zwei verkrümmte, reglose Körper zu erkennen. Eine Lache schwarzen Dämonenblutes begann sich langsam unter ihnen auszubreiten.

»Wir haben jetzt keine Zeit für lange Erklärungen«, stieß Mike hervor. »Hananiel hat sein Leben riskiert, um sie beide hier herauszuholen. Wir müssen verschwinden.«

»Hananiel? Das ist Hananiel?«

»Eigentlich heißt er Handon O'Niel«, sagte Mike knapp. »Aber die Zwerge nennen ihn Hananiel, um ihn zu verspotten. Verdammt, da kommen sie schon!« Er wandte sich barsch um, sprang die wenigen Stufen zur Tür empor und blieb abrupt stehen. Hinter der Gangbiegung waren Schritte laut geworden.

Er starrte eine halbe Sekunde lang hilflos den Gang hinunter, war dann mit einem Satz bei den getöteten Zwergen und zerrte sie keuchend in die Zelle.

»Die Tür zu!«

Hananiel fuhr herum, drückte die Tür ins Schloß und stemmte sich dann mit seinem ganzen gewaltigen Körpergewicht dagegen.

»Wenn die merken, daß die Wachen weg sind, sitzen wir in der Falle!« keuchte Mike. Er ließ die beiden Zwerge angeekelt los und wischte sich die Finger an der Hose ab.

Sie lauschten angestrengt. Durch die dicke Tür war kaum ein Laut zu vernehmen, aber die Gefahr schien vorüberzugehen. Wäre das Fehlen der Wachen aufgefallen, wäre jetzt bereits der Teufel los, dachte Jennifer. Im wahrsten Sinne des Wortes.

»Besser, wir warten noch einen Augenblick«, brummte Mike. »Ich habe keine Lust, ihnen direkt in die Arme zu laufen.«

Jennifer warf einen zögernden Blick zu Hananiel. »Du meinst wirklich, dieses . . . dieses Ungeheuer hilft uns?«

Ein Schatten flog über Mikes Gesicht. »Er ist kein Ungeheuer«, sagte er. »Ebensowenig wie du oder ich. Im Gegenteil.

Wenn er nicht gewesen wäre, wäre ich jetzt tot. Und du auch, wenigstens bald.«

»Aber was . . .«

Mike lächelte. »Ich weiß, was du sagen willst. Sein Aussehen. Er mag vielleicht aussehen wie ein Monster, aber er ist keins, glaub mir. Auch ich habe das erst zu spät begriffen. Ich hätte es schon merken müssen, als er mich aus der Fallgrube geholt hat. Er wollte mir nur helfen. Die Zwerge haben den Wald und das Gelände rings um dieses Haus geradezu mit Fallen gespickt. Eigentlich dürften wir beide gar nicht mehr leben. Auch du wärst bereits tot, wenn er dich nicht aus dem Sumpf gezogen hätte.«

»Das war auch er?« Jennifer senkte betreten den Kopf. »Und wie . . . ich meine, wie ist er . . .?«

»Du gibst nicht eher Ruhe, bis du alles weißt, wie? Also gut, in Kurzfassung. Hananiel – Handon – hat mir erzählt, was passiert ist. Das hier war nicht immer eine Menschenfalle.«

»Ich weiß.« Jennifer nickte. »Es war ein Internat. Aber das ist schon ein paar Jahrzehnte her.«

Mike blinzelte überrascht und fuhr fort. »Fünf, um genau zu sein. Und es war ein sehr angesehenes Internat, eines der teuersten im ganzen Land. Handon arbeitete hier als männliches Mädchen für alles. Er war . . . behindert, würde man heute sagen. Damals waren die Leute direkter. Sie nannten ihn einen Krüppel, und sie behandelten ihn so. Am schlimmsten waren die Kinder. Du weißt ja, wie grausam Kinder manchmal sein können. Handon hat mir Dinge berichtet, bei denen dir übel würde. Sie quälten ihn. Sie erlaubten sich grausame Scherze mit ihm, und wenn er sich beschwerte, zahlten sie es ihm hundertfach heim. Er trug es fast dreißig Jahre lang. Bis zu dem Jahr, in dem Malcolm auftauchte.«

»Malcolm?« fragte Jennifer. »Der Zwerg Malcolm?«

Mike nickte.

»Ja. Nur war er damals noch kein Zwerg, genausowenig wie die anderen. Aber er war ein Teufel. Eine Bestie in der Gestalt eines vierzehnjährigen Jungen. Er quälte Handon schlimmer als alle zuvor, ließ sich immer neue Teufeleien einfallen und wiegelte die anderen gegen ihn auf. Eines Tages hielt Handon es nicht mehr aus. Er muß durchgedreht haben. In jener Nacht setzte er das Internat in Brand. Die meisten konnten gerettet werden, aber einer der Schlafsäle brannte völlig aus. Es war der, in dem Malcolm lag. Mit ihm verbrannten fast fünfzig weitere Kinder.«

»Mein Gott«, stöhnte Jennifer. »Wie schrecklich.«

»Ja«, nickte Mike. »Es war wirklich schrecklich. Aber das Schrecklichste kam erst. Jedermann hat Malcolm einen Teufel genannt, selbst der Internatsdirektor, aber ich glaube, niemand wußte, wie dicht er damit an die Wahrheit herangekommen ist. Malcolm war wirklich ein Teufel. Zumindest stand er mit ihm im Bunde. Er verbrannte jämmerlich, aber er starb nicht. Irgendwie schaffte er es, dem Tod ein Schnippchen zu schlagen. Malcolms Körper verbrannte, aber er lebte irgendwie weiter.«

»Als Zwerg«, sagte Jennifer. Vor ihrem inneren Auge entstand für Sekunden das Bild eines mächtigen, geschnitzten Holzthrones, auf dem ein verkohlter Leichnam lag.

»Ja, als Zwerg«, bestätigte Mike und nickte. »Er ließ sich mit dem Satan ein, um weiterleben zu können. Er und die anderen. Das Internat wurde nicht wieder aufgebaut, aber kurz nach dem Brand erschienen diese teuflischen Zwerge. Malcolm und seine Brut, wiedergeboren in den Körpern von Dämonen.«

»Und Hananiel . . . Handon?« fragte Jennifer mit einer Kopfbewegung auf den schweigenden Giganten.

Mike zuckte die Achseln. »Er . . . veränderte sich. Die gleiche Macht, die Malcolm am Leben erhält, erhält auch ihn am Leben. Aber sein Körper wurde zu diesem gräßlichen Etwas. Er lebt seit jener Zeit in seiner Hütte im Wald.«

»Warum . . .« begann Jennifer, sah Handon dann schuldbewußt an und wandte den Blick.

»Du willst wissen, warum er nichts gegen Malcolm und seine Brut unternimmt?« sagte Mike. »Er kann es nicht. Auch dies ist ein Teil des Fluches. Die Zwerge fürchten ihn, aber sie lassen ihn in Ruhe, vermutlich, um ihn zu quälen. Er kann sie töten, aber solange Malcolm lebt, regenerieren sie sich wieder.«

Jennifer sah bestürzt auf die beiden reglosen Körper zu ihren Füßen hinab.

»Du meinst, die beiden sind nicht tot?«

»Doch, das sind sie. Aber Malcolm braucht nur ein neues Menschenopfer zu bringen, und sie stehen wieder auf, als wäre nichts geschehen.« Er seufzte. »Und er kommt nicht an Malcolm heran. Nicht an Malcolms echten Körper. Den Zwerg umzubringen, nützt gar nichts. Solange der Leichnam existiert, würde er immer wieder wiedergeboren. Und niemand weiß, wo er sich befindet.«

»Ich weiß es«, sagte Jennifer.

Mike fuhr herum. »Was hast du gesagt?« fragte er überrascht.

»Ich . . . ich weiß, wo sich der Leichnam befindet«, wiederholte Jennifer. »Ich . . .«

Sie brach abrupt ab, als Hananiel wie von der Tarantel gestochen herumfuhr und mit einem einzigen Satz bei ihr war. Seine Augen flammten auf. Jennifer fühlte sich bei den Jackenaufschlägen gepackt und hochgerissen.

Neben ihr schrie Mike auf und versuchte, den tobenden Riesen zurückzuzerren, aber Hananiel schien seine Bemühungen gar nicht zur Kenntnis zu nehmen. Er schüttelte Jennifer wild. Ein tiefer, stöhnender Laut drang aus seiner Brust, das Jennifer erst nach geraumer Zeit als den verzweifelten Versuch seiner verkrüppelten Stimmbänder identifizierte, zu reden.

»Whoooouwh«, keuchte Hananiel.

»Er will wissen, wo die Leiche ist!« rief Mike mit bebender Stimme. »Sag es ihm, Jenny! Um Gottes willen, sag es schon!«

Jennifer wand sich verzweifelt unter dem Griff der riesigen Pranken. Hananiels Finger packten mit der Kraft von stählernen Klammern zu und preßten ihr die Luft aus den Lungen.

»Ich . . . bringe dich hin«, sagte sie mühsam. »Bitte, Hananiel, laß mich los. Ich zeige dir, wo es ist!«

Die Finger des Giganten öffneten sich. Jennifer fiel ungeschickt zu Boden, blieb einen Augenblick benommen sitzen und richtete sich dann schwankend auf. Vor ihren Augen flimmerten bunte Kreise, und ihr Brustkorb fühlte sich an, als wären sämtliche Rippen darin gebrochen.

»Whooouuuw!« sagte Hananiel noch einmal. Seine Hände zuckten.

Jennifer schüttelte benommen den Kopf, wehrte Mikes hilfreich ausgestreckte Hand ab und deutete auf die Tür.

»Mach sie auf. Wir müssen in die oberste Etage hinauf.«

Hananiel fuhr herum und fegte die zentnerschwere Tür mit einer gleichmütigen Bewegung zur Seite.

Dann packte er Jennifer, hob sie wie ein Spielzeug hoch und setzte sie vor sich wieder ab. Seine verkrüppelte Hand machte eine eindeutige, befehlende Geste den Gang hinunter.

Jennifer nickte matt, seufzte und setzte sich dann gehorsam in Bewegung. Der Riese folgte ihr dichtauf. Hinter ihm verließ auch Mike den Kerker.

Sie erreichten unbehelligt die Treppe, stiegen hinauf und betraten Augenblicke später die weitläufige Eingangshalle. Auf den geborstenen Fliesen lagen die verkrümmten Leichen von fünf Dämonenzwergen. Offensichtlich hatte Hananiel sich seinen Weg in den Kerker hinunter auf recht drastische Weise geebnet.

Jennifer deutete auf die trümmerübersäte Freitreppe. »Wir müssen dort hinauf. Eine kleine Kammer, ganz am Ende der Treppe.«

Hananiel knurrte tief und grollend, stieß sie grob zur Seite und stürmte mit überraschender Schnelligkeit los. Jennifer und Mike folgten ihm. Aber sie fielen rasch zurück. Der Gigant entwickelte eine Geschwindigkeit, mit der keiner von ihnen mithalten konnte. Er stürmte brüllend die Treppe empor, schleuderte Steinbrocken und Trümmer zur Seite und sprang mit unglaublicher Behendigkeit über die Hindernisse. Er erreichte das obere Ende der Treppe, blieb ungeduldig stehen und wartete, bis seine Begleiter bei ihm angekommen waren.

Jennifer deutete keuchend auf das Ende der Korridors. »Dort entlang«, sagte sie hastig. »Dann die Treppe hinauf.«

Hananiel nickte, wirbelte auf der Stelle herum und rannte los. Wenige Augenblicke später hatten sie die obere Etage erreicht und drängten sich in den winzigen Archivraum. Jennifer deutete auf die Tapetentür. »Dahinter liegt eine Treppe«, sagte sie. »Sie endet in einer winzigen Kammer. Von dort aus führte eine Verbindungstür zum Keller.«

Sie hatte die Tür wieder hinter sich zugezogen, als sie nach ihrem ersten Besuch hier oben in den Keller herabgestiegen war. Hananiel machte sich weniger Umstände – er lief einfach hindurch. Das dünne Holz zersplitterte wie Papier, als er seinen mächtigen Körper durch die schmale Öffnung warf. Er krächzte triumphierend, griff nach dem Treppengeländer und begann hastig, die schmalen Metallstufen hinabzulaufen.

Jennifer und Mike folgten ihm. Die rostige Stahltreppe dröhnte unter den wuchtigen Schritten des Giganten, und von den zermürbten Wänden lösten sich Kalk und Steinbrocken und schlugen polternd unter ihnen auf.

Hananiel blieb stehen, als sie das untere Ende der Treppe erreicht hatten.

»Hinter dieser Tür«, sagte Jennifer. Sie atmete hörbar ein, trat an dem Riesen vorbei und legte zögernd die Hand auf die Klinke. Die Tür schwang mit leisem Quietschen auf.

Der Raum hatte sich radikal verändert. Die Fackeln an den Wänden waren bis auf zwei gelöscht worden, und der Keller war in ein sinnverwirrendes Muster aus Licht und Schatten getaucht. Die vorher pechschwarze Schachtöffnung erglühte jetzt in einem orangeroten, pulsierenden Licht. Ungefähr drei Dutzend Zwerge hatten sich rechts und links des Throns versammelt und starrten konzentriert in die Tiefe. Malcolm kniete in beinahe demütiger Haltung vor dem verbrannten Leichnam auf dem Thron.

Jennifer trat mit einem entschlossenen Schritt in den Keller hinein.

Einer der Zwerge sah auf, zuckte zusammen und rief etwas in einer schnellen, unverständlichen Sprache.

Malcolm fuhr herum. Auf seinem Gesicht spiegelte sich Verblüffung, die unversehens in Zorn, gemischt mit widerwilliger Bewunderung umschlug.

»Du schon wieder!« zischte er. Seine kleinen Hände ballten sich zu Fäusten. »Wie bist du diesmal entwischt? Ich . . .«

Hinter Jennifer klang ein leises, schleifendes Geräusch auf. Eine unmenschlich starke Hand legte sich auf ihre Schulter und schob sie sanft, aber entschlossen zur Seite.

Malcolm erstarrte. Seine Augen richteten sich ungläubig auf etwas hinter Jennifer. Sein Unterkiefer klappte herunter. Ein leises, ungläubiges Krächzen entrang sich seiner Brust.

»Hanan. . .« stotterte er. »Wie . . . was . . .« Er erbleichte, stolperte einen halben Schritt zurück und prallte gegen den Thron.

Der Gigant schob sich langsam an Jennifer vorbei. Seine Hände öffneten sich und schlossen sich in einer unbewußten Geste. Ein tiefes, vibrierendes Grollen stieg aus seiner Brust empor. Jennifer schauderte. Gnade Gott dem, der diesem Giganten jetzt in die Hände fiel, dachte sie.

Die Zwerge wichen langsam vom Rand der Grube zurück. Die Blicke von vierzig Augenpaaren richteten sich ängstlich auf den Riesen. Hananiel knurrte leise. Durch seine bloße Gestalt versperrte er den Zwergen den Fluchtweg.

»Packt ihn!« kreischte Malcolm. Seine Stimme überschlug sich fast. Er fuhr herum, fuchtelte aufgeregt mit den Händen und deutete auf Hananiel. »Packt ihn!« kreischte er. »Zusammen sind wir stärker als er!«

Keiner der Zwerge versuchte auch nur, sich zu bewegen. Die Anwesenheit des Riesen schien sie zu lähmen. Jahrzehntelang hatten sie sich hier unten sicher und unangreifbar gefühlt. Das plötzliche Eindringen des Giganten mußte ein Schock für sie sein.

Hananiel funkelte Malcolm böse an und trat mit wiegenden Schritten auf den Zwerg zu. Malcolm keuchte entsetzt, riß die Arme vors Gesicht und duckte sich in Erwartung eines kommenden Angriffs.

Aber Hananiel schlug nicht zu. Er schob den Gnom mit einer sanften Bewegung zur Seite und trat mit einem Schritt auf den Thron zu. Seine Hände streckten sich nach dem verkohlten Leichnam auf der Sitzfläche aus.

Ein kreischender, vielstimmiger Aufschrei ging durch die Meute. Malcolm warf sich mit weit ausgebreiteten Armen nach Hananiels Beinen, wurde von einem wütenden Tritt zurückgeschleudert und kam mit katzenartiger Gewandtheit wieder auf die Füße. Hananiel brüllte zornig auf, als sich mehr als ein Dutzend der kleinen, braungekleideten Gestalten auf ihn warfen.

»Wir müssen ihm helfen!« sagte Jennifer. Sie wollte vorstürzen, aber Mike hielt sie mit einer raschen Bewegung zurück.

»Nicht«, sagte er leise. »Du bringst dich um, wenn du dich da einmischt. Er weiß, was er tut. Er hat fünfzig Jahre auf diesen Tag gewartet.«

Jennifer sah ein, daß er recht hatte, auch wenn es ihr schwerfiel, dem ungleichen Kampf nur tatenlos zuzusehen. Mittlerweile war die gesamte Zwergenbande über den Giganten hergefallen. Hananiel brüllte vor Zorn und Schmerz, schüttelte sich und schlug blind in die heranwogende Menge. Seine Arme wirbelten wie Dreschflegel durch die Luft. Zwerg auf Zwerg taumelte zurück, aber es waren einfach zu viele. Für jeden geschlagenen Dämonen schienen drei neue aus dem Nichts aufzutauchen und sich auf den tobenden Giganten zu werfen. Hananiel schrie auf, wankte und brach schließlich unter der kreischenden Flut in die Knie.

»Packt ihn!« brüllte Malcolm. Seine Stimme ging im Gezeter der Dämonen fast unter. »Werft ihn in den Schacht! Bringt das Scheusal um!«

Hananiel bäumte sich verzweifelt auf. Mit einer wütenden Bewegung schüttelte er ein halbes Dutzend Angreifer von sich herunter, kam für Sekunden frei und kippte dann mit einem krächzenden Laut hintenüber. Die Zwerge johlten triumphierend auf. Kleine, gierige Hände krallten sich in Hananiels Haut, rissen an seinen Gliedern und zerrten den zentnerschweren Körper auf den Rand des Höllenschachtes zu. Der Riese bäumte sich ein letztes Mal auf, bekam den rechten Arm frei und griff blind um sich. Seine riesige Pranke klammerte sich haltsuchend um den Fuß des hölzernen Thrones.

Die Zwerge stießen ein triumphierendes Geheul aus und verdoppelten ihre Anstrengungen noch, als Hananiel über den Rand des Schachtes glitt. Das orangerote Glühen schien sich für Sekunden zu verstärken, als giere das unsagbare Etwas am Grunde des Pfuhls nach dem neuen Opfer. Für eine endlose, schreckliche Sekunde schien der mächtige Körper des Moormonsters schwerelos über dem Rand der Grube zu hängen, dann kippte er langsam hintenüber und verschwand lautlos in der Tiefe. Die Hand, die sich an den Thron geklammert hatte, löste sich.

Aber die Erschütterung hatte den Thron kippen lassen. Für eine halbe Sekunde neigte sich die Sitzfläche nach vorne. Malcolms verkohlter Leichnam kippte mit einer fast majestätischen Bewegung vor, schien eine groteske Verbeugung auszuführen – und stürzte dann lautlos hinter Hananiel her!

Ein sengender heller Blitz zuckte aus dem Schacht empor und tauchte das unterirdische Gewölbe in quälende Helligkeit. Jennifer schlug sich schützend die Hände vor die Augen, aber die gleißende Helligkeit drang selbst durch ihre geschlossenen Lider und ließ sie gequält aufschreien. Der Boden bebte. Steinbrocken lösten sich aus der Decke und zerbarsten krachend auf dem Boden. Jennifer taumelte zurück, prallte gegen die Wand und blieb zusammengekrümmt stehen, bis die grausame Helligkeit vergangen war. Nur zögernd ließ sie die Hände sinken und öffnete die Augen.

Die Zwerge waren verschwunden. In der Decke war ein breiter, gezackter Riß entstanden, und in der Luft lag ein beißender, zum Husten reizender Geruch. Die kreisrunde Höllenschlucht hatte sich geschlossen, und wo noch vor Sekunden ein Tor zur Unterwelt gewesen war, befand sich jetzt nichts als ein krakeliges, von ungeschickter Kinderhand hingekritzeltes Pentagramm, in dessen Zentrum ein verkohlter Fleck von den ungefähren Umrissen eines menschlichen Körpers lag.

Eines sehr kleinen Körpers, dachte Jennifer.

Sie starrte den dunklen Umriß sekundenlang an, wandte sich dann um und griff instinktiv nach Mikes Hand. »Komm«, sagte er leise. »Gehen wir. Es ist vorbei.«

Aber das war es nicht. Sie wußte es, und ein Blick in sein Gesicht zeigte ihr, daß auch er es wußte. Es würde nie vorbei sein.

Sie hatten einen Blick in eine fremde, unsagbar grauenvolle Welt geworfen, von deren Existenz sie bis vor kurzem noch nicht einmal etwas gewußt hatten. Nichts würde mehr so sein wie vorher. Was sie hier erlebt hatten, würde sie für den Rest ihres Lebens verfolgen.

Malcolm war tot, endgültig, besiegt durch ein Wesen, das fünfzig Jahre lang auf seine Rache hatte warten müssen.

Aber wie viele Malcolms mochte es noch auf der Welt geben?

DER AUFZUG ist eine meiner allerersten – und bis dato unveröffentlichten – Geschichten. Das lag nicht etwa daran, daß sie mir nicht gefallen hätte oder niemand sie haben wollte (Kunststück – ich habe sie niemandem angeboten . . .), nein, sie hat schlichtweg das Schicksal der meisten ›Anfängerwerke‹ geteilt – sie ist niemals fertig geworden. Dafür habe ich den Anfang ungefähr fünfundzwanzigmal geschrieben und später immer wieder einmal daran ›herumgebastelt‹, bis sie schließlich für Jahre in der Schublade verschwand; bzw. in den unergründlichen Tiefen meines TANDY-Computers. Vielleicht kennen Sie das ja: Festplatten und erst recht Disketten haben etwas von Schwarzen Löchern an sich: Was einmal hinter dem Ereignishorizont verschwindet, das taucht garantiert nie wieder auf. Manchmal ist das auch gut so.

DER AUFZUG allerdings erschien dann eines Tages doch wieder, und gewissermaßen ungefragt und durch die Hintertür. Bei genauerer Betrachtung stellt er sich als so eine Art ›Vorläufer‹ meines Romanes KREUZFAHRT heraus, vielleicht nicht in den Details, aber doch in der Grundidee. Sollten Sie die Kreuzfahrt kennen, werden Ihnen gewisse Parallelen auffallen.

Mir jedenfalls ist aufgefallen, daß sich gewisse Ideen und Bilder auch über Jahre hinweg hartnäckig halten, und ich glaube, zumindest in diesem Fall weiß ich auch, woran das liegt. Es ist die morbide Faszination leerstehender Gebäude. Wenn Sie jemals durch ein wirklich großes, leeres Haus gegangen sind, am besten noch allein und nach Einbruch der Dämmerung, dann werden Sie vielleicht verstehen, was ich meine.

Wenn nicht, probieren Sie's einfach einmal aus –

aber wählen Sie dafür nicht unbedingt ein leerstehendes Krankenhaus. Und wenn doch, nehmen Sie einen guten Rat von mir an: Benutzen Sie die Treppe . . .

DER AUFZUG

Die Straße schien kein Ende zu nehmen. Seit Stunden schon spulte sich rechts und links der staubigen Fahrbahn das monotone Braun und Gelb teils frisch abgeernteter, teils bereits wieder umgegrabener und neu eingesäter Maisfelder ab, immer im Wechsel, wie ein riesiges Schachbrett, auf dem sich da und dort sogar Figuren befanden: die klotzige Turmgestalt eines Silos in der Ferne, das grazile Gespinst eines Windrad-Läufers auf einem Gittermast, ein rostiges Traktorenwrack, wie ein geschlagener Bauer einfach im Straßengraben liegengelassen und vergessen, einmal der Schatten eines Gehöfts, verschwommen in Entfernung und Dunst – vielleicht der bedrohte König, der seine Leibwache zum letzten Gefecht um sich geschart hatte. Vor einer Stunde hatte sie die Straße durch ein winziges Kaff geführt, das nur aus acht oder neun Häusern und einer heruntergekommen Kirche bestanden hatte, und vor einer halben Stunde war ihnen ein klapperiger Lieferwagen begegnet. Seither nichts mehr. Die einzige Bewegung, die Laurie sah, war das gelegentliche Tanzen einer Staubfahne über den abgeernteten Feldern und manchmal ein Flirren in der hitzegesättigten Luft, als wolle sich etwas materialisieren, das aus einer anderen Welt herüberkam.

Sie war nicht abergläubisch oder gar ängstlich. Aber diese Gegend erfüllte sie mit Unbehagen. Vorsichtig ausgedrückt. Man hätte auch sagen können, daß ihr ihre Umgebung angst machte, und das wäre der Wahrheit sogar ziemlich nahe gekommen.

Aber das wiederum hätte Laurie niemals zugegeben, nicht vor sich selbst, und schon gar nicht Bill gegenüber. Er war nur zweieinhalb Jahre älter als sie, aber das waren wichtige zweieinhalb Jahre, die zweieinhalb Jahre nämlich zwischen fastsechzehn und etwas-über-achtzehn, so entscheidend und lang wie die zweieinhalb Jahrzehnte zwischen fast vierzig und etwas über sechzig. Oh, sie waren gute Freunde, und er ließ sie (fast) nie spüren, daß sie im Grunde noch ein Kind und er längst erwachsen war. Er behandelte sie nie von oben herab oder gar mit jener Mischung aus Gönnerhaftigkeit und wohlwollender Herablassung, die er zum Beispiel seiner eigenen Schwester gegenüber an den Tag zu legen pflegte, die nur ein knappes Jahr jünger als Laurie war. O nein, das würde Bill niemals tun. Und trotz allem nahm Laurie es immer noch ein wenig übel, daß er ihrem Vater gegenüber so sehr den Älteren herausgekehrt hatte, als es darum ging, die Erlaubnis zu dieser Fahrt zu bekommen. Andererseits hatte sie es aber auch nur Bill zu verdanken, daß ihr Vater überhaupt sein Einverständnis zu dieser Reise gegeben hatte. Immerhin war Laurie erst sechzehn – fast – und somit in einem Alter, in dem eine Reise mit dem Wagen quer durch die Vereinigten Staaten ein (nach den Worten ihres Vaters) *nicht unbeträchtliches Risiko* darstellte. Laurie war in diesem Punkt entschieden anderer Meinung, aber leider gab es zwei, drei Punkte, über die mit ihrem Vater zu diskutieren von vornherein sinnlos war. Das Selbstbestimmungsrecht einer – fast – Sechzehnjährigen gehörte dazu. Basta. Und der schräge Blick, den Lauries Mutter Bill zugeworfen hatte, hatte klargemacht, daß zumindest *sie* nicht ganz sicher war, ob Bill nicht vielleicht schon ein bißchen *zu* erwachsen war, um ihm ihre sechzehnjährige Tochter anzuvertrauen.

Ihr Vater hatte Bill Stein und Bein schwören lassen, nur ja auf sie aufzupassen. Wenn er erfuhr, daß sie die letzten dreihundert Meilen in einem gemieteten (und ziemlich klapprigen) Wagen und auf Straßen zurückgelegt hatten, die zum Teil nicht einmal auf der Karte eingezeichnet waren, würde ihn glatt der Schlag treffen.

Sie würde sehen, dachte sie mit einem leisen Gefühl von Schadenfreude, *ob sich Bill immer noch so unglaublich erwachsen benahm, wenn es darum ging, seinen Kopf aus der Schlinge zu ziehen.*

Eine Staubfahne tanzte über die Straße wie ein Miniatur-Hurricane und zerstob, als sie auf das Feld daneben geriet. Der Anblick erinnerte Laurie daran, wie durstig sie war. Sie fuhren jetzt seit Stunden über dieses Riesenschachbrett, das entschieden mehr als vierundsechzig Felder hatte. Es wurde Zeit für eine Pause. Sie wandte sich Bill zu.

»Die Sonne geht schon unter«, sagte sie. »Was meinst du – wie lange brauchen wir noch?«

»Bis nach Hause, oder bis wir wieder in der Zivilisation sind?« Bill lächelte über seinen eigenen Scherz und sah flüchtig auf die Uhr im Armaturenbrett, die auf zwanzig nach vier stand. Das tat sie, seit sie losgefahren waren, und würde es auch tun, wenn sie ankamen. Sie funktionierte ebensowenig wie der allergrößte Rest dieses rollenden Schrotthaufens. Er seufzte tief, ehe er ihre Frage beantwortete: »Zwei, drei Stunden werden wir wohl noch brauchen. Diese Umleitung hat uns mindestens eine Stunde gekostet. Auf der Autobahn wären wir viel weiter.« Er beugte sich vor und schaltete das Radio ein. »Mal sehn, was der Verkehrsfunk sagt.«

Er drehte an der Skala, aber das Gerät gab keinen Ton von sich. Bill runzelte die Stirn, klopfte ein paarmal mit den Fingerknöcheln gegen den Apparat und schaltete schließlich auf einen anderen Kanal. Aber der Empfänger blieb stumm. Nicht einmal Rauschen drang aus den Lautsprechern.

Weder er noch Laurie verloren ein Wort darüber, aber zumindest sie dachte sich ihren Teil: nämlich daß der Ausfall des Radios perfekt zum bisherigen Verlauf dieser Fahrt paßte. Murphys Gesetz, dachte sie: Was schiefgehen kann, geht schief. Und was nicht schiefgehen kann, erst recht. Bisher hatte Laurie für diesen Spruch selten mehr als ein müdes Lächeln übriggehabt. Aber seit einer Weile begann sie zu argwöhnen, daß er vielleicht *stimmte.*

Der letzte Tag ihres Urlaubs hatte von Anfang an unter keinem guten Stern gestanden: Angefangen hatte es damit, daß in dem Hotel, in dem Laurie und Bill übernachtet hatten, jemand einen Fehler machte. Zugegeben, einen winzigen Fehler nur, aber er paßte zu Murphys Behauptung, daß die Wahrscheinlichkeit, mit der das Brot mit der Butterseite nach unten fiel, proportional mit dem Wert des Teppichs steigt. Kleine Ursache, große Wirkung: Statt sie um sieben zu wecken, wurde es neun, bis Bill aufgeregt an ihre Zimmertür hämmerte und ihr zurief, daß ihre Maschine in einer dreiviertel Stunde ging. Ohne Frühstück und nach einer Katzenwäsche waren sie ins Taxi gesprungen und losgerast direkt in einen Verkehrsstau hinein. Sie hatten den Flughafen gerade noch rechtzeitig genug erreicht, um die Linienmaschine nach New York am Ende der Startbahn abheben zu sehen. Ein wirklich erhebender Anblick. Die nächste Maschine ging in vierundzwanzig Stunden.

Bill hatte daraufhin mit ihrer Mutter telefoniert, die ihm schließlich nach langem Zögern die Erlaubnis gegeben hatte, das letzte Stück mit dem Wagen zurückzulegen. Bill hatte zwar erst seit einem halben Jahr seinen Führerschein, aber er war ein sicherer Fahrer, und bis zum Abend würden sie bequem in New York sein.

Theoretisch.

Praktisch hatte ihre Pechsträhne erst richtig angefangen, kaum daß Bill eingehängt und Laurie alles erklärt hatte. Bill mochte ein guter Fahrer sein, aber von Autos verstand er nichts, und das hatte er sofort und nachdrücklich bewiesen: Der Wagen, den man ihnen in der Autovermietung angedreht hatte, war ein halbes Wrack, das zwar gut aussah, aber Mühe hatte, auf vierzig Meilen in der Stunde zu beschleunigen. Und um das Maß voll zu machen, waren sie nach knapp hundert Meilen auf eine Baustelle gestoßen: Die Autobahn war gesperrt, Bill warf einen Blick auf seine Karte und verfuhr sich auf Anhieb und hoffnungslos. Natürlich hatte er es nicht zugegeben, sondern versicherte ununterbrochen, ganz genau zu wissen, wo sie waren. Aber Laurie hatte da so ihre Zweifel. Besonders, weil er es seit gut drei Stunden behauptete. Vor einer Weile hatte sie insgeheim angefangen, nach kyrillischen Straßenschildern Ausschau zu halten . . .

Nein, sie hätten gar nicht erst losfahren sollen, dachte sie. Nicht in dem Zustand, in dem sich Bill befand. Und die Landschaft, durch die sie während der letzten anderthalb Stunden mit nervtötenden vierzig Meilen rollten, gefiel ihr auch nicht.

Sie sprach den Gedanken laut aus: »Die Gegend hier ist mir nicht geheuer.«

Bill warf ihr über den Innenspiegel hinweg einen schrägen Blick zu. Sein Gesicht blieb unbewegt, aber Laurie spürte genau, daß er Mühe hatte, ein spöttisches Verziehen der Lippen zu unterdrücken. »So?«

Laurie schenkte ihm ein ärgerliches Stirnrunzeln, das er ebenso ignorierte wie ihre mehrmaligen, sehr behutsam vorgebrachten Zweifel an seinen pfadfinderischen Fähigkeiten, und fuhr sehr leise, aber auch sehr bestimmt fort: »Viel zu einsam. Wenn wir hier mit dem Wagen liegenbleiben, dann gute Nacht.«

Bill verzog die Lippen zu einem bewußt übertriebenen Lächeln. »He, he«, sagte er. »Das Radio ist kaputt, nicht der Motor, Liebling. Es gibt überhaupt keinen Grund, nervös zu werden.«

»Ich bin nicht nervös!« antwortete Laurie. Ihre Stimme klang *sehr* nervös. »Ich denke nur daran, daß wir seit einer halben Stunde keine Menschenseele mehr zu Gesicht bekommen haben. Und daß wir in einem Wrack sitzen, das jeden Moment auseinanderfallen kann.«

Bill sah sie nun doch an. Ein Schatten huschte über sein Gesicht. Er hatte die Anspielung verstanden – immerhin war *er* es gewesen, der diesen Wagen ausgesucht hatte. Wenn man es genau nahm, hatte er sogar darauf *bestanden*, den Mustang zu nehmen – das einzige Cabriolet, das auf dem Parkplatz der Hertz-Filiale stand. Daß sich das elektrische Faltdach des Wagens nur mit einem Preßlufthammer öffnen ließ, hatten sie erst gemerkt, als es zu spät war.

»Er wird schon durchhalten«, sagte er scharf.

»Ich hoffe es«, gab Laurie kühl zurück. Plötzlich hing ein Streit zwischen ihnen im Raum; nicht zum ersten Mal, seit sie sich kannten, aber von einer neuen, erschreckenden Art. Bills Augen blitzten. Laurie hielt ihrem Blick eine Sekunde lang stand, dann wandte sie mit einem Ruck den Kopf und sah aus dem Fenster.

Sie mahnte sich in Gedanken zur Ruhe. Sie waren beide nervös. Sie waren beide müde und durstig, und sie waren beide gereizt; alle Voraussetzungen, sich jetzt bei der winzigsten Nichtigkeit gegenseitig an die Kehlen zu gehen. Besser, sie sagte jetzt gar nichts.

»Es tut mir leid«, sagte Bill plötzlich. Seine Hand, die bisher auf dem Schalthebel geruht hatte, berührte flüchtig ihren Ellbogen und streichelte ihn. »Okay?«

»Okay.«

»Ich glaube, ich habe mich wirklich verfranst«, sagte Bill plötzlich. »Es . . .« Er sprach nicht weiter, sondern griff sich an die Seite und stöhnte leise. Laurie sah, wie die Farbe aus seinem Gesicht wich. Er atmete tief und hörbar ein.

»Hast du Schmerzen?« fragte sie mitfühlend. Es war nicht das erste Mal, daß Bill sich nicht mehr völlig beherrschen konnte, seit sie losgefahren waren. Aber bisher hatte sie so getan, als bemerke sie es nicht. Vielleicht war das ein Fehler gewesen. Stolz konnte manchmal fatale Folgen haben.

»Es geht schon wieder«, antwortete Bill gepreßt. »Der Arzt hat gesagt, ich würde noch eine Weile darunter zu leiden haben. Jede falsche Bewegung oder Anstrengung würde mir noch leichte Schmerzen bereiten.« Er stöhnte leise. »Ich möchte wissen, was der gute Mann unter heftigen Schmerzen versteht«, murmelte er.

»So schlimm?« fragte Laurie besorgt.

Bill schüttelte den Kopf. »Nein«, log er. »Ich muß mich erst an die Tabletten gewöhnen.« Es klang nach dem, was es war: eine Ausrede.

»Ich weiß nicht . . .« Laurie fühlte sich plötzlich hilflos. »Wenn ich wenigstens einen Führerschein hätte, dann könnten wir uns ablösen.« Laurie sah besorgt nach vorne. An der Monotonie der Landschaft hatte sich nichts geändert. Nahm denn diese Straße überhaupt kein Ende?

»Laß mal gut sein.« Bill machte eine besänftigende Handbewegung. Er lächelte sogar, aber das leichte Zittern seiner Finger und sein unsteter Blick strafte beides Lügen. »Ich bin froh, daß du mit mir fährst. Allein ist die Strecke mindestens dreimal so lang. Und noch öder.«

»Noch?« Laurie runzelte in – diesmal allerdings gespielten – Zorn die Stirn. *»Noch?«*

Für einen Moment war Bill ehrlich verblüfft. Dann lachte er. Seine rechte Hand ließ abermals das Steuer los und zog sie näher an sich heran.

Laurie kuschelte sich eng gegen Bills Schulter. Wenn jemand

den vorüberfahrenden Wagen gesehen hätte, würde er vielleicht glauben, ein Liebespaar zu beobachten. Und vielleicht waren sie es ja auch. Laurie und Bill kannten sich jetzt schon so lange, daß sie sich nicht mehr ganz sicher war, ob es wirklich nur Freundschaft war, was sie verband. Aber irgendwie hatte sich die Frage bisher nie gestellt.

»Geht es dir auch wirklich gut?«

»Klar doch.« Bill zwang sich zu einem Lächeln, aber auf seiner Stirn glitzerten Tröpfchen, und seine Hände zitterten. Laurie fiel auf, wie unangenehm sein Schweiß roch – sauer und nach Krankheit. Aber sie gab sich Mühe, sich nichts anmerken zu lassen. Trotzdem: Er war krank, viel kranker, als er zugeben wollte. Sie fragte sich, ob sich der Arzt in Chicago wirklich so sehr geirrt hatte – oder ob Bill möglicherweise seine Warnungen in den Wind geschlagen hatte und sich selbst und vor allem ihr und ihren Eltern gegenüber nicht ganz aufrichtig gewesen war, als es um die Frage ging, ob er tatsächlich in der Lage war, allein weiterzufahren.

Und vielleicht, spann sie den Gedanken weiter, war es gar keine so gute Idee gewesen, überhaupt *hierher* zu kommen. Natürlich hatte Bill sich gefreut, als er aus dem Krankenhaus entlassen wurde und Laurie unversehens vor ihm stand. Aber sie war mittlerweile nicht mehr sicher, ihm damit auch wirklich einen Gefallen getan zu haben. Trotz allem war Bill in mancher Hinsicht furchtbar altmodisch: Er hätte ihr gegenüber niemals eine Schwäche zugegeben; nicht einmal eine, für die er nichts konnte.

»Bist du auch wirklich okay?« vergewisserte sie sich noch einmal.

»Hundertprozentig«, versicherte Bill. Als er ihren zweifelnden Blick bemerkte, schränkte er ein: »Also gut: sechsundneunzigprozentig. Aber wir sind ja bald zu Hause.«

Laurie hoffte es, und nicht nur, weil sie sich um Bill sorgte. Die Gegend wurde immer trostloser. Nur Felder und Geröll, soweit das Auge blickte, in fast regelmäßigen Abständen unterbrochen von ausgedörrten Wüstenstreifen, über denen Staub in der Luft tanzte. Selbst die Tiere schienen diese Gegend zu meiden. Kein Vogel war in der Luft, kein Hase saß mit aufgestellten

Ohren am Straßenrand. Es gab auch keinerlei Hinweis auf eine Schnellstraße, die Bill ihr seit einer Stunde versprach. Nicht einmal eine Kreuzung. Allmählich wurde Laurie doch mehr als nur ein bißchen unbehaglich. Sie hätten doch fliegen sollen. Aber sie hatten sich beide die Fahrt so schön vorgestellt. Immerhin war es das erste Mal, daß sie gemeinsam – und allein! – unterwegs waren. Ein Abenteuer. Vielleicht anstrengend, aber sicher auch ebenso romantisch.

Nun ja – anstrengend war die Reise. Romantisch nicht. Aber wahrscheinlich funktionierte diese Idee sowieso nur im Kino. Die Wirklichkeit war ernüchternder und – wenn sie Bills Zustand bedachte – sogar gefährlich. Laurie machte sich nichts vor. Wenn sie mit dem Wagen liegenblieb, konnte es für Bill *wirklich* sehr gefährlich werden.

Allmählich nahm die Dunkelheit zu, aber es war eine sonderbare, irgendwie unheimliche Art von Dämmerung, fand Laurie. Es kam ihr vor, als verblasse nicht etwa das Tageslicht, was normal gewesen wäre, sondern als ... käme etwas dazu, etwas Graues, wie Nebel, der kein Nebel war, sondern etwas anderes, das nicht hierher gehörte. Verrückt.

Laurie rutschte tiefer in ihren Sitz. Bill legte wieder beide Hände ans Steuer und schaltete die Scheinwerfer ein, und als hätten sie noch nicht genug Schwierigkeiten (oder als hätte etwas ihre Gedanken gelesen und bemühte sich nun eilfertig, aus ihrem Alptraum Wirklichkeit werden zu lassen), kam mit der Dunkelheit nun wirklich ein leichter Nebel auf, der das Licht der Halogenscheinwerfer geisterhaft zurückwarf und ihren Augen Bewegung vorgaukelte, wo keine war. Wenn man lange genug in diesen Nebel hineinblickte, dachte Laurie, dann fing man wirklich an, Gespenster zu sehen. War da nicht eine Bewegung? Starrte sie da nicht etwas wie ein Gesicht aus den milchigen Schwaden heraus an, und ...

Sie zwang sich, den Gedanken nicht zu Ende zu denken und kuschelte sich enger an Bills Schulter. Etwas ... stimmte hier nicht, das spürte sie ganz deutlich. Aber sie wagte es nicht, den Gedanken laut auszusprechen. Bill war ein lieber Kerl, aber er war auch ein unverbesserlicher Realist. Jedenfalls behauptete er das von sich selbst. Tatsache war, daß er keine Gelegenheit ausließ, ihr zu beweisen, wie alt und erwachsen er doch schon war. Ein einziges Wort über das, was dieser Nebel in ihr auslöste, dachte Laurie, und sie konnte mit einer halbstündigen Tirade rechnen. Mindestens.

Endlich entdeckten sie am Straßenrand ein Reklameschild mit einem Tankstellensymbol und dem Hinweis:

MIKES DRIVE-IN,
KALTES BIER,
HEISSER KAFFEE!
3 MEILEN →

Bill atmete hörbar auf. »Endlich«, sagte er. »Ein Kaffee wird uns jetzt guttun. Außerdem muß ich mir unbedingt die Beine vertreten. Die Narbe schmerzt ganz schön. Und dann dieses verkrampfte Sitzen hinter dem Steuer . . .«

Auch Laurie setzte sich wieder aufrecht hin. Eine eiskalte Cola und vielleicht ein Doughnut oder ein Hot dog . . . ja, eine wunderbare Vorstellung. Sie war wirklich müde, und Bill brauchte dringend eine Pause. Und dazu kam, daß sie sich ausgerechnet danach sehnte, in dieser öden Gegend wieder ein menschliches Gesicht zu erblicken, und eine menschliche Stimme zu hören. Der Nebel machte ihr mehr angst, als sie sich selbst gegenüber eingestehen wollte.

Bill gab Gas, als die Lichter von Mikes Drive-in wie kleine blasse Sterne inmitten des Nebels sichtbar wurden, lenkte den Ford hinter die Tanksäulen mit dem Neonschild Unleaded und drückte zweimal hintereinander auf die Hupe.

Ohne Erfolg. Das Tankwartshäuschen war hell erleuchtet, aber niemand rührte sich. Bill hupte noch einmal und noch einmal, zuckte schließlich enttäuscht mit den Schultern und sah auf die Tankuhr. »Noch genug drin«, stellte er fest. »Komm, trinken wir wenigstens etwas.«

»Warte«, sagte Laurie. Sie hatte immer noch ein ungutes Gefühl, das nun wirklich an Angst grenzte. Die Vorstellung, die Sicherheit des Wagens zu verlassen und in die Kälte und den feuchten Nebel hinauszutreten, jagte ihr schon jetzt einen eisigen Schauer über den Rücken. Aber sie spürte, daß hier etwas nicht stimmte, und der Gedanke, nicht zu wissen, was es war, war noch schlimmer.

»Was hast du vor?« fragte Bill.

»Nichts«, antwortete Laurie. Mit einem Lächeln, das um mehrere tausend Prozent selbstsicherer aussah, als sie sich fühlte, öffnete sie den Wagenschlag und fügte im Aussteigen hinzu: »Nachsehen, warum die Leute hier kein Geld verdienen wollen.«

Bill rief ihr etwas nach, das sie nicht verstand, und schaltete das Fernlicht des Wagens ein, während Laurie mit schnellen Schritten auf das Tankwartshäuschen zuging. Die grellweißen Lichtbalken spalteten die Dunkelheit vor ihr in zwei ungleich große Hälften, aber sie vertrieben den Nebel nicht wirklich. Etwas blieb.

Sie hielt für einen Moment inne, rieb sich fröstelnd mit den Händen über die nackten Oberarme und ging mit Schritten weiter, die eine Spur zu forsch wirkten, um wirklich zu überzeugen.

Das Tankwartshäuschen war verschlossen. Weißes Neonlicht drang durch die großäugigen Scheiben und zerfaserte an den Rändern, wo es vom Nebel aufgesogen wurde. Wo der Nebel das Glas berührte, war er zu Wasser geworden und hatte ein Tröpfchenmuster auf der Scheibe zurückgelassen. Lauries Blick tastete über das Innere des Tankwartshäuschens. Es war einfach, aber modern eingerichtet – ein schmaler Schreibtisch, ein rein funktional aussehender Kunststoffstuhl, ein rechteckiges Regal mit den Kontrollinstrumenten der Tanksäule und der Kasse ... Auf dem Tisch ein paar Papiere, eine aufgeschlagene Illustrierte und ein Aschenbecher, in dem noch der Rest einer nicht völlig ausgedrückten Zigarette qualmte ...

Warum beunruhigte sie dieser Anblick so?

Obwohl sie wußte, daß es sinnlos war, rüttelte sie noch einmal an der verschlossenen Tür und ging dann zum Wagen zurück. Das Tankstellenhaus bestand nur aus einem einzigen, winzigen Raum. Vielleicht war der Tankwart ins Restaurant gegangen, um einen Kaffee zu trinken oder die Toilette aufzusuchen.

»Niemand da«, erklärte sie überflüssigerweise, während sie sich neben Bill in den Sitz fallen ließ.

Bill enthielt sich jeden Kommentars, aber in seinen Augen blitzte es spöttisch auf, und Lauries Laune sank noch einmal um mehrere Grade. Bill startete den Motor. Sie fuhren die wenigen Meter bis zum Schnellimbiß und stiegen aus, aber sie wurden auch hier enttäuscht: Der kleine Gastraum hinter den Fenstern war ebenso hell wie das Tankstellenhäuschen erleuchtet, aber die Tür war verschlossen, und auch auf Bills Klopfen rührte sich nichts. Laurie stellte sich neben ihm auf die Zehenspitzen, um einen Blick ins Innere werfen zu können. Im Grunde bot das Restaurant den gleichen Anblick wie das Tankwartshäuschen: Es war leer, wirkte aber nicht verlassen, sondern allerhöchstens so, als wären seine Bewohner für einen kurzen Moment weggegangen.

»Das gibt es doch nicht«, sagte Bill, mehr verwirrt als wirklich ärgerlich. »Die Reklame ist an, überall brennt Licht, und niemand ist da!«

Laurie schwieg. Die ganze Situation kam ihr immer gespenstischer vor, und abermals spürte sie einen Hauch echter Furcht, den sie sich nicht erklären konnte. Es war verrückt, aber sie hatte plötzlich das Gefühl, von tausend unsichtbaren Augen aus dem Nebel heraus angestarrt zu werden. Und, ja, sie war fast sicher, der Nebel schien näher gekommen zu sein. Wie ein Kreis aus leuchtender Dunkelheit belagerte er den Wagen und das kleine Drive-in.

Schaudernd sah sie sich um. Es war keine Einbildung. Der Nebel war näher gekommen.

Sie war sehr erleichtert, als Bill schließlich aufhörte, gegen die Scheibe zu klopfen, und sich wieder zum Wagen umwandte.

»Mist«, maulte Bill. »Aber das paßt irgendwie. Das ist einer von den Tagen, die man am besten aus dem Kalender streicht.«

Enttäuscht stiegen sie in den Ford und fuhren weiter. Laurie fiel auf, daß Bill sich immer mühsamer bewegte. Immer öfter beugte er sich mit schmerzverzerrtem Gesicht nach vorne, die rechte Hand auf der frischen Operationsnarbe.

»Geht es noch?« fragte sie besorgt.

Bill nickte, aber selbst diese kleine Bewegung wirkte wie

abgehackt, als koste sie ihn all seine Kraft. Obwohl die Kälte des Nebels allmählich in den Wagen zu kriechen begann, glitzerte Schweiß auf seiner Stirn.

»Wir sollten zurückfahren«, sagte Laurie. »Vielleicht ist ja doch jemand da. In der Tankstelle brannte Licht. Wir können klopfen, oder einfach so lange hupen, bis jemand kommt.«

»Oder die Batterie leer ist«, sagte Bill gequält.

»Fahr zurück«, beharrte Laurie. »Schlimmstenfalls warten wir, bis ein anderer Wagen vorbeikommt.«

Bill wischte sich den kalten Schweiß von der Stirn. »Ja. Oder du schlägst eine Scheibe ein und rufst einen Rettungshubschrauber«, sagte er böse. »Jetzt übertreib es bitte nicht. Ich fühle mich nicht wohl, aber ich liege noch nicht im Sterben.« Er unterstrich seine Worte mit einer ärgerlichen, entschiedenen Handbewegung, und Laurie sagte nichts mehr. Sie wußte, daß es sinnlos war – schließlich kannte sie Bill lange genug. Und so sehr sie ihn mochte, wenn er sich einmal etwas in den Kopf gesetzt hatte, dann war er so stur wie der sprichwörtliche Panzer.

Eine gute halbe Stunde fuhren sie weiter durch die Nacht, ohne das immer unangenehmer werdende Schweigen zu brechen – und dann krümmte sich Bill plötzlich unter so heftigen Schmerzen, daß er fast die Kontrolle über den Wagen verloren hätte.

»Bill!« schrie Laurie erschrocken. »Bill! Was ist mit dir? Hast du Schmerzen? Bill, nun sag doch was!«

Bill keuchte. »Es . . . es ist gleich vorbei. Ich glaube, wir halten dort vorn . . .« und kippte zur Seite. Der Sicherheitsgurt fing ihn auf, ehe er endgültig zusammenbrechen konnte, aber der Wagen begann zu schleudern und brach aus. Laurie versuchte instinktiv, ihn abzufangen, und griff ins Steuer. Aber natürlich machte das alles nur noch schlimmer: Der Wagen sprang wie wild von rechts nach links und wieder zurück, sie mußte Bills reglosen Körper stützen, dessen Gewicht sie immer wieder zur Seite schieben wollte, und zu allem Überfluß hatte sich sein Fuß auch noch auf dem Gashebel verhakt, so daß der Ford immer schneller wurde, statt abzubremsen.

Panik drohte Laurie zu übermannen. Für einen Moment hieb

sie blindlings auf das Armaturenbrett ein, zog und zerrte an allem, was in ihrer Nähe war, bekam mehr durch Zufall als alles andere den Ganghebel zu fassen und zerrte daran. Der Motor des Ford heulte noch schriller, und auf dem Armaturenbrett begann eine rote Lampe zu blinken, aber der Wagen wurde jetzt nicht mehr schneller.

Allerdings auch nicht langsamer.

Laurie kämpfte ihre Panik mühsam nieder, angelte mit dem linken Fuß zwischen Bills Beinen hindurch nach dem Bremspedal und trat mit aller Kraft darauf.

Wieder schlingerte der Wagen, kam mit zwei Rädern von der Straße ab und vollführte eine Hundertachtzig-Grad-Drehung. Laurie schrie vor Schrecken, aber ihr Fuß ließ das Bremspedal trotzdem nicht los, sondern trat es nur noch heftiger durch. Der Nebel vollführte einen irrsinnigen Tanz vor dem Wagen, der Ford bäumte sich auf, drohte für einen winzigen, entsetzlichen Moment umzukippen – und kam mit einem krachenden Schlag zur Ruhe. Dann, endlich, ging der Motor aus, und Laurie sank erschöpft zurück und schloß für einen Moment die Augen. Ihr Herz raste. Angst und Aufregung ließen bunte Sterne vor ihren Augen tanzen.

Aber nur für einen Moment. Dann stemmte sie sich hoch, löste mit zitternden Fingern Bills Sicherheitsgurt und fing ihn auf, als er in ihrem Schoß zusammenbrach.

»Bill!« schrie sie noch einmal.

»So sag doch etwas! *Bill!*« Wie von Sinnen begann Laurie an seinen Schultern zu rütteln. Bill begann zu stöhnen, reagierte aber sonst nicht, weder auf die Berührung noch auf ihre Stimme.

Mit fliegenden Fingern öffnete Laurie die Beifahrertür, stieg aus und lief um den Wagen herum. Hastig öffnete sie die Tür und versuchte, Bill auf den Beifahrersitz zu schieben. Aber Bill war sehr groß und dementsprechend schwer, und so mußte sie alle Kraft aufwenden, bis es ihr endlich gelang. Dann rannte sie erneut um den Wagen herum und zog ihn von der anderen Seite auf den Sitz hinüber, damit er in einer einigermaßen bequemen Stellung dasaß. Umständlich schnallte sie den Bewußtlosen fest und schloß die Tür wieder. Zitternd vor Erschöpfung und

Angst blieb sie stehen. Ihre Gedanken überschlugen sich. Hinter ihrer Stirn herrschte Chaos. Panik.

Was sollte sie tun? Bill war krank, vielleicht in Lebensgefahr, und es konnte Stunden dauern, bis auf dieser Straße ein anderer Wagen vorbeikam, den sie anhalten und um Hilfe bitten konnte. Von dem fürchterlichen Nebel ganz zu schweigen, der immer dichter wurde.

Nein, dachte sie. Sie hatte keine Wahl. Sie mußte selbst fahren. Wenn sie hierblieb, konnte es gut sein, daß sie Bill damit umbrachte.

Der bloße Gedanke trieb ihr schon wieder den Angstschweiß auf die Stirn. Sie hatte noch nie hinter dem Steuer gesessen – aber sie mußte es tun.

Mit klopfendem Herzen setzte sie sich hinter das Steuer, blickte einen Moment lang hilflos auf die Instrumente des Wagens, die plötzlich sehr viel komplizierter und verwirrtender aussahen als noch vor einer Minute, und startete den Motor. Immer wieder sah sie zu Bill hinüber, der zusammengesunken und stöhnend auf dem Beifahrersitz saß, den Kopf gegen die Tür gelehnt.

Plötzlich hatte sie entsetzliche Angst, daß er sterben würde.

Das Fahren fiel ihr nicht so schwer, wie sie befürchtet hatte. Die Straße führte wie mit einem Lineal gezogen geradeaus, und der Ford rollte fast von selbst, solange sie nur den Fuß auf dem Gaspedal und beide Hände am Steuer behielt. Was Laurie zu schaffen machte, das war die Sorge um Bill. Er wachte nicht wieder auf, aber wenn er schlief, dann war es kein guter Schlaf. Er stöhnte, warf immer wieder den Kopf hin und her und bäumte sich einmal mit einem Schrei und so heftig auf, daß Laurie schon fürchtete, er würde den Sicherheitsgurt zerreißen, mit dem sie ihn angeschnallt hatte. Sie verstand die Heftigkeit seines Rückfalles nicht. Sicher, Bill war alles andere als gesund – aber auch nicht *so* krank. Das – oder er hatte sie belogen, was seinen Gesundheitszustand anging.

Das andere, was ihr zu schaffen machte, war der Nebel. Die weißen Schwaden wurden immer dichter, bis sie schließlich das Gefühl hatte, durch Watte zu fahren.

Unerfahren, wie sie war, hatte sie das Fernlicht eingeschaltet, um wenigstens ein bißchen sehen zu können; mit dem Ergebnis, daß die reflektierende Helligkeit ihr die Tränen in die Augen trieb und sie praktisch gar nichts mehr sah. Es glich einem Wunder, daß sie nicht längst von der Straße abgekommen oder mit irgend etwas kollidiert war.

Wieder stöhnte Bill. Laurie sah besorgt zu ihm hinüber – und bemerkte den Schatten auf der Straße fast zu spät.

Nein, nicht fast. Sie bemerkte ihn *eindeutig* zu spät.

Etwas Großes, Bleiches tauchte wie ein Geist aus dem Nebel auf. Für eine einzige, aber schreckliche Sekunde glaubte Laurie ein Gesicht zu sehen, riesige, schreckgeweitete Augen, Haut, die selbst so bleich war wie der Nebel, ein Mund, dessen blutleere Lippen zu einem stummen Entsetzensschrei geöffnet waren ...

Dann verschwand die Gestalt, kippte irgendwie nach hinten und in den Nebel hinein, wie eine Pappfigur in einer Kirmesbude, die von einem Ball getroffen worden ist, und eine halbe Sekunde später prallte etwas mit furchtbarer Wucht gegen den Kühlergrill des Ford.

Laurie schrie auf. Glas splitterte. Etwas Großes, Formloses flog durch den Nebel davon, und dann brach der Wagen aus, als Laurie in blinder Panik am Steuer riß und Kupplung und Bremse gleichzeitig trat. Der Ford drehte sich mit kreischenden Reifen zwei-, dreimal um sich selbst und drohte umzukippen, als sich zwei Reifen von der Straße hoben. Dann fiel er mit einem furchtbaren Krachen zurück, und der Motor ging aus. Irgend etwas aus Glas zerbrach.

Laurie sank wimmernd über dem Steuer zusammen. Ihr Herz hämmerte so fest, daß es beinahe weh tat, aber die Angst und die Panik, auf die sie wartete, kamen nicht. Sie fühlte sich wie gelähmt. Alles, was sie denken konnte, war: Ein Mensch! Sie hatte einen Menschen überfahren!

Sie wußte hinterher nicht mehr, wie lange sie so dagesessen hatte, ehe sie Bills Stöhnen in die Wirklichkeit zurückriß. Erschrocken fuhr sie hoch, beugte sich zu ihm hinüber und überzeugte sich davon, daß er wenigstens unverletzt geblieben war. Dann drehte sie sich im Sitz herum, löste den Sicherheitsgurt und öffnete mit zitternden Fingern die Fahrertür.

Plötzlich hatte sie entsetzliche Angst. Sie wollte nicht aussteigen. Sie hatte einen Menschen angefahren, der jetzt verletzt – oder vielleicht tot! – auf der Straße lag, und sie wollte um nichts in der Welt dort hinaus. Sie wollte den Motor wieder anlassen, den Wagen wenden und fahren, so schnell und so weit weg sie nur konnte!

Aber natürlich stieg sie doch aus.

Ihre Hände und Knie zitterten, als sie aus dem Wagen kletterte. Der Nebel legte sich wie eine feuchte kalte Hand auf ihre Haut, und ihre überreizten Nerven ließen sie Bewegungen sehen, wo gar keine waren. Laute hören, wo nur Stille war. Plötzlich merkte sie, wie kalt es geworden war.

Sie machte einen Schritt, blieb stehen und sah sich mit klopfendem Herzen um. Der Nebel wurde immer dichter. Ihr Blick reichte nur wenige Schritte weit.

»Hallo?« rief sie.

Keine Antwort.

Der Nebel schien ihre Stimme zu verschlucken.

Fast verzweifelt sah sie sich um. Alles, was weiter als drei, vier Schritte entfernt war, lag hinter einer Wand aus schwebendem Weiß verborgen. Sie wußte nicht einmal mehr, in welcher Richtung sie gehen mußte. Der Wagen hatte sich mehrmals gedreht und stand jetzt möglicherweise entgegengesetzt ihrer ursprünglichen Fahrtrichtung ...

Sie ging los.

Fünf, dann zehn Schritt, dann noch einmal fünf.

Nichts.

Sie mußte die falsche Richtung gewählt haben. Aber gerade, als sie sich herumdrehen und zum Wagen zurückgehen wollte, sah sie doch etwas auf der Straße liegen.

Laurie mußte sich mit aller Macht zwingen, überhaupt weiterzugehen. Ihr Herz hämmerte, als wolle es jeden Moment zerspringen. *Laß ihn nicht tot sein!* Bitte, bitte, *Lieber Gott, laß ihn nicht tot sein! Laß mich keinen Menschen umgebracht haben!*

Aber sie fand keinen Toten.

Kein Blut. Nichts von all den Schreckensbildern, die ihre außer Rand und Band geratene Phantasie ihr vorgaukelte.

Was vor ihr auf der Straße lag, das war so banal, daß sie um ein Haar hysterisch aufgelacht hätte, wäre sie nicht so erleichtert gewesen.

Es war ein Wegweiser.

Sein zersplittertes Ende war so dick wie Lauries Unterarm, und von dem eigentlichen Schild war ein Stück abgebrochen – der Schemen, den sie hatte davonfliegen sehen. Kein Mensch. Sie hatte niemanden umgebracht.

In Lauries Erleichterung mischte sich Staunen. Es war dieses Schild gewesen, das sie gerammt hatte, daran bestand gar kein Zweifel: An dem zerborstenen Holz klebten Lacksplitter, und auf der Straße lagen noch die Scherben des zerbrochenen Scheinwerfers.

Aber sie hatte das Gesicht doch ganz deutlich gesehen!

Hin und her gerissen zwischen Neugier und neu aufkeimender Furcht trat sie näher und besah sich das Schild genauer. Die Schrift war alt und zum Teil abgeblättert, aber Laurie konnte sie noch entziffern:

PRIVATKLINIK DR. BARKER
2 MEILEN

Laurie starrte die verblichene Schrift ungläubig an. Es war, als hätte der Himmel ihr lautloses Flehen erhört.

Sie blieb noch zwei, drei Sekunden in der Hocke sitzen und sah das Schild an. Dann fuhr sie hoch und rannte zum Wagen zurück, so schnell sie konnte. Es gab eben doch noch Wunder.

Mit einiger Mühe gelang es ihr, den Ford zu wenden und loszufahren. Und nach allem, was ihr bisher passiert war, schien das Schicksal endlich ein Einsehen mit ihr zu haben: Trotz des immer noch dichter werdenden Nebels fand sie die Abzweigung sofort, auf die das Schild hingewiesen hatte. Und auch der Rest der Fahrt verlief ohne Zwischenfälle.

Bis sie die Klinik erreichte, jedenfalls. Aber was dann geschah, das war nicht einmal ihre Schuld. Sie hatte damit gerechnet, einen großen, hell erleuchteten Komplex zu finden oder wenigstens eine beleuchtete Einfahrt, wenigstens eine *winzige* Lampe am Straßenrand, aber statt dessen tauchte plötzlich ein riesiges Tor aus schmiedeeisernen Gitterstäben vor ihr aus dem Nebel auf; so plötzlich, daß selbst ein erfahrener Fahrer wohl kaum noch rechtzeitig hätte reagieren können. Laurie jedenfalls konnte es nicht.

Der Knall, der dem Zusammenstoß folgte, war furchterregend. Laurie wurde nach vorne und gegen das Lenkrad geworfen, Bill rutschte halb aus seinem Sicherheitsgurt heraus und stöhnte, ohne das Bewußtsein wiederzuerlangen. Sein Kopf lag nun auf ihrem Schoß. Er war leichenblaß. Kalte Schweißperlen glitzerten auf seiner Stirn.

Laurie preßte stöhnend die Hand gegen die Schläfe. Sie schmeckte Blut, weil sie mit der Lippe gegen das Steuer geschlagen war, und ihre Finger waren warm und klebrig, als sie sie zurückzog. Der Motor des Ford lief noch, aber der Zusammenprall hatte auch den zweiten Scheinwerfer zertrümmert, so daß sie in fast völliger Dunkelheit dasaß. Aus dem ruhigen Summen der Maschine war ein furchterregendes, unregelmäßiges Ticken und Kreischen geworden.

Sie hatte selbst nicht damit gerechnet – aber irgendwie gelang es ihr, die Nerven zu behalten. Vielleicht auch nicht. Vielleicht stand sie einfach unter Schock oder war so gelähmt vor Angst wie das berühmte hypnotisierte Kaninchen. Gleichwie – tastend griff sie nach oben, fand die Innenbeleuchtung und schaltete sie ein. Ein kleines Wunder geschah: Die Lampe brannte noch. Rasch löste sie Bills Sicherheitsgurt, wuchtete seinen Körper behutsam auf den Beifahrersitz zurück und versuchte, die Tür zu öffnen.

Es ging nicht. Laurie sah erst jetzt, daß sich der Wagen halb gedreht hatte und seitlich vor das Tor geknallt war. Die Tür war so sicher blockiert, daß sie ebenso zugeschweißt hätte sein können. Auf den Gedanken, einfach ein Stück zurückzusetzen, kam sie gar nicht.

Statt dessen kletterte sie über Bill hinweg, öffnete die Beifahrertür und krabbelte ungeschickt ins Freie. Sie beugte sich vor, um ihren Freund aus dem Wagen zu ziehen, als sie hinter sich eine Stimme hörte.

»Was ist passiert? Haben Sie keine Augen im Kopf? Sie müssen doch gesehen haben, daß das Tor geschlossen ist. Das darf doch alles nicht wahr sein!« Laurie strich Bill über die Stirn, zog Kopf und Oberkörper aus dem Wagen und drehte sich um. Hinter ihr stand ein großer Mann in der schwarzblauen Phantasieuniform eines Wachmannes. Auf seinem Gesicht mischte sich Zorn mit Schrecken. Der Strahl seiner Taschenlampe glitt über den demolierten Kühler des Ford, blieb kurz an Bill hängen, richtete sich dann auf ihr Gesicht, und blieb darauf.

Laurie blinzelte und hob die Hand vor die Augen. »Mein Freund ...« stammelte sie. »Es geht ihm nicht gut. Er hat eine schwere Operation hinter sich. Ich ...« Sie verlor den Faden, begann zu stottern und fast augenblicklich zu weinen. Der grelle Strahl der Taschenlampe senkte sich, und sie hörte Schritte, die auf hartem Kies knirschten. Sie konnte nur Schemen erkennen. Nach der langen Fahrt durch das Halbdunkel des Nebels hatte sie der grelle Strahl der Taschenlampe fast blind gemacht.

»Nun mal langsam, junge Frau. Er lebt ja noch.« Der Wachmann schien seinen ersten Schrecken überwunden zu haben. Er hatte eine tiefe, sehr angenehme, sehr männliche Stimme, die klang, als gehöre sie jemandem, den so leicht nichts erschüttern konnte. Sie konnte sein Gesicht noch nicht richtig erkennen, aber sie glaubte zu spüren, daß er lächelte. Sie war *sicher,* daß er lächelte. »Was ist passiert?« fragte er noch einmal.

Laurie riß sich mit aller Gewalt zusammen und deutete auf Bill. »Er ist hinter dem Steuer ohnmächtig geworden, und ... und dann sind wir in den Graben gefahren, ich habe keinen Führerschein, aber ich mußte doch fahren, und dann habe ich das Schild gerammt, und ... und schließlich bin ich doch hierhergekommen. Sie müssen mir helfen. Rufen Sie einen der Ärzte. Bitte. Bill ist krank. Ich habe Angst, daß er stirbt.«

»Immer mit der Ruhe«, antwortete der Wachmann. »So schnell stirbt es sich nicht.« Er öffnete das Tor, zwängte sich zwischen den Gitterstäben und dem Ford hindurch und leuchtete abermals mit seiner Taschenlampe ins Innere des Wagens. In dem schwachen Licht, das aus dem Wageninneren zurückgeworfen wurde, wirkte sein Gesicht uralt und unheimlich. Laurie blickte ihn sekundenlang mit einer Mischung aus Angst und Verwirrung an. Was war nur mit ihr los? Sie kannte diesen Mann doch gar nicht, und trotzdem machte er ihr angst.

»Warum kommt denn niemand?« fragte Laurie, die nun wirklich der Panik nahe war. »Rufen Sie doch einen Arzt.« Sie versuchte stillzustehen, sich zusammenzureißen, aber sie konnte es nicht. »Bitte!«

»Es gibt hier keinen Arzt«, sagte der Wachmann ruhig. Er richtete sich auf und lächelte bedauernd, und Laurie konnte zum ersten Mal richtig sein Gesicht erkennen. Es war ein sehr sympathisches Gesicht, hart, aber nicht böse. Es paßte zu der Stimme, die sie gehört hatte.

»Aber das ist doch ... ein Krankenhaus«, murmelte Laurie verwirrt. »Auf dem Schild ...«

»Das war einmal«, unterbrach sie der Wachmann. »Die Klinik ist seit mehr als fünf Jahren geschlossen. Und das nächste Krankenhaus befindet sich zwanzig Meilen von hier entfernt. Aber damit«, fügte er mit einem Blick auf den zusammengestauchten Kühler des Ford hinzu, »werden Sie es kaum schaffen.«

»Geschlossen?« wiederholte Laurie entsetzt. »Es ... es gibt keinen ... keinen Arzt?«

Der Wachmann hob beruhigend die Hand. »Keine Sorge. Vielleicht gibt es doch einen Weg, Ihrem Freund zu helfen. Dr. Barker wohnt nur gute zehn Minuten entfernt. Er ist zwar alt, aber immer noch ein guter Arzt. Er wird ihrem Freund helfen. Aber zuerst bringen wir ihn ins Haus. Es sind ja genügend Zimmer frei.« Er lachte für einen ganz kurzen Moment über seinen eigenen Scherz, wurde aber sofort wieder ernst und sah sogar betroffen aus.

»Kommen Sie, Kleines«, sagte er. »Helfen Sie mir.«

Die Klinik lag inmitten eines unkrautüberwucherten Gartens, der früher einmal sicher Größe und Ansehnlichkeit eines Parks gehabt hatte, jetzt aber einfach nur noch verwildert war und in der Dunkelheit zu einem Dschungel aus Schwärze und mannshohem Dickicht wurde. Der vormals weiße Prachtbau machte einen verwahrlosten Eindruck, dem die Nacht noch etwas Wildes, Unheimliches hinzufügte. Die großen Fenster waren verdreckt und blind, soweit sie nicht längst eingeschlagen oder mit Brettern vernagelt worden waren, und der Putz blätterte in großen, wie schorfige Wunden aussehenden Flecken von den Wänden. An einer Stelle war das Dach eingesunken, und direkt neben der Einfahrt erhob sich ein verwitterter Trümmerhaufen, der vielleicht einmal ein Pförtnerhäuschen gewesen war. Wie alle leerstehenden Gebäude wirkte auch dieses irgendwie ... unheimlich; ein Eindruck, den Laurie schwer in Worte zu fassen und noch schwerer zu begründen imstande war, der aber von den treibenden Nebelfetzen und der Kälte noch unterstrichen wurde. Es war, als flüsterten ihr lautlose Stimmen böse Geschichten aus uralten Zeiten zu, Stimmen, die sie nicht verstand, und Worte, die sie nicht begriff, die aber irgend etwas in ihr bewirkten. Etwas, das nicht gut war.

Der Wachmann führte sie in ein Zimmer, das wohl den ehemaligen Untersuchungsraum darstellte: Wände und Boden waren weiß gekachelt, und unter der Decke hing eine gewaltige OP-Lampe mit fast einem Dutzend Strahler, von denen allerdings nur einer brannte; wie das übriggebliebene Auge einer gewaltigen Chromspinne. Unter staubigen Plastikabdeckungen reihten sich medizinische Instrumente und Computer aneinander, die vor fünf Jahren das letzte Mal abgeschaltet worden waren, und in der Luft hing noch immer ein schwacher Hauch von Desinfektionsmitteln. Wahrscheinlich würde er auch in weiteren fünf Jahren noch ebenso deutlich zu spüren sein, oder auch in fünfzig.

Der Wachmann legte Bill vorsichtig auf eine mit rotem Leder bezogene Liege und nahm eine Wolldecke aus dem Schrank. Er deckte ihn zu, blickte einen Moment auf sein bleiches Gesicht herab und wandte sich dann zu Laurie um.

»Ich fürchte, das ist im Moment alles, was ich für Ihren Freund tun kann«, sagte er. »Aber keine Sorge – der junge Mann wird schon wieder.« Er bemerkte ihren Schrecken und lächelte aufmunternd. »Als Wachmann in einem Krankenhaus bekommt man einen Blick für so was.«

Laurie nickte pflichtschuldig – obwohl sie sicher war, daß

der Mann das nur aus einem einzigen Grund sagte: um sie zu beruhigen. Natürlich erreichte er damit das genaue Gegenteil. Ihre Angst um Bill hatte mittlerweile ein Ausmaß erreicht, das sie an Panik grenzen ließ.

»Was . . . ist das hier?« fragte sie mit einer Geste auf die abgedeckten Instrumente und Geräte, die sie erschreckten.

»Unser Wachzimmer. Meine Kollegen und ich halten uns hier auf, wenn wir Pause machen.« Er überlegte einen Moment, dann wechselte er abrupt das Thema. Seltsam – Laurie hätte in diesem Augenblick schwören können, daß es ihm unangenehm war, ihre Frage zu beantworten. »Können Sie einen Moment allein auf Ihren Freund aufpassen?«

Laurie nickte, obwohl sie nicht einmal sicher war, daß sie auf *sich selbst* aufpassen konnte. Jetzt, als alles vorbei war und die Anspannung von ihr abfiel, da fühlte sie sich mit einemmal schwach und hundeelend. Von ihrer Entschlossenheit und Kraft war nichts mehr übriggeblieben; es erschien ihr jetzt selbst fast unglaublich, daß sie es nicht nur geschafft hatte, sich um Bill zu kümmern, sondern sogar hierher zu kommen. Trotzdem wiederholte sie ihr Nicken, als der Wächter sie fragend und mit einer ganz leisen Spur von Ungeduld anblickte.

»Gut«, sagte er mit einer entsprechenden Geste. »Dort drüben steht frischer Kaffee. Sie trinken doch Kaffee?« Laurie nickte, aber der Wachmann fuhr fort, ehe er die Bewegung auch nur richtig registrieren konnte: »Bedienen Sie sich. Ich rufe inzwischen Dr. Barker an. Ich hoffe, er ist zu Hause.« Er drehte sich um und verließ den Raum.

Laurie blickte ihm nach. Sie mußte sich beherrschen, um ihn nicht zurückzurufen. Ganz plötzlich hatte sie furchtbare Angst davor, allein in diesem unheimlichen Zimmer zu bleiben. Der einzige Grund, aus dem sie es nicht tat, war ihre Furcht, sich in seinen Augen noch mehr zu blamieren, als sie es wahrscheinlich ohnehin schon getan hatte. So kämpfte sie tapfer ihre Angst nieder, wartete, bis die Tür hinter ihm ins Schloß gefallen war und sah sich dann um. Sie entdeckte einen kleinen Tisch, auf dem eine Kaffeemaschine und einige Tassen standen.

Sie hatte auch in diesem Punkt nicht ganz die Wahrheit gesagt: Sie mochte eigentlich keinen Kaffee und hatte nie verstanden, was ihre Eltern – und auch Bill – so gut daran fanden, daß sie das bittere Gebräu gleich literweise in sich hineinkippten. Trotzdem goß Sie sich von dem dampfenden Kaffee ein und ging mit der Tasse in der Hand hinüber zu Bills Liege.

Er war immer noch ohne Bewußtsein. Bill atmete schwer. Schweiß rann ihm über die Stirn, und seine Hände zitterten ununterbrochen, als versuche er sich irgendwo festzuhalten.

Sie blickte sich suchend um und entdeckte ein Handtuch über einer Stange neben dem Waschbecken. Behutsam stellte sie die Kaffeetasse auf den Rand der Liege, holte das Handtuch und rieb damit vorsichtig den Schweiß von Bills Stirn; eine Geste, die ihr ihre Hilflosigkeit noch mehr klarmachte – und sie erschreckte, als sie Bills Gesicht berührte. Seine Stirn glühte. Er hatte tatsächlich Fieber, hohes Fieber. Hoffentlich kam dieser Arzt bald. *Wenn* er kam. *Wenn der Wachmann ihn tatsächlich anrief. Wenn* er zu Hause war, und *wenn* es nicht im Moment irgendwo einen dringenderen Fall gab, der ...

Laurie zwang sich fast gewaltsam, den Gedanken nicht weiter zu denken. Sie hatte wahrlich genug Ärger am Hals – es war ganz und gar nicht mehr nötig, daß sie ihre Phantasie anstrengte, um sich vorzustellen, was noch alles schiefgehen konnte.

Sie nippte von ihrem Kaffee, er schmeckte so scheußlich, wie sie erwartet hatte, aber er war heiß, und allein die Wärme tat ihr schon wohl. Sie legte die Hände um das heiße Porzellan und schloß die Augen, und tatsächlich spürte sie plötzlich die Wirkung des Koffeins – allerdings eine völlig andere Wirkung als sie erwartet hatte. Plötzlich fühlte sie sich nur noch schwach und elend; und irgendwie schuldig. Es nutzte ihr herzlich wenig, wenn sie sich immer wieder einredete, daß es nicht ihre Schuld war, und daß sie absolut nichts hätte tun können, um irgend etwas von dem zu verhindern, was geschehen war. Sie *hätte* etwas tun können – und sei es nur, sich erst gar nicht auf diese verrückte Reise einzulassen. Großer Gott, was sollte sie ihren Eltern sagen? Und erst Bills, falls ihm etwas zustieß?

Die Tür ging auf, und der Wächter kam zurück. Er war nicht mehr allein. In seinem Gefolge war ein Mann mittleren Alters, ebenfalls in der blaugrauen Phantasie-Uniform der Wachmannschaft. Sein Gesicht war schmal und nicht ganz so offen und sympathisch wie das des ersten Wächters, und statt einer Taschenlampe trug er eine großkalibrige Pistole im Gürtel. Erst jetzt fiel Laurie auf, daß der erste Wachmann nicht bewaffnet gewesen war. Einen Moment später ertappte sie sich dabei, mit einer Mischung aus Faszination und Angst auf die Pistole im Gürtel des Mannes zu starren. Hastig sah sie weg, aber ihr Blick war dem Wächter nicht entgangen. Irgend etwas glitzerte in seinen Augen. Laurie war nicht sicher, ob ihr dieses Gefühl wirklich gefiel.

»Das ist mein Kollege«, sagte der erste Wächter. »Wir teilen uns die Schicht, übrigens habe ich mich noch nicht vorgestellt, fällt mir ein. Mein Name ist Jim. Jim Stonehouse, aber alle Welt nennt mich nur Jim.« Er deutete auf seinen Begleiter. »Das ist George. George Schneider.«

Laurie nickte automatisch. »Ich heiße Laurie«, sagte sie. »Laurie Johnson. Wo ist dieser Arzt, Dr. ...?«

»Dr. Barker.« Stonehouse machte eine wedelnde Handbewegung, während sich in Schneiders Gesicht kein Muskel rührte. Er starrte Laurie nur unentwegt an. »Er kommt sofort«, fuhr Jim fort. »Ihr leichtsinniger junger Freund da hat Glück gehabt. Er wollte eigentlich heute abend in die Stadt fahren, aber der Nebel war zu dicht. Es kann nur ein paar Minuten dauern, bis er hier ist. Ich habe doch gesagt, er wohnt direkt in der Nähe.«

Schneider riß endlich seinen Blick von Laurie los und goß sich eine Tasse Kaffee ein. Er setzte sich auf das Ende der Liege. Der Blick, mit dem er Bill musterte, gefiel Laurie nicht. Und der, mit dem er sie gleich darauf schon wieder maß, gefiel ihr noch weniger. Hastig sah sie wieder zu Stonehouse hoch.

»Ich würde gern meine Eltern anrufen und Bescheid sagen, wo wir sind«, sagte sie unsicher. »Wäre das möglich? Sie werden sich sicher Sorgen machen, wenn sie so lange nichts von uns hören.« *Sie werden sich auch Sorgen machen,* wenn *sie hören, was passiert ist,* dachte Laurie. *Ganz besonders dann.* Trotzdem – sie *mußte* einfach mit ihrer Mutter oder ihrem Vater reden.

Er schien ihre Gedanken zu erraten, denn er sagte: »Nicht ganz zu Unrecht, nicht wahr?« Er nickte. »Natürlich können Sie telefonieren. Draußen auf dem Flur nach rechts. Dort ist die ehemalige Anmeldung. Sie können sie nicht verfehlen – das Schild hängt noch da. Und auch das Telefon müßte auch noch da sein«, fügte er mit gutmütigem Spott hinzu. »Wählen Sie eine Null und dann die Nummer. Der Anschluß funktioniert noch. Manchmal, jedenfalls.«

»Danke. Und Bill ...«

»Mein Kollege bleibt bei ihm, bis Dr. Barker hier ist. Ich werde inzwischen meine Runde machen.« Jim lächelte flüchtig. »Damit uns niemand das Haus über dem Kopf wegstiehlt, wissen Sie?« fügte er blinzelnd hinzu.

Erleichtert atmete Laurie auf und machte sich auf den Weg. Sie war plötzlich froh, aus diesem Zimmer heraus zu können. Aber trotzdem drehte sie sich noch einmal um. »Was ist mit dem Wagen?«

»Das erledige ich nachher«, sagte Stonehouse. »Mal sehen, was damit los ist. Vielleicht kriege ich ihn ja wieder flott. Ich verstehe ein bißchen von Automobilen. Mein Hobby.«

Laurie nickte dankbar, öffnete die Tür und ging den Weg entlang, den ihr Jim beschrieben hatte. Sie fand die Tür mit dem Schild ›Anmeldung, bitte klopfen‹, auf Anhieb.

Sie betrat den Raum und entdeckte sofort das Telefon auf einer Theke, die die Hälfte des Raumes einnahm. Das Fenster war geöffnet, frische Abendluft strömte ins Zimmer. Und Nebel.

Schaudernd blieb sie stehen, zögerte einen Moment und ging dann zum Fenster. Sie kam sich selbst ein bißchen albern dabei vor, aber sie fühlte sich trotzdem sehr erleichtert, nachdem sie das Fenster geschlossen und diesen entsetzlichen Nebel ausgesperrt hatte. Erst nachdem sie sich umständlich davon überzeugt hatte, daß das Fenster auch wirklich zu und der Riegel eingerastet war, ging sie zum Telefon, wählte eine Null und dann die Nummer ihrer Eltern.

Sie mußte es dreimal versuchen, bis die Verbindung überhaupt zustande kam. Und es nutzte nicht viel. Ihre Glückssträhne schien endgültig zu Ende zu sein. Alles, was sie hörte, war der monotone Dauerton des Freizeichens. Ihre Eltern waren nicht zu Hause.

Sie legte auf und versuchte es erneut, und wider besseres Wissen. Nichts. Natürlich.

Enttäuscht hängte sie endgültig ein, verließ die Anmeldung – und erstarrte mitten im Schritt.

Im allerersten Moment zweifelte sie schlichtweg an ihrem Verstand.

Nein – das war nicht wahr. Im *allerersten* Moment glaubte sie es einfach nicht.

Und dann konnte sie regelrecht spüren, wie ihr vor Schrecken das Blut aus dem Gesicht wich.

Das war nicht mehr der Korridor, über den sie hierhergekommen war!

Das hieß – natürlich war er es – aber auch gleichzeitig wieder nicht. Die Wände, die einen Moment vorher noch grau und schmutzig gewesen waren, waren jetzt schneeweiß und so makellos, als wären sie frisch getüncht. Helles, schattenloses Neon-Licht beleuchtete den Gang, und der Boden war so klinisch rein, als wäre er vor einer Minute erst poliert worden. Es roch nach Desinfektionsmitteln; viel stärker als vorhin. Und das war noch nicht alles.

Laurie preßte die Lider so fest zusammen, daß bunte Sterne vor ihren Augen erschienen, schüttelte ungläubig den Kopf und zählte in Gedanken bis fünf, ehe sie es wagte, die Lider wieder zu heben.

Das unglaubliche Bild war noch immer da. Nichts hatte sich verändert, alles war wie im Moment vorher – wie neu und glänzend vor Sauberkeit, keine fünf Jahre alte Krankenhaus-Ruine, sondern ein Bild wie aus einem Vierfarb-Hochglanzprospekt für eine teure Privatklinik.

Aber das ist unmöglich! dachte sie. *Un-mög-lich!*

Was nichts daran änderte, daß es so war.

Vorsichtig trat sie ganz auf den Korridor und hörte plötzlich Stimmen. *Dr. Jimson in die Aufnahme, bitte!«*

Dr. Jimson? Gab es hier auch einen Dr. Jimson? Die Klinik war doch geschlossen?!

Erst nachdem sie diesen Gedanken zu Ende gedacht hatte, kam ihr zu Bewußtsein, wie widersinnig er war. Aber im gleichen Moment hörte sie auch wieder die Stimme, die sonderbar verzerrt klang, als käme sie aus einem Lautsprecher, der nicht ganz in Ordnung war: *»Dr. Stone in den OP, bitte! Dr. Stone, bitte dringend in OP eins melden!«*

Und plötzlich glaubte sie auch, von irgendwoher Gelächter zu vernehmen. Glas klirrte, dann hörte sie Stimmen und leise Schritte und die gedämpften Geräusche näher kommender Menschen; einer ganzen Gruppe von Menschen.

Aber das ist ja unmöglich! dachte sie entsetzt. Das Krankenhaus ist seit mehr als fünf Jahren geschlossen! Es ist eine Ruine. Sie hatte es mit eigenen Augen gesehen!

Ganz langsam spürte sie, wie sich Panik in ihr breitmachte. Bill! Sie mußte zurück, zurück zu Bill und Stonehouse und schlimmstenfalls auch zu seinem unsympathischen Kollegen, ganz egal, nur in die Nähe eines Menschen, ehe sie völlig den Verstand verlor.

Es war alles zuviel gewesen. Was sie erlebte, das war vielleicht nichts anderes als der Beginn eines Nervenzusammenbruches.

So schnell es gerade noch ging, ohne zu rennen, wandte sie sich nach links und lief zum Wachzimmer zurück.

Jedenfalls wollte sie es.

Aber da war kein Wachzimmer mehr.

Stonehouse war nicht da, sein Kollege war nicht da, und Bill war verschwunden – zusammen mit der Liege übrigens, auf der sie ihn zurückgelassen hatte. An ihrer Stelle stand jetzt ein flacher Operationstisch, der mit einem blütenweißen Tuch bezogen war. Und das waren nicht die einzigen Veränderungen. Die Chromspinne über dem Tisch war wieder zum Leben erwacht und unversehrt: In der riesigen OP-Lampe brannten jetzt alle Birnen, und jemand hatte die Plastikhauben von den Geräten gezogen und die meisten davon eingeschaltet. Der Raum war von summenden, piepsenden Lauten und dem hektischen grünen Flackern von Computerlichtern erfüllt.

Das Zimmer begann sich vor ihr zu drehen. Laurie glaubte, jeden Moment ohnmächtig werden zu müssen. In ihren Ohren war plötzlich ein summendes, an- und abschwellendes Geräusch, das immer lauter und lauter zu werden schien, bis es alles andere übertönte und ihre Gedanken in einen schwarzen saugenden Strudel hinabzureißen drohte. Sie spürte, wie alle Kraft aus ihrem Körper wich und sie sich auf eine unangenehme Weise leicht und schwerelos zu fühlen begann...

Und dann fiel ihr die Erklärung ein; im buchstäblich allerletzten Moment, ehe ihr Bewußtsein einfach wie eine überlastete Sicherung abschalten konnte. Sie war so simpel, daß sie um ein Haar aufgelacht hätte: Sie war schlicht und einfach im falschen Zimmer. Natürlich mußte es in einer Klinik wie dieser mehr als ein Untersuchungszimmer geben – und warum sollten sie sich in Einrichtung und Aussehen unterscheiden? Sie hatte sich ganz einfach verlaufen.

Laurie atmete erleichtert auf, drehte sich wieder herum, hob die Hand nach der Türklinke – und erstarrte zum zweiten Mal mitten in der Bewegung.

Eine eisige, unsichtbare Hand schien nach ihrem Herzen zu greifen und ganz langsam zusammenzudrücken. Sie konnte spüren, wie sich die feinen Härchen in ihrem Nacken aufstellten. Furcht legte sich wie eine klamme kalte Decke über ihre Haut und schnürte ihr die Kehle zu.

Die Tür bewegte sich.

Sie schwang nicht einfach auf – das hätte Zufall sein können. Nein, Laurie konnte ganz genau sehen, wie die Klinke heruntergedrückt wurde und es auch blieb, während die Tür langsam nach innen schwang.

Aber auf der anderen Seite war niemand!

Der Korridor war leer. Nur die Stimmen waren noch zu hören. Wieder wurde nach einem Arzt gerufen, der sich auf irgendeiner Station melden sollte. Geräusche erreichten ihr Ohr, Geräusche, wie sie in jedem Krankenhaus normal gewesen wären...

... aber nicht in einem, das seit fünf Jahren geschlossen und seither nicht viel mehr als eine allmählich immer mehr verfallende Ruine war!

Und dann tat sie etwas, was sie hinterher selbst nicht so richtig verstand: Statt vor Angst einfach loszukreischen oder nun wirklich endgültig in Ohnmacht zu fallen, trat sie mit klopfendem Herzen auf den Korridor hinaus, sah nach rechts und links und machte einen Schritt, nur, um sofort wieder stehenzubleiben. Sie weigerte sich einfach, über das nachzudenken, was sie erlebte. Es war ein Alptraum, ein Streich, mit dem sie ihre überreizten Nerven narrten, so einfach war das. Das alles geschah nicht wirklich.

Tief in ihrem Inneren wußte Laurie, daß das nicht die Wahrheit war, aber sie gestattete auch diesem Gedanken nicht, Gewalt über ihr Bewußtsein zu erlangen, denn wenn sie es tat, dann würde sie vollends zusammenbrechen und einfach hysterisch loszukreischen beginnen. Manchmal war es leichter, sich selbst zu belügen, statt die Wahrheit zu akzeptieren. Sie mußte nur Bills Zimmer wiederfinden, dann war alles gut.

Aber wo war es?

Während sie unentschlossen und voll unterdrückter Angst auf dem Korridor stand und versuchte, die richtige Richtung herauszufinden, bog plötzlich ein mittelgroßer Mann in einem weißen Kittel um die Ecke und kam auf sie zu. Um den Hals trug er ein Stethoskop, und aus einer der anderen Taschen seines Kittels ragte eine unordentlich zusammengefaltete Zeitung. Er ging schnell, aber nicht auf die Art eines Menschen, der es eilig hatte. Laurie atmete erleichtert auf, hob die Hand und trat ihm einen Schritt entgegen. »Entschuldigen Sie bitte, aber ich habe mich verlaufen. Ich suche das Zimmer meines Freundes – die Ambulanz, meine ich. Wir hatten einen Unfall, wissen Sie, und der Wächter hat . . .«

Sie sprach nicht weiter.

Sie vergaß sogar, was sie hatte sagen wollen, denn der Mann reagierte nicht nur nicht auf ihre Worte, er schien sie gar nicht wahrzunehmen, als wäre sie gar nicht da.

Für ihn war sie es offensichtlich auch nicht, denn er ging einfach weiter auf sie zu, den Blick direkt auf sie gerichtet, aber ganz eindeutig, ohne sie zu sehen und mitten durch sie hindurch.

Das erste, was sie wahrnahm, als sie das Bewußtsein wiedererlangte, waren flüsternde Stimmen, ohne daß sie die Worte verstehen konnte. Sie war nicht einmal sicher, daß es überhaupt *Stimmen* waren; eigentlich hörte es sich an wie das Säuseln des Windes im hohen Gras oder das Geräusch sehr weit entfernter Meeresbrandung.

Trotzdem spürte sie irgendwie, daß es Stimmen waren, und daß sie miteinander sprachen, und daß sie über *sie* sprachen.

Im ersten Moment hatte sie sogar Angst, die Augen zu öffnen; aus Furcht, sie könne etwas sehen, was sie abermals zu Tode erschreckte. Aber schließlich konnte sie nicht ewig hier liegenbleiben und sich nicht rühren, wie ein Kind, das Angst vor der Dunkelheit hat und sich deshalb unter der Bettdecke verkroch. Sie raffte all ihren Mut zusammen, hob zögernd die Lider und sah sich um.

Keine Gespenster. Keine Männer in weißen Kitteln, die einfach durch sie hindurchgingen. Trotzdem – im allerersten Moment hatte sie Schwierigkeiten, sich zu orientieren. Sie war nicht mehr auf dem Gang, auf dem sie in Ohnmacht gefallen war, sondern lag auf einem weichen, frisch bezogenen Bett, das sogar noch nach Wäscherei roch. Auf dem beigefarbenen Krankenhaus-Nachttisch neben ihr lag ein besticktes Deckchen, darauf eine Vase mit frischen Frühlingsblumen, und in der Luft hing der intensive Geruch von Desinfektionsmitteln und billigem Eau de Cologne, das den Krankenhausgeruch aber nicht zu vertreiben vermochte, sondern eher noch zu unterstreichen schien. Jemand mußte sie gefunden und in eines der Zimmer gebracht haben.

»Sie ist nicht die Richtige.«

Laurie richtete sich vollends auf, fuhr sich verwirrt mit der Hand durch das Gesicht und sah sich mit einer Mischung aus Schrecken und wachsender Verwirrung um. Das Zimmer war hell und sauber und bis auf ihr Bett und das dazugehörige Tischchen vollkommen leer. *Aber sie hörte die Stimmen ganz deutlich!* Phantasierte sie immer noch?

»Wir müssen es trotzdem versuchen. Es bleibt nicht mehr viel Zeit.«

Lauries Herz begann zu pochen. Sie war vollkommen allein, und sie hörte die Stimmen so deutlich, als stünden die Sprechenden unmittelbar neben ihrem Bett. Dabei – so absurd es ihr selbst vorkam, aber es war so – klangen sie immer noch nicht wie *Stimmen,* sondern wie ... wie ...

Etwas, was sie nicht beschreiben konnte, denn es gab keinen Vergleich, nichts, was sie jemals gehört hätte und was auch nur *ähnlich* gewesen wäre. Trotzdem konnte sie jetzt sogar unterscheiden, daß es die Stimmen eines Mannes und einer Frau waren, die, die behauptete, sie wäre nicht die Richtige (wobei Laurie mehr und mehr das ungute Gefühl hatte, daß mit *sie* niemand anderes als *sie selbst* gemeint war), gehörte einer offenbar sehr alten Frau, ohne daß sie deswegen gebrechlich klang.

»Sie ist zu jung. Fast noch ein Kind!«

»Aber sie hat Mut!« widersprach die männliche Stimme. *»Und sie ist vielleicht unsere letzte Chance.«*

Nein, dachte Laurie sarkastisch. Sie konnten nicht *sie* meinen. *Mut?* Großer Gott, sie hatte vorhin auf dem Flur draußen das Gefühl gehabt, vor Angst zu sterben!

Die Blumen in der Vase bewegten sich.

Lauries Augen wurden groß. Sie ... *konnte ganz deutlich sehen, wie etwas wie eine unsichtbare Hand nach einer der Blüten griff und die Blätter geradestrich,* wie ein Mensch, der seine Finger beschäftigt, während er intensiv nachdachte. Nur, daß die Finger, die mit den Blütenblättern spielten, nicht da waren ...

Das reichte.

Laurie sprang mit einem kaum noch unterdrückten Entsetzensschrei aus dem Bett, raste aus dem Zimmer und wandte sich blindlings nach rechts, nur weg, weg aus diesem unheimlichen Raum, in dem es entweder spukte oder sie dabei war, vollends den Verstand zu verlieren. Was von beidem nun der Wahrheit näher kam, war ihr in diesem Moment völlig egal. Sie weigerte sich sogar, darüber nachzudenken. Sie weigerte sich, *überhaupt* zu denken.

Wie von Furien gehetzt lief sie über den langen Gang und versuchte, das Zimmer wiederzufinden, in das sie Bill gebracht hatten. Vergeblich. Alle Zimmer sahen gleich aus; von Bill und den Wächtern keine Spur. Jede Tür, die sie öffnete, offenbarte ihr den gleichen Anblick: Saubere, gepflegte Räume mit frischbezogenen Betten, Blumen auf den Fensterbänken und Nachttischen, aber nirgendwo eine Spur menschlichen Lebens.

Schließlich, nach Minuten, die sie ohne innezuhalten durch

das Krankenhaus gerannt war, blieb sie erschöpft und mit klopfendem Herzen stehen und sah sich um. Sie war in Schweiß gebadet. Der Gang verschwamm vor Erschöpfung vor ihren Augen. Ihre Hände und Knie zitterten, und ihr Atem ging so schnell, daß das Luftholen beinahe schon weh tat.

War sie verrückt? So etwas ... *gab es doch gar nicht!* Und wenn, dann höchstens in Romanen oder Filmen, aber nicht im wirklichen Leben. Was hatte der Wächter erzählt? Seit über fünf Jahren war die Klinik geschlossen. Wieso bildete sie sich nun ein, hier Stimmen zu hören, Menschen zu sehen, die plötzlich wieder verschwanden?

Sie träumte! Nur das konnte die Erklärung sein. Wahrscheinlich saß sie noch auf dem Beifahrersitz neben Bill. Sie würde sich in den Arm kneifen, dann aufwachen und ihn neben sich finden. Sicher, das war es, sie träumte. Das – oder sie war nicht ganz so unverletzt davongekommen, wie sie bisher geglaubt hatte, und lag in Wahrheit im Zimmer eines anderen Krankenhauses und rang mit dem Tod. Vielleicht *war* sie auch schon tot. Vielleicht war es das, was kam, wenn alles vorbei war, und was sie erlebte, das war kein Alptraum, sondern die Hölle, ein Labyrinth aus Wahnsinn und Visionen, aus dem es kein Entrinnen gab, und ...

Eine leise, aber penetrante Stimme hinter ihrer Stirn flüsterte ihr zu, daß diese Erklärung vielleicht ein wenig *zu* simpel war, aber Laurie ignorierte auch sie. Sie träumte, basta, oder sie phantasierte, und sie würde es sich gleich und auf der Stelle beweisen, auf die älteste und besterprobteste Weise der Welt!

Laurie lehnte sich gegen die Korridorwand und atmete keuchend, aber trotzdem erzwungen langsam und tief. Der frische Sauerstoff half, das Chaos hinter ihrer Stirn ein wenig zu glätten. Sie schloß die Augen, zählte in Gedanken bis zwanzig, dann griff sie sich an den Oberarm und kniff kräftig zu. Nun würde sie zweifellos aufwachen und über ihren dummen Alptraum nur noch lachen können. Sie *mußte* einfach erwachen!

Sie kniff wirklich kräftig zu. Es tat so weh, wie sie erwartet hatte, sogar noch ein bißchen mehr – aber das war auch alles. Sie stand immer noch an die Wand gelehnt da und hörte die Lautsprecherdurchsagen, die sich ständig zu wiederholen schienen wie eine kaputte Schallplatte. Wenn es ein Traum war, dann einer von der besonders hartnäckigen Sorte.

Oder – und so schlimm diese Erklärung klang, Laurie spürte einfach, daß sie der Wahrheit unangenehm nahe kam – sie befand sich wahrhaftig in diesem unheimlichen Krankenhaus, das sich von einem Augenblick zum anderen von einer verlassenen Ruine in ein sauberes, gepflegtes Haus verwandelt hatte, und in dem sie Stimmen hörte, die die dazugehörigen Körper verloren hatten. Oder Ärzte, die *einfach durch sie hindurch* gingen!

Laurie konnte ein Schluchzen nicht mehr ganz unterdrücken, und plötzlich weinte sie, zuerst lautlos in sich hinein, dann lauter, schluchzend. Heiße Tränen liefen über ihre Wangen, aber sie spürte auch, wie das Schluchzen die fast unerträglich gewordene Spannung löste. Sie fühlte sich verlassen, hatte schreckliche Angst, wußte nicht, was sie tun sollte, und das Weinen erleichterte sie zwar ein wenig, aber es half nicht. Nicht wirklich.

Wenn sie wenigstens zu Bill zurückgefunden hätte! Er hätte ihr helfen können. Wenn sie nur Bill wiederfinden könnte!

Und wenn du ihn findest? fragte eine lautlose Stimme hinter ihrer Stirn. *Was dann? Er braucht jetzt selbst Hilfe. Wahrscheinlich nötiger als du!*

»Was ist mit ihr?« fragte eine leise Stimme neben ihr. *»Warum hat sie Angst? Ihr passiert nichts.«*

Laurie hörte auf zu weinen und drehte sich unsicher herum, darauf gefaßt, Stonehouse oder seinen unsympathischen Kollegen zu sehen. Selbst Schneider, so unheimlich er ihr war, wäre sie in diesem Moment wahrscheinlich einfach um den Hals gefallen, vor lauter Erleichterung, wieder ein menschliches Gesicht zu sehen.

Aber es war nicht Schneider. Es war auch nicht Stonehouse. Hinter Laurie war überhaupt niemand ...

Jetzt sterbe ich aus Angst! dachte sie. *Ich verliere den Verstand!*

Sie schlug die Hand vor den Mund, ballte die Finger zur Faust und rutschte langsam mit dem Rücken an der Wand hinunter. Sie blieb mit angewinkelten Beinen hocken und versteckte das Gesicht zwischen den Händen. Etwas ... schien sich in ihr zusammenzuziehen, ein Druck, der immer unerträglicher und unerträglicher wurde. Sie konnte nicht einmal mehr weinen.

»Wir quälen sie nur,« fuhr die flüsternde Stimme aus dem Nichts fort. *»Es ist sinnlos.«* Und so unheimlich diese Stimme auch war, Laurie war fast sicher, einen warmen, ja, beinahe mütterlichen Unterton darin zu hören. Fast gegen ihren Willen sah sie auf, und für einen Moment, einen ganz kurzen Moment nur, glaubte sie einen Schatten zu sehen, ein verschwommenes Huschen in den Augenwinkeln, das immer sofort verschwand, wenn sie versuchte, es direkt anzublicken.

»Wer ... wer ist da?« fragte sie stockend.

Natürlich bekam sie keine Antwort – aber fast in der gleichen Sekunde hörte sie ein anderes Geräusch: das widerhallende Klacken schwerer Schuhe in den langen Korridoren. Stimmen, die sich gedämpft unterhielten.

»Wer ... wer ist da?« rief sie noch einmal, lauter aber auch sehr unsicher. »Hallo?«

Keine Antwort. Ihr Herz hämmerte jetzt so schnell, daß es weh tat, und als sie aufstehen versuchte, zitterten ihre Knie so heftig, daß sie dreimal ansetzen mußte, ehe es ihr gelang, sich an der Hand in die Höhe zu ziehen. Die Schritte kamen näher. Ein eisiges Prickeln lief über Lauries Rücken; wie die Berührung einer unsichtbaren, eiskalten Hand. Sie wagte es nicht, sich herumzudrehen und den unheimlichen Schatten noch einmal anzusehen. Etwas Entsetzliches würde passieren, wenn sie es tat, das wußte sie einfach.

Und dann sah sie Stonehouse um die Ecke biegen und seufzte erleichtert; so laut, daß es schon fast wieder zu einem Schrei wurde. Sie taumelte vor Erleichterung, verlor die Balance und ließ sich wieder gegen die Wand sinken.

In Stonehouses Begleitung befand sich ein großer, älterer Mann in einem hellen Trenchcoat, dessen Knöpfe geöffnet waren, so daß der Mantel um seine schlanke Gestalt fast zu flattern schien. Laurie schob den Eindruck in diesem Moment auf ihre Nervosität und die überstandene Furcht – aber für eine einzige, schreckliche Sekunde kam ihr der Fremde gar nicht wie ein Mensch vor, sondern wie eine riesige, fledermausähnliche Gestalt, die etwas ungemein Düsteres auszustrahlen schien. In ihrer unmittelbaren Nähe schien sogar das Licht weniger hell zu sein.

»Da sind Sie ja!« rief Stonehouse erleichtert, als er sie erblickte. Er ging schneller, ohne daß sich sein Begleiter die Mühe machte, sich seinem Tempo anzupassen.

»Wo um alles in der Welt sind Sie gewesen? Wir haben schon überall nach ihnen gesucht, Laurie.« Stonehouse blieb stehen, sah ihr einen Moment mit einer Mischung aus Erleichterung und unübersehbarer Sorge ins Gesicht und drehte sich schließlich zu dem Mann im Trenchcoat um. »Das ist Dr. Barker, von dem ich Ihnen erzählt habe. Er hat Ihren Freund schon untersucht.«

Laurie wollte antworten, aber sie konnte es nicht. Ihre Kehle war zugeschnürt. Jetzt, als alles vorbei und sie in Sicherheit war, schien die Angst erst richtig zuzuschlagen. Alles, was sie zustande brachte, war ein reichlich verunglücktes Lächeln. *Sicherheit?* Wie kam sie auf die Idee, in Sicherheit zu sein?

Der Arzt trat einen Schritt vor und reichte Laurie die Hand. Seine Haut war glatt und kalt, und Laurie konnte ein Schaudern nicht ganz unterdrücken. Sie hatte das Gefühl, Kunststoff zu berühren. Barker . . . verströmte etwas Böses. Das Gefühl war völlig verrückt, aber einfach zu mächtig, um es zu ignorieren.

»Guten Tag, Laurie«, sagte Barker. »Ich darf doch Laurie sagen?«

Laurie nickte, und über Barkers Gesicht flog ein Lächeln, das überraschend warm wirkte. Trotzdem verlor er selbst aus der Nähe seine unheimliche Ausstrahlung nicht völlig, dachte Laurie. Sie fragte sich, was mit ihr los war.

»Mr. Stonehouse hat mich angerufen und mir alles erzählt«, fuhr Barker fort. »Sie brauchen sich keine Sorgen zu machen. Ihrem Freund wird es bald wieder besser gehen.«

»Er war . . . sehr krank«, stammelte Laurie. Sie mußte all ihre Kraft aufwenden, um überhaupt zu sprechen. Ihr Mund war wie ausgetrocknet.

»Und das ist er noch«, fügte Barker hinzu. »Die Nachwirkungen der Operation und dann die ganzen Anstrengungen ...« In seinen Blick mischte sich etwas Tadelndes. »Es war ziemlich leichtsinnig von Ihnen beiden, sich auf diese Reise einzulassen, das ist Ihnen klar?«

»Ich ... weiß«, murmelte Laurie. »Aber ich dachte, daß ... ich meine, Bill dachte, daß wir ...« Sie verlor vollends den Faden und begann zu stammeln. Schließlich senkte sie den Blick und verstummte.

»Kinder«, sagte Barker kopfschüttelnd und wurde noch ein kleines bißchen unsympathischer, als er es ohnehin schon war. Was nichts daran änderte, daß er recht hatte. Laurie machte sich schon längst schwere Vorwürfe, Bill nachgegeben zu haben.

»Wo ist er?« fragte sie.

»Ihr Freund?«

»Bill, ja«, bestätigte Laurie.

»Wo soll er schon sein? In dem Zimmer, in das ich ihn mit Mr. Stonehouse gebracht habe. Und in dem sie jetzt auch sein sollten. Sie sehen auch alles andere als *gesund* aus, wenn Sie mir die Bemerkung gestatten.«

»Ich ... ich habe mich verirrt«, stotterte Laurie. »Ich wollte telefonieren, und dann ... dann ...«

»Dann sind Sie in die falsche Richtung gegangen und haben die Orientierung verloren«, fügte Barker mit einem gewissen Nicken hinzu. »Ja, ja, ich verstehe. Aber Sie hätten besser aufpassen sollen. In diesem Gebäude kann einem alles mögliche passieren, wissen Sie?«

War das eine Drohung in seiner Stimme? dachte Laurie verwirrt. Nein, bestimmt nicht. Wenn hier mit jemandem etwas nicht stimmte, dann mit ihr. Sie verstand sich selbst immer weniger. Barker hatte ihr nichts getan, ganz im Gegenteil. Woher kam nur diese völlig grundlose Furcht vor ihm?

»Dieser ganze verdammte Kasten gehört abgerissen«, fuhr Barker fort. »Er ist nichts als eine riesige Ruine. Irgendwann wird noch einmal jemand darin zu Schaden kommen.«

Erst jetzt bemerkte Laurie – ohne sonderliche Überraschung, aber mit einem erneuten eisigen Schrecken –, daß sich das Haus wieder total verändert hatte. Alles hatte seinen ursprünglichen, verfallenen Zustand wieder angenommen, alles war alt und dem Abriß nahe. Die Luft roch schlecht; nach Staub und Alter und so trocken, daß sie zum Husten reizte, wenn man zu tief einatmete.

Benommen blickte sie sich um. Sie mußte dem Arzt unbedingt von den Geschehnissen der letzten Minuten – oder waren es Stunden? – erzählen. Vielleicht hatte er eine Erklärung dafür.

Barker bemerkte ihren Blick, aber er deutete ihn – natürlich – vollkommen falsch. »Sie wissen ja, daß die Klinik seit einigen Jahren geschlossen ist«, sagte er im Tonfall einer Entschuldigung, wie ein Mann, der überraschend Besuch bekommt und ihn in eine völlig unaufgeräumte Wohnung führen muß. »Deshalb habe ich auch nicht die nötigen Mittel, um Ihren Freund wirklich zu behandeln. Ich werde einen Krankenwagen bestellen, der Sie beide zum nächsten Krankenhaus bringt. Das einzige, was ich für ihn tun konnte, war eine Beruhigungsspritze.«

»Eine Spritze?«

Barker machte eine besänftigende Geste. »Er wird ein paar Stunden schlafen, das ist alles. Im Krankenhaus kann man ihn dann genau untersuchen und ihm etwas gegen die Schmerzen geben. Ich weiß ja nicht einmal genau, was ihm fehlt. Ich werde mich hüten, an ihm herumzudoktorn.«

Laurie hörte seine Worte kaum. Ihr Blick hing wie hypnotisiert an dem Gang hinter ihm und Stonehouse; der abbröckelnden Farbe, den schwarzen Türen, hinter denen sich nichts als leere Zimmer voller Staub verbargen …

Es war wohl doch nur ein Traum gewesen. Aber der realistischste – und erschreckendste! – den sie jemals geträumt hatte.

»Was haben Sie?« fragte Barker.

»Nichts«, sagte Laurie hastig. »Ich war nur …« Sie rettete sich in ein verlegenes Lächeln. »Ich hatte ein wenig Angst, das ist alles.«

Barker lächelte flüchtig und falsch, während Stonehouse den Kopf schräg legte und sie auf eine sehr sonderbare Art ansah. Aber keiner von ihnen ging zu Lauries Erleichterung weiter auf dieses Thema ein.

Sie folgte den beiden Männern, die eine große Tür ansteuerten, die der Arzt öffnete. Laurie war sich vollkommen sicher, in dieses Zimmer kurz vorher geblickt und Bill dort ganz bestimmt *nicht* gesehen zu haben. Aber als sie gemeinsam das Zimmer betraten, stellte sie fest, daß sich an dem Raum überhaupt nichts geändert hatte. Es war wie beim ersten Mal. Nach wie vor lag Bill stöhnend und mit vor Fieber gerötetem Gesicht auf der unbezogenen, abgenutzten Liege. Nach wie vor stand die Kaffeemaschine auf dem kleinen Tisch an der Wand. *Ein Traum,* dachte sie hysterisch. *Es war nichts als ein Traum.*

Mehr damit Barker und Stonehouse nichts von ihrer Nervosität spürten, trat sie an Bills Liege heran und beugte sich über ihn. Ganz entgegen Barkers Worten schien sich sein Zustand eher verschlimmert als verbessert zu haben. Sein Atem ging schnell und unregelmäßig, und als sich Laurie über ihn beugte, spürte sie, wie schlecht sein Atem roch. Zögernd berührte sie seine Stirn. Sie war heiß und trocken und fühlte sich an wie Papier, das von der Sonne ausgedörrt war.

»Sie brauchen sich keine Sorgen zu machen«, sagte Dr. Barker. »Das Fieber wird schnell vorbeigehen. Er wird auch gleich ruhiger werden. Sobald die Spritze wirkt.«

Mit zitternden Knien setzte sie sich auf den Rand der Liege und streichelte Bills Hand. Stonehouse sah sie immer noch auf diese sonderbare Art und Weise an, während Barker sich umständlich aus seinem Mantel schälte und ihn achtlos über einen Stuhl warf.

»Sagen Sie, Stonehouse«, sagte er mit einem gierigen Blick auf die Kaffeemaschine, »kochen Sie immer noch einen so scheußlichen Kaffee wie früher?«

Stonehouse lächelte flüchtig. »Sicher. Aber er macht auch immer noch genauso wach wie früher. Bedienen Sie sich ruhig, Herr Doktor.«

Während Barker über Stonehouses Kaffee herfiel und mit gewaltigen Schlucken gleich zwei Tassen hintereinander trank, hatte Laurie Gelegenheit, ihn unauffällig genauer zu mustern. Sie bemühte sich wirklich, objektiv zu sein. Der Schrecken, den er ihr eingejagt hatte, war nicht seine Schuld. Sie wäre vor *jedem* Fremden zu Tode erschrocken, den sie in diesem Moment gesehen hatte, halb am Rande eines Nervenzusammenbruchs und völlig hysterisch. Aber trotz allem war er ihr immer noch irgendwie unheimlich; jetzt, wo sie ihn im hellen Neonlicht des Zimmers und ohne seinen viel zu weiten Mantel sah, fast noch mehr als zuvor. Er war alt, *sehr* alt, und von zerbrechlicher Statur, wie viele sehr alte Menschen. Seine Hände waren so dürr, daß sie Laurie wie Klauen vorkamen, und sein Gesicht glich einer Landschaft aus Runzeln und tief eingeschnittenen Falten, die wie Messerschnitte aussahen. Trotz seines Alters und des energischen Zuges um seinen Mund wirkte es durchaus sympathisch, aber dieser Eindruck wurde von Barkers Augen sofort wieder ausgelöscht: Augen, die so hart und leblos zu sein schienen, daß Laurie an bemalte Glasmurmeln dachte.

Plötzlich wurde ihr klar, daß sie Barker anstarrte, und daß er es merken mußte, wenn er nicht gerade blind war. Betreten senkte sie den Blick und entschuldigte sich in Gedanken bei ihm. Dieser alte Mann hatte immerhin extra seine Nachtruhe unterbrochen und war hierher gekommen, um Bill zu helfen. Daß sie sich wie ein hysterisches Wickelkind benommen hatte, war schließlich nicht seine Schuld.

»Bitte, Herr Doktor, ich würde gern noch einmal bei meinen Eltern anrufen«, sagte sie. »Als ich es vorhin versucht habe, war niemand zu Hause. Sie werden sich Sorgen machen, daß wir noch nicht angekommen sind.«

Barker nickte. »Natürlich. Der Krankenwagen wird noch einige Zeit brauchen, bis er hier ist. Als ich anrief, war er gerade wegen eines Verkehrsunfalls unterwegs. Gehen Sie nur. Aber verlaufen Sie sich nicht wieder«, fügte er mit sanftem Spott hinzu.

»Ich komme mit«, erbot sich Stonehouse an. »Ich muß sowieso meine Runde machen. Ist gleich, ob ich sie so oder so herum beginne.«

Laurie schenkte ihm ein dankbares Lächeln, aber als sie diesmal aus der Tür trat, blickte sie sich um, um sich genau zu merken, wo sich das Krankenzimmer ihres Freundes befand.

»Ja, natürlich. Ich rufe noch mal an, sobald ich genau weiß, was mit Bill ist.« Laurie lauschte noch einmal in den Hörer, sagte: »Tschüs, Mutti«, und legte auf. Aufatmend verließ sie das Zimmer. Ihre Eltern wußten nun Bescheid und brauchten sich keine Sorgen mehr zu machen. Wenn alles gutging, würden sie spätestens morgen Abend wieder bei ihnen zu Hause sein. Und es war weniger schlimm gewesen, als sie befürchtet hatte. Natürlich hatte ihr ihre Mutter Vorwürfe gemacht, aber die Erleichterung war doch größer als ihr Unmut. Sie war sicher, daß ihr niemand den Kopf abreißen würde, wenn sie wieder zu Hause waren. Und genaugenommen war ja nichts von alldem, was passiert war, ihre Schuld.

»Alles okay?« fragte Stonehouse. »Aber ich komme trotzdem mit – wenn du nichts dagegen hast, heißt das.« Er lächelte, blieb einen Moment stehen, um sich eine Zigarette anzuzünden, und schnippte das abgebrannte Streichholz zielsicher auf ein schon vor Jahren verblaßtes NO-SMOKING-Schild. Laurie registrierte nebenher, daß sich darunter eine ganze Sammlung benutzter Streichhölzer und Zigarettenkippen befand.

Sie war ihm im stillen natürlich dankbar dafür, daß er sie begleitete. Laurie war sicher, den Weg diesmal auch allein zu finden, aber das änderte nichts daran, daß ihr dieses Haus noch immer unheimlich war. So wie sein ehemaliger Besitzer.

»Was hältst du von Barker?« fragte Stonehouse plötzlich, fast als hätte er ihre Gedanken gelesen.

»Er ist . . . sehr nett«, sagte Laurie zögernd. Worauf wollte Stonehouse hinaus?

»Hast du ihm deshalb nichts gesagt?« fragte Stonehouse harmlos.

Laurie blieb stehen und blickte alarmiert zu ihm hoch. »Nichts gesagt? Wovon?«

Stonehouse seufzte, schüttelte den Kopf und zog an seiner Zigarette.

»Du hast dich nicht verirrt«, behauptete er.

»Wieso . . . fragen Sie das?« Laurie fühlte sich immer unbehaglicher.

»Als wir dich vorhin fanden, da warst du leichenblaß, Kleines«, antwortete Stonehouse gutmütig.

»Du hast ausgesehen wie eine Leiche. Oder wie jemand, der ein Gespenst gesehen hat. Hast du?«

Die Frage kam so unerwartet und in so harmlosem Tonfall, daß Laurie um ein Haar geantwortet hätte. Erst im letzten Moment schüttelte sie den Kopf, statt zu nicken. »Gespenster gibt es doch gar nicht«, sagte sie.

Stonehouse lächelte. »Natürlich nicht«, sagte er. »Aber manche behaupten, hier drinnen welche gesehen zu haben, weißt du? Ist natürlich alles Unsinn, aber in einem so alten Kasten kann einem alles mögliche passieren. Also – falls du irgend etwas Sonderbares siehst oder hörst, sag es Dr. Barker lieber nicht.«

»Aber warum denn nicht?« fragte Laurie verwirrt.

Stonehouse zuckte mit den Schultern und trat seine kaum angerauchte Zigarette auf dem Fußboden aus. »Er ist ein bißchen komisch, was dieses Haus angeht, weißt du? Er war auch nicht gerade begeistert, als ich ihn anrief und von dir und deinem Freund erzählte. Aber ihr seid ja bald wieder weg.«

Laurie hätte ihn gerne nach dem Grund seiner doch sehr befremdlichen Äußerungen gefragt, aber Stonehouse ging plötzlich sehr schnell weiter, so daß sie sich beeilen mußte, um nicht den Anschluß zu verlieren. Als sie in den Korridor traten, an dessen Ende Bills improvisiertes Krankenzimmer lag, blieb er stehen und deutete in die entgegengesetzte Richtung. »Ich muß jetzt da lang weiter, aber den Rest schaffst du wohl allein«, sagte er. »Okay?«

»Sicher.« Laurie blieb stehen, bis Stonehouse um die Ecke verschwunden war.

Und als sie sich wieder herumdrehte, glaubte sie, der Schlag würde sie treffen.

Der heruntergekommene Korridor, der Staub, der Verfall, alles war verschwunden. Wieder war das Haus in dem guten Zustand wie in ihrem Traum.

Sie hörte die Lautsprecherdurchsagen, hörte gedämpfte Geräusche und meinte, Gesprächsfetzen aufzuschnappen. Sie war sicher, gleich würden Krankenschwestern mit ihren Servierwagen um die Ecke biegen, freundlich grüßen, und in die Zimmer gehen, um irgendwelchen kranken Menschen zu helfen. Sie sah es förmlich vor sich. Laurie hob die Hand und rieb sich die Augen, aber da waren nur die Stimmen. Träumte sie wirklich nicht?

Sie war nicht einmal mehr sehr erstaunt, als der Mann mit dem Stethoskop um den Hals wieder um die Ecke gebogen kam und auf sie zutrat. Laurie vergaß vor Schrecken fast zu atmen. Der Mann kam näher, trat auf sie zu ...

... und blieb stehen.

Diesmal sah er nicht nur in ihre Richtung, er *sah sie an.* Einige Sekunden lang blickte er ihr wortlos und mit einem undeutbaren Ausdruck ins Gesicht, und dann breitete sich ein sonderbares Gefühl von Schmerz in seinem Blick aus.

»Glaubst du mir wenigstens?« fragte er.

»*Was* soll ich glauben?« murmelte Laurie verwirrt.

»Ja. Ich weiß, daß du es nicht warst.«

Die Stimme war direkt hinter ihr, und als Laurie erschrocken herumfuhr, blickte sie ins Gesicht einer vielleicht fünfzigjährigen Frau, die lautlos aufgetaucht war und so dicht hinter ihr stand, daß ihre Hand Lauries Arm berührte, als sie sie hob, um ihre Worte zu unterstreichen. *Und durch ihn hindurchglitt.*

»Aber die anderen werden dir nicht glauben«, fuhr sie fort. In ihren Augen war der gleiche Ausdruck von Schmerz wie in denen des Arztes, aber Laurie las auch Verzweiflung darin; und einen sonderbar ziellosen Zorn, der immer stärker zu werden schien. »Sie sind schon auf dem Weg hierher. Ich ... habe ein Telefongespräch belauscht.«

»Barker?« fragte der Arzt.

Die Frau nickte. »Die Polizei wird in einer Viertelstunde hier sein. Du mußt weg.« Ihre Hand glitt in die Tasche und kam mit einem Schlüsselbund wieder zum Vorschein. »Hier. Nimm meinen Wagen. Im Handschuhfach liegt meine Kreditkarte, damit kommst du ...«

»Ich werde nicht weglaufen«, unterbrach sie der Arzt. Er lächelte traurig. »Es wäre sinnlos.«

»Aber du mußt verschwinden! Sie ...«

»... würden es als Geständnis auslegen«, fuhr der junge Arzt fort, leise, aber sehr entschieden.

»Ich schaffe es schon, keine Angst. Früher oder später werden sie begreifen, daß ich es nicht war.«

»Und wenn nicht?«

»Barker wird mir helfen«, sagte der Arzt.

»Barker? Den Teufel wird er tun! *Er* war es, der die Polizei gerufen hat, hast du das immer noch nicht begriffen?«

»Aber das mußte er, Angela«, antwortete der Arzt. »So wie die Dinge liegen, hatte er gar keine andere Wahl. Trotzdem wird er mir helfen, da bin ich sicher. Und wenn nicht . . .« Er machte eine wedelnde Handbewegung. »Es gibt gute Anwälte. Und die Wahrheit wird am Schluß siegen.«

»Aus welchem Kitschroman hast du diesen Satz?« fragte Angela.

Der Ausdruck von Kummer auf dem Gesicht des jungen Arztes – Laurie kam endlich auf die Idee, einen Blick auf das Namenschildchen an seinem Revers zu werfen, und identifizierte ihn als Dr. Stone, dessen Namen sie schon mehrmals über den Lautsprecher gehört hatte – aber sie verstand seine Antwort nicht mehr, denn wieder geschah etwas Unheimliches. Seine Stimme und eine Sekunde später auch seine Gestalt schienen zu verblassen, unscharf und transparent zu werden. Für Augenblicke konnte sie die Wand des Ganges durch seinen Körper hindurch erkennen, und für die gleiche Zeit war er wirklich nicht mehr als ein Gespenst, dann verschwand er völlig, und mit ihm Angela. Laurie mußte sich nicht einmal herumdrehen, um zu spüren, daß sie wieder allein war.

Trotzdem tat sie es natürlich, und trotzdem erschrak sie bis ins Mark, den Gang hinter sich nicht nur leer, sondern wieder voller Staub und Unrat und in das schattendurchwobene Dämmerlicht der Nacht getaucht zu erblicken.

In ihrem Mund war plötzlich ein entsetzlicher Geschmack. Ihr schwindelte; so heftig, daß sie die Hand ausstrecken und an der Mauer neben sich nach Halt tasten mußte, um nicht die Balance zu verlieren und zu stürzen. Was sie spürte, das war nicht mehr die Panik von vorhin; ihre Angst hatte plötzlich eine andere Qualität gewonnen, die ihr neu war; und schlimmer als alles, was sie je erlebt hatte.

Als sie das Geräusch hörte, wäre sie vor Entsetzen beinahe gestorben.

Es war das Geräusch einer Tür, die sich langsam öffnete;

jener charakteristische Laut, den ihr Vater beim Fernsehen immer scherzhaft Hitchcock-Tür bezeichnete – ein mühsames, irgendwie bedrohliches Quietschen, das einen nicht nur an eine aufschwingende Tür denken ließ, sondern auch und noch viel stärker an all die namenlosen Schrecken und Ungeheuer, die vielleicht hinter ihr auftauchen mochten.

Sie hatte Angst, sich herumzudrehen, aber sie tat es trotzdem.

In der nächsten Sekunde kam sie sich unbeschreiblich dumm vor – aber auch ebenso unbeschreiblich erleichtert.

Es *war* eine Tür, die sie gehört hatte – nämlich genau die Tür, auf die Stonehouse gewiesen hatte, und das Monster, das heraustrat, war kein Monster, sondern Dr. Barker. Auf seinem Gesicht lag ein fragender Ausdruck. Offensichtlich hatte er irgend etwas gehört und kam nun, um nachzusehen.

»Dr. Barker, Gott sei Dank!« sagte Laurie erleichtert und trat ihm entgegen. »Ich . . .«

Sie sprach nicht weiter.

Barker hörte sie nicht. Der verwirrte Ausdruck in seinen Augen blieb, wurde eher noch stärker. Er machte einen weiteren Schritt und stand nun vollends auf dem Gang, sah sich nach rechts und links um und runzelte tief und nachdenklich die Stirn. *Er hörte sie nicht!*

»Dr. Barker?« fragte Laurie.

Nichts. Barker stand einfach da, auf die Art eines Menschen, der *irgend etwas* gehört hatte, aber nicht sicher war, was, blickte noch einen Moment unschlüssig in beide Richtungen den Gang hinab – und wandte sich dann um, um in das Ambulanzzimmer zurückzugehen.

Laurie schrie auf und rannte los, aber etwas Unheimliches geschah: Mit jedem Meter, den sie zurücklegte, schien sich der Korridor um die gleiche Distanz zu dehnen. Es war nicht so, daß sie nicht von der Stelle kam, aber der Gang vor ihr *wuchs.* Sie konnte sehen, wie Barker ohne die mindeste Hast wieder ins Zimmer zurückging und die Tür hinter sich schloß; ja, er blieb sogar noch einmal stehen, um einen letzten, forschenden Blick auf den Flur hinauszuwerfen, ehe er die Tür vollends zumachte. Laurie schrie ununterbrochen seinen Namen, aber er hörte sie nicht, so wenig, wie er sie gesehen hatte.

Sie rannte so schnell sie nur konnte, aber es schien, als käme sie immer langsamer von der Stelle, je schneller sie lief. Und zugleich geschah etwas, was sie fast noch mehr entsetzte als alles andere zuvor: Der Gang *veränderte* sich! Die Wände wurden heller. Schmutz und Staub eines halben Jahrzehnts begannen zu verblassen. Die Risse im Fußboden glätteten sich, die abgeblätterte Farbe an den Türrahmen schien sich zu regenerieren, wie verletzte Haut, die in Sekundenschnelle heilte ... Mit jedem Schritt, den Laurie tat, schien sie ein Stück weiter in die Vergangenheit zurückzulaufen.

Als sie die Tür erreicht hatte, war ihre Umgebung wieder unversehrt und sauber.

Und als sie stehenblieb, schwang die Tür auf, und Dr. Barker trat heraus und ohne zu Zögern direkt durch sie hindurch.

Laurie fiel nicht in Ohnmacht.

Sie bekam auch keinen Schreikrampf, ja, sie empfand nicht einmal mehr besonders viel Furcht. Es war wie bei ihrem ersten Zusammentreffen mit Dr. Stone – Barker, der jetzt einen Arztkittel anstelle des zerknitterten regennasses Trenchcoats trug und auch irgendwie jünger aussah – ging einfach durch sie hindurch, ohne sie auch nur zu bemerken.

Und doch war etwas anders.

Bei Stone – und auch später bei Angela, deren Hand in ihren Arm eingetaucht war – hatte sie nicht das mindeste gespürt. Bei Barker *spürte* sie etwas.

Es war ein eisiger Hauch, die Berührung von etwas Körperlosem, Eisigem und unbeschreiblich *Bösem.* Laurie schauderte. Ihr Herz schlug schnell und schmerzhaft hart, und ihre eigene Haut fühlte sich kalt und klamm wie feuchtes Glas an. Zitternd vor Furcht drehte sie sich herum, sah Barker einen Moment lang nach und folgte ihm dann. Irgendwie hatte sie das Gefühl, daß sie es mußte. Daß sie es *sollte.* Was hier geschah, war kein Zufall. Sie war nicht nur durch eine Laune des Schicksals in diesen Wirklichkeit gewordenen Alptraum verschlagen worden. Jemand – *etwas?* – hatte dafür gesorgt, daß all dies geschah. Es hatte einen Sinn, und sie selbst spielte eine Rolle in dieser Geschichte, die wichtiger war, als sie jetzt schon begreifen konnte.

Barker ging ohne Eile den Gang entlang. Laurie fiel auf, wie still es plötzlich war. Keine Lautsprecherdurchsagen, keine Stimmen, kaum ein Geräusch außer dem ihrer eigenen und Barkers Schritten. Außerdem war das Licht deutlich blasser als bisher. In jener fremden Zeit, in die es sie wieder verschlagen hatte, mußte tiefste Nacht herrschen.

Dr. Barker steuerte einen Aufzug an, der sich am Ende des Korridors befand. Laurie erwartete, daß er den Knopf neben der Tür drücken würde, aber er tat es nicht; jedenfalls nicht sofort. Statt dessen griff er in die Tasche seines weißen Arztkittels, zog einen Schlüssel hervor und nestelte einen Moment daran herum, bis er einen winzigen Schlüssel gefunden hatte. Erst mit seiner Hilfe öffnete er die zweigeteilte Tür der Aufzugkabine. Offensichtlich handelte es sich um einen Privatlift, dachte Laurie, der nur ihm und vielleicht einigen ausgesuchten anderen Personen zur Verfügung stand. Sie hatte so etwas schon gesehen – in großen Hotels und Türen Apartmenthäusern – aber in einer *Klinik*? Seltsam.

Ganz automatisch wollte sie Barker in den Aufzug folgen, doch etwas hielt sie zurück. Es war, als flüsterte ihr eine unhörbare Stimme zu, daß sie das besser nicht tat. Wo immer dieser Aufzug hinfuhr, es war ein Ort, den sie meiden sollte. So blieb sie stehen und sah reglos zu, wie sich Barker in der Kabine herumdrehte und – wieder mit Hilfe seines Schlüssels – die Lifttüren zugleiten ließ. Sie hörte das Summen, mit dem sich der Aufzug in Bewegung setzte. Über der Tür war kein Licht.

Nach ihren bisherigen Erfahrungen rechnete Laurie fast damit, daß es jetzt wieder aufhören und sie sich unvermittelt in der Gegenwart wiederfinden würde. Aber nichts geschah. Sie stand da, völlig allein auf dem großen, leeren Flur, drehte sich schließlich unschlüssig herum und begann den Korridor hinunterzugehen. Und ohne daß es ihr in diesem Moment wirklich bewußt wurde, fiel die Angst plötzlich von ihr ab. Das alles hier war ihr noch immer unheimlich, aber es erfüllte sie jetzt nicht mehr mit Todesangst. Irgendwie spürte sie, daß sie nicht in Gefahr war; zumindest nicht durch diese unheimlichen Visionen. Neugier nahm die Stelle der Furcht ein.

Sie ging den Gang zurück, betrat aber nicht das Ambulanzzimmer, sondern hielt vor einer anderen, zur Hälfte aus rauhem Milchglas bestehenden Tür an. Ein kleines Schildchen daneben verkündete: VORZIMMER DR. BARKER.

Zögernd streckte Laurie die Hand nach der Klinke aus, drückte sie herunter und betrat den Raum. Er war sauber und aufgeräumt, ein kleines schmuckes Büro, dessen Bewohner sogar versucht hatten, ihm so etwas wie eine persönliche Note zu geben: An der Wand neben der Tür hing eine Anzahl gerahmter Tuschezeichnungen, dazwischen ein Schwarzweißfoto in einem verchromten Metallrahmen. Etwas an diesem Foto erregte Lauries ganz besondere Aufmerksamkeit, ohne daß sie im ersten Moment hätte sagen können, warum. Es war eine simple, gerahmte Fotografie, die eine Anzahl von Ärzten und Krankenschwestern in ihren weißen Kitteln zeigte und nicht einmal besonders gut gelungen war.

Neugierig geworden, sah sich Laurie die Personen auf dem Bild an. Sie erkannte Dr. Barker in der Mitte des Bildes; um einige Jahre jünger, als sie ihn in Erinnerung hatte, und irgendwie ... energischer, mehr voller Kraft und Energie als der alte, müde gewordene Mann, den sie vor einer Stunde kennengelernt hatte. Rechts neben ihm sah sie einen Mann, der ihr ebenfalls bekannt vorkam, ohne daß sie genau sagen konnte, warum.

Sie streckte die Hand, tastete vorsichtig über den Rahmen – und nahm das Bild von der Wand, fast ohne zu wissen, warum, aber auch ohne etwas dagegen tun zu können. Bei dem Mann neben Barker handelte es sich um Dr. Stone, den Assistenzarzt aus der Vision. Die anderen waren Laurie unbekannt. Seltsam – wieder dieser ominose Dr. Stone!

Sie war gerade im Begriff, das Bild wieder an seinen Platz zuruckzuhängen, als sie bemerkte, daß sich die Rückwand der Aufnahme zu lösen begann. Sie drehte den Rahmen um und wollte alles wieder richtig zusammenfügen; obwohl sie sich der Tatsache bewußt war, nur eine Art verrückten Traum zu erleben, von einem absurden Ordnungsbedürfnis erfüllt. Als sie das Stück Pappe wieder mit dem kleinen Häkchen befestigen wollte, fiel ein Umschlag aus dem Zwischenraum zwischen Bild und Pappkarton. *Ob ihn dort jemand absichtlich versteckt hatte?*

Laurie kam sich plötzlich vor wie im Kino. Ihre Angst war wie weggeblasen, und sie fühlte sich ganz im Gegenteil von einer prickelnden Erregung gepackt, die ihre Handflächen feucht werden ließ. Ihre Situation war so absurd, daß sie sich plötzlich in die Rolle einer zwar gebannten, aber im Grunde doch unbehelligten Zuschauerin versetzt fühlte, die das Geschehen mit klopfendem Herzen verfolgen mochte, eigentlich aber ganz genau wußte, daß sie nicht wirklich in Gefahr war; ganz gleich, was auf der Leinwand vor ihr passierte, und ganz egal, wie sehr sie mit den Helden mitfieberte und -litt. Neugierig hängte sie das Bild wieder an die Wand und trat mit dem Umschlag in der Hand einen Schritt zurück. Fast beiläufig registrierte sie, daß das Zimmer plötzlich wieder alt und verfallen und voller Staub war – nein, nicht *plötzlich.* Es war schon so gewesen, als sie es betreten hatte. Als sie die Tür durchschritt, war sie auch wieder in ihre Zeit zurückgekehrt. Aber sie maß diesem Gedanken im Moment keine sonderliche Bedeutung bei. Sie war viel zu neugierig auf das, was hinter dem Foto versteckt gewesen war. Laurie setzte sich langsam hin, während sie die hellbraune Hülle öffnete. Sie griff hinein und förderte eine Anzahl engbeschriebener Blätter sowie einige – offenbar sehr alte – Zeitungsausschnitte zutage.

Was auf den Seiten geschrieben stand, konnte sie nicht entziffern; der Text schien in einer Art Kurzschrift abgefaßt zu sein – oder einer Handschrift, die so krakelig war, daß es einen Kryptologen gebraucht hätte, sie zu entziffern. Enttäuscht nahm sie sich die Zeitungsausschnitte vor.

Von irgendwelchen unverständlichen Todesfällen war da die Rede. »Wieder geheimnisvolles Sterben in Todesklinik« lautete eine der Schlagzeilen. Eine andere: »Das Sterben geht weiter!«

Laurie schauderte. Die Artikel waren reißerisch aufgemacht, wie es bei den meisten Boulevard-Zeitungen leider üblich war. Und trotzdem *hielten* sie in diesem Fall fast, was ihre Schlagzeilen versprachen. Lauries Hände begannen zu zittern, während sie las, aber sie war auch nicht in der Lage, damit aufzuhören.

Scheinbar waren in der Klinik, in der sie sich gerade befand, mehrere Menschen gestorben, ohne daß irgendeine Ursache dafür gefunden worden war. Es wurde angedeutet, daß man annahm, daß in diesem Krankenhaus an Menschen *experimentiert* würde. Es gäbe zwar keine Beweise, aber man wisse ja nie, und so weiter, und so weiter . . . Eigentlich nur Annahmen und Vermutungen, keine Beweise. Man wolle alles auführlich nachprüfen. Eine Untersuchungskommission war gebildet worden.

Plötzlich hatte sie doch wieder Angst, aber es war jetzt eine Furcht von ganz anderer Qualität. Sie versuchte vergeblich, das Gelesene als das abzutun, was es vermutlich war – das völlig übertriebene Geschreibsel eines Journalisten, der seine wöchentliche Sensation brauchte, um seinen Chefredakteur zufriedenzustellen und seinen Gehaltsscheck zu rechtfertigen.

Mit wachsender Beunruhigung las sie weiter.

Der nächste Zeitungsausschnitt brachte ein Bild des Chefarztes Dr. Barker und eine sehr energische Erklärung, daß *überhaupt alles Unsinn sei, daß Menschen schon mal sterben,* wenn sie sehr krank sind, und *daß er manchen Kranken eben nicht hätte helfen können.* Jeden Verdacht, daß in seiner Klinik irgendwelche Experimente an Menschen – noch dazu ohne Einverständnis und Wissen der Patienten! – stattfänden, weise er aufs energischste von sich. Auch für seine Assistenten und Angestellten lege er seine Hand ins Feuer. Die Ausdrucksweise des Klinikinhabers erschien Laurie sehr überheblich und arrogant. Es fiel ihr schwer, diesen Dr. Barker mit dem alten Mann in Verbindung zu bringen, mit dem sie vor weniger als einer Stunde erst gesprochen hatte.

Laurie blätterte weiter. Ihre Erregung steigerte sich, denn was dann folgte, reichte aus, ihr das Blut in den Adern gefrieren zu lassen. Das war doch Dr. Stone! Eindeutig, das war der Assistenzarzt, der auf dem großen Foto abgebildet war. Das Bild zeigte den Mann in Begleitung zweier uniformierter Polizeibeamter.

Dem Zeitungsartikel zufolge hatte man belastende Indizien bei diesem jungen Arzt gefunden, die darauf hinwiesen, daß *er* derjenige gewesen war, der heimliche Operationen an Patienten vorgenommen hatte. Weiter stand dort, daß eine Reihe seiner ›Opfer‹ während oder kurz nach dem Eingriff gestorben waren. Nachdem man ihn gründlich verhört und ihm die Ausweglosigkeit seiner Situation vor Augen geführt hatte, sei er dann endlich bereit gewesen, ein Geständnis abzulegen. Es wäre über ihn gekommen, denn er hatte der Wissenschaft dienen und den Menschen helfen wollen. Leider, so seine Aussage, sei es ihm dabei nicht immer gelungen, erfolgreich zu sein.

Laurie ließ einen Augenblick die Ausschnitte sinken und versuchte, das Gelesene irgendwie zu verarbeiten. Dr. Stone? Nein. Das war lächerlich. Laurie war fast selbst überrascht – sie kannte diesen Mann überhaupt nicht. Eigentlich war sein Name alles, was sie über ihn wußte. Und trotzdem war sie felsenfest davon überzeugt, daß *er* nicht für die unerklärlichen Todesfälle in Barkers Klinik verantwortlich war. Sie mußte an das Gespräch zwischen ihm und Angela denken, das sie belauscht hatte.

Nach einer Weile hob sie die Ausschnitte auf und las weiter.

Nach eingehender Untersuchung waren eine Reihe unabhängiger Gutachter zu der Meinung gelangt, daß Stone geistesgestört war, und hatten vorgeschlagen, ihn bis zur Gerichtsverhandlung in eine Heilanstalt einzuweisen. Anscheinend, so der Reporter weiter, hatte der junge Arzt das alles nicht verkraftet und war seinen Aufsehern noch in der Klinik entkommen. Er hatte sich in seinem Zimmer eingeschlossen und sich eine Kugel durch den Kopf geschossen. Nachdem diese Angelegenheit wohl als erledigt hätte angesehen werden können, schrieb die Zeitung, hätte man mit Dr. Barker ein ausführliches Interview geführt. Dabei hatte der Arzt erklärt, er würde die Klinik in den nächsten Monaten schließen – er hätte ohnehin vorgehabt, sich aus Altersgründen aus dem Berufsleben zurückzuziehen. Und außerdem könne er es keinem Menschen zumuten, Vertrauen in eine Klinik zu setzen, in der Menschen kaltblütig als Versuchskaninchen mißbraucht worden waren.

Laurie ließ die Zeitungsausschnitte sinken und starrte benommen ins Leere. Ihre Hände zitterten noch immer, aber mit einemmal war ihr kalt, entsetzlich kalt.

Was um alles in der Welt *ging hier vor*?!

Auf dem Flur waren Stimmen zu hören, die rasch lauter wurden, und Schritte. Laurie fand gerade noch Zeit, die Zeitungsausschnitte unter ihre T-Shirt verschwinden zu lassen (sie fragte sich, warum sie das eigentlich tat, aber gleichzeitig spürte sie auch, daß es besser war, wenn Barker und die anderen nichts von ihrem Fund erfuhren), ehe die Tür geöffnet wurde. Dr. Barker und Stonehouse betraten das Zimmer.

Barker ließ ihr nicht einmal Zeit, irgend etwas zu sagen. »Was um alles in der Welt machen Sie denn jetzt schon wieder?« schnappte er unwillig. »Wir haben Sie schon wieder suchen müssen. So groß ist die Klinik nun auch wieder nicht, daß man sich ununterbrochen darin verlaufen könnte!« Er seufzte, schüttelte ein paarmal hintereinander den Kopf und sah sich um, als müsse er sich selbst erst davon überzeugen, wo er war. Als er es begriff, veränderte sich irgend etwas in seinem Blick. Laurie wußte nicht was, aber die Veränderung war zu deutlich, als daß sie sie übersehen konnte.

»Was suchen Sie hier?« fragte er. »Dieses Zimmer liegt nicht einmal auf dem Weg zur Ambulanz. Wollen Sie uns mit Gewalt Schwierigkeiten machen?« Der Zorn in Barkers Stimme war nicht zu überhören. Aber da war auch noch mehr. Eine ganz leise, aber hörbare Spur von Unsicherheit, fast Schrecken.

Er wandte sich an Stonehouse. »Das beste ist wohl, Sie nehmen sie in ihre Obhut, Jim. Ich sage George Bescheid, daß er für den Rest der Nacht ihre Runden mit übernimmt.« Er deutete auf Laurie. »Passen Sie auf sie auf, ehe ihr am Ende *wirklich* noch etwas zustößt.«

Stonehouse nickte wortlos und trat auf Laurie zu. Er wirkte ebenso besorgt wie Barker, aber anders als bei ihm war kein Zorn in dieser Sorge. Laurie stand auf und ließ kommentarlos zu, daß er sie am Arm ergriff und mit sanfter Gewalt zur Tür bugsierte.

»Was haben Sie überhaupt hier gesucht?« fragte Barker plötzlich noch einmal. Stonehouse blieb stehen, und auch Laurie drehte sich noch einmal zu Barker um. Sein Blick war bohrend, und er war ihr plötzlich unsympathischer und unheimlicher denn je. Und für einen winzigen Moment hatte er sich nicht mehr völlig in der Gewalt. Laurie sah, daß er das Bild an der Wand hinter ihr anstarrte – und deutlich zusammenzuckte.

Ohne, daß sie etwas dagegen tun konnte, blickte auch sie wieder zu der Fotografie hinüber – und fuhr ebenfalls erschrocken zusammen.

Sie hatte das Bild zurückgehängt, aber sie hatte es nicht *genau* genug getan – auf der schmutzstarrenden Rauhfasertapete waren deutlich die Umrisse des Rahmens zu sehen, wie er fünf oder vielleicht auch zehn Jahre lang dort gehangen hatte. Jetzt war das Bild um einige Zentimeter verschoben. Laurie konnte im letzten Moment den Impuls unterdrücken, die Hand zu heben und nach den Fotos unter ihrem T-Shirt zu greifen.

»Sie haben hier herumgeschnüffelt«, sagte Barker verärgert. »Was haben Sie gesucht?«

»Nichts«, antwortete Laurie hastig. »Wirklich ... ich ... habe mich nur ein wenig umgesehen. Einfach so, ohne Grund.« Plötzlich kam sie sich vor wie aus Glas. Ihre Lüge klang schrill und lächerlich in ihren eigenen Ohren, und für eine Sekunde war sie felsenfest davon überzeugt, daß Barker einfach durch ihr T-Shirt hindurchsehen und die Bilder darunter erkennen mußte.

Unsinn! dachte sie scharf, verängstigt, aber zugleich auch wütend auf sich selbst, sich so wenig in der Gewalt zu haben. »Ich habe mir nur das Bild von Ihnen und Dr. Stone angesehen«, verteidigte sie sich. »Ich ...«

»Stone?«

Laurie biß sich auf die Unterlippe und verfluchte sich selbst in Gedanken. Vielleicht war es das klügste, wenn sie jetzt einfach die Klappe hielt. Besser, Barker hielt sie für leicht verrückt, als daß er anfing, wirklich Verdacht zu schöpfen. Ihre Furcht vor diesem Mann war nicht unbegründet, das spürte sie einfach. Dieser Mann war gefährlich.

»Woher kennen Sie diesen Namen?« bohrte Barker weiter.

Laurie zuckte mit den Schultern und wandte sich mit einem hilfesuchenden Blick an Stonehouse.

Sie wurde enttäuscht. Auch er starrte sie an, mit einem Ausdruck, den sie im ersten Moment für Feindseligkeit hielt, bis sie begriff, daß es Schrecken war. Wieso?

»Ich habe Sie gefragt, junges Fräulein«, sagte Barker.

»Ich weiß es nicht«, antwortete Laurie unglücklich. »Ich ... muß ihn wohl irgendwie aufgeschnappt haben. Vielleicht stand er an einer Tür, oder auf einem Stück Papier, oder ... oder ...«

Sie begann zu stottern, brach ganz ab und zwang sich schließlich, Barker voller Trotz anzusehen. »Was ist denn daran so wichtig?«

Barker antwortete nicht auf ihre Frage, aber das Mißtrauen in seinen Augen wurde noch deutlicher. »Irgend etwas stimmt nicht mit Ihnen, Laurie«, sagte er überzeugt. »Sie sind . . . sehr verwirrt, scheint mir.«

Laurie war das unmerkliche Stocken in seinen Worten nicht entgangen. Sie war plötzlich sicher, daß er eigentlich etwas völlig anderes hatte sagen wollen. Aber sie kam nicht dazu, zu antworten, denn Barker trat auf sie zu und hob ihre Ponyfransen. Zwischen seinen grau gewordenen Augenbrauen entstand eine neue, tiefe Falte, die sein Gesicht fast zu spalten schien.

»Natürlich«, sagte er, in einem Ton, als hätte er genau das entdeckt, was er erwartet hatte. »Eine sehr hübsche Wunde. Wahrscheinlich eine leichte Gehirnerschütterung.« Dabei drückte er vorsichtig mit dem Daumen um die Verletzung herum. Es tat weh; um so mehr, als Laurie die Verletzung bisher nicht einmal bemerkt hatte. »Sie müssen sie sich bei dem Unfall zugezogen haben, von dem er erzählt hat. Warum haben Sie nichts davon erzählt?«

Laurie mußte sich mit aller Kraft beherrschen, um seine Hand nicht beiseite zu schlagen. Was sie nicht unterdrücken konnte, das war die beinahe angewiderte Bewegung, mit der sie zurückwich, um der Berührung seiner Finger zu entgehen.

»Das ist nur ein Kratzer«, sagte sie. »Ich bin mit dem Kopf gegen die Windschutzscheibe geschlagen, aber so schlimm war es nicht.«

»Vielleicht überlassen Sie es mir, das zu beurteilen«, antwortete Barker spöttisch. »Die Wunde muß in jedem Fall versorgt werden. Und das erledigen wir am besten sofort. Kommen Sie mit.« Er ging zur Tür. Laurie rührte sich nicht, und der Ausdruck auf Barkers Gesicht wurde noch finsterer.

»Allmählich ist meine Geduld mit Ihnen erschöpft, junge Dame«, sagte er. »Kommen Sie jetzt endlich! Ihr Freund wartet schon auf Sie. Sein Fieber ist übrigens weiter zurückgegangen – falls Sie das interessiert.« Laurie zögerte noch immer. Aber natürlich ging sie schließlich doch mit ihm.

Bill saß aufrecht auf seiner Liege, als sie das Zimmer im Erdgeschoß wieder betraten. Sein Gesicht hatte ein wenig Farbe zurückgewonnen, und er lächelte sogar schwach.

Laurie sprang mit einem Freudenschrei auf ihn zu, setzte sich neben ihn auf die Kante der Liege und legte ihm die Arme um den Hals. Dabei kuschelte sie sich mit dem Kopf in seine Halsbeuge, und für einen Moment fühlte sie sich sicher und geborgen bei ihm. »Ich bin so froh, daß es dir besser geht«, lächelte sie. »Ich hatte solche Angst um dich.«

Bill lächelte schief. »Unkraut vergeht nicht, das weißt du doch.«

Laurie schmiegte sich noch enger an ihn, bis Bill leicht zusammenfuhr und sie begriff, daß sie ihm weh tat. Hastig lockerte sie ihren Griff ein wenig und rutschte von ihm weg, aber er hob sofort die Hand und hielt sie fest.

»Ich glaube«, sagte Dr. Barker mit einem übertrieben gekünstelten Räuspern, »wir lassen Sie beide jetzt für einen Moment allein. Sie haben sich sicher viel zu erzählen. Und der Krankenwagen muß ja auch bald kommen.« Er blickte zu Stonehouse. Der grauhaarige Wachmann nickte zustimmend – aber nicht sofort, und auch nicht ganz ehrlich. Irgendwie hatte Laurie das Gefühl, daß es ihm nicht behagte, sie mit Bill allein hier zurückzulassen.

»Er wird draußen vor der Tür warten«, sagte Barker. »Nur damit Sie sich nicht wieder *verlaufen.«* Zusammen mit Stonehouse verließ er den Raum.

Und es war, als bräche ein Bann. Kaum war Laurie mit Bill allein, da schossen ihr die Tränen in die Augen, so brennend und heiß, daß sie sie nicht mehr unterdrücken konnte, so sehr sie es auch versuchte. Schluchzend warf sie sich an Bills Brust, umschlang ihn mit den Armen und weinte hemmungslos.

Er hielt eine ganze Weile still und stellte auch keine Fragen; nur seine Hand lag auf ihrer Schulter und strich sanft über ihr Haar. Und es war etwas ungemein Beruhigendes an dieser Berührung. Laurie spürte, wie die Angst allmählich wich und einem Gefühl tiefer Geborgenheit Platz machte, was allein durch Bills Nähe kam – obwohl doch eigentlich *er* es war, der im Moment Hilfe brauchte.

»O Bill«, flüsterte sie. »Ich ... ich habe solche Angst.«

»Um mich?« Bill lachte leise. »So schlimm war es doch auch wieder nicht. Und nach dem, was mir dieser sonderbare Arzt verraten hat, hast du verdammt cool reagiert. Hätte ich dir gar nicht zugetraut. Seit wann kannst du Auto fahren?«

Laurie löste sich widerwillig aus seiner Umarmung und zog lautstark die Nase hoch, während sie sich mit dem Handrücken die Tränen aus dem Gesicht wischte. »Kann ich gar nicht«, gestand sie. »Und ich fürchte, man sieht es dem Wagen auch an. Aber das habe ich nicht gemeint.«

»Sondern?« Bill runzelte fragend die Stirn.

»Es ist ... dieses Haus«, antwortete Laurie stockend. »Und dieser Arzt, Dr. Barker.«

»Was soll mit ihm sein?« fragte Bill. »Mir kam er recht nett vor.«

»Irgend etwas stimmt hier nicht«, beharrte Laurie. »Dieses Haus ist ... unheimlich.«

»Es steht fast leer, ja«, sagte Bill. »Leerstehende Häuser haben oft etwas Unheimliches. Barker hat mir erzählt, daß du dich verirrt hast.«

Laurie schüttelte abermals den Kopf. Es ärgerte sie ein wenig, daß Bill glaubte, sie fürchte sich vor einem leerstehenden Haus und ein paar Schatten. »Das ist nicht alles. Irgend etwas passiert hier. Manchmal ist es uralt und gleicht einer Ruine, und dann, von einem Moment auf den anderen, ist es wieder eine ganz normale Klinik.«

»Wie?« machte Bill verstört.

Laurie zuckte hilflos mit den Schultern. Sie versuchte sich vorzustellen, wie *sie* reagiert hätte, wenn ihr Bill eine dermaßen verrückt klingende Geschichte erzählt hätte wie die, die sie zu berichten hatte. Trotzdem bestätigte sie: »Überall ist es sauber und gepflegt, ich höre Stimmen aus den Lautsprechern und glaube, gleich müßten die Ärzte und Krankenschwestern um die Ecke biegen.« Sie brach ab. Erneut schossen ihr die Tränen in die Augen, aber diesmal gelang es ihr, sie zurückzudrängen.

»Aber, aber«, sagte Bill und legte nun auch seinen anderen Arm um sie – mit einem leisen Stöhnen, das den Schmerz verriet, den ihm diese Bewegung bereitete. Seine Haut war noch immer kalt. »Schatz, was ist denn los? Ich glaube, das war alles zuviel für dich.«

»Das sagt Barker auch«, sagte sie, plötzlich ärgerlich. »Aber ich habe mir das nicht alles eingebildet. Ich höre Stimmen, Menschen, die vor mir stehen, lösen sich plötzlich in Luft auf und andersherum tauchen ...« Beinahe hätte sie gesagt: Die Geister von Toten vor mir auf. Sie schluckte die Worte im letzten Moment herunter und beschränkte sich auf ein fast trotziges: »Ich will hier weg!«

»Laurie, beruhige dich!«

»Beruhige dich! Ich will mich nicht mehr beruhigen.« Jetzt liefen ihr doch die Tränen die Wangen hinunter, ihre Lippen zitterten. »Alle sagen, ich soll mich *beruhigen.* Ich habe mir solche Sorgen um dich gemacht. Und jetzt sagt du auch noch, ich soll *mich beruhigen.«* Sie löste sich aus seiner Umarmung und stand auf. Dann ging sie hinüber zur anderen Wand und goß sich eine Tasse Kaffee ein, nicht einmal, weil sie Durst hatte, sondern nur, um ihre Hände zu beschäftigen und seinem Blick auszuweichen. Sie wußte, daß Bill es nur gut meinte. Es war unfair von ihr, so heftig zu ihm zu sein. Aber sie konnte in diesem Moment nicht anders.

»Möchtest du auch?« fragte sie und zeigte auf die Kaffeekanne.

»Nein.« Bill griff sich wieder an die Seite. »Diese verdammte Narbe. Die ganze Seite tut mir weh. Ich kann mich kaum bewegen. Sogar das Luftholen tut weh.«

Besorgt und schuldbewußt zugleich ging sie zu ihm zurück und strich ihm zärtlich über die Wange. »Bill, wir müssen hier weg. Dieser Bau ist ... verhext«, sagte sie in Ermangelung eines passenderen Ausdruckes.

»Ich will nach Hause.« Sie schluchzte wieder. »Ich kann das alles nicht mehr ertragen.«

Bill tat sein Bestes, um ein aufmunterndes Lächeln zustande zu bringen; aber sein Bestes war nicht eben viel in diesem Moment. »Der Krankenwagen muß bald hier sein«, sagte er. »Dr. Barker hat mir versprochen, daß es nicht lange dauert. Außerdem ...« Er zögerte einen Moment, dann schwang er mit einer übertriebenen kraftvollen Bewegung die Beine von der

Liege und setzte sich vollends auf, um seine nachfolgenden Worte sogleich unter Beweis zu stellen. »Vielleicht brauche ich gar nicht mehr ins Krankenhaus. Es geht mir gut, siehst du?«

»Ja«, sagte Laurie spöttisch, weil Bill genau in diesem Moment wieder schmerzerfüllt das Gesicht verzog, »das sehe ich.«

Bill winkte ab, ließ sich aber trotzdem vorsichtshalber wieder zurücksinken. »Die Schmerzen sind wahrscheinlich normal nach einer solchen Operation«, sagte er. Wieder stand Schweiß auf seiner Stirn.

Laurie sagte nichts dazu, aber er schien ihren Blick richtig zu deuten, denn er wechselte abrupt das Thema. »Was ist mit dem Wagen? Ist er total hinüber?«

»Ich weiß nicht«, gestand Laurie. »Mr. Stonehouse hat gesagt, er wolle nachsehen und versuchen, ob er ihn wieder hinbekommt.« Sie nahm einen Schluck von dem heißen Kaffee, wobei sie die beiden Hände um die Tasse legte, als wolle sie sich wärmen. Der wirkliche Grund war allerdings eher, daß sie plötzlich das fast verzweifelte Gefühl hatte, sich an irgend etwas festhalten zu müssen.

»Weißt du was?« fuhr sie nach einer sekundenlangen Pause fort. »Ich werde einfach nachsehen. Bleib hier, ich bin gleich wieder zurück. Der Mann kann ja nicht weit sein. Außerdem steht der Wagen wohl noch vor dem Tor. Ich laufe schnell hin und sehe nach.«

Sie wollte aufstehen, aber Bill hielt sie mit einer überraschend schnellen und auch kräftigen Bewegung zurück. »Unsinn«, sagte er. »Du weißt ja nicht einmal, wo bei einem Wagen vorne und hinten ist. Bleib hier.«

Das war zwar übertrieben, aber Laurie verstand sehr wohl, was Bill meinte. Und im Grunde hatte er wahrscheinlich recht. Trotzdem löste sie sich nach einigen Sekunden beinahe gewaltsam aus seinem Griff und deutete auf die Tür. »Laß mich wenigstens einmal nachschauen«, sagte sie. »Die Leute von der Autovermietung werden wissen wollen, was passiert ist. Und außerdem sind unsere Papiere noch im Handschuhfach. Ich will sie nur holen.«

Bill zögerte noch einmal einen Moment, aber schließlich

nickte er widerwillig und ließ sich vollends zurück auf die Liege sinken. Mit einem besorgten Blick auf ihren Freund, der mittlerweile die Augen geschlossen hatte, verließ sie das Zimmer.

Obwohl Barker es ihm aufgetragen hatte, war Stonehouse nicht auf dem Flur draußen – aber das war Laurie in diesem Moment nur recht. Ganz anders als dem ehemaligen Besitzer dieser Klinik vertraute sie Jim irgendwie, aber im Augenblick wollte sie nichts anderes als hier herauskommen. Obwohl sie noch immer Angst vor der Nacht und vor dem Nebel draußen hatte, war sie plötzlich sicher, daß alles vorbei war, wenn sie dieses unheimliche Gemäuer nur verließ, so schnell sie konnte. Der Krankenwagen, von dem Barker gesprochen hatte, mußte bald da sein. Sie würde einfach draußen auf ihn warten.

Während sie den Flur in die Richtung entlangging, aus der Stonehouse, Bill und sie gekommen waren, warf sie automatisch einen Blick in die Zimmer, an denen sie vorbeikam.

Im ersten Moment fiel es ihr nicht einmal wirklich auf.

Und als sie es begriff, da war sie nicht sonderlich erschrocken. Im Gegenteil – sie wäre wohl eher verwundert gewesen, wäre es nicht passiert: Jedes Zimmer, in das sie sah, war sauber und machte einen freundlichen Eindruck. Jedes Bett war frisch bezogen. Einige Betten sahen aus, als hätte der Patient, der eigentlich darin liegen sollte, es nur für einen Moment verlassen, um irgendwohin zu gehen. Das Laken war leicht zerknüllt, die Bettdecke nach hinten geschlagen, auf dem Kopfkissen war noch eine Ausbuchtung, als hätte einige Minuten vorher noch ein Kopf darauf gelegen.

Es war sehr verwirrend. Ein bißchen unheimlich noch, ja, aber es machte ihr keine Angst mehr. Es war, als müsse sie nur *allein* durch dieses Haus gehen, damit die Vergangenheit sie wieder einholte. Aber sie erschrak nicht mehr vor der unheimlichen Veränderung, die mit ihrer Umgebung vonstatten ging. Vielleicht war es so, daß sich selbst der größte Schrecken irgendwann einfach abnutzte, wenn er zu oft kam, vielleicht hatte sie auch tief in ihrem Inneren begriffen, daß sie nicht in Gefahr war. Von diesem Haus *ging* eine Bedrohung aus, so deutlich, daß man meinte, sie anfassen zu können, wie etwas, das körperlich zwischen den Wänden hing, aber sie spürte auch, daß es nicht sie war, der diese Drohung galt.

Sie sah sich suchend nach der Tür zum Treppenhaus um, als ihr Blick auf eine halbgeöffnete Tür auf der gegenüberliegenden Seite fiel. Das Zimmer dahinter war hell und freundlich, das Fenster war geöffnet, die vorgezogenen Gardinen wehten im frischen Wind, der ins Zimmer strömte. Gedämpfte Musik aus einem Radio war zu hören, das leise Murmeln menschlicher Stimmen.

Mit klopfendem Herzen ging sie auf die Tür zu, blieb einen Augenblick im Türrahmen stehen und nahm ihren ganzen Mut zusammen. Dann schob sie die Tür weiter auf und trat mit einem entschlossenen Schritt ein.

Es war kein Krankenzimmer. In der Mitte des Raumes befand sich ein kleiner Küchentisch. Auf der geblümten Decke stand benutztes Kaffeegeschirr und mitten auf dem Tisch eine kleine Vase mit frischen, intensiv riechenden Frühlingsblumen. Einem Strauß ganz ähnlich dem, den sie nach ihrem Erwachen in dem sonderbaren Krankenzimmer gesehen hatte.

Um den Tisch herum saßen drei Gestalten. In einer von ihnen erkannte sie Dr. Stone. Er rauchte. Seine Hände bewegten sich sehr nervös, ebenso wie seine Lippen. Sonderbarerweise konnte sie nichts von dem verstehen, was er sagte. Sie hörte ihn, aber es war, als lausche sie dem Klang einer fremden Sprache, obwohl sie die Worte eigentlich hätte verstehen müssen. Vorsichtig trat sie näher an den Tisch heran, bis sie auch die Gesichter der beiden erkennen konnte. Es waren eine Frau und ein Mann. Die Frau war die Krankenschwester, die sie schon vorhin in Stones *(Stones?!)* Begleitung gesehen hatte – Angela.

Der Mann war Dr. Barker. Beide wirkten ebenfalls sehr nervös, wobei Barker eher zornig aussah, während Angela eindeutig *Angst* hatte.

Lauries Herz begann zu klopfen. Warum war sie hier? Was bedeutete das alles?

Und es war, als hätte jemand ihre lautlose, verzweifelte Frage gehört. Etwas wie ein unsichtbarer Ruck ging durch das Bild vor ihr, und ganz plötzlich konnte sie die Stimmen der drei Personen verstehen.

». . . keine Chance, Stone«, sagte Barker, in einem Tonfall, der so eisig und drohend war, daß Laurie unwillkürlich zusammenzuckte. Noch ehe sie Stones Antwort hörte, begriff sie, daß sie in eine Auseinandersetzung zwischen ihm, Angela und Barker hineingeplatzt war. Vielleicht die Fortsetzung des Gesprächs, das sie vorhin draußen auf dem Flur belauscht hatte?

»Ich weiß, daß Sie mich vernichten können, Barker«, antwortete Stone. Seine Stimme zitterte. Er gab sich redlich Mühe, seine Gefühle zu unterdrücken, aber es gelang ihm nicht. Nervös sog er an seiner Zigarette. »Ich werde Ihnen nicht die Genugtuung bieten, um Gnade zu flehen. Angela und ich werden die Klinik einfach verlassen. Was Sie danach tun, ist mir gleich. Sie können mir nicht drohen.«

»Kann ich nicht?« Barker lachte häßlich. »O doch, mein junger Freund, ich kann. Und wissen Sie was? Ich werde es sogar tun.«

»Sie . . .«

»Hören Sie mir zu!« sagte Barker kalt. »Und Sie auch, Angela. Hören Sie mir beide zu, und hören Sie gut zu, denn ich werde meine Worte nicht wiederholen. Sie mißverstehen die Situation, fürchte ich.«

Weder Angela noch Stone antworteten, aber Laurie sah, daß beide zusammenfuhren. Selbst sie verspürte plötzlich Angst vor Barker – genauer gesagt, vor der eisigen Kälte, die seine Worte ausstrahlten, denn sie spürte auch die gnadenlose Entschlossenheit, die sich hinter dieser Kälte verbarg.

»Sie mißverstehen mich wirklich, Stone«, sagte Barker noch einmal. Er griff über den Tisch, nahm eine Zigarette aus Stones Packung und zündete sie an. »Es stört mich nicht im mindesten, daß Sie ein Verhältnis mit meiner Frau haben.«

Stone starrte ihn verblüfft an, und auch auf Angelas Gesicht machte sich fast so etwas wie Fassungslosigkeit breit.

Barker lachte. »Ihr habt mich richtig verstanden«, sagte er. »Linda und ich . . . aber was rede ich. Ich bin sicher, sie hat Ihnen die ganze Geschichte erzählt, nicht wahr?«

Stone schwieg, und für eine Sekunde verzerrte sich Barkers Gesicht vor Zorn. *»Nicht wahr?«* fragte er noch einmal, in viel schärferem Ton; und so laut, daß er fast schrie.

»Ja«, sagte Stone.

»So etwas Albernes wie *Liebe* war bei uns nie im Spiel«, fuhr Barker fort, obwohl das wahrscheinlich nach seinen eigenen Worten gar nicht mehr nötig war. »Sie hat einen jungen, gutaussehenden Mann zum Angeben gebraucht. Einen Akademiker, der etwas hermachte. Und ich brauchte ihr Geld. Es war eine Art ... stillschweigender Übereinkunft. Sie sind nicht der erste, mit dem sie mich betrügt.« Er zuckte die Achseln. »Und auch ich hatte schon andere Frauen.«

Stone starrte ihn fast haßerfüllt an, was Barker zu einem neuerlichen, sehr dünnen, sehr bösen Lächeln brachte. »Warum sind Sie jetzt so entsetzt? So ungewöhnlich ist so etwas gar nicht. Ich nehme Ihnen nicht übel, was Sie getan haben, Stone. *Was* ich Ihnen übelnehme«, fuhr er nach einer winzigen, aber hörbaren Pause und in merklich schärferem Ton fort, »ist der Umstand, daß Sie mich bloßgestellt haben. Sie hätten ein wenig vorsichtiger sein sollen. Es ist nicht angenehm für den Chefarzt einer Klinik, wenn jeder bis hinab zum letzten Pfleger weiß, daß ihm einer seiner Assistenzärzte Hörner aufgesetzt hat.« Er starrte Stone eine Sekunde lang durchdringend an und wandte sich dann an Angela.

»Und das gilt auch für Sie. Es ist mir egal, mit wem Sie es treiben. Aber mußte es ausgerechnet der Mann sein, der mich mit meiner Frau betrügt?«

»Ich habe nichts mit Dr. Stone!« protestierte Angela in einem Ton ehrlicher Entrüstung.

»Ich weiß«, sagte Barker ruhig.

»Wie bitte?« ächzte Stone.

Barker hob die Hand.

»Wie gesagt – *ich* weiß das. Ihr beide wißt das auch. Aber sonst weiß es niemand. Und es wird das eine oder andere geredet.« Er seufzte. »Es gibt nichts Schlimmeres als Tratsch über Kollegen.«

Plötzlich empfand Laurie fast so etwas wie Ekel vor Barker. Worauf wollte er hinaus? Wieso quälte er diese beiden so?

»Bitte, Dr. Barker – glauben Sie mir«, sagte Stone. »Angela und ich sind Freunde, aber mehr nicht. Mein Gott, sie ... sie könnte meine Mutter sein.«

»Und er mein Sohn«, flüsterte Angela überflüssigerweise hinzu.

»Ich weiß das«, sagte Barker noch einmal. »Aber jetzt stellen Sie sich vor, wie Linda reagiert, wenn sie erfährt, daß Sie sie wegen einer *Krankenschwester* verlassen haben, die alt genug wäre, Ihre Mutter zu sein – wie Sie selbst gerade bemerkten.« Er lachte dünn und böse. »Sie wäre nicht besonders geschmeichelt, fürchte ich. Und Sie kennen Linda. Sie ist sehr rachsüchtig. Ich fürchte, Sie würden in diesem Land keine Anstellung als Arzt mehr finden. Vielleicht nicht einmal mehr als Krankenpfleger.«

»Barker, das ist . . .« begann Angela, aber diesmal war es Stone, der sie unterbrach.

»Laß ihn, Angela«, sagte er. »Er hat recht.« Er atmete tief und hörbar ein und wandte sich an Barker, aber ohne ihn direkt anzusehen. »Was verlangen Sie? Würde es reichen, wenn ich Selbstmord begehe?«

»Ihr Zynismus ist unangebracht«, sagte Barker scharf. Er drückte seine Zigarette aus, griff in seinen Kittel und zog ein mit Schreibmaschine beschriebenes Blatt hervor, das er mit der Schrift nach unten auf den Tisch legte.

»Sie werden das hier unterschreiben«, sagte er. »Sie werden außerdem meine Frau nicht wiedersehen, und Sie werden dafür sorgen, daß die Gerüchte, was Angela und Sie angeht, verstummen. Wie Sie das machen, ist Ihr Problem.«

Stone deutete auf das Blatt. »Was . . . ist das?«

Barker ignorierte die Frage. »Ich kann und will es mir nicht leisten, Sie zu verlieren, Stone«, sagte er. »Sie sind ein verdammt guter Arzt, und unsere gemeinsame Arbeit ist mir zu wichtig, um sie wegen einer *Frau* zu opfern.«

»Sie . . . müssen verrückt geworden sein!« fuhr Stone auf.

Barker zuckte ungerührt mit den Schultern. »Die Entscheidung liegt bei Ihnen. Sie können meine Bedingungen akzeptieren und bleiben, oder Sie spielen den edlen Ritter, und ich fahre auf der Stelle zu Linda und erzähle ihr *meine* Version der Geschichte.« Er schob das Blatt über den Tisch, ließ aber die gespreizten Finger der rechten Hand darauf liegen, als Stone danach greifen wollte.

»Was ist das?« fragte Stone noch einmal.

»Ein Abschiedsbrief«, antwortete Barker. »Sie sagen Linda adieu, mehr nicht.«

»Das wird sie nicht glauben«, sagte Stone. »Sie wird . . .«

»Lassen Sie das meine Sorge sein«, unterbrach ihn Barker. Seine Stimme wurde schneidend. »Also? Wie entscheiden Sie sich? Überlegen Sie gut, Stone. Und denken Sie auch an Angela. Linda wird Sie kaum verschonen, wenn sie ihren privaten Rachefeldzug beginnt.«

Stone begann am ganzen Leib zu zittern. »Sie sind . . .«

»Bitte, Dr. Stone«, sagte Barker lächelnd. »Ersparen Sie es sich und mir, mich zu beschimpfen. Unterschreiben Sie, oder gehen Sie vor die Hunde, mir ist das gleich.«

Stone starrte ihn noch eine Sekunde lang voller Abscheu und Haß an, dann griff er nach dem Kugelschreiber, den Barker ihm mit der anderen Hand hinhielt, drehte das Blatt herum und kritzelte seinen Namen darunter. Barker zog den Zettel so schnell wieder zurück, daß ihm nicht einmal die Zeit blieb, einen Blick darauf zu werfen.

Und im gleichen Moment, in dem Barker das Blatt zusammenfaltete und wieder in seinem Kittel verschwinden ließ, begann seine Gestalt zu verblassen.

Es ging ganz schnell. Sein Gesicht und seine Hände verloren ihre Farbe und wurden transparent. Eine Sekunde lang war sein Körper noch zu sehen, wenn auch nur als verschwommener Umriß, dann war er einfach nicht mehr da. So wenig wie bei Stone und Angela.

Laurie sah sich schaudernd in dem plötzlich wieder leeren Zimmer um. Stone . . . Aber Stone war . . . *tot.* Jedenfalls hatte sie das in den Zeitungsausschnitten gelesen, die sie hinter dem Bild in Barkers Vorzimmer gefunden hatte. Aber wenn er tot war, wie konnte er dann hier sein?

Hatte sie einen Geist gesehen?

Erst, als sie das Wort in Gedanken formulierte, kam ihr zu Bewußtsein, wie lächerlich es war.

Geister?

Unsinn. So etwas gab es nicht. Nicht im wirklichen Leben. Was hier vorging, war unheimlich und gespenstisch zugleich, aber es würde eine Erklärung dafür geben. Ganz einfach, weil es sie geben *mußte.*

Beinahe fluchtartig verließ sie den Raum und wandte sich nach rechts, wo sie am Ende des Ganges die Tür eines Aufzugs erkannte. Es war der gleiche Lift, in den Dr. Barker in ihrer Vision von vorhin gestiegen war; nur jetzt uralt und verfallen und voller Schmutz und Staub, der bei ihrem Näherkommen hochwirbelte. Das kleine Schaltkästchen neben der Tür, in das Barker seinen Schlüssel gesteckt hatte, war verschwunden. An seiner Stelle gähnte jetzt ein rechteckiges Loch, aus dem die blanken Enden lieblos abgerissener Kupferkabel und -drähte ragten. Laurie hob die Hand nach der Tür – sie stand einen Spalt breit offen, aber sie konnte dahinter nichts als Schwärze erkennen – und ließ den Arm wieder sinken. Sie zitterte am ganzen Leib.

Statt den Aufzug zu betreten, drehte sie sich wieder herum.

Hinter ihr stand Dr. Barker.

Aber er war kein Gespenst mehr, das ihr den Gefallen getan hätte, einfach durch sie hindurchzugehen, oder sie wenigstens nicht zu sehen. Ganz im Gegenteil blickte er sie höchst strafend an, ergriff sie dann am Arm und zog sie einen halben Schritt von der Aufzugstür fort. »Das sollten Sie lieber nicht tun«, sagte er kopfschüttelnd. »Sie könnten hinunterfallen und zu Schaden kommen, wissen Sie?«

Laurie sah ihn gleichermaßen wütend wie verwirrt an, aber Barker ließ sich von keinem von beiden beeindrucken, sondern schob sie mit schon etwas mehr als *sanfter Gewalt* vollends aus dem Weg, schüttelte den Kopf und schob die Aufzugstür mit der anderen Hand völlig auf. Dahinter war keine Kabine mehr, sondern nichts als ein bodenloser, finsterer Schacht. Laurie wich instinktiv einen halben Schritt zurück, während sich Barker kopfschüttelnd bückte und ein verbeultes Metallschild vom Boden aufhob. Als er es herumdrehte, erkannte Laurie die feuerrote Aufschrift: *Außer Betrieb! Lebensgefahr!*

Laurie konnte selbst spüren, wie ihr alles Blut aus dem Gesicht wich, als Barker das Schild so herumdrehte, daß sie die Schrift auch ganz bestimmt lesen konnte. Instinktiv machte sie einen weiteren Schritt von der Lifttür zurück, obwohl sie längst geschlossen war und keine Gefahr mehr bestand.

»Was für eine Schlamperei«, sagte Barker, während er das Schild sorgsam wieder an seinen Platz befestigte. »Es gibt schon seit Jahren keine Kabine mehr in diesem Schacht. Jemand hat vergessen, die Tür zu verriegeln. Man darf sich gar nicht vorstellen, was da alles passieren könnte . . .« Er seufzte, schüttelte ein paarmal den Kopf und wandte sich dann wieder an Laurie.

»Hatte ich Sie nicht eigentlich gebeten, in der Ambulanz auf mich zu warten, junges Fräulein? Wo ist Jim?«

Die zweite Frage hatte er in deutlich schärferem Tonfall gestellt, und Laurie, die plötzlich von dem intensiven Bedürfnis erfüllt war, Stonehouse zu verteidigen, sagte:

»Mr. Stonehouse kann nichts dafür. Ich . . . habe extra gewartet, bis er einen Moment abgelenkt war.«

Barker reagierte nicht sofort darauf, aber sein Blick machte deutlich, was er von ihrer Antwort hielt. »Ein guter Fachmann läßt sich nicht ablenken«, sagte er.

Laurie wollte etwas darauf erwidern, aber Barker schnitt ihr mit einer knappen, aber sehr energischen Geste das Wort ab. »Lassen Sie es gut sein. Das spielt jetzt auch keine Rolle mehr. In der nächsten Woche kommen die Arbeiter, die hier alles dem Erdboden gleichmachen.« In seinen Worten schwang nicht die mindeste Spur von Bedauern mit, und plötzlich mußte Laurie wieder daran denken, wie abfällig er bereits vorhin über diese Klinik geredet hatte. Seltsam – sie hätte erwartet, daß Barker am Boden zerstört wäre, oder zumindest tief betroffen; schließlich war diese Klinik nicht nur sein Eigentum, sondern auch sein *Lebenswerk* gewesen. Aber er machte nicht den Eindruck eines Mannes, dessen Leben zerstört worden war. Er wirkte im Gegenteil eher . . . erleichtert?

»Danke«, sagt Laurie zögernd. Barker sah sie fragend an, und Laurie deutete mit einer Kopfbewegung auf den Lift. Plötzlich, mit einiger Verspätung, dafür aber um so heftiger, begannen ihre Hände und Knie zu zittern; bei dem bloßen Gedanken, was ihr passieren hätte können. Ein Schritt in diesen leeren Schacht, und . . .

Nein, es war vielleicht klüger, diesen Gedanken nicht zu Ende zu denken. »Sie haben mir das Leben gerettet«, sagte sie. »Das war . . . sehr nett von Ihnen.«

»Unsinn«, antwortete Barker, plötzlich wieder so grob und kurz angebunden wie zuvor. »Ich bin nicht *nett*, junge Dame, merken Sie sich das! Aber wenn Sie dort hinuntergestürzt wären und sich den Hals gebrochen hätten, hätte mich das auch nicht unbedingt gefreut. Können Sie sich vorstellen, welchen Ärger es gegeben hätte? Außerdem hat es schon zu viele Tote in diesem Haus gegeben.«

Laurie wurde hellhörig. »Zu viele Tote? Wie meinen Sie das?«

Etwas in Barkers Blick änderte sich. Für einen Moment, einen ganz kurzen Moment nur, war er wirklich der freundliche alte Mann gewesen, den sie so gerne in ihm gesehen hätte. Aber ihre Frage brachte die alte Härte wieder in seine Augen zurück.

»Dies hier war ein Krankenhaus«, antwortete er steif. »Und in einem Krankenhaus pflegen auch Menschen zu sterben. Viele Menschen.«

Das klang einleuchtend, aber es war natürlich nicht die Wahrheit. Nicht einmal annähernd. Laurie hätte es sogar gespürt, hätte sie nicht die Zeitungsausschnitte gefunden, und diese sonderbaren Visionen gehabt. Und Barker seinerseits schien zu spüren, daß sie es wußte. Trotzdem lächelte er plötzlich wieder, schloß die Aufzugstüren und überzeugte sich pedantisch davon, daß das heruntergefallene Schild wieder sicher an seinem ursprünglichen Platz hing. Dann wandte er sich zu ihr um und legte ihr den Arm auf die Schulter. »Kommen Sie jetzt«, sagte er. »Es ist wirklich gefährlich, sich allein hier herumzutreiben.«

Seine Berührung war ihr unangenehm. Fast ohne daß sie etwas dagegen zu tun imstande war, machte sie einen Schritt zurück, so daß seine Hand von ihrer Schulter glitt. Barker wirkte für einen Moment irritiert, fast verletzt. Aber er ging mit keinem Wort auf ihr Benehmen ein, sondern lächelte plötzlich wieder. »Wie wäre es zur Abwechslung mit einer guten Nachricht?«

Laurie nickte schüchtern, und Barker fuhr fort. »Schneider hat sich ihren Wagen angesehen, während sie spazierengegangen sind. Wie es aussieht, ist der Schaden nicht so schlimm. Er meint, ihn in einer Stunde hinkriegen zu können. Wenigstens so weit, daß Sie damit fahren können. Wenn Sie wollen, können

Sie Ihren Freund gleich zum Krankenhaus begleiten. Das ist einfacher, als morgen zurückzukommen und den Wagen zu holen.«

»Schon«, sagte Laurie verlegen. »Aber ich... ich kann gar nicht fahren, wissen Sie?«

Barker wirkte überrascht. »Ich dachte, Sie...«

»Ich bin hierher gefahren, das stimmt. Aber eigentlich kann ich es gar nicht. Ich hatte einfach nur Angst um Bill...«

»Und da haben Sie es eben versucht«, fügte Barker mit einem wissenden Nicken hinzu. »Alle Achtung.«

»Vielleicht können wir den Wagen später abholen lassen«, schlug sie vor. »Ein Mann von der Autovermietung...«

»Unsinn«, unterbrach sie Barker, jetzt wieder unwirsch. »Jim kann Sie hinfahren. Ich hole ihn dann später ab. Oder er nimmt sich ein Taxi zurück.«

»Aber Sie brauchen Mr. Stonehouse doch hier.«

»Schneider ist ja auch noch da«, antwortete Barker. »Ein Mann reicht völlig, um auf diese Ruine aufzupassen. Ich denke nicht, daß sich jemand die Mühe machen wird, ein Abrißhaus auszuplündern – ganz davon abgesehen, daß es hier nichts gibt, was des Stehlens wert wäre. Die beiden sind im Grunde nur hier, weil es die Versicherung so verlangt. Eine unglaubliche Verschwendung von Geld und Energie«, fügte er ärgerlich hinzu.

Sie gingen ein paar Schritte weit über den staubigen Korridor, bis Barker wieder stehenblieb und auf eine graue Tür deutete, deren Farbe abgeblättert war. Die kleine Scheibe in der Mitte der Tür starrte vor Schmutz und war schon vor Jahren blind und undurchsichtig geworden. Laurie erinnerte der Anblick an ein trübes graues Auge.

»Sehen Sie, dort vorne ist das Treppenhaus. Das ist sicherer als der Aufzug.«

»Aber diese Tür war vorhin noch nicht da!« murmelte Laurie verstört. Sie war hundertprozentig sicher, keine Treppe hinaufgegangen zu sein, um in das Zimmer zu gelangen, in dem sie die *Geister* gesehen hatte.

Barker seufzte. »Aber Miss Johnson!« sagte er in fast gequältem Tonfall.

»Bitte! Treppenhäuser pflegen sich nicht in Nichts aufzulösen. Nicht einmal hier. Sie haben sich verirrt und sind irgendwie in dieses Stockwerk geraten.«

»Das bin ich nicht!« widersprach Laurie überzeugt – wobei sie sich selbst mit jeder Sekunde hilfloser vorkam. Die Treppe dort vorne bewies das Gegenteil. Sie kam sich vor wie jemand, der vor einer roten Ampel steht und seinen Nachbarn davon zu überzeugen versucht, das Licht sei grünblau.

Und trotzdem wußte sie einfach, daß sie recht hatte.

Barker seufzte erneut. »Bitte, nicht schon wieder! Sie haben wohl nicht richtig hingesehen. Diese Tür ist seit fünfundzwanzig Jahren dort, glauben Sie mir. Und sie wird auch noch dort bleiben, solange dieses Gebäude existiert.«

»Vor fünf Sekunden war sie es noch nicht!« beharrte Laurie. Der böse Hohn in Barkers Worten war ihr keineswegs entgangen, und er machte auch sie schon wieder zornig.

»Sie waren nervös«, sagte Barker. »Die ganze Aufregung . . .«

Nun erwachte in Laurie der Trotz. *»Die ganze Aufregung!«* wiederholte sie empört. »Immer dasselbe Gerede. Niemand glaubt mir, daß es hier spukt. Nichts stimmt in diesem Haus. Es . . . es ist verhext! Ich bin davon überzeugt, daß es verhext ist!«

»Interessant«, sagte Barker. Ein seltsames Glitzern erschien in seinen Augen. »Und wann fing dieser Spuk an? Vor oder nach ihrem Unfall?«

»Ich bin nicht verrückt, wenn Sie das meinen«, antwortete Laurie böse. »Und ich habe auch keine Halluzinationen.«

»Miss Johnson!« Die Stimme des Arztes klang energisch. »Jetzt ist aber Schluß! *Es spukt!«* Ein verächtliches Lachen kam über seine Lippen. »Sie sind doch ein modern denkendes Mädchen. Ein modernes Mädchen glaubt nicht an Spuk und Hexerei.«

»Ich glaube nur das, was ich sehe«, bestätigte Laurie. »Aber ich *habe* gewisse Dinge gesehen, und ich habe . . .«

»Gewisse Dinge?« Barkers Stimme wurde lauernd, und eine andere, lautlose Stimme hinter Lauries Stirn begann ihr zuzuflüstern, daß sie vorsichtig sein sollte. Besser, sie überlegte sich jedes Wort dreimal, das sie ihm sagte. Aber seine Überheblichkeit machte sie auch rasend. So zornig, daß sie nicht mehr in der Lage war, die Bewegung zu unterdrücken, mit der ihre Hand plötzlich unter ihr T-Shirt glitt.

»So, und was ist das?« Mit vor Erregung zitternden Händen zog sie den Umschlag unter dem Hemd hervor und nahm die dicht beschriebenen Seiten und die Zeitungsausschnitte heraus.

Sie begriff im gleichen Moment, in dem sie Barkers Reaktion bemerkte, daß es ein Fehler gewesen war. Ein schwerer Fehler. Aber es war zu spät, ihn zurückzunehmen.

»Woher haben Sie das?« Barkers Gesicht verlor jede Farbe. Seine Stimme überschlug sich fast. Er riß ihr die Unterlagen aus der Hand und starrte abwechselnd sie und Laurie an. »Woher Sie das haben, will ich wissen!« schnappte er.

»Das . . . habe ich in Ihrem Vorzimmer gefunden!« stotterte Laurie. »Ich habe Ihnen doch gesagt, daß hier . . .«

Barker schnitt ihr mit einer wütenden Handbewegung das Wort ab. Sein Gesicht färbte sich so jäh rot, wie es Sekunden zuvor alle Farbe verloren hatte. Aber der Wutausbruch, auf den sie wartete, kam nicht. Dr. Barker gewann seine Beherrschung so schnell zurück, wie er sie verloren hatte. Und plötzlich lächelte er sogar wieder.

»Vielleicht haben Sie recht«, sagte er. »Nach allem, was passiert ist, müssen Sie ja total durcheinander sein.« Er überlegte einen Moment, in dem er scheinbar abwesend auf die Papiere in seiner Hand blickte. Dann lächelte er wieder, und zum ersten Mal überhaupt, seit Laurie ihn kennengelernt hatte, wirkte es beinahe echt.

»Entschuldigen Sie, Kindchen«, sagte er. »Ich habe mich hinreißen lassen. Vielleicht sollte ich Ihnen die Geschichte erzählen – die wahre Geschichte, nicht das, was diese Zeitungsschmierer sich zusammenphantasiert haben. Wissen Sie was? Wir gehen zurück zu Ihrem Freund, und dann erzähle ich Ihnen beiden alles. Kommen Sie.«

Die Ambulanz war leer, als sie das Zimmer betraten. Keine Spur von Bill, Stonehouse oder Schneider.

»Wo ist Bill?« fragte Laurie.

Barker zuckte unbeteiligt mit den Schultern und schloß die Tür hinter sich. »Keine Ahnung«, sagte er in einem Tonfall, der klar machte, daß ihn diese Frage auch nicht sonderlich interessierte. Trotzdem fügte er nach einer winzigen Pause hinzu: »Vielleicht ist er zur Toilette gegangen. Ich hatte ihm zwar geraten, noch nicht aufzustehen, aber was sein muß, muß sein, nicht wahr?«

Laurie ersparte sich eine Antwort auf diese Frage – zumal Barker sie wahrscheinlich gar nicht gehört hätte, denn er bugsierte sie mit sanftem Druck zu der Liege, auf der sich eigentlich Bill hätte befinden sollen, wandte sich dann um und kehrte ein paar Augenblicke später mit seiner abgewetzten Arzttasche in der Hand zurück.

»Nutzen wir die Zeit, und sehen uns ihre Kopfwunde an«, sagte er.

Laurie wollte das nicht. Allein die Vorstellung, von Barker berührt zu werden, bereitete ihr ein fast körperliches Unwohlsein. Aber sie hatte auch nicht den Mut, ihm zu sagen, daß sie nicht wollte, daß er sie anfaßte.

Barker entging natürlich nicht, daß sie unter seiner Berührung zusammenfuhr und sich versteifte. Aber er deutete ihre Reaktion völlig falsch.

»Keine Angst«, sagte er. »Ich tue Ihnen nicht weh. Jedenfalls nicht mehr als unbedingt nötig. Lassen Sie mal sehen.« Ohne ihre Antwort abzuwarten, schob er mit der einen Hand ihr Haar zur Seite und tastete mit den Fingern der anderen über die Platzwunde auf der Stirn. Laurie fuhr abermals leicht zusammen; aber diesmal wirklich vor Schmerz. Barker lächelte entschuldigend und zog die Finger zurück.

»Wirklich nur ein Kratzer«, sagte er. »Trotzdem ist es besser, wenn wir etwas darauftun. Sie wollen sich doch keine Entzündung einhandeln und womöglich für den Rest Ihres Lebens mit einer häßlichen Narbe herumlaufen, oder?«

Laurie zögerte zu antworten, und Barker fügte mit einem Lächeln hinzu: »Keine Sorge – die Zeiten, in denen Ärzte ihre Patienten mit Jod gefoltert haben, sind lange vorbei. Es tut nicht weh.«

Er klappte die Tasche auf, kramte ein winziges Fläschchen

aus braunem Glas hervor und träufelte etwas von seinem Inhalt auf einen Wattebausch, mit dem er behutsam über die Platzwunde strich.

Natürlich tat es doch weh, unbeschadet dessen, was er ihr versprochen hatte. Es brannte sogar höllisch. Aber Laurie biß tapfer die Zähne zusammen und schluckte jeden Schmerzlaut herunter, obwohl ihr die Tränen in den Augen standen, als Barker endlich fertig war.

»Sehen Sie?« sagte er.

»Gar nicht so schlimm, oder?«

Laurie deutete ein Kopfschütteln an. Täuschte sie sich, oder hatte Barkers Stimme einen gehässigen Unterton gehabt? Und dieser Ausdruck in seinen Augen, war das ...

Sie rief sich in Gedanken zur Ordnung. Was war nur mit ihr los? Bisher hatte Barker ihr nichts getan, sah sie einmal davon ab, daß er reichlich unhöflich war. Aber schließlich war niemand verpflichtet, *höflich* zu seinen Mitmenschen zu sein. Nach ihrem unheimlichen Erlebnis von gerade fiel es ihr natürlich schwer, Barker weiter unbefangen gegenüberzutreten. Aber vielleicht tat sie ihm auch einfach Unrecht. Er konnte nichts dafür, wenn ihr ihre Nerven einen bösen Streich nach dem anderen spielten.

»Was haben Sie, Laurie?« fragte Barker plötzlich.

»Wie?« machte Laurie nervös – und eigentlich nur, um Zeit zu gewinnen.

»Sie sind leichenblaß«, antwortete Barker. »So weh kann es doch nicht getan haben.«

»Hat es auch nicht«, antwortete Laurie hastig. »Es ist nur ...« Sie zögerte einen weiteren Moment, sah Barker in dieser Zeit noch einmal durchdringend an und raffte dann allen Mut zusammen, den sie in sich fand. Viel war es nicht mehr.

»Ich bin einfach ... verwirrt«, gestand sie. »Und wenn ich ehrlich sein soll, ich ... ich habe Angst. Dieses Haus ist ...«

»Unheimlich?« schlug Barker vor, als sie nicht weitersprach.

Laurie nickte zögernd.

»Dazu besteht überhaupt kein Grund«, sagte Barker. »Aber es muß Ihnen auch nicht peinlich sein. Leerstehende Gebäude haben immer etwas Unheimliches. Fragen Sie Stonehouse oder

Schneider – sie werden es Ihnen bestätigen. Selbst mir geht es manchmal so, wenn ich nachts herkomme.«

»Ich weiß«, murmelte Laurie. »Aber das ist . . .«

Barker unterbrach sie. »Sie sind durcheinander, wegen all dem Unsinn, den Sie in diesen Zeitungsausschnitten gelesen haben«, sagte er. »Das kann ich verstehen.« Sein Gesicht verdüsterte sich. »Ich möchte wissen, welcher Narr den Kram dort versteckt hat, und warum. Als wenn nicht alles schon schlimm genug war!«

»Was?« fragte Laurie.

Barker seufzte. »Eigentlich sehe ich keinen Grund, Ihnen das alles zu erzählen«, sagte er, fuhr aber trotzdem fort: »Andererseits – warum nicht?« Er setzte sich neben sie auf die Kante der Liege und streckte die Hand aus, wie um sie zu berühren, führte die Bewegung dann aber nicht zu Ende, als spüre er, wie unangenehm sie ihr gewesen wäre. Er lächelte. Es wirkte traurig.

»Diese Klinik hier war mein Lebenswerk«, sagte er. »Ich habe alles dafür getan, verstehen Sie, *alles*! Ich habe als einfacher Assistenzarzt angefangen und mich hochgearbeitet. Ich habe jeden Pfennig gespart, um mein Lebensziel zu erreichen – meine eigene Klinik!« Er lachte bitter. »Ich habe sogar eine Frau geheiratet, die ich nicht liebte. Aber sie hatte Geld, viel Geld.« Er sah sie an, als erwarte er eine ganz bestimmte Reaktion. Sie kam nicht, aber Barker fuhr fort, als wäre sie erfolgt: »Das schockiert Sie, wie? Aber so ungewöhnlich ist das gar nicht, Kindchen. Wenn Sie etwas älter sind, werden sie das begreifen. Linda hat mich nur wegen meines guten Aussehens geheiratet – und um mit mir angeben zu können. Ein Akademiker!«

Laurie schauderte. Das war fast wörtlich dasselbe, was sie vorhin gehört hatte – und doch hörte es sich plötzlich völlig anders an. Vorhin war sie schockiert gewesen, ja, sie hatte fast so etwas wie Abscheu vor Barker empfunden. Aber jetzt tat er ihr plötzlich beinahe leid.

»Ich habe das alles und noch viel mehr getan, um all das hier zu erreichen – oder das, was es einmal war!« Er stieß ein leises, bitteres Lachen aus, das fast wie ein Schrei klang. »Und dann macht mir dieser Kerl alles kaputt!«

»Stone?« fragte Laurie.

Barker wirkte sehr überrascht. Dann nickte er. »Die Zeitung«, sagte er. »Sie haben seinen Namen gelesen. Er stand ja auch wahrlich oft genug darin. Ja – Stone.« Er legte eine winzige Pause ein, und als er weitersprach, klang seine Stimme völlig anders. Sehr ruhig. Aber es war keine gute Ruhe, die Laurie darin spürte, sondern etwas, das ihr fast schon wieder angst machte.

»Vor ungefähr sechs Jahren«, begann er, »kam es zu einer Reihe unerklärlicher Todesfälle in der Klinik. Sie müssen wissen, daß dieses Haus einmal sehr berühmt war. Ich hatte die beste ärztliche Betreuung und Pflege. Dafür habe ich gesorgt. Wir waren teuer, aber gut. Ich habe nur die besten Ärzte und das beste Pflegepersonal eingestellt. Von überall her kamen die Kranken und hofften hier auf Hilfe. Und viele bekamen sie. Aber eines Tages hatten wir mehr Sterbefälle, als normal war. Nicht viele, aber doch genug, daß es auffiel.«

»Dann ist es wahr, was in den Zeitungen stand?« fragte Laurie. »Daß Sie . . . mit Menschen experimentiert haben?«

Zu ihrer Überraschung blieb Barker ganz ruhig. Aber er antwortete auch nicht direkt auf ihre Frage. »Dr. Stone und ich arbeiteten in unserem Labor an einem neuen Medikament«, sagte er. »Laienhaft ausgedrückt, ein neues Mittel gegen Krebs; eine ganz bestimmte Art von Krebs, der nur alte Menschen befällt.« Er zuckte mit den Achseln und zündete sich eine Zigarette an, ehe er weitersprach. »Es war noch nicht sehr gut, aber es war ein Anfang. Im Tierversuch hatten wir Erfolge. Es . . . wäre eine Hoffnung gewesen, zumindest für viele von denen, die sowieso nicht mehr sehr lange zu leben hatten. Dieses Medikament sollte den Tumor im Wachstum einschränken, so daß er sich nicht weiter ausdehnen konnte. Wir hätten niemanden *heilen* können, aber die Patienten hätten Zeit gewonnen. Vielleicht nur ein paar Monate, vielleicht auch Jahre. Wissen Sie, was ein Jahr für einen Menschen bedeutet, der weiß, daß er sterben muß? Ein zusätzliches Jahr?«

Er sah sie an und beantwortete seine eigene Frage gleich selbst. »Nein, natürlich wissen Sie das nicht. Und wie auch? Wir standen jedenfalls kurz vor dem Abschluß unserer Arbeit, als Dr. Stone eines Tages davon anfing, daß wir doch eine Möglichkeit finden müßten, dieses Mittel wirklich anzuwenden. Am Menschen, meine ich.« Er sog wieder an seiner Zigarette, so heftig, daß das brennende Ende fast weiß aufglühte. »Er fing immer wieder davon an. Man müsse das Mittel ausprobieren. Man müsse nur die Gelegenheit dazu haben und so weiter und so weiter. Diese . . . diese Anspielungen, es wären doch genügend Todkranke in diesem Haus, man könne doch im Grunde genommen nichts verkehrt machen.« Wieder zog er an seiner Zigarette. Seine Hände zitterten.

»Aber geht denn so etwas ohne weiteres?« fragte Laurie.

»Natürlich nicht!« rief Barker fast empört. »Wo denken Sie hin? Experimente an Kranken, ohne deren Einverständnis? Unvorstellbar. So etwas dauert Jahre, manchmal Jahrzehnte.« Barker wedelte mit der brennenden Zigarette vor ihrem Gesicht herum, um den Qualm zu vertreiben. »Ich war natürlich dagegen. Ich wollte alles auf legalem Weg erreichen. Und ich war auf dem besten Weg – alle Anträge und Unterlagen lagen auf meinem Schreibtisch. Aber Stone wollte nicht warten. Er lag mir täglich in den Ohren, bis mir schließlich der Geduldsfaden riß und ich ihm klipp und klar verboten habe, noch einmal von diesem Thema anzufangen. Es war eine ziemlich heftige Auseinandersetzung. Ich erinnere mich nicht mehr an jedes Wort, aber es ging so weit, daß ich Stone mit sofortiger Kündigung drohte, wenn er noch einmal das Wort *Experiment* in den Mund nahm. Danach hörte er tatsächlich auf.« Er seufzte tief. »Jedenfalls dachte ich das, ich Narr! Ich weiß nicht, wie und wann, aber nachdem eine Anzahl unserer Patienten unerwartet starben, schöpfte ich schließlich Verdacht. Viel zu spät, wie ich heute gestehe. Aber ich wollte es nicht wahrhaben. Ich . . . ich habe Stone vertraut!«

Nervös zog er wieder an seiner Zigarette. Seine Hände zitterten immer stärker, sein Gesicht war leichenblaß. »Nach dem fünften oder sechsten Toten kam dann die Polizei und begann überall herumzuschnüffeln. Und wenn geschnüffelt wird, findet man auch etwas.« Er lachte böse. »Stone war vielleicht ein genialer Arzt, aber als Verbrecher war er eindeutig eine Null. Die Polizei brauchte keine vierundzwanzig Stunden, um die Wahrheit herauszufinden.«

Er starrte zu Boden. »Wissen Sie, was er getan hat? Er hat das Labor in Brand gesetzt, um seine Spuren zu verwischen. Wir konnten von Glück sagen, daß bei dem Brand niemand ums Leben gekommen ist! Das Feuer hat glücklicherweise nur das Labor zerstört. Und meine Leben«, fügte er bitter hinzu.

»Aber die Zeitungsausschnitte!« Laurie wollte nun alles wissen. »Da steht, daß er sich erschossen hätte.«

»Natürlich«, sagte Barker düster. »Natürlich hat er sich erschossen, dieser Feigling!« Er griff in die Kitteltasche, zog den Umschlag hervor, den Laurie hinter dem Bild gefunden hatte, und begann seinen Inhalt durchzublättern, während er weitersprach. »Er hat wohl keinen Ausweg mehr gesehen. Zuerst hat er versucht, mich zu belasten. Aber ich konnte beweisen, daß ich nichts von seinem Vorhaben wußte. Als man ihn dann einsperren wollte, ist er entwischt, hat sich in seinem Zimmer eingeschlossen und sich eine Kugel in den Kopf gejagt! Gott sei Dank hat er noch ein schriftliches Geständnis hinterlassen.«

»Dann sind Sie . . .«

». . . völlig rehabilitiert worden«, sagte Barker. So, wie er das Wort aussprach, klang es allerdings eher wie ein Fluch.

»Und dann? Warum wurde die Klinik denn dann geschlossen? Sie waren doch durch das Geständnis von jedem Verdacht befreit?«

»Befreit! Ja – so kann man es auch nennen!« Barker warf die Zigarette auf den Boden und trat sie aus. »Vom Verdacht befreit! Das klingt gut, nicht wahr? So ähnlich wie: *aus Mangel an Beweisen* freigesprochen. Würden Sie Ihren Freund in einer Klinik lassen, in der Patienten umgebracht wurden?« Sie starrte ihn an, schwieg.

»Sehen Sie!« sagte Barker. »So dachten die anderen auch. Die Patienten blieben aus. Das Personal kündigte nach und nach. Schließlich habe ich mir überlegt, daß ich auch nicht mehr der Jüngste bin und die Klinik geschlossen.« Er atmete tief durch. »Mir blieb auch kaum etwas anderes übrig. Ich habe sehr lange gebraucht, um mich zu diesem Entschluß durchzuringen. In ein paar Tagen wird der ganze Komplex abgerissen und dem Erdboden gleichgemacht. Dann ist das Kapitel erledigt.«

»Aber warum denn?« fragte Laurie.

Barker zuckte mit den Schultern. »Ich habe genug Geld, um den Rest meines Lebens sorgenfrei zubringen zu können«, sagte er. »Und ich glaube, daß es so das beste ist. An diesem Ort sind zu viele Menschen gestorben.«

Die unerwartete Offenheit dieser Worte verwirrte Laurie. Sie hatte Barkers Bericht gebannt und fast mit angehaltenem Atem gelauscht, und sie fragte sich, warum er ihr das eigentlich alles erzählte. Es war, als hätte er das Bedürfnis, sich zu rechtfertigen. Aber wieso?

Gleichzeitig jedoch verspürte sie auch ein heftiges Gefühl von Mitleid mit Barker. Er war ihr noch immer unheimlich, und er machte ihr noch immer angst, jetzt vielleicht sogar noch ein bißchen mehr als zuvor. Und trotzdem glaubte sie ihn jetzt besser zu verstehen. Sie konnte sich auch den Teil der Geschichte vorstellen, den Barker *nicht* erzählt hatte, das, was hinterher geschah, als die Presse, die Öffentlichkeit und all seine vermeintlichen *Freunde* über ihn herfielen. Vielleicht konnte ein Mensch, der all das erlebt hatte, gar nicht mehr anders, als allen Fremden mit Mißtrauen und Feindseligkeit zu begegnen. Und auf der anderen Seite ...

Sie war so verwirrt, daß sie am liebsten laut losgeweint hätte. Endlose Sekunden lang blieb sie einfach reglos neben Barker sitzen, um das Gehörte zu verarbeiten, und vor allem, sich darüber klar zu werden, was sie davon halten sollte. Dann erhob sie sich und sah den Arzt an. »Ich mache mir Sorgen um meinen Freund«, sagte sie. »So lange kann es doch nicht dauern. Ich ... ich werde ihn suchen. Vielleicht ist ihm schlecht geworden.«

Es klang selbst in ihren eigenen Ohren nach dem, was es war – einer Ausrede. Sie sah Barker an, wie wenig ihn ihre Worte überzeugten. Aber er reagierte auch jetzt nur mit einem Ausdruck unbestimmter Trauer darauf, der sie ihr schlechtes Gewissen noch heftiger spüren ließ. Sie verstand sich selbst nicht mehr. Sie war ungerecht zu Barker gewesen, von der ersten Sekunde an, und daß er von ihren wahren Gefühlen ihm gegenüber nichts wußte, machte es kein bißchen weniger schlimm. Nach allem, was sie gehört hatte, war Barker ein Mann, der ihr *Mitleid* verdiente. Aber das genaue Gegenteil war der Fall.

Für eine Sekunde war sie nahe daran, ihm alles zu erzählen; angefangen mit der unheimlichen Veränderung, die jedesmal mit diesem Haus vor sich zu gehen schien, wenn sie allein war, bis hin zu dem Gespräch, das sie belauscht zu haben glaubte. Aber dann tat sie es doch nicht. Sie konnte es nicht. Etwas warnte sie. Eine Stimme, die lautlos war, aber trotzdem so drängend, daß es ihr unmöglich wurde, sie zu ignorieren.

»Gut.« Barker seufzte und stand auf, plötzlich wieder ein alter, gebrechlicher Mann, als wäre mit seinem Zorn auch seine körperliche Kraft verraucht. »Ich werde in der Zwischenzeit noch einmal nach dem Krankenwagen telefonieren. Vielleicht hat man uns vergessen.« Er öffnete die Tür. »Und verlaufen Sie sich nicht wieder.«

Als er sich zum Gehen wandte, ergriff Laurie ihn am Arm und hielt ihn zurück. »Noch eine letzte Frage«, sagte sie. »Glauben Sie nicht, ich wäre wieder kindisch, oder so. Aber ... ich habe in den Zeitungsausschnitten geblättert, und ... und da war die Rede von ...« Es war ihr plötzlich fast unmöglich, weiter zu sprechen, denn ihr wurde klar, wie albern diese Worte klingen mußten. Aber ebenso unmöglich war es ihr, die Frage für sich zu behalten. Sie würde den Verstand verlieren, wenn sie nicht endlich mit irgend jemandem darüber *sprach!* »... von den Seelen der Toten, die hier immer noch herumirren«, schloß sie.

Barker runzelte die Stirn. Für einen Moment fürchtete sie, er würde wieder zornig werden, aber dann lächelte er nur. »Unsinn«, sagte er. »Sie wissen doch, wie diese Zeitungsschmierer sind. Nachdem die Klinik geschlossen wurde, gab es ein paar sonderbare Vorfälle, das gebe ich zu. Vielleicht haben Kinder hier gespielt und zu Hause irgendwelches dummes Zeug erzählt, oder jemand hat sich einen makabren Scherz erlaubt. So etwas ist ein gefundenes Fressen für die Zeitungen. Die wissen doch sowieso meistens nicht, was sie schreiben sollen. Wahrscheinlich mußte irgendein unterbezahlter Reporter seinem Chefredakteur wieder einmal beweisen, daß er seinen Gehaltsscheck auch verdient, und hat aus einem Vorhang, der im Wind weht, ein Gespenst gemacht. Glauben Sie mir, hier gibt es absolut nichts, vor dem man sich fürchten müßte.« Und damit drehte er sich um und ließ sie ohne ein weiteres Wort einfach stehen.

Sie hätte es besser wissen müssen, und eigentlich *hatte* sie es auch gewußt – oder zumindest geahnt: Laurie hatte die Ambulanz kaum verlassen, da fand sie sich erneut in einem völlig veränderten Krankenhaus wieder – und diesmal war es nicht nur das *Aussehen* dieses Hauses, das sich verändert hatte. Etwas war anders geworden, auf eine ungute Art anders, und es dauerte auch nur einige Sekunden, bis sie begriff, was es war.

Die Klinik war nicht mehr still.

Sie hörte Stimmen, sehr viele, sehr laute, sehr aufgeregte Stimmen, und Schritte. Rennende, schwere Schritte. Jemand schrie. Türen wurden zugeworfen, und irgendwo heulte eine Sirene, noch weit entfernt, aber rasch näher kommend.

Verstört sah sich Laurie um. Sie sah niemanden, aber damit hatte sie auch kaum gerechnet. Bisher war sie stets fast allein gewesen, in diesen ... Visionen? Sie war nicht mehr sicher, daß es wirklich nur *Visionen* waren. Diesmal sah sie Schatten, aber keiner von Ihnen kam nahe genug, um zu einer Gestalt zu werden.

Die Verlockung, sich auf der Stelle herumzudrehen und in die Ambulanz zurückzugehen, war groß, auch wenn der Raum leer war und sie sich mittlerweile wirklich um Bill sorgte. Gleichzeitig aber spürte sie immer deutlicher, daß nichts von alledem hier Zufall war. Sie war aus einem ganz bestimmten Grund hier. Um ...

... etwas zu sehen?

Als antworte irgend etwas lautlos und ohne Worte auf diese Frage, drehte sich Laurie plötzlich fast ohne ihr eigenes Zutun herum und wandte sich nach links, in die gleiche Richtung, in die sie vorhin gegangen war. Und sie war nicht sehr überrascht, als sie sich nach wenigen Schritten schon vor Barkers ehemaligem Vorzimmer wiederfand, obgleich sie mittlerweile wußte, daß es eigentlich nicht auf diesem Gang, ja, nicht einmal auf dieser *Etage* lag. Dieser Traum – wenn es ein Traum war –

gehorchte einer Regie, die mit normaler Logik nichts mehr zu tun hatte.

Sie wollte die Hand nach der Klinke ausstrecken, als sie Schritte hörte. Gleichzeitig wurden die Stimmen und aufgeregten Rufe lauter.

Als sie sich herumdrehte, sah sie Dr. Stone auf sich zukommen.

Er rannte. Auf seinem Gesicht lag ein Ausdruck purer Verzweiflung. Immer wieder sah er sich um. Er lief so schnell, daß er fast über seine eigenen Füße gestolpert wäre, strauchelte, fing sich im letzten Moment wieder und hetzte weiter. Instinktiv trat Laurie einen Schritt zur Seite, um ihm Platz zu machen. Sie stand jetzt direkt vor der Tür, und Stone, dessen Ziel genau dieser Raum war – aber das begriff sie eine halbe Sekunde zu spät, um noch einmal auszuweichen – lief einfach durch sie hindurch.

Laurie folgte ihm.

Sie wollte es nicht. Ganz im Gegenteil – ganz plötzlich war die Angst wieder da, und sie wollte nichts als weg hier. Aber statt diesem Impuls zu folgen, schlüpfte sie hastig hinter Stone durch die Tür und lief bis zur Mitte des Zimmers, ehe sie stehenblieb und sich völlig verstört wieder zu Stone herumdrehte.

Der Arzt hatte die Tür zugeworfen und drehte mit zitternden Fingern den Schlüssel im Schloß. Sein Atem ging schnell und stoßweise, und sie sah jetzt, daß er in Schweiß gebadet und leichenblaß war. Die Stimmen auf dem Flur draußen wurden lauter. Schwere, stampfende Schritte näherten sich, und plötzlich begann jemand an der Klinke zu zerren. Stone fuhr wie unter einem elektrischen Schlag zusammen, prallte zurück und preßte sich neben der Tür gegen die Wand. Seine Augen waren weit und dunkel vor Furcht.

Das Rütteln an der Klinke hielt an, wurde so heftig, daß die ganze Tür zitterte – und brach plötzlich ab. In der nächsten Sekunde entfernten sich die Schritte draußen auf dem Flur wieder.

Dr. Stone atmete sichtbar auf...

...und fuhr abermals beinahe entsetzt zusammen. Sein Blick heftete sich auf Laurie. *Sah er sie etwa?*

»Hallo, Dr. Stone«, sagte eine Stimme hinter ihr.

Laurie erkannte sie, noch ehe sie sich herumdrehte und Barker hinter sich sah. Auch er schien sie direkt anzusehen, aber als Laurie einen Schritt zur Seite machte, folgte ihr sein Blick nicht. Er sah Stone an. Ein dünnes, durch und durch böses Lächeln spielte um seine Lippen.

»Das war nicht sehr klug von Ihnen«, sagte er.

»Barker!« keuchte Stone. »Sie müssen mir helfen. Sie . . . sie sind . . .«

»Hinter Ihnen her?« Barker schüttelte den Kopf, schlenderte fast gemächlich näher und maß Stone mit einem sehr langen, prüfenden Blick. »Ja, das scheint mir auch so. Was haben Sie erwartet? Daß Sie der Polizei so einfach davonlaufen könnten? Sie sind noch naiver, als ich dachte. Das hier ist kein Kriminalfilm, Stone, sondern die Wirklichkeit. Da funktioniert so etwas nicht. Wohin wollen Sie gehen? Nach Neuseeland?«

Stone war so aufgeregt, daß er den hämischen Spott in Barkers Stimme nicht einmal registrierte. »Sie müssen mir helfen, Barker!« flehte er. »Bitte! Sie wissen doch, daß ich unschuldig bin! Verdammt, Sie müssen Ihnen die Wahrheit sagen! Ihnen werden Sie glauben!«

»Die Wahrheit?« Barker seufzte wieder, kam noch einmal einen Schritt näher und ließ die rechte Hand in die Kitteltasche gleiten. Laurie sah, daß er etwas Schweres, Großes darin trug, das er aber noch nicht hervorzog. »Was ist das, Wahrheit?« fragte er. »Doch immer nur das, was alle dafür halten, nicht wahr? Und ich glaube auch nicht, daß sie mir mehr Glauben schenken würden als Ihnen, mein lieber Stone. Mit diesem albernen Fluchtversuch haben Sie praktisch ein Geständnis abgelegt, ist Ihnen das eigentlich nicht klar gewesen?«

»Aber ich will nicht fliehen!« Stone schrie fast vor Verzweiflung. »Ich . . . ich will doch nur . . .«

»Ja?« fragte Barker und zog einen großkalibrigen Revolver aus der Kitteltasche.

Stone keuchte. Seine Augen weiteten sich. »Was . . . was bedeutet das?«

»Nichts, worüber Sie sich Sorgen machen müßten«, antwortete Barker. »Ich will nur sichergehen, daß Sie keine Dummheiten machen, Stone.«

»Sie...« Stone brach ab, starrte Baker an – und Laurie konnte regelrecht sehen, wie etwas hinter seiner Stirn *Klick* machte.

»Sie«, flüsterte er. »Sie waren es, nicht wahr?«

»Was?« fragte Barker lauernd.

»Sie haben es getan«, murmelte Stone. Er klang fassungslos, nicht einmal sonderlich erschrocken, sondern einfach nur ungläubig. »Großer Gott, Sie.... Sie haben es wirklich getan. Sie haben all diese Leute getötet!«

»Getötet!« Barker verzog das Gesicht und machte eine warnende Bewegung mit der Pistole, als Stone auf ihn zutreten wollte. »Es war ein Unfall. Sie sollten doch genausogut wie ich wissen, daß so etwas vorkommt.«

»Fünf Menschen?« Stone ballte die Fäuste, aber die noch immer drohend auf sein Gesicht gerichtete Waffe hinderte ihn daran, mehr zu tun. »Und so etwas kann *vorkommen*? Was sind Sie, Barker – einfach nur gewissenlos, oder verrückt? Sie... Sie haben das Medikament an *Menschen* ausprobiert.«

»An Menschen, die sowieso nur noch wenige Wochen oder Monate zu leben hatten«, fügte Barker hinzu. »Man muß gewisse Risiken eingehen, um Erfolg zu haben. Das Medikament wird wirken, das verspreche ich Ihnen. Wir sind auf dem richtigen Weg. Fünf Menschenleben? Machen Sie sich nicht lächerlich. Es waren fünf Todgeweihte. Und ihr Tod wird vielleicht Tausende von anderen retten. Um genau zu sein«, fügte er nach einer Sekunde hinzu, »waren es sogar sieben.«

»Sie sind ja wahnsinnig«, flüsterte Stone.

»Kaum«, antwortete Barker. »Aber ich werde mich nicht mit Ihnen darüber streiten. Nicht jetzt. Dafür ist unsere Zeit zu knapp.« Er deutete auf die Tür. »Sie werden in ein paar Minuten wieder hier sein, das ist Ihnen doch klar.«

»Und was haben Sie vor?« fragte Stone. »Mich erschießen? Sie sollten es tun, denn ich werde allen die Wahrheit sagen.«

»Das glaube ich kaum«, antwortete Barker. »Aber lassen wir das jetzt, Stone. Ich bin nicht hier, um mit Ihnen zu streiten. Ich brauche etwas von Ihnen. Sie wissen, was.«

»Meine Aufzeichnungen«, vermutete Stone.

»Ganz recht.« Barker nickte. »Sie sind ein verdammt fähiger Wissenschaftler. Aber auch ein Narr. Hätten Sie mit mir zusammengearbeitet, statt sich gegen mich zu stellen, dann wäre diese ganze häßliche Geschichte vielleicht gar nicht passiert. Wenn man es genau nimmt, sind Sie mitschuldig am Tod dieser Leute. Wo sind Ihre Aufzeichnungen, Stone? Ich brauche sie.«

»Wozu?« fragte Stone. »Um noch mehr Menschen zu töten?«

»Vielleicht, um Ihre Unschuld zu beweisen«, sagte Barker. Er hob die Hand, als Stone antworten wollte. »Im Ernst – ich denke, ich kann Ihnen helfen. Und Ihre Aufzeichnungen wären ein Anlaß, es zu tun.«

Stone zögerte. Sein Blick irrte nervös zwischen der Waffe in Barkers Hand und der Tür hin und her. »Ich glaube Ihnen nicht«, sagte er.

»Das sollten Sie aber«, sagte Barker ruhig. »Sehen Sie, Stone – alles spricht gegen Sie. Ich kann Sie fallenlassen und behaupten, von nichts gewußt zu haben. Man wird mir glauben, und nicht Ihnen, und das wissen Sie. Oder ich kann ein paar Beweise für Ihre Unschuld finden. Natürlich nicht sofort, und nicht auf einmal. Aber nach ein paar Monaten ... wer weiß. Ein guter Anwalt und neue Beweise, und vielleicht sind Sie in einem halben Jahr schon wieder frei.«

»Und warum sollten Sie das tun?«

»Die Frage ist falsch formuliert«, antwortete Barker fast fröhlich. »Sie muß lauten: Warum sollte ich es nicht tun? Ich sagte bereits – ich halte Sie für einen verdammt guten Wissenschaftler. Ich brauche Sie, und ich brauche Ihre Aufzeichnungen.«

»Um mich für den Rest meines Lebens zu erpressen.«

»Unsinn«, sagte Barker ärgerlich. »Außerdem gilt es umgekehrt ebenso. Wir hätten uns gegenseitig in der Hand. Also?«

Draußen auf dem Gang wurden wieder Schritte laut. Sie kamen rasch näher, gingen aber an der Tür vorbei, ohne innezuhalten. Trotzdem war Stone sichtlich klar, daß ihm nur noch sehr wenig Zeit blieb.

»Sie sind in meiner Wohnung«, sagte er. »Es gibt einen kleinen Safe hinter dem Bild im Wohnzimmer.«

»Die Kombination?« fragte Barker.

»Keine Kombination«, erwiderte Stone. »Der Schlüssel liegt auf dem Bücherbord neben dem Fenster. Hinter dem spanischen Wörterbuch.«

»Wie originell«, sagte Barker kalt. »Ich hoffe, daß das auch die Wahrheit ist.«

»Warum sollte ich lügen?« schnappte Stone.

»Ja, das frage ich mich auch«, sagte Barker kalt. »Und das ist auch der Grund, aus dem ich Ihnen glaube.«

Und damit hob er die Pistole und schoß Stone aus allernächster Nähe in den Kopf.

Laurie schrie gellend auf, aber Barker hörte ihren Schrei so wenig, wie er sie hatte sehen können. Rasch, aber ohne übertriebene Hast ging er zu Stone hinüber, ließ sich neben ihm in die Hocke sinken und wischte sorgfältig den Revolver an seinem Kittel ab. Dann drückte er dem Toten die Waffe in die Hand, wobei er sich pedantisch davon überzeugte, daß dessen Fingerabdrücke auch auf Griff und Abzug zurückblieben. Schließlich griff er in seinen Kittel, förderte einen schmalen, weißen Briefumschlag zutage und öffnete ihn. Trotz ihres Entsetzens erkannte Laurie, daß er einen eng mit Schreibmaschine beschriebenen Zettel enthielt. Barker ergriff Stones freie Hand, drückte seine Finger auf das Blatt und erhob sich, um zum Schreibtisch zu gehen. Mit einer raschen Bewegung spannte er das Blatt in die Schreibmaschine ein.

Laurie verstand nicht, was er da tat. Sie verstand nicht, warum er es tat, und sie wollte es auch gar nicht verstehen. Plötzlich fiel die Lähmung von ihr ab, und sie spürte, wie eine Woge allesverschlingender Panik über ihr zusammenschlug. Sie schrie erneut auf, wirbelte herum und stürzte los, auf die Tür zu und *direkt durch sie hindurch*, ohne auch nur den mindesten Widerstand zu spüren. Sie registrierte es kaum. Sie war fast wahnsinnig vor Angst. Sie wollte nur weg. *Nur weg, weg hier.*

Wie von Furien gehetzt raste sie den Flur hinunter. Schatten kamen ihr entgegen und wurden zu den Schemen von Menschen, die vor fünf Jahren diese Gänge hinaufgerannt waren. Laurie stürmte auch durch sie einfach hindurch, und ihre Angst wurde noch schlimmer. Sie rannte weiter, sah sich im Laufen um – und entdeckte Barker hinter sich! Er war noch ein gutes Stück entfernt, aber doch sehr viel näher, als sie befürchtet hatte. Und er holte auf! Sie begriff in diesem Moment weder, daß er sie nicht sehen konnte, noch, daß es völlig sinnlos war, aus der Choreographie dieses Alptraums ausbrechen zu wollen. Sie hatte einfach nur noch Angst.

Laurie hetzte um die nächste Gangbiegung, erblickte aus den Augenwinkeln eine halb offenstehende Tür und warf sich hindurch, ohne auch nur zu denken.

Und beinahe wäre es der letzte Schritt ihres Lebens gewesen. Sie begriff den Bruchteil einer Sekunde zu spät, daß es keine Zimmertür war, sondern die Tür des *Aufzuges,* die irgend jemand wieder geöffnet hatte. *Des Aufzugschachtes, in dem es schon seit Jahren keine Kabine mehr gab!!*

Für eine einzige, aber fürchterliche Sekunde war unter ihr nichts; nur ein bodenloser, rechteckiger Schacht, aus dessen nackten Betonwänden lose Kabel und abgerissene Elektroleitungen hingen. Sie schrie, griff ebenso vergeblich wie verzweifelt um sich und spürte, wie sie in die Tiefe zu stürzen begann wie ein Stein und prallte schmerzhaft mit Händen und Knien auf dem Boden der Liftkabine auf.

Es dauerte lange, bis sie ihre Benommenheit weit genug überwunden hatte, um sich unsicher in die Höhe zu stemmen und sich umzusehen. Sie verstand nichts mehr. Nach allem, was sie in diesem verhexten Haus bisher erlebt hatte, hatte sie geglaubt, daß es kaum noch etwas geben konnte, was sie noch *wirklich* erschütterte, aber das stimmte nicht.

Ganz und gar nicht.

Diese Liftkabine war . . . einfach zuviel.

Dabei war an ihrem Aussehen nichts auszusetzen. Es war eine ganz normale Liftkabine: nicht besonders groß, mit Wänden aus nacktem Metall, die früher einmal sicher blankpoliert gewesen waren, jetzt aber zerkratzt und matt wie blinde Spiegel wirkten, und der gewohnten kleinen Schalttafel neben der Tür, auf der jetzt grüne Lichter nacheinander angingen und verloschen, um die Etage anzuzeigen, an der der Aufzug vorüberfuhr. Der Boden vibrierte sanft, und über der Kabinendecke hörte sie das Summen der schweren Elektromotoren, die die Drahtseile abrollen ließen.

Nein – aussehen tat diese Kabine ganz normal.

Aber es *hätte sie gar nicht geben dürfen!*

Laurie hatte es selbst gesehen, vor nicht einmal einer Stunde. Der Liftschacht war leer, nichts als ein Loch im Boden, in dem es längst keine Kabine mehr gab.

Und jetzt war nicht nur der Lift wieder da, er *bewegte sich sogar*!

Wohin überhaupt?

Verstört wandte sich Laurie wieder der Tür zu und sah auf die Schalttafel, auf der die grünen Lichter ihr wie kleine spöttische Augen zuzublinzeln schienen. Und was sie ihr mitteilten, das war genauso unmöglich wie dieser ganze Aufzug. Sie war im Erdgeschoß in den Lift gesprungen, so daß unter ihr nur noch der Keller, allerhöchstens zwei Stockwerke liegen konnten. Aber die Kabine bewegte sich abwärts, wie sie genau fühlte, und die Stockwerke sausten nur so an ihr vorüber. Fünf, zehn, fünfzehn ... Laurie hörte auf zu zählen, aber es mußten Dutzende von Etagen sein, an denen der Lift vorbeiraste, und das war vollkommen unmöglich!

Ein anderer Lift, versuchte sie sich einzureden. Die Erklärung war ganz einfach. Niemand hatte behauptet, daß es in diesem Krankenhaus nur einen Lift gegeben hatte. Sie war einfach in einen anderen Aufzug gestiegen.

Und der führt direkt zum Mittelpunkt der Erde hinab, wie? fragte eine spöttische Stimme in ihren Gedanken. *O nein, so einfach ist es nicht.*

Und das war nicht alles. Schließlich hatte sie *gesehen*, daß der Liftschacht leer war. Nichts als ein Loch, in das sie hineingestürzt war.

Die Kabine wurde langsamer. Die grünen Lichter auf der Schalttafel neben der Tür hörten auf zu blinken, dann erscholl ein feines Summen, und die metallene Schiebetür glitt zur Seite.

Mit klopfendem Herzen trat Laurie aus der Kabine und blieb für einen Augenblick keuchend stehen. Sie versuchte, sich zu beruhigen, was ihr aber nicht gelang. Hinter ihr schloß sich der

Aufzug wieder. Sie konnte hören, wie die Kabine wieder in die Höhe glitt.

Tief ausatmend blickte sie sich um. Sie befand sich in einem großen Raum, der wohl einmal ein Labor gewesen war. Aber es mußte lange her sein.

Der Raum bot einen fast furchterregenden Anblick. Auf dem Boden lagen zerbrochene Glasgefäße; verschimmeltes Papier, zerbrochene, angesengte Möbel, Schmutz und Staub, der zu einer dicken geborstenen Schicht zusammengebacken war. Die Luft stank. Automatisch hielt Laurie sich die Hand vor das Gesicht.

Das mußte das Labor sein, von dem Barker ihr erzählt hatte. Der Ort, an dem er seine Droge entwickelt – und den er höchstpersönlich in Brand gesteckt hatte, um auch die letzten Beweise zu vernichten. Er, nicht Stone.

Aber wie hatte der Aufzug ...

Lauries Herz machte einen schmerzhaften Sprung und schien auszusetzen, als sie sich herumdrehte.

Der Aufzug war verschwunden.

Wo die Tür gewesen war, gewahrte sie jetzt nichts als eine rissige, von grünlichen Schimmelflecken übersäte Wand.

Voller neu aufkeimender Panik sah sie sich um. Obwohl der Raum einen Anblick von totalem Chaos bot, war er doch fast leer. Die Fensterscheiben waren zerbrochen, da die Fenster jedoch von außen vergittert waren, war ein Fortkommen scheinbar unmöglich. Vergeblich suchte sie nach einem Fluchtweg.

Nichts! Keine Tür, die ...

Keine Tür?

Der Anblick war so unmöglich, daß es Sekunden dauerte, bis Laurie begriff, daß das, was sie da sah, Wirklichkeit war. Oder eben nicht sah.

Es gab keine Tür.

Das Labor hatte keinen Ausgang.

Die Wände waren glatt und massiv, ohne die mindeste Unterbrechung, und die Gitter vor den Fenstern sahen massiv genug aus, dem Ansturm eines Bulldozers standzuhalten.

Aber das war doch unmöglich! dachte sie verzweifelt. Das war doch ...

Etwas knisterte.

Laurie fuhr wie unter einem Peitschenhieb zusammen, drehte sich auf der Stelle herum – und schlug mit einem Schrei die Hand vor den Mund.

Aus den Trümmern auf dem Fußboden züngelten Flammen.

Es ging rasend schnell. Das Feuer, zuerst nur ein mattes Glühen, schien wie auf kleinen lodernden Füßchen über den Boden zu laufen, griff auf die verschimmelten Papiere über, leckte an den Tapeten und ließ den Linoleumfußboden schwarz werden, ehe auch er Feuer fing. Es wurde heiß; unerträglich heiß. Laurie hustete, wich mit tränenden Augen vor der näherkommenden Feuerwand zurück und preßte sich gegen die Wand. Verzweifelt hielt sie nach einem Fluchtweg Ausschau. Aber da war nichts.

Keine Tür.

Kein Ausgang.

Und die Flammen kamen näher.

Laurie schrie.

Die Hitze wurde immer schlimmer, und selbst die Wand, an die sie sich mit verzweifelter Kraft preßte, schien bereits zu glühen. Es war fast unmöglich zu atmen. Verzweifelt schlug sie die Hände vors Gesicht und sank wimmernd in die Knie.

Eine Hand packte sie, riß sie grob in die Höhe und zerrte sie so unsanft herum, daß sie abermals aufschrie; diesmal vor Schmerz.

»Nun beruhige dich doch!«

Es war der Klang dieser Stimme, der Laurie in die Wirklichkeit zurückriß.

Sie gehörte weder Barker noch Stone, sondern Jim Stonehouse, dem Wachmann, und sonderbarerweise erkannte Laurie sie sofort.

Mit einem gleichermaßen erleichterten wie entsetzten Aufschrei nahm sie die Hände herunter, warf sich an seine Brust und fuhr fast mit der gleichen Bewegung wieder herum.

»Raus hier!« schrie sie. »Nichts wie raus! Das Feuer! Wir . . .«

Der Rest des Satzes blieb ihr im wahrsten Sinne des Wortes im Halse stecken, als sie an Stonehouse vorbeisah.

Es gab kein Feuer mehr.

Sie war auch nicht mehr im Labor, und die Wand hinter ihr

war auch nicht mehr glühend heiß, sondern bestand aus kühlem, glattem Metall. Es war die Tür des Aufzuges, vor der sie zusammengesunken war ...

»Aber das ... das ist doch nicht ... nicht möglich!« stammelte sie.

»Was ist nicht möglich?« fragte Stonehouse. Er ließ sich vor ihr in die Hocke sinken, sah sie sekundenlang sehr ernst und mit großer Sorge im Blick an und lächelte aufmunternd.

»Wieder ein Traum?« fragte er.

Laurie antwortete nicht. Aus hervorquellenden Augen sah sie an Stonehouse vorbei in die stauberfüllte Dämmerung des Ganges. Dann fuhr sie hoch und herum und starrte die geschlossene Aufzugtür an. Das kleine Metallschild, das Barker höchstpersönlich wieder an seinen Platz gehängt hatte, war noch immer da.

»Das ... das ist doch ...« Ihre Stimme versagte. Plötzlich begannen ihre Knie so heftig zu zittern, daß sie nicht mehr stehen konnte. Zum zweiten Mal ließ sie sich gegen Stonehouses Brust sinken, und jetzt konnte sie die Tränen nicht mehr zurückhalten.

Stonehouse legte behutsam einen Arm um ihre Schulter und strich ihr über das Haar, und es war eine Berührung, die sonderbar guttat. Auf eine Art und Weise, die sie nicht in Worte kleiden konnte, hatte er etwas Väterliches an sich, etwas, das sie sofort und mit unerschütterlicher Gewißheit spüren ließ, daß er ihr nichts Übles wollte.

»Was war los?« fragte er, nachdem sie sich wieder einigermaßen beruhigt hatte.

Laurie sah aus tränenverschleierten Augen zu ihm hoch. Er lächelte, wohl, um sie aufzumuntern, aber in seinem Blick war auch große Sorge.

Und noch etwas.

Etwas, von dem sie nicht wußte, was es war, was sie aber schon einmal in seinen Augen gesehen hatte.

»Das ... das Labor«, murmelte sie. »Ich war im Aufzug, und dann plötzlich im Labor, und die Tür war weg und dann kam das Feuer und ...«

Stonehouse hob die Hand, um ihren Redefluß zu unterbrechen. »Immer langsam, Kleines«, sagte er. »Du warst im Labor, sagst du? Aber das ist unmöglich.« Er deutete auf die Tür hinter Laurie. »Der Aufzug ist außer Betrieb, schon seit Jahren. Er hat nicht einmal mehr eine Kabine.«

»Aber es war so!« beharrte Laurie. »Ich . . .«

Wieder unterbrach sie Stonehouse. »Ich sage ja nicht, daß du spinnst, Mädchen«, sagte er lächelnd. »Nur scheinst du mir . . . ein wenig . . .«

»Verrückt?« schlug Laurie vor.

Die Bemerkung tat ihr sofort wieder leid, denn sie sah, wie Stonehouse zusammenfuhr.

»Nein«, antwortete er. »Nicht verrückt. Aber irgend etwas stimmt nicht mit dir, das mußt du zugeben.«

»Mit mir stimmt alles!« sagte Laurie ärgerlich. »Aber mit diesem Haus stimmt etwas nicht. Eine ganze Menge stimmt hier nicht.«

»Und mit Barker«, fügte Stonehouse hinzu.

Es dauerte eine Sekunde, bis Laurie überhaupt begriff, was er da gesagt hatte. Verwirrt blickte sie ihn an, und mit einemmal mußte sie daran denken, daß er schon einmal eine so sonderbare Bemerkung gemacht hatte.

»Sie wissen . . .«

»Ich weiß gar nichts«, unterbrach sie Stonehouse. »Oder vielleicht doch – aber es ist nichts, worüber ich sprechen kann.«

»Aber Sie haben mich vor Barker gewarnt«, beharrte Laurie. »Ebenso wie die Geister.«

»Geister gibt es nicht«, sagte Stonehouse lächelnd.

»Und wenn doch?«

Seine Reaktion war ganz anders, als sie erwartet hatte. Er lachte nicht; ja, nicht einmal der ernste Ausdruck in seinem Blick verschwand. Statt dessen sah er sie beinahe zehn Sekunden lang durchdringend an, seufzte dann tief und deutete mit einer Handbewegung den Gang hinunter.

»Warum gehen wir nicht irgendwohin, wo wir ungestört sind, und unterhalten uns ein wenig?« schlug er vor.

Jim Stonehouse hörte ihr geduldig und ohne sie ein einziges Mal zu unterbrechen zu. Er lachte nicht, schüttelte nicht den Kopf und runzelte nicht einmal die Stirn; keines von den kleinen Anzeichen verdeckten Zweifels oder gar Spotts, auf die Laurie sorgsam achtete, kam. Sie redete fast eine Viertelstunde, und sie erzählte Jim *alles*, obwohl ihr klar war, daß er ihr einfach nicht glauben *konnte*.

»Das ist ... die verrückteste Geschichte, die ich je gehört habe«, sagte er, nachdem sie fertig war und ihn erwartungsvoll ansah.

»Aber es war so!« sagte Laurie fast verzweifelt. »Bitte, Mr. Stonehouse, Sie *müssen* mir glauben!«

»Habe ich gesagt, daß ich das nicht tue?« fragte er sanft.

Laurie holte überrascht Luft. »Sie ... Sie *glauben* mir?«

Stonehouse machte ein unglückliches Gesicht. »Ich sollte es nicht«, sagte er. »Jedenfalls nicht, wenn ich meine fünf Sinne noch beisammen hätte.«

»Also halten Sie mich doch für übergeschnappt«, sagte Laurie.

Stonehouse lächelte, aber es war ein sehr sonderbares Lächeln. »Dieser junge Arzt, von dem du erzählt hast – Dr. Stone. Beschreibe ihn mir.«

Laurie sah Stonehouse verwirrt an, tat aber dann, was er verlangte. Sein Gesichtsausdruck verdüsterte sich bei ihren Worten, aber er unterbrach sie nicht und schwieg auch hinterher eine ganze Weile.

»Weißt du, Laurie«, begann er schließlich, leise, langsam, fast schleppend und mit einem Blick, der Laurie fast noch mehr beunruhigte als alles zuvor, »bevor ich deine Schreie gehört habe, war ich unten am Tor und habe mich um euren Wagen gekümmert. Barker hatte mich darum gebeten.«

»Ich weiß.«

»Aber du weißt nicht, daß ich *noch einmal* dort war, nachdem ich ihn in Ordnung gebracht hatte. Barker weiß es auch nicht. Und dabei habe ich etwas Sonderbares bemerkt. Ich konnte mir bisher keinen rechten Reim darauf machen. Aber jetzt ...« Er seufzte. »Er fährt nicht mehr.«

»Aber Sie sagten doch ...«

»Daß ich ihn in Ordnung gebracht habe, das stimmt«, unterbrach sie Stonehouse. »Das habe ich Barker auch gesagt. Aber irgend jemand muß nach mir dagewesen sein. Die Verteilerkappe ist weg. Und ohne die fährt kein Auto.«

»Barker«, sagte Laurie düster.

Stonehouse nickte. »Es sieht so aus, ja. Nur konnte ich mir nicht vorstellen, warum er es getan haben sollte. Eigentlich kann ich es mir sogar jetzt noch nicht vorstellen.«

»Weil er mich umbringen will«, sagte Laurie düster. »Und Bill auch.«

Stonehouse hob besänftigend die Hand. »Nun mal langsam mit den jungen Pferden, Kindchen«, sagte er. »Das ist ein schwerer Verdacht, mit dem man vorsichtig sein sollte.«

»Und der Krankenwagen?« fragte Laurie. »Wieso kommt er nicht? Ich glaube, er hat gar keinen gerufen. Und Sie wissen es auch!« behauptete sie. »Sie wissen mehr, als Sie zugeben, Jim. Und Sie wissen auch, daß es hier wirklich spukt.«

»Wie kommst du darauf?« fragte Stonehouse.

»Sie haben mich selbst gewarnt. Nicht direkt, aber Sie . . .«

»Ja?« fragte Stonehouse. Er legte den Kopf schräg.

»Nichts«, sagte Laurie. »Ich . . . ich hatte einfach das Gefühl, daß Sie mir glauben.«

Stonehouse seufzte. Drei, vier Sekunden lang sah er sie sehr ernst an, dann schüttelte er den Kopf, seufzte noch einmal und verbarg plötzlich sein Gesicht zwischen den Händen.

»Du bist ganz sicher, daß Barker die Aufzeichnungen noch hat, die du hinter dem Bild gefunden hast?«

Laurie nickte. Dann riß sie überrascht die Augen auf. »Aber woher wissen Sie, wo ich sie gefunden habe?«

»Weil sie nicht mehr da sind«, antwortete Stonehouse ruhig. »Und ich habe sie selbst dort versteckt.«

»Wie bitte?« flüsterte Laurie verwirrt. »Aber . . .«

»Später.« Stonehouse machte eine entsprechende Geste. »Ich erkläre dir alles. Aber du bist sicher, daß er sie noch hat, ja?«

»Er hat sie eingesteckt. Vor meinen Augen.«

Stonehouse seufzte. »Das hätte nicht passieren dürfen«, sagte er. »Verdammt.«

»Aber was . . .«

»Mein Name ist nicht Stonehouse«, unterbrach sie Stonehouse plötzlich. »Und ich bin auch kein Wachmann. Oder doch, ich bin es, seit ein paar Jahren. Aber vorher war ich Arzt.«

»Arzt?« Laurie riß erstaunt die Augen auf. »Sie? Aber wieso . . .«

Stonehouse nahm die Hände herunter, und Laurie sah, daß seine Augen rot waren. Tränen schimmerten darin. Seine Stimme zitterte, als er weitersprach. »Mein Name ist Jim Stone, Laurie.«

»Stone?!«

»Dr. Stone – *der* Dr. Stone, mit dem du gesprochen hast, dessen . . .« Er stockte. Laurie spürte, wie schwer es ihm fiel, weiter zu sprechen. ». . . dessen Tod du gesehen hast, war mein Sohn.« Seine Stimme wurde leiser und sank zu einem Flüstern herab, und plötzlich war sein Blick so leer wie der Barkers vorhin. »Als . . . als alles geschah, damals, da konnte ich nicht glauben, daß mein Sohn wirklich dieses Verbrechen begangen haben sollte. Ich kannte ihn zu gut. Er war ein guter Arzt. Das menschliche Leben war ihm heilig, verstehst du? Alles sprach gegen ihn. Jeder war überzeugt von seiner Schuld, und . . . und die Beweise schienen so eindeutig. Aber ich glaubte es nicht. Ich *wußte* einfach, daß es anders gewesen sein mußte.«

»Und dann sind Sie hierher gekommen«, vermutete Laurie. »Um die Wahrheit herauszufinden.«

Stonehouse – Stone – schüttelte den Kopf. »Nicht sofort. Ich habe alles versucht. Ich habe die besten Privatdetektive engagiert. Ich habe Barker überwachen lassen, Tag und Nacht. Ich habe seine Vergangenheit durchleuchtet, sein Leben, seinen Charakter, seine Finanzen, alles. Aber es war sinnlos. Ich wußte bald, daß er ein Verbrecher war, und wahrscheinlich auch wahnsinnig, aber es gab keine Beweise. Ich . . . ich habe mein gesamtes Vermögen ausgegeben, um Barker dingfest zu machen, aber er war mir immer eine Nasenlänge voraus. Und schließlich kam ich hierher. Er hat keine Ahnung, wer ich wirklich bin. Wir sind uns nie begegnet.«

»Er hätte Sie umgebracht, wenn er es gewußt hätte«, sagte Laurie ernst.

Stone lächelte matt. »Und? Nach dem, was er mir angetan

hat, spielt das sowieso keine Rolle mehr. Barker hat auch mein Leben zerstört, als er meinen Sohn umbrachte.«

Laurie schwieg betroffen. In ihrer Kehle war mit einemmal ein harter, bitterer Kloß, und sie spürte schon wieder Tränen in ihre Augen schießen. Aber diesmal nicht aus Angst. Zitternd griff sie nach Stones Hand und drückte sie. Stone lächelte ganz leicht. Sein Blick war ins Nirgendwo gerichtet. Laurie spürte, daß seine Haut kalt wie Eis war.

»Und warum jetzt?« fragte Laurie.

Stone sah sie voller Trauer an. »Ich weiß es nicht«, gestand er. »Ich glaube dir ja, weißt du, aber das allein ...«

»Reicht nicht«, sagte Laurie, als Stone nicht weitersprach. Stone nickte wortlos.

»Aber es muß hier irgend etwas geben, vor dem sich Barker fürchtet«, sagte Laurie. »Irgendeinen Beweis. Etwas, von dem er ... von dem er annimmt, ich hätte es. Sonst würde er sich kaum so komisch benehmen.«

»Bis jetzt glaubst du nur, daß er dir und deinem Freund etwas antun will«, belehrte sie Stone sanft. »Ich bin nicht sicher, ob es wirklich so ist. Er ist ein unheimlicher alter Mann, aber er ist nicht dumm. Er muß nur noch ein paar Tage warten, dann ist sowieso alles vorbei. Keine Macht der Welt kann ihm dann noch etwas beweisen.«

»Wieso?« fragte Laurie.

»Weil es bald vorbei ist«, antwortete Stone. »In ein paar Tagen kommen Bauarbeiter mit Planierraupen und Baggern und walzen hier alles nieder. Barker hat das ganze Gelände verkauft.«

»Und wenn das geschieht«, sagt Laurie düster, »sind die Geister der Toten auf ewig dazu verdammt, ruhelos umherzustreifen.«

Stone sah sie an und schwieg. Laurie wußte selbst, wie albern ihre Worte klangen, aber sie hatte nicht das Gefühl, daß er sich über sie lustig machte.

»Aber wir werden es nicht zulassen«, sagte er plötzlich.

»Niemals«, sagte Laurie.

Ohne ein weiteres Wort standen sie beide auf und gingen aus dem Raum, um Dr. Barker zu suchen.

Laurie atmete erleichtert auf, als sie den Raum betrat. Sie empfand es mittlerweile schon fast als natürlich, daß sie einen alten, verschmutzten Raum betrat, und daß Bill wie vorher – wie lange war das eigentlich her? – auf der abgewetzten Liege lag und ihr entgegenblickte. Er sah sehr blaß aus, und seine Augen waren klein und rot und ein wenig trübe, aber er war wenigstens bei Bewußtsein. Laurie war ein wenig verwirrt. Barker hatte doch behauptet, sein Zustand hätte sich *gebessert*. Was sie jetzt sah, sah nicht nach *besser* aus.

»Was ist passiert?« fragte sie. Sie eilte zu Bill und griff nach seiner Hand. »Wo warst du? Wie geht es dir?«

Bill lächelte matt. »Gut«, antwortete er. »Ein bißchen schwach. Aber ich habe kaum noch Schmerzen. Ich bin nicht kleinzukriegen, das weißt du doch«, fügte er mit einem schmerzverzerrten Lächeln hinzu.

Laurie war da etwas anderer Meinung, aber sie lächelte pflichtschuldig. Behutsam löste sie seine Hand aus ihren Fingern und ging zu Stonehouses Kaffeemaschine. Die Glaskanne war schon wieder voll. Der Wachmann mußte einen enormen Kaffeekonsum haben, dachte sie. Sie füllte zwei Tassen, wobei sie Bill gleich vier Löffel Zucker hineintat – er *haßte* Kaffee mit Zucker, aber irgendwo hatte sie einmal gelesen, daß Zucker das beste Mittel war, um sofort wieder zu Kräften zu kommen, und balancierte langsam mit ihrer Last wieder zu ihm zurück. »Komm, trink was.«

Dankbar nahm er die Tasse und trank schluckweise den heißen Kaffee, wobei er fast angewidert das Gesicht verzog, aber nicht protestierte. Und Lauries Hausmittelchen schien zu funktionieren. Langsam kam die Farbe in sein Gesicht zurück.

»Was ist mit dem Wagen?« fragte er, nachdem er ihr die leere Tasse zurückgegeben und hastig den Kopf geschüttelt hatte, als sie fragend auf die Kaffeemaschine deutete.

»Dem Wagen?« Laurie zuckte mit den Schultern und sah fragend zu Stone. Der vermeintliche Wachmann deutete ein Kopfschütteln an; so sacht, daß Bill es kaum bemerken konnte. Laurie verstand. Es hatte wenig Sinn, Bill aufzuregen. Nicht in dem Zustand, in dem er war. »Ich weiß es nicht«, sagte sie. »Es spielt auch keine Rolle, oder? Du kannst jetzt sowieso nicht fahren.«

Bill seufzte. »Ich hoffe, er ist nicht ganz hinüber.«

»Viel ist nicht mehr damit los«, sagte Stone. »Er war gemietet?«

Bill nickte.

»Dann hoffe ich, daß Sie eine Versicherung abgeschlossen haben«, fuhr Stone unbeeindruckt fort. »Wenn nicht, wird dieser Urlaub ein verdammt teurer Spaß für Sie beide.« Bill seufzte erneut und zog es vor, das Thema zu wechseln. »Wie spät ist es eigentlich? Ich habe jedes Zeitgefühl verloren. Wie lange sind wir schon hier?«

Laurie sah auf ihre Armbanduhr, runzelte die Stirn und hielt das Handgelenk ans Ohr. »Komisch, sie scheint stehengeblieben zu sein.« Sie senkte den Arm wieder, blickte die Uhr beinahe vorwurfsvoll an – sie war beinahe neu, und sie war alles andere als *billig* gewesen – und drehte sich dann zu Stone um.

»Ihr seid schon ein paar Stunden hier«, sagte der Wachmann. Er lächelte, nahm die Arme herunter und sah auf seine eigene Uhr, aber ehe er weitersprechen konnte, ging die Tür auf, und Dr. Barker betrat den Raum, gefolgt von Schneider. Die Hände des Nachtwächters waren ölverschmiert, und auch auf seinem Hosenbein prangte ein schwarzer Fleck, der vorher noch nicht dagewesen war.

»Ihr Wagen ist soweit in Ordnung«, sagte Barker.

»Nicht gerade neu, aber er fährt«, fügte Schneider hinzu. »Sobald der Krankenwagen hier ist, kann es losgehen.«

Stone blickte verwirrt auf, sagte aber kein Wort, und auch Schneider reagierte nicht auf den fragenden Blick seines Kollegen, sondern grinste nur breit und sah Laurie wieder auf seine unangenehme, beinahe schon anzügliche Art an. Er ging zur Kaffeemaschine, um sich eine Tasse einzuschenken.

Barker wandte sich an Bill. »Wie fühlen Sie sich? Besser?«

»Danke«, antwortete Bill. »Noch ein bißchen tatterig, aber sonst ganz gut.«

»Das liegt nur an der Spritze«, sagte Barker. »Ihre Wirkung wird auch noch einige Zeit anhalten. Aber überschätzen Sie sich nicht. Fahren können Sie auf keinen Fall. Jim wird den Wagen und Ihre Freundin in die Stadt bringen. Ich habe noch einmal angerufen, der Krankenwagen wird jeden Moment hier sein. Dieses Mal ganz bestimmt, man hat es mir fest zugesagt.« Er schüttelte den Kopf und maß Bill mit einem langen, strafenden Blick. »Sie verdienen den Hosenboden versohlt, junger Mann, wissen Sie das?« fragte er. »Wie konnten Sie ein solches Risiko eingehen?«

»Es tut mir ja leid«, erwiderte Bill zerknirscht. »Aber ich dachte . . .«

»Sätze, die mit den Worten: ›ich *dachte*‹ anfangen«, unterbrach ihn Barker spöttisch, »enden meistens mit einer Katastrophe, das habe ich in langer, schmerzhafter Erfahrung gelernt. Sie hätten wenigstens an Ihre kleine Freundin denken können. das Ganze hat sie nämlich ein bißchen mehr mitgenommen als Sie, junger Mann.« Er warf Laurie einen bezeichnenden Blick zu. »Sie beginnt schon Geister zu sehen.« Er lachte leise.

Laurie mußte sich zusammenreißen, um nicht die Beherrschung zu verlieren, aber ihr Zorn schien Barker eher noch zu amüsieren. Er wandte sich an Laurie. »Ich glaube, Sie kommen jetzt gleich mit mir mit. Ihr Freund sollte sich noch etwas ausruhen. Sie könnten etwas draußen an der Luft spazierengehen, das wird Ihnen guttun.«

»Ich will nicht spazierengehen.« Sie sprach lauter, als sie eigentlich wollte. Unwillkürlich wich sie einige Schritte zurück, und plötzlich hatte sie wieder Angst, von einer Sekunde auf die andere und heftiger denn je. Angst um sich und um Bill.

Stone runzelte die Stirn und blickte abwechselnd von ihr zu Barker und zurück, rührte sich aber nicht, während Schneider so tat, als wäre er voll und ganz damit beschäftigt, seinen Kaffee zu genießen.

Laurie wich einen weiteren Schritt vor Barker zurück, ohne ihn auch nur eine Sekunde aus den Augen zu lassen.

»Wir müssen unsere Runde machen, Dr. Barker«, sagte Schneider in die plötzliche Stille hinein. »Es ist Zeit.«

»Gehen Sie nur«, sagte Barker. Irgend etwas . . . *Lauerndes* schien plötzlich in seinem Blick zu liegen. Laurie hielt diesem Blick einige Sekunden lang stand, aber dann wandte sie sich beinahe hilfesuchend an Stone.

Auch der angebliche Wachmann wirkte irritiert. Aber er sagte kein Wort, sondern verließ zusammen mit Schneider das

Zimmer. Laurie kam sich plötzlich entsetzlich allein und verwundbar vor.

Barker trat wieder an Bills Liege heran. Er berührte ihn an der Stirn, schien einen Moment zu überlegen und sagte: »Ich werde Ihnen noch eine Spritze geben. Das wird das Fieber vollkommen vertreiben.« Abrupt drehte er sich um und ging hinaus.

Laurie ging mit schnellen Schritten zur Liege und ergriff Bill am Arm. »Komm schnell, bevor er wieder hier ist. Wir machen, daß wir wegkommen. Dieser Mann ist ein Mörder. Er hat sieben Menschen auf dem Gewissen.«

Bill starrte sie an, als zweifle er nun an *ihrem* klaren Verstand. »Wie?«

»Bitte frag jetzt nicht!« sagte Laurie. Sie war schon wieder der Panik nahe, und Bill schien das zu spüren; ebenso wie er zu spüren schien, daß sie es bitter ernst meinte. Er widersprach nicht mehr, sondern erhob sich gehorsam. Aber sie sah, wie viel Mühe ihn diese kleine Bewegung kostete. Sie war plötzlich nicht mehr sicher, daß er den Weg nach draußen überhaupt schaffen würde.

»Bitte, Bill, wir dürfen keine Zeit verlieren! Wir müssen hier weg. Ich verspreche dir, ich erzähle dir alles. Aber später! Wir müssen hier raus!« Stützend griff sie ihm unter den Arm.

»Ja, ja, aber . . .«

»Bitte, Bill!« Sie sah ihn eindringlich an. Bill zuckte mit den Schultern und gab nach. Wahrscheinlich brachte er einfach nicht mehr die Energie auf, sich zu wehren.

Leider brachte er auch nicht mehr die Energie auf, zu *gehen*. Laurie taumelte unter seinem Gewicht. Sie versuchte es. Sie gab sich wirklich Mühe, aber ihre Kräfte reichten einfach nicht. Niedergeschlagen gestand sie sich ein, daß sie es nicht schaffen würde, Bill bis zum Ausgang zu bringen. Es gelang ihr mit Mühe und Not, ihn unbeschadet zu seiner Liege zurückzuführen.

»Aha«, sagte Bill spöttisch. Sein Gesicht war vor Schmerz verzerrt und glänzte vor Schweiß. »War das unser Fluchtversuch?«

»Ich meine es ernst, Bill«, sagte Laurie, so eindringlich, wie sie nur konnte. »Wir müssen hier weg. Barker ist verrückt. Ich . . . ich traue ihm alles zu.« Nervös fuhr sie sich mit der Zunge über die Lippen. Ihre Gedanken überschlugen sich.

»Bleib hier«, sagte sie. »Ich . . . werde sehen, ob ich irgendwo einen alten Rollstuhl oder so was finde.«

Bill wollte protestieren, aber Laurie gab ihm keine Gelegenheit dazu, sondern fuhr auf der Stelle herum und stürmte aus dem Zimmer.

Um ein Haar wäre sie über Dr. Barker gestolpert, der in Schneiders Begleitung zurückkam. Für einen Moment stockte er im Schritt, auf jene ganz bestimmte Art, die Laurie sofort wissen ließ, daß er nach ihr gesucht hatte. Aber seine Stimme klang höflich und zuvorkommend wie immer. Er lächelte sogar. »Wohin so eilig?«

Er zog die Hand aus der Tasche. Zwischen seinen Fingern glitzerte eine Spritze, von deren Nadel die Kunststoffhülle bereits abgezogen war.

Laurie starrte wie hypnotisiert auf die Spritze. Sie antwortete nicht. Barker hatte auch keine Antwort auf seine Frage erwartet.

»Der Krankenwagen ist noch nicht da, Laurie«, sagte er. »Aber das macht nichts. Ich hatte ja versprochen, mich noch einmal um Ihren Freund zu kümmern. Und um Sie auch.« Zumindest der letzte Satz klang eindeutig drohend.

»Was . . . was wollen Sie von mir?« stammelte Laurie.

Barker antwortete diesmal nicht, aber er versuchte, seinen Arm um ihre Schultern zu legen. Laurie fuhr erschrocken zusammen und trat einen Schritt zurück, bis sie mit dem Rücken gegen die Tür stieß.

Barker seufzte, ließ die Spritze achtlos wieder in seiner Kitteltasche verschwinden und sah auf die Armbanduhr. »Ich verstehe überhaupt nicht, wo der Krankenwagen bleibt.«

»Vielleicht . . . brauchen wir gar keinen Krankenwagen mehr«, sagte Laurie nervös. Barker sah sie irritiert an, und sie fügte überhastet hinzu: »Sie . . . Sie haben doch gesagt, der Wagen ist in Ordnung. Mr. Stonehouse kann uns doch genausogut damit in die Klinik fahren, oder?«

»Das könnte er«, sagte Barker. Schneider grinste.

»Aber ich fürchte, er wird es nicht tun«, fuhr Barker fort.

Laurie begann zu zittern. Ihr Herz raste. Barker gab sich jetzt nicht einmal mehr Mühe, ihr etwas vorzuspielen. Wo war Stone?

»Ich denke, wir sollten uns unterhalten, mein Kind«, sagte Barker. Seine Hand glitt wieder in die Tasche. Aber er zog nicht die Spritze wieder hervor, wie Laurie befürchtete, sondern den Umschlag, den sie hinter dem Bild im Vorzimmer gefunden hatte.

»Worüber?« fragte sie mißtrauisch.

»Im Grunde genommen habe ich nur eine einzige Frage«, antwortete Barker. »Wer sind Sie?«

»Wie?« antwortete Laurie verständnislos.

»Sie haben mich verstanden«, sagte Barker hart. »Wer sind Sie? Ich meine, wer sind Sie wirklich? Und warum sind Sie hier?«

»Ich . . . verstehe nicht«, murmelte Laurie. verzweifelt sah sie sich nach einem Fluchtweg um, aber es gab keinen. Barker stand direkt vor ihr. Sicher, er war ein alter Mann, aber er war trotzdem viel stärker als sie, und selbst wenn sie ihm irgendwie entkommen wäre, hätte Schneider sie sofort erwischt. Ein einziger Blick ins Gesicht dieses Mannes bewies ihr, daß sie von ihm ganz bestimmt keine Gnade zu erwarten hatte.

»Sie verstehen nicht?« Barkers Augen wurden schmal. Er begann zornig mit dem Umschlag vor ihrem Gesicht herumzuwedeln. »Und was ist das hier?«

»Ich . . .«

»Hören Sie mit dem Unsinn auf, daß Sie es *gefunden* haben!« schnauzte Barker. »Ich bin vielleicht ein alter Mann, aber ich bin nicht dumm, und auch noch nicht senil.«

Laurie verstand wirklich nicht, was er meinte. Aber Schneider war freundlich genug, es ihr zu erklären.

»Was der Doktor meint, Liebchen«, sagte er grinsend, »ist ganz einfach: Jemand hat sich verdammt viel Mühe gegeben, hier herumzuschnüffeln. Die Aufzeichnungen sind ganz interessant – ich habe sie gelesen. Ihr habt eine Menge herausgefunden. Beinahe genug. Du hättest nur nicht so dumm sein sollen, das Zeug mit dir herumzuschleppen.« Plötzlich streckte er den

Arm aus und packte sie so grob am Handgelenk, daß sie vor Schmerz aufschrie.

»Wer hat euch geschickt? Was sucht ihr hier? Rede endlich, oder . . .«

»George, bitte!« Barker scheuchte Schneider mit einer Handbewegung zurück und schüttelte den Kopf. »Das ist wirklich nicht nötig. Bitte entschuldige Mr. Schneiders Grobheit, Kindchen«, fügte er in Lauries Richtung gewandt hinzu. »Seine Manieren lassen manchmal zu wünschen übrig, fürchte ich.«

Laurie wich so weit von ihm und Schneider zurück, wie sie konnte – was ungefähr zehn Zentimeter bedeutete, denn sie stand noch immer vor der geschlossenen Tür der Ambulanz. Voller unverhohlener Angst blickte sie Schneider und Barker an, während sie ihr schmerzendes Handgelenk massierte.

»Nicht, daß ich in der Sache nicht mit ihm übereinstimmte«, fuhr Barker fort. »Aber es gibt bessere Mittel, die Wahrheit herauszufinden, als körperliche Gewalt.« Umständlich steckte er den Umschlag wieder ein, griff an Laurie vorbei und öffnete die Tür. »Bitte.«

Widerstrebend trat Laurie in das Zimmer zurück. Sie wußte, wie zwecklos es war, sich wehren zu wollen. Ohne Barker und den Nachtwächter aus dem Auge zu lassen, wich sie rückwärts gehend zu Bill zurück und blieb beinahe schützend vor ihm stehen.

»George!«

Schneider trat auf einen Wink Barkers hin auf sie zu, schob sie grob beiseite und hielt sie fest, während Barker sich über Bill beugte. Langsam glitt seine Hand in die Tasche und zog die Spritze hervor.

»Was tun Sie da?« keuchte Laurie.

Barker machte sich nicht einmal die Mühe, sie anzusehen. »Nichts, was sie erschrecken müßte«, sagte er, während er Bills Ärmel hochschob. »Ich sagte Ihnen doch schon – ich verabscheue Gewalt.«

»Nein!« flüsterte Laurie entsetzt. »Bitte tun Sie das nicht!«

Natürlich ließ sich Dr. Barker nicht irritieren. Rasch verabreichte er Bill eine Injektion, zog die Nadel wieder aus seinem

Arm und drehte sich dann zu ihr herum. Seine Augen funkelten böse.

»Und nun zu Ihnen.« Er machte eine Kopfbewegung. »George – halt sie fest!«

Laurie bäumte sich auf, aber Schneider war viel zu stark für sie. Mühelos hielt er sie fest, während Barker auch ihren Ärmel aufrollte und die Spritze hob.

»Keine Angst«, sagte er lächelnd. »Es tut nicht weh. Nur ein kleiner Piekser. Und danach wirst du mir alle meine Fragen beantworten, wollen wir wetten? Du wirst dich darum reißen, es tun zu dürfen.«

Er lachte, setzte die Nadel an ...

... und in diesem Moment flog die Tür auf, und Stone kam herein.

»Was geht hier vor?« fragte er. Seine Augen weiteten sich erschrocken, als er die Spritze in Barkers Hand sah.

Barker zog die Injektionsnadel zurück und drehte sich halb zu ihm herum. »Ah, Jim«, sagte er. »Da sind Sie ja. Wir haben Sie schon vermißt.«

Stone warf die Tür hinter sich zu und kam näher. »Ich habe gefragt, was hier vorgeht!« schnappte er. »Was ist in dieser Spritze?«

Barkers Lippen verzogen sich zu einem dünnen, überheblichen Lächeln. »Nichts«, sagte er. »Nur ein leichtes Schlafmittel. Ihre Freundin ist ... etwas widerspenstig.«

»Die Kleine ist ein wenig durcheinander«, versuchte Stone die Situation zu retten. »Aber das ist nicht nötig. Ich bin sicher ...«

»Hören Sie endlich mit dem Theater auf, Stonehouse«, unterbrach ihn Barker kalt. »Oder sollte ich lieber sagen: *Dr. Stone?*«

Stones Augen wurden rund vor Erstaunen. »Sie ... Sie *wissen* ...?«

»Wer Sie wirklich sind?« Barker machte ein abfälliges Geräusch. »Für wie dumm halten Sie mich eigentlich, Dr. Stone? Ich wußte es vom ersten Tag an.«

In Stones Gesicht arbeitete es. Aber er fing sich schnell wieder. »Dann wissen Sie auch, warum ich hier bin«, grollte Stone.

»Natürlich«, antwortete Barker. »George.«

Schneider ließ Laurie los, und sie – und auch Stone –

begriffen einen Sekundenbruchteil zu spät, was das Glitzern in George Schneiders Augen wirklich zu bedeuten hatte. Stone schrie überrascht auf und versuchte nach seinem Revolver zu greifen, aber Schneider war schneller. Blitzartig war er bei ihm, schlug seine Hand beiseite und versetzte ihm einen Hieb in den Magen, der Stone mit einem erstickten Keuchen in die Knie brechen ließ. Er bückte sich, zog den Revolver aus seinem Gürtel und steckte ihn ein.

»Gut gemacht, George«, sagte Barker, als Schneider sich wieder aufrichtete.

Laurie wich zitternd einen Schritt zurück. »Sie ... Sie ...«

»Ja?« fragte Barker lächelnd. »Sprich dich ruhig aus, liebes Kind.«

»Ich bin nicht Ihr liebes Kind!« fauchte Laurie – wobei sie sich selbst ein wenig albern vorkam.

Barker runzelte die Stirn. »Nein, das bist du wirklich nicht. Und zu deinem eigenen Pech bist du sehr viel klüger, als ich geglaubt habe. Schade.« Er lächelte, schüttelte den Kopf und hob wieder die Spritze. Laurie sah, daß der Glaskolben zur Hälfte geleert war.

Sie versuchte, weiter vor ihm zurückzuweichen, aber Schneider vertrat ihr mit einem raschen Schritt den Weg und hielt sie abermals fest.

»Du brauchst überhaupt keine Angst zu haben«, sagte Barker lächelnd. »Es ist wirklich nur ein leichtes Beruhigungsmittel. Und es hinterläßt überhaupt keine Spuren im Blut.« Er lachte, als hätte er einen besonders gelungenen Scherz zum besten gegeben.

»Ich glaube Ihnen nicht«, sagte Laurie. Verzweifelt begann sie sich unter Schneiders Griff zu winden, kam aber natürlich jetzt ebensowenig gegen die Kräfte des Mannes an wie gerade. »Sie wollen mich umbringen.«

»Nicht unbedingt«, sagte Barker. »Und nicht damit.« Er hob die Spritze ein wenig höher und lächelte; und diesmal war es eindeutig das irre Lächeln eines Wahnsinnigen.

»Was ... was haben Sie vor?« stöhnte Stone. Er hatte sich wieder auf Hände und Knie erhoben und preßte mit schmerzverzerrtem Gesicht die Hand gegen den Leib. Er war bleich wie ein Toter.

Tatsächlich hielt Barker mitten in der Bewegung inne und drehte sich zu ihm um. »Sie werden einsehen, verehrter Kollege«, sagte er höhnisch, »daß ich Sie nicht am Leben lassen kann. Nicht mit dem, was Sie wissen. Es wird einen kleinen Unfall geben. Sie erinnern sich bestimmt, wie oft ich Sie gewarnt habe, sich endlich eine neue Kaffeemaschine anzuschaffen? Dieses alte Ding ist schon seit Jahren nicht mehr sicher. Leider kam es zu einem Kurzschluß, und der Brand, den er auslöste . . .« Er schüttelte mit gespielt übertriebenem Bedauern den Kopf. »Ein fürchterlicher Unfall. Aber so etwas kommt vor.«

»Damit kommen Sie nicht durch!« stöhnte Stone.

»O doch«, erwiderte Barker. »Darauf können Sie Ihr Leben verwetten, verehrter Kollege.«

»Und Schneider?«

»George?« Barker lachte. »George ist keine Gefahr. Sehen Sie, Dr. Stone – ich wußte schon, wer Sie wirklich sind, bevor Sie Ihre Stellung hier antraten. Ich erkundige mich nach den Leuten, die ich einstelle, haben Sie das schon vergessen? Ich wußte natürlich, warum Sie wirklich gekommen sind. Und ich habe George nur Ihretwegen eingestellt. Seine einzige Aufgabe war, auf *Sie* aufzupassen. Nicht auf diese Ruine. Ich hoffe, Sie sind sich der Ehre bewußt.«

»Glaub ihm kein Wort, George!« sagte Stone stöhnend. »Er ist wahnsinnig. Er wird dich auch umbringen. Er wird niemals einen lebenden Zeugen hinterlassen. Das kann er sich gar nicht leisten!«

Barker schüttelte spöttisch den Kopf. »Aber mein lieber Kollege«, sagte er. »Wofür halten Sie mich? Ich bin kein Mörder. Wenn ich Sie töte, dann nur, weil es sein muß. George ist keine Gefahr. Ich bin ein vermögender Mann, wie Sie wissen. Und George ist nicht halb so uneinsichtig, wie es zum Beispiel Ihr Sohn war. Er weiß den Wert des Geldes durchaus zu schätzen.«

»Wieviel sind wir denn wert?« fragte Stone gepreßt.

»Genug«, antwortete Barker lakonisch. »Und nun . . .« Er wandte sich wieder zu Laurie um und griff nach ihrem Arm. Die Nadel der Spritze in seiner Hand näherte sich ihrer Haut – und fiel ihm plötzlich aus der Hand.

»Verdammt!« schimpfte Barker. Er bückte sich, um die Spritze aufzuheben, und setzte wieder die Nadel auf ihren Arm.

»Bitte!« sagte Laurie. »Noch eine Frage!«

Sie hatte selbst nicht damit gerechnet, aber Barker verharrte wirklich mitten in der Bewegung. Sein Blick wurde lauernd.

»Ja?«

»Warum?« fragte Laurie. »Ich meine, warum ... warum tun Sie das? Sie ... Sie gewinnen doch nichts mehr, wenn Sie Bill und mich und Dr. Stone töten. Niemand wird Ihnen etwas tun. Sie ... Sie sind viel zu alt, um noch ins Gefängnis zu kommen.«

»Gefängnis?« Barker lachte häßlich, aber die Spritze entfernte sich ein kleines Stück von ihrer Armbeuge. »Du dummes Kind!« sagte er. »Wer redet von Gefängnis? Glaubst du etwa, ich hätte *davor* Angst gehabt?«

»Natürlich», antwortete Laurie.

Barker lachte häßlich. »Blödsinn!« schnappte er. »Es interessiert mich nicht. Du hast recht – ich bin ein alter Mann, der sowieso nur noch ein paar Jahre zu leben hat. Es spielt keine Rolle, wo ich sie verbringe. Aber sie würden alles zerstören.«

»Wenn herauskäme, daß *Sie* all diese Leute getötet haben, und nicht Dr. Stone«, sagte Laurie.

Barkers Lippen wurden zu einem dünnen, blutleeren Strich, und plötzlich zitterte seine Hand so stark, daß er die Spritze abermals fallen ließ. Sie schlug auf dem Boden auf und zerbrach klirrend.

Barker fluchte, stieß die Scherben mit dem Fuß davon und gab Schneider mit einer Geste zu verstehen, gut auf sie aufzupassen, ehe er sich umwandte, um eine neue Spritze aus seinem Arztkoffer zu holen.

»Ich weiß, daß Sie es waren«, beharrte Laurie. »Warum geben Sie es nicht wenigstens jetzt zu? Sie haben nichts mehr zu verlieren! *Sie* haben all diese Leute getötet – und Dr. Stone ebenfalls. Ich weiß sogar, woher das gefälschte Geständnis kam. Ich war dabei, als Sie ihn zwangen, es zu unterschreiben.«

Sie rechnete damit, daß Barker sie zum Schweigen bringen würde, aber er sah sie nur an, lächelte plötzlich traurig und drehte sich dann zum Waschbecken um. Er ließ Wasser laufen, hielt die Hände unter den Strahl und schöpfte sich das eisige

Wasser ins Gesicht. Dann richtete er sich wieder auf und sah in den kleinen, gesprungenen Spiegel über dem Becken. Das Handtuch, mit dem er sich das Gesicht abtrocknen wollte, hielt er geistesabwesend in den Händen. »Das war gut, nicht wahr?« fragte er lächelnd. »Dieser Narr hat nicht einmal gemerkt, was er da unterschrieben hat.«

»Und Sie haben von Anfang an vorgehabt, ihn umzubringen«, vermutete Laurie.

»Keineswegs. Es war eine reine Vorsichtsmaßnahme – wie sich gezeigt hat, nie zu Unrecht.« Er sah sie beinahe anerkennend an. »Sie haben eine Menge herausgefunden. Ich frage mich nur, wie.«

»Ich wußte es«, murmelte Stone. »Sie waren es.«

Barker lachte leise. »Er hätte alles verdorben«, sagte er, als wäre dies Antwort genug. Und im Grunde war es das wohl auch, zumindest für ihn.

»Sie verdammte Bestie!« stöhnte Stone. Er versuchte sich aufzurichten, aber Schneiders Fausthieb schien ihn stärker verletzt zu haben, als Laurie befürchtet hatte. Mit einem Schmerzlaut sank er zurück.

Barker lachte böse.

»Ich wußte, daß Sie so reagieren würden, mein lieber Kollege«, sagte er hämisch. »Alle hätten so reagiert, hätten sie die Wahrheit erfahren. Das sehen Sie doch ein, oder?«

Er klappte seine Tasche auf, zog eine neue Injektionsnadel hervor und kam wieder auf Laurie zu. Sie begann sich mit aller Gewalt gegen Schneiders Griff zu stemmen, aber ihre Kräfte reichten einfach nicht aus.

»Sie könnten sich vieles ersparen, wenn Sie mir die Wahrheit sagen würden, Kindchen«, sagte Barker. »Wer hat Sie geschickt? Stone? Oder irgend so ein verdammter Zeitungsschnüffler, der eine fünf Jahre alte Geschichte ausgegraben hat?«

»Sie hat nichts damit zu tun!« stöhnte Stone. »Lassen Sie sie in Ruhe.«

»Wie schade, daß ich Ihnen nicht glauben kann«, seufzte Barker. »Aber ich verspreche Ihnen, daß ich der Kleinen keine unnötigen Schmerzen zufügen werde. Und Ihnen natürlich auch nicht. Ich . . .«

Barker brach mitten im Wort ab, runzelte verwirrt die Stirn und sah sich um; als hätte er plötzlich etwas gehört, was ihn alarmierte. Eine Sekunde später blickte er Laurie irritiert an, dann schüttelte er den Kopf – und stieß mit der Spritze wie mit einem Messer zu.

Laurie schrie vor Entsetzen auf.

Der Schmerz, auf den sie wartete, kam nicht. Statt dessen brüllte Schneider plötzlich auf und ließ ihre Schultern los. Laurie taumelte ein paar Schritte von ihm fort und fuhr herum.

Aus Schneiders Oberarm ragte die Spritze, mit der Barker zugestoßen hatte. Schneider keuchte vor Schmerz, und Barker starrte ihn voller Unglauben an.

Aber er sagte kein Wort, denn in diesem Moment geschah etwas Unheimliches.

Hinter Schneider erschien eine Gestalt.

Zuerst waren nur die Umrisse sichtbar, wie ein Schatten im Nebel. Aber sie wurde schnell kräftiger, gewann Substanz und Form ...

... und wurde zu Dr. Stones Sohn!

»Du!« keuchte Barker. Er taumelte zurück, prallte gegen Bills Liege, fiel zu Boden und rappelte sich wieder auf, ohne den Blick auch nur eine Sekunde von der unheimlichen, schemenhaften Gestalt zu nehmen. »Du«, stammelte er immer wieder.

Der Schatten näherte sich ihm. Lautlos. Er sagte kein Wort, tat nichts, sondern glitt einfach nur auf ihn zu, aber Laurie konnte sehen, wie Barkers Verstand endgültig zerbrach. *»Du!«* brüllte er plötzlich. Er ballte die Fäuste. »Geh weg! Geh! Laß mich ... in Ruhe! Ich ... ich habe keine Angst vor dir! Ich ... ich habe dich schon einmal getötet, und ich kann es wieder tun! Geh weg! *Geh doch weg! SO GEH DOCH WEG!«*

Seine Schreie steigerten sich zu einem unmenschlichen Geheul. Urplötzlich fuhr er herum, stieß Stone sen. einfach aus dem Weg und riß die Tür auf. Niemand hätte ihm in seinem Zustand mehr die Schnelligkeit zugetraut, in der er die Tür hinter sich zuschlug.

»Nein!« stöhnte Stone. »Halt ihn auf, Laurie! Er darf ... nicht entkommen!«

Er wollte sich trotz seiner Schmerzen hochstemmen, aber

Laurie hielt ihn zurück. Plötzlich verstand sie *alles*. Es war so klar, daß sie sich fragte, wieso sie es nicht schon viel früher begriffen hatte.

»Lassen Sie ihn«, sagte sie. »Er wird seiner Strafe nicht entgehen.«

Sie lächelte traurig, während sie der schemenhaften Gestalt von Stones Sohn nachsah, die sich ebenfalls der Tür näherte und Barker folgte.

Es dauerte nur ein paar Augenblicke, bis sich Dr. Stone sen. so weit erholt hatte, daß er mit Lauries Hilfe aufstehen konnte. Schneider rührte sich während der ganzen Zeit nicht, sondern saß nur mit leerem Blick und wimmernd an der Wand, so vollkommen gelähmt, daß Laurie einfach wußte, daß er keine Gefahr mehr darstellte.

Sie folgten Barker, und obwohl er einen gehörigen Vorsprung hatte, holten sie ihn schon nach wenigen Schritten ein.

Er war nicht weit gelaufen, sondern stand vor der Aufzugtür. Stone stand vor ihm, jetzt wieder vollends zu einem Schemen geworden, halb durchsichtig und wie aus Rauch, der immer wieder seine Form zu verlieren drohte, sich aber im letzten Augenblick wieder stabilisierte. Durch seinen Körper hindurch konnten Laurie und Dr. Stone genau erkennen, was weiter geschah.

Laurie ahnte, was kam. Eigentlich hatte sie es gewußt, im gleichen Moment, in dem sie selbst den Aufzug verlassen hatte. Und sie wußte, daß es nichts gab, was sie noch tun konnte.

Trotzdem schrie sie, so laut sie konnte: *»Tun Sie es nicht, Dr. Barker! Gehen Sie nicht hinein!«*

Barker schien ihre Worte gar nicht zu hören. Starr und reglos stand er da, während sich die Lifttüren lautlos vor ihm teilten. Der Arzt betrat den Aufzug.

Laurie spürte, wie sich die Hand Dr. Stones auf ihrer Schulter verkrampfte. Aber wie sie selbst war auch er wie versteinert. Niemand gab auch nur einen Laut von sich. Die Aufzugtür schloß sich hinter Dr. Barker. Dann konnten sie auf der Skala über der Tür erkennen, daß sich der Aufzug nach unten bewegte.

Unendlich tief nach unten.

Obwohl noch immer wie gelähmt vor Angst und Entsetzen, riß sie sich los und ging wie hypnotisiert auf den Aufzug zu. Sie versuchte, durch die kleine Glasscheibe in der Mitte der Tür zu blicken, aber es gelang ihr nicht, irgend etwas zu sehen.

Nur aus den schmalen Schlitzen rundherum drang dünner, grauer Rauch. Laurie wußte, wohin er fuhr.

Sie spürte keinen Triumph; nicht einmal Erleichterung. Barker tat ihr leid, trotz allem. Im Grunde war er nichts als ein verrückter alter Mann gewesen, der wahrscheinlich gar nicht begriffen hatte, was er tat, wieviel Leid er über seine Mitmenschen gebracht hatte.

Und plötzlich fühlte sie sich müde, so unendlich müde. Aber zum ersten Mal seit langer, langer Zeit war es eine angenehme Art von Müdigkeit, und zum ersten Mal seit ebenso langer Zeit hatte sie keine Angst mehr.

Und vielleicht, dachte sie, während sie sich umdrehte und langsam in das Zimmer zurückging, in dem Bill auf sie wartete, würde sie von diesem Tag an überhaupt nie wieder Angst haben.

Von einer ganz bestimmten Art von Büchern ist in der nachfolgenden Geschichte die Rede. Dabei ist zu CELHAMS ERBE eigentlich nicht viel zu sagen – die Geschichte spricht für sich selbst. Allenfalls soviel, daß ich sie damals als reine ›Auftragsarbeit‹ betrachtet und auch geschrieben habe. Irgendwie war ich ganz froh, daß DER MANN, DER DAS GRAUEN ERBTE (Diese Titel!!!!) in der Versenkung verschwand und niemand viel darüber sagte. Bis ... ja, bis ich den Auftrag erhielt, diese Anthologie mit frühen Geschichten zusammenzustellen. CELHAMS ERBE ist vielleicht nicht die originellste aller meiner Stories, aber sie hat mir beim Wiederlesen überraschend gut gefallen – und mir schlagartig klargemacht, wie sehr ich schon damals die Geschichten des Altmeisters H. P. Lovecraft gemocht habe. Es gibt eben Dinge, an denen kommt man nicht vorbei. So wie es Dinge gibt, von denen man besser die Finger lassen sollte. Ein gewisser Mister Celham hat dies auch zu spüren bekommen – aber leider ein bißchen zu spät begriffen ...

CELHAMS ERBE

Celhams Hals schmerzte. Er fror, obwohl ihm das Digitalthermometer über seinem Schreibtisch sagte, daß in dem winzigen Raum fast dreißig Grad Celsius herrschten. Er hatte jedes Zeitgefühl verloren, und seine Glieder fühlten sich seltsam taub an, als wären sie nur noch bloße Anhängsel seines Körpers, nutzlos und höchstens noch eine Belastung. Er wußte nicht mehr, wann er heruntergekommen war, wie lange er jetzt schon hier saß und versuchte, die Texte aus dem *Nekronomikon* richtig zu zitieren, ihren Worten den richtigen Klang, die richtige Betonung zu geben. Vor ein paar Stunden hatte er Durst bekommen, später hatte sich Hunger hinzugesellt, aber er hatte jetzt keine Zeit, sich um die Bedürfnisse seines Körpers zu kümmern.

Er stand kurz davor, kurz vor dem Durchbruch, dem Augenblick, auf den er die letzten fünfunddreißig Jahre seines Lebens hingearbeitet hatte.

Wieder formten seine Lippen die Worte, konzentrierte er sein ganzes Denken auf jenen winzigen Punkt an der gegenüberliegenden Wand der Kammer, wo er mit sorgfältigen Kreidestrichen das Hexagon hingezeichnet hatte. Seine Hände zitterten vor Aufregung. Er spürte, daß er kurz vor dem Erfolg stand, daß der Formel nur noch eine Winzigkeit fehlte, eine kleine Betonung hier, eine etwas stärkere Aussprache dort – Kleinigkeiten im Vergleich zu den Schwierigkeiten, die er überwunden hatte, ehe er in den Besitz des *Nekronomikon* gelangt war, des einzigen echten Exemplars, das jemals existiert hatte. Fünfunddreißig Jahre seines Lebens hatte er geopfert, um in den Besitz dieses Schatzes zu gelangen, Zehntausende von Meilen weit war er gereist, von einer Enttäuschung zur anderen. Und das beachtliche Vermögen, das ihm sein Vater hinterlassen hatte, hatte sich im Laufe der Jahre in einen beinahe gleichgroßen Berg von Schulden verwandelt.

Aber das alles zählte nicht mehr. Er hatte seinen Traum verfolgt, und es war ihm egal gewesen, wie viele Fehlschläge es gegeben hatte, daß die anderen hinter seinem Rücken zuerst zu lachen und dann zu tuscheln begannen, daß sich alle seine Freunde von ihm abwandten.

Rhylee, chtulhu ftagn – shudde ftagne shudde-mell

Er spürte, wie der Bann brach. In seinem Innern tobte für einen winzigen Moment ein Chaos, als er versuchte, seiner Aufregung Herr zu werden und jenen Grad von angespannter Gelöstheit zu erreichen, der notwendig war, um die Beschwörung korrekt durchzuführen.

Im Zentrum des Hexagons entstand Bewegung. Celham hatte für einen winzigen Augenblick den Eindruck, durch die Oberfläche eines glasklaren Flusses auf den feuchtschimmernden Stein zu blicken, dann verschwand das Phänomen so plötzlich wieder, wie es aufgetaucht war.

Aber etwas hatte sich verändert.

Im Zentrum des Kreidezeichens entstand ein sanftes, grünliches Leuchten, als wäre das Feld mit einer phosphorisierenden Farbe überzogen worden. Das Leuchten wurde intensiver, kräftiger, nahm eine giftgrüne Färbung an, und im gleichen Maße, wie der Schein stärker wurde, schien sich das Licht der nackten Glühbirne, die an einem Draht von der Decke baumelte, abzuschwächen, als sauge dieses böse Licht die Helligkeit auf.

Celham schluckte.

Er konnte nicht leugnen, daß er Angst hatte, aber das war nur natürlich. Außerdem war es zu spät. Er war viel zu weit gegangen, um jetzt noch einen Rückzieher zu machen.

Celham lächelte verzerrt. Rückzieher ... selbst wenn er es gewollt hätte, hätte er es nicht gekonnt. Fünfunddreißig Jahre lassen sich nicht einfach mit einem Schulterzucken abtun. Und er war auch zu weit gegangen. Er hatte das Tor in diese andere, verbotene Welt schon geöffnet, einen Spalt breit zwar nur, aber weit genug, daß das Grauen seinen Fuß dazwischenstellen konnte. Und so, wie er der einzige Mensch auf der Welt war, der die Gespenster der Vergangenheit beschwören konnte, war er auch der einzige, der sie beherrschen konnte, der einzige Mensch, der zu verhindern imstande war, daß sich die Horden aus der anderen, dunklen Welt über die Erde ergossen und den Menschen die Herrschaft über ihren Planeten streitig machten.

Konnte er es wirklich ...?

Für einen Sekundenbruchteil wallte Panik in ihm auf. Er verscheuchte den Gedanken, aber die Frage war da, einmal ausgesprochen, ließ es sich nicht mehr rückgängig machen.

Celham lächelte erneut, aber sein Gesicht glich dabei eher einer schmerzerfüllten Grimasse. Im *Nekronomikon* standen genug Warnungen. Und er wäre nicht der erste, der Opfer der Dämonen wurde, die er rief. Eine Zeile aus dem Zauberlehrling fiel ihm ein:

Die Geister, die ich rief, ich werd' sie nicht mehr los ...

Oder so ähnlich. Das Zitat war wahrscheinlich nicht wortgetreu, aber es versinnbildlichte alles, was er im Moment fühlte.

»Unsinn«, murmelte er halblaut. Er war sicher. Er hatte alle Sicherheitsvorkehrungen getroffen, die das Buch vorschrieb, und noch ein paar mehr. Alle seine Vorgänger waren Narren gewesen. Das Buch hatte vielen das Verhängnis gebracht, aber sie trugen selbst Schuld an ihrem Schicksal. Sie waren Narren gewesen, verblendete Idioten, die nach Ruhm und Reichtum trachteten und die Gefahr, die sie heraufbeschworen, unterschätzten.

Nein – er hatte sich vorbereitet. Ein Fingerschnippen von ihm würde reichen, die Geister wieder dahin zu verbannen, wo sie herkamen, das Tor ein für allemal zu schließen.

Und er hatte noch ein übriges getan. In der Brusttasche seines Hemdes befand sich ein winziger Sender, ein technisches Wunderwerk, das er für viel Geld hatte anfertigen lassen und das auf seinen Herzschlag reagierte. Solange sein Herz schlug, solange er atmete, blieb das Gerät inaktiv. Aber wenn ihm etwas zustieß, würde es einen kurzen Funkimpuls ausstrahlen, und eine Reihe von genau placierten Sprengsätzen würde das unterirdische Gewölbe und alles, was sich darin befand, vernichten.

Nicht, daß er mit so etwas rechnete ...

Das Leuchten an der Wand wurde jetzt stärker. Von dem grünlich glühenden Punkt erstreckten sich dünne, schlangengleiche Lichtfühler nach allen Seiten, prallten gegen die unüberwindliche Barriere, die das Hexagon bildete, und flossen daran ab wie an einem unsichtbaren Schutzschirm, bis die ineinander verschlungenen Kreidestriche wie unter einem geheimnisvollen inneren Leuchten glühten.

Celhams Blick suchte die Lampe. Das Licht der Glühbirne war mittlerweile fast ganz erloschen; er konnte den gedrehten Glühfaden sehen, wenig mehr als ein schwacher Funke. Während er hinsah, verlosch er ganz.

Aber der Raum wurde nicht dunkel; im Gegenteil. Das Leuchten des Hexagons füllte ihn jetzt ganz aus, überschwemmte die Kammer mit einer Flut von hartem, grausamem Licht, das die Konturen verzerrte und die Schatten zu geheimnisvollem Leben zu erwecken schien.

Celhams Atem beschleunigte sich. Seine Finger glitten über das brüchige Pergament des Buches, legten behutsam Seite um Seite um, bis sie die gekennzeichnete Stelle gefunden hatten. Celham wagte es nicht, den Blick von der Erscheinung zu nehmen, als fürchte er, daß in den winzigen Augenblick, in dem er die Erscheinung nicht mit Blicken fixierte, irgend etwas Schreckliches, Grauenhaftes geschehen könnte. Celham wagte es nicht einmal, zu blinzeln. Seine Lippen beteten lautlos die Worte herunter, die oben auf der aufgeschlagenen Seite standen. Es war nicht nötig, daß er hinsah, er kannte sie auswendig, seit Jahren schon, und es war auch nicht notwendig, daß er sie laut aussprach; es genügte, wenn er daran dachte. Das Schreckliche war weit genug in die Welt der Realität vorgedrungen, um seine Gedanken, seine Gefühle lesen zu können. Die Krücke der akustischen Verständigung war nicht mehr nötig.

Im Zentrum des geheimnisvollen Leuchtens entstand Bewegung, ein dunkler, wirbelnder Strudel, der mit jeder Sekunde, jedem Atemzug, jedem Wort, das Celhams Lippen formten, an Substanz gewann, als söge die Erscheinung Kraft aus der Beschwörungsformel. Gleichzeitig wurde es kälter. Die Wärme schien sich um Celham herum zu verdichten, sich zu unsichtbaren, wallenden Schwaden zu formen, die durch das geheimnisvoll glühende Tor in eine andere, verbotene Welt abfloß.

Er fror. Seine Finger wurden erst gefühllos, dann steif, bis sie schließlich wie hölzerne Imitationen einer menschlichen Hand auf dem Pergament des Buches lagen. Er versuchte sich zu bewegen; es ging nicht. Er spürte, wie seine Stimmbänder den Dienst aufgaben, wie seine Augäpfel schwer wurden, bis er sie nicht mehr bewegen konnte, wie seine Lider sich bis auf einen winzigen Spalt schlossen. Sein Gesichtsfeld verengte sich auf einen winzigen, kreisförmigen Ausschnitt, in dessen Zentrum das glühende Hexagon schwebte.

Er konnte nicht einmal schreien, als die Erscheinung Gestalt annahm. Er hatte gewußt, was er zu erwarten hatte, welcher Art die Dämonen waren, die er mit seinen Beschwörungen rief. Aber die Wirklichkeit war viel schrecklicher als jede Vorstellung, jedes Bild, das er sich gemacht hatte. Die Erscheinung glich einem ins Riesenhafte vergrößerten Regenwurm: ein langer, massiger, vielfach gegliederter Körper, der im Licht des Hexagons dunkelgrün schimmerte und von einer Art – absurd! – trockenem Schleim überzogen zu sein schien. Dort, wo Celham den Kopf erwartet hatte, befand sich ein Ring aus schenkelstarken, peitschenden Tentakeln, die scheinbar wütend gegen die unsichtbare Fessel trommelten, die das Wesen gefangenhielten. Celham wußte nicht, ob das Ding fähig war, Laute auszustoßen; aber er wäre erleichtert gewesen, wenn das Wesen geschrien oder getobt hätte. Die lautlose Wut, mit der es sich in dem für seinen Körper viel zu kleinen Gefängnis wand, war auf ihre Art viel schrecklicher als alles andere.

Mit großer Willensanstrengung gelang es ihm, einen Finger zu heben, dann noch einen, schließlich die ganze Hand.

Celham lächelte überlegen. Er hatte gewußt, daß er den Kampf gewinnen würde. Das Ungeheuer besaß keine Macht über ihn.

Mit einem wütenden Ruck warf er die Lähmung ab, warf den Kopf in den Nacken und begann, laut und ausdauernd zu lachen. Er hatte gesiegt! Gesiegt! Gesiegt! Das Monster unterstand seinem Willen, seinem Befehl, er war sein Herr. Seine Träume, sein jahrzehntelanges zähes Ringen, hatten Erfolg gehabt. Jetzt gab es nichts mehr, was ihn noch aufhalten konnte . . .

Er stand auf, ging um den Schreibtisch herum und näherte sich dem riesigen Körper des Ungeheuers bis auf wenige Zentimeter. Er konnte den Schwefelgestank wahrnehmen, den die Erscheinung ausströmte, die intensive Hitze, die selbst durch die unsichtbare Barriere des Hexagons zu ihm drang, und er registrierte fast amüsiert, wie das Ding erneut mit geistiger Macht nach ihm griff, um seinen Willen zu brechen.

»Nein«, flüsterte er leise. »Nein, Shudde-mell. Du kannst mich nicht bezwingen.« In seiner Stimme flackerte der beginnende Wahnsinn. Aber Celham war schon viel zu weit gegangen, um jetzt noch zurück zu können. »Ich bin dein Herr«, sagte er leise. »Ich! Und ich werde dir befehlen, was du tun mußt. Mit deiner Hilfe werde ich diese Welt beherrschen, Shudde-mell. Mit deiner Hilfe.«

Er trat einen Schritt zurück, wischte sich mit einer fahrigen Bewegung den Schweiß von der Stirn und öffnete den obersten Knopf seiner Jacke. »Ich würde gerne wissen, ob du mich verstehst«, sagte er. In seinen Augen war ein irres Leuchten, seine Hände führten kleine, nervöse Bewegungen aus. »Wir beide werden die Welt erobern, du und ich!« kicherte er.

»Hast du nicht immer davon geträumt, Shudde-mell?« fragte er.

Die Erscheinung reagierte auf seine Worte mit einem wütenden Schlag der Tentakeln, aber die unsichtbare Barriere hielt.

Celham lachte laut auf. »Streng dich ruhig an, Shudde-mell«, sagte er. »Streng dich ruhig an. Um so eher wirst du einsehen, daß du machtlos bist. Hast du nicht immer davon geträumt, diese Welt zu beherrschen? Du wirst es tun, beinahe jedenfalls. Es wird nur noch ein Wesen geben, das über dir steht: Mich. Und weißt du, was das Lustige an der ganzen Sache ist, Shudde-mell?« Er lachte wieder, ein hohes, schrilles Geräusch, das von den Wänden zurückprallte und die Gläser zum Klirren brachte. »Du, ausgerechnet du, der Inbegriff des Bösen, wirst dazu beitragen, daß diese Welt so wird, wie die Menschen es sich erträumen«, sagte er kichernd. »Ich bin nicht verrückt, wenn du das glaubst. O nein! Ich werde diese Welt befreien. Ich werde Regierungen und Militär abschaffen, werde die Menschen befreien. Es wird keine Unterdrückung und keine Not mehr geben, keinen Hunger und keine Kriege. Die Menschen werden frei sein, zu tun und zu lassen, was sie wollen. Zu leben, wo sie wollen, zu sagen, was sie denken. Es wird keine Angst mehr geben, keine Beherrscher und keine Beherrschten. Nur noch die Freiheit. Und das alles werden wir bewirken, Shuddemell, du und ich. Und niemand wird etwas davon erfahren. Wir werden aus dem verborgenen heraus operieren, wir zwei. Es wird lange dauern, aber wir haben Zeit. Alle Zeit dieser Welt.«

Als hätte das Wesen die Worte verstanden, bäumte es sich erneut auf, warf die ganze ungeheure Kraft seines zehn Meter langen Körpers gegen die Barriere aus Kreidestrichen, die seine dämonische Macht gefangenhielt, und prallte zurück.

Celham ging langsam zu seinem Schreibtisch zurück, öffnete eine Schublade und zog eine Flasche Cognac hervor. »Die habe ich mir aufgehoben«, sagte er leise. »Dir zu Ehren, Shuddemell. Zu Ehren dieses Tages. Um ehrlich zu sein – ich habe kaum noch damit gerechnet, daß ich sie eines Tages wirklich trinken würde.« Er schenkte sich ein Glas voll, prostete dem tobenden Ungeheuer zu und leerte es mit einem Zug.

»So«, sagte er. »Jetzt werde ich dich aus deinem Gefängnis befreien. Aber vorher werde ich dich endgültig unter meinen Willen zwingen.« Er beugte sich über das aufgeschlagene *Nekronomikon*, blätterte darin und nickte zufrieden, als er die gesuchte Stelle gefunden hatte. Seine Lippen formten lautlose Worte, während er die abschließende Beschwörungsformel ein letztes Mal rekapitulierte. Er achtete nicht auf das Toben des Ungeheuers. Er wußte, daß es sicher war, daß keine noch so große Macht aus dem Dämonenreich die Fessel des Hexagons sprengen konnte.

Eine intensive Hitzewelle ließ ihn hochfahren.

Sein Kopf flog in den Nacken, und seine Augen weiteten sich entsetzt, als er begriff, was geschah.

Unter der ungeheuren Hitze, die der schlangenähnliche Körper des Dings ausstrahlte, begann der massive Stein in seiner unmittelbaren Umgebung zu glühen. Zuerst war es ein dunkles, kaum auszumachendes Rot, wie bei einer Herdplatte, die man einen Augenblick zu lange angelassen hat, aber noch während Celham zusah, wurde das Rot heller, ging in ein kräftiges, leuchtendes Orange, schließlich in Gelb über. Langsam, wie zähflüssiger Sirup, begann das geschmolzene Gestein die Wand herabzufließen. Ein winziger Lavastrom durchbrach den Kreidestrich, rann funkensprühend und zischend zu Boden und bildete einen Quell intensiver Helligkeit auf den verkohlenden Bohlen.

Celham schrie auf, als ihm klar wurde, was geschah. Shudde-mell stieß mit neuer Wut gegen die unsichtbare Wand vor, prallte zurück und griff erneut an. Wieder tropfte ein Stück der Wand herunter, wischte einen Teil seiner Fessel aus und schuf eine Öffnung, durch die zwei, drei Tentakel der Bestie herausgelangen konnten. Celham warf sich blitzschnell hinter seinen Schreibtisch in Deckung, als die oberschenkelstarken Fangarme der Bestie nach ihm hieben. Er spürte die ungeheure Hitzewelle, als der Tentakel nur Zentimeter über seinem Kopf durch die Luft zischte, hörte das Bersten des Holzes, als Shudde-mell in einem Anfall sinnloser Wut den Schreibtisch zertrümmerte, und spürte einen scharfen Schmerz im linken Handgelenk, als er auf dem Boden aufprallte. Seine Finger tasteten blind nach dem *Nekronomikon,* aber er bekam nur eine Handvoll Splitter und einen zerbrochenen Füllfederhalter zu fassen.

Wie lange konnte die Barriere noch halten? Eine Minute? Zwei?

Er versuchte verzweifelt, sich den Text der Beschwörung ins Gedächtnis zu rufen, aber in seinen Gedanken herrschte ein heilloses Chaos.

Er wußte, daß er es nicht schaffen würde.

Celham stemmte sich an den zertrümmerten Überresten seines Schreibtisches hoch, wich einem unsicher geführten Schlag der wirbelnden Tentakel aus und riß mit zitternden Fingern die Schreibtischschublade auf.

Wahnsinn! kreischten seine Gedanken. Aber er machte trotzdem weiter. Mit einem Satz brachte er sich vor einem neuen Angriff in Sicherheit, tauchte unter den wirbelnden Tentakeln hindurch und näherte sich der Wand. Von seinem Kreidezeichen war nicht mehr sehr viel übrig, aber noch reichte die

Macht des Symboles, um die Bestie im Zaum zu halten. Noch . . . Aber noch während Celham sich dem tobenden Monstrum näherte, brach ein ganzes Stück Wand heraus, wischte mehr als die Hälfte des Hexagons weg und überschüttete ihn mit einem Hagel glühender Gesteinssplitter.

Celham ignorierte den Schmerz. Ein Tentakel streifte ihn an der Schulter, schmetterte ihn mit übermenschlicher Kraft zu Boden und ließ ihn einen Atemzug benommen liegen bleiben.

Aber der Schlag rettete ihm gleichzeitig das Leben. Als er nach zwei, drei Sekunden wieder klar denken konnte, sah er, daß er für Sekunden in Sicherheit war. Die Wucht des Hiebes hatte ihn in den totel Winkel unterhalb der Bestie geschleudert, und die einzige Gefahr, der er im Moment ausgesetzt war, kam von der kochenden, schmelzenden Wand.

Er rollte sich herum, packte das Stück Kreide fester und kroch auf Händen und Knien auf Shudde-mell zu. Die Hitze schlug über ihm zusammen wie eine dunkle, erstickende Welle. Sein Haar und seine Wimpern und Brauen waren versengt, von seinen Fingerspitzen löste sich die Haut in Fetzen, und sein Gesicht war übersät mit Brandblasen. Aber er kroch weiter. Er wußte, daß er in den Tod kroch, aber das war ihm egal. Sein Traum von der schönen neuen Welt, vom Paradies, war zerbrochen, und es gab keinen Grund mehr für ihn, zu leben. Ja, er würde sterben, aber vorher mußte er die Ungeheuer, die er gerufen hatte, wieder dorthin zurückschicken, wo sie herkamen.

Langsam, Zentimeter für Zentimeter, schob er sich vorwärts, bis er mit der Schulter gegen die Wand stieß. Der Stein war so heiß, daß sein Hemd schwarz verkohlte und die Haut darunter Blasen warf. Er spürte den Schmerz wie eine Welle feuriger Lava durch seinen Körper rollen, aber er ignorierte ihn. Der Schmerz konnte ihm nichts anhaben, konnte ihn nicht einmal behindern.

Er hob die Hand, begann mit unsicheren, zitternden Bewegungen eine Figur zu zeichnen, ein verschlungenes Symbol aus einander überschneidenden und überkreuzenden Linien. Seine Kehle formte sinnlose Worte, und in seinen Ohren pochte das Blut im hektischen Rhythmus seiner Herzschläge.

Von irgendwoher rollte das dumpfe Echo einer Explosion durch das Gewölbe, als einer der Sprengsätze auf die ungeheure Hitze reagierte und hochging. Kalk und Steinbrocken regneten von der Decke.

Celham spürte, daß er es nicht mehr rechtzeitig schaffen würde. In seinen verbrannten Fingern war nicht mehr genug Kraft, die Linien waren zittrig und ungenau, und unter der intensiven Hitze zerfiel der Kreidestrich vor seinen Augen zu trockenem Staub.

Er stöhnte, fiel auf den Rücken und wartete auf den Tod.

Aber er kam nicht.

Mit einer letzten, gewaltigen Anstrengung befreite sich Shudde-mell aus seiner Fessel, schnellte mit einer ungeheuer kraftvollen Bewegung durch den Raum und zertrümmerte die massive Eichentür durch sein bloßes Körpergewicht.

Die Hitze ließ nach. Das Gestein kühlte zischend und knackend ab, und ein kühler, beinahe wohltuender Lufthauch streichelte Celhams verbranntes Gesicht. Er drehte mühsam den Kopf, beobachtete die wuchtige Gestalt Shudde-mells, die bewegungslos in den zermalmten Überresten der Tür hockte und auf irgend etwas zu warten schien.

Sein Blick wanderte nach oben. Das Leuchten in der Mitte des Hexagons war erloschen. An seiner Stelle wallte jetzt eine schwarze, grob kreisförmige Erscheinung, ein seltsames, sinnverdrehendes Etwas, das Celham beim bloßen Ansehen Schmerzen bereitete. Es schien, als blicke er in ein Loch in der Schöpfung, einen Riß im normalen Universum, durch die eine bedrohliche, überirdische Finsternis herüberwallte. Dann hatte er den Eindruck, in einen Tunnel zu sehen, einen endlosen, verdrehten und verzerrten Gang, der geradewegs bis ans Ende der Schöpfung zu reichen schien. Die Dunkelheit darin schien auf unbeschreibliche Weise zu leben. Ein Wallen, das selbst die Dunkelheit noch aufzusaugen schien, erfüllte den Gang.

Celham stöhnte, als er endlich begriff, was er getan hatte. Aber jetzt war es zu spät.

Eine Gestalt erschien in dem schwarzen Wallen, eine Kreatur, die so grauenhaft war, daß sich Celhams Denken weigerte, sie als Realität anzuerkennen, dann eine zweite, dritte, vierte, jede eine Steigerung des vorangegangenen Alptraumes, jede gräßlicher als die andere. Und es kamen immer mehr.

Celham fummelte mit gefühllosen Fingern an seiner Brusttasche herum. Das Metall des Senders fühlte sich heiß und klebrig an, und seine Fingerspitzen schienen zu explodieren. Aber er fand die Taste.

Celhams Lippen formten ein letztes, lautloses Gebet. Dann drückte er den Knopf.

Ein ungeheurer Donnerschlag erfüllte das Gewölbe. Flammen und Rauch hämmerten gegen die niederbrechende Decke, ließen die Wände zu explodierenden Trümmerbrocken werden und rissen den Boden auf.

Celham sah nichts außer einem gewaltigen Blitz.

Es dauerte lange, ehe sich Rauch und Flammen verzogen. Der Raum war so gründlich zerstört, als wäre eine kleine Atombombe explodiert. Die Südwand war eingebrochen und der unheilvolle Zugang zu einer anderen Welt verschlossen, begraben unter Tonnen von Stein und nachrutschendem Erdreich.

Aber inmitten der Vernichtung hockte ein zehn Meter langes, wurmähnliches Ungeheuer, umgeben von einem Dutzend grauenhafter Alptraumkreaturen. Die Explosionen hatten ihnen nichts anhaben können, hatten ihre Wut eher gesteigert.

Shudde-mell drehte sich langsam um und kroch auf den verschütteten Eingang zu. Hundert Tonnen Fels und Erde bildeten ein nahezu unüberwindliches Hindernis, und von Zeit zu Zeit lösten sich immer noch Brocken aus der Decke und schlugen mit metallischem Knall auf die schimmernde Panzerhaut des Wurmes.

Shudde-mell richtete sich auf. Sein Vorderkörper pendelte wie der Leib einer angreifenden Kobra in der Luft. Dann stieß er mit einer Schnelligkeit, die man dem scheinbar so plumpen Körper überhaupt nicht zugetraut hätte, gegen die Barriere aus Fels und Trümmern vor.

Geschmolzenes Gestein spritzte nach allen Seiten davon. Langsam, mit der Geduld eines Wesens, das in Jahrmillionen zu rechnen gewohnt ist, bahnte sich Shudde-mell seinen Weg ans Licht.

»Hast du mein Buch?« Jordan sah an diesem Morgen ganz und gar nicht wie ein Archäologie-Professor aus; im Gegenteil. Der zerschlissene Morgenmantel und die altmodische Nickelbrille, mit der er sich bewaffnet hatte, gaben ihm etwas Pantoffelheldenhaftes, und der Ausdruck in seinen Augen war eher wehleidig als heldenmütig.

»Was für ein Buch?« fragte Will Fleming, sein Assistent und Freund – und außerdem seit ein paar Monaten der Liebhaber seiner Tochter. Was Jordan wußte – aber er war diskret genug, so zu tun, als wüßte er es nicht. Und Fleming seinerseits war diskret genug, so zu tun, als wüßte er nicht, daß sein Schwiegervater in spe es wußte...

Er lugte über den Rand seiner Zeitung, nippte an seinem Kaffee und machte eine kaum merkliche Kopfbewegung in Richtung Bibliothek. »Da drüben stehen so acht- bis zehntausend Stück«, sagte er spöttisch. »Vielleicht ist das Gesuchte darunter.«

»Witzbold«, knurrte Jordan, schlurfte aber trotzdem davon.

Will faltete seine Zeitung übertrieben sorgfältig zusammen, legte sie neben die Kaffeetasse auf den Frühstückstisch und runzelte die Stirn. »Was hat er denn?«

Jenny zuckte die Achseln. Sie fuhr fort, ihre Fingernägel zu lackieren, ohne Will zu antworten.

»Seit drei Tagen ist dein Vater ungenießbar«, knurrte Will, als ihm klar wurde, daß er keine Antwort bekommen würde. »Und du auch«, fügte er grollend hinzu.

Jenny sah jetzt doch auf. Sie lächelte, aber es war mehr ein Zeichen von Höflichkeit als von Humor. »Er hat Sorgen«, sagte sie schließlich.

Will nickte. »Man merkt es. Und was sind das für Sorgen?«

Jenny zuckte mit den Schultern. »Woher soll ich das wissen?« Sie begutachtete die frische Farbe auf ihren Nägeln, nickte zufrieden und schraubte die Flasche mit spitzen Fingern zu. »Seit einer Woche bezahlt er mich scheinbar dafür, daß ich mir die Nägel lackiere, um bei einem naheliegenden Beispiel zu bleiben«, lächelte sie. »Noch Kaffee?«

Will nickte. »Gern. Ich dachte, er arbeitet intensiv an seinem Buch?«

»Das hat er getan, bis zum Donnerstag voriger Woche.«

»Und dann?« fragte Will neugierig.

Jenny biß in eine Semmel. »Ich weiß nicht«, sagte sie kauend. »Du weißt ja, daß er manchmal kistenweise Bücher geschickt bekommt. In irgendeinem muß er etwas gefunden haben, das ihn beschäftigt. Aber er hat mir nicht gesagt, was es ist.«

»Vielleicht hat er endlich herausgefunden, wo Aladin seine Wunderlampe vergraben hat«, spöttelte er.

Jenny blieb ernst, obwohl sie normalerweise sofort in die Luft ging, wenn Will eine seiner spöttischen Bemerkungen über das Hobby ihres Vaters machte. Er leugnete rundweg alles ab, was mit Magie und Okkultismus zu tun hatte. Das war einer der wenigen Punkte, in denen sie sich nicht blind verstanden – und wahrscheinlich auch nie verstehen würden. »Ich glaube, es ist etwas Ernsteres«, sagte sie nach einer Weile. »Ich habe ihn selten so abwesend und nervös gesehen.«

Jordans Eintreten unterbrach ihre Diskussion. »Ich weiß genau, daß ich es auf das dritte Regal gestellt habe«, murmelte er undeutlich. Zwischen seinen Brauen stand eine steile Falte. »Ich suche nach ... Ha! Da ist es ja!« Er trat mit einem Schritt neben Will, fegte die Zeitung vom Tisch und nahm ein zerlesenes Taschenbuch in die Hand, das darunter gelegen hatte. »Du hattest es also doch!« sagte er anklagend.

Will hob in gespielter Angst die Arme. »Nicht schlagen, Massa«, flehte er. »Ich bestimmt nie wieder tun.« Er wurde übergangslos ernst. »Seit wann liest du so einen Mist?« fragte er ruhig. »Ich dachte immer, du konsumierst nur gelehrte Bücher.«

Jordan ließ das Buch in der Tasche verschwinden und griff nach Jennys Kaffeetasse. »Das ist kein Mist«, sagte er zwischen zwei Schlucken. »Es ist vielleicht ein Roman, aber ganz gewiß kein Schund.«

»Ist ja schon gut«, knurrte Will. »Was hältst du davon, wenn du dich zu uns setzt, dir selbst eine Tasse nimmst und uns erzählst, welche Laus dir über die Leber gelaufen ist?«

Jordan schien über den Vorschlag nachzudenken. »Warum eigentlich nicht?« murmelte er. Er stellte die Tasse ab, sah an sich herunter und schien zusammenzuzucken, als ihm auffiel, wie er aussah. »Entschuldigt mich nur noch einen Augenblick«, sagte er, bereits im Hinausgehen begriffen. »Ich will mich nur rasch umziehen und ein paar Unterlagen holen. Sei so lieb und schmier mir ein Brötchen, Jenny.« Er verschwand durch die Tür, nahm lautstark die Treppe in Angriff und fügte von oben herab hinzu: »Mit Schinken!«

Jenny nickte ergeben. »Mit Schinken. Jawohl, der Herr.«

»Du machst dich gut als Köchin«, grinste Will.

Jenny runzelte die Brauen. »Ich bin ja froh, daß er überhaupt wieder etwas ißt.«

Jordan kam zehn Minuten später zurück, diesmal in einen leichten Sommeranzug gekleidet, frisch gekämmt und mit einem Stapel Bücher unter dem Arm.

Will grinste. »Wo hast du deinen Bruder gelassen?«

»Meinen Bruder?«

»Den Clochard.«

Diese Bemerkung brachte ihm einen giftigen Blick von Jenny ein.

Jordan lachte nur. »Du hast ja recht«, sagte er. »Aber warte ab, was ich euch zu erzählen habe.«

Will nickte. »Dann fang an.«

»Laß ihn doch wenigstens frühstücken«, zischte Jenny.

»Aber sicher, Mami.«

Jordan lachte leise. »Ich sehe, ihr habt euch prächtig angefreundet, während ich beschäftigt war«, sagte er spöttisch.

Will nickte ernsthaft. »Ja. Ich habe schon fast damit gerechnet, daß sie mir Gips anstelle des Zuckers in den Kaffee gibt.«

Jenny lächelte zuckersüß. »Aber Will, du unterschätzt mich«, sagte sie. »Höchstens Strychnin. Allerdings erst, nachdem wir verheiratet sind und du mir dein Vermögen überschrieben hast.«

Will hustete. »Wer hat von Heiraten gesprochen?«

Jordan unterbrach die beiden Kampfhähne mit einem gekünstelten Husten. »Vielleicht interessiert es euch, was ...«

Will trank einen Schluck Kaffee, verbrühte sich die Zunge und zog eine Grimasse. »Aber sicher, Herr Doktor. Schießen Sie los.«

Jordan legte das Buch auf den Tisch, nach dem er noch vor

wenigen Minuten so intensiv gesucht hatte. »Da ich es bei dir gefunden habe, nehme ich an, daß du es gelesen hast«, begann er.

»Zum Teil. Es lag herum, und weil ich nichts Besseres zu tun hatte . . . ich konnte ja nicht ahnen, daß du darin liest.«

Jordan winkte ab. »Schon gut. Ich mache dir gar keinen Vorwurf. Du hast es gelesen?«

»Größtenteils.«

»Und?« bohrte Jordan. »Wie hat es dir gefallen?«

Fleming wiegte den Kopf. »So – so – la – la. Dieser Lovecraft war nicht gerade ein begnadeter Schriftsteller . . . aber ich muß zugeben, daß mich einige Passagen des Buches beeindruckt haben.«

Jordan nickte, offensichtlich zufrieden. »Tja, und jetzt sieh mal hier.« Er nahm ein weiteres Buch von dem Stapel, schlug das Titelblatt auf und reichte es Will.

Chtulhus Erben, las Fleming. *Von Robert T. Celham*. Er drehte das Buch verwirrt in den Händen, blätterte einen Moment lang darin und reichte es schließlich an Jenny weiter. »Und was ist daran so Besonderes?« fragte er.

»Im Grunde nichts«, sagte Jordan. »Jedenfalls nicht, wenn man die Hintergründe der Geschichte nicht kennt. Du hast *Mountains Of Madness* gelesen. Kennst du sonst noch Werke von Lovecraft?«

Will schüttelte den Kopf. »Nein.«

»Fast alle seine Gruselgeschichten haben das gleiche Grundthema. Die Großen Alten, die . . .«

»Ich weiß«, fiel ihm Jenny ins Wort. »Er erzählt von einer Rasse von . . . Überwesen, die die Erde beherrscht haben, bevor es Menschen gab, stimmt's?«

»Ja.«

»Wurden sie nicht von ihren eigenen Geschöpfen vernichtet?«

»So ungefähr. Sie . . . sie züchteten künstliches Leben, Protoplasmawesen, die ihnen die schweren körperlichen Arbeiten abnehmen sollten. Aber diese Wesen stellten sich gegen ihre Schöpfer. Es kam zu einem Krieg, in dem bis auf wenige Überlebende fast alle Großen Alten und ihre Geschöpfe vernichtet wurden.«

»Und was geschah mit den Überlebenden?« wollte Will wissen.

Jordan hob die Schultern. »Darüber schweigt Lovecraft sich aus.«

»Aber das sind doch Märchen. Nichts als Phantasiegebilde eines Schriftstellers«, sagte Will.

Jordan lächelte unglücklich. »Das dachte ich auch immer«, entgegnete er. »Aber siehst du, Will – es gibt in den verschiedensten Legenden immer wieder Hinweise auf die Großen Alten, auf eine Rasse, die unglaublich mächtig war und die Welt vor den Menschen beherrschte.«

»Ein besonders raffinierter Trick Lovecrafts. Er hat einfach Mythen und Legenden studiert, um seiner Phantasiewelt den Anschein von Realität zu geben«, vermutet Will.

»Der Gedanke liegt nahe, aber ...« Jordan schlug ein weiteres Buch auf, blätterte darin und legte es schließlich aufgeschlagen auf den Tisch. »Es gibt Hinweise und Zeichen, daß Lovecraft recht hatte, daß es diese Wesen wirklich gab. Du weißt, daß die meisten Legenden auf einen wahren Kern zurückgehen.«

Will warf einen neugierigen Blick auf das Buch. »Und was hat das alles mit dem Buch dieses Celham zu tun?« fragte er.

»Das weiß ich noch nicht«, gestand Jordan. »Ich ... ich hoffe, daß ich mich irre, aber ...«

»Aber?«

Jordans Lächeln wurde unglücklich. »Es sieht fast so aus, als wäre dieser Celham hinter das Geheimnis der Beschwörungsformeln gekommen. Lovecraft war klug genug, die Formeln in seinen Romanen in abgewandelter und verfälschter Form wiederzugeben. Ich persönlich glaube, daß er die wirkliche Formel sehr wohl gekannt hat. Aber er war klug genug, sie nie anzuwenden.«

»Und dieser Celham hat ...«

Jordan nickte. Sein Gesicht nahm einen besorgten Ausdruck an. »Er scheint die wirkliche Formel herausgefunden zu haben. Das Buch, das ich letzte Woche bekam, ist mehr als zehn Jahre alt, aber selbst zu diesem Zeitpunkt wußte er schon mehr, als für einen Menschen gut ist. Und er schreibt, daß er kurz davor steht, das wirkliche Nekronomikon in die Hand zu bekommen.«

»Das Nekronomikon?« Jenny sah ihren Vater fragend an. »Ist das nicht ein sagenumwobenes Zauberbuch . . .«

»Ja, ich habe davon gelesen«, ereiferte sich Will. »Aber ich nahm an, daß es sich nur um eine weitere Erfindung von Lovecraft handelt.«

»Das nehmen die meisten Menschen an«, nickte Jordan. »Aber Lovecraft wußte, daß es dieses Buch gibt. Und er wußte auch, wie gefährlich es war. Vermutlich hat er es sogar einmal selbst gesehen, vielleicht sogar in Besitz gehabt.«

»Und jetzt hast du Angst, daß Celham das Buch hat und irgendwelche großen alten Ungeheuer heraufbeschwört?« Der Satz hatte witzig klingen sollen, aber Wills Stimme klang eine Spur zu schrill, und seine Augen waren um eine Winzigkeit geweitet, als versuche er verzweifelt, gegen seine eigenen Gedanken anzukämpfen.

»Ich vermute überhaupt nichts«, sagte Jordan rüde. »Ich weiß nur, daß ich heute noch nach Schottland reisen werde. Kommt ihr mit?«

»Schottland?«

»Ja. Ich habe mit dem Verlag telefoniert, in dem das Buch erschienen ist. Man war sehr freundlich dort, aber viel verraten haben sie mir nicht. Offenbar kennt niemand diesen Celham persönlich. Das Manuskript kam eines Tages mit der Post, zusammen mit einem Brief, aus dem der Verleger herauslesen konnte, daß der Autor offenbar in enormen Geldschwierigkeiten steckte. Sie schickten ihm einen Scheck, später dann eine Endabrechnung, und die Bestellung für einen zweiten Band. Offenbar ist das Buch gut angekommen. Aber Celham hat nie geantwortet. Ich glaube, er hat sich nur sehr ungern von seinem ersten Manuskript getrennt. Aber offenbar steckte er bis zum Hals in Schulden.«

»Steckte?« fragte Jenny.

Jordan nickte.

»Steckte, richtig. Er ist tot. Er starb vor über drei Jahren unter ziemlich geheimnisvollen Umständen.«

»Was heißt geheimnisvolle Umstände?« fragte Will. Er

angelte sich ein Buch von dem Stapel, blätterte desinteressiert darin und legte es mit einem Schulterzucken zurück.

»Sein Haus brannte ab. Seine Leiche wurde nie gefunden, aber es besteht eigentlich kein Zweifel daran, daß er ums Leben kam.«

»Er ist tot?« Jenny legte den Kopf auf die Seite. »Und was wollen wir dann dort?« fragte sie.

»Ich sagte schon, daß ich es selbst nicht weiß«, gestand Jordan nach kurzem Zögern. »Es ist nur ... so eine Ahnung. Ich glaube nicht, daß Celham bei einem einfachen Unfall ums Leben kam.« Er brach ab. Er hätte noch mehr sagen können, aber er wollte Jenny und Will nicht beunruhigen, ehe er nicht genau Bescheid wußte. Es war mehr als eine flüchtige Ahnung, die ihn nach Schottland trieb. Er hatte es gespürt, während er in Celhams Buch las: den Atem des Bösen, Fremden, der aus den Seiten zu quellen schien. Und er hatte die Antwort gehört, als er in Gedanken die uralten Beschwörungen wiederholte, den telepathischen Fühler, der nach dem Gehirn griff. Die Neugier, ein Tasten wie bei einem neugeborenen Kind, das vorsichtig seine Umgebung erforscht. Und er hatte auch die unglaubliche Fremdartigkeit gespürt, das Böse ... nein, böse war das falsche Wort. Dieser fremde Geist war nicht böse, nicht in dem Sinn, in dem Menschen dieses Wort benutzen. Er war – fremd, so anders, daß er einfach jenseits von Gut und Böse, von Recht und Unrecht stand.

Er sammelte seine Bücher ein, schob den Stuhl zurück und stand auf. »Ihr könnt euch Zeit lassen mit dem Packen«, sagte er. »Die nächste Maschine geht erst um einundzwanzig Uhr.«

Die Sonne stand wenige Zentimeter über dem Horizont, ein flammender, orangeroter Ball, der sich anschickte, die letzte Etappe seiner Tagesreise in Angriff zu nehmen. Die Hitze des Hochsommertages war der angenehmen Kühle der Dämmerung gewichen, und vom See her wehte zusätzlich eine kühle, erfrischende Brise über das Ufer.

Montgomery drehte den Zündschlüssel herum und zog die Handbremse an. Der Motor des altersschwachen VW erstarb mit einem letzten grollenden Brummen, und für eine Winzigkeit war das leise Plätschern der Wellen und das Zwitschern der Vögel in den Bäumen ringsum das einzige Geräusch. Dann schaltete Montgomery das Autoradio ein. Leise Musik drang aus versteckt eingebauten Lautsprechern, die wahrscheinlich teurer gewesen waren als der ganze Wagen. Er lächelte nervös, und das Zucken seiner Augenwinkel verriet, daß er nicht halb so ruhig und selbstsicher war, wie er tat.

»Es ist . . . schön hier«, sagte er lahm. »Nicht?«

Mary-Lynn erwiderte sein Lächeln unsicher. Sie hatten lange darüber gesprochen, ob und wann sie es tun würden, aber jetzt, als sie sich endlich ein Herz genommen hatten und hier herausgefahren waren, war sie plötzlich nervös. Sie hatte Angst vor ihrer eigenen Courage, und ein Blick in Montgomerys Gesicht sagte ihr, daß es Montgomery genauso ging.

»Ich . . . ich weiß nicht«, stotterte sie.

»Was weißt du nicht?«

Sie zuckte mit den Schultern und blickte starr aus dem Fenster. Es wurde jetzt rasch dunkel, und die Schatten der Bäume und Büsche ringsum wurden länger und massiger.

»Hast du Angst?«

Sie zuckte erneut mit den Schultern. Natürlich hatte sie Angst. Genau wie Montgomery. Und genau wie er hatte sie Angst, es zuzugeben. Verdammt, ich bin alt genug, versuchte sie sich einzureden. Aber das nützte nicht viel. Mary-Lynn lernte in diesem Augenblick den Unterschied zwischen Theorie und Praxis kennen, und sie begriff allmählich, daß auch sie im Grunde noch genauso verklemmt und gehemmt waren wie ihre Großeltern damals.

»Ich weiß nicht . . . ob . . . ob ich überhaupt will«, sagte sie schließlich.

Auf Montgomerys Gesicht erschien ein zärtlicher Ausdruck. »Natürlich willst du, Dummerchen«, sagte er. »Wir haben doch oft genug darüber gesprochen, oder? Und außerdem liebe ich dich.«

Mary-Lynn lächelte. »Liebe . . .« sagte sie nachdenklich. »Ich weiß gar nicht, ob ich überhaupt weiß, was das ist.«

»Hm?«

»Ich meine ... ach, vergiß es.«

Sie drehte sich halb auf dem Beifahrersitz herum und riß mit einer fast trotzigen Bewegung am Reißverschluß ihres Kleides. »Hilf mir lieber, bevor ich es mir anders überlege«, sagte sie.

Montgomery beugte sich zu ihr herüber, öffnete den Reißverschluß eine Handbreit und küßte zärtlich ihren Nacken. Sie spürte, wie eine Welle der Wärme durch ihren Körper flutete und all ihre Zweifel und Gewissensbisse davonzuschwimmen begannen. Aus dem Autoradio drang leise, zärtliche Musik. Minutenlang saßen sie still da, ihre Körper wie schutzsuchend aneinandergepreßt, ohne daß einer von ihnen etwas getan oder gesagt hätte.

»Siehst du«, flüsterte Montgomery nach einer Weile. »Du bist im Grunde ... was war das?« Er richtete sich plötzlich kerzengerade auf, löste seinen Arm von ihrer Schulter und starrte aufmerksam in das Halbdunkel hinter den Wagenscheiben.

»Was?« fragte Mary-Lynn verwirrt. Der Zauber des Augenblicks war zerplatzt wie eine Seifenblase. Der alte VW war kein Märchenschloß mehr, Montgomery immer noch ein großer, etwas tölpelhafter Junge, und die Musik aus den Lautsprechern schien plötzlich kitschig und aufdringlich zu klingen.

»Ich habe nichts gehört«, wiederholte sie. Sie gab sich Mühe, ihre Stimme unter Kontrolle zu halten, aber sie konnte ihre Enttäuschung nicht völlig verbergen.

»Aber ich.« Montgomery nickte grimmig. Er beugte sich halb über sie und fummelte an der Seitentasche ihres Sitzes herum. Als seine Hand wieder zum Vorschein kam, hielt sie einen kurzen, gedrungenen Totschläger mit einer Bleikugel an der Spitze. »Vielleicht ein Spanner«, murmelte er halblaut. »Ich gehe nachsehen.«

»Muß das sein?«

Montgomery lächelte breit, um seine Unsicherheit zu verbergen. »Ich kenne diese Typen«, sagte er beruhigend. »Sie sind harmlos. Meistens laufen sie weg, wenn sie merken, daß man sie gesehen hat.« Er kniff die Augen zusammen und starrte auf die niedrigen Büsche, die sich fast bis an den linken Vorderreifen des VW heranpirschten.

»Laß uns wegfahren«, drängte Mary-Lynn. Das Halbdunkel dort draußen machte ihr angst.

»Wegfahren?« Montgomery reckte kampflustig das Kinn vor. »Wegen eines harmlosen Spanners?« Er fuhr herum, riß den Wagenschlag auf und sprang mit einem Satz ins Freie. »Also«, rief er, »wo bist du?« Er wippte provozierend mit dem Schlagstock und bewegte sich mit bewußt gleichmütigen Schritten auf das Gebüsch zu.

Was dann kam, ging viel zu schnell, als daß Mary-Lynn wirklich hätte begreifen können, was geschah. Aus dem Unterholz schoß ein armstarkes, glitzerndes Etwas, ringelte sich um Montgomerys Arm und zerrte ihn mit unglaublicher Kraft zu Boden. Er stieß einen halberstickten Schrei aus, schlug mit der freien Hand nach dem Ding und strampelte hilflos mit den Beinen. Aus dem Gebüsch peitschte ein zweiter Tentakel, fesselte seinen anderen Arm und begann, ihn langsam auf das Unterholz zuzuziehen.

Mary-Lynn beobachtete die Vorgänge in stummem Entsetzen. Sie wußte, wie stark Montgomery war. Trotz seiner achtzehn Jahre war er bereits ein Riese, breitschultriger als die meisten Männer im Dorf und mit Fäusten, die in so mancher Wirtshausschlägerei erprobt worden waren. Aber gegen diese schleimigen, schlangengleichen Dinger schien er völlig machtlos zu sein.

Das Gebüsch bewegte sich. Ein riesiger Körper schob sich ins Freie, im ungewissen Licht der untergehenden Sonne nur umrißhaft zu erkennen, aber das Wenige, was Mary-Lynn sah, genügte, um ihr das Blut in den Adern erstarren zu lassen. Sie wollte schreien, aber ihre Kehle war zugeschnürt. Ihre Hände begannen haltlos zu zittern.

Das Ding glich einem gigantischen Wurm. Mary-Lynn konnte vier, fünf Meter seines Körpers sehen, aber sie hatte den Eindruck, als ob sich hinter dem plattgewalzten Gebüsch noch viel mehr verbarg. Das Wesen bewegte sich mit einer Leichtigkeit, die dem scheinbar plumpen Äußeren seiner Erscheinung spottete, über den Boden. Sie sah, wie weitere Tentakel nach Montgomery griffen, ihn schüttelten und schließlich fallen ließen.

Er bewegte sich nicht mehr.

Mary-Lynn erwachte endlich aus ihrer Starre. Mit ungeschickten Bewegungen kletterte sie hinter das Steuer des VW, suchte eine endlose Sekunde lang nach dem Zündschlüssel und drehte ihn herum. Der Motor drehte mahlend, aber er sprang nicht an.

Draußen kroch das Grauen näher. Sie konnte die peitschenden Tentakelspitzen des Monstrums sehen, unterarmstarke Fangarme, die in irrer Wut nach dem Wagen schlugen. Einer der Arme traf den Kotflügel des VW, riß ihn ab und ließ den Wagen krachend in die Knie gehen.

Wie zum Trotz sprang in diesem Moment der Motor an. Mary-Lynn hatte keinen Führerschein, aber sie hatte oft zugesehen, wie Montgomery den Wagen fuhr, und die Angst gab ihr zusätzliche Kräfte. Sie schlug den Rückwärtsgang hinein und gab gleichzeitig Gas. Der Motor kreischte protestierend auf, aber der Wagen machte einen Satz und kam aus der Reichweite des Monstrums. Die Fahrt endete nach wenigen Metern vor einem Baum. Mary-Lynn wurde von dem Aufprall gegen das Lenkrad geschleudert, ihre Stirn prallte schmerzhaft gegen die Windschutzscheibe, und für einen kurzen Moment versank die Welt vor ihren Augen in einem Nebel aus Schmerzen und Atemnot. Der Motor ging aus.

Sie kämpfte sich mühsam wieder ins Bewußtsein. Hinter ihren Schläfen war ein wütender, quälender Schmerz: irgend etwas lief warm und klebrig über ihre Stirn, und irgend etwas schien mit ihrem Sehvermögen nicht zu stimmen. Sie sah alles doppelt, verschwommen, wie durch eine nicht ganz sauber gegossene Glasscheibe.

Das Ungeheuer hatte angehalten, aber Mary-Lynn begriff nicht, daß das Ding gar keine Anstalten machte, sie zu verfolgen. In ihren Gedanken war nur Platz für den schrecklichen Anblick des Wurmkörpers, für Montgomerys leblose Gestalt, die wie ein achtlos liegengelassenes Spielzeug neben dem Körper des Monstrums lag.

Sie versuchte, den Wagen zu starten, aber irgend etwas schien mit dem Motor nicht zu stimmen. Er sprang nicht an.

Rechts von ihr entstand Bewegung. Irgend etwas kam durch

das Unterholz auf den Wagen zugekrochen, mit langsamen, zielsicheren Bewegungen, als wüßte es ganz genau, daß sein Opfer nicht mehr entkommen konnte.

Und dann schlug das Grauen wie eine warme, erstickende Welle über ihr zusammen. Sie hatte gedacht, daß sie den Höhepunkt des Entsetzens erreicht hätte, aber das stimmte nicht. Irgend etwas in ihrem Gehirn schien auszusetzen, als sich die Gestalt dicht vor dem Wagen aufrichtete.

Das Wesen war grob menschenähnlich. Es hatte einen zylinderförmigen Körper, zwei Beine und zwei lange, biegsame Arme, die weder Knochen noch Gelenke zu haben schienen. Aber damit hörte die Menschenähnlichkeit auch schon auf. Das Ding war gute drei Meter groß. Dort, wo bei einem Menschen das Gesicht war, hatte es eine große, schleimige Membran, die gleichzeitig Auge, Ohr und Mund zu sein schien. Sein Körper glänzte unter den letzten Strahlen der Sonne, als bestünde er aus poliertem Stahl.

Sie schrie auf, als sich einer der langen, geschmeidigen Arme auf die zersplitterte Scheibe legte. Mit einer instinktiven Bewegung tauchte sie unter dem suchenden Arm hinweg, warf sich gegen die Beifahrertür und rollte ins Freie.

Das Wesen reagierte mit einem zornigen Fauchen auf ihr Entkommen. Sein Arm ringelte sich um den Fensterholm des VW und riß ihn mit einer spielerischen Bewegung heraus. Langsam, mit unsicheren, schwankenden Bewegungen kam das Monstrum auf sie zu.

Wäre Mary-Lynn in diesem Moment im Vollbesitz ihrer geistigen Kräfte gewesen, hätte sie erkannt, daß die beiden Ungeheuer viel zu schwerfällig waren, um sie ernsthaft bedrohen zu konnen. Aber in ihren Gedanken herrschte Chaos.

Sie kam unsicher auf die Füße, stolperte rückwärts vom Wrack des Volkswagens weg und schrie, schrie, schrie . . .

Der Mann hinter der Glasscheibe der Portiersloge musterte die drei Besucher mit offenkundigem Mißtrauen. »Ich glaube nicht, daß Mister Leroy im Moment Zeit hat«, sagte er vorsichtig. Er drehte die Visitenkarte, die Jordan ihm gegeben hatte, in den Händen und starrte stirnrunzelnd darauf. »Dr ...« murmelte er halblaut. »Geht es um eine Veröffentlichung?«

Jordan schüttelte den Kopf. »Nicht direkt. Aber ... ich würde das lieber mit Mister Leroy besprechen.«

Der Pförtner zuckte mit den Schultern. »Ich kann es ja versuchen, aber .... Der Chef ist in einer Besprechung, wissen Sie, und«, ein flüchtiges Lächeln stahl sich auf sein Gesicht, »er kann sehr unangenehm werden, wenn man ihn stört – wenn Sie verstehen, was ich meine.« Er griff nach einem altersschwachen Telefon, nahm den Hörer ab und drehte eine Nummer.

»Vielleicht sagen Sie ihm, daß ich bereits vorige Woche mit ihm telefoniert habe«, schlug Jordan vor. »Es ging um ein Buch, das in Ihrem Verlag erschienen ist.«

»Sicher.« Der Mann klemmte sich den Hörer zwischen Kopf und Schulter und lauschte sekundenlang. »Ja ... Mary? Pounter hier«, sagte er. »Sag mal – ist der Boß frei?« Er wartete, nickte und lächelte siegessicher. »In einer Besprechung, so, na, dann ... warte einen Moment. Ich kann ihn herausrufen lassen, aber wirklich nur, wenn es wichtig ist«, sagte er, an Jordan gewandt.

Will nahm ihm die Antwort ab. »Tun Sie es, guter Mann«, sagte er. In seiner Stimme war deutlich zu hören, daß er mit seiner Geduld beinahe am Ende war. »Wir sind bestimmt nicht wegen einer Belanglosigkeit ein paar hundert Meilen weit gereist – meinen Sie nicht auch?« Er bemühte sich, ein freundliches Gesicht zu machen, aber sein Lächeln war eisig.

Der Portier nickte ungerührt. Er war es gewohnt, mit aufdringlichen Menschen fertig zu werden, und die Sicherheit seiner Loge und die blaue Phantasieuniform, die er trug, gaben ihm zusätzliches Selbstbewußtsein. »Wie Sie meinen ...« Er sprach wieder in das Telefon. »Versuch mal, ob du ihn herausholen kannst, Mary«, sagte er. »Hier sind zwei Herren und eine Dame, die ihn unbedingt sprechen wollen ... nein, ich weiß nicht, was ... gut ... ja, ich sage es ihnen.« Er hängte ein, ordnete mit einer automatischen Bewegung seine Uniform und lächelte. »Mister Leroy kommt in wenigen Augenblicken«, sagte er steif. »Wenn Sie solange Platz nehmen wollen ...« Er wies mit einer Kopfbewegung auf eine altmodische Clubgarnitur aus schwarzem Leder, die in einer Ecke der barocken Empfangshalle verstaubte.

Jordan bedankte sich mit einem Kopfnicken. »Wir warten.«

Sie gingen zu der Sitzecke und nahmen Platz. Die Sessel waren bequemer, als es den Anschein gehabt hatte. Auf einem niedrigen Beistelltisch lagen Musterexemplare der Bücher, die in den letzten Jahren in diesem Verlag erschienen waren. Jordan nahm sich ein paar Bände und blätterte darin. Es waren fast durchweg zweitklassige Kriminalromane, ein paar Reiseerzählungen und ein schlampig gemachter Bildband über Neuseeland. Offenbar war es reiner Zufall gewesen, daß sich Celhams Manuskript hierher verirrt hatte. Und wahrscheinlich hatte der Verlag das Buch nur gedruckt, weil es auf der Welle der mystischen und okkulten Bücher mitschwamm, die damals über das Land gerollt war. Jordans Erwartungen, hier mehr über Celham und seine Arbeit zu erfahren, sanken auf den Nullpunkt, als er den Stapel durchgesehen hatte.

»Ich glaube kaum, daß wir hier etwas erfahren«, sagte Jenny in diesem Moment. Offenbar hatte sie Jordans Gesichtsausdruck richtig gedeutet. Ihre Finger spielten nervös mit dem Verschluß ihrer Handtasche. »Bis auf diesen Bildband über Neuseeland . . .« Sie nahm das Buch, blätterte darin und sah Jordan fragend an. »Ein hübsches Land. Das wäre was für den nächsten Urlaub.«

»Aber nur, wenn es dort Gespenster gibt«, frotzelte Will. »Oder wenigstens einen kleinen Dämon . . .«

»Es reicht doch, wenn du mitkommst«, entgegnete Jenny spitz.

Jordan grinste. »Ich habe das Gefühl«, sagte er langsam, »daß ihr beide unter Langeweile leidet. Es wird Zeit, daß ihr wieder einmal richtig arbeitet.« Er bedachte Jenny mit einem übertrieben geschauspielerten strengen Blick. »Darf ich daran erinnern, daß du außer meiner Tochter auch noch meine Sekretärin bist und ich dich fürstlich für deine Dienste entlohne?«

»Du meinst, du zahlst mir ein Taschengeld«, erwiderte Jenny ernsthaft.

»Ha! Und kostenloses Wohnen, freies Essen . . .«

»Durchgearbeitete Wochenenden«, setzte Jenny hinzu.

Schritte von der Treppe her unterbrachen sie. Er stand auf, legte das Buch aus der Hand, in dem er geblättert hatte, und ging dem Mann entgegen.

Steven Leroy sah ganz so aus, wie man sich einen alten, erfahrenen Verleger vorstellt. Er war klein, wuchtig gebaut, ohne dabei dick zu wirken, und hatte eine spiegelnde Glatze, die von einem Kranz ergrauter Haare eingerahmt wurde. Die Augen hinter der dicken Hornbrille sahen Jordan mit einer Mischung aus Neugier und gelinder Verärgerung an.

»Sie sind . . .«

»Jordan«, antwortete Jordan. »Dr. Jordan. Wir haben in der vergangenen Woche miteinander telefoniert.«

Leroy legte seine Stirn in Dackelfalten. »Jordan . . .? Helfen Sie mir ein bißchen . . .«

»Celham«, sagte Jordan geduldig.

Leroys Gesicht hellte sich auf. »Ah. Jetzt erinnere ich mich. Stimmt – Sie interessieren sich für CHTULHUS ERBEN . . .«

»Eigentlich mehr für den Autor«, erinnerte Jordan geduldig. Er drehte sich um, wies mit einer Handbewegung auf Jenny und Will und sagte: »Jenny, meine Sekretärin. Und Mister Fleming – ein Freund.«

Leroy nickte abwesend. »Sehr erfreut. Vielleicht . . .« Er zuckte zusammen, blinzelte und wies mit einer verlegenen Geste auf die Treppe, die in die erste Etage hinaufführte. »Aber entschuldigen Sie meine Unhöflichkeit. Vielleicht gehen wir besser in mein Büro. Dort können wir uns in Ruhe unterhalten.«

»Ich möchte Ihnen nicht viel von Ihrer Zeit stehlen . . .«

»Aber ich bitte Sie«, fiel ihm Leroy ins Wort. »Sie stören nicht im mindesten. Im Gegenteil. Ich freue mich immer, wenn unsere Leser Interesse bekunden. Kommen Sie.« Er eilte mit kleinen, watschelnden Schritten die Treppe hinauf. Jordan, Jenny und Will folgten ihm.

Der Verlag war in einem alten, barocken Gebäude untergebracht, das noch aus dem vergangenen Jahrhundert zu stammen schien. Die Treppe war mit einem knöcheltiefen Teppich belegt, der das Geräusch ihrer Schritte schluckte und ihnen den Eindruck vermittelte, eher durch die Empfangshalle eines feudalen Hotels zu gehen.

Aber die Illusion zerplatzte, als sie die erste Etage betraten. Hier oben herrschte eine hektische, gespannte Atmosphäre. Durch die Milchglasscheiben der Türen, die rechts und links vom Korridor abzweigten, drang das aufgeregte Tickern von Fernschreibern und Schreibmaschinen, gedämpfte Stimmen und das unablässige Schrillen eines Telefons. Irgendwo dudelten zwei Radios, jedes auf einen anderen Sender eingestellt und offenbar eifrig darum bemüht, den anderen Empfänger zu überbrüllen. Ein über und über mit Akten beladener Mann kam ihnen entgegen, grüßte Leroy mit einem Kopfnicken und verschwand hinter der Gangbiegung.

»Sie müssen entschuldigen, wenn es hier etwas . . . äh, chaotisch zugeht«, sagte Leroy verlegen, als er Wills Grinsen bemerkte.

»Aber wir sind ein kleiner Verlag, und hier hat jeder alle Hände voll zu tun.«

Jordan nickte begütigend. »Ich bitte Sie.«

Leroy führte sie durch ein Vorzimmer, in dem zwei gelangweilt wirkende Sekretärinnen an ihren Schreibtischen saßen und sie mit unverhohlener Neugier musterten, in sein Büro.

Der Raum war winzig. Er bot gerade Platz für den überdimensionalen Schreibtisch und einen Besucherstuhl. Durch ein schmales Fenster, dessen Scheiben blind vor Schmutz waren, sickerte Sonnenlicht in Streifen herein. Die Wände wurden von offenen Regalen beherrscht, in denen sich zerlesene Taschenbücher mit überquellenden Ordnern um den Platz stritten, und in einer Ecke projizierte ein Fernseher mit ausgeschaltetem Ton stumme Schwarzweiß-Bilder in den Raum. Leroy bot Jenny mit einer Geste den Besucherstuhl an und verschwand im Nebenraum, um wenige Augenblicke später mit zwei zusätzlichen Stühlen wiederzukommen. »Sie müssen entschuldigen«, schnaufte er, während er die Stühle vor seinem Schreibtisch placierte, »aber der Konferenzraum ist gerade belegt, und ich bin nicht auf Besuch eingerichtet.« Er lächelte unglücklich. »Um ehrlich zu sein«, gestand er, »es kommt so gut wie nie vor, daß einer meiner Leser hierher kommt. Aber ich langweile Sie sicher.« Er watschelte um den Schreibtisch herum, ließ sich schwer auf seinen Stuhl fallen und drückte die Taste seiner

Sprechanlage. »Mary, bitte sei so gut und bring eine Kanne Kaffee und vier Tassen.«

»Aber das ist nicht nötig«, protestierte Jordan. »Wir wollen wirklich . . .«

»Es bereitet keine Umstände, wenn Sie das meinen. Im Gegenteil«, lächelte Leroy.

Jordan seufzte. Er hatte eine Menge Erfahrung im Umgang mit Menschen, aber es gab Typen, gegen die er einfach nicht ankam. Aber wahrscheinlich gab es niemanden, der sich gegen das quirlige, sprunghafte Wesen Leroys behaupten konnte, ohne verletzend zu werden.

»Also, Sie interessieren sich für Celhams Buch«, begann Leroy.

Jordan nickte erleichtert. Er hatte kaum noch damit gerechnet, in den nächsten Stunden zur Sache zu kommen.

»Ja. Genauer gesagt, weniger für das Buch als für Celham selbst. Er . . .«

»Es ist ein ausgezeichnetes Buch, wenn ich das sagen darf«, unterbrach ihn Leroy. »Bei aller Bescheidenheit – aber wir haben drei Auflagen herausgebracht. Er war einer unserer größten Verkaufserfolge. Dieser Celham kann schreiben, das muß der Neid ihm lassen.«

Will grinste schadenfroh, und auch Jordan konnte sich einer gewissen Belustigung nicht mehr erwehren. Entweder war Leroy wirklich so eine Nervensäge, oder er war einer der ausgekochtesten Psychologen, die Jordan je untergekommen waren.

»Wir hätten gern eine Fortsetzung herausgebracht«, fuhr er fort, »aber leider . . .«

»Celham starb, nicht wahr?« fragte Jenny.

Leroy nickte betrübt. »Ja. Aber ich glaube, er hätte auch so nicht weitergeschrieben.«

»Warum?« fragte Jordan.

Leroy zuckte hilflos mit den Schultern. »Ich habe keine Ahnung, Dr. . . . Ich glaube, er war sehr scheu. Er hat mir das Manuskript nur sehr widerwillig überlassen. Wenn er nicht so in Geldschwierigkeiten gesteckt hätte . . . wieso eigentlich Dr.? Haben Sie irgend etwas mit . . . mit Celhams Sachgebiet zu schaffen?«

Jordan schluckte eine bissige Bemerkung hinunter. »Teilweise«, sagte er gepreßt. »Ich interessiere mich für Okkultismus.«

»Schreiben Sie auch?« In Leroys Augen trat ein gieriges Funkeln. »Ich meine... wir zahlen gut, und Bücher wie die von Celham lassen sich wunderbar verkaufen. Wenn Sie irgendwann einmal daran denken, etwas zu veröffentlichen...«

Die Sekretärin kam mit einem Tablett voller Kaffee und Keksen und rettete Jordan davor, antworten zu müssen. Sie warteten schweigend, bis sie wieder allein waren. Leroy beugte sich ächzend über den Tisch und schenkte ihnen Kaffee ein.

»Wissen Sie, wo Celham gewohnt und gearbeitet hat?« fragte Jordan.

Leroy nickte. »Natürlich. Er hauste in einem halbverfallenen Gutshaus ganz hier in der Nähe. Mit dem Wagen... eine Stunde, würde ich sagen. Zucker?«

»Wie? Ach so – ja, zwei Stückchen, bitte. Ganz hier in der Nähe, sagen Sie?«

Leroy nickte. »Ja. Ein Riesenzufall, daß ich überhaupt in den Besitz des Manuskriptes kam. Einer meiner Mitarbeiter kannte Celham wohl persönlich. Er mußte von seinen finanziellen Schwierigkeiten erfahren haben und hat ihm wohl den Tip gegeben, einfach ein Manuskript an uns zu schicken.«

»Einer Ihrer Mitarbeiter?« fragte Jenny neugierig.

»Ja. Martens. Steven Martens. Ein hoffnungsvoller junger Mann – ist seit knapp zehn Jahren hier. Er hat sich vom einfachen Setzer mittlerweile zum Abteilungsleiter hochgearbeitet. Bei mir hat jeder eine Chance, der bereit ist, zu arbeiten, wissen Sie – möchten Sie mit ihm reden?«

»Gern.« Jordan trank einen Schluck. Der Kaffee schmeckte fürchterlich, aber er gab ihm wenigstens ein Alibi, Leroy keine weiteren Stichworte für neue Tiraden zu liefern.

Der Verleger drückte erneut auf die Sprechtaste. »Mary – sei ein Schatz und schick Steve herauf. Sofort.« Er lehnte sich zurück, verschränkte die Hände auf der Tischplatte und fixierte Jordan nachdenklich. »Gestatten Sie mir eine indiskrete Frage?«

Jordan nickte.

»Was«, begann Leroy gedehnt, »interessiert Sie so sehr an Celham und seinem Werk?«

Natürlich war Jordan auf diese Frage vorbereitet. Er hatte sich schon gewundert, daß Leroy sie nicht schon viel früher gestellt hatte. »Ich sagte schon, daß ich mich für Okkultismus interessiere«, erklärte er. »Und Celham wirft in seinem Buch ein paar interessante Fragen auf. Fragen, über die ich mich gern mit ihm selbst unterhalten hätte – aber das geht ja leider nicht mehr.«

Leroy nickte. »Leider.«

»Wissen Sie eigentlich, wie es zu dem Unfall kam?« fragte Will.

Leroy zuckte mit den Schultern. »Nein, es war alles ziemlich undurchsichtig. Man sprach von einem Brand, dem mehrere Explosionen vorangegangen sein sollen.«

»Explosionen?«

»Vielleicht. Aber Sie wissen ja, wie das in so kleinen Ortschaften ist. Es passiert nur alle paar hundert Jahre etwas wirklich Aufregendes, und das wird dann natürlich entsprechend aufgebauscht. Soweit ich von Martens unterrichtet wurde, muß dieser Celham ein seltener Kauz gewesen sein. Vergrub sich unter Bergen von uralten Büchern und experimentierte mit Tinkturen und solchem Zeug. Gut möglich, daß dabei etwas in die Luft geflogen ist. Man hat seine Leiche ja nie gefunden.«

»Wieso nicht?« fragte Jenny. »Normalerweise untersucht doch die Polizei jeden Todesfall ziemlich gründlich.«

Leroy nickte. »Normalerweise schon. Aber das Haus muß bis auf die Grundmauern abgebrannt sein. Es war nicht mehr viel da, was man hätte untersuchen können. Und die Kellerräume, in denen das Feuer ausbrach, wurden bis heute nicht ausgegraben. Einsturzgefahr, soweit ich weiß. Aber ich glaube, Martens kann Ihnen da mehr erzählen – da kommt er ja.«

Er deutete auf einen jungen, hochgewachsenen Mann, der das Büro durch eine Seitentür betreten hatte und unsicher stehengeblieben war, als er die Besucher erblickte.

Steve Martens war etwa fünfunddreißig Jahre alt, hochgewachsen und schlank. Er trug die gleiche Art von dickrandiger Hornbrille wie Leroy, aber im Gegensatz zu dem Verlagsleiter wirkte sie bei ihm deplaciert und gab ihm das Aussehen eines kleinen Jungen, der mit Gewalt erwachsen sein will.

Leroy stellte seine Besucher vor und erklärte Martens in kurzen, knappen Worten, was Jordan von ihm wollte. Martens zog eine hilflose Grimasse und kratzte sich am Ohr. »Ich – ich glaube kaum, daß ich Ihnen viel erzählen kann«, sagte er. »Ich habe Celham nur drei- oder viermal getroffen. Ich weiß eigentlich überhaupt nichts über ihn. Nicht viel, jedenfalls.«

»Sie kennen das Haus, in dem er gelebt hat?« forschte Jordan.

»Natürlich«, Martens nickte. »Ich war einmal draußen. Aber er hat mich ziemlich rasch abgefertigt. Ich glaube, er legte nicht viel Wert auf Besucher.«

Jordan unterhielt sich eine gute halbe Stunde lang mit Martens, und das Bild, das sich dabei mehr und mehr herauskristallisierte, entsprach genau seinen Vorstellungen von Celham. Der Forscher schien ein eigenbrötlerischer Kauz gewesen zu sein, ein Einzelgänger, der sich völlig vor der Welt zurückgezogen hatte und dem es egal war, was die anderen Menschen von ihm dachten, solange sie ihn nur in Ruhe seiner Arbeit nachgehen ließen. Kurz, bevor das Unglück geschah, hatte er noch eine längere Auslandsreise unternommen, von der er – wie Martens behauptete – total verändert zurückgekommen war. Er war immer noch menschenscheu und kauzig gewesen, aber seine ansonsten eher stille Art war einem siegessicheren Optimismus gewichen.

»Mister Martens«, sagte Jordan, nachdem der junge Verlagsangestellte mit seinem Bericht fertig war, »ich möchte Sie um einen Gefallen bitten.«

»Wenn ich kann – bitte.«

»Ich möchte mir die Ruine von Celhams Haus ansehen – glauben Sie, daß das geht?«

Martens kratzte sich wieder am Ohr. Eine Bewegung, die er offenbar unbewußt ausführte. »Warum nicht?« sagte er nach einer Weile. »Das Grundstück gehört niemandem, soweit ich weiß. Obwohl ich nicht glaube, daß Sie etwas Interessantes finden werden. Ich habe selten ein Haus gesehen, das so gründlich zerstört wurde.«

»Trotzdem.« Jordan erhob sich und gab Will und Jenny ein Zeichen, ebenfalls aufzustehen. »Ich würde mich freuen, wenn Sie uns begleiten könnten – als Fremdenführer sozusagen.«

Martens tauschte einen fragenden Blick mit Leroy.

Der Verleger runzelte die Stirn. »Ich habe nichts dagegen«, murmelte er. In seine Augen trat ein listiger Ausdruck. »Unter einer Bedingung . . .«

»Natürlich ersetze ich Ihnen den Verdienstausfall, wenn Sie das meinen«, sagte Jordan schnell.

Leroy schüttelte den Kopf. »Das ist nicht nötig. Steven hat in letzter Zeit sowieso viel zuviel gearbeitet. Ein paar Tage Urlaub werden ihm guttun. Nein, ich meine etwas anderes.«

»So?« fragte Will. Sein Gesicht spiegelte Mißtrauen. »Was denn?«

»Eine kleine Gefälligkeit, sozusagen.« Leroy lächelte verbindlich und stand ebenfalls auf, um seine Gäste zur Tür zu begleiten. »Wenn bei Ihren Nachforschungen irgend etwas herauskommt, was von Interesse für die Öffentlichkeit sein kann, dann . . .«

»Ich verstehe.« Jordan nickte widerwillig. »Sie werden der erste sein, der davon erfährt. Ich verspreche es Ihnen.«

Direkt vor Ihnen stand ein Türrahmen. Die Wucht der Explosion und die Gewalten des Feuers hatten die Mauern ringsum zum Einsturz gebracht und die Türfüllung zu feiner grauer Asche verbrannt; aber der Türrahmen war wie durch ein Wunder stehengeblieben, ein rechteckiges Gebilde aus schwarz verkohltem Holz, das wie ein Ausstattungsstück aus einem surrealistischen Film vor ihnen in die Höhe ragte.

»Also, ich habe kein gutes Gefühl bei der Sache«, sagte Berens.

»Angst?« Clavers Augen glitzerten spöttisch. Seine Stimme klang ruhig, aber die leicht verkrampfte Haltung und die Art, wie seine Hand die Brechstange umklammert hielt, verrieten, daß auch er nicht so ruhig war, wie er es gern gehabt hätte.

Berens schüttelte ärgerlich den Kopf. »Quatsch«, fauchte er. »Es ist nur . . .« Er suchte nach Worten und beließ es schließlich bei einem hilflosen Achselzucken. Seit sie das Trümmergrundstück betreten hatten, hatte er dieses seltsame Gefühl – ein dumpfer Druck schien auf seinen Gedanken, seinen Sinnen zu lasten, als hätte sich ein unsichtbares Netz über sie gelegt, das die Geräusche, den Klang ihrer Schritte, ja selbst das schwache Licht der untergehenden Sonne und den Geruch nach Zerfall und verkohltem Holz dämpfe.

Er lachte unsicher. »Gehen wir. Hast du die Karte?«

»Ja.« Eine Taschenlampe blitzte auf, ließ die kantigen Umrisse halb eingestürzter Mauern und geborstener Treppenstufen aus dem Dunkel auftauchen und erlosch wieder. »Da ist die Treppe«, sagte Clavers halblaut.

Er ging an dem stehengebliebenen Türrahmen vorbei, stieß mit dem Fuß nach einem Stein und hustete, als eine trockene Staubwolke seine Atemwege reizte.

»Kannst du nicht wie jeder zivilisierte Mensch durch die Tür gehen?« witzelte Berens.

Die Worte verwehten in der hereinbrechenden Dunkelheit, und der scherzhaft gemeinte Satz schien plötzlich einen boshaften, bedrohlichen Unterton zu bekommen.

Was ist nur mit mir los? dachte Berens verwirrt. Man konnte ihm viel nachsagen – er und Clavers hatten zusammen schon so manches Ding gedreht –, aber ein Feigling war er ganz gewiß nicht. Und trotzdem begann er sich mit jeder Sekunde, jedem Atemzug, unsicherer zu fühlen. Wäre Clavers nicht dabeigewesen, wäre er wahrscheinlich längst zu seinem Wagen zurückgelaufen und davongefahren; ganz egal, wieviel ihm dieser Brown für das Buch geboten hätte.

Brown ... Berens' Gedanken irrten für einen kurzen Augenblick zurück zu der Szene vom vergangenen Abend. Der Name war bestimmt falsch – niemand hieß Brown, zumindest nicht, wenn er sich mit den beiden berüchtigtsten Tagedieben von Kilmarnock in einer verlassenen Mühle traf und ihnen zweihundert Pfund dafür bot, daß sie ein altes Buch aus den Ruinen von Celhams Haus ausbuddelten. Aber schließlich konnte ihm das gleich sein – zweihundert Pfund war eine hübsche Stange Geld, dafür konnte man schon ein paar Stunden in alten Steinen wühlen. Und außerdem war noch nicht heraus, ob Brown das Buch wirklich bekommen würde, wenn sie es hatten. Wenigstens nicht für zweihundert. Wer von vornherein so viel bot, würde vielleicht auch das Doppelte ausspucken.

»Kommst du endlich – oder soll ich die ganze Arbeit allein machen?« quengelte Clavers.

Berens schreckte hoch und beeilte sich, seinem Kumpan die ausgetretenen Steinstufen hinunter zu folgen. Er ging vorsichtig, die Hände wie ein Blinder vor sich ausgestreckt. Schutt und Trümmer hatten die Treppe halb unter sich begraben und ließen den Abstieg zu einem wahren Abenteuer werden. Als er schließlich unten angekommen war, atmete er schwer. Kalter Schweiß stand auf seiner Stirn.

»Nervös?«

»Etwas.« Berens deutete mit einer Kopfbewegung auf den zusammengestürzten Durchgang. Clavers hatte die Taschenlampe eingeschaltet und so placiert, daß ihr Strahl den Trümmerberg in einem scharf umrissenen Kreis beleuchtete. »Mir ist nicht wohl bei dem Gedanken, mich da durchwühlen zu müssen«, gestand er.

Clavers zuckte gleichmütig mit den Schultern. »Das wird schon«, sagte er. »Komm – laß uns anfangen. Desto eher sind wir fertig.« Er bückte sich, löste die Spitzhacke aus dem Werkzeugbündel, das sie mühsam hergeschleppt hatten, und machte sich mit grimmiger Entschlossenheit an die Arbeit.

Sie kamen besser voran, als Berens geglaubt hatte. Das Hindernis bestand fast nur aus losen Steinen und krümeligem Schutt, der den Schlägen der beiden kräftigen Männer kaum Widerstand entgegensetzte. Nach einer knappen halben Stunde standen sie bis zu den Knien in Staub und lockerem Kies, aber der Schuttberg vor ihnen war merklich kleiner geworden.

Clavers ließ seufzend die Hacke sinken, griff unter sein Hemd und förderte einen silbernen Flachmann zutage. »Auch einen?«

Berens lehnte ab. Er trank selten und bei der Arbeit schon gar nicht. »Dieses Zeug wird mich noch einmal umbringen«, sagte er stirnrunzelnd.

Clavers grinste, setzte die Flasche an und trank. »So!« sagte er. Die Flasche war halb geleert. »Auf zum Endspurt.« Er hob die Spitzhacke, ließ sie wuchtig auf einen besonders großen Stein krachen und wäre vornüber gestürzt, wenn Berens ihn nicht gehalten hätte. Stein und Spitzhacke verschwanden polternd in einem metergroßen Loch, das plötzlich in der Barriere entstanden war.

»He!« sagte Clavers. »Das ging ja schneller, als ich geglaubt habe.« Er schüttelte Berens' Arm ab, beugte sich vor und begann, mit bloßen Händen im Gestein zu wühlen. »Komm«, keuchte er aufgeregt. »Hilf mir.«

Sie griffen beide zu, und nach wenigen Augenblicken hatten sie den Durchgang so weit freigeschafft, daß sie bequem in den Gang eindringen konnten.

Muffige, verbrauchte Luft schlug ihnen entgegen. Clavers hob die Taschenlampe auf und ließ den Strahl in den Tunnel fallen. Das Licht fiel auf glänzende, gerundete Wände, tastete über den Boden und verlor sich irgendwo in der Dunkelheit am Ende des Ganges. »Was – was ist denn das?« flüsterte Clavers verwirrt. Sie hatten erwartet, eine Fortsetzung der Treppe vorzufinden, aber der Anblick, der sich Ihnen bot, war vollkommen fremdartig. Es war keine Treppe, nicht einmal ein Gang. Der Tunnel erinnerte eher an das Innere eines Kanalisationsschachtes; ein runder, vollkommen glatter Tunnel, der steil in die Tiefe führte. Die Wände sahen aus, als bestünden sie aus poliertem Metall. Es gab keine Stufen, keine Vorsprünge an den Wänden oder der Decke, an denen sich ein Mensch hätte festhalten können; nichts.

»Ich möchte wissen, was das ist«, flüsterte Berens.

Clavers zuckte mit den Achseln. »Ich möchte viel lieber wissen, wie wir dort hinunterkommen sollen«, murrte er. »Allmählich begreife ich, weshalb dieser Brown sich die Schwarte nicht selbst holt.« Er kratzte sich am Kinn, spuckte aus und trat wütend nach einem Stein. »Hol das Seil aus dem Wagen«, sagte er.

Berens zögerte. »Du willst da wirklich runter?«

»Warum nicht? Der Gang kann nicht tief sein. Ich binde mir das Seil um, und du läßt mich runter. Ist doch ganz einfach.«

Berens nickte zögernd. »Wenn du meinst . . .«

»Ich meine überhaupt nichts«, zischte Clavers giftig. »Aber du bist doch genauso scharf auf die zweihundert wie ich, oder? Also los, hol das Seil.«

Berens drehte sich zögernd um. Der Gang dort unter ihnen

war ihm unheimlich. Die glatten, spiegelnden Wände waren nicht normal. Ein Tunnel wie dieser hatte kein Recht, in einem zweihundert Jahre alten Haus zu sein.

Berens atmete erleichtert auf, als er wieder an der Oberfläche war. Es war mittlerweile vollkommen dunkel geworden. Eine schmale Mondsichel verbreitete ein schwaches Licht, und vom Seeufer her wehte eine kühle, erfrischende Brise. Berens hatte das Gefühl, hier oben freier atmen zu können. Obwohl es hier oben fast genauso finster war wie am Grunde des Treppenschachtes, schien ihm die Finsternis hier oben freundlicher; beschützend. Es war eine normale Dunkelheit, ein Bestandteil der Natur, in der er aufgewachsen war. Das dort unten war ... falsch. Berens schauderte, als er an die wattige, lichtfressende Dunkelheit am Ende des Tunnels zurückdachte. Das war nicht einfach die Abwesenheit von Licht, das war etwas anderes, etwas ... Fremdes, Bedrohliches, das nicht in diese Welt gehörte. Der Strahl der Lampe war nicht einfach in der Entfernung verschwunden, sondern schien einfach – ausgelöscht worden zu sein, als wäre er auf eine unsichtbare Barriere gefallen, die das Licht vollkommen absorbierte.

Berens war froh, dem angstgesättigten Grauen dort unten für einen Augenblick entkommen zu sein.

Er verließ das Trümmergrundstück, sah sich automatisch nach allen Seiten um und eilte zu dem Gebüsch, hinter dem sie den Landrover versteckt hatten.

Neben dem Wagen stand ein anderes Auto.

Berens prallte zurück, als er aus dem Unterholz trat und den zweiten Wagen entdeckte. Es dauerte ein paar Sekunden, bis er ihn identifiziert hatte. Es war Jakobsons klappriger alter Ford.

»Na, überrascht?«

Er wirbelte herum. Der Dorfpolizist stand einen halben Schritt hinter ihm und spielte nervös mit einer Taschenlampe.

»Ich ... äh ... nein, wieso?« stotterte er. Er trat einen Schritt zurück, stieß die Hände in die Hosentasche und starrte Jakobson trotzig an. »Es ist doch schließlich nicht verboten, hier zu parken, oder?«

Jakobson schüttelte den Kopf. »Natürlich nicht. Ich frage mich bloß, warum du dir solche Mühe gemacht hast, den

Wagen zu verstecken?« Er kniff ein Auge zusammen und ließ den gelben Strahl seiner Taschenlampe über die schmutzverkrusteten Kotflügel des Landrover gleiten. »Hättest du ihn ganz normal am Straßenrand geparkt«, sagte er leise, »wäre ich einfach vorbeigefahren, ohne mir was zu denken. Aber so . . . was sucht ihr hier?«

»Ihr?«

Jakobson zog eine Grimasse. »Stell dich nicht noch dümmer, als du ohnehin schon bist. Du und Clavers steckt doch immer zusammen. Ihr wart drüben in der Ruine, hab' ich recht?«

Berens nickte widerwillig. »Ist doch nicht verboten, oder?«

»Natürlich nicht.« Jakobson knipste seine Taschenlampe aus und setzte sich in Richtung auf das Trümmergrundstück in Bewegung. »Sehen wir uns an, was ihr treibt«, schlug er vor.

Berens zögerte. »Ich . . .«

»Ja?« In Jakobsons zerknittertem Gesicht erschien ein lauernder Ausdruck. »Du wolltest was sagen?«

Berens schüttelte trotzig den Kopf. »Nein.«

»Gut. Dann gehen wir – wenn ihr wirklich nichts zu verbergen habt, helfe ich euch vielleicht«, kicherte Jakobson. Berens folgte ihm zähneknirschend. Jakobson konnte ihn und Clavers nicht leiden, und er machte auch keinen Hehl daraus – im Gegenteil. Er warf ihnen Knüppel zwischen die Beine, wo er nur konnte. Die zweihundert konnten sie jedenfalls abschreiben. Wenn Jakobson den Tunnel entdeckte . . . Berens versuchte sich vorzustellen, was Clavers sagen würde, wenn er statt des Seiles den Polizisten mitbrachte, und die Vorstellung war nicht gerade dazu angetan, seine Laune zu bessern.

Ein Geräusch erregte seine Aufmerksamkeit. Er blieb stehen, starrte aus zusammengekniffenen Augen in die Dunkelheit zu ihrer rechten und nahm die Hände aus den Taschen.

»Was ist?« maulte Jakobson. Er war ebenfalls stehengeblieben.

»Ich – ich habe etwas gehört«, flüsterte Berens.

»Gehört?« Jakobson schloß die Augen und lauschte einen Augenblick lang in die Dunkelheit hinaus. »Da ist nichts«, sagte er. »Komm weiter. Und hör mit den dummen Tricks auf. Darauf fällt vielleicht deine taubblinde Großmutter herein, aber ich nicht.«

Das Geräusch wiederholte sich, lauter und näher diesmal. Jakobson runzelte die Stirn und hob die Taschenlampe. »Scheint, daß du ausnahmsweise recht gehabt hast«, murmelte er.

Der schwache Lichtkreis der Lampe fiel auf den Boden, tastete mit sprunghaften, nervösen Bewegungen über feuchtes Gras und herumliegende Steine und streifte einen umgestürzten Baum. Und dann . . .

Jakobson schrie gellend auf, als er das Monstrum sah. Die Taschenlampe fiel zu Boden und ging aus.

Aber es wurde nicht dunkel. So, als hätte das Licht einen geheimnisvollen Mechanismus in dem Monstrum ausgelöst, begann der Leib des Ungeheuers von innen heraus zu leuchten. Grünes Licht strömte über die Wiese, tauchte die Gesichter der Männer in einen geisterhaften Schein und löschte das silberne Leuchten des Mondes.

Das Ungeheuer glich einem Wurm, einem gigantischen, ins Riesenhafte vergrößerten Regenwurm, dessen Kopf mit einem Kranz windender, ekelhafter Tentakel bewehrt war. Berens taumelte in stummem Entsetzen zurück, als sich der Vorderteil des Geschöpfes aufrichtete und die Tentakel nach ihm schlugen. Er stolperte, fiel hin und entkam so einem wütend geführten Schlag der Bestie.

Jakobson hatte weniger Glück. Er wirbelte herum und versuchte wegzulaufen, aber die Bestie war schneller. Zwei, drei der kraftvollen, langen Tentakel ringelten sich um seine Fußgelenke und brachten ihn zu Fall. Er versuchte, wieder auf die Beine zu kommen, aber gegen die Kraft des Ungeheuers wirkten seine Bewegungen beinahe lächerlich. Er stieß einen hohen, spitzen Schrei aus, wälzte sich mühsam auf den Rücken und trat mit dem freien Fuß nach dem Körper des Monstrums.

Shudde-mell wälzte sich behäbig näher. Weitere Tentakel schlangen sich um Jakobsons Körper und erstickten seinen Schrei.

»Was macht ein aufgeweckter junger Mann wie Sie in einem solchen Saftladen?« fragte Will geradeheraus. Sie waren noch eine halbe Stunde von Kilmarnock entfernt. Der Motor des gemieteten Bentley grollte zufrieden. Jenny lenkte den Wagen selbstsicher über ausgefahrene Wege, die in die kleine Ortschaft am Rande des Gebirges hinaufführten. Ab und zu wurden sie durchgeschüttelt, wenn der Wagen durch ein besonders tiefes Schlagloch hüpfte; aber nach allem, was Martens erzählt hatte, hatten sie Schlimmeres erwartet. Der Weg war schmal und in einem schrecklichen Zustand, aber der schwere Wagen wurde spielend damit fertig. Und Jenny war eine ausgezeichnete Fahrerin.

»Der Eindruck täuscht vielleicht«, sagte Martens nach einer Weile. Er saß neben Will auf der Rückbank und kaute auf einer erkalteten Pfeife herum. Sie paßte nicht zu seiner Erscheinung. Er lächelte flüchtig. »Die meisten Besucher, die Mr. Leroy das erste Mal sehen, denken, daß er leicht verrückt ist«, erklärte er ernsthaft. »Aber das stimmt nicht. Der Alte ist ein ganz gerissener Fuchs. Wenn Sie mich fragen, dann benimmt er sich absichtlich wie ein Trottel.«

»Das habe ich gemerkt«, sagte Jordan. Er drehte sich halb auf dem Beifahrersitz herum. »Er hat Sie nicht aus reiner Menschenfreundlichkeit mitkommen lassen.«

»Bestimmt nicht«, antwortete Martens. »Seit Celhams Tod wartet er auf eine Gelegenheit, die Sache auszuschlachten.«

»Und jetzt denkt er, daß wir ihm dabei helfen?« fragte Will.

Martens drehte den Kopf hilflos hin und her. »Es ist immer sehr schwer, zu erraten, was Mr. Leroy denkt«, antwortete er ausweichend. »Aber ich bin sicher, daß er mich gründlich ausquetschen wird, wenn ich zurück bin – wie lange wollen Sie überhaupt bleiben?«

»Nicht lange«, antwortete Jordan. »Ich hoffe, daß wir morgen um diese Zeit schon wieder auf dem Rückweg sind. Ich möchte mir bloß das Haus ansehen.« Er drehte sich wieder herum und starrte auf die gewundene Straße hinaus. Er war unruhig, eine mit rationalen Mitteln nicht zu begründende Unruhe, die von ihm Besitz ergriffen hatte, seit sie aus dem Flugzeug gestiegen waren. Er ahnte, daß in dem kleinen Nest in den Bergen mehr auf ihn wartete als eine verfallene Hausruine. Er hatte den Ruf nicht vergessen, den er bei der Lektüre des

Buches vernommen hatte. Celham hatte vor seinem Tod irgend etwas in diese Welt gerufen, was nicht hierher gehörte.

»Sie haben überhaupt Glück, daß Sie mich dabeihaben«, sagte Martens in scherzhaftem Ton.

»Wieso?«

»Oh, die Leute dort oben sind manchmal etwas . . . äh, seltsam. Sie sind allen Fremden gegenüber mißtrauisch, sozusagen aus Tradition. Sie würden wahrscheinlich Schwierigkeiten haben, auf eigene Faust irgend etwas herauszubekommen.«

»Und da konnte Celham einfach so einziehen?« fragte Will zweifelnd.

»Er war einfach da«, erklärte Martens. »Ich glaube, er hat das Haus über einen Makler angemietet. Außerdem haben die Leute ihn so gut wie nie zu Gesicht bekommen – ich sagte ja schon, daß er ein Eigenbrötler war. Wollen Sie gleich zur Ruine hinausfahren?«

»Nein. Es ist schon ziemlich spät. Ich denke, wir suchen uns ein Zimmer und gehen morgen in aller Frühe los. Gibt es ein Hotel in Kilmarnock?«

Martens lachte glucksend. »Nein. Es gibt ein Gasthaus, aber da kann man nicht übernachten. Aber Sie können bei mir schlafen.«

»Bei Ihnen?«

»Bei meinen Eltern«, verbesserte sich Martens. »Sie wohnen etwas außerhalb, aber das Haus ist groß genug. Ich glaube, sie werden sich freuen, daß ich Besuch mitbringe. Es ist manchmal sehr einsam dort oben, wissen Sie.«

Jordan nahm das Angebot dankend an. Es war eigentlich nicht seine Art, sich bei wildfremden Leuten einzuquartieren, aber die Vorstellung, zu dritt im Wagen übernachten zu müssen, behagte ihm noch weniger.

Für den Rest der Fahrt versank er in Schweigen. Will unterhielt sich auf dem Rücksitz angeregt mit Martens, und Jordan war froh, daß er an dem Gespräch nicht mehr teilhaben mußte. Die Ruhe, die er die ganze Zeit über zur Schau getragen hatte, war nur gespielt. In Wirklichkeit brodelte es in seinem Inneren. Er ahnte, was Celham umgebracht hatte, aber der Gedanke war zu schrecklich, um ausgesprochen zu werden. Er hatte die Texte in Celhams Buch gelesen.

Es waren die *echten* Beschwörungsformeln. Lovecraft hatte sich in seinen Büchern gefährlich nah an die Wahrheit herangewagt, aber er war trotz allem vorsichtig genug gewesen, die Texte so zu verfälschen, daß niemand auch nur versehentlich die wirklichen Beschwörungsformeln aussprechen oder auch nur denken konnte. Celham schien diese Skrupel nicht gekannt zu haben. Die Texte in seinem Buch waren echt, und sie konnten jedem, der wußte, wie er sie anzuwenden hatte, zu ungeheurer Macht verhelfen.

Aber sie konnten auch zu einer Gefahr werden. Wahrscheinlich hatte Celham damals einfach nicht gewußt, was er da in seiner Unbefangenheit publizierte. Er war irgendwie in Besitz der Originaltexte aus dem *Nekronomikon* gekommen, wahrscheinlich, ohne zu diesem Zeitpunkt zu ahnen, was er da in Händen hielt.

»Ich hoffe nur, es ist noch nicht zu spät«, murmelte er halblaut.

Jenny nahm für einen Moment den Blick von der Straße und sah ihn ernst an. »Du machst dir Sorgen, nicht?« fragte sie. Jordan antwortete nicht, aber Jenny fuhr unbeeindruckt fort. »Ich habe mir im Flugzeug das Buch vorgenommen«, sagte sie. »Celhams Buch – und den Roman von Lovecraft. Wenn du dich nicht irrst . . . ich meine, wenn es wirklich mehr ist als ein einfacher Gruselroman . . .« Sie brach ab. Eine steile Falte erschien über ihrer Nasenwurzel. »Eine grauenhafte Vorstellung.«

Sie hatte so leise gesprochen, daß die beiden anderen auf dem Rücksitz nichts von ihren Worten verstanden hatten, und Jordan war ihr dankbar dafür. Es reichte vollkommen, wenn sie verunsichert war.

Sie – und er.

Er lehnte sich zurück, versuchte, sich zu entspannen und beobachtete die vorbeihuschenden Bäume. Am liebsten wäre er sofort zu den Ruinen von Celhams Haus gefahren. Aber es war schon spät; die Sonne würde in längstens einer Stunde untergehen. Es war besser, wenn er wartete und das Tageslicht ausnützte, um mit seinen Nachforschungen zu beginnen.

Clavers wartete eine Viertelstunde, ehe er sich auf die Suche nach Berens machte. Es war kalt geworden unten in dem engen, zugigen Loch, und die unwirkliche Atmosphäre und die Gegenwart jenes unerklärlichen Tunnels hatten an seinen Nerven gezerrt. Der Schnaps hatte ihn eine kurze Zeit gewärmt, aber die Flasche war schnell leer, und als die Wirkung des Whiskys nach wenigen Minuten verflog, fror er um so stärker.

Er klaubte die Taschenlampe vom Boden auf und machte sich auf den Weg nach oben. Die Treppe schien mit einemmal viel steiler und unwegsamer als beim Abstieg. Er stolperte, glitt aus und fiel auf Hände und Knie. Die Stufen waren glitschig und unsicher, und nachdem er sich an einem querliegenden Balken die Schienbeine blutig geschlagen hatte, entschloß er sich, die letzten Stufen besser kriechend zurückzulegen.

Oben angekommen, richtete er sich schweratmend auf. Von Berens war nirgends eine Spur zu sehen, aber das war nicht weiter verwunderlich. Das trübe Mondlicht reichte kaum aus, um die eigene Hand vor Augen zu sehen. Aber Clavers kannte sich hier gut genug aus. Er hätte den Weg zurück zum Wagen auch mit geschlossenen Augen gefunden. Er rief ein paarmal nach Berens, aber er bekam keine Antwort. Schließlich machte er sich wütend auf den Weg. Die Nervosität des anderen war ihm schon vorhin aufgefallen – wahrscheinlich hockte er im Wagen, zitterte vor Angst und traute sich nicht mehr zurück. Clavers nahm sich vor, ihm gründlich die Meinung zu sagen. Berens war im Grunde ein guter Kumpel, aber er hatte Nerven wie ein Schuljunge und brauchte ab und zu einen Tritt, um zu spuren.

Vorsichtig, um nicht wieder hinzufallen, tastete er sich über die chaotisch durcheinandergewirbelten Trümmer der eingestürzten Mauern und Wände. Der stehengebliebene Türrahmen tauchte wieder vor ihm auf, ein stummer Wegweiser in der Dunkelheit. Er änderte seine Richtung um eine Winzigkeit, stieg über die kniehohen Überreste der Grundmauer und schritt schneller aus.

Er hatte etwa die Hälfte des Weges zurückgelegt, als er auf die Leiche stieß.

Es war nicht der erste Tote, den er sah, und auch nicht der

erste, der nicht auf natürliche Art ums Leben gekommen war. Clavers war im Krieg drüben in Frankreich gewesen, und später hatte er an der Eroberung des Ruhrgebietes teilgenommen; genug, um einem Mann das Gruseln abzugewöhnen. Und trotzdem schrie er beim Anblick der Leiche auf. Hätte der Mann nicht die zerfetzten Überreste einer Polizeiuniform getragen, hätte Clavers den Toten kaum als menschlichen Körper identifiziert.

Minutenlang stand er reglos da, unfähig, sich zu bewegen oder auch nur zu schreien, und starrte aus entsetzt aufgerissenen Augen auf das, was von Jakobson übriggeblieben war.

Schließlich, nach einer Ewigkeit, hatte er sich wieder so weit in der Gewalt, daß er einen Schritt auf die Leiche zu tun konnte. Er drängte die aufkommende Übelkeit mit aller Kraft zurück und kniete neben dem Toten auf den Boden. In dem Körper schien es keinen heilen Knochen mehr zu geben. Geronnenes Blut bildete eine dunkle, glitzernde Lache rings um die Leiche, und das, was von seiner Uniform übriggeblieben war, wirkte versengt und angekohlt.

Clavers stand langsam auf. Er rief noch einmal nach Berens, aber seine Stimme klang hoch und schrill und war kaum zu verstehen. Seltsamerweiser hatte er keine Angst.

Er hob die Taschenlampe und ließ den Strahl langsam kreisen, darauf gefaßt, einen zweiten Leichnam zu finden. Aber da war nichts.

»Berens?« Er hatte seine Stimme wieder in der Gewalt. Aber er bekam keine Antwort. Die Dunkelheit ringsum schien den Klang seiner Worte aufzusaugen, eine wattige, erstickende Masse, die sich wie eine dunkle Decke über den Hang und das Seeufer gelegt hatte. Alles schien mit einem Mal unwirklich zu sein, Bilder aus einem bizarren Alptraum, in dem er gefangen schien. Die vertrauten Umrisse der Bäume dort vor ihm hatten plötzlich etwas Bedrohliches, Beunruhigendes, ohne daß er erklären konnte, worin die Veränderung bestand.

»Unsinn«, flüsterte er, um sich selbst Mut zu machen. Er schlug einen großen Bogen um den Leichnam und marschierte zu dem Gebüsch, in dem sie den Wagen versteckt hatten.

Aber Berens war auch nicht beim Rover. Eine Zeitlang stand

Clavers hilflos zwischen den beiden Fahrzeugen, rief von Zeit zu Zeit Berens' Namen und versuchte, die Geschehnisse zu rekonstruieren.

Jakobson mußte den Wagen in seinem Versteck entdeckt haben. Und vielleicht hatte er auch Berens überrascht, der gerade zurückgekommen war, um das Seil zu holen. Und dann . . . Clavers weigerte sich, die Vorstellung anzuerkennen, die sich ihm aufdrängte. Berens nahm es mit dem Gesetz nicht allzu genau, ebensowenig wie er, aber Mord . . .?

Und doch – es war die einzige Erklärung. Jakobson hatte ihn gezwungen, mit ihm zum Trümmergrundstück zu gehen, und dabei mußte es zum Kampf gekommen sein.

Das erklärte auch, warum Berens verschwunden war. Seine Nerven waren wahrscheinlich unter dem Schock zusammengebrochen. In ein, zwei Stunden, wenn er sich beruhigt hatte, würde er wieder auftauchen.

Aber es erklärte nicht den Zustand, in dem sich Jakobsons Leiche befand.

Er öffnete die Wagentür, schwang sich hinter das Steuer und schaltete das Autoradio ein. Klassische Musik füllte den Fahrerraum aus. Clavers haßte Klassik, aber die Musik vertrieb wenigstens die Stille und die Gespenster, die sich dahinter verbargen.

Er schloß die Tür, drückte den Sperrknopf herunter und vergewisserte sich, daß die Beifahrertür ebenfalls verschlossen war.

Dann wartete er.

Steven Martens' Eltern waren nette, alte Leute, die sich aufrichtig über den unverhofften Besuch freuten. Martens hatte vom Dorf aus mit ihnen telefoniert, und als Jenny den Bentley wenige Minuten später vor dem Tor des alten Gutshofes parkte, wartete bereits ein rasch improvisiertes Abendessen und eine gute Flasche Wein auf die Besucher.

Die Martens waren so gastfreundlich, daß es schon beinahe peinlich für Jordan und die anderen war. Nach dem Abendessen lud Greg Martens sie alle noch auf einen Drink in die

Bibliothek ein. Jordan nahm die Einladung dankend an, nicht zuletzt, weil er hoffte, näheres über Celham und seine Arbeit in Erfahrung bringen zu können.

Der Raum war groß und hoch. Drei Wände wurden von kostbaren, handgeschnitzten Bücherregalen eingenommen, in denen Hunderte von alten und wertvollen Folianten standen, während an der Südwand ein behagliches Kaminfeuer flackerte. Martens bot ihnen Platz an und schenkte Whisky in alten, kostbaren Gläsern aus.

»Ich muß mich noch bei Ihnen bedanken, Dr.«, sagte er, »daß Sie mir meinen Sohn so unverhofft zurückgebracht haben. Normalerweise läßt er sich nur zu Weihnachten bei seinem greisen Vater sehen, der undankbare Bengel.« Er prostete Jordan zu und quittierte Stevens anklagenden Blick mit einem Grinsen. »Du hast eine Menge versäumt, Junge«, sagte er.

»So?« Stevens Lächeln wirkte gequält. »Was denn? Hat die Kuh deines Nachbarn Zwillinge bekommen, oder gibt es noch etwas Aufregenderes?«

»Na ja, wie man's nimmt. Hast du nichts in den Zeitungen gelesen?«

Steven schüttelte den Kopf. »Ich lese keine Zeitungen«, sagte er ernsthaft.

»Ach so. Hm. Na ja. Du hast wirklich nichts gehört, wie mir scheint. Aber wir hatten in den letzten Wochen hier viel Aufregung.«

»Was denn?« spöttelte Steven. »Einen Mord?«

Martens schüttelte den Kopf. »Nein. Zwei.«

Steven verschluckte sich, hustete und sah seinen Vater entsetzt an. »Zwei – was?«

»Morde. Innerhalb von drei Wochen.«

»Mord?« Jordan beugte sich interessiert vor. »Verzeihen Sie, wenn ich mich einmische, aber . . .«

Martens winkte ab. »Bitte. Es ist ihr gutes Recht, zu fragen. Schließlich sind Sie ja eigens deshalb gekommen, oder?«

»Wie – wie kommen Sie darauf?« fragte Jenny erstaunt.

Martens grinste überlegen. »Kindchen – für wie dumm halten Sie mich eigentlich. Ich mag ja alt sein – aber nicht dämlich. Mister Jordan sieht mir eigentlich nicht wie ein Dr. aus, der aus reinem Wissensdurst in diese gottverlassene Gegend kommt. Und Sie, und Mister Fleming ...« Er winkte ab. »Na, lassen wir das. Ist schließlich Ihre Sache. Und ich nehme es Ihnen wirklich nicht übel, wenn Sie nicht darüber sprechen wollen. Aber ich will Ihnen gern alles erzählen – soweit ich Bescheid weiß.«

»Bitte.« Jordan lächelte still in sich hinein. Martens war dichter an die Wahrheit herangekommen, als er wahrscheinlich selbst ahnte. Und vielleicht war es ganz gut, wenn man hier im Dorf annahm, er wäre ein Privatdetektiv oder etwas Ähnliches. Immer noch besser, als wenn die Menschen hier die Wahrheit erfuhren.

»Der erste Mord geschah vor knapp drei Wochen«, begann Martens ruhig. »Montgomery Bent. Ein junger Bursche hier aus dem Dorf. Er und seine Freundin – Mary-Lynn Hunter – ich glaube, du kennst sie noch aus der Schule, Steven ...«

Steven nickte. »Ja. Ein sommersprossiges kleines Mädchen mit Zöpfen und einer Rotznase.«

»Das war sie vielleicht früher einmal«, berichtigte Martens Senior, »aber heute ... na ja, jedenfalls sind sie eines Abends in Montys klapprigem VW zum Seeufer heruntergefahren, um ... um ... äh ...«

»Den Sonnenuntergang zu genießen?« schlug Will grinsend vor.

Martens schenkte ihm einen dankbaren Blick. »Ja. So ungefähr. Was genau passiert ist, weiß kein Mensch. Fest steht, daß der Junge ermordet wurde.«

»Und das Mädchen?« forschte Jordan.

»Sie lebt noch, aber sie ist seitdem ...« Martens tippte sich bezeichnend gegen die Schläfe. »Sie verstehen? Sie liegt seit drei Wochen in ihrem Zimmer, ißt und trinkt nur nach stundenlangem Zureden und ist nicht dazu zu bewegen, auch nur einen Ton zu sprechen. Äußerlich ist sie unverletzt, aber ... na ja, die offizielle Lesart ist die, daß Monty den Wagen gegen einen Baum gefahren hat, und dann, als er ausgestiegen ist, überfallen wurde. Ein Wunder, daß das Mädchen heil aus dem VW rausgekommen ist. So wie der aussah ...«

»Vielleicht ist der Junge bei einem Unfall ums Leben gekommen«, vermutet Steven.

»Kaum. Seine Leiche lag fast fünfzig Meter entfernt. Und mit seinen Verletzungen kann er sich nicht mehr bis dort hin geschleppt haben. Die Polizei ist ziemlich ratlos.«

»Und der zweite Mord?« fragte Jenny. Martens leerte sein Glas und stellte es mit lautem Knall auf den Tisch. »Vorgestern«, erzählte er. »Es passierte bei der Ruine von Celhams Haus. Die Polizei ermittelt noch, aber ich glaube, sie ist genauso ratlos wie beim ersten Mal.« Er schüttelte sich. »Gräßlich. Man traut sich kaum noch auf die Straße, wenn das so weitergeht. Und da sagt ihr jungen Leute immer, daß man auf dem Lande gemütlicher lebt.«

Jordan tauschte einen bezeichnenden Blick mit Jenny.

»Dieser See«, fragte er vorsichtig, »wo der erste Mord geschah – wo liegt der?«

»In der Nähe der Ruine«, antwortete Martens. »Oder besser umgekehrt. Die Ruine liegt am See, nur ein paar hundert Meter weiter südlich. Ich weiß, was Sie denken – daß die beiden Morde in Verbindung miteinander stehen. Das dachte die Polizei wohl auch.« Er stand auf, goß sich nach und setzte sich wieder. »Sie haben jeden Stein umgedreht, ohne etwas zu finden.«

»Trotzdem werde ich es mir morgen ansehen«, murmelte Jordan.

»Ich bringe Sie hin«, erbot sich Steven.

»Außerdem«, sagte Martens plötzlich, »ist Berens verschwunden.«

»Berens?« Steven runzelte die Stirn. »War das nicht dieser Saufbold?«

»Nein. Du meinst Clavers. Aber die beiden hingen ja wohl ständig zusammen. Man erzählt sich, daß sie an dem betreffenden Abend in der Gegend gesehen worden sind. Die Polizei hat Clavers vernommen, aber sie haben ihn laufen lassen. Ich kann mir aber nicht vorstellen, daß er etwas mit einem Mord zu tun hat. Er ist ein Ganove, aber kein Mörder. Genausowenig wie Berens.« Er stand auf, reckte sich und schlurfte zur Tür. »Verzeihen Sie, wenn ich mich zurückziehe – aber ich bin müde. Steven wird Ihnen Ihre Zimmer zeigen.« Er verabschiedete sich mit einem Kopfnicken und zog die Tür hinter sich ins Schloß.

»Es scheint, wir haben den richtigen Augenblick erwischt«,

witzelte Will, »um die Beschaulichkeit des Landlebens zu genießen.«

Steven nickte schuldbewußt. »Tja. Kein sehr angenehmes Thema am ersten Abend.« Er lächelte unsicher. »Allmählich verstehe ich die Leute.«

»Was für Leute?« fragte Jenny neugierig.

Steven zuckte mit den Schultern. »Och – nur so. Die Gegend dort unten genießt keinen sehr guten Ruf. Wahrscheinlich ist Monty deshalb auch hingefahren – tut mir leid um den armen Kerl. Sie wissen ja, wie die Leute hier auf dem Lande sind ... angeblich soll es dort unten nicht mit rechten Dingen zugehen. Blödsinn, wenn Sie mich fragen.«

»Was heißt: nicht mit rechten Dingen?« wollte Will wissen.

»Ach, dummes Gerede. Man meidet die Gegend halt. Es ist auch ein bißchen ... seltsam dort.«

»Seltsam?« In Jordans Stimme lag ein gespannter, lauernder Unterton.

»Sie werden es sehen, wenn wir hinfahren«, schloß Steven.

Clavers war nervös. Seit dem schrecklichen Erlebnis vor drei Abenden waren seine Nerven kaum mehr zur Ruhe gekommen. Er hatte versucht, sich mit Alkohol zu beruhigen, aber der gewünschte Erfolg war ausgeblieben. Im Gegenteil – wenn er sich betrank, schien alles nur noch schlimmer zu werden. Und außerdem hatte er zwei sehr unangenehme Stunden mit der Mordkommission verbracht, die aus der Stadt angereist war. Einzig die Tatsache, daß ein normaler Mensch gar nicht fähig gewesen wäre, Jakobson so zuzurichten, hatte ihn vor der Verhaftung bewahrt. Und Berens war verschwunden geblieben. Er hatte fast zwei Stunden gewartet, bis seine Nerven nicht mehr mitgespielt hatten, und war dann schweren Herzens zurückgefahren. Aber Berens war auch am darauffolgenden Tag nicht erschienen, und auch am nächsten nicht. Die Vermutung, daß er etwas mit Jakobsons Tod zu tun hatte, war in Clavers zur Gewißheit geworden. Warum sollte er sonst weggelaufen sein?

Clavers sah zum hundertsten Mal an diesem Abend auf die Armbanduhr. Brown hätte längst hier sein müssen. Sie waren für sieben verabredet gewesen, und jetzt war es kurz vor acht. Die Dämmerung brach herein.

Clavers' Blick wanderte nervös über den Waldrand. Seit dem Erlebnis vor drei Tagen hatte er Angst vor der Dunkelheit, auch wenn er das nicht zugeben wollte. Aber in seinem Zimmer brannte immer Licht, selbst wenn er schlief, und wenn er nach Dunkelwerden aus dem Haus mußte, dann versuchte er, auf der hell erleuchteten Hauptstraße zu bleiben.

Angst. Ja, Clavers hatte die Bedeutung des Wortes kennengelernt. Seit drei Tagen wußte er, was es bedeutete, in jedem Schatten eine Bedrohung zu sehen, hinter jeder finsteren Ecke ein Alptraumungeheuer zu vermuten, bei jedem unverhofften Geräusch zusammenzuzucken.

Eine Gestalt trat aus dem Waldrand und kam mit langsamen Schritten auf den Wagen zu. Brown.

Er trug den gleichen schwarzen Anzug wie beim ersten Mal, die gleichen schwarzen Lederhandschuhe und die gleiche Strumpfmaske über dem Gesicht. Bei ihrem ersten Zusammentreffen war Clavers die Verkleidung lächerlich vorgekommen; jetzt empfand er sie als Bedrohung.

Er stieg aus dem Wagen, tastete mit verstohlenen Bewegungen nach dem Revolver in seiner Jackentasche und ging der Gestalt entgegen.

»Haben Sie das Buch?« schnappte Brown, als sie sich gegenüberstanden.

Clavers schüttelte unwirsch den Kopf. »Nein«, fauchte er. »Sie wissen doch, was passiert ist, oder?«

Brown nickte. Seine Gesichtszüge wirkten hinter dem schwarzen Netzwerk des Nylonstrumpfes verzerrt und dämonenhaft. »Ja. Ich habe Sie ja gewarnt, daß es gefährlich werden kann.«

»Gefährlich!« schnappte Clavers. Er mußte sich beherrschen, um nicht zu schreien. »Von Mord war keine Rede.«

Brown zuckte ungerührt mit den Schultern. »Ich habe nicht gesagt, daß Sie den Polizisten umbringen sollen. Sie haben das Buch also nicht?«

»Natürlich nicht«, antwortete Clavers wütend. »Und Sie können mir tausend Pfund bieten – ich setze keinen Fuß mehr auf dieses Grundstück.«

»Kein Buch – kein Geld«, sagte Brown kichernd.

»Glauben Sie?« Clavers Stimme zitterte. »Ich bin mir gar nicht so sicher. Vielleicht interessiert sich die Polizei dafür, was wir dort draußen gesucht haben. Ich bin sicher, daß sie den Keller ausgraben lassen und das Buch heben – wenn ich rede.«

Einen Herzschlag lang schien ihn Brown mit Blicken durchbohren zu wollen. »Soll das eine – Erpressung sein?« fragte er schließlich.

»Wenn Sie so wollen«, antwortete Clavers trotzig.

»Erpresser leben gefährlich«, sagte Brown.

Clavers musterte sein Gegenüber kalt. Brown war einen Kopf kleiner als er, aber mindestens genauso schwer. Aber er sah nicht aus wie jemand, der über große Kampferfahrung verfügte. Und schließlich war da ja noch die Pistole in seiner Rocktasche.

»Also gut.« Browns Hand glitt mit einer blitzschnellen Bewegung in die Tasche und kam mit einem Bündel Geldscheine wieder zum Vorschein. »Ich gebe Ihnen die zweihundert – und weitere tausend, wenn Sie ein kleine Gefälligkeit für mich erledigen.«

Clavers' Augen blitzten gierig auf. »Tausend – Pfund?« fragte er ungläubig.

»Natürlich. Was haben Sie gedacht?«

»Und – was muß ich dafür tun?«

Brown zögerte. »Es gibt jemanden, der mir ... im Wege ist.«

Es dauerte eine Weile, bis Clavers begriff, was Brown von ihm wollte.

»Sie meinen ... Mord?« fragte er entsetzt.

»Nicht unbedingt. Wenn Sie eine bessere Methode wissen, um ihn von hier zu vertreiben. Ich brauche drei, vier Tage Ruhe, das ist alles. Danach können Sie von mir aus herumlaufen und alles erzählen.«

Clavers zögerte. Die Polizei hatte sowieso ein wachsames Auge auf ihn. Aber andererseits war er vom Verdacht des Mordes freigesprochen und somit entlastet. Die Polizei war wohl eher der Meinung, daß ein Verrückter in der Gegend war – kein normaler Mensch besaß solche Kräfte, wie sie der Täter haben mußte. Und schließlich zwang ihn niemand, wirklich einen Mord auszuführen. Es dürfte nicht allzu schwer sein, einen Fremden derart einzuschüchtern, daß er die Gegend verließ.

Mit einer entschlossenen Bewegung griff er nach dem Bündel Geldscheine und ließ es in der Rocktasche verschwinden. »In Ordnung«, sagte er. »Gehen wir zu meinem Wagen. Sie können mir dann die Einzelheiten erzählen.«

»Da ist es«, sagte Martens. »Sehen Sie jetzt, was ich gemeint habe?«

Jordan nickte wortlos. Sie hatten den Bentley oben auf dem Hügel stehengelassen und waren die letzten Meter zu Fuß gegangen; teils, weil der Wagen für den schmalen, mit Schlaglöchern übersäten Weg kaum geeignet war, und teilweise, weil Jordan sich die Umgebung der Ruine gern genauer angesehen hätte.

Er merkte sofort, was Martens meinte.

Die nähere Umgebung des Trümmergrundstücks war auf bizarre Weise verändert. Einem unbefangenen Beobachter wäre die Veränderung vielleicht kaum aufgefalllen, und, genau betrachtet, war alles gleich geblieben. Die Veränderung lag eher auf einer Ebene, die man gefühlsmäßig wahrnehmen konnte: Die Form der Büsche und Bäume war gleich geblieben, aber es schien, als wäre alles, was dem Menschen an der unberührten Form der Natur schön und anziehend vorkommt, ins Gegenteil verkehrt. Das Grün der Bäume schmerzte in den Augen. Ihre Stämme schienen sich in kantige Steinsäulen verwandelt zu haben, alles war abweisend, feindlich, Bilder aus einer Welt, in der der Mensch nichts zu suchen hatte. Selbst seine Schritte schienen ein verändertes Echo hervorzurufen, ein dumpfer, hallender Ton, als antworte aus den Tiefen der Erde eine gigantische Trommel auf den Takt seiner Schritte.

Aber Jordan spürte noch mehr. Er spürte den Atem des Fremden, das von diesem Ort Besitz ergriffen hatte, die Ausstrahlung von etwas unglaublich Andersartigem, das aus den Abgründen der Zeit heraufgestiegen war und hier irgendwo lauerte. Er schloß die Augen und lauschte in sich hinein. Er fühlte das pulsierende, schlagende Leben tief unter seinen Füßen, die bösen Gedanken, die den Erdboden wie Adern eines giftigen Minerals durchzogen, die ungeheure geistige Kraft, die hinter diesen Gedanken lauerte. Aber er spürte auch, daß es etwas gab, das diese Kraft hemmte; eine unsichtbare Barriere, die die Dämonen daran hinderte, aus ihrem unterirdischen Reich hervorzubrechen.

»Und das war also sein Haus?« Will deutete mit gerunzelter Stirn auf den flachen Trümmerhaufen, der sich unmittelbar am Seeufer erhob.

Martens nickte. »Ja. Ich sagte ja schon, daß es ziemlich gründlich zerstört worden ist.«

Ziemlich gründlich, fand Jordan, war untertrieben. Das Haus – oder das, was davon übriggeblieben war – sah aus, als wäre es stundenlang bombardiert worden. Martens hatte ihm auf dem Weg hierher ein altes Photo des Gebäudes gezeigt. Es war ein zweistöckiges Patrizierhaus gewesen, wie sie in dieser Gegend Schottlands häufig zu finden waren, ein flaches, wuchtiges Gebäude, das aussah, als wäre es für die Ewigkeit gebaut. Um so erschreckender wirkte die Zerstörung. Die kniehohen Reste der einstmaligen Grundmauern schienen noch am unversehrtesten zu sein. Sie gingen langsam näher.

»Ich weiß wirklich nicht, was Sie sich davon versprechen«, murmelte Martens nervös. »Die Polizei hat damals alles gründlich untersucht, aber ...«

»Gab es einen Keller?« fragte Will.

Martens nickte. »Sicher. Aber der Eingang wurde total verschüttet. Ich glaube, man hat einmal versucht, ihn freizulegen, aber sie haben es ziemlich schnell wieder aufgegeben. Später hieß es dann sogar, die Katastrophe wäre von dort ausgegangen.«

Er stieg mit ungeschickten Bewegungen über die flammengeschwärzte Einfriedung und winkte Will und Jordan, ihm zu folgen. »Kommen Sie – ich zeige Ihnen den Weg. Sie können sich selbst überzeugen.«

Die steinerne Treppe in die Kellergeschosse war vor langer Zeit schon von den gröbsten Trümmern geräumt worden, aber im Laufe der Jahre hatten sich wieder Steine und verkohlte

Holztrümmer in dem engen Schacht angesammelt. Selbst im hellen Tageslicht sah der Abstieg gefährlich und unheimlich aus.

»Freiwillig würde ich nicht dort hinuntergehen«, sagte Martens.

Jordan deutete in die Tiefe. »Jemand hat es aber getan.« Er wies auf die Reihen deutlich sichtbarer Fußspuren, die die ausgetretenen Stufen hinunterführten. »Vor gar nicht so langer Zeit. Ein, zwei Tage würde ich sagen.« Er sah Will an. »Gehen wir hinunter?«

»Es ist gefährlich. Der – der Gang kann jeden Moment einstürzen«, gab Martens zu bedenken. Er wirkte blaß, und seine Finger spielten scheinbar unbewußt mit den Knöpfen seiner Jacke.

»Es ist in zehn Jahren nicht eingestürzt. Ich glaube nicht, daß ausgerechnet jetzt etwas passiert«, entgegnete Will. Er beugte sich vor und spähte aus zusammengekniffenen Augen in die Tiefe. »Möchte wissen, was es dort unten so Interessantes gibt.«

Jordan setzte den Fuß auf die oberste Stufe. Sie fühlte sich schlüpfrig und glatt an. »Sehen wir nach.«

Vorsichtig, die Hände nach beiden Seiten sichernd ausgestreckt, ging er voran. Will folgte ihm in wenigen Schritten Abstand. »Wir hätten eine Lampe mitnehmen sollen«, sagte er.

»Im Wagen liegt eine.« Jordan blieb stehen und drehte sich halb herum.

»Mister Martens – würden Sie freundlicherweise die Taschenlampe aus dem Handschuhfach holen?«

»Selbstverständlich.« Martens entfernte sich mit eiligen Schritten. Er schien froh zu sein, aus der unmittelbaren Umgebung des unheimlichen Treppenschachtes entkommen zu können.

»Ist dir auch aufgefallen, wie nervös er war?« murmelte Will, nachdem Martens außer Hörweite war.

Jordan nickte. »Ja. Deshalb habe ich ihn auch weggeschickt. Ich glaube zwar nicht, daß wir dort unten irgend etwas finden, aber . . .« Er zuckte mit den Schultern und ging weiter.

Die Treppe endete nach wenigen Stufen vor einem flachen Trümmerberg.

»Das wär's«, sagte Will enttäuscht. »Ohne Werkzeug kommen wir hier wohl nicht weiter.«

Jordan antwortete nicht. Er bückte sich, grub mit den Händen in losem Gestein und Schutt und förderte eine dreckverkrustete Schaufel zutage. »Derjenige, der vor uns hier war, hatte besser vorgesorgt«, sagte er nachdenklich. »Halt mal.« Er gab Will die Schaufel, bückte sich erneut und grub weiter. Nach wenigen Augenblicken hatte er eine ganze Sammlung von Werkzeugen ausgegeraben: Schaufel, Spitzhacke, Hammer und Meißel.

»Da hat einer versucht, den Weg freizumachen«, sagte Will. »Möchte wissen, was er dort unten zu finden gehofft hat.«

Jordan zog die Jacke aus, legte sie über einen Balken und griff nach der Hacke. »Wir werden es gleich erfahren.« Er hob die Hacke und ließ sie mit einer kraftvollen Bewegung auf das Hindernis niedersausen.

Der Erfolg war verblüffend. Die ganze Halle schien unter dem Schlag zu schwanken. Einen Augenblick lang stand sie in einer aufwirbelnden Staubwolke, dann brach das Hindernis in sich zusammen und gab den Blick auf einen langen, finsteren Tunnel frei.

»He!« machte Will überrascht. »Das war . . .«

»Nur vorgetäuscht«, nickte Jordan. »Jemand hat eine dünne Lage Steine über den Eingang geschichtet und das Ganze mit ein paar Schaufeln Dreck kaschiert.«

»Woher wußtest du das?«

»Ich wußte es überhaupt nicht.« Jordan deutete auf die Werkzeuge. »Ich konnte mir bloß nicht vorstellen, daß jemand sein Werkzeug nicht liegenläßt, wenn er nicht vor hat, wiederzukommen.« Er ließ sich auf Hände und Knie nieder, kroch einen Meter weit in den Gang hinein und schnüffelte. Die Luft roch alt und verbraucht, wie in einem Gewölbe, das jahrzehntelang von der Außenwelt abgeschlossen gewesen ist. Aber da war noch etwas anderes, ein seltsamer, schwer einzuordnender Geruch, der an Schwefel und . . . Fäulnis erinnerte.

»Was ist das für ein Material?« fragte Will. Er hatte sich ebenfalls auf die Knie niedergelassen und war neben Jordan gekrochen. Seine Fingerspitzen tasteten prüfend über das glasartige Material der Wände. »Es fühlt sich . . . seltsam an.«

Jordan nahm die Wand nun ebenfalls in Augenschein. Der Querschnitt des Tunnels war vollkommen rund, und Jordan konnte auf den wenigen Metern, die das schwache Tageslicht in den Gang hineinreichte, keinerlei Nähte oder Ansatzpunkte erkennen. Es schien, als wäre die Innenwand des Tunnels aus einem Stück geformt worden.

»Stein«, sagte er schließlich. »Geschmolzenes und erstarrtes Gestein.«

Will furchte die Stirn. »Weißt du, was du da sagst?« fragte er zweifelnd. »Die Temperaturen, die nötig sind, um so etwas zu erreichen, sind ungeheuer.«

»Ich weiß.« Jordan kroch noch weiter vor, bis seine Hände auf der glatten Innenfläche des Tunnels keinen Halt mehr fanden. »Der Tunnel ist vollkommen gerade«, sagte er.

»Und?«

Jordan drehte sich mühsam herum. Wills Gestalt bildete eine dunkle Silhouette gegen den hellen Kreis des Einganges. »Die Treppe ist gewendelt«, erinnerte er. »Es sieht fast so aus, als hätte sich hier irgend etwas einen direkten Weg in die Erde geschmolzen.«

»Oder hinauf«, erwiderte Will.

Jordan konnte Wills Gesicht gegen das grelle Gegenlicht nicht erkennen, aber er hörte deutlich die Beunruhigung in seiner Stimme.

»Ja«, sagte er nach einer Weile. »Oder hinauf.«

Sie gingen zum Wagen zurück. Martens hatte die Taschenlampe gefunden, aber Jenny hatte ihn in ein Gespräch verwickelt, und er schien froh zu sein, auf diese Weise ein Alibi zu haben, um nicht zur Ruine zurückkehren zu müssen. Jordan konnte es ihm nicht einmal verübeln; selbst er, der im Umgang mit außersinnlichen Dingen geübt war, konnte sich eines gewissen Gefühls der Erleichterung nicht erwehren, als sie das Grundstück verließen und durch den Wald zurückgingen. Durch einen Wald, in dem die Bäume wieder wie Bäume aussahen und nicht wie die Kulissen eines Psycho-Thrillers.

»Wir fahren zurück ins Dorf«, sagte er knapp.

»Keinen Erfolg gehabt?«

Er schwang sich neben Jenny auf den Beifahrersitz, wartete, bis Will und Steven im Fond des Wagens Platz genommen hatten und schloß die Tür.

»Doch«, sagte er. »In gewissem Sinne, jedenfalls, aber . . .«

Jenny startete den Wagen. »Aber?«

»Die Kellergewölbe des Hauses scheinen doch nicht so gründlich zerstört worden sein, wie man immer annahm«, sagte Will vom Rücksitz aus. »Aber wir brauchen ein starkes Seil, um hinunter zu kommen. Und einen Handscheinwerfer.«

»Ja«, nickte Jordan. »Unter anderem.«

»Sie wollen dort hinunter?« fragte Martens entsetzt.

»Warum denn nicht?« Jordan wischte sich mit einer flüchtigen Bewegung den Schweiß von der Stirn und ließ den Sicherheitsgurt einrasten. »Glauben Sie, wir erfahren etwas, wenn wir nicht dort hinuntergehen?«

»Ich möchte zu gern wissen, was Sie eigentlich erfahren wollen«, flüsterte Martens.

»Ich glaube«, knurrte Will, »das wissen wir im Moment selbst noch nicht so genau.«

Jordan lächelte flüchtig. »Wahrscheinlich nichts«, sagte er beruhigend. »Wahrscheinlich finden wir dort unten nur ein halb eingestürztes Gewölbe voller alter Steine und Trümmer. Aber ich bin nun einmal neugierig. Und Sie müssen ja nicht mitkommen, wenn Sie nicht wollen.« Tatsächlich wäre es ihm lieber gewesen, sich ganz von Martens zu trennen. Er hatte nichts gegen den jungen Mann; im Gegenteil. Aber wenn sie dort unten das fanden, was er insgeheim befürchtete, dann würde es besser sein, ihn nicht dabei zu haben.

»Wir brauchen ein Seil«, sagte er, um von dem unangenehmen Thema abzulenken. »Außerdem Steighaken, Handscheinwerfer, Pickel, Werkzeug . . .« Er sah Martens an. »Bekommt man so etwas im Dorf?«

»Ja. Es gibt einen kleinen Kramladen, der eigentlich alles führt. Ich zeige Ihnen den Weg.«

»In Ordnung. Aber zuerst möchte ich noch bei diesem Mädchen vorbeischauen, Mary-Lynn . . .«

»Hunter«, half Steven aus.

»Hunter, richtig. Sie wissen, wo sie wohnt?«

Martens grinste. »Kilmarnock hat dreihundert Einwohner, Dr. Da ist es ein Kunststück, jemanden nicht zu kennen.« Er wurde übergangslos ernst. »Aber ich sehe nicht ganz ein, was Sie sich davon versprechen. Ich meine, ich weiß nicht, wie es um sie bestellt ist. Aber so, wie mein Vater erzählte ... außerdem waren ihre Eltern schon früher komische Käuze. Ich glaube, sie sind versehentlich aus dem letzten Jahrhundert übriggeblieben; oder aus dem vorletzten.«

»Vielleicht kann ich ihnen helfen«, sagte Jordan.

»Sie?« Stevens Augenbrauen rutschten ein Stück nach oben. »Wir werden sehen. Zeigen Sie uns den Weg?«

»Natürlich.«

Jordan fing einen wandernden Blick von Jenny auf. Er wußte, auf welch gefährlichem Terrain er sich bewegte. Aber er mußte mehr Informationen erlangen, wenn er nicht Gefahr laufen wollte, mit offenen Augen ins Verderben zu rennen. Und das Mädchen stellte wahrscheinlich die einzige lebende Verbindung zu dem unterirdischen Grauen dar.

Die Hunters bewohnten ein uraltes Fachwerkhaus, ganz am Ende der Hauptstraße. Eine mannshohe, verwilderte Hecke verbarg den niedrigen Bau vor allzu neugierigen Blicken. Daran schloß sich ein ausgedehnter Rasen an, der seinem Aussehen nach vor Jahren das letzte Mal gemäht worden war.

Jenny parkte den Bentley direkt vor dem rostigen Eisentor, das die Hecke durchbrach.

Sie stiegen aus. Martens machte Anstalten, direkt auf das Haus zuzugehen, aber Jordan hielt ihn zurück.

»Sie könnten zusammen mit Will schon mal die Sachen besorgen, die wir brauchen«, sagte er.

Martens runzelte die Stirn. »Aber ich glaube, es ist besser, wenn ich Sie bei den Hunters einführe. Sie sind ... seltsam, wissen Sie. Ich glaube nicht, daß sie einen Fremden hereinlassen.«

Jordan zuckte scheinbar gleichgültig mit den Schultern. »Riskieren wir es. Wir haben nicht viel Zeit, wissen Sie.« Er nahm Martens bei der Schulter und drängte ihn mit sanfter Gewalt zum Wagen zurück. »Zeigen Sie Will den Weg«, bat er.

»Danach können wir uns treffen – in einer halben Stunde?« Der Tonfall, in dem er den Vorschlag machte, ließ keinen Widerspruch zu. Martens nickte widerwillig und öffnete den Wagenschlag. »Gut, aber machen Sie mir keine Vorwürfe, wenn der alte Hunter Sie hinauswirft.«

Jordan lächelte. »Bestimmt nicht.«

»Das war deutlich«, sagte Jenny, als Will und Martens abgefahren waren. »Mußte das sein?«

Jordan nickte. »Ja. Ich möchte nicht, daß er zuviel erfährt.«

»Und warum nicht?«

Jordan antwortete nicht. Er drehte sich um, öffnete das schmiedeeiserne Tor und marschierte auf das Haus zu. Jenny folgte ihm in wenigen Schritten Abstand.

Von weitem betrachtet machte das Haus einen beinahe unbewohnten Eindruck. Dichtes, grünes Efeu war im Laufe von Jahrzehnten und Jahrhunderten an ihm emporgerankt. Vor den Fenstern lagen wuchtige, schwere Läden, und die kleinen, schießschartenähnlichen Fenster im ersten Stock waren zusätzlich vergittert. Das Gebäude erweckte den Eindruck einer Festung, eines kleinen, uneinnehmbaren Bollwerks, daß seine Bewohner gegen alle Unbill des Draußen zu schützen vermochte.

»Ein seltsames Haus«, flüsterte Jenny, als sie unter der Tür standen und darauf warteten, daß jemand auf ihr Klopfen hin öffnete. »Irgendwie ... unheimlich.«

Jordan lächelte. Jenny hatte recht. Das Haus war unheimlich. Aber das lag weniger an seinem Äußeren. Eine seltsame, trübe Atmosphäre schien von den grün überwucherten Wänden auszugehen, eine fast greifbare Ahnung des Kummers, der hier Einzug gehalten hatte.

Von drinnen näherten sich Schritte. Sie hörten das Rasseln einer Kette, dann wurde der Schlüssel hörbar herumgedreht, und die Tür schwang auf.

»Mister Hunter?« fragte Jordan.

Der Mann nickte. Er war gut zwei Köpfe kleiner als Jordan, aber unglaublich breitschultrig gebaut. Sein Gesicht war alt und verwittert wie das Land, in dem er aufgewachsen war, aber die Augen waren trotz seines Alters noch klar.

»Sie wünschen?«

»Es geht um Ihre Tochter«, sagte Jordan vorsichtig. Er sah an der Reaktion auf Hunters Gesicht, daß die Worte falsch gewählt gewesen waren. Aber sie ließen sich nicht mehr rückgängig machen.

»Was wollen Sie?« schnauzte Hunter. Er gab sich keinerlei Mühe, höflich zu den beiden Fremden zu sein, die da plötzlich vor seiner Haustür aufgetaucht waren. »Ich brauche niemanden. Die Ärzte waren lange genug hier. Lassen Sie uns in Ruhe.«

Er machte Anstalten, die Tür ins Schloß zu werfen, aber Jordan trat schnell einen Schritt vor, so daß Hunter wohl oder übel von seinem Vorhaben Abstand nehmen mußte, wenn er ihm die Tür nicht direkt vor den Kopf schlagen wollte. Für ein, zwei Augenblicke sah es so aus, als spiele er ernsthaft mit dem Gedanken, dies auch zu tun, aber Jordan ließ ihm keine Zeit, lange nachzudenken. »Ich weiß, wie Sie sich fühlen müssen, Mister Hunter«, sagte er schnell, fast hastig. »Aber . . . es dauert nur fünf Minuten, und . . .«

Hunters Gesicht verfinsterte sich noch mehr. »Also«, sagte er grob, »was wollen Sie?«

Jordan zog eine Visitenkarte aus seiner Jacke und reichte sie dem Alten. »Ich habe gehört, was Ihrer Tochter zugestoßen ist«, sagte er. »Und – ich würde sie mir gern ansehen.«

»Wozu?« blaffte Hunter. »Mary ist kein Ausstellungsstück, Mister Jordan.« Er drehte die Visitenkarte unschlüssig in den Händen und versuchte, mit zusammengekniffenen Augen die winzige Schrift unter dem Namenszug zu entziffern.

»Dr.?« fragte er. »Was für 'n Dr. sind Sie denn?«

»Archäologie«, sagte Jordan. Und fügte hinzu: »Und Parapsychologie.«

»Para – was?« echote Hunter mißtrauisch. »Sind Sie Nervenarzt oder so was?«

»Oder so was«, antwortete Jordan geduldig.

Hunter überlegte. Jordan konnte deutlich sehen, wie es hinter seiner Stirn arbeitete. Schließlich trat er einen Schritt zurück und machte eine einladende Geste. »Na gut. Fünf Minuten. Aber versprechen Sie sich nicht zuviel – sie war zwei Wochen in der Klinik, aber die haben ihr nicht helfen können.« Er wartete, bis Jordan und Jenny eingetreten waren, ehe er die Tür schloß und eine unbestimmte Geste in Richtung Treppe machte. »Sie ist oben. Warten Sie – ich gehe voraus.« Mit schnellen, energischen Schritten, die seine ältlich wirkende Gestalt Lügen straften, eilte er an Ihnen vorbei die schmale, steile Holztreppe hinauf. »Meine Frau ist bei ihr. Warten Sie einen Augenblick.« Er hob die Hand wie ein Polizist, der einen Wagen zum Stoppen bringen will, und verschwand hinter einer niedrigen, grauen Tür, von der der Lack absplitterte.

»Du weißt, was du tust?« flüsterte Jenny. »Streng genommen machen wir uns strafbar.« In ihre Augen trat ein besorgter Ausdruck. »Was hast du bloß? Ich habe dich noch nie so erlebt wie in der letzten halben Stunde. Erst stößt du Martens vor den Kopf, dann verschaffst du dir mehr oder weniger illegal hier Zutritt . . .«

»Das Mädchen weiß etwas«, gab Jordan zurück. »Und ihr Wissen kann lebenswichtig für uns sein.« Jenny setzte zu einer Antwort an, aber in diesem Moment kam Hunter zurück. »Sie können zu ihr«, sagte er übellaunig. »Aber nur fünf Minuten – und danach unterhalten wir uns.« In seiner Stimme lag eine unausgesprochene Drohung, und die Feindseligkeit in seinen Augen war kaum zu übersehen.

Jordan konnte dem Mann sein Benehmen nicht verübeln. Soweit er wußte, war Mary-Lynn das einzige Kind der Hunters, ein Kind noch dazu, das zu einem Zeitpunkt gekommen war, als die beiden schon nicht mehr damit gerechnet hatten, Kinder haben zu können. Für sie mußte eine Welt zusammengebrochen sein, als das Unglück geschah.

Sie traten hinter Hunter in den kleinen, abgedunkelten Raum. Es war eigentlich mehr eine Kammer, die gerade groß genug für ein Bett und einen Stuhl war. Das Fenster war mit einem bunten Stoffetzen verhangen, so daß das Sonnenlicht in schrägen, verwirrenden Bahnen aus hell und dunkel hereinfiel. Es roch nach Desinfektionsmitteln und Krankenhaus.

Jordans Blick wanderte über das Bett. Die Gestalt des Mädchens war unter Bergen von Decken und Laken kaum zu erkennen. Ihr Gesicht wirkte seltsam bleich, und ihre Augen waren unnatürlich weit aufgerissen und starr. Sie fixierte einen unsichtbaren Punkt irgendwo an der gegenüberliegenden Wand, aber was sie sah, war nicht der rauhe, fleckige Putz. Irgend etwas unendlich Gräßliches, Unvorstellbares schien ihren Blick gefangen zu halten.

Jordan hörte, wie Jenny neben ihm scharf die Luft einsog. Es war ein erschütternder Anblick.

»Das ist Dr. Jordan«, sagte Hunter zu seiner Frau, die auf einem Stuhl neben dem Bett saß und aus blicklosen Augen auf die reglose Gestalt starrte. Sie hob langsam den Kopf, eine unendlich mühsame, schwerfällige Bewegung, und sah Jordan an. Ihr Blick unterschied sich kaum von dem ihrer Tochter. Auch sie war in einem Netz von Grauen und – schlimmer noch – Hoffnungslosigkeit gefangen, wie Jordan begriff. Und wahrscheinlich litt sie mehr als das halb bewußtlose Mädchen dort auf dem Bett.

»Sie – können ihr helfen?« fragte sie nach einer Ewigkeit.

Jordan versuchte zu antworten, aber irgend etwas schnürte ihm die Kehle zu. Er senkte betreten den Blick und näherte sich dem Bett.

»Wie lange ist sie schon in diesem Zustand?« fragte er leise.

»Seit dem ersten Tag.« Mrs. Hunters Stimme klang brüchig. »Sie wurde so ... aufgefunden. Seither hat sich nichts verändert.«

»Sie war in der Klinik?«

»Ja, wir ... wir haben alles versucht. Wir haben die Ärzte angefleht, ihnen Geld geboten ...« Sie brach ab. Einen Moment lang kämpfte sie sichtlich mit den Tränen, dann hatte sie sich wieder in der Gewalt. »Können Sie ihr helfen?« Ein winziger Hoffnungsfunke glomm in ihren Augen auf.

Jordan antwortete nicht. Er war kein Arzt. Er wußte, daß er bei diesen Leuten den Eindruck erweckt hatte, irgend etwas für das Mädchen tun zu können, und er kam sich gemein dabei vor ...

Er setzte sich auf die Bettkante, griff behutsam nach der Hand des Mädchens und fühlte ihren Puls. Er war flach, aber regelmäßig.

Nein – ein Arzt konnte hier nicht helfen. Jordan hatte ähnliche Fälle gesehen. Katatonie: völlige Teilnahmslosigkeit, so als wäre der Körper nur noch eine leere Hülle, die auf Kommandos reagiert, wie eine Maschine. Ohne Eigenleben.

»Sie – sie kann sich überhaupt nicht bewegen?« fragte Jenny stockend.

Mrs. Hunter schüttelte den Kopf. »Nein. Sie ißt, wenn man sie füttert, sie atmet, sie schläft, aber das ist alles. Kein Wort, keine Bewegung. Sie muß . . . gewickelt werden wie ein Säugling.«

Jordan legte die Hand auf die Stirn des Mädchens und schloß die Augen. Aber der gedankliche Kontakt kam nicht zustande. Es war, als hätte sich eine unsichtbare Barriere zwischen den Geist des Mädchens und die Außenwelt geschoben, eine Wand, durch die absolut nichts dringen konnte. Außer der Angst.

Er konnte das Grauen spüren, das das Mädchen gefangenhielt.

»Spürst du irgend etwas?« fragte Jenny.

Jordan schüttelte den Kopf und zog die Hand zurück. So kam er nicht weiter.

»Es wäre gut, wenn ich einen Moment mit ihr allein sein könnte«, sagte er.

»Allein?« Das Mißtrauen in Hunters Stimme war wieder da. »Wozu?«

»Ich möchte etwas ausprobieren. Aber dazu brauche ich vollkommene Ruhe. Bitte, wenn es geht. Fünf Minuten . . .«

Hunter überlegte. »Meine Tochter ist kein Versuchskaninchen«, sagte er schließlich.

Jordan nickte geduldig. »Natürlich nicht, Mister Hunter. Aber es könnte ihr helfen.«

Wieder zögerte Hunter. »Ich . . .«

»Bitte, Clive«, fiel ihm seine Frau ins Wort. »Laß es ihn versuchen. Es ist doch sowieso alles egal«, fügte sie mit zitternder Stimme hinzu.

»Na gut.« Hunter musterte Jordan finster. »Fünf Minuten. Und ich warte vor der Tür.« Er drehte sich um, nahm seine Frau beim Arm und verließ den Raum.

»Was hast du vor?« fragte Jenny. Ihr Blick wanderte mitleidig über das bleiche Gesicht des Mädchens. »Armes Ding.«

Jordan knöpfte sein Hemd auf und löste das Amulett von der

Kette. Sein Amulett ... Er hatte es geschenkt bekommen, ein schön gearbeitetes, aber trotzdem nicht allzu wertvolles Schmuckstück scheinbar. Seine wahre Macht hatte es erst später bewiesen. In dem harmlos aussehenden Stück Silber ruhten gewaltige magische Kräfte, die Jordan selbst nicht verstand. Aber es hatte ihm schon unzählige Male das Leben gerettet. Auf geheimnisvolle Art schien es Gedankenströme zu verstärken, und manchmal wirkte es auch als Schutz gegen geistige Angriffe.

Er legte das Amulett mit der glatten Unterseite auf die Stirn des Mädchens und berührte es mit den Fingerspitzen. Dann konzentrierte er sich.

Es war ein harter Kampf. Vielleicht einer der härtesten, den er bis dahin ausgefochten hatte. Aber mit Hilfe der geheimnisvollen weißen Magie, die in dem Amulett gefangen war, gelang es ihm schließlich, die geistige Barriere zu durchbrechen.

Was er sah, war Chaos.

Der Anblick war so grauenhaft, daß er unwillkürlich aufstöhnte. Eine ungeheure Gewalt schien die Barriere zwischen dem Bewußtsein und dem Unterbewußtsein des Mädchens niedergerissen zu haben, diesen lebenswichtigen Schutzmechanismus, der den Menschen davor bewahrt, von dem Grauen, das in ihm wohnt, heimgesucht zu werden.

Alle vorstellbaren Monster des Universums schienen durch das Denken des Mädchens zu toben. Und noch ein paar mehr.

Jordan benötigte mehrere Minuten, um sich zu orientieren. Die durcheinanderstürzenden Schreckensbilder zerrten auch an seiner Kraft, krallten sich in seine tastenden Gedankenfühler und versuchten, auch ihn in den Strudel des Vergessens hinunterzuziehen. Ohne das Amulett wäre er verloren gewesen. Aber auch so kostete es ihn unmenschliche Anstrengungen, wenigstens eine kleine Enklave der Ruhe zu schaffen, einen Horchposten gewissermaßen, von wo aus er sich weiter vortasten konnte.

Langsam, unendlich langsam, klärte sich das Bild. Und im gleichen Maße, wie seine Gedanken die Oberhand gewannen, verblaßte das Grauen und machte einer tiefen Erschöpfung Platz. Er spürte, wie irgend etwas im Geist des Mädchens erwachte, versuchte, die Schreckensbilder dahin zurückzutreiben, wo sie hingehörten, und er griff mit aller geistigen Macht zu, lenkte Ströme von beruhigenden Emotionen in das Gehirn des Mädchens, half, unterstützte, schob.

Stunden später, wie es ihm schien, öffnete er die Augen. Er zitterte, und auf seiner Stirn stand kalter Schweiß.

Ein leises, kaum vernehmbares Stöhnen drang an sein Ohr. er sah, wie Jenny zusammenzuckte und herumfuhr. Das Mädchen hatte die Augen geöffnet. Aber ihr Blick war klar. Das Grauen war verschwunden, und an seine Stelle war eine unendliche Traurigkeit getreten, gepaart mit Erschöpfung und Unverständnis. Ihr Blick ruhte eine Sekunde lang auf Jordan.

»Wer ... wer sind Sie?« fragte sie schließlich mit matter Stimme.

Von draußen erscholl ein hoher, spitzer Schrei, dann wurde die Tür aufgerissen, und Mrs. Hunter stürzte herein, gefolgt von ihrem Mann. Offenbar hatte sie draußen an der Tür gelehnt und gelauscht. Sie lief auf das Bett zu, warf sich über ihre Tochter und umarmte sie stürmisch. »Mary, Kleines ... du ... du bist wach ... du sprichst ...«

»Wie haben Sie das gemacht?« fragte der alte Hunter. Er stand dicht neben seiner Frau, streichelte die Hand seiner Tochter und kämpfte krampfhaft um seine Fassung. In seinen Augen schimmerten Tränen.

»Sie – sie ist gesund!«

»Nein«, Jordan schüttelte den Kopf. »Sie ist immer noch krank, Mister Hunter. Sie müssen sofort die Ärzte verständigen.«

»Natürlich, ich ...«

»Sie braucht jetzt intensive Pflege. Viel Ruhe, Liebe.«

»Aber Sie haben sie geheilt!«

»Nein, das habe ich nicht«, sagte Jordan fast ärgerlich. »Ich habe ihr geholfen, zu vergessen, das ist alles. Aber sie wird sich wieder erinnern, bald. Die Erinnerung wird Stück für Stück kommen. Das muß so sein, wenn sie nicht ihr Leben lang ein geistiger Krüppel sein soll. Und dazu braucht sie die Hilfe der Ärzte. Und Ihre!«

»Natürlich. Ich ...« Hunter nickte eifrig. »Wie kann ich

Ihnen danken? Kann ich Ihnen Geld ... irgend etwas ...« Er brach ab, fuhr sich mit der Hand über das Gesicht und lächelte nervös. »Verzeihen Sie mir, wenn ich ...«

»Schon gut.« Jordan stand auf und gab Jenny ein Zeichen.

»Haben Sie Telefon?«

»Natürlich. Unten in der Diele.« Hunter machte Anstalten, ihm den Weg zu zeigen, aber Jordan hielt ihn zurück. »Ich finde schon allein hin. Bleiben Sie ruhig bei Ihrer Tochter.«

»Sie bleiben doch noch?«

»Natürlich.«

Er verließ das Zimmer, schloß leise die Tür und ging vor Jenny ins Erdgeschoß hinunter.

»Wen willst du anrufen?« fragte Jenny.

»Niemanden. Komm.« Jordan öffnete lautlos die Haustür, ließ Jenny vorbei und zog sie behutsam hinter sich zu. »Ich wollte nur unauffällig verschwinden«, sagte er, als sie das Grundstück verlassen hatten und in Richtung Stadtzentrum gingen. »Es wäre mir peinlich, wenn ...«

Jenny lächelte verstehend. Manchmal kam ihr dieser große, selbstbewußte Mann wie ein kleines Kind vor. Ein Kind, das verlegen und rot wurde, wenn es etwas Gutes getan hatte und im Zentrum der Anerkennung stand. »Du änderst dich wohl nie«, seufzte sie. »Was hast du überhaupt getan?«

»Nicht viel«, gab Jordan zurück. »Eigentlich das, was ich den Hunters gesagt habe. Fast, jedenfalls. Ich habe ihr geholfen, zu vergessen. Armes kleines Ding – kein Wunder, daß sie fast wahnsinnig wurde.«

»Was hat sie erlebt?«

»Das, was ich befürchtet habe«, murmelte Jordan. »Sie hat einen Shoggoten gesehen. Du erinnerst dich? Eines dieser Protoplasma-Ungeheuer, von denen Lovecraft berichtete.«

»Aber das bedeutet, daß sie schon hier sind!« keuchte Jenny entsetzt.

»Ja. Sie sind draußen, in dem Keller unter der Ruine. Ich habe es gespürt, heute nachmittag. Aber ich wollte sichergehen.«

»Und du – willst tatsächlich dort hinunter?«

»Ich muß«, antwortete Jordan bekümmert. »Ich muß es tun,

wenn wir nicht riskieren wollen, daß sie eines Tages herauskommen.« Er blieb stehen. »Ich verstehe sowieso nicht, wieso sie immer noch dort hausen. Irgend etwas muß sie zurückhalten. Aber ich weiß nicht, was.«

»Diese Shoggoten«, fragte Jenny, »wie sehen sie aus?«

Jordan hob die Schultern. »Der, den Mary-Lynn gesehen hat, war menschenähnlich. Grob menschenähnlich. Aber das besagt nichts. Sie können ihre Form fast willkürlich ändern.«

Hinter ihnen hupte ein Wagen. Jordan drehte sich um und erblickte den Bentley, der mit Martens hinter dem Steuer langsam an den Straßenrand rollte.

»Habt ihr alles bekommen?« fragte er, als der Wagen angehalten hatte.

»Ja. Bis auf die Steighaken, aber ich glaube, es wird auch so gehen«, antwortete Will vom Beifahrersitz aus. »Wollen wir gleich hinausfahren?«

Jordan ließ sich auf den Rücksitz des Wagens sinken und schloß die Augen. »Nein«, sagte er erschöpft. »Heute nicht mehr. Fahren Sie uns zurück, Steven.«

Martens nickte eifrig und fuhr los. Man sah ihm deutlich an, wieviel Freude es ihm bereitete, den teuren Wagen wenigstens ein Stück weit fahren zu können. »Haben Sie etwas erreicht?« fragte er.

»Bei den Hunters?« Jordan schüttelte den Kopf. »Nein. Sie hatten recht. Der alte Hunter hat uns gar nicht erst hereingelassen.« Er fühlte, wie eine Welle der Erschöpfung über ihm zusammenschlug. Der geistige Kampf hatte ihn mehr erschöpft, als er anfangs geglaubt hatte. Wie durch einen Schleier hörte er, wie Martens noch irgend etwas fragte. Aber er kam nicht mehr dazu, zu antworten. In Jennys Armen schlief er ein.

Neumond, dachte Jordan. Eigentlich die ideale Nacht für die Monster, falls sie wirklich etwas unternehmen wollen. Aber wahrscheinlich scheren sie sich recht wenig darum, ob Voll-, Neu- oder überhaupt Mond war, dergleichen Attribute gehören wohl wirklich ins Reich der Phantasie. Und er war auch fast sicher, daß die Bestien in dieser Nacht nichts unternehmen würden. Weder in dieser noch in einer der nächsten Nächte. Irgend etwas hinderte sie noch daran, aus ihrem unterirdischen Suhl hervorzubrechen und ihre Schreckensherrschaft zu errichten.

Er atmete die kalte, würzige Nachtluft ein und ging ein paar Schritte. Er war allein. Will und Jenny waren im Haus geblieben, nachdem er ihnen in groben Zügen seinen Plan erklärt und die letzten Vorbereitungen für den kommenden Tag getroffen hatte. Er hatte einen Großteil des Nachmittags verschlafen. Er hatte die Pause gebraucht, aber jetzt fühlte er sich wieder im Vollbesitz seiner geistigen Kräfte. Und er würde sie morgen brauchen. Er wußte, daß er die Ungeheuer dort draußen kaum mit Waffengewalt angreifen konnte. Das waren keine Lebewesen, wie sie die Natur hervorbringt. Es war künstliches Leben, geschaffen von einer Rasse, die den Menschen an Wissen so weit voraus waren wie diese den Affen. Sie waren geschaffen worden, um schwerste körperliche Arbeiten zu verrichten, ungeheure Strapazen zu ertragen, und Jordan konnte sich kaum eine menschliche Waffe vorstellen, die ihnen ernstlich schaden konnte.

Nein – wenn er den Kampf überhaupt aufnehmen wollte, dann mußte er dies mit geistigen Waffen tun.

Er tastete gedankenverloren nach dem Amulett unter seinem Hemd. Das Metall fühlte sich kühl und glatt und gut in seiner Hand an, schien ihm Kraft und – ja, fast so etwas wie Trost zu spenden.

Seine einzige Chance, seine einzige Waffe.

Er ging unruhig auf dem kurzgeschnittenen Rasen, der ans Haus der Martens angrenzte, auf und ab. Eigentlich hätte er lange im Bett liegen und schlafen müssen, um Kraft für morgen zu sammeln, aber er konnte nicht. Er brauchte diese wenigen Minuten der Einsamkeit, um seine Gedanken zu ordnen, sich zu sammeln. Zu meditieren, wie Will es oft spöttisch nannte.

Wieder spielten seine Finger mit dem Amulett. Wie hatte er es gerade in Gedanken genannt – eine Waffe?

Der Gedankengang war irgendwie absurd. Er wußte nicht, wann, wo, warum und von wem das Zauberamulett erschaffen worden war – aber eines wußte er genau: Es war auf keinen

Fall als Waffe gedacht worden. Er hatte sich oft vorgenommen, endlich einmal das Geheimnis des Amuletts zu ergründen, aber bisher hatte er noch nie die Zeit dafür gefunden. Manchmal, in Augenblicken wie diesem, wenn er allein war und wieder einmal vor der Wahl stand, sein Leben einzusetzen oder die Welt dem Bösen zu überlassen, fragte er sich, ob dies nicht der Preis war, den er für den Besitz des Amuletts zu zahlen hatte: Ständig von einer Gefahr zur anderen zu hetzen, immer aufs neue sein Leben und seine Seele aufs Spiel setzen zu müssen, um unschuldige Menschen vor den Bewohnern dieses anderen, dunklen Universums zu schützen, das unsichtbar hinter den Grenzen der realen Welt lauerte.

Schritte drangen in seine Gedanken. Er blieb stehen, drehte sich langsam um. Es war Martens.

»Störe ich?« fragte er vorsichtig.

Jordan lächelte. »Nein. Ich habe nur gerade ein bißchen philosophiert – um es einmal so zu nennen.«

Martens nickte. »Ich kenne das«, sagte er leise. »Manchmal muß man einfach allein sein.«

Jordan lächelte. »Ja. Aber lassen wir das – Sie wollten mich sprechen?«

»Ja. Ich . . .« Martens sah betreten zu Boden und suchte sichtlich nach den richtigen Worten.

»Es geht um heute nachmittag«, half ihm Jordan.

Martens nickte. »Auch. Sie – Sie wollten nicht, daß ich Sie begleite, stimmt's?«

Jordan schüttelte den Kopf. »Nein, ich wollte es nicht. Und um gleich auf ihre nächste Frage zu antworten«, fügte er hinzu. »Ich will auch nicht, daß Sie dabei sind, wenn wir in die Ruine eindringen.«

»Und – warum nicht?«

Jordan zögerte mit der Antwort. »Ich habe Sie beobachtet, als wir das erste Mal draußen waren«, sagte er dann. »Sie hatten Angst. Das ist kein Grund, sich zu schämen, Steven. Auch ich fühle mich nicht allzu wohl dort draußen. Sie selbst haben mir erzählt, wie . . . fremd, wie unheimlich Ihnen die Gegend rings um das Haus vorkommt, und . . .«

»Das ist keine Antwort«, unterbrach ihn Martens ungewollt

heftig. »Ich habe zugesagt, Ihnen zu helfen, und ich werde es tun.«

»Sie verstehen mich falsch«, sagte Jordan sanft. »Es geht nicht darum, ob Sie Angst haben oder nicht, ob Sie uns helfen wollen oder nicht. Aber das, was wir vorhaben, kann gefährlich werden. Verdammt gefährlich sogar.«

»Sie meinen den Keller?«

Jordan nickte.

Martens zuckte gleichmütig mit den Schultern. »Wenn ich mich vor ein paar Ratten und Mäusen fürchte, werde ich nie ein guter Journalist«, sagte er leichthin.

»Es geht hier nicht um Ratten und Mäuse, Steven.«

»Ich weiß, verdammt noch mal«, begehrte Martens auf. »Aber wir haben eine Abmachung getroffen, vergessen Sie das nicht. Und außerdem arbeite ich gewissermaßen für Sie. Immerhin bezahlen Sie mein Gehalt während der Zeit, in der ich bei Ihnen bin.«

»Betrachten Sie es als Urlaub«, schlug Jordan vor.

Martens verzog abfällig das Gesicht. »Na gut«, sagte er grimmmig. »Spielen wir mit offenen Karten. Ich weiß Bescheid, Dr. Ich habe Ihre Aufzeichnungen gelesen.«

»Sie haben – was?« machte Jordan verblüfft.

»Ich war vorhin in Ihrem Zimmer und habe in Ihren Notizen gelesen«, wiederholte Martens trotzig. »Ich weiß, daß sich so etwas nicht gehört, und ... es tut mir leid, ehrlich. Aber Sie haben mir keine andere Wahl gelassen.«

Jordan schwieg für Sekunden. Er wußte nicht, ob er diesem jungen Mann nun ernstlich böse sein sollte oder ob er sein Verhalten seinem jugendlichen Ungestüm zugute halten konnte.

»Und?« fragte er schließlich. »Zu welchem Schluß sind Sie gekommen?«

Martens hob erneut die Schultern. »Um ehrlich zu sein ... bei jedem anderen hätte ich gesagt, der Kerl ist total übergeschnappt. Aber bei Ihnen ...«

»Mir glauben Sie?« fragte Jordan spöttisch.

»Ja«, antwortete Martens. »Ich weiß selbst nicht, warum das so ist, aber ... irgendwie hat mich das, was Sie da geschrieben haben, überzeugt. Die Vorstellung klingt verrückt, aber ... na ja, ich habe das Haus gesehen, die Veränderung. Und ich glaube, daß Sie recht haben, ich habe es *gespürt*, verstehen Sie?«

»Und trotzdem wollen Sie mit?«

»Ja.«

Jordan nickte. »Ich weiß nicht, was es ist, Steven. Mut – oder Sensationslust.«

Martens lächelte. »Wahrscheinlich ein bißchen von beidem«, gestand er. »Also, wollen Sie mich dabei haben?«

»Das ist kein Kinderspiel, Steven«, sagte Jordan eindringlich. »Es kann gefährlich werden. Lebensgefährlich.«

»Ich weiß«, sagte Martens ernst. »Aber wenn das zutrifft, was Sie befürchten – und ich mittlerweile beinahe auch –, dann gibt es nur diese beiden Alternativen. Entweder hingehen und dort umkommen, oder draußen bleiben und etwas später umgebracht werden.« Er lächelte melancholisch. »Außerdem weiß ich wirklich nicht, was schlimmer ist: die Ungeheuer zu sehen, oder nur von ihnen zu träumen ...«

»Also gut.« Jordan nickte und wies auf das Haus. »Wenn Sie wirklich fest entschlossen sind. Gehen wir hinein und besprechen alles noch einmal.«

Sie gingen ins Haus. Will, Jenny und Martens Senior saßen in der Bibliothek beisammen und waren offenbar in ein angeregtes Gespräch vertieft.

»Es ist schon ein seltsames Land«, sagte Martens gerade. »Auch für jemanden, der wie ich hier geboren wurde und nie weiter als bis in die nächste Stadt gekommen ist. Voll von Legenden und Mythen, von unheimlichen Dingen und Geschichten.« Er lächelte flüchtig, als Jordan eintrat, dichtauf gefolgt von Steven. »Mister Fleming und ich unterhielten uns gerade über Sagen und Märchen. Sie interessieren sich auch dafür?«

Jordan nickte. »Ein wenig.« Er trat an den Kamin, streckte die Hände über den wärmenden Flammen aus und tauschte einen unmerklichen Blick mit Jenny. »Wenn ich mit meiner Arbeit hier fertig bin, können wir uns gern ein wenig ausführlicher darüber unterhalten«, sagte er beiläufig.

Martens Senior nickte. »Ja, sicher.« Er stand auf. »Sie werden müde sein, und Mademoiselle Duval sagte mir, daß Sie morgen in aller Frühe noch einmal zur Ruine hinaus wollen. Ich lasse Sie jetzt besser allein.« Er reckte sich, gähnte demonstrativ und schlurfte mit gebeugten Schultern hinaus.

Jordan sah ihm lächelnd nach. »Der alte Herr ist ein besserer Diplomat, als ich dachte.«

»Und du bist ein grober Klotz«, sagte Jenny tadelnd. »Willst du die ganze Familie verärgern?«

»Mein Vater nimmt so schnell nichts übel«, sagte Steven hastig. »Und was mich angeht . . .« er lehnte sich neben Jordan gegen den Kaminsims, vergrub die Hände in den Taschen und grinste. »Ich denke, wir sind uns einig.«

»Steven wird uns begleiten«, sagte Jordan auf Wills fragenden Blick.

Jenny runzelte die Stirn. »Ich dachte, wir gehen allein.«

»Wir?«

»Natürlich. Ich komme mit – oder hast du im Ernst geglaubt, ich lasse dich allein dort hinunter, nach allem, was du mir heute erzählt hast?« Sie deutete mit einer Kopfbewegung auf Martens. »Wenn er uns begleitet, hast du ihn sicher aufgeklärt.«

»Natürlich. Aber um auf dich zurückzukommen . . .«

Jenny unterbrach ihn mit einer ungeduldigen Handbewegung. »Ich komme mit.«

Jordan sah seine Assistentin einen Moment lang durchdringend an. Dann seufzte er ergeben. »Also gut.« Wenn Jenny sich einmal etwas in den Kopf gesetzt hatte, dann war es fast unmöglich, sie davon abzubringen. Selbst für ihn.

Will stand auf. »Ich bin müde«, sagte er. »Ihr könnt euch ja noch ein bißchen streiten, wenn es euch Spaß macht – ich werde jedenfalls dem Beispiel unseres Gastgebers folgen und mich zurückziehen.«

Jordan nickte zustimmend. Es war spät, fast Mitternacht. »Du hast recht«, sagte er. »Gehen wir schlafen.«

Jenny erhob sich ebenfalls und folgte Will durch die Diele die Treppe hinauf.

»Also«, sagte Jordan. »Sie haben noch Zeit, es sich zu überlegen.«

Martens lächelte nervös. »Ich weiß. Aber ich komme trotzdem mit.«

Jordan verzichtete darauf, zu antworten. Er nickte Martens zum Abschied zu, drehte sich um und lief mit raschen Schritten hinter Jenny die Treppe hinauf. Sie und Will warteten auf der obersten Stufe auf ihn.

»Was wird das?« fragte er lächelnd. »Eine Verschwörung?«

Will blieb ernst. »So ungefähr.«

»Bist du total verrückt geworden, dieses Kind mitzunehmen?« fragte Jenny.

Jordan runzelte die Stirn. »Im Gegenteil. Und Steven ist auch kein Kind – er ist vierunddreißig, und ...«

»Und immer noch nicht ganz erwachsen«, beendete Jenny den Satz. »Ich halte es für Wahnsinn, ihn mitzunehmen. Er kann uns alle in Gefahr bringen.«

»Ich glaube, du mißverstehst die Lage«, sagte Jordan geduldig. »Wenn wir ihn nicht mitnehmen, ihm noch nicht einmal eine Chance geben, uns zu begleiten und sein großes Abenteuer zu erleben, dann wird er reden. Er weiß alles, Jenny – jedenfalls das Wichtigste. Und er wird kaum den Mund halten, nur weil wir ihn nett darum bitten. Außerdem habe ich nicht vor, ihn wirklich mit hinunter zu nehmen. Du hättest ihn heute beobachten sollen – er zitterte schon, als er den Stollen nur sah. Ich bin sicher, daß ich ihn unter irgendeinem Vorwand zurückschicken kann – aber er hat dann wenigstens sein Alibi, um zu schweigen.«

»Niemand würde ihm glauben«, sagte Will.

»Bist du sicher? Du vergißt, daß wir hier nicht in London oder New York sind – die Menschen hier glauben noch an die alten Legenden ihres Landes. Ich weiß nicht, ob sie ihm glauben würden, aber ich will das Risiko nicht eingehen, hier eine Panik zu erleben, oder mich einer Horde Neugieriger gegenüberzusehen, wenn ich dort hinausgehe.« Er lächelte flüchtig. »Sprechen wir morgen darüber.« Ohne eine weitere Antwort abzuwarten, ging er an Will vorbei und öffnete die Schlafzimmertür.

Er sah die Bewegung aus dem Augenwinkel, aber seine Reaktion kam um ein Winziges zu spät. Irgend etwas schlug mit fürchterlicher Wucht gegen seinen Hinterkopf und ließ ihn zur

Seite taumeln. In seinem Schädel schien ein greller Feuerball zu explodieren. Er brach in die Knie, stöhnte und kämpfte verzweifelt gegen die Wellen dunkler Bewußtlosigkeit an, die über ihm zusammenzuschlagen drohten. Wie durch einen dichten, treibenden Nebel nahm er Jennys erschrockenen Ausruf wahr, sah undeutliche Gestalten, die miteinander rangen. Dann Wills Stimme, ein blitzschnell geführter Schlag, und die Gestalt, die benommen an ihm vorbeitaumelte und versuchte, das halb offenstehende Fenster zu erreichen.

Will setzte dem Mann nach. Es kam zu einem kurzen, wütenden Handgemenge, aber der Eindringling hatte Wills größerem Gewicht und seiner Erfahrung nichts Ernsthaftes entgegenzusetzen. Nach wenigen Augenblicken kniete er mit wutverzerrtem Gesicht auf dem Boden, während Will seinen Arm im Polizeigriff festhielt.

Jordan richtete sich stöhnend auf. Die Schmerzen in seinem Kopf ebbten langsam ab, und auch der trübe Nebelschleier, der sich über sein Gesichtsfeld gelegt hatte, verblaßte allmählich.

»Alles in Ordnung?« knurrte Will, ohne den Mann aus den Augen zu lassen.

Jordan nickte. »Ich denke ja. Unser Freund hat einen netten Schlag.« Er lächelte Jenny, die mit besorgtem Gesichtsausdruck neben ihm stand und sein Gesicht musterte, beruhigend zu und wandte sich an den Mann.

»Wer sind Sie?«

»Ich sage kein Wort«, knurrte Wills Gefangener. »Von mir aus schlagen Sie mich tot, aber Sie erfahren nichts.«

»Niemand will Ihnen etwas tun«, sagte Jordan kopfschüttelnd. »Ich möchte nur wissen, wer Sie sind und was dieser Überfall zu bedeuten hat.«

Auf der Treppe wurden Schritte laut, dann erschien Martens Junior unter der Tür, dicht gefolgt von seinem Vater. »Was ist passiert?« keuchte er. »Ich habe Lärm gehört.«

Jordan deutete mit einer Kopfbewegung auf den Mann. »Wir haben Besuch bekommen.«

»Clavers!« ächzte Martens Senior. Sein Blick streifte durch den Raum, erfaßte das geöffnete Fenster, die feuchten Erdspuren auf dem Teppich, Jordans blasse Gesichtsfarbe und den dünnen Blutfaden, der aus der Platzwunde an seinem Hinterkopf rann. »Hat er Sie angegriffen?«

»Ja«, antwortete Jordan. »Aber mir ist nichts passiert.«

Martens trat mit grimmigem Gesicht an seinem Sohn vorbei ins Zimmer. »Was hast du hier zu suchen?« schnauzte er Clavers an. »Reicht es dir nicht, die Leute auf der Straße anzupöbeln? Brichst du neuerdings schon in anderer Leute Häuser ein?«

Clavers musterte ihn finster, schwieg aber weiter.

»Wer ist Ihr Auftraggeber?« fragte Jenny.

Die Frage kam so überraschend, daß Clavers automatisch zu einer Antwort ansetzte. Im letzten Moment stockte er und starrte mürrisch zu Boden. »Niemand«, sagte er undeutlich.

»Das glaube ich nicht«, entgegnete Jordan. Er gab Will einen Wink. »Laß ihn los.«

»Es stimmt aber«, beharrte Clavers. Er stand auf, massierte sein schmerzendes Schultergelenk und blickte unsicher von einem zum anderen. »Ich habe Geld gesucht, das ist alles. Ich bin pleite.«

Die Erklärung klang so unglaubwürdig, daß selbst Martens lächeln mußte. »Vielleicht redet er, wenn wir die Polizei rufen«, schlug er vor.

Clavers schnaufte. »Bitte, wenn's dir Spaß macht ...« Aber er war blaß geworden, und seine Stimme zitterte.

»Hören Sie«, begann Jordan erneut. »Ich bin bereit, den Zwischenfall zu vergessen, wenn Sie mir ehrlich sagen, wer sie geschickt hat und was er wollte.«

»Nichts«, sagte Clavers störrisch. »Niemand hat mich beauftragt, hier irgend etwas zu tun. Ich brauche Geld, und als ich Ihre Stimme vor der Tür gehört habe, ist bei mir eine Sicherung durchgebrannt. Das ist alles. Und jetzt können Sie von mir aus die Polizei rufen. Ich sage kein Wort mehr.«

Jordan trat einen Schritt auf ihn zu. »O doch, das werden Sie!« Sein Tonfall änderte sich von einem Augenblick zum anderen. Er war plötzlich befehlend, unnachgiebig und hart. Ihre Blicke trafen sich.

Clavers zuckte sichtlich zusammen. Er spürte plötzlich die ungeheure Kraft, die hinter diesen dunklen, großen Augen lauerte, dem Willen, dem er nichts, absolut nichts entgegenzusetzen hatte. »Ich weiß, daß Sie Angst haben«, fuhr Jordan fort. »Aber das ist nicht nötig. Reden Sie: Wer hat Sie beauftragt?«

Er schluckte. »Ich ... ich ...« stotterte er. »Brown. Es war Brown.« Ein Netz feiner, glitzernder Schweißperlen stand auf seiner Stirn. »Brown«, wiederholte er. »Er hat mir Geld gegeben ...« Plötzlich sprudelten die Worte nur so aus ihm heraus, beinahe als hätte er nur auf ein Stichwort gewartet, um sich endlich erleichtern zu können. »Er hat mir tausend Pfund gegeben, damit ich Sie ihm vom Hals schaffe. Er dachte, daß ich Sie umbringe, aber so etwas tue ich nicht, das müssen Sie mir glauben. Ich bin kein Mörder. Jemanden zusammenschlagen, ein bißchen aufmischen, ja. Aber Mord kommt für mich nicht in Frage. Ich wußte ja, daß Berens durchdrehen würde. Wenn ich geahnt hätte, daß er Jakobson umbringt ... und Brown hatte mich in der Hand. Drohte, zur Polizei zu gehen, wenn ich nicht ... bitte, glauben Sie mir ... ich war es nicht, aber ich war dabei, und die Polizei hatte mich sowieso in Verdacht, ich ...«

Jordan unterbrach den Redefluß mit einer Handbewegung. »Beruhigen Sie sich erst einmal«, sagte er sanft. »Niemand macht Ihnen einen Vorwurf, Mister Clavers. Ich weiß, daß Sie kein Mörder sind. Sie sagen, Brown hätte Ihnen Geld gegeben, damit Sie mich von hier ... vertreiben?«

Clavers nickte. »Ja.«

»Wer ist dieser Brown?« schnappte Will. »Und was war mit Ihrem Freund ... Berens?«

»Sie glauben, daß er den Polizeibeamten getötet hat?« hakte Jenny nach.

Clavers nickte widerstrebend. »Ich weiß, es hört sich verrückt an. Aber ... wer ... wer soll es sonst getan haben. Wir waren allein draußen, Berens und ich.«

»Was haben Sie überhaupt dort gesucht?« fragte Jordan.

»Brown«, antwortete Clavers nach kurzem Zögern, »hat uns Geld gegeben, wenn wir ... ein Buch holten.«

»Wer ist dieser Brown?«

Clavers zuckte mit den Achseln. »Ich weiß es nicht – ehrlich. Ich habe sein Gesicht nie gesehen. Aber ich glaube nicht, daß er von hier ist. Er tauchte vor einer Woche oder so auf. Traf uns draußen bei der alten Mühle. Er hat uns zweihundert Pfund geboten, wenn wir für ihn zur Ruine hinausgingen und das Buch ausgruben.«

»Was für ein Buch?«

»Das hat er nicht gesagt. Aber er hat uns ganz genau beschrieben, wo wir es finden. Ich habe ihn gefragt, warum er es nicht selbst holt, aber er hat nicht geantwortet.«

»Und?« fragte Will gespannt. »Haben Sie es ihm gebracht?«

Clavers schüttelte den Kopf. »Nein. Wir ... ich ... nachdem ich den Mord entdeckt hatte, habe ich gemacht, daß ich wegkam.«

»Hat er gesagt, wes...« begann Martens Senior, aber Jordan unterbrach ihn mit einer ungeduldigen Handbewegung. »Dieses Buch, Clavers«, sagte er eindringlich. »Ich muß alles darüber wissen. Was für ein Buch ist es? Er muß darüber gesprochen haben.«

Clavers nickte zögernd. Er sah blaß aus. »Er hat nur gesagt, daß wir es sicher finden würden. Es muß uralt sein, und ... groß wie ein Atlas.«

»Und er hat Ihnen zweihundert Pfund geboten, nur, damit Sie ihm den Schinken bringen?« fragte Will zweifelnd. »Und noch einmal tausend, damit Sie uns von hier vergraulen?«

Clavers nickte unmerklich. »Ja.«

»Der Kerl muß verrückt sein«, sagte Will kopfschüttelnd.

»Ich fürchte«, murmelte Jordan dumpf, »er weiß sehr genau, was er will.«

Es war weit nach zwei Uhr, als Clavers endlich das Haus der Martens verließ und sich auf den Heimweg machte.

Die letzten drei Stunden hatten zu den seltsamsten seines Lebens gehört. Er hatte schon vorher Angst gehabt. Schon als er die efeubewachsene Außenwand des Hauses emporgestiegen war und das Fenster aufgebrochen hatte, hatte sein Herz zum Zerspringen geklopft. Dies war nicht sein Stil. Clavers gehörte nicht zu den Leuten, die es mit dem Gesetz sehr ernst nahmen, aber er hatte die Wahrheit gesagt, als er mit Jordan gesprochen hatte. Er würde niemals jemanden umbringen. Selbst der Gedanke, den Mann zusammenzuschlagen, wie er es ursprünglich vorgehabt hatte, hatte ihm nicht behagt. Sicher, unten im Wirtshaus oder auf der Straße ließ er die Fäuste schon einmal fliegen, wenn ihm jemand krumm kam oder ihn reizte, aber es war etwas anderes, jemanden niederzuschlagen, weil man sauer auf ihn war, oder einfach so. Jordan hatte ihm nichts getan, und wären nicht die tausend Pfund gewesen, die Brown ihm gegeben hatte ...

Und seine Angst.

Ja, er hatte es nicht zugegeben, aber er hatte Angst, Angst vor Brown und vor dem Schrecklichen, das irgendwo dort draußen bei der Ruine des abgebrannten Hauses lauerte. Angst vor der Polizei, die wieder unangenehme Fragen stellen würde, wenn die Geschichte mit Berens an den Tag kam. Wahrscheinlich würden sie ihm kein Wort glauben, und er würde sich schneller im Gefängnis finden, als er ›a‹ sagen konnte.

Nein – er würde die Stadt verlassen, heute abend noch. Er würde so lange fortbleiben, bis Gras über die Sache gewachsen war, bis die Stadt frei von sämtlichen Browns, Jordans und Berens war. Jordan hatte versprochen, die Polizei nicht zu verständigen und auf eine Anzeige wegen des Überfalls zu verzichten, und Brown würde ihm nichts tun können, ohne selbst in Erscheinung zu treten. Und ganz offensichtlich hatte er selbst genug Dreck am Stecken, sonst wäre der ganze Mummenschanz nicht nötig gewesen.

Er schloß die Gartentür hinter sich und bog auf die Hauptstraße ein. Das Dorf war dunkel, eine Ansammlung wuchtiger, niedriger Schatten, die sich unter dem mondlosen Himmel zu ducken schienen.

Irgendwo schrie ein Käuzchen.

Clavers ging unwillkürlich schneller. Er hatte es plötzlich eilig, in sein Zimmer zu kommen und seine Koffer zu packen. Der Rover stand immer noch vor Berens' Haus, wo er ihn in jener schicksalhaften Nacht geparkt hatte, und der Zündschlüssel befand sich immer noch in Clavers' Nachtschrank. Berens würde sowieso nicht so schnell wiederkommen. Und wenn doch ... Clavers zuckte mit den Schultern. Sie hatten sowieso zusammengeworfen, um den Wagen kaufen zu können. In gewissem Sinn gehörte der Wagen ja auch ihm.

Die Gestalt wuchs wie aus dem Boden gewachsen vor Clavers auf.

Er blieb ruckartig stehen.

»Wer . . .« machte er.

»Idiot!« zischte der Mann. »Sie verdammter Narr! Ich hätte mir denken sollen, daß ich mich nicht auf Sie verlassen kann!«

Clavers erkannte die Stimme. Brown!

»Sie . . . wissen Bescheid?« ächzte er entsetzt.

Brown nickte grimmig. »Natürlich. Glauben Sie, ich bin so naiv, mich auf Ihr Wort zu verlassen? Das Wort eines Diebes?« Er lachte, aber das Geräusch klang häßlich, rauh, und irgendwie bedrohlich. Clavers spürte, wie eine eiskalte Hand nach seinem Herzen griff.

»Ich habe draußen im Park gestanden und alles gesehen«, sagte Brown. Seine Stimme überschlug sich beinahe. »Ich habe jedes Wort verstanden, Sie Verräter.« Er machte einen Schritt auf Clavers zu. »Ich habe Ihnen keine tausend Pfund gegeben, damit Sie Jordan alles verraten.«

»Aber sie haben mich überwältigt.«

»Überwältigt! Ha!« Brown schrie plötzlich. »Sie hätten schweigen können!«

»Aber die Polizei . . .«

»Sie hätten Sie eingesperrt und nach ein paar Tagen wieder laufenlassen!« brüllte Brown. Er schien außer sich zu sein vor Wut. »Für tausend Pfund wäre das nicht zuviel verlangt gewesen, Sie jämmerlicher Feigling!« In seiner Hand lag plötzlich ein dünnes, scharfes Messer.

Clavers schlug ganz instinktiv zu. Er spürte, daß der Mann da vor ihm vor Wut nicht mehr wußte, was er tat. Seine Handkante traf Browns Oberarm, das Messer flog im hohen Bogen davon und schlug scheppernd auf dem harten Asphalt auf.

Aber Clavers hatte den Mann unterschätzt. Brown stieß ein wütendes Keuchen aus und sprang ihn an.

Er taumelte zurück, stolperte und schlug hintenüber. Sein Kopf knallte hart auf den Boden.

Brown richtete sich keuchend auf.

»Verräter!« zischte er. Seine Augen glitzerten boshaft.

»Ich hasse es, wenn man mich hintergeht, Clavers.« Er trat zur Seite.

Clavers versuchte, wieder auf die Füße zu kommen, aber in seinem Hinterkopf tobte ein wütender, dumpfer Schmerz. Halb bewußtlos ließ er sich wieder zurücksinken.

Wie durch einen dichten, wattigen Nebel registrierte er, wie sich die Büsche hinter Brown bewegten.

Aus der Dunkelheit näherte sich ein gigantischer Schatten.

Selbst bei hellem Tageslicht wirkte der Tunneleingang unheimlich und bedrohlich. Die Finsternis in seinem Inneren schien das hereinströmende Sonnenlicht zu absorbieren, und der Geruch, der aus der Höhle strömte, war so unbeschreiblich, daß Jordan sich überwinden mußte, um überhaupt zu atmen.

Mit zwei, drei wuchtigen Schlägen trieb er den Steighaken in einen Mauerriß und rüttelte prüfend daran, ehe er den Karabinerhaken mit dem Nylonseil einhängte. Er saß bombenfest. Jordan beobachtete Martens aus den Augenwinkeln. Er hatte seinen Entschluß, den jungen Mann mitzunehmen, während der Nacht fast wieder bereut. Aber jetzt war es zu spät.

Martens wirkte bleich. Seine Bewegungen waren fahrig und unsicher, und seine Augen schienen unnatürlich geweitet. Aber er war trotz allem fest entschlossen, Jordan, Will und Jenny in das unterirdische Reich des Schreckens zu folgen. Fast bewunderte Jordan den Mut des Jungen.

Trotzdem würde er ihn unter einem Vorwand zurückschicken, so wie sie auf das geringste Anzeichen von Gefahr stießen.

Vielleicht, versuchte er sich einzureden, war ja alles ganz harmlos. Vielleicht fanden sie dort unten wirklich nur eingestürzte Mauern und die vermoderten Überreste der einstigen Einrichtung.

Aber da war der Tunnel, der nicht hierher gehörte, die seltsam glattgeschmolzenen Wände, die ihn mit ihrer stummen Gegenwart zu verhöhnen schienen, und diese seltsame, unnatürliche Finsternis, die wenige Meter hinter dem Eingang lauerte.

»In Ordnung«, sagte er, wahrend er sich aufrichtete. »Der Haken hält.« Er warf den zusammengerollten Rest des Seiles in die Tiefe. Der Aufschlag erfolgte wenige Augenblicke später.

Martens runzelte die Stirn. »Seltsam.«

»Was ist seltsam?«

»Der Tunnel kann nur wenige Meter tief sein«, sagte Martens nachdenklich.

Jordan nickte. »Sicher.«

»Aber dann dürfte es nicht so finster sein.«

Jordan nickte erneut. »Stimmt auch. Aber um das zu ergründen, sind wir hier.«

Er machte eine einladende Geste auf den Stollen zu. »Gehen wir?« Er griff nach dem Seil, drehte sich um und ließ sich in der Art eines Bergsteigers, der einen Kamin herunterklettert, in den Stollen hinab. Mit dem Licht schien auch die Wärme hinter ihm zurückzubleiben. Als er die deutlich sichtbare Trennlinie zwischen hellem Sonnenlicht und Dunkelheit überschritt, griff eine unnatürliche Kälte nach ihm. Gleichzeitig verschwanden die Geräusche. Er konnte sehen, wie sich Will über ihm mit Jenny unterhielt. Die Bewegungen ihrer Lippen waren deutlich auszumachen, aber kein Laut drang an sein Ohr. Prüfend stieß er mit der Eisenspitze seiner schweren Schuhe gegen den Boden. Es gab einen harten, metallischen Klang. Oben drehte Will den Kopf und starrte stirnrunzelnd zu ihm hinunter.

»Alles in Ordnung!« rief Jordan.

Will nickte. Der besorgte Ausdruck auf seinem Gesicht verschwand.

Jordan kletterte langsam weiter. Ihm war nicht wohl bei dem Gedanken, rückwärts in dieses unterirdische Reich einzudringen, aber er hatte keine andere Wahl. Die andere Alternative wäre gewesen, quasi auf dem Hosenboden den Stollen hinunter zu rutschen, einzig durch das dünne Seil gesichert. Und das hätte bei einem eventuell nötig werdenden Rückzug tödlich sein können.

Er erreichte die Sohle des Schachtes und löste das Seil von seinem Gürtel. »Okay!« rief er. »Der nächste!« Sofort wurde das Seil angezogen und verschwand nach oben. Die unsichtbare Barriere, die Lärm und Wärme zurückhielt, schien also offenbar nur in eine Richtung zu funktionieren.

Er löste den Handscheinwerfer von seinem Gürtel und knipste ihn an. Der starke Strahl reichte ein paar Meter weit und schwächte sich dann merklich ab. Aber die Helligkeit reichte Jordan vollkommen aus, um seine nähere Umgebung zu erkunden. Er stand in einer winzigen Kammer, die vor der Katastrophe wohl so etwas wie ein Korridor gewesen sein mußte. Auf der einen Seite wurde sie von einer massiven Wand begrenzt, die andere Richtung blockierte ein gigantischer Trümmerberg, wo Wände und Decken eingebrochen waren. Der Tunnel zweigte schräg nach oben von dem Gang ab, und jetzt, von hier unten aus, wurde Jordans Verdacht zur Gewißheit. Der Stollen war nachträglich angelegt worden, nachdem das Haus niedergebrannt war. Geschmolzenes Gestein hatte sich über die niedergebrochenen Steine gelegt und bildete einen Teppich aus bizarren Riffen.

Direkt vor ihm moderten die Überreste einer Tür vor sich hin. Er richtete den Strahl der Lampe auf die Öffnung und ging vorsichtig näher heran.

Der Raum dahinter war klein und so niedrig, daß Jordan den Kopf einziehen mußte, um nicht gegen die Decke zu stoßen.

Hinter ihm polterte Will den Stollen hinunter. Jordan blieb stehen und wartete, bis der Freund an seiner Seite war.

»Hast du schon was gefunden?« fragte Will.

Statt einer Antwort ließ Jordan den Strahl der Lampe durch den Raum gleiten. Im ersten Moment sahen sie nichts außer jahrzehntealtem Staub, der durch ihr Eindringen aufgewirbelt wurde. Dann, als ihre Augen sich allmählich an das grelle Licht der Scheinwerfer und die wirbelnden Schwaden, die wie Nebel im Raum hingen, gewöhnt hatten, erkannten sie Einzelheiten. Der Raum mußte von einer ungeheuren Explosion heimgesucht worden sein. Die Wände waren geschwärzt und dort, wo sie nicht eingestürzt waren, von der Wucht der Detonation nach außen gedrückt worden. Die Südwand war regelrecht pulverisiert. Direkt vor ihnen, in einem ungeheuren Chaos aus zerborstenen Bodenplatten, aufgetürmtem Erdreich, zerbrochenen Flaschen und bis zur Unkenntlichkeit zertrümmerten wissenschaftlichen Geräten, lag etwas, das wie die Überreste eines Schreibtisches aussah. Jordan bückte sich, wühlte mit den Händen im Staub und förderte schließlich etwas zutage, das auf den ersten Blick wie ein uraltes Brett aussah. Dann, als er es aufschlug, erkannte Will, daß es sich um ein Buch handelte.

»Das muß das Buch sein, von dem Clavers . . .« begann er. Aber er brach sofort ab, als er die Veränderung sah, die mit Jordan vor sich ging.

Er wurde blaß. Seine Hände zitterten merklich, und in seine Augen trat ein entsetzter Ausdruck. Will hatte den Freund noch nie so erschrocken gesehen.

»Das *Nekronomikon!* flüsterte er mit halberstickter Stimme. er wirbelte plötzlich herum, klappte das Buch unnötig heftig zu und hielt es auf Armeslänge von sich. »Will, das muß es sein. Deshalb war Brown so scharf darauf. Das ist . . . das *Nekronomikon!* Das echte *Nekronomikon*!«

Will verstand kein Wort mehr. »Aber es ist doch nur ein Buch«, sagte er schwach.

Jordan lachte auf. »Nur ein Buch!« sagte er. »Will, in den falschen Händen ist dieses Buch gefährlicher als alle Wasserstoffbomben der Welt zusammen. Es ist . . .« Er brach ab und suchte offensichtlich nach Worten. Seine schlimmsten Befürchtungen waren wahr geworden. Celham hatte das Buch also bekommen. Und von diesem Wissen ausgehend wurden alle bösen Vorahnungen, alle Wenn und Aber, die ihn gequält hatten, zur Gewißheit.

Jenny betrat hinter Will den Raum. Ihr Blick streifte das Buch und blieb auf Jordans blassem Gesicht hängen. »Was ist los?«

»Ich . . .« Jordan hielt ihr das Buch hin. »Sieh selbst.«

Sie griff nach dem Buch, blätterte darin und gab es zögernd an Jordan zurück.

»Kommt Martens nach?« fragte Will, um die unerträgliche Spannung ein wenig zu mildern.

Jenny nickte. »Ja.«

Wie auf ein Stichwort hin erschien Martens in einer Staubwolke am Fuße des Stollens. Offenbar hatte er auf den letzten Metern das Seil losgelassen und war die spiegelglatten Wände hinuntergerutscht. Ein einfacherer Weg, aber er mußte ihn mit einem schmerzhaften Aufprall auf dem steinharten Boden bezahlen.

Will grinste schadenfroh, als Martens zu ihm gehumpelt kam und sich die schmerzende Kehrseite hielt. »Sie können es wohl kaum erwarten, wie?« fragte er spöttisch.

Irgendwie war der Klang der Worte falsch. Die seltsame Umgebung schien selbst diesen harmlosen Scherz zu verzerren, ihn zu verfremden und zu verbiegen, bis er zu einem grauenhaften Hohngelächter auf alles Menschliche wurde.

Jordan drehte sich bei Martens' Eintreten herum und verbarg das Buch unter ein paar Steinen. »Gehen wir«, sagte er mit möglichst unbeteiligter Stimme.

Er ließ den Strahl seiner Lampe in einer kreisförmigen Bewegung durch den Raum gleiten. Gezackte Steintrümmer tauchten aus der Finsternis auf, bizarre, halbzerschmolzene Überreste der einstigen Mauern, die von unbegreiflichen Gewalten durcheinandergewirbelt worden waren. Vorsichtig näherte Jordan sich der eingestürzten Südwand der Kammer.

Das, was auf den ersten Blick wie ein mannshoher Trümmerberg ausgesehen hatte, entpuppte sich bei näherem Hinsehen als die Mündung eines weiteren Stollens, der provisorisch mit Steinen und Schutt verbarrikadiert worden war. Jordan rüttelte prüfend an dem Hindernis. Staub wallte auf, drang in seine Atemwege und löste einen starken Hustenreiz aus. Aber er beherrschte sich, ignorierte das Brennen in seiner Kehle und grub weiter. Nach wenigen Minuten hatte er die Öffnung freigelegt.

Es schien sich um eine Verlängerung des Tunnels zu handeln, durch den sie hereingekommen waren. Jordan fuhr prüfend mit den Fingerspitzen über das Material der Wände. Es war das gleiche glasartige Material, mit dem auch der Tunnel zur Erdoberfläche ausgekleidet war.

»Was ist das?« fragte Martens neugierig. Er war unbemerkt neben Jordan getreten und hatte sich auf die Knie niedergelassen, um den Stollen näher in Augenschein zu nehmen.

Jordan antwortete nicht. Martens betastete ebenfalls die Wand, dann griff er in die Tasche seiner Lederjacke und zog ein Klappmesser hervor. Er versuchte, Proben von der Wand zu entnehmen, aber der gehärtete Stahl hinterließ nicht einmal einen Kratzer auf dem seltsamen Material.

Martens runzelte die Brauen. »Wenn ich es nicht besser wüßte«, murmelte er, »würde ich sagen, daß das geschmolzenes und wiedererstarrtes Gestein ist.«

»Genau darum handelt es sich.«

Martens sah Jordan zweifelnd an. »Aber . . .« Sein Gesicht hellte sich auf. »Wenn Celham damit experimentiert hat, dann wundert es mich nicht mehr, daß der ganze Laden in die Luft geflogen ist«, sagte er. Jordan schüttelte langsam den Kopf. »Damit hat er bestimmt nicht experimentiert«, sagte er geheimnisvoll. Er wandte sich mit einer fast zornigen Bewegung um, befestigte den Scheinwerfer an den gekreuzten Trageriemen vor seiner Brust und begann, auf Händen und Knien in den Tunnel hineinzukriechen. Martens und Jenny folgten ihm, während Will die Rückendeckung übernahm.

Sie krochen schweigend hintereinander durch den niedrigen Stollen. Der harte, kalte Boden schien jedes Geräusch aufzusaugen, und die grelle Lichtbahn des starken Scheinwerfers verlor sich schon nach wenigen Metern im diffusen Nichts. Jordan bemerkte den Effekt sehr wohl, aber er zog es vor, zu schweigen. Er wußte, daß es nicht an dem Gerät lag. Nicht direkt, jedenfalls. Oben, in der Welt der Menschen, würde es sicher einwandfrei seinen Dienst tun. Aber dies war nicht mehr die normale Welt. Sicher bewegten sie sich noch auf beziehungsweise in der Erde, aber der Einfluß des Fremden war schon zu deutlich. Das andere Universum hatte seine Fühler bereits ausgestreckt, und die seltsame, bedrückende Atmosphäre, die nicht mehr ganz einwandfrei geltenden Naturgesetze, die in diesem gespenstischen unterirdischen Reich herrschten, waren die ersten Anzeichen der Vergiftung.

Jordan tastete unbewußt nach dem Amulett auf seiner Brust. Würde es ihn auch diesmal beschützen? Und vielleicht – ja vielleicht hatte er es nur aus diesem einen Grund überhaupt erhalten, um die Menschheit vor dieser letzten, gewaltigen Bedrohung zu schützen.

Aber trotzdem hatte er Angst. Die Bilder, die er im Geist von Mary-Lynn Hunter gesehen hatte, zogen an seinem inneren Auge vorbei.

Er verlor jedes Zeitgefühl, er wußte nicht mehr, ob sie seit zehn Minuten, dreißig Minuten oder einer Stunde durch diese seltsame, stoffliche Finsternis krochen. Selbst die Zeit schien hier unten anderen Gesetzen zu unterliegen.

Der Gang endete so plötzlich, wie er begonnen hatte. Wände und Decke wichen zurück, und unter Jordans Knien und Händen war plötzlich nicht mehr die glasartige Substanz, sondern nackter Erdboden. Der Strahl seiner Lampe traf auf feuchtschimmernden Fels. Er richtete sich auf, ging ein paar Schritte und wartete, bis Martens und Jenny ihm gefolgt waren.

Sie standen in einer großen, natürlichen Höhle. Die Decke hing gut fünf Meter über ihren Köpfen. Zwischen ihr und dem Fundament des Hauses konnten sich nur wenige Zentimeter Stein befinden. Eigentlich ein Wunder, das sie bei der Explosion, die das Haus zerstört hatte, nicht eingestürzt war.

Neben ihm flammten die Scheinwerfer der beiden anderen auf, rissen grelle, scharf abgegrenzte Bahnen schmerzender Helligkeit aus dem Dunkel und tasteten über Wände und Decken.

Der Fels war an einigen Stellen geglättet und bearbeitet worden. Jordan trat neugierig näher an die Wand heran. Es dauerte eine Weile, bis sein Denken einen Sinn in den verwirrenden Linien und Strichen, Ausbuchtungen und ... irgend etwas – die menschliche Sprache besaß keinen Ausdruck dafür – erkannte. Neben ihm stöhnte Jenny unterdrückt auf, als sie das Bild ebenfalls entzifferte.

Das Wesen sah auf den ersten Blick wie eine überdimensionale Kröte mit einem häßlichen Papageienschnabel und riesigen Fledermausflügeln aus. Die Haut schimmerte matt und war von großen, kantigen Schuppen bedeckt. Stämmige Elefantenfüße, die in scharfen Krallen ausliefen, trugen das Ding. Es hatte keine Arme, aber dort, wo der Hals in den Korper überging, wuchsen Dutzende von schleimigen, biegsamen Tentakeln. Der Künstler, der das Relief geschaffen hatte, hatte das Zauberkunststück fertiggebracht, die Augen so zu gestalten, daß sie den Beobachter aus jedem Blickwinkel heraus anzustarren schienen.

»Was – was ist das?« stöhnte Martens neben ihm.

»Chtulhu«, erklärte Jordan dumpf.

»Chtulhu?«

»Ja.« Jordan nickte ruckartig. »Der Schrecken der alten Götter.« Sein Kopf ruckte herum. Sein Blick traf Jenny. »Ich habe einen furchtbarem Fehler begangen«, sagte er. »Ich – und Celham.«

»Aber ... ich verstehe nicht«, machte Martens.

»Ich habe mich geirrt«, stieß Jordan hervor. »Celham hat nicht die Großen Alten beschworen. Er muß zu vollkommen neuen Erkenntnissen gelangt sein, nachdem das Buch veröffentlicht wurde. Oder er hat einfach einen verhängnisvollen Fehler begangen.«

»Ich verstehe überhaupt nichts mehr«, sagte Martens mürrisch. »Wer oder was sind alte Götter?«

»Die Großen Alten lebten vor den Menschen auf der Welt ...« begann Jordan.

»Das weiß ich«, sagte Martens.

»Aber auch sie waren nicht die ersten Bewohner dieses Planeten«, fuhr Jordan ungerührt fort. »Vor ihnen lebten andere Wesen hier, Lebewesen, die entstanden waren, lange bevor sich die ersten Einzeller bildeten. Die alten Götter.«

»Und was hat das Ganze mit diesem Monstrum zu tun?« fragte Martens und wies auf das Relief.

»Die Großen Alten vertrieben die alten Götter in einem furchtbaren Krieg von der Erdoberfläche. Aber auch sie konnten die alten Götter nicht vollkommen vernichten. Einige von ihnen überlebten das Inferno. Und Chtulhu ist einer der Grausamsten.«

»Aber Sie glauben doch nicht wirklich an diesen Unsinn!« sagte Martens empört. »Große Alte Götter ... Magie ... pah!«

Jordan lächelte. »Sie verstehen nichts, Martens«, sagte er. »Wir wissen, daß die Großen Alten Protoplasmawesen schufen, die für sie arbeiteten, die sogenannten Shoggoten, lose Anhäufungen von Zellkernen, die sich zu beliebigen Körpern zusammenschlossen und ungeheure Lasten transportieren konnten. So etwas kann sich keine Mythologie aus den Fingern saugen. Steven, heute arbeiten Wissenschaftler ernsthaft an Problemen wie diesem, aber ...«

»Ich sehe nicht ein, was das alles mit dieser mißgestalteten Kröte zu tun hat«, fuhr Martens auf.

»Der Legende zufolge unterstützten die letzten Überlebenden der alten Götter die Shoggoten bei ihrem Vernichtungsfeldzug gegen ihre Schöpfer. Es kam zu einem Krieg, der die Erde verwüstete und beiden Seiten die totale Vernichtung brachte. Jetzt setzen Sie Zauber mit Wissenschaft gleich, vertauschen das feurige Inferno, das die Großen Alten heraufbeschworen, mit der Detonation von Atom- und Wasserstoffbomben, und sie haben eine einwandfreie wissenschaftliche Erklärung.«

Martens verzog das Gesicht. »Einwandfrei . . . ich weiß nicht. Und Sie glauben, dieser Chtulhu wäre hier?«

»Er – oder einer der anderen Shudde-mell, Yog-Shoggot . . . es gab viele von ihnen.«

»Aber das alles ist Abermilliarden von Jahren her!« protestierte Martens.

»Und wenn Celham nun einen Weg gefunden hat, die Zeit zu umgehen? Wenn er die Beschwörungsformeln richtig rekonstruiert hat, gab es für ihn keine Hindernisse mehr. Zeit und Raum sind in gewissem Sinn nur Illusion, Steven. Es gibt andere Universen, in denen andere Gesetze gelten, und wenn man es versteht, das Tor zu einem dieser Universen zu öffnen, dann ist man praktisch allmächtig. Oder verdammt«, fügte er leise hinzu. Sein Blick wanderte wieder zu der gräßlichen Darstellung der vormenschlichen Gottheit. »Die alten Götter«, flüsterte er. »Mein Gott . . . Celham . . . Mit den Großen Alten wären wir fertig geworden. Sie waren mächtig, aber auch sie waren letztlich nur sterbliche Wesen wie wir. Aber dies . . .« Er trat von der Wand zurück und beleuchtete die übrigen Reliefs. Viele von ihnen waren noch unfertig, aber das, was die drei Menschen erkennen konnten, reichte aus, um ihnen einen Schauer über den Rücken zu jagen.

Sie sahen Städte.

Bilder aus einem fremden, unsagbar anderen Kosmos, die ihnen beim bloßen Betrachten körperliche Schmerzen und Unbehagen bereiteten. Bizarre Städte erhoben sich auf schwarzen Klippen, Städte, in denen nichts so war, wie es hätte sein müssen, erbaut von Wesen, deren Geometrie, deren Denken fremd war. Es schien nirgendwo einen stimmenden Winkel zu geben. Parallelen schnitten sich, ohne sich je zu überkreuzen.

Rechte Winkel standen schräg gegen den schwarzen Himmel gereckt, seltsam verzerrt in einer für das menschliche Auge nicht erkennbaren Linienführung. Kugeln bewegten sich über den Himmel. Große, schwarze, *kantige* Kugeln, getragen von unsichtbaren Säulen des Bösen.

Sie sahen Landschaften.

Verbrannte Schlackenebenen dehnten sich unter einem schleimigen, rissigen Himmel, Berge aus geronnenem Glas, deren scharfkantige Gipfel den Himmel aufschlitzten. Seen aus braunem Teer, in denen sich unsagbar fremdes Leben tummelte.

Und sie sahen Wesen.

Es gab keine Worte, um diese Wesen zu beschreiben. Manche von ihnen waren entfernt menschenähnlich, andere wieder zu bizarr, als daß ihre Augen ihre wahre Gestalt aufnehmen konnten, ohne entsetzt abzugleiten und Trost an der feuchtschimmernden Rauheit der unbehauenen Höhlenwand zu suchen.

Jenny stieß plötzlich einen halb unterdrückten Schreckensschrei aus und richtete den Lichtkegel ihrer Lampe auf zwei dunkle, langgestreckte Bündel, die am anderen Ende der Höhle vor der Wand lagen. Jordan, Will und Martens gingen rasch zu den reglosen Körpern hinüber, während Jenny zurückblieb, um sie vor unliebsamen Besuchern aus dem angrenzenden Gang zu schützen.

Jordan kniete neben den beiden Männern nieder. Er sah sofort, daß sie tot waren. Er drehte einen von ihnen auf den Rücken und leuchtete ihm mit der Taschenlampe ins Gesicht. »Kennen Sie den Mann?« fragte er, an Martens gewandt.

Martens nickte. »Ja.« Seine Stimme klang dünn und unsicher in der weiten Dunkelheit der Höhle, und in seinen Augen stand blankes Entsetzen. »Das ist Berens«, sagte er nach einer Weile.

»Berens? Der . . .«

»Der Kumpan von Clavers, ja.«

Will sah auf. »Aber das würde bedeuten, daß er unschuldig am Tod des Polizeibeamten ist.«

»War«, verbesserte Jordan. »Er ist tot.« Er untersuchte den Toten flüchtig, so weit dies im schwachen Schein der Taschenlampe überhaupt möglich war, aber er konnte keine äußerlichen Verletzungen feststellen. Was immer den Mann umgebracht hatte, es schien keine körperliche Gewalt angewendet zu haben.

Jordan stand auf, ging zu der anderen Leiche und drehte sie ebenfalls um.

Es war Clavers.

Jordan hatte den Mann nur einmal gesehen, aber selbst ihm fiel die Veränderung auf, die mit ihm vorgegangen war. Auch er schien äußerlich unverletzt zu sein, aber in seinen noch im Tode ungläubig aufgerissenen Augen stand nackte Angst, selbst Jordan konnte sich eines gewissen Schauers nicht erwehren, als er den eingefrorenen Ausdruck des Grauens auf den starren Zügen des Toten sah.

Und dann hörten sie ein Geräusch. Es war ein leises, metallisches Schleifen, als würde ein schwerer Gegenstand über den harten Steinboden gezogen, ein seltsamer, langsam näher kommender Laut, in dem eine unausgesprochene Drohung lag. Jordan stand auf, ließ den scharf abgezirkelten Lichtkreis seiner Lampe über die Wände und den Boden gleiten und deutete schließlich auf die mannshohe Öffnung, die am gegenüberliegenden Ende der Höhle durch die Wand stieß.

»Es sieht so aus, als würden wir Besuch bekommen«, sagte er leise. Die Hand, die die Taschenlampe hielt, zitterte unmerklich.

»Glauben Sie, daß es dieser . . . Chtulhu ist?« fragte Martens zögernd.

Jordan schüttelte den Kopf. »Nein, wenn es Celham gelungen wäre, Chtulhu selbst zu beschwören, wären wir bestimmt nicht mehr hier.« Er tastete unbewußt nach seinem Amulett. Aber das Schmuckstück blieb stumm. Bisher hatte ihn der magische Anhänger jedesmal gewarnt, wenn er in Gefahr war. Aber diesmal schien der Zauber des Amuletts nicht zu funktionieren. Das konnte bedeuten, daß sie hier unten sicher waren. Aber es konnte auch etwas anderes bedeuten, etwas, an das Jordan lieber nicht dachte.

Er gab sich einen Ruck. »Wir müssen weg«, sagte er bestimmt. Niemand widersprach ihm. Jeder schien froh zu sein, endlich aus dieser bedrückenden, unterirdischen Welt entkommen zu können – Will, Jenny und Steven Martens gingen mit raschen Schritten zum Ausgang, während Jordan sich vorsichtig dem weiterführenden Gang näherte und mit der Lampe hineinleuchtete.

Der Tunnel war lang, so lang, daß sich der Lichtkegel der Lampe irgendwo in der Ferne verlor. Die Wände bestanden hier aus normalem Fels, nicht aus der seltsamen, glasigen Masse, mit der der Zugang ausgekleidet war. Aber auf dem Boden entdeckte Jordan etwas, das ihn an die Schleimspur einer Schnecke erinnerte. Er kniete nieder, tauchte den Finger in die farblose, klebrige Flüssigkeit und roch daran. Es schien tatsächlich eine Art Schleim zu sein. Allerdings hätte es Millionen und Abermillionen von Schnecken bedurft, um eine solche Kriechspur zu produzieren.

Oder einer einzigen von geradezu unglaublicher Größe.

»Kommst du?« drängte Will vom Ausgang her.

Jordan machte eine ungeduldige Geste und lauschte weiter in den Gang hinein. Das Geräusch war jetzt deutlicher geworden, aber er konnte immer noch nichts erkennen. Der Gang schien irgendwo weiter vorne eine Biegung zu machen, aber auch das konnte er im schwachen Schein der Lampe kaum ausmachen. Es war seltsam – schon vorhin, als sie in das zusammengestürzte Kellergewölbe eingedrungen waren, war ihm aufgefallen, wie sich das Licht der Handscheinwerfer verändert hatte. Hier unten war es eine Zeitlang konstant geblieben, aber jetzt schien sich der gebündelte Lichtstrahl merklich abzuschwächen, als verlören die Ergebnisse menschlichen Fortschritts mit jedem Meter, den das namenlose Grauen näherkroch, ihre Wirkung.

Mit einem entschlossenen Ruck drehte Jordan sich herum und eilte auf den Ausgang zu. Das Kellergewölbe dahinter erschien ihm mit einemmal viel niedriger und enger als vorhin, eine dunkle, muffige Gruft, in der selbst das Atmen Schwierigkeiten machte.

Er eilte zu dem Geröllhaufen, in dem er das Buch versteckt hatte, grub es aus und klemmte es sich unter den Arm. Martens zog erstaunt die Augenbrauen hoch, als er das Buch bemerkte, sagte aber nichts.

»Gehen wir«, sagte Jordan. Hier draußen war das Geräusch

nicht mehr zu hören, aber Jordan wußte, daß das Grauen weiter hinter ihnen war. Und er wußte auch, daß das, was immer dort auf ihrer Spur war, ihnen hier unten keine Chance lassen würde.

Er tastete noch einmal nach seinem Amulett, aber das Metall blieb weiterhin kühl und tot.

Sie verließen das Kellergewölbe. Der schwache Lichtschein, der durch den Tunnel von oben hereindrang, war jetzt schon viel stärker als das Licht ihrer Scheinwerfer. Jordan knipste seine Lampe mit einem resignierenden Schulterzucken aus. Der kümmerliche Schein nützte ihnen sowieso nichts mehr, aber er konnte unter Umständen die Beherrscher dieses unterirdischen Alptraumreiches auf sie aufmerksam machen.

Steven Martens griff nach dem dünnen Seil, das er am oberen Ende des Tunnels befestigt hatte, und machte sich an den Aufstieg.

Und dann krachte der Schuß.

Jordan sah den schwachen Widerschein der Mündungsflamme auf den polierten Gangwänden. Der Knall rollte wie Donner über sie hinweg, brach sich an den zusammengestürzten Wänden und rief geisterhafte Echos in der Höhle hinter ihnen hervor.

Steven stieß einen gellenden Schmerzensschrei aus, griff sich an die Schulter und fiel hintenüber.

Jordan war mit einem Satz bei ihm. Von oben krachte ein weiterer Schuß, aber die Kugel pfiff harmlos an Jordan vorbei und fuhr klatschend in den Boden. Mit Wills Hilfe schleifte Jordan den Verletzten aus der Schußbahn. Martens stöhnte unterdrückt, als Will ihn nicht gerade sanft zu Boden gleiten ließ und seine Jacke zurückschlug, um die Wunde zu untersuchen.

Sie sah schlimmer aus als sie war. Es war ein glatter Durchschuß, wahrscheinlich sehr schmerzhaft, aber ungefährlich.

Jordan richtete sich auf und näherte sich vorsichtig dem Tunnel. Wieder krachte ein Schuß, aber er war entweder schlecht gezielt oder als reine Warnung gedacht.

»Jordan?« rief eine Stimme. »Verstehen Sie mich?«

Jordan nickte überflüssigerweise. »Ja. Wer sind Sie, und was wollen Sie von uns?«

Der unsichtbare Schütze am oberen Ende des Tunnels lachte; ein hartes, humorloses Lachen, das Jordan einen kalten Schauer über den Rücken jagte.

»Wer ich bin, tut nichts zur Sache«, antwortete er nach einiger Zeit. »Und was ich will – raten Sie.«

Jordan schwieg. Es war plötzlich totenstill in der winzigen Gruft.

»Na gut«, fuhr die Stimme nach einer Ewigkeit fort. »Ich will das Buch.«

»Welches Buch?« antwortete Jordan.

»Stellen Sie sich nicht blöd, Doktor Geben Sie das *Nekronomikon* heraus, und ich lasse Sie gehen.«

»Und wer garantiert mir, daß Sie Ihr Wort halten?«

»Niemand. Aber ich garantiere Ihnen, daß ich Sie dort unten lange genug aufhalten kann. Falls Sie es noch nicht bemerkt haben sollten – Sie sind nicht allein dort unten.«

Wie um seine Worte zu unterstreichen, wurde jetzt wieder das schabende Geräusch hinter Ihnen laut. Ihre Verfolger schienen mittlerweile in der großen Höhle jenseits des Kellers angelangt zu sein.

»Binden Sie das Buch am Ende der Leine fest. Ich verspreche Ihnen, den Strick wieder herunterzulassen, wenn ich es habe.«

Jordan tauschte einen stummen Blick mit Will. Er konnte es nicht riskieren, irgend etwas zu sagen. Die glatten, polierten Wände des Tunnels wirkten wie ein überdimensionales Megaphon. Der Mann dort oben würde jedes Wort hören. Aber Will und Jordan hatten genug gefährliche Situationen bestanden, um sich auch ohne Worte verständigen zu können.

»Holen Sie es sich«, rief Jordan schließlich.

»Wie Sie wollen.«

Das Seil bewegte sich, und ein Schwall von Staub und kleinen Steinen rieselte den Gang herab.

Will tauchte mit einer blitzschnellen Bewegung an der Gangmündung vorbei und preßte sich gegen die Wand, die Faust zum Schlag erhoben, während Jordan auf der anderen Tunnelseite Aufstellung nahm.

Aber sie hatten ihren Gegner unterschätzt. Der Mann dachte gar nicht daran, auf die gleiche Weise wie Jordan und die anderen herunterzukommen. Er ließ sich einfach den Gang hinunterrutschen und kam in einer Wolke aus Staub und Schmutz zum Stehen. Bevor Will oder Jordan reagieren konnten, war er schon wieder auf den Beinen und bedrohte sie mit der Pistole.

»Ganz so einfach lasse ich mich nicht übertölpeln«, sagte er spöttisch.

Wills Gesicht verfinsterte sich, aber angesichts der drohenden Revolvermündung konnte er nicht viel unternehmen.

Der Mann sah sich vorsichtig nach allen Seiten um, ehe er auf Jordan zuging und auffordernd die Hand ausstreckte. »Geben Sie es mir.«

Jordan gehorchte. Der Mann nahm das Buch entgegen, klemmte es unter den linken Arm und entfernte sich wieder von Jordan.

»Sie sind ein Idiot«, sagte er leidenschaftslos, nachdem er einen Sicherheitsabstand zwischen sich und den Dr. gebracht hatte. »Haben Sie wirklich gedacht, ich stehe untätig dabei und sehe zu, wie Sie mir mein Lebenswerk rauben?«

»Ihr Lebenswerk?« fragte Jordan. In seinen Augen stand plötzlich ein lauernder, wacher Ausdruck.

»Jawohl, mein Lebenswerk!« ereiferte sich der Mann. »Seit fünfunddreißig Jahren habe ich auf diesen Tag gewartet, und jetzt . . .«

»Aber dann sind Sie . . .«

»Celham, ja«, nickte der Mann.

»Celham!« Martens richtete sich trotz der Schmerzen, die er haben mußte, auf, und betrachtete die vermummte Gestalt aus angstvoll aufgerissenen Augen. »Aber Sie sind . . .«

»Ich bin nicht tot«, sagte Celham, »wenn Sie das meinen.«

Er griff mit einer raschen Bewegung nach der dunklen Strumpfmaske, die sein Gesicht bedeckte, und riß sie herunter.

Jordan stieß entsetzt die Luft aus, als er das Gesicht des Mannes sah. Oder das, was davon übriggeblieben war.

Celhams Gesicht schien eine einzige Narbe zu sein.

»Sehen Sie mich ruhig an«, sagte Celham. Seine Augen glitzerten tückisch. »Ich bin damals nicht gestorben. Aber es kam mir ganz recht, daß man das annahm. Ich lag fast eine Woche lang hier unten, bevor ich die Kraft hatte, hinauszukriechen.«

»Aber warum sind Sie nicht zur Polizei gegangen?«

»Polizei?« Celham lachte abfällig. »Was hätte ich sagen sollen? Vielleicht: Hören Sie, in meinem Keller treiben sich zufällig ein paar Ungeheuer herum. Können Sie mir eventuell helfen, sie zu vertreiben?« Er machte eine wegwerfende Geste und bewegte sich auf den Ausgang zu. »Es hat fast drei Jahre gedauert, bis ich mich wieder soweit erholt hatte, um meine Arbeit fortsetzen zu können. Und ich lasse mir mein Lebenswerk nicht von Ihnen kaputtmachen. Weder von Ihnen noch von irgendeinem anderen Menschen auf der Welt.«

Ein dumpfer Schlag unterbrach seine Worte. Celhams Kopf fuhr herum. Seine Augen weiteten sich entsetzt. Unter dem Durchgang zum Kellerraum war eine gräßliche Kreatur aufgetaucht. Selbst in der schwachen Beleuchtung hier unten war der Anblick so schrecklich, daß Celham und Jenny entsetzt aufschrien.

Das Wesen ähnelte entfernt einem Menschen. Es war groß, unglaublich massig gebaut und verfügte über zwei lange, biegsame Arme, die einen sehr kräftigen Eindruck machten. Seine Haut schien mit schimmerndem, klebrigem Schleim überzogen zu sein, und Jordan hatte den Eindruck, als ob das Wesen aus einer gallertartigen, zähen Substanz bestünde. Sein Körper, jeder Quadratzentimeter seiner Haut, schien in einer beständigen, fließenden Bewegung zu sein, als hätte die Erscheinung Mühe, seinen Körper in dieser unbequemen Erscheinungsform zu halten.

Celham schrie auf, ließ das Buch fallen und schoß.

Das Wesen taumelte unter der Wucht der Kugel zurück, aber der Angriff schien es nicht sonderlich zu beeindrucken. Im Gegenteil. Es setzte sich in Bewegung und kam mit langsamen, wiegenden Bewegungen auf Celham und Jordan zu.

Celham schoß noch einmal, aber die erhoffte Wirkung blieb abermals aus.

Einer der langen, biegsamen Arme der Bestie schoß plötzlich vor und traf Celhams Hand. Der Mann schrie entsetzt auf, die Pistole flog in hohem Bogen davon und landete irgendwo klappernd im Dunkel.

»Celham! Zur Seite!«

Jordan sprang mit einem Satz an Celham vorbei und stürzte sich dem Ungeheuer entgegen, das Amulett wie eine Waffe in der vorgestreckten Faust. Und dann geschah das Unglaubliche!

Das Amulett ... versagte!

Jordan verlor kostbare Sekundenbruchteile, in denen der Shoggote näher und näher kam, bis er begriff, daß ihm sein Zauberamulett diesmal nicht helfen würde. Das Schmuckstück war eine Waffe, mit der man auf rein geistiger Ebene kämpfen konnte. Aber der Shoggote besaß keinen Verstand. Er war nichts als eine mehr oder weniger lose Zusammenballung einzelner Zellen, ein Ding, das Befehle ausführte, im Grunde nichts als eine perfekte Maschine.

Genausogut hätte er versuchen können, mit Hilfe des Amuletts einen Panzerwagen aufzuhalten.

Jennys entsetzter Schrei rettete ihm das Leben. Jordan sah eine Bewegung aus den Augenwinkeln und duckte sich intensiv ab. Einer der langen, unglaublich muskulösen Arme des Shoggoten fuhr zischend durch die Luft und riß winzige Steinsplitter aus der Wand.

Jordan taumelte zurück. Der Gang, der sie hier herunter gebracht hatte, lag keine drei Meter neben ihm. Aber das Ungeheuer würde ihm keine Chance lassen, ihn zu erreichen.

Celham schoß noch einmal, aber die Kugel schien das Ungeheuer allerhöchstens noch anzustacheln. Jordan tauchte unter den peitschenden Armen hindurch und schlug mit aller Kraft zu. Aber auch dieser Angriff schien das Ding nicht im mindesten zu beeinflussen. Jordan hatte das Gefühl, gegen eine Wand aus zähem, nachgiebigem Gummi geschlagen zu haben. Er sprang zur Seite, rollte sich ab und brachte sich mit einem verzweifelten Satz aus der Reichweite des Monstrums.

Celham ließ plötzlich das Buch fallen und näherte sich dem Shoggoten, einen kleinen, undefinierbaren Gegenstand in der Hand. Der Shoggote hob die Arme zu einem letzten, vernichtenden Schlag, aber er kam nie dazu, die Bewegung auszuführen. Es war, als wäre er gegen eine unsichtbare Mauer geprallt. Er stieß ein helles, zorniges Fauchen aus und wich Schritt für Schritt vor Celham zurück. Das Ding in Celhams Hand schien ihm unerträgliche Furcht einzujagen.

Jordan rappelte sich mühsam hoch und trat neben Celham. Er sah jetzt, was der Wissenschaftler in der Hand hielt: einen kleinen, fünfzackigen Stern aus einem grauen, porösen Material.

»Was ist das?« fragte er.

»Ein Sternstein«, antwortete Celham, ohne den Blick von der Bestie zu nehmen. »Die einzige Waffe, mit der man sie in Schach halten kann.«

Jordan nickte. Er hatte von diesen Steinen gehört; kleine kostbare Stücke, von denen es höchstens ein Dutzend auf der ganzen Welt gab. Sie gehörten zu dem wenigen, das aus der Zeit der Großen Alten übriggeblieben war.

Das Ungeheuer sprang plötzlich zurück und drang mit wirbelnden Armen auf Will ein.

»Hier!« Celham holte aus und warf. Der Sternstein beschrieb einen glitzernden Bogen durch die Luft und wanderte in Wills vorgestreckte Hand. »Versuchen Sie, ihn damit zu berühren«, rief Celham. Seine Stimme vibrierte vor Angst. »Versuchen Sie ... Vorsicht!!«

Will warf sich blitzschnell zur Seite und entging so einem fürchterlichen Schlag. In der Tunnelöffnung erschien ein weiterer Shoggote, und hinter der breitschultrigen Gestalt konnten sie Umrisse von einem halben Dutzend der gräßlichen Kreaturen erkennen.

»Nein!« schrie Celham. »Nein! Nicht ...«

Binnen weniger Sekunden füllte sich der Raum mit kreischenden, fauchenden Alptraumkreaturen, die in stummer Wut auf sie eindrangen.

Will, Jordan, Martens, Celham und Jenny wurden in eine Ecke gedrängt. Die Shoggoten wagten es nicht, in Wills Reichweite zu kommen, aber die fünf Menschen sahen sich innerhalb weniger Sekunden einer geschlossenen Wand aus peitschenden Tentakeln und massigen Körpern gegenüber. Immer wieder versuchte einer von ihnen, die Arme nach seinen Opfern auszustrecken, aber Wills Hand mit dem Stein schien überall gleichzeitig zu sein. Aber es war nur noch eine Frage der Zeit, bis sie dem wütenden Ansturm der Kreaturen erliegen würden.

»Das Buch!« verlangte Jordan.

Celham preßte den Band angstvoll an sich. »Was wollen Sie damit?«

»Geben Sie her. Wir haben keine Zeit, uns zu unterhalten. Es gibt nur noch eine Möglichkeit.«

Celham erbleichte. Seine Hände begannen plötzlich zu zittern, und seine Stimme stand nahe davor, umzukippen. »Nein! Sie ... Sie wollen es vernichten! Ich gebe es Ihnen nicht! Ich ... fünfunddreißig Jahre habe ich gebraucht ... mein Lebenswerk ... wir ... niemals ...« Seine Stimme ging in ein kraftloses Schluchzen über. Aber als Jordan nach dem Buch griff, sprang er mit einer blitzschnellen Bewegung auf die Füße und verbarg das Buch angstvoll hinter dem Rücken.

»Verdammt, tut irgend etwas!« schrie Will. Sein Gesicht glänzte vor Schweiß, und er wechselte den Stein immer schneller von einer Hand in die andere. Er würde die Bestien nur noch wenige Augenblicke lang in Schach halten können. Im Grunde war es ein Wunder, daß sie bis jetzt durchgehalten hatten.

»Celham, seien Sie vernünftig!« bohrte Jordan. Er sprang plötzlich vor und versuchte, Celham das Buch zu entreißen. Aber der kleine Mann war kräftiger, als Jordan geglaubt hatte. Für endlose Sekunden rangen sie stumm miteinander, während dicht hinter ihnen die Fangarme der Shoggoten in blinder Wut durch die Luft peitschten.

Celham machte eine blitzschnelle Drehung, bracht Jordan aus dem Gleichgewicht und stieß ihn zu Boden.

»Ihr bekommt es nicht!« schrie er. »Niemals!« In seinen Augen funkelte der beginnende Wahnsinn.

Und plötzlich brach der Angriff der Shoggoten ab. Die Kreaturen zogen sich wie auf ein gemeinsames Kommando zurück und bildeten einen lockeren Halbkreis um die kleine Gruppe.

»Was ...« machte Will. Aber er brach sofort wieder ab, als er das Geräusch hörte. Es war ein dumpfes, schweres Schleifen, ähnlich dem Laut, den sie schon vorhin gehört hatten, nur viel lauter, drohender jetzt.

Jordan kniff die Augen zusammen und versuchte, die Dunkelheit jenseits der niedergestürzten Wand zum Kellerraum zu durchdringen. Irgend etwas Großes, Schweres, Kräftiges näherte sich von dort.

Und dann sahen sie es.

Das Wesen ähnelte einem ins Riesenhafte vergrößerten Regenwurm. Sein Körper mochte einen Meter im Durchmesser betragen, und jedes der zehn Segmente, aus denen der Leib bestand, schien fast so lang wie ein ausgewachsener Mann zu sein. Dort, wo man bei einem normalen Wurm den Kopf erwartet hätte, bewegte sich eine Anzahl ekelhafter, schleimiger Tentakel. Das Wesen kroch mit behäbigen, ruckhaften Bewegungen näher. Begleitet wurden seine Bewegungen von dumpfen, hallenden Schlägen, als schlüge irgendwo jemand den Rhythmus zu einer höllischen Melodie auf einer gigantischen Trommel.

»Shudde-mell ...« flüsterte Jenny.

»Ja, das ist Shudde-mell ...« kreischte Celham. Er trat vor, das Buch angstvoll gegen die Brust gepreßt. Wahnsinn in den Augen. »Sie sind ein Narr, Jordan«, sagte er. Speichel tropfte aus seinem Mund. »Dort oben hätten wir eine Chance gehabt, sie zu besiegen oder wenigstens zu vertreiben. Aber Sie mußten ja unbedingt hierher kommen. Sie mußten ja unbedingt versuchen, das Geheimnis zu lösen, Sie Narr.«

»Aber ...«

»Verstehen Sie immer noch nicht?« kreischte Celham plötzlich. »Was glauben Sie, warum sich Shudde-mell und seine Shoggoten bisher zurückgehalten haben? Weil sie wußten, daß ich noch am Leben war. Und weil sie wußten, daß ich einen Bannspruch über sie verhängt habe. Solange ich lebe, können sie ihre Macht in unserer Welt nicht voll entfalten. Dort oben müssen sie mir gehorchen, dort bin ich ihr Herr und Meister. Aber hier unten ist ihr Reich. Hier bin ich machtlos. Sie werden uns töten, Jordan. Um Sie und Ihre Begleiter ist es nicht schade. Sie haben sich Ihr Schicksal weiß Gott selbst zuzuschreiben. Aber wenn ich tot bin, gibt es keine Macht mehr, die diese Bestien noch aufhalten kann. Die Welt wird ihnen gehören, verstehen Sie, Jordan? Ihnen! Shudde-mell, Yogh-Shoggot und all den anderen gräßlichen Ungeheuern, die ihnen folgen werden.« Er brach ab, schluckte und kämpfte sichtlich um Fassung.

»Sie haben mein Lebenswerk zerstört, Jordan«, fuhr er nach wenigen Sekunden fort. »Ich wollte den Menschen den Frieden bringen. Wenn Sie sich nicht eingemischt hätten, hätte ich mit Hilfe des Buches ein Paradies auf der Erde errichten können. Aber so . . .« Er drehte sich langsam um, sah der näher kriechenden Alptraumgestalt entgegen und machte einen Schritt. Plötzlich schrie er auf, hob das Buch über den Kopf und rannte auf Shudde-mell zu.

Ein Tentakel schnappte nach seinem Fuß und brachte ihn zu Fall. Die Shoggoten drangen jetzt von allen Seiten auf ihn ein. Celham schlug in blinder Panik mit dem Buch um sich, und für einen winzigen Augenblick sah es fast so aus, als würde er die Bestien in die Flucht schlagen können. Sie schienen die Berührung des Buches genauso zu fürchten wie vorher den Sternstein.

Aber Celhams Kräfte erlahmten rasch. Ein dicker, schleimiger Tentakel ringelte sich plötzlich um seinen Arm. Das Buch flog in hohem Bogen davon und landete direkt vor Jordans Füßen, während Celham unter den Körpern der Shoggoten begraben wurde.

Jordan erkannte die Chance sofort, die sich ihnen hier bot.

Er fuhr herum, gab Jenny einen Stoß in Richtung auf den Ausgang und hob das Buch auf. »Los!« schrie er. »Raus hier!«

Sie erreichten die Tunnelöffnung, ohne angegriffen zu werden. Jenny griff als erste nach dem dünnen Seil und zog sich daran hoch, dichtauf gefolgt von Will und Martens, der trotz seiner verletzten Schulter mit beiden Händen das Nylonseil packte und sich daran emporangelte.

Jordan sah sich gehetzt um. Die Bestien schienen immer noch keine Notiz von ihnen zu nehmen, aber es war nur noch eine Frage von Sekunden, bis sie von Celham ablassen und sich den neuen Opfern zuwenden würden.

Schließlich, nach einer Ewigkeit, erreichte Jenny den oberen Rand des Stollens und zog sich ins Freie.

Jordan griff nach dem Seil und machte sich an den Aufstieg. Die Wände des Stollens waren glatt und rutschig, seine Schuhsohlen fanden kaum Halt auf dem glasartigen Material, aber er hangelte sich Meter um Meter weiter empor. Verdammt – wie lang war dieser Tunnel?

Hinter ihm waren plötzlich Geräusche; das wütende Fauchen der Shoggoten, die von ihrem Opfer abgelassen hatten und jetzt die Verfolgung aufnahmen. Ein starker Fangarm schnappte nach Jordan und ringelte sich um seinen Fuß.

Jordan schrie gequält auf, als das Ungeheuer mit aller Kraft zog. Das dünne Nylonseil schnitt in seine Handflächen. Blut tropfte von seinen Händen und machte das Seil noch rutschiger. Aber er ließ nicht los. Er wußte, daß er verloren war, wenn es den Ungeheuern gelang, ihn zu sich herab in die Tiefe zu ziehen.

Und nicht nur er.

Mit einer verzweifelten Drehung gelang es ihm, den Schuh abzustreifen und den Fuß aus der Umklammerung der Bestie zu befreien.

Von unten erklang ein wütendes Zischen. Aber Jordan war frei. Mit einer letzten, verzweifelten Kraftanstrengung zog er sich die letzten Meter empor. Will und Jenny griffen nach seinen Handgelenken und zogen ihn vollends ans Tageslicht.

Der Himmel hatte sich während ihres Ausflugs in die Unterwelt mit dunklen Regenwolken bezogen, aber der Anblick kam Jordan in diesem Moment herrlicher vor als alles, was er je zuvor gesehen hatte.

»Das war knapp«, keuchte Will, als Jordan schwer atmend neben ihm stand und sein schmerzendes Fußgelenk massierte. Seine Hände brannten wie Feuer. Das dünne, zähe Seil hatte wie ein Messer in seine Haut geschnitten. Aber er hatte im Moment keine Zeit, daran zu denken.

Er legte das Nekronomikon vor sich auf den Boden, kniete nieder und knöpfte mit zitternden Fingern sein Hemd auf.

»Was hast du vor?« fragte Will. »Wir müssen hier weg. Diese Bestien können jeden Augenblick auftauchen!«

Jordan schüttelte unwillig den Kopf und löste das Amulett von der Kette an seinem Hals. Er zögerte eine endlose Sekunde lang, ehe er es mit einem entschlossenen Ruck auf das Buch legte.

Er spürte, wie das Amulett zum Leben erwachte. Und er spürte auch die andere, negative Kraft, die in dem unscheinbaren Buch gespeichert war, der Hauch der bösen, schwarzen Magie, die bei der Erschaffung dieses Bandes Pate gestanden hatte. Zwei, drei Sekunden lang geschah gar nichts, aber Jordan wußte, welche ungeheuren Gewalten jetzt aufeinander trafen. Der Geruch von verbranntem Leder und Papier mischte sich mit dem Gestank glühenden Silbers.

Das Amulett begann erst rot, dann gelb und schließlich weiß zu glühen. Gleichzeitig schienen die Umrisse des Buches vor seinen Augen zu verschwimmen.

Seltsamerweise spürte er keine Hitze, obwohl seine Hand immer noch auf der rauhen Rückseite des Amuletts lag. Aber das, was er hier beobachtete, war kein normales Feuer. Es war nur der sichtbare Teil einer Auseinandersetzung, die viel zu gewaltig war, als daß der menschliche Geist sie wirklich hätte erfassen können. Es war ein Kampf zwischen den Urkräften des Universums, zwischen Gut und Böse an sich.

Jordan stöhnte. Schweiß stand auf seiner Stirn. Er spürte, wie das Amulett nach seiner Kraft griff, ihm Lebensenergie entnahm, um sie im Kampf gegen das absolut Böse einzusetzen.

»Helft ... mir«, stöhnte er schwach.

Will kniete neben ihm. Jordan streckte kraftlos die Hand nach dem Arm des Freundes aus, während Will seinerseits nach Jennys Hand griff. Gemeinsam boten sie all ihre geistigen Kräfte auf, um das Amulett in seinem Duell zu unterstützen.

Jordan wußte nicht, wie lange es dauerte. Hinterher hatte er das Gefühl, stundenlang reglos zwischen den Trümmern des Hauses gekniet zu haben, aber er wußte, daß nur wenige Augenblicke vergangen sein konnten. Plötzlich gab es einen hellen, peitschenden Ton, als würde irgendwo eine überdimensionale Gitarrensaite zerrissen.

Das Nekronomikon flammte plötzlich in heller Glut auf und zerfiel innerhalb weniger Augenblicke zu feiner, grauer Asche.

Ein dumpfer Schlag ließ den Erdboden zittern. Jordan spürte, wie sich die Erde unter ihm aufbäumte, aus der Tunnelöffnung hinter ihnen schoß eine grelle, heiße Stichflamme, gefolgt von einem überirdischen Grollen und Tosen.

Und dann ...

Schweigen.

Jordan parkte den Bentley direkt am Verlagsgebäude.

»Wir sind da.«

Martens nickte. »Ja. Leider.«

»Leider?« Jenny zog die Stirn kraus und sah den jungen Mann amüsiert an. »Ich hatte gedacht, daß Sie froh wären, wieder hier zu sein.«

Martens grinste säuerlich. »Ich bin mir noch nicht ganz sicher, ob ich mich nun freuen soll«, sagte er. »Vor allem nicht, wenn ich daran denke, daß Mr. Leroy mir wahrscheinlich noch ein zweites Loch in die Schulter fragen wird.« Er deutete mit einer Kopfbewegung auf seinen linken Arm, der dick einbandagiert in einer Schlinge hing. »Ich weiß immer noch nicht, wie ich es ihm erklären soll.«

»Wie wäre es mit der Wahrheit?« schlug Jordan vor.

Martens verzog das Gesicht. »Nicht so gut. Oder würden Sie die Geschichte glauben, wenn Sie sie nicht zufällig selbst erlebt hätten?«

Jordan lächelte. »Kaum. Aber ich habe schon eine Menge erlebt, über das ich mit niemandem reden kann.«

»Sagen Sie, Jordan«, sagte Steven nach einer Weile, »was sind Sie eigentlich?«

»Parapsychologe.«

Martens nickte ärgerlich. »Das weiß ich. Ich meine, was sind Sie wirklich? Eine Art Gespensterjäger oder so was?«

Will lachte. »Kaum«, antwortete er an Jordans Stelle. »Aber langweilig wird es bei uns selten, wenn Sie das wissen wollen.«

Eine der Fragen, die ich am meisten höre, ist: ›Wie kommen Sie auf Ihre Ideen?‹ Normalerweise beantworte ich Sie mit einer schriftlichen Bemerkung oder einfach einem bösen Blick, denn 1. geht einem jede Frage auf den Nerv, wenn man sie das vierundsiebzigtausendste Mal hört, und 2. kann man diese Frage im Grund nicht beantworten. Ideen hat man eben, oder man hat sie nicht. Basta.

Meistens.

Um so interessanter ist es vielleicht für Sie, zu erfahren, wie ich auf die Idee für den PUPPENSPIELER gekommen bin – diese Story ist nämlich eine der wenigen, die tatsächlich eine Vorgeschichte hat.

DER PUPPENSPIELER (ursprünglich ein Damona-King-Zweiteiler, der unter dem Namen IM BANNE DES PUPPENSPIELERS und DIE MONSTERPUPPEN erschien) geht auf eine Episode zurück, die ich selbst erlebt habe. Mein Schwager ist Inhaber einer kleinen Fabrik für Schaufensterpuppen. In meiner Anfangszeit als Autor, als die Tantiemen noch nicht so reichhaltig flossen, daß ich dreizehn Monate im Jahr auf den Malediven verbringen konnte und nur einmal die Woche meiner Armee von Ghostwritern ein Fax mit den neuesten Anweisungen schicken mußte, habe ich dann und wann bei ihm ausgeholfen, um mir ein kleines Zubrot zu verdienen. Die Arbeit war nicht besonders schwer, wurde schlecht bezahlt und war reichlich öde, also genau das richtige für einen hoffnungsvollen jungen Möchtegern-Bestsellerautor, der Geld braucht und einen Job sucht, bei dem er nebenher über seine neueste Story nachdenken kann.

Nun ist mein Schwager ein Mann von einem gewissen absurden Humor. An diesem besagten Abend kam ich in seine Firma, tastete nach dem Lichtschalter und stellte fest, daß er nicht ging (konnte er auch nicht, denn ein gewisser Jemand hatte die Birne herausgeschraubt). Warum? Nun, ganz einfach – die Schaufensterpuppe, die mich hinter der nächsten Tür erwartete, wirkte so sehr viel besser. Man stelle sich vor: Ein Riesenkerl – gute zwei Meter groß in Original Totenhaut-Weiß lackiert, der einen halben Schritt hinter der Tür steht, beide Arme hochgerissen, und nur von einer Taschenlampe, die schräg vom Boden aus nach oben gerichtet ist, angestrahlt wird.

Meinen Schrei müßte man eigentlich noch in München gehört haben. Seither weiß ich, worüber ich rede, wenn ich von eiskaltem Entsetzen *und* tödlichem Schrecken *schreibe . . .*

Aber irgendwie habe ich es überlebt, und die Idee zu den ›Monsterpuppen‹ war geboren – auch wenn ich dafür vermutlich mit einer spürbaren Reduzierung meiner Lebenserwartung bezahlen mußte. Dabei habe ich noch Glück gehabt. Lesen Sie mal nach, was der armen Damona King zustieß, als sie auf jemanden traf, der dem gleichen Beruf nachgeht wie mein Schwager . . .

DER PUPPENSPIELER

Sam Corweyn duckte sich hastig und bedeutete Thornhill, es ihm gleichzutun, als er das Geräusch des sich nähernden Wagens hörte. Der helle Lichtfinger der Scheinwerfer huschte wie eine tastende, körperlose Hand über die feuchte Backsteinmauer und das schwarze Rechteck der Tür und verschwand dann wieder.

Reglos blieb Corweyn hinter seiner Deckung hocken, bis das Motorengeräusch in der Nacht verklungen war. Sein Herz klopfte etwas rascher als zuvor, als er sich hinter der Barriere aus Mülltonnen und aufeinandergestapelten Pappkartons aufrichtete und geduckt zur Tür zurückhuschte. Er hatte keine Angst, sondern sein Verhalten entsprang einer gewissen angeborenen Vorsicht, die sich durch die Art, in der er seinen Lebensunterhalt verdiente, noch verstärkt hatte, bis er beinahe instinktiv auf jede noch so winzige Veränderung, jedes verdächtige Geräusch und jede Bewegung in seiner Nähe reagierte. Er preßte sich gegen die Wand, lugte mißtrauisch die Straße hinunter und tastete dann mit klammen Fingern nach dem Türknauf.

Er fror.

Die Nacht war kühl für diese Jahreszeit, und der plötzliche Regenguß vor einer halben Stunde hatte die Temperaturen nicht steigen lassen, sondern ihn und Thornhill lediglich bis auf die Haut durchnäßt. Seine Hand zitterte leicht, als er den glatten runden Türknauf und den schmalen Schlitz des Sicherheitsschlosses betastete.

»Kommst du klar?« fragte Thornhill hinter ihm. Seine Stimme zitterte hörbar, und sein Atem ging schnell und stoßweise. Corweyn unterdrückte ein Lächeln. Thornhill war ein guter Mann – zumindest konnte er es einmal werden, dessen war er sich sicher –, aber es war sein erster wirklich großer Bruch. Bisher hatte er sich mit Zigarettenautomaten und dem gelegentlichen Ausräumen eines Autos über Wasser gehalten. Kein Wunder, daß er nervös war.

Corweyn nickte, sah noch einmal hastig nach rechts und nach links, dann entnahm er den Bund mit den Dietrichen aus der Tasche. Sie waren allein und ungestört, und das würden sie auch bleiben. Die letzten drei Nächte hatten sie damit zugebracht, die nähere Umgebung zu sondieren. Das Lagerhaus lag in einem der alten Industrieviertel Londons, einer trostlosen, beinahe menschenleeren Gegend, in die sich nach Einbruch der Dunkelheit kaum noch jemand verirrte. Und die nächste Polizeistreife war erst in über einer Stunde fällig. Bis dahin würden sie sich längst mit ihrer Beute aus dem Staub gemacht haben.

Thornhill bewegte sich unruhig. Die harten Absätze seiner Schuhe verursachten kleine, klickende Echos an den nackten Ziegelsteinmauern und vermischten sich mit dem leisen, winselnden Heulen des Windes. Zusammen mit der schummerigen Beleuchtung und all dem Verfall und Unrat ringsum bildeten sie eine geradezu unheimliche Atmosphäre. Corweyn schob den Gedanken mit einem ärgerlichen Stirnrunzeln von sich, ging in die Knie und schaltete für einen Augenblick seine Taschenlampe ein. Die Batterien waren schon schwach, aber der trübe gelbe Schein reichte aus, daß er den passenden Dietrich erkennen konnte. Er schob ihn ins Schloß, drehte ihn ein paarmal nach rechts und links und grinste schließlich zufrieden, als ein leises, metallisches Klicken ertönte. Corweyn trat zurück, schob die Tür mit den Fingerspitzen auf und machte eine theatralische Geste.

Thornhill lächelte, aber es wirkte unecht und nervös. Geduckt huschte er an Corweyn vorbei und verschwand im Inneren des Gebäudes. Corweyn blieb einen Herzschlag lang mit geschlossenen Augen stehen und lauschte. Von irgendwo her ertönte ein leises, monotones Quietschen; ein Fensterladen oder ein Stück loser Dachpappe, das sich im Wind bewegte. Corweyn kannte die Geräusche eines leerstehenden Hauses. Ein Haus, das leerstand, mußte nicht schweigen, im Gegenteil. Jedes Haus hatte seine eigene ganz charakteristische Stimme, auch wenn die meisten Menschen sie nicht einmal wahrnahmen. Corweyn jedoch hatte gelernt, sie zu verstehen und jedes noch so leise Geräusch zu deuten.

»Alles in Ordnung«, sagte er nach einem Moment, lauter als eigentlich nötig gewesen wäre. »Du kannst Licht machen.«

Von rechts, von dort, wo Thornhill stand, ertönte ein leises Rascheln, dann fiel der helle, langgestreckte Lichtfinger einer Taschenlampe auf den nackten Boden. Eine Pfütze schimmerte ölig. Kisten und Kartons – die meisten aufgerissen und leer – standen in wirrer Unordnung durcheinander, und auf dem Boden lag eine fast zentimeterhohe Staubschicht. Corweyn nickte zufrieden. Bis jetzt hatte sich das, was sein Informant gesagt hatte, bewahrheitet.

»Leuchte mal nach rechts rüber«, murmelte er. »Irgendwo dort muß die Treppe sein.«

Thornhill gehorchte schweigend. Der Lichtfinger glitt über weitere Kisten, huschte über einen beinahe meterhohen Haufen mit Abfall und einer Reihe rostiger Ölfässer und blieb schließlich an dem dünnen Gespinst einer metallenen Wendeltreppe hängen. Im Staub vor ihr war eine breite, zertrampelte Spur; Beweis dafür, daß zumindest ein Teil der Halle gelegentlich benutzt wurde.

»Okay. Gehen wir.«

Thornhill zögerte. Corweyn drehte sich ungeduldig nach ihm um, aber alles, was er von seinem Begleiter erkennen konnte, war eine verschwommene, schwarze Silhouette, die sich undeutlich hinter der Taschenlampe abzeichnete.

»Was ist?« fragte er. »Schiß?«

Thornhill gab ein seltsames, halbersticktes Geräusch von sich. Angst, konstatierte Corweyn. Aber das war nur natürlich beim ersten Mal.

»Schiß nicht«, sagte er schließlich kläglich. »Aber . . .«

Corweyn grinste im Dunkeln. »Ein bißchen unheimlich, wie?« fragte er. »Mach dir nichts draus, das vergeht. Außerdem kriegst du das bißchen Angst verdammt gut bezahlt. Komm jetzt endlich. Leuchte mir.« Er drehte sich um und ging zielsicher auf die Treppe zu, ohne auf Thornhill zu warten. Schließlich hatte auch er irgendwann einmal angefangen, und damals hatte er die Hosen mindestens ebenso voll gehabt wie Thornhill heute. Der Junge war noch ein halbes Kind. Corweyn sagte sich, daß er Geduld mit ihm haben mußte.

Er erreichte die Treppe, legte die Hand auf den feuchten Handlauf und spähte nach oben. Das Licht der Taschenlampe reichte kaum aus, um die gesamte Treppe zu beleuchten. Der Schein verlor sich irgendwo auf halber Höhe und ließ an ihrem oberen Ende nur vage Schatten und Dunkelheit erkennen, selbst als Thornhill direkt neben ihm stand und in die Höhe leuchtete. Der Lichtkegel tanzte hin und her, so sehr zitterte Thornhills Hand. Corweyn boxte ihn aufmunternd in die Rippen und begann dann mit raschen Schritten die Treppe hinaufzugehen. Die dünne Metallkonstruktion bebte unter ihrem Gewicht, und ihre Schritte erzeugten seltsam hallende Echos in der riesigen, leeren Halle.

»Bist du sicher, daß hier wirklich was zu holen ist?« fragte Thornhill nervös.

Corweyn schüttelte ungerührt den Kopf. »Keine Spur. Sicher bin ich erst, wenn ich die Moneten in den Händen habe. Aber bisher hat alles gestimmt. Und warum sollte uns Barkham anschmieren? Schließlich kriegt er seine zwanzig Prozent nur, wenn wir auch was finden. Und wenn nicht«, fügte er hinzu, »kriegt er eine Menge Ärger. Und das weiß er verdammt gut.«

Sie hatten das obere Ende der Treppe erreicht und standen vor einer glatten, frisch gestrichenen Feuerschutztür. Das Schloß sah neu und überaus stabil aus, aber für einen Profi-Einbrecher wie Corweyn stellte es kein ernst zu nehmendes Hindernis dar. Er hantierte eine Weile am Schloß herum, drehte dann den Knauf und schob die Tür behutsam auf.

Der Raum dahinter war ebenso dunkel wie die Halle. Corweyn spähte mißtrauisch hinein, streckte dann auffordernd die Hand aus und machte ein unwilliges Geräusch, als Thornhill ihm nicht schnell genug die Taschenlampe gab.

»Still jetzt!« zischte er, während er den Lichtstrahl über die Wände gleiten ließ. »Keinen Laut, und immer dicht hinter mir bleiben. Und rühr ja nichts an. Hier irgendwo muß die Alarmanlage sein.«

Er machte einen vorsichtigen Schritt in den Raum hinein, drehte sich einmal um seine Achse und ließ den Strahl der

Taschenlampe über die Wände gleiten. Der Raum war fensterlos und kaum größer als eine Besenkammer. Zwei schmale, stabil aussehende Eisentüren führten tiefer in das Gebäude hinein. Corweyn sah sich eine Weile schweigend um und deutete dann auf ein dünnes, aus kaum sichtbaren Linien gebildetes Rechteck neben einer der Türen. »Dort!«

Er gab Thornhill die Taschenlampe zurück, knöpfte seine Jacke auf und nahm ein ganzes Bündel feiner Werkzeuge hervor – Zangen, Skalpelle, Rollen mit dünnem, silbernem Draht und ein Meßgerät in einer schwarzen Ledertasche. Er tastete mit spitzen Fingern über das Rechteck, fand den Verschluß und klappte es auf. Dahinter kam ein grauer, offenbar ziemlich neuer Metallkasten zum Vorschein. »Da ist sie ja«, sagte er zufrieden.

Thornhill schüttelte den Kopf. »Dilettantisch«, murmelte er. »Die Alarmanlage so anzubringen, daß man von draußen rankommt.«

Corweyn schüttelte den Kopf. »Nicht ganz. Normalerweise wäre die Tür, durch die wir gekommen sind, schon mit angeschlossen gewesen. Aber die Handwerker sind noch nicht fertig geworden. Nächste Woche ist das hier eine Festung. Leider zu spät«, kicherte er. Seine Finger glitten mit dem Feingefühl eines Chirurgen über die Alarmanlage, fanden den Verschluß und öffneten sie. Dahinter kam ein scheinbar sinnloses Durcheinander aus Kabeln, Transistoren und kleinen, schimmernden Platinen zum Vorschein.

»Wirst du damit fertig?«

Corweyn grinste. »Kinderspiel. Das ist keine Alarmanlage, das ist ein Witz. Genausogut könnte er ein Schild aufhängen: ZUTRITT VERBOTEN. Das wäre genauso wirksam.«

Thornhill lachte leise, wurde aber auf einen warnenden Blick Corweyns hin sofort wieder ruhig. Reglos und ohne den geringsten Laut von sich zu geben, wartete er, bis Corweyn nach einer Ewigkeit von dem Kasten zurücktrat und hörbar aufatmete. »Erledigt?«

Corweyn nickte. »Erledigt. Wir brauchen nur noch abzukassieren.« Er nahm seinen Dietrich zur Hand, öffnete eine der beiden Feuertüren und tastete an der Wand entlang, bis er einen

Lichtschalter gefunden hatte. Unter der Decke glühte eine nackte Birne auf und verbreitete schummerige Helligkeit.

Thornhill sog hörbar die Luft ein, als sein Blick in das angrenzende Zimmer fiel. Der Raum war zum Bersten vollgestopft mit Schaufensterfiguren. Es mußten Hunderte sein, wenn nicht sogar Tausende – Männer, Frauen, Kinder, die in langen Reihen nebeneinander oder auch einfach übereinandergestapelt waren. In einer Ecke stand ein Regal mit Ersatzteilen; abgeschraubte Arme und Beine, rumpflose Köpfe, Hände, die in einer zeitlos erstarrten Bewegung in die leere Luft zu greifen schienen ... Thornhill schüttelte sich. Er sah das schadenfrohe Grinsen auf Corweyns Zügen, aber das störte ihn nicht. Der Anblick war unheimlich; kein normaler Mensch würde etwas anderes empfinden.

Corweyn machte eine auffordernde Kopfbewegung und zog die Tür zu. Es gab nur einen einzigen, schmalen Weg, der durch das Labyrinth aus Schaufensterfiguren zu einem kleinen Büroraum führte, der etwas erhöht an der Südwand des Raumes aufgebaut war. »Da drin sind unsere Mäuse«, verkündete Corweyn. »Wir brauchen sie uns nur noch zu nehmen.«

Thornhill antwortete nicht. Er folgte dem anderen durch den Raum, aber das ungute Gefühl verschwand nicht. Im Gegenteil, es schien mit jedem Moment stärker zu werden. Mit einemmal fiel es ihm schwer zu glauben, daß all diese menschengroßen, bleichen Gestalten wirklich nur leblose Kunststoffpuppen sein sollten. Die Glühbirne unter der Decke verbreitete kaum Licht, und alles, was sich hinter der ersten Reihe der starr dastehenden Puppen befand, schien hinter einem Vorhang aus wabernden Schatten und ungewisser, vielleicht nur eingebildeter Bewegung verborgen zu liegen. Die Glühbirne schaukelte leicht an ihrem Draht, als sie von einem Windzug gestreift wurde. Die Schatten begannen zu tanzen, sich vor und zurück zu bewegen. Es sah aus, als würden die bleichen Totenhände der Puppen nach ihnen greifen.

Corweyn drückte die Klinke der gläsernen Bürotür herunter. Sie war nicht verschlossen. Offensichtlich verließ sich der Besitzer dieses Lagerraumes ganz auf seine noch nicht einmal richtig angeschlossene Alarmanlage. Corweyn deutete wortlos auf einen niedrigen Geldschrank in der Ecke. »Siehst du?« sagte er triumphierend. »Genau, wie Barkham gesagt hat. Hoffen wir, daß er bis obenhin voll ist.«

»Voll?« fragte Thornhill zweifelnd. Er schob die Tür hinter sich zu und lehnte sich gegen das kalte, glatte Glas. Plötzlich hatte er das verrückte Gefühl, daß ihn die Schaufensterpuppen durch die Scheibe hindurch musterten. Er konnte die Blicke ihrer starren, aufgemalten Augen beinahe spüren, aber er widerstand der Versuchung, sich herumzudrehen.

»Wozu glaubst du, braucht man in diesem Saftladen Geld?« fragte er, weniger aus wirklicher Neugierde als vielmehr aus dem plötzlichen Bedürfnis heraus, irgend etwas zu sagen, ganz egal, ob es Sinn hatte oder nicht, nur nicht zu schweigen.

Corweyn kniete vor dem Geldschrank nieder, betrachtete eine Weile das altertümliche Schloß und griff dann wieder in seine Jacke, um eine neue Sammlung blitzender Instrumente hervorzuholen. »Wozu?« wiederholte er, ohne Thornhill anzusehen. »Wozu glaubst du, hat sich der Bursche eine so aufwendige Alarmanlage installieren lassen? Diese Figuren da draußen kosten ein Vermögen.«

»Diese Gummidinger?«

Corweyn lachte hämisch. »Drei- bis vierhundert Pfund Sterling pro Stück«, sagte er. »Reicht das?«

Thornhill schluckte, kam aber nicht mehr dazu, etwas zu sagen.

»Jetzt verschon mich mit deinen Fragen und paß lieber auf, daß uns keiner stört«, verlangte Corweyn. »Das Ding hält mich keine zehn Minuten auf.«

Thornhill nickte gehorsam, sah Corweyn eine Weile an und verließ dann trotz des unguten Gefühles, das noch immer wie ein übler Geschmack in ihm war, das Büro. Er versuchte, sich selbst zur Ordnung zu rufen. Diese Puppen hier waren Puppen, leblose Dinger, mehr nicht. Aber es schien Situationen zu geben, in denen normale Logik nicht mehr weiterhalf. Er kramte seine Zigaretten aus der Jackentasche, suchte nach Feuer und riß schließlich mit zitternden Fingern ein Streichholz an. Die Flamme schien in der trüben Helligkeit sonderbar grell zu leuchten. Er entzündete eine Zigarette und hob das Streichholz vor den Mund, um die Flamme auszublasen, aber dann zögerte er. Irgend etwas an dem starren Puppengesicht vor ihm erregte seine Aufmerksamkeit, ohne daß er sagen konnte, was es war.

Er hielt das Streichholz näher und trat neugierig näher. Die kleine gelbe Flamme warf zuckende Reflexe auf das ebenmäßig geformte Frauengesicht und erfüllte die dunklen Augen mit gespenstischem Leben. Thornhill schauderte. Das Streichholz brannte herunter und verbrannte ihm die Finger, aber er merkte es kaum. Er warf es fort, griff in die Jackentasche und zog die Taschenlampe heraus.

Die Puppe war wirklich äußerst kunstvoll geformt, stellte er fest. Wer immer dieses Frauengesicht modelliert und bemalt hatte, hatte sich außerordentliche Mühe gegeben. Thornhill verstand kaum etwas von Schaufensterfiguren, aber er war sicher, selten eine derart präzise ausgeführte Arbeit zu Gesicht bekommen zu haben. Vorsichtig streckte er die Hand aus und berührte den Puppenkopf. Das Material fühlte sich auf bizarre Weise gleichzeitig kühl und hart, aber auch irgendwie lebendig und weich an. Vielleicht ein neuartiger Kunststoff, der der Konsistenz der menschlichen Haut näher kam. Er befühlte das Haar – es war nicht das übliche, an Stroh erinnernde Kunststoffgeflecht, sondern eine Echthaarperücke –, ließ seine Finger über den nacken und die ebenmäßig geformten Schultern gleiten und betastete flüchtig den Brustansatz. Es gehörte wirklich nicht viel dazu, sich einzubilden, einer wirklichen, lebenden Frau gegenüberzustehen. Er brauchte nur die Augen zu schließen und . . .

Thornhill schrak hoch, zog die Hand so hastig zurück, als hätte er sich verbrannt, und grinste gleich darauf verlegen. Wenn Corweyn ihn so sah, würde er sich blamieren bis auf die Knochen. Hastig drehte er sich um, ging ein paar Schritte den Gang zurück und spähte zu seinem Kumpan hinüber. Corweyn kniete noch immer vor dem Safe und machte sich konzentriert am Schloß zu schaffen. Aber die zehn Minuten waren ja noch lange nicht um.

Thornhill sog an seiner Zigarette, blies eine Rauchwolke aus und betrachtete gelangweilt seine Schuhspitzen. Die Glühbirne über ihm schaukelte immer noch leicht, und die Schulter an Schulter aufgestellten Schaufensterpuppen warfen grotesk verzerrte Schatten auf den staubigen Boden. Vor seinen Füßen war der Schatten eines Kopfes, dort der Umriß breiter, massiger Schultern, hier der Schatten einer Hand, ausgestreckt und mit einwärts gekrümmten, an Klauen erinnernden Fingern, die sich seinem eigenen Schatten zu nähern schienen, nach seinem Hals tasteten ...

Thornhill fuhr mit einem halberstickten Aufschrei herum. Für den Bruchteil einer Sekunde glaubte er eine huschende Bewegung zu erkennen. Er sprang keuchend zurück und prallte gegen eine andere Puppe.

Aus dem Büro erklang ein schepperndes Geräusch, dann erschien Corweyn unter der Tür. »Was ist los?« schnappte er.

»Ich ... das ...« Thornhill rang mühsam nach Worten und wich Schritt für Schritt zum Ausgang zurück. »Eine ... eins von den Dingern hat sich bewegt!« stieß er hervor.

Corweyn erstarrte für einen Augenblick. Auf seinem Gesicht spiegelte sich erst Verblüffung, dann Wut und schließlich unverhohlener Spott. »Aha«, machte er.

»Halt mich ruhig für verrückt!« keuchte Thornhill. »Aber ich weiß, was ich gesehen habe!«

Corweyn grinste. »Aber sicher doch, Kleiner. Wenn sich noch etwas bewegt, frag doch mal, ob die Dinger uns nicht helfen können, den Geldschrank runterzuschaffen.« Das Lächeln verschwand übergangslos. »Und jetzt reiß dich zusammen, ja? Ich bin in ein paar Minuten fertig.« Er fuhr herum, knallte die Tür hinter sich zu und stapfte zum Safe zurück.

Thornhill blickte ihm aus angstvoll geweiteten Augen nach. Sein Herz hämmerte, und in seinen Ohren rauschte das Blut. Verdammt, er war doch nicht verrückt!

Er ballte die Fäuste, schloß die Augen und zählte in Gedanken bis zehn. Es hatte keinen Sinn, sich selbst noch nervöser zu machen, als er ohnehin schon war. Er warf noch einen sehnsüchtigen Blick auf die kleine Glaskabine, in der Corweyn vor dem Safe kniete, fuhr dann mit einer entschlossenen Bewegung herum und ging tiefer in die Halle hinein. Er hatte einmal die Kontrolle verloren, ein zweites Mal würde es ihm auf keinen

Fall passieren. Er wollte Corweyn nicht die Genugtuung bieten, jetzt wie ein verängstigtes Kind angekrochen zu kommen, um bei ihm Schutz zu suchen.

Vorbei an einer scheinbar endlosen Reihe nackter Puppen, steuerte er den hinteren Teil der Halle an. Neben einem deckenhohen Regal voller Einzelteile stand hier ein flacher, mit einem Wachstuch abgedeckter Tisch, auf dem eine halbfertige Puppe lag. Ihre Haltung war seltsam. Sie lag nicht mit angewinkelten, mitten in der Bewegung erstarrten Gliedern da, wie man es von einer liegenden Schaufensterfigur erwartet, sondern lag ausgestreckt wie ein Mensch, die Arme flach neben dem Körper und die Augen in dem halbfertigen Gesicht geschlossen, als würde sie schlafen. Thornhill trat zögernd näher. Erneut beschlich ihn dieses ungute, warnende Gefühl, aber seine Neugier war stärker.

Der Anblick ließ ihn erschauern. Es war eine Frau – oder sollte zumindest einmal die Figur einer Frau werden. Die rechte Seite, die er zuerst gesehen hatte, war fertig bemalt, aber die linke Körperhälfte war roh, ein kantiger, unbearbeiteter Kunststoffrohling, der nur vage an einen menschlichen Körper erinnerte. Der Körper war von einem schmutzigen, mit weißen Flecken durchsetzten Braun, der Arm ein roher Stumpf, an dem eine fingerlose, gekrümmte Pranke hing. Das Schrecklichste aber war das Gesicht. Irgend etwas in Thornhill schien sich zusammenzukrampfen, als sein Blick ins Gesicht der Puppe fiel. Die rechte Hälfte war fertig modelliert – ein schmales, auf seine Art recht hübsches Frauengesicht mit einer dünnen Augenbraue und einem vollen, sinnlichen Mund.

Aber wie der übrige Körper ebenfalls nur zur Hälfte.

Die linke Gesichtshälfte war eine abstoßende Grimasse – ein kantiger, roh geformter brauner Klumpen mit einem ausgefransten Loch anstelle des Auges und einem aufgeworfenen, zu einem höhnischen Grinsen verzerrten Maul. Es wirkte, als wäre das Gesicht der Frau zur Hälfte mit Säure übergossen oder verbrannt und zu widerlichen Narbengeweben verwachsen.

Vom anderen Ende der Halle ertönte ein gellender Schrei.

Thornhill erstarrte.

Der Schrei wiederholte sich, schriller und unmenschlicher

diesmal. Glas klirrte, dann polterte etwas, als fiele ein schwerer Körper zu Boden.

»Thornhill! Thornhill, hilf mir!« Das war Corweyns Stimme.

Thornhill erwachte endlich aus seiner Erstarrung. Er fuhr herum, flankte mit einer kraftvollen Bewegung über den Tisch und stürzte los. Wieder ertönte dieser gellende, unmenschliche Schrei, gefolgt von dumpfen Kampfgeräuschen und dem erneuten Splittern und Brechen von Glas. Thornhill stolperte blind vorwärts, prallte gegen eine Puppe und verfing sich in den starren Kunststoffhänden. Hastig versuchte er sich loszumachen, aber seine Kleider schienen sich in dem bleichen Gewirr von Fingern und Klauen immer tiefer zu verfangen. Schließlich riß er sich mit purer Gewalt los, schleuderte zwei, drei Puppen beiseite, die ihm im Weg standen, und schlug in blinder Wut auf die ausdruckslosen Kunststoffgesichter ein. Er taumelte weiter, prallte wieder gegen eine Figur und schlug in wilder Panik zu. Ein scharfer Schmerz schoß durch sein Handgelenk. Die Schaufensterpuppe kippte hintenüber, riß im Umfallen vier, fünf weitere Figuren mit sich und zerbarst auf dem harten Betonboden. Der Kopf brach ab, kollerte noch ein paar Meter weiter und blieb schließlich liegen. Die aufgemalten Augen schienen Thornhill in blinder Wut anzustarren. Mühsam riß er sich von dem schrecklichen Anblick los und wankte weiter. Corweyns Schrei und die Kampfgeräusche waren verstummt, aber die plötzlich eintretende Stille schien auf ihre Art beinahe noch schlimmer zu sein als der Lärm. Thornhill sah sich aus angstvoll geweiteten Augen um und begann dann zögernd auf den Glasverschlag am Ende der Halle zuzugehen. Instinktiv machte er einen weiten Bogen um die zerbrochene Figur und den abgeschlagenen Kopf.

Unter seinen Schritten knirschte Glas, als er sich dem Büro näherte. Er blieb stehen, ballte die Fäuste und atmete mühsam ein. Irgend etwas warnte ihn davor, weiterzugehen und das Büro zu betreten. Er hatte mit einemmal das sichere Gefühl, daß es besser wäre, so schnell wie möglich von hier zu verschwinden, ganz egal was mit Corweyn passiert war. Thornhill wollte es plötzlich nicht einmal mehr wissen, aber er unterdrückte seine Angst und ging Schritt für Schritt weiter.

»Sam?«

Seine Stimme klang gespenstisch hohl in der weiten, hohen Halle. Er erschrak beinahe selbst vor ihrem Klang. Aber er bekam keine Antwort.

Er streckte die Hand nach der Tür aus, zögerte und drückte die Klinke schließlich mit einem entschlossenen Ruck herunter. Die zerbrochene Scheibe fiel endgültig aus dem Rahmen, als er die Tür aufstieß. Die Scherben fielen auf den Boden und zerbarsten dort zu unzähligen winzigen Splittern, und ein besonders langes, scharfkantiges Bruchstück schrammte über seine Hand und hinterließ einen langen, blutigen Kratzer auf der Haut. Aber davon bemerkte Thornhill kaum etwas. Sein Blick war wie gebannt auf Corweyn gerichtet.

Im Tode erstarrt kniete dieser immer noch vor dem Tresor. Die Tür war geöffnet und gab den Blick auf ein schmales Stahlfach frei, in dem ganze Bündel von Geldscheinen aufgestapelt waren.

Vor ihm stand eine Schaufensterpuppe. Sie war nackt und unfertig wie all die anderen, aber sie unterschied sich doch von denen, die Thornhill draußen in der Halle gesehen hatte. Sie stand leicht vornübergebeugt, mit gesenktem Kopf und einem höhnischen, kalten Lächeln auf den bemalten Zügen. Ihre Arme waren ausgestreckt, und die Hände hatten sich wie tödliche Stahlklammern um Corweyns Hals gelegt.

Jeff Langley drückte den untersten Knopf der Schalttafel, wartete, bis die Lifttüren zugeglitten waren, und ließ sich dann mit einem übertrieben wirkenden Seufzer gegen die holzgetäfelte Wand sinken.

»Endlich«, murmelte er und lächelte seine Frau an. »Ich hätte schon fast nicht mehr geglaubt, daß wir diesen Vertrag doch noch unter Dach und Fach bekommen. Die Japaner sind verdammt zähe Verhandlungspartner.«

Catherine zuckte die Achseln. »Aber wir haben es geschafft, nur das zählt. Und ich glaube, wir können mit dem Ergebnis zufrieden sein. Die Chips von Nakatomi sind zwar etwas teurer, aber dafür auch besser als die, die wir bislang hatten.«

Die Liftkabine hielt im Erdgeschoß des Langley-Verwaltungsgebäudes an, und sie gingen mit raschen Schritten durch die weitläufige Empfangshalle. Erst als sie nebeneinander in dem flachen roten Mercedes-Coupé Platz genommen hatten, ergriff Jeff wieder das Wort. »Du warst keine besonders große Hilfe bei den Verhandlungen«, sagte er vorwurfsvoll. »So hatte ich mir das nicht vorgestellt, als wir beschlossen, die Firma gemeinsam zu leiten.«

Catherine lächelte, ließ sich in den weichen Polstern zurücksinken und tastete automatisch nach dem Sicherheitsgurt. »Du wiederholst dich, mein Lieber«, sagte sie. »Diese Litanei muß ich mir nach jeder etwas komplizierteren Verhandlung anhören. Du weißt, daß ich auf dem Gebiet nicht gut bin. Meine Stärke sind Organisation und Verwaltung, und daß ich darin gut bin, habe ich wohl in den letzten Jahren hinlänglich bewiesen. Aber du willst mich bei Verhandlungen ja trotzdem unbedingt immer dabei haben.«

»Weil ich weiß, daß du besser bist, als du selbst glaubst.« Jeff ließ den Motor an, setzte den Blinker und wartete geduldig eine Lücke im fließenden Verkehr ab. »Als wir noch auf verschiedenen Seiten standen, hast du mir jedenfalls ziemlich zu schaffen gemacht.«

»Aber nur, weil ich dir unter allen Umständen imponieren wollte. Das Ergebnis der Beratungen war mir längst nicht so wichtig.« Catherine lehnte sich zurück und ließ die damalige Zeit in Gedanken noch einmal Revue passieren. Nach einem Oxford-Studium hatte sie bei einem Konkurrenz-Konzern eine Bilderbuch-Karriere gemacht und sich den Ruf eines Finanzgenies erworben. Auf einer Konferenz hatte sie Jeff Langley kennengelernt und während der Verhandlungen Gefallen an ihm gefunden – genau wie er umgekehrt auch an ihr. Aus dem Gefallen war Liebe geworden, und schließlich hatten sie geheiratet.

Sie musterte Jeff. Er war ein gutaussehender, schlanker Mann mit sonnengebräunter Haut. Das schwarze Haar trug er seitlich gescheitelt, und Grübchen in den Wangen verliehen seinem Gesicht einen jugendlichen, verschmitzten Ausdruck. Mindestens eine Stunde verbrachte er täglich im Fitneßraum, um sich in Form zu halten, was man seinem durchtrainierten Körper ansah, aber die viele Arbeit der letzten Zeit hatte sichtbar an seinen Kräften gezehrt. Er wirkte blaß und übernächtigt. Unter seinen Augen lagen tiefe dunkle Ringe, und seine Hände spielten nervös am Lenkrad. »Wir sollten endlich mal ernsthaft über ein paar Wochen Urlaub nachdenken«, sagte sie. »Der Laden wird eine Weile auch ohne uns zurechtkommen. Wir brauchen beide dringend etwas Erholung. Wofür bezahlen wir eigentlich unsere Geschäftsführer, wenn wir doch fast alles selbst machen?«

Jeff schaltete herunter, gab Gas und ließ den Mercedes im letzten Moment über eine gelbe Ampel huschen. »Was hältst du davon, wenn wir das bei einem guten Glas Wein und einem Essen bei Luigi besprechen?«

»Eine Menge.« Catherine nickte zustimmend. »Aber zuvor möchte ich noch einmal in die Stadt.«

»Jetzt gleich?«

»Warum nicht? Such irgendwo einen Parkplatz und halte dein Scheckbuch bereit. Ich habe Lust, unseren Geschäftsabschluß mit einer Einkaufsorgie zu feiern.«

»Mit meinem Scheckbuch?«

»Aber natürlich«, antwortete Catherine ungerührt. »Meins habe ich nämlich in weiser Voraussicht zu Hause liegen gelassen.«

Jeff wollte darauf etwas antworten, beließ es aber dann bei einem fatalistischen Achselzucken und nahm Gas weg, um nach einem Parkplatz Ausschau zu halten. Eine einsame Regenwolke zog vor der Sonne vorbei und warf für Sekunden ihren Schatten über die Straße. Sie parkten, und Jeff eilte – ganz alter Gentleman – um den Wagen herum und hielt Catherine die Tür auf. Ein plötzlicher kalter Windstoß ließ die beiden frösteln, und sie beeilten sich, den Gehsteig zu verlassen und Schutz hinter der Warmluftbarriere eines großen Kaufhauses zu suchen. Das Geschäft war nur mäßig besucht; es war ein Laden der gehobenen Preisklasse, und die Wirtschaftskrise, unter der das Land nun schon seit Jahren litt, ging auch an solchen Nobel-Unternehmen nicht mehr spurlos vorbei.

Catherine trat an eine fast zwei Meter hohe Übersichtstafel, deutete zielsicher auf die rot markierte Schmuck-Abteilung und wies dann mit einer Kopfbewegung auf die Rolltreppe. »Dort hinauf, Liebling.«

Jeff verdrehte in gespieltem Entsetzen die Augen. »Nein«, keuchte er. »Nicht schon wieder. Du hast doch wirklich schon genug Schmuck.«

»Findest du?« Catherine hob provozierend ihr leeres Handgelenk in die Höhe. »Nicht einmal eine winzige kleine Uhr habe ich. Wozu verdienen wir so viel Geld, wenn ich es nicht ausgeben kann? Du tust es ja doch nicht.«

»Der Witz war schon beim ersten Mal nicht gut«, murrte Jeff. Aber er folgte Catherine gehorsam die Rolltreppe in die erste Etage hinauf. Catherine blieb am Ende der Treppe stehen, betrachtete sich kurz in einem Wandspiegel und zupfte einige Locken ihres langen, blonden Haares zurecht, dann wandte sie sich nach rechts, wo ein großes, dezent gemaltes Schild auf die Uhren- und Schmuck-Abteilung wies. Aber sie ging nicht dorthin, sondern steuerte zuvor eine andere Abteilung an.

»O nein«, stöhnte Jeff. »Nicht noch einen Pelz. Nein, Catherine!«

»Aber der Winter steht vor der Tür!« protestierte sie. »Willst du vielleicht, daß ich erfriere?«

»Ich spendiere gerne eine Rolle Isolierband, um die Tür abzudichten.«

Catherine überging die Bemerkung, als hätte sie nichts gehört. »Es wird Winter«, beharrte sie. »Und ich habe ab-so-lut nichts mehr anzuziehen.« Sie deutete auf eine Gruppe in teure Pelzmäntel und Jacken gehüllter Schaufensterpuppen. »Sieh mal, dieser reizende kleine Nutria-Mantel dort. Ist er nicht entzückend?«

»Nutria?« murrte Jeff. »Mit wieviel Nullen schreibt man das? Außerdem ist es eine Rattenart. Du wirst doch kein Rattenfell tragen wollen, oder?«

Catherine überlegte einen Herzschlag lang. Dann nickte sie. »Du hast recht. Ozelot sieht auch besser aus.« Sie wollte noch mehr sagen, aber sie stutzte plötzlich, drehte sich halb herum und ging dann langsam auf eine andere Figur zu.

»Das ist Kaninchen«, sagte Jeff. »Ist doch auch hübsch, nicht? Und ganz preiswert.«

Catherine schuttelte den Kopf. »Die Jacke interessiert mich nicht«, sagte sie, plötzlich wieder vollkommen ernst werdend. »Aber sieh dir mal die Puppe an.«

Jeff gehorchte, konnte aber nichts Auffälliges entdecken. Es war eine Schaufensterpuppe, eine sehr präzise hergestellte Puppe, die wahrscheinlich nicht gerade billig gewesen war, aber das konnte man in einem Geschäft dieser Preisklasse auch erwarten. »Ich sehe nichts Besonderes.«

»Nicht?« Catherine streckte vorsichtig die Hand aus und berührte das Kunststoffgesicht mit den Fingerspitzen. »Warm«, murmelte sie.

»Was?«

»Sie ist warm. Körpertemperatur, würde ich sagen«, wiederholte Catherine.

»Nicht ganz«, sagte eine Stimme hinter ihnen. »Um genau zu sein, dreißig Grad Celsius.«

Catherine zuckte zusammen und fuhr erschrocken und ein wenig schuldbewußt herum. Hinter ihnen war ein kleiner, glatzköpfiger Mann erschienen, der Catherine über den Rand seiner dünnen Goldbrille hinweg neugierig betrachtete. »Mrs. Langley, wenn ich nicht irre?«

Catherine nickte automatisch.

»Mein Name ist Herleth, Jefferson T. Herleth, Mrs. Langley. Verzeihen Sie, wenn ich Sie so überfallen habe. Aber mir fiel Ihr Interesse an unseren neuen Puppen auf.«

»Das . . . äh . . . macht nichts«, stotterte Catherine verlegen. »Aber woher kennen Sie meinen Namen?«

Herleth lächelte. Er hatte eine seltsame Art zu lächeln, fand Catherine. Kalt, ja, kalt, und irgendwie falsch. Man spürte, daß es nicht mehr als ein berufsmäßiges Verziehen des Gesichtes war, in den Jahrzehnten antrainiert und wahrscheinlich schon zum Reflex geworden. »Aber ich bitte Sie, Mrs. Langley. Ich leite dieses Geschäft jetzt seit fünfundzwanzig Jahren, und es gehört zu meinen Aufgaben, gewisse Bevölkerungsschichten zu kennen.«

»Sagen Sie ruhig potentielle Käufer«, sagte Jeff grob. Catherine warf ihm einen warnenden Blick zu, aber Jeff ignorierte ihn. Er mochte diesen Herleth nicht.

Aber wenn der glatzköpfige Geschäftsführer an Jeffs rüdem Tonfall Anstoß nahm, so beherrschte er sich meisterhaft. »Sie interessieren sich für die Puppe?« fragte er noch einmal.

»Interessieren ist zuviel gesagt«, antwortete Catherine ausweichend. »Sie fiel mir nur auf.«

»Das freut mich.« Herleth trat an Catherine vorbei, berührte den Arm der Figur und fuhr dann in einer fast zärtlichen Bewegung mit den Fingerspitzen über ihr Gesicht. »Sie sind unser ganzer Stolz, wissen Sie. Wir sind das erste Geschäft in London, das sie hat. Sie sind wunderbar, finden Sie nicht auch?«

Catherine nickte. »Wie haben Sie das gemacht, mit der Haut?« wollte sie wissen. »Sie fühlt sich an, als wäre sie echt.« Herleth nickte. In seinen Augen leuchtete Besitzerstolz. »Ein neuartiger Kunststoff«, erklärte er. »Und das Geheimnis liegt schlicht und einfach in einer Batterie und einigen Heizdrähten, mit denen die ganze Figur erwärmt wird.«

»Und was soll das?« fragte Jeff. Der Reaktion auf Herleths Gesicht nach zu schließen, schien er sich soeben der Blasphemie oder Schlimmerem schuldig gemacht zu haben.

»Natürlich hat es keinen praktischen Nutzen«, antwortete Herleth beleidigt. »Aber es sieht hübsch aus. Aus fünf Schritten Entfernung unterscheiden Sie diese Puppen kaum noch von einem lebenden Mannequin, und die Illusion verfliegt auch nicht, wenn man sie berührt. Sehen Sie sich nur das Gesicht an. Es lebt, Mister Langley. Es lebt wirklich.«

Jeff wandte widerwillig den Kopf und betrachtete das schmale Puppengesicht der Figur. Gegen seinen Willen mußte er sich eingestehen, daß es ihn faszinierte. Es war nicht einmal sonderlich hübsch, aber gerade das schien seinen Reiz auszumachen. »Es ist schon erstaunlich«, nickte er. »Aber wahrscheinlich auch sehr teuer.«

»Noch nicht einmal«, widersprach Herleth. »Sie würden sich wundern, wenn ich Ihnen den Preis nennen würde. Kaum zwanzig Prozent über dem einer normalen guten Figur. Und sie werden noch billiger, sobald mehr davon verkauft werden.«

»Woher haben Sie sie?« fragte Catherine. Der Klang ihrer Stimme ließ Jeff aufhorchen. Catherines Blick war starr auf die

Puppe gerichtet. Sie wirkte angespannt, nervös, obwohl sie sich sichtlich Mühe gab, sich nichts anmerken zu lassen.

Herleth lächelte. »Tut mir leid, Mrs. Langley, aber das kann ich Ihnen leider nicht verraten.«

»Haben Sie Angst, wir würden ein Konkurrenzunternehmen eröffnen?« fragte Jeff spitz.

Herleth rückte nervös seine Brille zurecht. »Natürlich nicht, Mister Langley«, sagte er eilig. »Aber ich habe meinem Lieferanten versprechen müssen, seine Adresse vorerst geheimzuhalten. Aber wenn Sie wirklich so stark daran interessiert sind, kann ich ihn natürlich bitten, Kontakt mit Ihnen aufzunehmen. Ich bin sicher, er wird sich melden.«

Jeff wollte abwinken, aber Catherine war schneller. »Tun Sie das, Mister Herleth«, sagte sie, ohne den Blick von der Figur zu nehmen. »Das wäre wirklich nett von Ihnen.«

»Aber ich bitte Sie!« Herleth lächelte, nun wieder ganz unerschütterliche englische Selbstbeherrschung. »Es ist mir ein Vergnügen.«

Catherine löste ihren Blick mit sichtlicher Mühe von der Figur, bedankte sich noch einmal bei Herleth und ging dann mit raschen Schritten auf die Rolltreppe zu. Jeff tauschte noch einen verwunderten Blick mit Herleth, zuckte stumm die Achseln und eilte dann hinter Catherine her. »Was ist denn in dich gefahren?« fragte er, nachdem er sie eingeholt hatte. »Zuerst bekommst du nicht genug von diesem komischen Ding, und dann flüchtest du regelrecht.«

»Später.« Catherine machte eine unwillige Bewegung, die Jeffs Unbehangen noch steigerte. Hinter dieser burschikosen Art verbarg sich meist eine tiefe Unsicherheit. Irgend etwas hatte sie ziemlich verstört. Sie trat auf die Rolltreppe, legte die Hand auf das Geländer und begann die geriffelten Stufen hinunterzulaufen, als könne sie es nicht erwarten, das Kaufhaus endlich zu verlassen.

Sie brach ihr Schweigen erst, als sie wieder im Wagen saßen. »Diese Puppe«, murmelte sie. »Ich muß unbedingt mehr über diese Puppe herausfinden.«

»Und warum?« fragte Jeff geduldig. »Wieso interessierst du dich neuerdings für so etwas?«

Catherine lächelte nervös. »Irgend etwas stimmt mit dieser Puppe nicht«, antwortete sie. »Vielleicht hältst du mich für verrückt, aber das war nicht einfach nur eine Ausstellungspuppe. Als ich sie berührt habe, konnte ich spüren . . .«

Sie zögerte kurz, gab sich dann einen Ruck und schaute Jeff an. »Ich bin sicher, daß sich die Puppe bewegt hat.«

Thornhill erwachte mit dröhnendem Kopf und einem üblen, fauligen Geschmack im Mund. Für einen Moment hatte er Schwierigkeiten, in die Wirklichkeit zurückzufinden. Er hatte geträumt, ohne sich jedoch an Einzelheiten seines Traumes erinnern zu können, wußte nur, daß es ein Alptraum gewesen war; einer von der üblen Sorte, die ihre Schatten noch bis weit in den darauffolgenden Tag werfen und einen dumpfen Druck und ein unangenehmes, beängstigendes Gefühl hinterlassen. Sein Herz raste, und als er die dünne Decke zurückschlug und die Beine aus dem Bett schwang, sah er, daß er in Schweiß gebadet war. Er stand auf, wusch sich flüchtig an der Waschschüssel neben der Tür und zog sich dann hastig an. Er fror. Durch das zugige Fenster kroch feuchte Kälte herein, aber seine Zimmerwirtin weigerte sich beharrlich, die Heizung einzuschalten. Er streifte einen zusätzlichen Pullover über und schnippte eine Zigarette aus seiner Packung, während er bereits überlegte, wie er ungesehen aus dem Haus kommen konnte. Die Miete war seit drei Tagen überfällig, und Mrs. Manners verstand in dieser Hinsicht überhaupt keinen Spaß. Er hatte gehofft, nach dem Einbruch gestern nacht einmal ein paar Wochen ohne Sorgen leben zu können . . .

Seine Gedanken kehrten wieder zu der Lagerhalle im Norden Londons zurück, und erneut kroch Angst in ihm empor. Traum und Wirklichkeit schienen sich zu vermischen, und für einen Moment wußte er nicht mehr, was nun wirklich geschehen war und was er sich nur eingebildet hatte. Thornhill trat ans Fenster, blickte auf die schäbige Straße vor dem Haus hinunter und zündete umständlich ein Streichholz an. Corweyn war tot, daran gab es nichts zu zweifeln, doch Thornhill wollte gar nicht genau wissen, wie er gestorben war. Er erinnerte sich, daß er in heller Panik aus dem Gebäude gestürzt und gerannt war, so schnell und so weit er konnte. Aber das Grauen saß noch immer in ihm. Er brauchte nur die Augen zu schließen, um das schreckliche Bild wiederzusehen.

Er stöhnte leise. Vermutlich würde er den Anblick nie wieder vergessen können.

Thornhill drehte sich um, zog seine Jacke über und trat dann leise zur Tür. Behutsam drückte er die Klinke herunter, spähte zunächst aufmerksam den Gang hinunter und verließ erst dann das Zimmer. Das Haus war ruhig. Es war früher Nachmittag, und außer ihm schien keiner der anderen Mieter zu Hause zu sein. Er sah sich noch einmal aufmerksam um, zog dann die Tür hinter sich ins Schloß und begann, leise die Treppe hinunterzugehen. Aber er hatte Pech. Die schmutzverkrustete Glastür in der Diele wurde geöffnet, als er auf der untersten Treppenstufe angelangt war, und eine rotäugige, in eine schmuddelige Kittelschürze gehüllte Mrs. Manners trat ihm entgegen. Auf ihrem Gesicht lag ein kampflustiger Ausdruck. Wahrscheinlich, dachte Thornhill finster, hatte die alte Kuh stundenlang hinter der Tür gelauscht, um ihn abzupassen.

»Mister Thornhill«, begann sie mit ihrer schrillen, unangenehmen Stimme. »Wie gut, daß ich Sie treffe.« Thornhill lächelte gezwungen. »Guten Morgen, Mrs. Manners. Schöner Tag, nicht?«

»Finden Sie? Ich denke, wir müssen uns einmal unterhalten.«

»Gerne«, nickte Thornhill. »Aber nicht jetzt. Ich muß weg. Leider.«

»Es dauert nur fünf Minuten.« Sie funkelte ihn böse an, vertrat ihm mit einer raschen Bewegung den Weg und deutete einladend auf die offenstehende Wohnungstür.

Thornhill seufzte lautlos und ergab sich in sein Schicksal. Er betrat die winzige Küche, wartete, bis Mrs. Manners ihm gefolgt war, und sah dann demonstrativ auf seine Armbanduhr.

»Heute ist der Dritte«, begann Mrs. Manners.

»Ich weiß.« Thornhill nickte unglücklich.

»Und die Miete ist überfällig. Schon wieder.«

»Ich weiß, Mrs. Manners«, murmelte Thornhill. »Ich war ja auch gerade unterwegs, um . . .«

»Papperlapapp«, fiel ihm Mrs. Manners ins Wort. »Sie wohnen jetzt ein halbes Jahr bei mir, und Sie haben noch nicht ein einziges Mal pünktlich bezahlt. Es wird Zeit, daß wir uns darüber unterhalten.« Sie zog ihren Stuhl zurück, setzte sich und wartete, bis Thornhill auf der anderen Seite des Tisches Platz genommen hatte.

»Das Ganze«, begann Thornhill leise, »ist mir auch sehr peinlich.« In Wahrheit war es ihm kein bißchen peinlich, sondern stellte lediglich ein Ärgernis dar. Das Zimmer war eine Absteige, und Mrs. Manners ein widerlicher, stets schlechtgelaunter alter Zombie. Wahrscheinlich weigerte sie sich nur aus purem Trotz der Welt gegenüber, sich ins Grab zu legen. Zu gerne hätte Thornhill ihr offen ins Gesicht gesagt, was er von ihr, ihrem Zimmer und ihrer ständigen Herumschnüffelei hielt, aber abgesehen davon, daß er sich damit nur selbst geschadet hätte, da er das Zimmer noch brauchte, war er auch nicht der Typ dazu, jemandem die Meinung zu sagen. Wenn irgendmöglich, ging er jedem Streit aus dem Wege Es machte ihm auch nichts aus, vor jemandem zu katzbuckeln, wenn es ihm Vorteile verschaffte – nicht einmal vor Mrs. Manners. »Bislang haben Sie Ihre Miete noch immer bekommen, wie sie zugeben müssen«, fügte er hinzu. »Leider laufen meine Geschäfte in letzter Zeit schlecht, wissen Sie. Ich denke, daß sich das bald ändern wird, aber ...«

»Was für Geschäfte?« fragte Mrs. Manners lauernd. »Halten Sie mich lieber nicht für dümmer, als ich bin, Mr. Thornhill. Ich bin vielleicht eine alte Frau, aber ich habe Augen im Kopf. Sie arbeiten nicht, und wenn Sie es tun, möchte ich lieber nicht wissen, was Sie arbeiten. Ich habe Ihnen das Zimmer wirklich preiswert vermietet, aber ich bin kein Wohlfahrtsunternehmen. Wenn Sie sich nicht ändern, werde ich Ihnen kündigen müssen.« Thornhill nickte wortlos. Was hielt ihn überhaupt noch hier? schoß es ihm durch den Kopf. Wenn er es recht bedachte, brauchte er das Zimmer eigentlich gar nicht. Es wäre das vernünftigste für ihn, die Stadt zu verlassen. Wenigstens für eine Weile. Es würde einen Riesenwirbel geben, wenn Corweyns Leiche gefunden wurde. Und es war kein Geheimnis, daß er und Corweyn sich in den letzten Wochen angefreundet hatten.

Eigentlich war es ein Wunder, daß die Polizei nicht schon längst hier aufgetaucht war. Man würde ihm nichts nachweisen können, aber besser war es, jedem möglichen Ärger von vornherein auszuweichen. Dazu gehörte auch, daß er keinerlei unnötige Aufmerksamkeit erregte, und vor allem durfte er Mrs. Manners ohnehin schon gewecktes Mißtrauen nicht noch weiter schüren.

»Was ist eigentlich mit Ihnen los?« fuhr sie nach einer Weile fort. »Sie sind gesund und jung, und Sie sehen aus, als könnten Sie hart arbeiten. Sie wollen mir doch nicht erzählen, daß ein kräftiger junger Mann wie Sie keinen Job findet, oder?« Sie schüttelte den Kopf, stand auf und schlurfte zum Herd, um gleich darauf mit zwei Tassen Kaffee zurückzukommen.

Thornhill wehrte ab, wäre am liebsten sofort verschwunden, aber Mrs. Manners stellte die Tasse wortlos vor ihm auf den Tisch und schenkte ihm einen so giftigen Blick, daß er es nicht mehr wagte, zu widersprechen. »Ich habe lange überlegt«, fuhr sie fort, »was ich mit Ihnen machen soll. Das einfachste wäre vermutlich, Sie auf der Stelle hinauszuwerfen. Aber vielleicht kann ich Ihnen helfen.«

Thornhill nippte an seinem Kaffee und schluckte die spitze Bemerkung, die ihm auf der Zunge lag, herunter. Jetzt kommt die mitleidige Tour, dachte er. Wenn diese alte Vettel nur wüßte, wie sehr ihn diese Art anwiderte! Aber er beherrschte sich und tat so, als höre er interessiert zu.

»Wissen Sie, Mr. Thornhill, ich habe einen Schwager, der ein kleines Fuhrunternehmen leitet. Ich könnte ihn fragen. Die Arbeit ist hart, aber Sie würden gut verdienen. Ich ...« Sie stutzte, beugte sich weit über den Tisch und deutete mit spitzen Fingern auf Thornhills Hand.

»Was haben Sie mit Ihrer Hand gemacht, Mister Thornhill?«

Thornhill folgte ihrem Blick und schrak unwillkürlich zusammen.

Seine rechte Hand war grau. Er blinzelte, hob verwundert den Arm und bewegte prüfend die Finger. Die Hand fühlte sich normal an, und er konnte sie ohne Schwierigkeiten bewegen. Aber die Haut war grau, von einer stumpfen, an altes Plastik erinnernden Farbe, und seine Nägel wirkten wie aufgemalt.

»Ich ... deswegen wollte ich ja so dringend weg«, sagte er hastig. »Ich wollte zum Arzt.«

Mrs. Manners schenkte ihm einen überaus mißtrauischen Blick und rutschte auf ihrem Stuhl zurück. Der freundliche Ausdruck war von ihrem Gesicht verschwunden. »Das ist doch wohl nichts Ansteckendes?« sagte sie. »Ich möchte keine ansteckenden Krankheiten in meinem Haus, Mister Thornhill.«

Thornhill schüttelte hastig den Kopf und verbarg die Hand unter dem Tisch. »Es ist nichts«, sagte er schnell.

»Nichts?« Mrs. Manners stand auf und ging hastig zur Tür. »Es sieht aber gar nicht aus wie nichts, Mister Thornhill.«

Thornhill erhob sich ebenfalls. »Es ist wirklich keine Krankheit, Mrs. Manners. Ich bin ... ich muß mit einer Chemikalie in Berührung gekommen sein. Der Arzt wird das schon hinkriegen.«

»Ich hoffe es, Mister Thornhill«, sagte Mrs. Manners eisig. »Ich möchte nicht, daß hier in meinem Haus ...«

»Wirklich, Mrs. Manners – Sie brauchen sich keine Sorgen zu machen«, fiel ihr Thornhill ins Wort. »In ein paar Tagen ist alles wieder in Ordnung.«

»Vielleicht warte ich dann besser, ehe ich meinen Schwager nach der Stelle frage.«

Thornhill atmete erleichtert auf. »Tun Sie das, Mrs. Manners. Ich melde mich, sobald alles wieder in Ordnung ist. Und die Sache mit der Miete bringe ich heute abend in Ordnung.« Er verabschiedete sich mit einem knappen Kopfnicken, verließ die Wohnung und war wenige Augenblicke später auf der Straße.

Seine Gedanken wirbelten in wirrem Chaos durcheinander. Er ging mit raschen Schritten die Straße hinunter und trat in eine Toreinfahrt, ehe er es wagte, seine Hand wieder aus der Tasche zu nehmen. Sein Herz schien einen schmerzhaften Schlag zu überspringen, als er die Hand genauer betrachtete. Seine Haut glänzte im trüben Zwielicht der Toreinfahrt. Er streifte den Ärmel zurück, öffnete die Manschette des Hemdes und betrachtete seinen Arm. Die graue Färbung zog sich wie ein hauteng anliegender Handschuh bis dicht an sein Ellbogengelenk hinauf. Die Haut hatte sich nicht verändert – jede winzige Linie, jedes Härchen war noch so, wie es sein sollte. Nur ihre Farbe war anders.

Mit klopfendem Herzen hob er die andere Hand und betastete sein Finger. Sie fühlten sich glatt und kühl an, kühler als sie sein durften.

Kunststoff, dachte er.

Der Gedanke erschreckte ihn nicht einmal sonderlich. Er war wie gelähmt, stand unter einem Schock, unter dem er nicht einmal Angst empfand, sondern höchstens so etwas wie Beruhigung. Seine Haut fühlte sich wie Kunststoff an – fast wie die Haut der Puppen am vergangenen Abend...

Das Telefon schrillte. Catherine sah auf, aber Jeff winkte rasch ab, ließ die Zeitschrift, in der er ohne sonderliches Interesse geblättert hatte, sinken und stand mit einer geschmeidigen Bewegung auf. Es klingelte zum zweiten Mal, als er abhob. Er meldete sich, sprach ein paar Worte und lauschte dann wortlos. Schließlich bedankte er sich und legte den Hörer wieder auf die Gabel.

»Nun?« fragte Catherine.

»Harkman«, erklärte Jeff. »Der Detektiv, den ich auf Herleth angesetzt habe.«

Catherine wurde hellhörig. »Und? Was hat er herausgefunden?«

»Nichts, was nicht zu erwarten gewesen wäre«, sagte Jeff, nachdem er sich wieder gesetzt hatte. »Herleth leitet das Kaufhaus seit fünfundzwanzig Jahren und hat sich bisher nichts zuschulden kommen lassen.«

»Das interessiert mich nicht. Woher stammen diese Puppen?«

»Keine Ahnung«, gestand Jeff. »Und Harkman hat sie auch nicht. Er hat mit mehreren Angestellten des Geschäftes gesprochen, aber scheinbar weiß niemand etwas über die Herkunft der beiden Figuren.« Er zögerte einen Moment, griff nach seiner Zeitung und ließ sie wieder sinken. »Sag mal«, begann er vorsichtig, »bist du vollkommen sicher, daß du dich nicht getäuscht hast? Ich meine, Herleth war vielleicht nicht umsonst so stolz darauf, daß diese Figuren so perfekt sind.«

Catherine schüttelte den Kopf, »Ich weiß, was ich gespürt habe, Jeff. Jedenfalls keine normale Puppe. Sie hat sich bewegt, zwar nur ganz leicht, aber deutlich wahrnehmbar. Und es war keine Vibration des Bodens oder etwas ähnliches.« Sie griff mit einer unbewußten Geste nach der Kette um ihren Hals und ließ sie zwischen den Fingern hindurchgleiten. »Du hältst mich wahrscheinlich für verrückt, nicht wahr?«

»Aber nein«, widersprach Jeff ohne rechte Überzeugung. Tatsächlich war ihm dieser Gedanke ein paarmal in den Sinn gekommen, seit sie das Kaufhaus verlassen hatten, aber verrückt war nicht das richtige Wort. »Wir sind beide überarbeitet. Die vergangenen Monate und vor allem die letzten Tage waren ziemlich schwer. Vielleicht hast du recht, und wir brauchen wirklich beide dringend ein paar Wochen Urlaub.«

Catherine lächelte schmerzlich. »Das ist die freundlichere Umschreibung für *verrückt*. Ich weiß ja selbst, daß sich das alles sonderbar anhört. Umgekehrt würde ich an deiner Stelle wahrscheinlich nicht anders reagieren.« Sie schaute Jeff eindringlich an. »Ich weiß, was ich gespürt habe«, wiederholte sie. »Diese Puppe sah einem echten Menschen verteufelt ähnlich, ihre Haut fühlte sich fast genauso an, und sie hat sich bewegt. Wie würdest du reagieren, wenn du es bemerkt hättest?« Einige Sekunden hielt Jeff ihrem Blick stand, dann senkte er den Kopf. Catherine war keine Spinnerin, sie stand mit beiden Beinen fest auf der Erde. Wenn sie etwas sagte, dann hatte es gemeinhin Hand und Fuß, und trotz ihrer verrückten Geschichte machte sie auch jetzt nicht den Eindruck, als wäre sie plötzlich übergeschnappt. Nur deshalb war er auf ihre Bitte hin bereit gewesen, Peter Harkman, der schon öfters für die Firma tätig gewesen war, mit einigen Ermittlungen über Herleth zu betrauen. Gewöhnlich sah Catherine Fehler sehr schnell ein und war auch bereit, sie einzugestehen, so daß es ihn stutzig machte, mit welcher Besessenheit sie an ihrer Entdeckung festhielt. Aber selbst wenn sie einen noch so vernünftigen Eindruck machte – wie sollte er ihr Gerede über lebende Schaufensterpuppen ernst nehmen? Und vor allem – wie sollte er darauf reagieren? Wenn er ihr offen sagte, wie er über die Angelegenheit dachte, würde er sie verletzen, ließ er sie hingegen gewähren, bestand möglicherweise die Gefahr, daß sie sich noch mehr in eine fixe Idee verrannte.

»Angenommen, du hättest recht«, begann er.

»Ich *habe* recht«, fiel sie ihm sofort ins Wort. »Und hör auf, mit mir wie mit einem kleinen Kind zu reden.«

»Nehmen wir an, du hättest recht«, beharrte er ungerührt. »was hat das alles mit uns zu tun? Was gehen uns die Puppen an, die Herleth in seinem Kaufhaus stehen hat, egal, wie sich ihre Haut nun anfühlt oder ob sie sich bewegen?«

»Ich weiß nicht recht.« Unbehaglich rutschte Catherine auf ihrem Sessel hin und her. »Es interessiert mich nur einfach. Ich hasse ungeklärte Rätsel. Irgend etwas stimmt da nicht, und vielleicht . . .« Sie brach ab und überlegte einen Moment, dann stand sie auf und ging rasch zum Telefon. »Vielleicht liegt es in der Familie, und der Spürsinn meines Bruders hat auf mich abgefärbt.«

»Du willst ihn doch nicht etwa deswegen anrufen?«

»Es ist nur eine vage Idee. Vielleicht hat er irgend etwas gehört . . .« Sie brach ab, als sich am anderen Ende Scotland Yard meldete. Es dauerte einen Moment, bis sie mit der Mordkommission verbunden war, und dann mußte sie beinahe fünf Minuten warten, ehe man Ben Gordon zum Apparat gerufen hatte.

»Hey, Schwesterherz!« Die Freude in Bens Stimme war unüberhörbar, als er Catherines Stimme erkannte. »Dich gibt es also noch? Schön, mal wieder von dir zu hören.«

»Du hättest dich ja ebenfalls mal melden können. Ich hoffe, ich störe dich nicht bei irgend etwas Wichtigem.«

»Keine Spur«, entgegnete Gordon aufgeräumt. »Was kann wichtiger sein als hochinteressante Privatgespräche während der Dienstzeit, wenn man über todlangweiligen Akten über einen psychopathischen Frauenmörder brütet? Was kann ich für dich tun?«

Catherine zögerte einen Moment. »Eigentlich habe ich nur eine Frage«, sagte sie schließlich. »Und wahrscheinlich eine ziemlich dumme Frage.«

»Mit dummen Fragen bist du bei mir richtig«, entgegnete Ben. »Die bin ich von meinen Mitarbeitern zur Genüge gewohnt.«

»Es geht um . . . Puppen«, begann Catherine.

»Puppen? Was für Puppen?«

Catherine seufzte. »Es ist schwer zu erklären. Eigentlich wollte ich nur wissen, ob in letzter Zeit irgend etwas geschehen ist, bei dem Schaufensterfiguren eine Rolle spielten.«

Gordon schwieg eine ganze Weile, und Catherine konnte sich den verblüfften Ausdruck auf seinem Gesicht lebhaft vorstellen. Wäre Ben nicht ihr Bruder, hätte sie sich mit dieser Frage niemals an die Polizei wenden können.

»Das klingt allerdings komisch«, sagte er schließlich. »Wie kommst du ausgerechnet darauf?«

»Nur so«, entgegnete sie ausweichend.

»Das kann ja wohl kaum ein Zufall sein. Ich weiß nicht, ob ich dir davon erzählen ... ach, warum eigentlich nicht. Ich brüte zur Zeit wirklich über einem Mordfall, aber der letzte psychopathische Frauenmörder liegt schon ein paar Wochen zurück. Wir haben heute morgen einen Toten gefunden, unten im Hafen. Aber vielleicht wäre es besser, wenn wir uns irgendwo treffen und darüber reden.«

»Spiel nicht den Geheimnisvollen«, bat Catherine. »Was war los?«

»Im Grunde nichts. Ich wundere mich nur, daß du ausgerechnet nach Schaufensterfiguren fragst. Der Tote hatte einen Finger in der Hand.«

»Davon habe ich fünf. An jeder Hand«, versetzte Catherine trocken.

Gordon lachte leise. »Aber vielleicht keinen Kunstfinger, Catherine. Es war ein abgebrochener Finger. Einer, wie man ihn sonst nur an Schaufensterfiguren findet. Aber jetzt bist du dran. Was weißt du?«

»Vielleicht ist es wirklich besser, wenn wir uns treffen. Hast du Zeit?«

»Nein«, antwortete Ben. »Prinzipiell nie. Aber du kannst trotzdem kommen. Sagen wir, in zwei Minuten?«

»Mach drei daraus. Könnte aber auch sein, daß ich mich um eine Stunde verspäte. Bis nachher.« Catherine hängte ein, drehte sich nachdenklich gegen das niedrige Telefontischchen.

»Nun?« fragte Jeff. »Hat er etwas herausgefunden?« Catherine zuckte die Achseln, »Vielleicht. Vielleicht hat es auch nichts damit zu tun. Das wird sich zeigen. Wir treffen uns in einer Stunde.« Sie stieß sich vom Tisch ab, ging mit raschen Schritten ins Schlafzimmer hinüber und begann in ihrem Schrank zu wühlen.

»Was suchst du?« rief Jeff durch die offenstehende Tür.

»Eine warme Jacke. Ich habe keine Lust, mir bei dem Mistwetter eine Erkältung zu holen. Für einen neuen Pelzmantel warst du ja wieder mal zu geizig.«

»Aber du hast noch gut eine halbe Stunde Zeit.«

Catherine nahm eine gefütterte Lederjacke vom Bügel und streifte sie über. »Ich möchte vorher noch einmal zu Herleth«, sagte sie. »Kommst du mit?«

Jeff blinzelte verwirrt. »Warum?«

»Ich glaube, der gute Mann hat uns nicht alles gesagt, was er weiß. Außerdem . . .« Sie brach ab, als das Telefon schrillte. Jeff verzog das Gesicht, stand auf und nahm den Hörer ab. »Ja?« Er lauschte einen Moment, sah Catherine dann überrascht an und reichte ihr den Hörer. »Herleth«, flüsterte er, die Linke über die Sprechmuschel haltend. »Kannst du neuerdings schon Gedanken lesen?«

Catherine nahm den Telefonhörer, zuckte die Achseln und meldete sich.

»Mrs. Langley? Hier ist Herleth. Ich hoffe, Sie erinnern sich . . .«

»Selbstverständlich, Mr. Herleth«, sagte Catherine rasch. »Wir trafen uns heute mittag in Ihrem Geschäft.«

»Richtig«, bestätigte Herleth. »Sie hatten doch so großes Interesse an unseren neuen Puppen, nicht wahr? Ich hoffe, ich störe Sie nicht, wenn ich Sie so einfach überfalle, aber ich habe mittlerweile mit meinem Lieferanten telefoniert. Er würde sich freuen, wenn Sie ihn besuchen und sich seine Werkstatt ansehen könnten.«

Catherine schwieg einen Moment. Irgend etwas an Herleths Worten störte sie, aber sie wußte nicht zu sagen, was. Aber vielleicht begann sie auch wirklich schon Gespenster zu sehen.

»Gerne«, antwortete sie nach einigen Sekunden. »Wann paßt es Ihnen?«

»Vielleicht gleich heute abend?« schlug Herleth vor. »Das

Geschäft ist hier in London, nicht allzuweit von der City entfernt. Sie und Ihr Mann sind herzlich eingeladen. Ich schlage vor, wir treffen uns vor dem Kaufhaus. Sagen wir, um acht?«

Catherine schaute auf die Uhr. Es war bereits fast sieben. In einer Stunde war sie mit Ben verabredet. Sie könnte vorher zu ihm, dann aber würde sie den Termin mit Herleth keinesfalls einhalten können, und dieser war im Moment wichtiger. Zu Ben konnte sie später noch, sie würde ihn anrufen. »Ginge es nicht schon um halb acht?« fragte sie.

»Gut, in einer halben Stunde. Ich werde vor dem Eingang auf Sie warten.« Er hängte übergangslos ein, und auch Catherine legte den Hörer zurück und sah Jeff verwundert an.

»Er lädt uns zu einer Besichtigung ein«, murmelte sie.

»Eine Besichtigung?«

»Die Werkstatt, in der die Figuren hergestellt werden«, erklärte Catherine. »Er konnte es kaum abwarten.«

»Und?« machte Jeff. »Was ist daran so sonderbar?«

Catherine ging ein paar Schritte auf und ab. »Nichts. Ich finde es nur komisch, daß er es plötzlich so eilig hat, nachdem er uns vorher nicht einmal den Namen des Lieferanten verraten wollte.«

»Vielleicht wittert der alte Knabe ein Geschäft«, murmelte Jeff. »Manche Menschen sind ja noch immer der irrigen Ansicht, daß der Langley-Konzern über viel Geld verfügt. Oder er will dir auf diese Weise doch noch sein nachgemachtes Rattenfell andrehen.«

Catherine lächelte flüchtig. Jeffs Humor kam heute nicht sonderlich gut bei ihr an. Seit sie das Kaufhaus betreten und die sonderbaren Figuren entdeckt hatten, hatte sie ein ungutes Gefühl. Und irgendwie war dieses Gefühl mit Herleth verbunden. Sie seufzte, zog die Jacke wieder aus und griff erneut nach dem Telefon. Ben war nicht in seinem Büro. Sie trug einem seiner Mitarbeiter auf, ihm auszurichten, daß sie erst ein oder zwei Stunden später kommen könnte. Nachdem sie den Hörer wieder aufgelegt hatte, ließ sie sich neben Jeff auf die Couch sinken.

»Vielleicht hast du recht«, murmelte sie.

»Womit? Ich meine, ich habe prinzipiell immer recht, aber womit nun speziell?«

»Mit deiner Bemerkung, daß Herleth möglicherweise ein Geschäft wittert«, antwortete Catherine, ohne auf Jeffs flapsigen Tonfall einzugehen. »Vielleicht hofft er – oder derjenige, der die Puppen herstellt –, daß wir in seinen Laden einsteigen.«

»Was natürlich völlig Quatsch ist. Bist du sicher, daß du dich wirklich mit Herleth deswegen treffen willst?« fragte Jeff.

»Natürlich«, antwortete Catherine schroffer, als nötig gewesen wäre. »Und ich wäre dir dankbar, wenn du aufhören würdest, dich wie eine Glucke zu benehmen. Du weißt genau, daß ich das nicht leiden kann.« Sie stand wütend auf, trat ans Fenster und starrte eine Weile aus blicklosen Augen auf die Straße hinunter. »Tut mir leid«, murmelte sie schließlich. »Ich habe die Beherrschung verloren. Offenbar bin ich wirklich etwas abgespannt. Sorry.«

»Schon in Ordnung«, erwiderte Jeff.

Catherine hörte, wie er sich auf der Couch bewegte und sich eine neue Zigarette anzündete. Es war nicht in Ordnung, und sie wußten es beide. Häßliche kleine Szenen wie diese kamen in letzter Zeit immer häufiger zwischen ihnen vor. Kein Streit – Gott bewahre –, aber doch Mißstimmungen und kleine Reibereien, die ihnen beiden klarmachten, daß sie nicht mehr das Traumpaar waren, das sie vielleicht einmal zu Anfang gewesen waren und als das sie jetzt noch viele ihrer Bekannten sahen; schon lange nicht mehr. Sie schloß die Augen und preßte das Gesicht für Sekunden gegen das kalte Glas des Fensters. Möglicherweise war es doch keine so gute Idee gewesen, gemeinsam die Firma zu leiten. Es wirkte sich negativ auf ihr Privatleben aus, das zeigte sich immer deutlicher, belastete ihre Ehe.

Sie drehte sich um, warf Jeff einen auffordernden Blick zu und ging dann zur Tür. »Gehen wir. Ich möchte Ben ungern warten lassen.«

Doktor Blackwood schüttelte den Kopf, ließ sich schwer in einen der chromblitzenden Stahlrohrsessel vor seinem Schreibtisch sinken und fuhr sich mit beiden Händen über das Gesicht. Die Geste wirkte müde, und die dunklen Ringe unter seinen Augen und der abgespannte Zug um seinen Mund unterstrichen den Eindruck noch. Er starrte eine Weile vor sich hin, sah dann auf, lächelte Ben Gordon wortlos zu und beugte sich ächzend über den Tisch, um eine Zigarette aus der Packung zu angeln. »Auch eine?«

Gordon lehnte wortlos ab, gab dem Doktor Feuer und wartete geduldig, bis dieser zwei, drei tiefe Züge aus seiner Zigarette genommen und sich wieder zurückgelehnt hatte.

»Das ist der seltsamste Fall, der mir in meiner vierzigjährigen Praxis untergekommen ist«, begann Blackwood schließlich. »Und ich habe schon eine Menge erlebt.« Er sog wieder an seiner Zigarette und stieß eine dicke, blaue Qualmwolke aus. Gordon fiel auf, daß er nicht inhalierte, sondern nur vor sich hinpaffte. »Wo haben Sie den Mann gefunden?«

»Unten am Hafen«, antwortete Gordon. »Nicht einmal weit von hier. Aber er wurde nicht dort getötet. Jemand hat ihn hinterher dorthin geschafft.«

Blackwood nickte, als habe Gordon ihm soeben etwas ungemein Wichtiges mitgeteilt. »Und die Todesursache, sagen Sie, war Erwürgen?«

Gordon zögerte eine Sekunde. »Jedenfalls waren Ihre Kollegen von der Pathologie der Meinung«, sagte er vorsichtig.

Zwischen Blackwoods buschigen Brauen entstand eine steile Falte. »Damit hatten sie auch vollkommen recht. Der Mann wurde erwürgt. Unter anderem.«

»Unter anderem?«

Blackwood lächelte flüchtig und drückte seine kaum angerauchte Zigarette im Aschenbecher aus. »Wer immer den armen Kerl auf dem Gewissen hat«, sagte er langsam, »muß Kräfte wie King Kong gehabt haben. Ich habe selten einen Kehlkopf gesehen, der so gründlich eingedrückt worden ist. Aber deswegen habe ich Sie nicht kommen lassen. Zumindest nicht nur deswegen.«

»Sondern?« fragte Ben, dessen Neugier langsam die Grenze des Erträglichen erreicht hatte. *Nicht nur* und *unter anderem* waren nicht gerade die Antworten, die er bekommen wollte.

»Nun«, sagte Blackwood, »es ist Ihre Aufgabe, den Mörder zu fangen. Und ich möchte Ihnen da auch gar nicht dreinreden. Aber ich möchte Sie bitten, mich über die Untersuchungen auf dem laufenden zu halten. Vor allem, wenn Sie den Mörder dingfest machen sollten.«

Gordon schwieg eine ganze Weile. »Sie wundern sich jetzt, warum, nicht wahr?« vermutete Blackwood lächelnd. »Aber ich werde es Ihnen erklären. Schauen Sie, meine Kollegen von der pathologischen Abteilung haben mich zu Rate gezogen, weil es bei diesem Toten gewisse . . . Absonderlichkeiten gab. Sie wußten nichts Rechtes damit anzufangen, und deshalb baten sie mich um Mithilfe. Gott sei Dank, möchte ich sagen.«

Ben schwieg immer noch. Es war das erste Mal, daß er William Blackwood persönlich traf, aber natürlich hatte er von ihm gehört. Blackwood war so etwas wie die Feuerwehr der Londoner Ärzteschaft, auf seinem Gebiet fast eine Art Kriminalist, der mit unglaublicher Beharrlichkeit und noch unglaublicherem Spürsinn vorzugehen verstand. Seinen Lehrstuhl am Londoner Tropeninstitut hatte er eigentlich nur pro forma inne. Die meiste Zeit beschäftigte er sich damit, ungeklärte Todesfälle zu untersuchen, Gifte zu analysieren und Mördern, die sich einbildeten, endlich eine Methode des perfekten Mordes entdeckt zu haben, das Gegenteil zu beweisen.

Blackwood starrte eine Weile vor sich hin, stand dann mit einer abrupten Bewegung auf und eilte zu seinem Schreibtisch. »Sehen Sie sich diese Bilder genauer an, Inspektor«, bat er.

Gordon stand gehorsam auf und ging zu ihm hinüber. Blackwood legte einen gelben Kunststoffordner auf den Tisch und klappte ihn auf. Eine Anzahl vergrößerter Schwarzweißfotos kamen zum Vorschein.

»Corweyn«, stellte Ben nickend fest. Er hatte den Mann erst am Morgen gesehen, und das Bild war noch frisch und lebendig in seinem Gedächtnis. Die weit aufgerissenen, gebrochenen Augen, der starre Ausdruck ungläubigen Entsetzens auf seinen Zügen, als hätte er im Moment seines Todes etwas gesehen, das schrecklicher war als der Gedanke an das bevorstehende Ende . . . Ben schüttelte sich unwillkürlich. Er hatte schon viele Tote gesehen, sehr viele, aber er hatte sich in all den Jahren nicht an den Anblick gewöhnen können. Trotz des zur Schau getragenen dicken Felles, das er sich im Laufe seines bisherigen

Berufslebens zugelegt hatte, ging ihm ein solcher Anblick immer noch so nahe wie am ersten Tag.

»Ihr Toter«, bestätigte Blackwood. Er schob das Foto beiseite und nahm dann eine zweite Vergrößerung zur Hand. »Und jetzt sehen Sie sich bitte einmal dieses Bild an.«

Ben gehorchte, aber er konnte nichts Auffälliges erkennen. Das Bild war eine Ausschnittsvergrößerung des ersten – ein Teil von Corweyns Hals, auf dem noch die dunklen Würgemale zu erkennen waren.

»Ganz normale Würgemale, auf den ersten Blick, nicht wahr?«

»Sie machen es reichlich spannend, Doktor«, sagte Ben ungeduldig.

Blackwood grinste flüchtig. »Es ist auch spannend«, sagte er. »Warten Sie ab. Und es ist nur dem Zufall und der besonderen Aufmerksamkeit des jungen Assistenzarztes zu verdanken, daß wir überhaupt darauf aufmerksam geworden sind. Sehen Sie sich dieses Bild an.«

Er nahm ein drittes Foto zur Hand. Es war die gleiche Aufnahme, nur diesmal farbig. »Sehen Sie sich die Handabdrücke genau an. Ganz genau«, verlangte er. »Und achten Sie genau auf die Färbung der Haut. Vielleicht fällt es Ihnen auf.«

Gordon verwünschte im Geiste die Weitschweifigkeit des Arztes, tat aber, was Blackwood verlangte. Es war kein schöner Anblick. Die Finger des Mörders hatten tiefe, blutunterlaufene Spuren auf Corweyns Hals hinterlassen. Selbst Gordon, der kein Arzt war, konnte erkennen, wie ungeheuer kräftig die Hände gewesen sein mußten, die sich um Corweyns Hals gelegt hatten. »Tut mir leid, Doktor«, sagte er nach einer Weile. »Ich sehe nichts Auffälliges.«

»Wenn Sie genau hinsehen, werden Sie winzige graue Punkte auf der Haut erkennen«, sagte Blackwood mit mildem Lächeln. »Und zwar genau an den Würgemalen. Diese Punkte sind es, die mich dazu bewogen haben, Sie hierherzurufen.«

Ben sah verwirrt auf. »Aber wieso . . .«

Blackwood unterbrach ihn mit einer hastigen Handbewegung. »Ich erkläre es Ihnen, Inspektor. Einem Ihrer Pathologen fielen diese Punkte auf, und er untersuchte sie gründlicher, obwohl die offizielle Leichenschau bereits abgeschlossen war. Was er fand, war«, er legte eine dramatische Pause ein und nahm ein weiteres Bild aus der Mappe, hielt es aber so, daß Gordon es vorerst nicht erkennen konnte, »Kunststoff.«

»Kunststoff?« echote Gordon dümmlich.

Blackwood nickte. »Und zwar eine Kunststoffart, die dem Polyesterwerkstoff sehr ähnlich ist, wie er unter anderem zur Herstellung von Schaufensterpuppen benutzt wird. Bei der Leiche wurden schließlich auch Teile einer solchen Puppe gefunden. Sie bestanden aus dem gleichen Material.«

»Richtig. Und nun . . .« Gordon zögerte einen Moment. »Das würde uns ein schönes Stück weiterbringen. Zumindest grenzt es den Tatort ein.«

Blackwood seufzte, aber in einer Art, als habe Gordon ihm soeben erklärt, daß zwei und zwei sieben ergibt. »Ich fürchte, so einfach ist es nicht, Inspektor«, murmelte er. »Wissen Sie, unser erster Gedanke war natürlich, daß es sich um Staubanteile handelt, die der Mörder vielleicht in den Händen gehabt hat und die gewissermaßen in Corweyns Haut hineingepreßt worden sind. Aber es verhält sich leider ganz anders.«

»Und wie?«

Statt einer direkten Antwort drehte Blackwood das Bild, das er in Händen hielt, um, so daß Gordon einen Blick darauf werfen konnte. »Diese Aufnahme wurde mit einem Rasterelektronenmikroskop gemacht«, erklärte er. »Wir konnten nämlich nicht so recht glauben, was wir herausgefunden hatten. Aber das ist der Beweis.«

»Aha«, machte Gordon.

Diesmal blieb Blackwood ernst. »Was Sie hier auf der linken Seite sehen«, erklärte er und deutete auf den entsprechenden Teil des Bildes, »ist eine normale menschliche Zelle. Eine Zelle aus Corweyns Haut, um genau zu sein. Und jetzt sehen Sie sich die Zelle daneben an. Fällt Ihnen etwas auf?«

Gordon beugte sich konzentriert über das Bild. »Nein«, gestand er nach einer Weile. »Ich kann keinen Unterschied feststellen. Sie sehen absolut gleich aus.«

»Das stimmt«, sagte Blackwood. »Sie ähneln sich, wie sich zwei Zellen nur ähneln können. Und trotzdem gibt es einen

Unterschied, der mich ehrlich gesagt fast an meinem Verstand zweifeln läßt. Die linke Zelle ist, wie gesagt, ganz normal. Und die daneben sieht auch absolut normal aus. Nur«, schloß er nach einer wohlbemessenen Pause, »daß sie durch und durch künstlich aufgebaut ist!«

Es dauerte eine Weile, bis Ben begriff, was Blackwood da gerade gesagt hatte. »Sie ... Sie meinen, daß ...« stotterte er.

Blackwood nickte. »Ich meine, daß Corweyns Körper sich in Polyester verwandelt hat, zumindest teilweise, ja«, sagte er ernsthaft. »Seine Haut hat sich da, wo sie mit den Händen des Mörders in Berührung gekommen ist, in Kunststoff verwandelt. Ich weiß, daß es naturwissenschaftlich unmöglich ist und ich geradewegs in die Klapsmühle komme, wenn ich irgend jemandem davon erzähle, aber es ist so.« Er legte das Bild zurück, seufzte und ließ sich auf die Schreibtischkante sinken. »Vielleicht verstehen Sie jetzt, warum ich unbedingt dabei sein möchte, wenn Sie den Mörder verhaften«, sagte er.

Ben nickte mühsam. »Und ob, Doktor, und ob. Wenn das, was Sie mir da gerade erzählt haben, wahr ist, dann ...«

»... bedeutet es unter Umständen eine Gefahr, deren Ausmaß wir noch gar nicht abschätzen können«, beendete Blackwood den Satz. »Es ist natürlich noch zu früh, irgendwelche Theorien aufzustellen, aber das, was ich heute gesehen habe ...« Er schüttelte sich. »Jemand, der herumläuft und einen menschlichen Körper durch bloßes Berühren in Kunststoff verwandeln kann ...«

»Sie meinen, die Veränderung wäre weiter gegangen, wenn Corweyn nicht gestorben wäre?«

Blackwood nickte. »Ja, sehen Sie, Inspektor Gordon, ein menschlicher Körper lebt in gewissem Sinne noch weiter, auch wenn er klinisch tot ist. Die Haut zum Beispiel lebt noch Stunden. Und an der Verteilung der transformierten Zellen kann man eindeutig einen Wachstumsprozeß ablesen.«

»Aber er würde doch sterben?« fragte Gordon betroffen. »Ich meine, wenn lebenswichtige Organe betroffen werden?«

Der Arzt zögerte sichtlich mit der Antwort. »Eine Zelle ist in gewissem Sinne auch ein lebenswichtiges Organ«, sagte er ausweichend. »Und diese Zellen lebten offensichtlich weiter.

Obwohl es nach allem, was wir bislang wissen, unmöglich ist. Das ist ein völlig neuartiges medizinisches Phänomen. Vielleicht auch ein chemisches. Auf alle Fälle könnte es höllisch gefährlich sein. Ich brauche wohl nicht zu sagen, wie wichtig es ist, daß der Täter so rasch wie möglich gefaßt wird.«

Gordon nickte wortlos. Die Vorstellung eines Menschen, der unerkannt in London umherging und andere durch bloße Berührung in eine Art von Kunststoff verwandeln konnte, ließ ihn schaudern.

»Haben Sie bereits eine Spur?« drang Blackwoods Stimme in seine Gedanken.

»Eine Spur nicht, aber...« Ben brach erschrocken ab. »Catherine!« keuchte er.

Blackwood runzelte die Stirn. »Wie?«

»Ich muß sofort telefonieren!« sagte Gordon hastig. »Vielleicht haben wir doch eine Spur.«

Blackwood deutete wortlos auf den Apparat und trat beiseite, um Ben Platz zu machen. Gordon eilte zum Telefon, wählte hastig eine Nummer und wartete, daß am anderen Ende abgehoben wurde.

»Wen rufen Sie an?« wollte Blackwood wissen.

»Meine Schwester. Ich fürchte, sie ist in Gefahr. Ich erkläre es Ihnen später. Zum Teufel, sie ist nicht mehr da.« Er wartete noch einige Sekunden, ehe er wütend den Hörer auf die Gabel fallen ließ und mit einer hastigen Bewegung herumfuhr. »Ich muß sofort weg.«

»Haben Sie etwas dagegen, wenn ich Sie begleite?« erkundigte sich Blackwood, während er bereits seinen Laborkittel auszog.

Gordon verzichtete auf eine Antwort.

Catherine schaltete die Scheibenwischer des Mercedes ein, legte die Hände aufs Lenkrad und ließ sich entspannt zurücksinken. Der Regen trommelte dumpf und monoton auf das Wagendach und verwandelte die Straße vor ihnen in einen grauen, mattglänzenden Spiegel, auf dem sich die vorüberfahrenden Fahrzeuge als verzerrte Schemen widerspiegelten. Leise Musik drang aus dem Autoradio. Sie parkten auf der gegenüberliegenden Straßenseite des Kaufhauses. Von Herleth war nichts zu entdecken.

»Hältst du es wirklich für klug, mit ihm zu gehen?« unternahm Jeff einen weiteren Versuch, sie umzustimmen.

Catherine drehte den Kopf, sah ihn nachdenklich an und nahm die Hände vom Lenkrad. »Du magst Herleth nicht, stimmt's?« sagte sie anstelle einer direkten Antwort.

Jeff runzelte ärgerlich die Stirn. »Was hat das damit zu tun? Es stimmt, ich mag ihn nicht sonderlich, aber das spielt hier wirklich keine Rolle. Ich finde das alles nur idiotisch. Entweder machst du dich mit deinem Interesse für diese Puppen nur lächerlich, oder es ist wirklich etwas dran an der Sache. In diesem Fall solltest du alles Ben überlassen. Möglicherweise wird es gefährlich.«

Catherine wandte sich ab, starrte einen Moment durch die beschlagenen Scheiben nach draußen und schloß die Augen.

Sicher hatte Jeff recht, aber wenn sie sich etwas in den Kopf gesetzt hatte, dann ließ sie sich so leicht nicht wieder davon abbringen. Irgend etwas war mit ihr geschehen, seit sie diese sonderbare Schaufensterfigur in Herleth' Kaufhaus gesehen hatte, etwas, das sie beunruhigte, ja, beinahe ängstigte, weil sie keine Erklärung dafür fand. So sehr sie sich auch bemühte, gelang es ihr nicht, das Bild dieses starren, puppenhaften Gesichtes aus ihrer Erinnerung zu vertreiben. Ganz egal, woran sie dachte, immer standen diese dunklen, fast flehentlich blickenden Augen vor ihr. Auf eine sonderbare, mit rationalen Argumenten kaum mehr zu erklärende Weise fühlte sie sich zu ihr hingezogen. Sie spürte einfach, daß das, was sie dort gesehen hatte, mehr als eine leblose Puppe war. Sie mußte mehr darüber herausfinden.

Catherine schrak aus ihren Gedanken auf, als ein Wagen auf der gegenüberliegenden Straßenseite hielt und einer seiner Insassen mit weit ausholenden Schritten durch den strömenden Regen auf das Hotel zueilte.

»Es ist nicht Herleth«, brummte Jeff neben ihr. »Ich sage dir schon Bescheid, wenn er auftaucht.« Er zögerte einen Moment, setzte sich dann ächzend in eine bequemere Lage und fügte vorwurfsvoll hinzu: »Von Pünktlichkeit scheint er nicht viel zu halten.«

»Nun stell dich nicht so an«, antwortete Catherine kurz angebunden. Sie schob den linken Jackenärmel hoch und sah kurz auf die Uhr. »Es ist erst zwei Minuten nach halb. Er wird jeden Moment auftauchen.«

»Vielleicht hatte er einen Unfall«, sagte Jeff hoffnungsvoll.

Catherine verzichtete vorsichtshalber auf eine Antwort. Sie lehnte sich wieder zurück, steckte den Zeigefinger der Linken in den Mund und befeuchtete die Fingerkuppen ihrer Rechten damit.

»Was ist?« fragte Jeff.

Catherine zuckte die Achseln, schaltete mit einer raschen Bewegung die Innenbeleuchtung des Mercedes ein und betrachtete die graue Färbung auf ihren Fingerspitzen ratlos und ließ die Hand schließlich wieder sinken. »Ich versuche es später mit Benzin oder Verdünnung. Und wenn das nicht hilft . . .ich glaube, da kommt er.«

Ein schwerer, amerikanischer Wagen näherte sich dem Kaufhaus. Der Fahrer bremste, brachte das Fahrzeug direkt vor dem Eingang zum Stehen und sprang aus dem Wagen, um die hintere Tür aufzureißen. Herleth stieg aus.

Jeff stieß einen anerkennenden Pfiff aus. »Immerhin versteht es der Bursche zu leben«, sagte er.

Catherine lächelte flüchtig, drückte auf die Hupe und öffnete gleichzeitig den Wagenschlag. Wind und eisiger Regen peitschten ihr ins Gesicht, als sie sich aus dem Mercedes beugte und – ganz und gar undamenhaft – schrill auf den Fingern pfiff, um Herleth' Aufmerksamkeit zu erregen.

Herleth blieb stehen, sah sich verwirrt um und winkte dann, als er Catherine erkannte. Er drehte sich um und kam mit kleinen, trippelnden Schritten über die Straße gelaufen.

»Mrs. Langley!« sagte er erfreut. »Ich hoffe, Sie mußten nicht zu lange warten.«

»Kaum fünf Minuten«, antwortete Catherine. »Sind Sie allein?«

Herleth nickte. »Mein . . . Partner erwartet Sie und Mister Langley in seinem Atelier. Ich würde vorschlagen, wir nehmen meinen Wagen. Das ist einfacher, als wenn Sie hinter uns herfahren. Mein Chauffeur bringt Sie hinterher selbstverständlich wieder hierher zurück.«

Catherine wehrte mit einem Kopfschütteln ab. »Sehr freundlich von Ihnen, Mister Herleth. Aber wir fahren lieber hinterher.«

Herleth schien für einen Moment aus der Fassung. »Aber der Weg ist kompliziert. Wir könnten uns verlieren«, wandte er ein.

»Sicher nicht«, beharrte Catherine. »Wir bleiben schon dran. Außerdem«, improvisierte Sie rasch, »müssen wir hinterher noch einen Besuch machen. Fahren Sie voraus. Wir folgen Ihnen schon. Keine Sorge.«

Herleth zögerte immer noch, zuckte dann aber wortlos mit den Schultern und ging zu seinem Wagen zurück. Catherine ließ sich wieder hinter das Steuer des Mercedes sinken, zog die Tür zu und strich sich eine verklebte Haarsträhne aus der Stirn. Sie startete den Motor und beobachtete im Rückspiegel, wie Herleth' Wagen ein Stück weiter die Straße hinunterfuhr und dann wendete. Als er an ihr vorbeifuhr, scherte sie aus und hängte sich an ihn.

Schon bald mußte sie erkennen, daß Herleth' Behauptung, das Atelier läge direkt in der City, in der Nähe des Kaufhauses, nicht ganz zutraf – gelinde ausgedrückt. Aber während sie es nur zur Kenntnis nahm, sank Jeffs Laune im selben Grade, in dem die Gegend, durch die sie fuhren, schäbiger wurde. Schon bald verließen sie die Hauptstraße und wandten sich nach Osten, weg von der City mit ihrem pulsierenden Leben und Lichtern und tiefer in die Gebiete der Stadt hinein, die in keinem Fremdenverkehrsprospekt zu finden waren. Die Häuser waren hier niedriger und älter, und nach einer Weile befanden Sie sich in einem reinen Industrieviertel, in dem niemand mehr wohnte und allenfalls noch ein verschlafener Nachtwächter auf seinem Rundgang Notiz von den beiden teuren Luxuswagen nahm.

»Irgendwie paßt die Gegend zu Herleth«, murrte Jeff. »Jedenfalls besser als sein supervornehmes Kaufhaus.«

Catherine seufzte. »Tu mir bitte einen Gefallen und laß dir nicht allzu deutlich anmerken, wie wenig du ihn magst«, bat sie. »Schließlich hat dir der Mann nichts getan. Und ich will Informationen von ihm.«

»Ersteres ist noch lange kein Grund, freundlich zu ihm zu sein«, meinte Jeff. »Wo kämen wir hin, wenn ich gleich jeden, der mir nichts getan hat, mögen müßte? Da hätte ich viel zu tun.«

Catherine kapitulierte endgültig. Natürlich würde Jeff sich zusammenreißen, dessen war sie sich sicher. Aber es hatte absolut keinen Sinn, jetzt mit ihm zu diskutieren. Sie konzentrierte sich darauf, den Ford nicht aus den Augen zu verlieren, schaltete in einen niedrigeren Gang und tippte kurz aufs Gaspedal, um den Abstand zwischen den beiden Fahrzeugen zu verringern. Allmählich begann sie, Herleth zu verstehen. Die Straßen waren so gut wie überhaupt nicht beleuchtet und unglaublich verwinkelt – ein wahres Labyrinth, in dem sie sich nie und nimmer wiederfinden würden, wenn sie sich einmal verlören.

Sie fuhren fast fünf Meilen weit nach Osten, ehe Herleth endlich in eine schmale Seitenstraße einbog und vor einem hohen, fensterlosen Backsteinhaus anhielt. Catherine parkte den Mercedes dicht hinter Herleth' Wagen, musterte ihre Umgebung mißtrauisch und unterdrückte ein Schaudern. Irgendwie hatten diese verlassenen Häuser etwas Unheimliches, aber hier war der Eindruck besonders deutlich. Sie stieg aus, schloß ganz gegen ihre sonstige Gewohnheit die Wagentür sorgfältig ab und ging langsam zu Herleth hinüber, der mittlerweile ebenfalls aus seinem Wagen gestiegen war und – die Hände tief in den Manteltaschen vergraben und den Kragen zum Schutz vor der Kälte hochgeschlagen – auf sie wartete.

»Verstehen Sie das hier unter City?« brummte Jeff.

»Ich habe mich wohl etwas unklar ausgedrückt«, erwiderte Herleth. »Sie müssen die unwirtliche Gegend entschuldigen. Aber mein Partner baut sein Geschäft gerade erst auf und kann sich im Augenblick nichts Besseres leisten. Aber vielleicht ändert sich das ja bald«, fügte er mit einem flüchtigen Lächeln hinzu.

Er drehte sich um und ging auf eine schmale, rostzerfressene Feuerschutztür zu, die ins Innere des Gebäudes führte. Ein Schlüssel klirrte, dann schwang die Tür quietschend nach innen. Herleth tastete einen Moment an der Wand entlang. Ein Lichtschalter knackte, und unter der hohen Decke der Halle flammte eine ganze Batterie von Neonleuchten auf.

»Das ist Ihr Atelier?« fragte Jeff zweifelnd, als er hinter Catherine das Haus betreten hatte.

Herleth lachte nervös. »Natürlich nicht«, sagte er schnell. »Ich sagte ja bereits, wir können uns im Moment noch keine passende Unterkunft leisten. Der Raum hier unten wird als Lager genutzt, soviel ich weiß. Unsere Räume liegen oben.«

»Als Lager?« Jeff zog die linke Augenbraue hoch und sah sich naserümpfend um. »Von einem Müllkutscher?«

Wenn Herleth beleidigt war, so ließ er sich nichts anmerken. Ohne ein weiteres Wort zu verlieren, geleitete er Catherine und Jeff durch ein wahres Labyrinth von neben- und aufeinander gestapelten Kisten und Fässern und allen möglichen anderen Behältnissen auf eine schmale Wendeltreppe zu, die an der Rückwand des Raumes in die Höhe führte und in einer schmalen Galerie vor einer weiteren Metalltür endete.

Jeff musterte die rostzerfressene Konstruktion mißtrauisch. »Sie sind vollkommen sicher, daß sie das Gewicht von drei ausgewachsenen Menschen trägt?« fragte er.

Herleth lächelte irritiert. »Sehr witzig«, antwortete er mit einem gezwungenen Lachen. »Wirklich, Sie haben Humor, Mister Langley. Das gefällt mir.« Er klaubte einen Schlüsselbund aus der Tasche, suchte eine Weile, bis er den richtigen Schlüssel gefunden hatte, und stieg dann mit kleinen, trippelnden Schritten vor ihnen die Stufen empor. Die Metallkonstruktion bebte unter ihren Tritten.

Jeff seufzte hörbar, warf Catherine einen beinahe flehenden Blick zu und folgte dem Manager dann. Herleth kämpfte noch immer fluchend mit dem offenbar eingerosteten Schloß, als sie hinter ihm auf der winzigen Empore am oberen Ende der Treppe angelangten. »Es wird wirklich Zeit, daß wir umziehen«, murmelte er, als er Jeffs spöttischen Blick bemerkte.

»Ich hoffe nicht, daß Sie sich in dieser Hinsicht allzu fest auf unsere Hilfe verlassen«, sagte Jeff, ohne Catherines warnenden Blick zu beachten. »Wir sind nur aus reiner Neugierde mitgekommen, mehr nicht.«

Herleth hatte das Schloß endlich aufbekommen und schob die Tür nun triumphierend auf. Dahinter lag eine winzige Kammer, die kaum groß genug erschien, die drei Menschen aufzunehmen. »Aber ich bitte Sie, Mister Langley«, murmelte er kopfschüttelnd. »Eine Geschäftsverbindung mit dem Langley-Konzern käme natürlich gelegen, aber daran habe ich wirklich nicht gedacht, als ich dieses Treffen arrangiert habe. Ich wollte Mrs. Langley lediglich einen Gefallen tun.«

Er öffnete eine weitere Tür, schaltete auch hier das Licht ein und trat mit einer dramatischen Geste beiseite, um Jeff und Catherine vorbeizulassen.

Catherine sog überrascht die Luft ein, als sie den Lagerraum sah. Er mußte sich über die gesamte Breite der Halle hinziehen – ein fünfunddreißig Meter langer und vielleicht zwanzig Meter breiter Raum mit sanft geneigtem Glasdach, der fast zur Gänze mit Hunderten von Schaufensterfiguren gefüllt war. Dicht an dicht standen die menschengroßen, grauen- und fleischfarbigen Figuren vor ihnen, Reihe um Reihe stummer, mitten in der Bewegung erstarrter Gestalten. Catherine mußte unwillkürlich an eine schweigende Armee denken, die nur zufällig zur Ruhe gekommen war und einzig auf einen Befehl zum Losmarschieren wartete.

Auch Jeff schien von dem Anblick beeindruckt zu sein. Das spöttische Grinsen verschwand wie fortgewischt von seinen Zügen und machte zuerst Staunen, dann immer deutlicher werdendem Unbehagen Platz. »Das ist ... beeindruckend«, murmelte er halblaut. »Wirklich beeindruckend. Ich muß gestehen, daß Sie mich überrascht haben, Mister Herleth.«

Herleth lächelte, nun nicht mehr eingeschüchtert, sondern wieder ganz der souveräne, überlegene Geschäftsmann. »Ich dachte mir, daß Sie so etwas sagen«, sagte er. »Aber das, was Sie hier sehen, sind ganz normale Figuren. Von den Spezialmodellen, die Sie bei mir gesehen haben, gibt es erst einige ganz wenige.«

»Ist Ihr Partner noch nicht da?« fragte Catherine nach einem kurzen Rundblick. Die Halle schien – abgesehen von dem Heer wartender Puppen – leer zu sein.

Herleth deutete auf einen niedrigen Glasverschlag an der

gegenüberliegenden Wand. »Er kommt jeden Moment. Wir warten am besten im Büro auf ihn. Sie können sich natürlich auch vorher umsehen, wenn Sie mögen«, fügte er hastig hinzu. »Fühlen Sie sich wie zu Hause.« Ein flüchtiges, boshaftes Lächeln huschte über sein Gesicht, als er diese Worte aussprach, aber Catherine war von dem phantastischen Anblick noch zu sehr gefangen, als daß sie es wirklich registriert hätte.

»Gerne«, sagte sie. »Ich muß gestehen, daß mich der Anblick fasziniert.«

»Stöbern Sie ruhig ein bißchen herum. Es gibt hier keine Geheimnisse. Wenigstens nicht für Sie und Mister Langley.« Herleth zögerte, sah dann auf seine Armbanduhr und runzelte ungeduldig die Stirn. »Vielleicht entschuldigen Sie mich eine Minute lang. Ich werde rasch telefonieren. So wie ich meinen Partner kenne, bringt er es fertig und vergißt glatt den Termin. Künstler ...« seufzte er. »Aber daran muß man sich wohl gewöhnen.« Er nickte, drehte sich um und eilte auf das Büro zu.

Jeff wartete, bis er außer Hörweite war. »Was hältst du davon?« flüsterte er dann.

»Beeindruckend«, antwortete Catherine. »Vor allem, wenn man bedenkt, was diese Figuren kosten. Hier steht ein Vermögen, Jeff.«

»Und?«

»Er braucht nur fünfzig davon zu verkaufen, um sich eine angemessene Unterkunft leisten zu können«, sinnierte Catherine. »Ich frage mich, warum er es nicht tut. Eine Umgebung wie diese ist nicht gerade förderlich für ein Geschäft.«

»Außer man legt Wert darauf, seine Ruhe zu haben«, spann Jeff den Gedanken weiter.

Catherine sah ihn eine halbe Sekunde lang nachdenklich an. »Komm«, sagte sie dann, »sehen wir uns ein wenig um.«

Nebeneinander schlenderten sie den schmalen Gang zwischen den Puppen hinunter. Es gab alle denkbaren Modelle – Männer, Frauen, Kinder und Greise, und jedes war so lebensecht wie das andere. Wären sie bekleidet gewesen, hätte man glauben können, lebendigen Menschen gegenüberzustehen. Catherines Achtung vor dem Mann, der diese Puppen geschaffen hatte, wuchs mit jeder Minute. Aber auch ihre Beunruhigung. Sie begann sich mehr und mehr unwohl zu fühlen. Und sie hatte plötzlich das Empfinden, beobachtet zu werden. Sie blieb stehen, tastete instinktiv nach Jeffs Hand und sah sich mißtrauisch, ja beinahe furchtsam um. Das Licht war so schlecht, daß man nur die vorderste Puppenreihe erkennen konnte – dahinter begann ein Bereich unwirklicher, bizarr auf und ab tanzender Schatten, ein Meer stummer, mattglänzender Köpfe, aus dem sich ab und zu ein Arm oder eine halb geöffnete Hand herausstreckte und in dem die Schatten auf surrealistische Weise zu leben schienen.

Jeff drückte plötzlich kurz und hart ihre Hand und deutete mit einer überraschten Geste auf eine Figur, die am Ende der Reihe und etwas abseits der anderen stand. »Sieh mal dort!«

Catherine folgte seiner Bewegung und zuckte ebenfalls zusammen.

»Herleth!«

Sie gingen rasch näher, blieben einen halben Meter vor der Figur stehen und musterten sie überrascht. Die Puppe ähnelte dem Kaufhausmanager so sehr, daß sie für den Bruchteil einer Sekunde ernsthaft zweifelten, wirklich einer leblosen Figur gegenüberzustehen. Jede noch so winzige Einzelheit, jedes Fältchen, jede Linie der Haut, ja selbst jede einzelne Haarsträhne schien mit dem wirklichen Herleth übereinzustimmen. Catherine trat staunend näher, hob behutsam die Hand und befühlte das Gesicht der Puppe. Es war hart und kalt, aber längst nicht in dem Maße, wie sie erwartet hatte. Wieder durchfuhr sie dieses seltsame, mit Worten nicht zu beschreibende Gefühl, das sie bereits in Herleths Kaufhaus empfunden hatte. Sie zuckte zurück.

»Phantastisch, nicht?«

Catherine fuhr erschrocken herum. Sie hatte nicht gemerkt, daß Herleth mittlerweile zurückgekommen und hinter ihr stehengeblieben war.

»Eigentlich wollte ich Sie damit überraschen«, sagte der Manager lächelnd. »Aber wie ich sehe, haben Sie sie ja bereits entdeckt. Unser ganz besonderer Stolz.« Er trat näher an die Figur heran und legte mit einer besitzergreifenden Geste die Hand auf die Schulter. Es sah aus, als ob eineiige Zwillinge nebeneinander stünden. »Ich muß gestehen, daß ich eine ganze Menge Geld und Überredungskunst investieren mußte, um dieses Modell anfertigen zu lassen. Aber es hat sich gelohnt.«

Catherine nickte verstört. Ein sonderbarer, beinahe fanatischer Glanz war in Herleths Augen getreten. Seine Stimme zitterte spürbar.

»Wann . . .« fragte sie stockend, »kommt Ihr Partner?«

»In ein paar Minuten. Er ist bereits unterwegs. Ich sagte Ihnen ja, daß er ein wenig exzentrisch ist. Ein Künstler, eben.« Er lächelte, trat von der Puppe zurück und deutete auf eine schmale Brettertür in der Wand. »Unsere Sondermodelle stehen im Nebenraum. Vielleicht nutzen wir die Wartezeit und sehen sie uns schon einmal an?«

Plötzlich wollte Catherine die Puppen gar nicht mehr sehen. Die Herleth-Figur hatte sie mehr erschreckt als beeindruckt, und das Gefühl, beobachtet zu werden, wurde mit jeder Sekunde stärker. Aber Herleth ließ ihr gar keine Zeit, zu überlegen. Er nahm sie beim Arm, drehte sich um und zog sie mit erstaunlicher Kraft hinter sich her.

Die Tür zum Nebenraum war mit einem riesigen Vorhängeschloß gesichert. Herleth öffnete es umständlich, schlüpfte hindurch und hantierte eine Zeitlang im Dunkeln herum. Nach einer Weile glomm unter der Decke eine schwache, dunkelrote Birne auf. »Sie können hereinkommen.«

Catherine trat widerstrebend durch die Tür.

Der Anblick war noch phantastischer als in der Halle. Ein gutes Dutzend Figuren stand oder saß in der winzigen, staubigen Kammer. Im Gegensatz zu denen draußen waren sie bekleidet – in Straßenanzügen und Kleidern, aber es gab auch eine Uniform eines Londoner Bobbys und einen hochgewachsenen, dunkelhaarigen Mann in einer eng anliegenden Luftwaffenuniform.

Herleth grinste triumphierend, als er den Ausdruck auf Catherines Gesicht sah. »Unser ganz besonderer Stolz«, sagte er mit einer weitausholenden Geste. »Jede dieser Figuren wurde nach einem lebenden Vorbild angefertigt. Sie sind einmalig.«

Catherine trat zögernd näher. In ihrem Inneren schien eine ganze Batterie von Alarmglocken zu läuten. Und sie spürte, daß es Jeff nicht viel besser erging. Irgend etwas war ganz und gar nicht so, wie es sein sollte. Sie begann bereits, ihre Neugier zu bedauern. Am liebsten hätte sie das Gebäude auf der Stelle verlassen.

»Aber ich habe Sie nicht hierhergebeten, um mit unseren Produkten zu kokettieren«, fuhr Herleth fort.

»Sondern?« schnappte Jeff.

Herleth lächelte. Aber es war ein anderes Lächeln als das, das er bisher gezeigt hatte. Es war böse, grausam und hart, das Lächeln eines Jägers, der sein Opfer endlich in der Falle weiß und sich auf den Fangschuß vorbereitet.

»Wir werden unsere Kollektion um zwei weitere Stücke erweitern«, sagte er. »Um Mrs. Catherine Langley und Mister Jeff Langley, um genau zu sein.«

Jeff war einen Moment sprachlos vor Überraschung. »Ich glaube kaum, daß ich damit einverstanden sein werde«, sagte er dann.

Herleth zuckte geringschätzig die Achseln. »Wer sagt Ihnen, daß Ihr Einverständnis dazu nötig ist?« fragte er gleichmütig.

Jeff wurde blaß. Er trat einen Schritt auf Herleth zu, hob die Hände und blieb so abrupt stehen, als wäre er vor eine unsichtbare Mauer gelaufen. Herleth hielt plötzlich eine Pistole in der Hand. »Ich würde an Ihrer Stelle jetzt keinen Fehler machen, Mister Langley«, sagte der Manager ruhig. »Sie sind zwar jünger und sicher sehr viel stärker als ich, aber ich bezweifle, daß Sie schnell genug sind, einer Pistolenkugel auszuweichen.«

»Was . . . was soll das?« keuchte Jeff. »Wenn das Ihre Art von Humor ist . . .«

»Kein Humor, Mister Langley. Ich brauche Sie. Sie und Mrs. Langley, um genau zu sein.«

»Hören Sie, Herleth«, sagte Catherine rasch, »wir können darüber reden, wenn Sie unbedingt ein Modell von uns anfertigen wollen. Aber in Ruhe und wie vernünftige Menschen.«

»Ich bin ruhig«, sagte Herleth. »Und vernünftig wäre es, wenn Sie jetzt keine Dummheiten machen und genau das tun, was ich von Ihnen verlange.« Er wich rasch ein paar Schritte vor Jeff zurück und machte eine auffordernde Bewegung mit der Pistole. »Zurück zur Wand!« Catherine und Jeff gehorchten. Sie waren viel zu sehr geschockt, um auch nur an Gegenwehr zu denken.

»Erklären Sie uns wenigstens, was das alles soll!« verlangte Catherine stockend. »Wollen Sie uns ... umbringen?«

Herleth lachte schrill auf. »Umbringen? Ich bitte Sie, Mrs. Langley. Ich bin doch kein Barbar. Außerdem brauche ich Sie.«

»Und wozu?«

»Das werden Sie früh genug erfahren. Ihr Leben ist jedenfalls nicht bedroht, wenn ich Sie damit beruhigen kann. Und jetzt ...«

Jeff sprang ansatzlos vor.

Herleth fuhr mit einem Fluch herum und drückte zweimal ab, aber die Kugeln zischten weit an Jeff vorbei und klatschten harmlos in die Bretterwand. Jeff kam mit einer Rolle wieder auf die Füße, steppte nach rechts und duckte sich, um einer dritten Kugel auszuweichen. Das ständige Training im Fitneßraum machte sich nun bezahlt. Er sprang vor, packte eine Figur und schleuderte sie mit aller Kraft auf Herleth.

Zumindest versuchte er es.

Die Puppe erwachte im gleichen Augenblick zum Leben, in dem sie Jeff berührte. Sie zuckte zusammen, wankte – und schlang dann ihre Arme kraftvoll um Jeffs Oberkörper.

Schrille Pianomusik und das Raunen zahlreicher Stimmen, untermalt vom Klirren von Glas und von rauhem auf- und abschwellenden Gelächter; den typischen Geräuschen einer Wirtschaft, schlugen ihm entgegen, als er den Pub betrat. Er blinzelte. Seine Augen benötigten einige Sekunden, um sich an das dämmerige Halbdunkel im Inneren des kleinen Lokals zu gewöhnen. Der Pub war gut besucht, wie immer um diese Jahreszeit. Vor der Theke drängte sich eine dreifach gestaffelte Reihe, und auch die Plätze an den wenigen Tischen waren ausnahmslos besetzt.

Thornhill blieb einen Moment neben der Tür stehen, hielt nach einem bekannten Gesicht Ausschau und bewegte sich schließlich auf die Theke zu. Er bestellte bei einem der Barmädchen ein Bier, legte ein paar Münzen auf den fleckigen Tresen und balancierte dann vorsichtig mit seinem Glas durch den Raum. Die Luft roch nach kaltem Zigarettenqualm und Alkohol. Thornhill nippte an seinem Bier, lehnte sich gegen die Wand und ließ seinen Blick mißtrauisch über die versammelte Menge gleiten. Es waren viele Männer da, die er kannte. Nicht gut, aber zumindest gut genug, um zu wissen, daß es keine Fremden waren. Nur der Mann, den er suchte, war nicht da.

Er zündete sich eine Zigarette an, wechselte das Glas von der Rechten in die Linke und betrachtete unauffällig seine Finger. In der schummrigen roten Beleuchtung des Lokals war die krankhafte Färbung der Haut zum Glück nicht zu erkennen. Solange niemand seine Hand berührte, würde er nicht auffallen. Trotzdem bereitete ihm das Phänomen Sorge. Nachdem sich der erste Schrecken gelegt hatte, hatte er begonnen, kühl und sachlich zu überlegen. Vermutlich lag er mit seiner Behauptung, mit einer Chemiekalie in Berührung gekommen zu sein, gar nicht so falsch. Er dachte wieder an den Werktisch in der Halle, auf dem die halbfertige Puppe gelegen hatte – vielleicht war er, ohne es überhaupt zu merken – wirklich mit irgendeinem Werkstoff in Berührung gekommen. Er würde eine gewisse Zeit abwarten und dann zum Arzt gehen, wenn sich die Sache nicht von selbst gab.

Aber vorher hatte er etwas anderes zu erledigen.

Er leerte sein Glas, drängte sich mit Gewalt zur Theke durch und stellte es mit einem hörbarem Knall ab. Der Barkeeper sah auf, runzelte die Stirn und zuckte merklich zusammen, als er Thornhill erkannte. Aber er hatte sich sofort wieder in der Gewalt. Ein berufsmäßiges Grinsen auf den Zügen, schob er seine gewaltige Körperfülle näher und langte nach dem Glas. »Noch eins, Mister?«

Thornhill blinzelte verwirrt. »Was soll der Quatsch, Marc? Ich...«

Der Wirt unterbrach ihn mit einem raschen, warnenden Blick und beugte sich vor. »Ich muß dich sprechen«, raunte er, während er scheinbar damit beschäftigt war, mit einem schmuddeligen Lappen über den Tresen zu wischen. »Aber nicht hier. Komm in ein paar Minuten ins Hinterzimmer. Aber unauffällig.«

»Warum?« gab Thornhill genauso leise zurück.

»Dreh dich jetzt nicht um«, flüsterte Marc. »Aber gleich neben der Tür sitzt ein Bulle. Der langhaarige Typ mit den Jeans-Klamotten. Ich gehe jetzt, aber du wartest besser noch einen Moment.« Er stellte ein frischer Glas vor Thornhill ab, strich eine Münze ein und wandte sich wieder seinen übrigen Gästen zu.

Thornhill griff zögernd nach dem Bier, nahm einen langen, tiefen Schluck und drehte sich dann betont gelangweilt um. Er erkannte den Mann, den Marc ihm beschrieben hatte, sofort. Er saß an einem winzigen Tisch direkt neben der Tür, nuckelte an einer Coca-Cola herum und stocherte mit seiner Zigarette in dem überquellenden Aschenbecher vor sich. Offenbar saß er schon eine geraume Weile hier. Und er machte ganz den Eindruck eines Mannes, der sich fürchterlich langweilt. Nur seine Augen waren wach, erkannte Thornhill. Dem Mann entging nichts, nicht die kleinste Kleinigkeit.

Thornhill zwang sich gewaltsam zur Ruhe und zündete sich eine weitere Zigarette an. Der Rauch schmeckte schal und bitter, aber er rauchte langsam und geduldig zu Ende, leerte dann sein Glas und schlenderte gemächlich auf die schmale Tür am hinteren Ende des Schankraumes zu.

Marc erwartete ihn bereits voller Ungeduld. »Hat er was gemerkt?« schnappte er, kaum daß Thornhill die Tür hinter sich ins Schloß geschoben hatte.

»Wer? Der Bulle?«

Marc nickte. »Ich krieg' verdammten Ärger, wenn rauskommt, daß ich dich gewarnt habe.«

Thornhill machte eine ärgerliche Kopfbewegung. »Was ist überhaupt los?« fauchte er. »Was will der Bursche hier?«

»Genau das wollte ich dich auch fragen. Vor ein paar Stunden kam eine ganze Horde Polypen hierher. Sie haben mich ausgequetscht, über dich, über Sam... Sam ist tot, nicht?«

Thornhill zuckte zusammen, als hätte er einen elektrischen Schlag erhalten. Urplötzlich stand das schreckliche Bild vom vergangenen Abend wieder vor seinen Augen. Nur mühsam gelang es ihm, sich wieder davon zu lösen. »Ja«, murmelte er.

»Deswegen bin ich hier. Ich . . . Ich suche Barkham. Hast du ihn heute schon gesehen?«

Marc zuckte bei der Erwähnung des Namens Barkham unmerklich zusammen; nicht sehr stark, aber doch deutlich genug, daß Thornhill es bemerkte. »Heute vormittag«, antwortete er nach sichtlichem Zögern. »Komisch, daß du nach ihm fragst.«

»Warum?«

»Er hat auch nach *dir* gefragt. Wollte wissen, wo du wohnst und so.«

»Und? Hast du's ihm gesagt?«

Marc grinste. »Keinen Ton. Weder ihm noch dem Bullen. Aber was ist denn nun wirklich passiert? Ist irgend etwas schiefgegangen gestern abend?«

Thornhill lachte humorlos. »Schiefgegangen? Das kann man wohl sagen. Was glaubst du, warum ich so hinter Barkham her bin? Wenn er nicht ein paar verdammt gute Antworten auf Lager hat, wird er sich noch wünschen, niemals geboren worden zu sein. Sam war ein verdammt guter Kumpel, weißt du.«

Marc setzte zu einer Antwort an, aber er kam nicht mehr dazu. Jemand klopfte kurz und heftig an der Tür, dann wurde die Klinke heruntergedrückt und die Tür mit einem unsanften Ruck aufgestoßen. Thornhill fuhr auf dem Absatz herum und starrte den Mann, der da so unsanft eingetreten war, einen Sekundenbruchteil verdutzt an. Es war der langhaarige, jeansbekleidete Typ, vor dem ihn Marc gewarnt hatte. Der Polizeispitzel; verbesserte er sich in Gedanken. Der Mann schob die Tür mit dem Fuß hinter sich zu, verschränkte die Arme vor der Brust und lehnte sich in lässiger Haltung gegen die Wand. Der Blick seiner dunklen, aufmerksamen Augen wanderte ein paarmal zwischen Thornhill und dem Wirt hin und her. »Mister Thornhill, wenn ich nicht irre«, sagte er ruhig.

Thornhill nickte unwillkürlich und schalt sich gleich darauf in Gedanken einen Idioten. Der Mann kannte ihn nicht, er hätte sich mit Leichtigkeit herausreden können. Aber diese Chance hatte er unweigerlich vertan.

»Was wollen Sie?« schnappte Marc. »Das hier ist ein Privatraum. Gäste sind hier nicht . . .«

»Ich bin auch kein Gast, und das wissen Sie genau«, unterbrach ihn der Polizist ruhig. Dann wandte er sich wieder an Thornhill. »Sie brauchen sich nicht zu beunruhigen, Mister Thornhill. Ich habe nur ein paar Fragen.«

»Wie komme ich dazu, jedem Dahergelaufenen Fragen zu beantworten?« fuhr Thornhill trotzig auf. Er musterte den anderen feindselig und trat einen halben Schritt zurück.

Der Polizist seufzte, schüttelte den Kopf und griff in die Innentasche seiner schmuddelingen Jeansjacke.

Und genau darauf hatte Thornhill gewartet.

Er sprang ansatzlos vor, holte aus und schoß eine Rechte auf das Kinn des fast zwei Köpfe kleineren und schmächtigeren Mannes ab. Er hatte seinen Gegner unterschätzt, aber das merkte er erst eine Winzigkeit zu spät. Der andere stepte mit einer spielerisch anmutenden Bewegung zur Seite, schlug Thornhills Faust mit dem Unterarm hoch und hieb kurz und hart zurück.

Es gab ein seltsames, knirschendes Geräusch, als seine Faust auf Thornhills Brustkasten krachte. Er wankte zurück, prallte gegen die Tür und starrte Thornhill fassungslos an. Seine Knöchel waren aufgeplatzt und blutig, und die Hand schwoll so rasch an, daß man regelrecht zuschauen konnte.

Thornhill war kaum weniger überrascht als der Polizeibeamte. Aber er fing sich um eine Winzigkeit schneller. Er hatte noch nichts von dem Schlag gespürt, noch nicht einmal die Berührung, aber er nutzte seinen Vorteil aus, ohne viel darüber nachzudenken. Er sprang vor, packte den Mann bei den Jackenaufschlägen und schmetterte ihm die Faust ins Gesicht. Es gab einen dumpfen Laut. Der Körper in Thornhills Händen erschlaffte.

Für Sekunden breitete sich eine beinahe unnatürliche Stille in der winzigen Kammer aus. Thornhill blickte in einer Mischung aus fassungslosem Unglauben und langsam aufkeimenden Entsetzen auf den leblosen Körper in seinen Händen. Langsam, ganz langsam nur, begann die Erkenntnis, daß er den Mann umgebracht hatte, in ihm aufzukeimen.

»Aber das ist doch . . .« keuchte er. »Er ist . . . Er . . . Er ist tot, Marc, er ist tot!« Plötzlich packte ihn ein eisiges, lähmendes

Entsetzen. Er sprang zurück, ließ den Toten fallen und wich Schritt für Schritt zurück, bis er mit dem Rücken an die gegenüberliegende Wand stieß. »Er ist tot!« wiederholte er ungläubig.

Marc beugte sich über den reglosen Körper, betastete ihn kurz und nickte gepreßt. Sein Gesicht wirkte in der trüben Beleuchtung plötzlich unnatürlich blaß. Seine Unterlippe zitterte. »Du hast ihn umgebracht«, murmelte er. In seinen Augen flackerte das blanke Entsetzen.

»Aber das ist doch unmöglich!« wimmerte Thornhill. »Ich ... ich habe doch nur ein einziges Mal zugeschlagen! Man kann doch einen Menschen nicht mit einem einzigen Schlag umbringen!«

»Doch, Thornhill, man kann«, sagte Marc gepreßt. »Man kann ...«

Thornhills Blick irrte verzweifelt zwischen dem leblosen Körper vor der Tür und der fettleibigen Gestalt des Wirtes hin und her. Nur mühsam gelang es ihm, das betäubende, lähmende Gefühl abzustreifen und seine Gedanken in einigermaßen geordnete Bahnen zu lenken. »Du mußt mir helfen!« keuchte er. »Wir ... Wir müssen ihn verschwinden lassen.«

Marc lachte schrill auf. »Du bist wohl übergeschnappt?« stieß er hervor. Seine Stimme stand dicht davor, umzukippen. »Du hast einen Bullen umgebracht, Thornhill. Glaubst du wirklich, ich bin so lebensmüde, mich da mit reinziehen zu lassen? Ich bin doch der erste, der dran ist.«

Thornhill wollte auffahren, aber er sah ein, daß der Wirt recht hatte. In diesem Moment Hilfe von ihm zu verlangen, käme einer Aufforderung zum Selbstmord gleich. »Gut«, krächzte er.

»Aber gib mir wenigstens eine Stunde Vorsprung, bevor du die Bullen rufst.«

»Zehn Minuten«, murmelte Marc. »Allerhöchstens. Und danach laß dich nie wieder hier blicken.« Er löste sich endlich vom Anblick der Leiche, sah Thornhill sekundenlang durchdringend an und deutete dann mit einer Kopfbewegung auf eine schmale, halbwegs mit Kisten und Kartons verstellte Tür hinter seinem Rücken. »Da kannst du raus. Aber beeil dich. In einer Viertelstunde wird es hier von Polypen wimmeln.«

Thornhill machte einen Schritt auf die Tür zu und blieb noch einmal stehen. »Ich brauche Geld.«

»Geld?«

»Nur ein paar Pfund. Genug für eine Fahrkarte. Bitte, Marc!«

Der Wirt überlegte einen Moment und nickte dann, wenn auch mit offenkundigem Widerwillen. Er griff in seine Kitteltasche, förderte einen Packen eng zusammengerollter Banknoten zutage und zählte hastig zwanzig Pfund ab. Thornhill griff danach, nickte dankbar und schob sich ohne ein weiteres Wort an ihm vorbei zur Tür.

Eisiger Wind und kalte, nach Regen riechende Luft schlug ihm entgegen, als er auf den schäbigen Hinterhof hinaustrat. Er merkte es kaum. Ohne sich noch ein einziges Mal umzudrehen, wandte er sich nach rechts, schlüpfte durch eine niedrige Toreinfahrt und stand Augenblicke später wieder auf der Straße.

Zehn Minuten, hatte Marc gesagt. Vielleicht noch einmal zehn Minuten, ehe die Polizei dann hier war. Wahrscheinlich hatte er alles in allem mehr als eine Stunde, bevor die Jagd losging. Und daß es eine gnadenlose Jagd werden würde, daran zweifelte Thornhill keine Sekunde. Die Londoner Polizei war für ihre Tüchtigkeit bekannt. Und Mord an einem Polizisten war so ziemlich das schlimmste Vergehen, dessen man sich in London schuldig machen konnte. Wie überall in der Welt.

Verdammt, wie war das alles bloß passiert?

Thornhill mußte all seinen Willen aufbringen, um nicht kopflos davonzustürzen. Sein Verstand weigerte sich noch immer zu glauben, daß er einen Menschen getötet hatte. Er hatte es nicht gewollt, ganz gewiß nicht.

Aber das würde ihm niemand glauben.

Er zwang sich, ruhiger weiterzugehen, ertappte sich aber immer wieder dabei, daß er sich wie ein gehetztes Tier umsah. Wenn er sich beeilte, konnte er in einer halben Stunde den Bahnhof erreichen und in den nächsten Zug steigen, ganz egal wohin. Aber wahrscheinlich würde ihn die Polizei in Paddington am ehesten vermuten. Ganz davon abgesehen, daß er mit zwanzig Pfund nicht allzuweit kommen würde. Realistisch betrachtet, war seine Lage so gut wie aussichtslos. Selbst wenn Marc dichthielt und seine Adresse nicht verriet, würde Scotland Yard nur wenige Stunden brauchen, um alles über ihn in Erfahrung zu bringen und die Stadt mit Fahndungsfotos zu überschwemmen. Das klügste, dachte er düster, wäre wirklich, wenn er aufgab und sich dem nächsten Bobby stellte, der ihm über den Weg lief.

Aber würde der ihm glauben? Er hatte einen Menschen getötet, mit einem einzigen Schlag ...

Er blieb stehen, hob die Hand vor die Augen und drehte sich langsam. Die graue Färbung hatte nicht nachgelassen; im Gegenteil. Sie schien sogar noch stärker geworden zu sein. Seine Haut erinnerte jetzt mehr denn je an Kunststoff. Die Haut einer Puppe, dachte er mit plötzlichem Schrecken. Und mit einemmal fiel ihm auch wieder ein, wie wenig er von dem Schlag des Polizisten gespürt hatte. Er sah sich hastig um, trat dann zwischen zwei geparkte Lastwagen und knöpfte mit zitternden Fingern sein Hemd auf.

Auch die Haut seiner Brust begann sich zu verändern. Die graue Färbung war hier noch nicht vollständig. Es gab Flecken, zerfaserte Flecken, die seinen Brustkorb wie grauschimmernder Ausschlag überzogen, und als er mit den Fingerspitzen darüberfuhr, spürte er eine unnatürliche Kälte.

Irgendwo in der Ferne begann eine Polizeisirene zu heulen. Das Geräusch entfernte sich rasch wieder, aber es erinnerte Thornhill nachhaltig an seine Lage. Hastig stopfte er sein Hemd in die Hose zurück, sah sich gehetzt nach allen Seiten um und ging dann mit raschen Schritten den gleichen Weg zurück, den er gekommen war.

Für den Bruchteil einer Sekunde war Catherine gelähmt vor Schrecken, unfähig, irgend etwas anderes zu tun als die phantastische Szene zu beobachten. Die männliche Schaufensterpuppe war im gleichen Augenblick zum Leben erwacht, in dem Jeffs Hände sie berührt hatten, fast als wäre im Augenblick des körperlichen Kontaktes mit lebenden Menschen ein unsichtbarer Funke übergesprungen, der die bis dahin leblose Statue zu bizarrer Existenz erweckte. Langsam, beinahe gemächlich, drehte sie sich herum, drückte Jeffs Hände mühelos beiseite und legte ihre Arme in einer grotesken Umarmung um seinen Oberkörper.

Jeff schrie auf, als die bizarre Kreatur zudrückte. Er keuchte, wand sich verzweifelt unter dem Griff und schlug in blinder Angst auf das Gesicht des Monsters ein. Genauso hätte er auf massiven Beton schlagen können. Das Wesen schien die Schläge überhaupt nicht zu bemerken. Catherine erwachte endlich aus ihrer Erstarrung. Sie handelte, ohne erst lange zu überlegen, fuhr herum, federte kurz in den Knien und warf sich dann mit weit ausgebreiteten Armen auf Herleth. Der kleinwüchsige Manager bemerkte die Gefahr einen Sekundenbruchteil zu spät. Er versuchte, seine Waffe hochzubekommen, aber Catherine prallte gegen ihn, ehe er die Bewegung zu Ende führen konnte. Eng aneinandergeklammert stürzten sie zu Boden. Catherine umklammerte verzweifelt Herleths Handgelenk, verdrehte es und versuchte, Herleth die Waffe aus den Fingern zu winden.

Aber sie hatte ihren Gegner unterschätzt. Herleth krümmte sich plötzlich zusammen, schüttelte Catherine ab und war mit einer phantastisch schnellen Drehung wieder auf den Beinen. Seine Faust schoß warnungslos vor, streifte Catherines Schläfe und schleuderte sie meterweit zurück. Ein greller Schmerz zuckte durch ihren Kopf. Sie fiel auf den Rücken, blieb einen Moment lang benommen liegen und hob instinktiv die Hände vors Gesicht, als Herleth über ihr auftauchte. Aus dem Hintergrund des Raumes drangen Kampfgeräusche zu ihr herüber, die anzeigten, daß Jeff zumindest noch in der Lage war, sich zu wehren.

Herleth riß sie grob an den Jackenaufschlägen hoch, versetzte ihr einen Stoß vor die Brust und schlug nach ihrem Gesicht. Catherine hob instinktiv die Arme, um den Schlag abzuwehren und schrie vor Schmerz auf. Sie hatte das Gefühl, einen Hieb mit einer Eisenstange erhalten zu haben. Herleth lachte schrill und stieß sie ein zweites Mal zu Boden. Catherine zog die Knie an den Körper und stieß sie vor, als Herleth sich auf sie werfen wollte. Ein dumpfes Knirschen lief durch den Leib des Managers. Er keuchte, mehr vor Überraschung oder Wut als Schmerz, taumelte einen halben Schritt zurück und ging sofort wieder zum Angriff über, noch bevor Catherine vollends auf die Beine gekommen war. Seine Linke schoß vor, legte sich um Catherines Handgelenk und drückte mit Kraft zu. Gleichzeitig schlang er das Bein um Catherines Hüften und bog mit der Rechten ihren Oberkörper zurück.

Catherine keuchte vor Schmerz. Sie hielt sich mit Schwimmen, Tennis und Aerobics fit, aber im Gegensatz zu Jeff betrieb sie keinen Kraftsport, und gegen Herleth hatte sie nicht die Spur einer Chance. Er drängte ihren Oberkörper langsam weiter nach hinten und blockierte gleichzeitig mit dem Bein ihre Hüfte. Der Schmerz war nahezu unerträglich. Catherine tastete verzweifelt mit der freien Hand nach Herleths Gesicht, kratzte seine Stirn und versuchte, seine Augen zu treffen, aber ihre Kräfte erlahmten bereits. Ihr Rücken war ein einziger Schmerz, und das Bild des verzerrten Gesichts vor ihren Augen begann langsam zu verschwimmen. Herleth schien nicht vorzuhaben, sie wirklich umzubringen, aber das hatte er auch gar nicht nötig. Noch wenige Sekunden, und sie würde vor Schmerzen ohnmächtig werden. Seine Hand preßte sich so fest auf ihr Gesicht, daß sie kaum noch Luft bekam.

Ein Schuß krachte, hallte wie Kanonendonner in der Halle. Die Kugel traf Herleths Kopf und schleuderte ihn zurück. Der Griff seiner Hände lockerte sich.

Catherine fiel schwer zu Boden und blieb sekundenlang halb betäubt liegen.

Herleth wankte. Aber er fiel nicht. Ungläubig starrte Catherine auf das Loch genau zwischen seinen Augen. Die Ränder waren zersplittert, und ein Netz feiner verästelter Risse zog sich über Stirn und Gesicht. Nicht ein einziger Tropfen Blut quoll aus der Wunde.

Und erst jetzt, endlich, begriff Catherine. Das Ding war nicht Herleth! Jedenfalls nicht der echte Herleth. Es war eine Puppe! Sie waren die ganze Zeit in Begleitung einer Puppe gewesen, ohne es zu merken!

Jeff schoß noch einmal. Die Kugel traf diesmal in einem anderen Winkel auf den Puppenkopf und ließ ihn regelrecht explodieren. Herleth – oder die Herleth-Figur – wankte zurück, stand einen Moment reglos ...

Und kam dann langsam, mit halb erhobenen Armen und gekrümmten Händen auf sie zu!

Catherine schrie gellend auf. Der Anblick des kopflosen Torsos, der wie ein schwerfälliger Roboter aus einem schlechten Science-fiction-Film auf sie zugewankt kam, war mehr, als sie ertragen konnte. Immer noch schreiend kroch sie rückwärts vor der schrecklichen Erscheinung davon, stieß gegen einen Tisch und zog sich mühsam daran empor. Das Monster war näher gekommen. Seine gekrümmten Klauen befanden sich kaum mehr als einen halben Meter von Catherines Gesicht entfernt. Verzweifelt sah sie sich nach einem Fluchtweg um, aber das Ungeheuer hatte sie in die Enge getrieben. Und es schien jede ihrer Bewegungen im voraus zu erahnen.

»Duck dich!« schrie Jeff.

Catherine ließ sich einfach fallen. Über ihr schnappten die Krallen des Puppenmonsters mit häßlichem Geräusch zu, und Jeff drückte ein drittes Mal ab. Diesmal wurde das rechte Bein der Puppe von der Kugel zerschmettert. Sekundenlang blieb sie reglos stehen, neigte sich dann ganz langsam zur Seite und prallte schwer auf dem Boden auf. Aber die geheimnisvolle Kraft, die das Ungeheuer am Leben erhielt, war noch immer nicht erloschen. Es wälzte sich herum, stemmte sich mühsam auf Hände und Knie hoch und kroch langsam auf Catherine zu. Catherine schrie auf, warf sich herum. Es war sinnlos. Langsam, Zentimeter für Zentimeter krochen Herleths Hände an ihren Beinen empor.

»Catherine!« schrie Jeff mit überschnappender Stimme. »Nimm die Waffe!«

Seine Stimme riß für einen Moment den Schleier der Panik auf, der sich um ihr Denken legte. Sie sah, wie Jeff Herleths Pistole auf den Boden legte und zu ihr herüberschlittern ließ. Dicht neben ihr blieb die Waffe liegen. Mit dem Mut der Verzweiflung warf sich Catherine zurück, trat um sich und bekam die Pistole zu packen. Sie schloß die Augen und drückte blindlings ab, schoß so lange, bis das Magazin leergeschossen war und der Hammer klickend ins Leere schlug. Der Griff um ihre Hüfte erlahmte. Catherine ließ die Waffe sinken, stieß ein Keuchen aus und sank kraftlos zurück. Erst jetzt wagte sie die

Augen wieder zu öffnen. Die Puppe war in unzählige Scherben zersplittert.

»Bist du in Ordnung?« Jeff beugte sich besorgt über sie, griff dann mit beiden Händen unter ihre Achseln und stellte sie behutsam auf die Beine.

»Was ... Was war das?« murmelte Catherine. Alles war so schnell gegangen, daß sie gar nicht zum Nachdenken gekommen war. Erst jetzt wurde ihr richtig bewußt, was überhaupt geschehen war. »Diese Puppen ... Es waren Puppen, aber sie haben genauso geredet und sich bewegt wie richtige Menschen. Wir ... Wir haben ja nicht einmal gemerkt, daß Herleth nicht echt war!«

»Ich weiß es nicht.« Hilflos zuckte Jeff die Achseln. »Ich begreife das alles sowenig wie du. Ich weiß nur, daß wir schleunigst von hier verschwinden sollten.« Er sah sich aufmerksam in der Kammer um, warf dann einen mißtrauischen Blick durch die offene Tür und wandte sich dann wieder an Catherine. »Es sieht so aus, als hätte jemand etwas gegen uns.«

Catherine versuchte zu lächeln, aber es gelang ihr nicht so recht. Immer noch saß die Angst tief in ihr. Im Grunde war es fast ein Wunder, daß sie überhaupt so ruhig blieb. Ihr Blick irrte an Jeff vorbei und blieb sekundenlang an der umgestürzten Figur haften, gegen die er gekämpft hatte.

»Reines Glück«, sagte Jeff, der ihre Gedanken zu erraten schien. »Sie prallte so auf dem Boden auf, daß sie in zwei Hälften zerbrach. Sonst hätte ich dir kaum helfen können.« Er sah noch einmal zu dem zertrümmerten Torso hinunter, der von der Herleth-Puppe übriggeblieben war. Er überwand seinen Ekel, griff in die Taschen der Figur und förderte ein Ersatzmagazin zutage, das er gegen das leergeschossene austauschte. Sie wußten beide, daß die Gefahr noch nicht vorüber war. Keiner von ihnen hatte die zweite Herleth-Figur vergessen, die draußen in der Halle stand. Sie – und ein paar hundert andere, die vielleicht nur darauf warteten, daß sie die Kammer verließen.

Jeff schlich vorsichtig zur Tür, spähte hinaus und drehte sich halb herum. »Scheint alles ruhig zu sein.«

»Du willst doch nicht etwa dort hinaus?« Entsetzt starrte

Catherine ihn an. »Wir haben keine Chance gegen all die Puppen dort.«

»Vielleicht tun sie uns nichts«, entgegnete Jeff halbherzig. »Vielleicht können sie sich nicht selbständig bewegen.«

»Willst du es darauf ankommen lassen?«

»Nur, wenn es nicht anders geht. Hast du eine bessere Idee?«

»Wir sollten erst einmal versuchen, ob es nicht noch einen anderen Weg gibt.« Sie deutete auf die Bretterwände und das blaugestrichene Glasdach. Jeff nickte und trat wortlos von der Tür zurück. Auch er schien keine besondere Lust zu haben, sich in die Halle hinauszuwagen.

Sie suchten jeden Quadratzentimeter der Wände ab, aber es gab keinen zweiten Ausgang. Hinter den morschen Brettern verbargen sich massive Steinwände.

»Bleibt uns nur das Dach«, seufzte Jeff, als sie mit ihrer Kontrolle fertig waren. »Hoffentlich trägt es unser Gewicht.« Er legte den Kopf in den Nacken, überlegte einen Moment und sprang dann mit einer entschlossenen Bewegung auf einen Tisch. Seine Fingerspitzen befanden sich noch wenige Zentimeter vom Glasdach entfernt, als er die Arme ausstreckte.

»Einen Stuhl«, verlangte er. Catherine sah sich rasch in der Kammer um, fegte einen Stapel verstaubter Prospekte von einem Stuhl und reichte ihn Jeff. Er stellte ihn vor sich auf, prüfte seine Standfestigkeit und kletterte dann hinauf. Diesmal erreichte er das Glasdach bequem. Er zog die Pistole aus dem Gürtel, zögerte noch einen Moment und ließ den Lauf dann wuchtig gegen die Scheibe krachen. Das Glas zerbrach schon beim ersten Schlag. Ein Hagel von kleinen und großen Glassplittern regnete auf Jeff herunter, gefolgt von einem Schwall eisiger, mit Regen vermischter Nachtluft. Jeff schüttelte sich, pflückte mit spitzen Fingern ein paar Glassplitter aus seinen Haaren und begann dann, die stehengebliebenen Reste aus dem Rahmen zu schlagen.

Catherine blickte immer wieder nervös zur Tür. Sie rechnete fest damit, dort jeden Moment ein weiteres Puppenmonster auftauchen zu sehen. Aber sie blieben unbehelligt.

Jeff hatte den Rahmen vollständig gesäubert, steckte die Waffe zurück und zog sich dann mit einem Klimmzug an der dünnen Eisenkonstruktion hoch. Das gesamte Dach schien zu beben, als er es mit seinem Körpergewicht belastete, und in einer danebenliegenden Scheibe entstand ein langer, gezackter Riß. Aber das Gerüst hielt. Jeff zog sich vollends hinauf und blieb einige Sekunden lang auf Händen und Knien hocken, sorgfältig darauf bedacht, sein Gewicht auf möglichst viele der dünnen Eisenstäbe zu verteilen.

»Warte einen Moment, ehe du nachkommst«, sagte er. »Ich fürchte, der ganze Schrott bricht zusammen, wenn wir ihm zuviel zumuten.« Er richtete sich vorsichtig auf, breitete die Arme wie ein Hochseilartist aus und setzte einen Fuß behutsam auf den nächsten Kreuzpunkt der Rahmenkonstruktion. Wieder bebte das Dach.

Catherine kletterte ebenfalls schon mal auf den Tisch.

In der Tür erschien eine riesenhafte, drohende Gestalt, als sie sich auf den Stuhl hinaufzog. Catherine zuckte zusammen, starrte das Puppenmonster einen Herzschlag lang starr vor Schrecken an und riß ihre Pistole aus dem Halfter. Die Puppe war stehengeblieben und sah sich aus blinden Augen um. Langsam hob sie die Arme, machte einen Schritt in den Raum hinein und wankte dann zielstrebig auf Catherine zu. Hinter ihr erschienen weitere, massige Schatten, die stumm in den Raum hineindrängten. Catherine zielte sorgfältig und drückte zweimal kurz ab. Diesmal kostete es sie bei weitem nicht mehr so viel Überwindung wie beim ersten Mal, und obwohl sie keine geübte Schützin war, konnte sie ihr Ziel auf die kurze Distanz kaum verfehlen. Die Kugeln schleuderten die Puppe meterweit zurück. Für einen Moment verwandelte sich die Tür in ein Durcheinander aus Körpern und Gliedern, als die Monsterpuppe gegen ihre Genossen geschleudert wurde.

Catherine federte kurz in den Knien ein, sprang dann mit ausgestreckten Armen nach oben und zog sich mit einem entschlossenen Ruck auf das Dach hinauf. Die eisige Nachtluft fiel wie ein unsichtbares wütendes Tier mit Millionen spitzer Zähne über sie her. Der Regen war stärker geworden; die Tropfen stachen wie winzige Nadeln in ihr Gesicht, und die Kälte begann beinahe augenblicklich, ihre Hände zu lähmen. Ein scharfer Schmerz zuckte durch Catherines Rücken. Sie versuchte ihn zu ignorieren, kroch ein Stück auf Händen und Knien über das Dach und richtete sich schwankend auf. Der Wind zerrte an ihr. Sie wankte, kämpfte einen Moment lang um ihr Gleichgewicht und versuchte dann, Jeff einzuholen.

»Sie kommen!« keuchte sie.

Jeff nickte. Sein Gesicht verdüsterte sich. Natürlich hatte auch er die beiden Schüsse gehört, und es war nicht sonderlich schwer zu erraten, worauf Catherine geschossen hatte. Er deutete mit einer Kopfbewegung auf den Dachfirst. »Wir müssen dort hinüber. Auf dieser Seite gibt es keine Möglichkeit herunterzukommen. Vielleicht drüben.«

Catherine sah sich besorgt um. Die zerschlagene Scheibe gähnte wie ein dunkler, bodenloser Krater in der sanft geneigten blauschimmernden Dachfläche. Zum Glück war die Neigung des Glasdaches kaum spürbar. Aber auch so würde es zu einem lebensgefährlichen Unternehmen werden, auf der zerbrechlichen Rahmenkonstruktion entlangzubalancieren. Ein einziger Fehltritt, und sie würden durch die Scheiben fünf Meter tief auf den Beton stürzen.

Eine schmale, weiße Hand erschien in der Dachöffnung, dann eine zweite, dann schob sich ein bleicher Schädel ins Freie. Catherine zuckte zusammen, drehte sich hastig um und balancierte, so schnell sie konnte, auf den Dachfirst zu. Die Puppe war vollends ins Freie geklettert, als sie ihn erreicht hatte. Aber seltsamerweise verzichtete sie darauf, sie zu verfolgen. Hoch aufgerichtet und bleich stand sie neben der Dachöffnung und starrte aus blinden Augen zu Catherine und Jeff hinüber. Ihre Kunststoffhaut schimmerte bleich wie eine Leiche im Mondlicht.

»Komm weiter«, drängte Jeff. »Irgendwo muß es eine Leiter oder so etwas geben.«

Sie begannen, auf der anderen Dachseite hinabzusteigen. Die schmale Gitterkonstruktion unter ihren Füßen war schlüpfrig und feucht vom Regen, und mehr als einmal konnten sie sich nur im letzten Moment noch fangen und einem Sturz entgehen. Eine Ewigkeit schien zu verstreichen, bis sie das Ende des Daches erreichten und vor einem scheinbar bodenlosen Abgrund standen.

»Verfluchter Mist!« fluchte Jeff wütend. »Nichts! Aber es muß doch eine Leiter geben! So etwas ist Vorschrift!«

Catherine mußte gegen ihren Willen lächeln. »Vielleicht verklagst du den Architekten, wenn wir hier heraus sind«, sagte sie. »Oder den Hausbesitzer.«

Jeff schnaufte.

»Wirklich, du könntest dir einen besseren Moment für deine Witze aussuchen. Vielleicht denkst *du* einmal darüber nach, wie wir hier herunterkommen.«

Catherine drehte sich vorsichtig um und starrte sekundenlang zum Dachfirst hinauf. »Frag die da«, sagte sie erstaunlich ruhig.

Jeff folgte ihrem Blick und fluchte erneut, diesmal lauter. Der Dachfirst hob sich als schwarze, schnurgerade Linie gegen den wolkenverhangenen Nachthimmel ab. Hinter ihm war ein halbes Dutzend großer, bleich schimmernder Puppen erschienen. Ihre Bewegungen wirkten steif und roboterhaft, aber das konnte sie nicht darüber hinwegtäuschen, daß sie sich mit traumwandlerischer Sicherheit und erstaunlicher Schnelligkeit auf sie zubewegten. Jeff zog seine Waffe, starrte finster in den fast zwanzig Meter tiefer liegenden Innenhof hinter sich und wich dann hastig ein paar Meter von der Dachkante zurück. »Na gut«, murmelte er verbissen. »Dann eben mitten durch.« Er stützte den Lauf der Pistole auf dem Unterarm auf, zielte sorgfältig und drückte ab. Der Schuß peitschte über das Dach. Die vorderste Figur wurde plötzlich von einer unsichtbaren Faust gepackt und zurückgeschleudert. Das Geräusch von splitterndem Glas wehte weit zu ihnen hinüber, gefolgt von einem dumpfen, berstenden Aufprall.

Catherine und Jeff liefen gleichzeitig los. Die Monster reagierten beinahe augenblicklich auf ihre Bewegung und strömten auf den Punkt zu, an dem sie den Dachfirst erreichen mußten. Jeff schoß noch einmal, und ein weiteres Puppenungeheuer fiel mit rudernden Armen hintenüber und brach krachend durch das Glasdach. Die anderen rückten ungerührt näher. Und durch die zerbrochene Scheibe auf der anderen Seite drängten immer neue heraus.

Catherine blieb keuchend stehen. »Das ist sinnlos. Sie brauchen nur zu warten, bis uns die Munition ausgeht, dann haben sie uns.«

Jeff nickte wütend. »Ich weiß. Aber hast du eine bessere Idee?«

»Wir müssen hier hinunter. Irgendwo hier vorne muß der Ausweg sein.« Sie deutete auf die Glasfläche zu ihren Füßen und sah sich gehetzt um. Die Front der Monster war näher gekommen, aber noch hatten sie Zeit. »Wenn wir nahe genug am Ausgang herunterkommen, haben wir vielleicht eine Chance.«

»Fünf Meter tief auf Beton?«

Catherine antwortete nicht. Jeff wußte ebensogut wie sie, daß ihnen keine andere Wahl blieb. Aber das mußte nicht bedeuten, daß ihm die Vorstellung auch gefiel. Er drehte sich wortlos um, ließ sich vorsichtig auf ein Knie nieder und schlug die Scheibe vor sich mit dem Kolben der Pistole ein. Das Glas stürzte scheppernd in die Tiefe. Darunter kam die Lagerhalle zum Vorschein. Catherine hatte mit ihrer Schätzung recht gehabt – sie befanden sich am gegenüberliegenden Ende des Raumes, keine fünf Meter von der Ausgangstür entfernt.

Ein schleifendes Geräusch ließ ihn aufsehen. Eine der Puppen war bereits in bedrohliche Nähe gekommen. Ihre ausgestreckten Klauen waren keine fünf Meter mehr von ihm entfernt. Aber er verzichtete darauf, zu schießen. Vielleicht würden sie die Munition noch dringend brauchen.

Noch bevor er Gelegenheit zu irgendwelchen Protesten hatte, schob sich Catherine an ihm vorbei und schwang sich entschlossen über den Rand des Loches. An die Halterung geklammert ließ sie sich langsam herabsinken und öffnete dann die Hände.

Der Sturz schien kein Ende zu nehmen. Sie sah den Betonboden auf sich zurasen, spannte in Erwartung des Aufpralls die Muskeln und warf sich nach vorn. Ein fürchterlicher Schlag ging durch ihren Körper. Sie fiel, kam mit einer instinktiv ausgeführten Rolle wieder auf die Füße und fiel, von ihrem eigenen Schwung getragen, ein zweites Mal vornüber. Sekundenlang blieb sie benommen liegen. Ein dumpfer, nicht näher zu lokalisierender Schmerz rumorte in ihrem Körper, und als sie den

Kopf hob, begann sich die Halle für einen Moment um sie herum zu drehen. Aber das Schwindelgefühl verging rasch. Sie stemmte sich auf Hände und Knie hoch, betastete ihren Körper und registrierte erleichtert, daß sie offensichtlich unverletzt davongekommen war, wenn man von ein paar Kratzern und Prellungen absah.

»Bist du in Ordnung?« drang Jeffs Stimme von oben zu ihr herab.

Catherine setzte sich langsam auf, schüttelte den Kopf und versuchte, den bohrenden Schmerz in ihrem Rücken zu verdrängen. »Es geht«, antwortete sie halblaut. »Zumindest lebe ich noch.«

Hinter ihr klirrte es, dann sprang Jeff vom Dach hinunter, landete auf Händen und Füßen und fiel schwer auf die Seite. Er versuchte, wieder hochzukommen und sackte mit einem unterdrückten Schmerzlaut wieder zurück.

Catherine sprang auf. »Was ist?« fragte sie erschrocken.

Jeff verzog das Gesicht vor Schmerz und tastete nach seinem Knöchel. »Mein Fuß«, antwortete er mühsam. »Ich fürchte, er ... ist verstaucht.« Er streckte Catherine die Hand entgegen und versuchte noch einmal aufzustehen. Diesmal gelang es ihm, aber sein schmerzverzerrtes Gesicht zeigte Catherine deutlich, daß er nicht ganz so gut weggekommen war wie sie. Er stützte sich auf ihre Schultern auf und humpelte mit ihrer Hilfe zur Tür.

Sie war verschlossen.

Und im gleichen Moment, in dem Catherine verzweifelt an der Klinke rüttelte, hörte sie plötzlich ein leises Geräusch hinter sich und nahm aus den Augenwinkeln eine Bewegung wahr.

Der Schmerz kam warnungslos; ein Hieb zwischen seine Schulterblätter, der ihn wie ein Blitz aus heiterem Himmel traf und ihn mit einem gellenden Aufschrei in die Knie brechen ließ. Für zehn, fünfzehn Sekunden wälzte sich Thornhill schreiend über das nasse Kopfsteinpflaster, eingehüllt in einen Mantel aus Schmerzen und Qual und unfähig, irgend etwas zu denken.

Dann, genauso, wie der Schmerz gekommen war, hörte er

wieder auf. Das grauenhafte Stechen und Wühlen zwischen den Schulterblättern verschwand, und zurück blieb nichts als ein dumpfer, lähmender Druck, als presse ein unsichtbarer Riese seine Hand in seinen Rücken.

Thornhill blieb sekundenlang reglos liegen und wartete darauf, daß die flimmernden Lichtpunkte vor seinen Augen verschwanden. Er stöhnte. Seine eigene Stimme klang in seinen Ohren; ein mühsames Krächzen, als wäre sein Kehlkopf nicht mehr in der Lage, menschliche Laute zu formen. Seine Arme zitterten, als er sich mühsam hochstemmte. Er erhob sich auf die Knie, blieb einen Moment lang schwankend und nach Atem ringend hocken und stand dann vorsichtig auf. Ihm schwindelte. Er taumelte, wankte gegen die Wand und wäre erneut gestürzt, wenn er nicht an dem feuchten Stein Halt gefunden hätte. Er fühlte sich schwach wie ein Baby, kaum kräftig genug, um gegen die Wand gelehnt stehenzubleiben. Der kurze Anfall schien seine gesamten Kraftreserven aufgebraucht zu haben. Mühsam, als schleppte er Zentnergewichte mit sich herum, hob er den Arm und tastete nach der Stelle an seinem Rücken, an der der Schmerz aufgeflammt war. Er erreichte sie nicht, aber er spürte auch so, daß er unverletzt war. Es war keine Einwirkung von außen gewesen, jedenfalls nicht unmittelbar. Er stöhnte erneut, blieb noch sekundenlang reglos gegen die Wand gelehnt stehen und ging dann schwankend weiter. Sein Herz raste. Eigentlich hätte er frieren müssen – der Regen hatte ihn bis auf die Haut durchnäßt, und in seinen Schuhen platschte bei jedem Schritt das Wasser. Aber er fror nicht. Eigentlich empfand er weder Wärme noch Kälte, sondern gar nichts. Er spürte seinen Körper, aber es war ein taubes, fremdartiges Gefühl, fast als würden alle Empfindungen langsam verebben, schwächer und schwächer werden, ohne daß er dabei die Kontrolle über seine Muskeln verlor.

Er blieb erneut stehen, lehnte sich erschöpft gegen eine Wand sah sich aus tränenden Augen um. Er war nicht mehr weit von seinem Ziel entfernt. Das Lagerhaus lag vier oder fünf Querstraßen weiter, keine zehn Minuten mehr zu gehen. Und vielleicht weiter, als er noch gehen konnte. Sein Körper hatte mittlerweile überall die graue Färbung angenommen, und er begann sich mehr und mehr wie ein Fremder in seinem eigenen Leib zu fühlen. Seine Haut war kalt, kalt wie die eines Toten, und das Regenwasser lief daran hinunter, als bestünde sie wirklich aus Kunststoff und nicht mehr aus lebendigem Gewebe.

Thornhill stieß sich von der Wand ab und schleppte sich mühsam weiter. Seine Schritte erzeugten seltsame, klackende Echos an den Wänden ringsum. Es dauerte lange, bis er sein Ziel erreichte. Zwar kehrte der Schmerz nicht zurück, aber das Gefühl der Schwäche wurde mit jedem Augenblick schlimmer. Sein Körper schien Tonnen zu wiegen, und als das Haus endlich vor ihm lag, verschwamm es immer wieder vor seinen Augen. Thornhill wankte mühsam über die Straße, fuhr sich mit den Händen über das Gesicht und versuchte, die wogenden Schleier vor seinen Augen wegzublinzeln. Er hatte das Lagerhaus wiedergefunden, obwohl er kaum noch gedacht hatte, die Kraft dazu aufbringen zu können.

Vor dem Gebäude standen zwei Wagen – ein schwerer amerikanischer Ford und ein grellrot lackierter Mercedes, der sich in dieser tristen Umgebung ausnahm wie ein Diamant in einem Kohleeimer. Thornhill wankte mühsam auf den Wagen zu, stützte sich schwer auf dem Kotflügel auf und fuhr mit der Hand über die Motorhaube. Sie war noch warm.

Er blieb einen Moment stehen, um die Kraft für die wenigen Meter bis zur Tür zu sammeln, stieß sich dann von dem Mercedes ab und taumelte auf die fleckige Metalltür zu. Sie war nicht verschlossen. Das Innere der Lagerhalle war beleuchtet, und in der Staubschicht auf dem Boden waren frische Fußspuren, die quer durch die Halle zur Wendeltreppe hinführten.

Thornhill sammelte noch einmal alle Kraft und torkelte auf die Treppe zu. Er war zu weit gegangen, um jetzt noch umzukehren. Ganz gleich, wen er dort oben traf – es würde der sein, der für das, was mit ihm passierte, verantwortlich war. Er erreichte die Treppe, stützte sich schwer auf dem schmalen Eisengeländer auf und quälte sich die Stufen empor. Die Metallstufen waren feucht und rutschig, und er hatte plötzlich Mühe, die Bewegungen seiner Beine zu koordinieren. Er rutschte aus, griff haltsuchend nach dem Geländer und verfehlte es. Mit einem erstickten Aufschrei fiel er nach hinten, krachte auf die Stufen und prallte dann auf dem Betonboden der Halle auf.

Der erwartete Schmerz blieb aus. Er spürte den Aufschlag, und er spürte auch, wie hart er war, aber er spürte ihn nur als reine Berührung. Sein Körper schien zu keinen Schmerzempfindungen mehr fähig zu sein. Sekundenlang blieb er benommen liegen, wälzte sich schließlich mühevoll auf den Bauch und versuchte sich aufzurichten. Seine Arme knickten unter seinem Körpergewicht weg, als er sie belastete. Thornhill stürzte ein zweites Mal zu Boden. Etwas löste sich aus seinem rechten Jackenärmel, kollerte ein Stück weit davon und blieb dann liegen.

Thornhill stöhnte. Die Halle verschwamm vor seinen Augen, zerfaserte, verwandelte sich in ein irrsinniges Kaleidoskop aus Farben und sinnlosen Formen und wurde nur langsam wieder sichtbar. Noch einmal versuchte er, sich hochzustemmen, sackte erneut zurück und fiel aufs Gesicht. Irgend etwas passierte mit seinen Augen. Für einen Moment war er blind, und als er wieder sehen konnte, war sein Farbempfinden verschwunden und seine Umgebung zu einer tristen Schwarzweiß-Welt geworden.

Aber das registrierte er nur am Rande. Sein Blick war hypnotisiert auf den grauen, verkrümmten Gegenstand gerichtet, der wenige Zentimeter vor seinem Gesicht auf dem Boden lag.

Es war eine Hand.

Eine menschliche Hand ...

Langsam, als müsse er seine ganze Willenskraft aufbieten, um die Bewegung auszuführen, hob er den rechten Arm in die Höhe. Er wußte, was er sehen würde, und trotzdem traf ihn der Anblick wie ein Hammerschlag.

Die Hand da vorne war seine Hand. Seine eigene Hand, die beim Aufprall auf die stählerne Kante der Treppe abgebrochen war.

Catherine fuhr mit einem spitzen Aufschrei herum, als sie das Geräusch hörte – und erstarrte. Eine der Puppen in der vordersten Reihe hatte sich bewegt. Ihre Arme hoben sich langsam, sanken wieder herab und kamen erneut hoch. Ein unheimliches, loderndes Glühen entstand in ihren Augen. Sie bewegte sich, drehte langsam den Kopf von rechts nach links und zog dann die Schultern zusammen, wie ein Mensch, der nach einem langen, tiefen Schlaf nur langsam wieder erwacht.

Und es war nicht nur diese eine! Ein dumpfes Rascheln und Schaben lief wie eine unsichtbare Woge durch den Raum, als Puppe auf Puppe zu dämonischem Leben erwachte...

»Zurück!« keuchte Jeff. Er riß Catherine grob an der Schulter zurück, als sich ein tastender Kunststoffarm nach ihr ausstreckte, hob die Pistole und schoß aus allernächster Nähe. Die Puppe wurde von der Wucht der Kugel zurückgeschleudert und riß im Umfallen ein halbes Dutzend anderer mit sich. Jeff fuhr herum, zielte auf das Schloß und drückte dreimal hintereinander ab. Die Kugeln jaulten als Querschläger davon. Irgendwo zersplitterte Glas. Aber das Schloß war zu einem zertrümmerten Haufen Blech geworden, und die Tür schwang quietschend nach außen, als sich Jeff dagegenwarf. »Schnell!« keuchte er.

Sie stürmten in den winzigen Vorraum. Jeff warf die Tür hinter sich zu und hielt verzweifelt nach irgend etwas Ausschau, mit dem er die Klinke blockieren konnte. Der Raum war vollkommen leer. Er fluchte, sprang zur gegenüberliegenden Tür und drückte die Klinke herunter. »Offen!« seufzte er erleichtert. »Nichts wie raus hier!«

Die Tür, durch die sie die Halle verlassen hatten, erbebte unter einem wuchtigen Schlag. Catherine stemmte sich verzweifelt dagegen, aber sie spürte, daß sie dem ungestümen Drängen der Puppenmonster nur noch wenige Augenblicke würde standhalten können. Noch einmal warf sie sich mit aller Wucht dagegen und sprang dann mit einem weiten Satz zurück.

Ein ungeheurer Schlag traf das Türblatt. Wie von einer Kanonenkugel getroffen, flog die Tür auf und prallte krachend gegen die Wand. Unter der Öffnung erschien eine gigantische, bleiche Gestalt. Jeff riß Catherine rücksichtslos zu sich hinaus und fuhr herum. Sein Gesicht glänzte vor Schweiß, und er zuckte jedesmal zusammen, wenn er den verletzten Fuß belastete. Trotzdem hastete er, so schnell er konnte, die schmale Wendeltreppe hinunter. Catherine folgte ihm dichtauf. Er schaute sich im Laufen um, feuerte eine Kugel über die Schulter und sah, wie eine der Puppen zurückgeschleudert wurde und auf den harten Eisenstufen zerbrach. Trotzdem war das nur ein Tropfen auf den heißen Stein. Für jede Figur, die sie vernichteten, warteten hundert neue oben in der Halle.

Jeff blieb so abrupt stehen, daß Catherine gegen ihn prallte und beinahe kopfüber die Treppe hinuntergestürzt wäre. »Was ist los?« keuchte sie. Jeff deutete wortlos nach unten. Am Fuße der Treppe stand eine weitere Puppe. Im Gegensatz zu denen in der Halle war sie in einen schäbigen Straßenanzug gekleidet und eher schmächtig. Wo ihre rechte Hand sein sollte, war nichts als ein zersplitterter Stumpf, aus dem eine graue, pulverige Masse rieselte, und auf dem Gesicht lag ein gequälter, unendlich leidvoller Ausdruck.

Über ihnen polterten schwere Schritte auf der Treppe. Catherine warf einen hastigen Blick in die Höhe. Sieben, acht der künstlichen Gestalten wankten mit tapsigen Bewegungen die Treppe herunter, und hinter ihnen drängten immer neue ins Freie. Sie fuhr herum, als sie sah, wie Jeff die Pistole hob, um seine letzte Kugel auf die Puppe unter ihnen abzufeuern, und drückte die Waffe zur Seite. »Nicht schießen!«

»Was ist los?« fragte Jeff verblüfft. »Hast du plötzlich Mitleid mit diesen Kreaturen?«

Catherine schüttelte den Kopf. »Das ist keine Puppe«, sagte sie leise. Sie trat an Jeff vorbei, ging ein paar Stufen tiefer und blieb zwei Meter vor der grauen Gestalt stehen.

Der Mann bot einen fürchterlichen Anblick. Sein Gesicht war grau, von einem stumpfen, fleckigen Glanz.

»Wer ... sind Sie?« fragte sie zögernd.

Der Unbekannte stöhnte; ein tiefer, rasselnder Laut, der nichts Menschliches mehr an sich hatte und Catherine einen eisigen Schauer über den Rücken jagte. »Thornhill«, stöhnte er. Seine Stimme war kaum zu verstehen. Er schwankte, griff unsicher nach dem Treppengeländer und hielt sich mit äußerster Anstrengung daran fest. »Weg«, keuchte er. »Gehen Sie ... weg!«

Catherine sah sich ängstlich um. Die Puppen waren näher gekommen, aber ihre ungelenken Körper schienen Schwierigkeiten zu haben, mit der Treppe fertig zu werden.

»Vernichten«, murmelte Thornhill. »Sie müssen ... vernichten. Alle ... Puppen ...« Er sank in die Knie, richtete sich noch einmal auf und blickte an Catherine vorbei auf die näher kommenden Monster. »Sie haben ... Sam umge ... bracht«, würgte er hervor. »Muß ... zerstören.« Plötzlich schien so etwas wie ein Kampf durch seinen Körper zu laufen. Er schrie auf, warf sich zurück und sprang dann mit einer vollkommen überraschenden Bewegung an Catherine und Jeff vorbei. Mit vier, fünf Schritten eilte er den Puppen entgegen und schlug in blinder Wut zu. Ein dumpfer, knirschender Laut hallte durch den Raum, als sein Arm gegen die Brust der vordersten Puppe hämmerte. Die Figur wankte, fiel nach hinten und zersplitterte auf den Stufen. Thornhill taumelte weiter und fegte die zweite Puppe von der Treppe. Dann packten ihn zwei große Hände. Er schrie auf, warf sich zurück und versuchte dem Griff der Kreatur zu entkommen. Sekundenlang rangen sie stumm miteinander. Schließlich verloren sie auf der schmalen Treppenstufe das Gleichgewicht und stürzten über das Geländer in die Tiefe, wo sie beide auf dem Betonfußboden zerbarsten.

Catherine wandte entsetzt den Blick ab.

»Komm schon«, stieß sie hervor, packte Jeffs Arm und zerrte ihn auf den Ausgang zu. Über ihnen drängte Puppe auf Puppe auf die Treppe hinaus.

Jeff blieb plötzlich stehen, löste sich aus ihrem Griff und packte dafür nun seinerseits ihren Arm, um sie zurückzuhalten. »Warte!« zischte er. »Wir können nicht so einfach weg!«

»Bist du verrückt geworden?« keuchte Catherine.

»Nein, im Gegenteil. Diese Puppen bilden eine ungeheure Gefahr, und niemand würde uns glauben, wenn wir davon erzählen. Auch dein Bruder nicht. Aber sie werden sich bestimmt nicht damit zufriedengeben, uns zu vertreiben. Schließlich hat diese Herleth-Puppe uns ja auch extra hierhergelockt. Sie werden uns jagen, und noch einmal haben wir bestimmt keine Chance gegen sie. Jetzt haben wir sie alle hier zusammen. Wir müssen sie vernichten, es ist unsere einzige Chance!«

Alles in Catherine drängte danach, so schnell wie möglich von hier zu verschwinden, doch sie begriff, daß Jeff recht hatte.

Es wäre nicht vorbei, solange die Puppen existierten. Sie würde in ständiger Angst leben. Erst wenn auch die letzte Puppe vernichtet wäre, würde sie wieder Ruhe finden.

»Aber wie?« fragte sie.

»Ich habe eine Idee.« Jeff sah sich gehetzt in der weiten, mit Kisten, Kartons und Fässern vollgestopften Halle um. Mit einer entschlossenen Bewegung reichte er Catherine die Waffe und kniete neben einer halb aufgeplatzten Kiste nieder. Er riß die Kiste weiter auf und förderte eine Handvoll trockener Holzwolle zutage. Rasch zog er sein Feuerzeug und schnippte es an. Die Holzwolle fing fast sofort Feuer, als er die winzige Gasflamme darunterhielt. Rauch und kleine, gelbe Flammen schossen in die Höhe, wuchsen in Sekunden zu einem prasselnden Brand aus und griffen rasend schnell auf das trockene Holz der Kiste über. Jeff sprang zurück, bückte sich nach einer weiteren Kiste und setzte auch sie in Brand. Die Temperaturen stiegen schlagartig, und die Halle war schon nach Sekunden von flackerndem, gelbem Feuerschein erfüllt.

»Beeil dich!« drängte Catherine. Jeff sah auf und bemerkte, daß die ersten Puppen den Fuß der Treppe erreicht hatten. Er setzte eine dritte Kiste in Brand und wich dann langsam rückwärts zur Tür zurück. Das Feuer breitete sich mit phantastischer Geschwindigkeit aus. Die Flammen fanden in den trockenen Kisten und Kartons reichlich Nahrung, und schon nach wenigen Augenblicken zog sich eine brodelnde Flammenwand quer durch den Raum.

»Das dürfte sie wohl aufhalten.«

Die Puppen marschierten weiter. Stur wie Maschinen torkelten sie auf die Feuerbarriere zu und schritten ungerührt durch die Flammen. Catherine sah, wie eine der Puppen mit einem berstenden Schlag aufflammte. Aber sie marschierte trotzdem weiter.

Irgendwo im Hintergrund der Halle explodierte etwas. Eine grelle Feuersäule schoß empor, hüllte die Wendeltreppe ein und verwandelte sie in einen kochenden Hexenkessel. Die Feuersäule erlosch so rasch, wie sie aufgeflammt war, aber der kurze Gluthauch hatte genügt, die auf der Treppe befindlichen Puppen in lodernde Fackeln zu verwandeln.

Jeff riß sich nur mit Mühe von dem schrecklichen Anblick los und preßte sich neben der Tür gegen die Wand. Catherine hatte das Gebäude bereits verlassen, aber Jeff zögerte noch, ihr zu folgen. Die Halle stand bereits mehr als zur Hälfte in Flammen. Immer greller flackerte die Glut, als mehr des aufgestapelten Materials Feuer fing. Die Puppen waren nur noch als dunkle, verschwommene Schemen hinter dem Vorhang aus Licht und Hitze zu erkennen, aber er wollte trotzdem vollkommen sichergehen, daß keines der Monster der Vernichtung entkam. Die Treppe hatte sich mittlerweile in einen überdimensionalen Scheiterhaufen verwandelt. Die brennenden Puppen waren auf den Stufen zusammengesunken. Flüssiger Kunststoff tropfte von ihren zerschmelzenden Leibern und verzischte auf dem Boden, und die Flammen leckten bereits gierig nach der offenstehenden Tür am oberen Ende der Treppe. Jeff ignorierte den Schmerz in seinem Fuß und schob sich dicht an der Wand entlang weiter zur Tür.

»Komm endlich!« drängte Catherine noch einmal. Ihre Stimme schwankte vor Erschöpfung. »Wir müssen weg, ehe der ganze Laden in die Luft fliegt.«

Wie um ihre Worte zu unterstreichen, detonierte im Hintergrund der Halle eine ganze Reihe von Fässern. Die Hitzewelle schlug wie eine feurige Pranke nach Jeffs Rücken und trieb ihn aus dem Gebäude. Er taumelte auf die Straße, griff nach der Tür und schob sie mit einem erleichterten Seufzer hinter sich zu. Das Metall war warm. Er schloß die Augen, lehnte sich gegen die Tür und atmete erleichtert auf. Irgend etwas kratzte und schabte von innen an der Tür; ein Geräusch, als streiften hornige Klauen über Metall. Jeff unterdrückte den Wunsch, in heller Panik davonzustürzen, und preßte sich weiter gegen die Tür. Nach einer Weile hörte das Schaben auf.

Mühsam stemmte sich Jeff in die Höhe, stützte sich an der Wand ab und humpelte dann auf den Mercedes zu. Catherine folgte ihm hastig. Mit bebenden Fingern öffnete sie die Tür, klemmte sich hinter das Steuer und steckte den Zündschlüssel ins Schloß. Der Motor sprang erst beim dritten Versuch an. Sie schaltete das Licht ein, gab Gas und ließ den Mercedes mit durchdrehenden Reifen an Herleths Ford vorbeischießen. Weiter unten an der Straßenecke hatte sie eine Telefonzelle entdeckt, als sie herangefahren waren. Sie mußten Scotland Yard benachrichtigen. Ben Gordon – und die Feuerwehr, ehe die Flammen auf die benachbarten Gebäude übergriffen und das ganze Stadtviertel in Flammen aufging.

Der Mercedes schoß aus der Seitenstraße heraus, hüpfte über die Bordsteinkante und jagte mit quietschenden Reifen um die nächste Ecke. Ein Wagen tauchte vor ihnen auf, hupte und wich dem dahinjagenden Sportwagen im letzten Augenblick aus. Catherine sah im Rückspiegel, wie die Bremsleuchten grell aufflammten.

»Ben!«

»Was?« machte Jeff verwirrt. »Was ist mit Ben?«

»Das ist sein Wagen, da hinten!« Sie bremste, lenkte den Mercedes an den Straßenrand und beobachtete ungeduldig im Rückspiegel, wie Gordon wendete und zurückgefahren kam.

Jeff verdrehte sich halbwegs den Hals, um nach hinten sehen zu können. »Bist du sicher?«

»Vollkommen«, nickte Catherine. »Die Rostlaube erkenne ich selbst mit verbundenen Augen!« Sie öffnete den Wagenschlag und stieg aus. Jeff wollte ihr folgen, aber sie hielt ihn mit einer raschen Handbewegung zurück. »Denk an deinen Fuß.«

Ungeduldig wartete sie, bis Gordons Wagen hinter ihrem Mercedes zum Stillstand gekommen war. Neben Ben saß ein älterer, grauhaariger Mann auf dem Beifahrersitz. Gordon kurbelte hastig das Seitenfenster herunter, als sie sich dem Wagen näherten. »Catherine! Was ist passiert?«

Zum ersten Mal, seit sie aus dem Horrorkabinett geflohen waren, wurde Catherine bewußt, wie mitgenommen und zerrupft sie aussehen mußte. »Das ist eine lange Geschichte«, murmelte sie matt. »Und eine so unglaubliche, daß ich mir selbst nicht mehr sicher bin, ob ich alles wirklich erlebt habe.«

»Dann erzähl schon.«

»Später. Ich bin völlig am Ende und . . . Du mußt über Funk die Feuerwehr rufen, Ben, sofort.«

Im gleichen Moment entdeckte auch Gordon die Flammen, die aus dem Lagerschuppen loderten.

Die nächtliche Stille war dem Heulen von Sirenen und dem flackernden Blau und Rot der Warnlampen gewichen. Ein Feuerwehrwagen jagte vorüber, der siebte oder achte innerhalb weniger Minuten, und von Westen näherte sich das Sirenengeheul weiterer Einsatzfahrzeuge. Die halbe Feuerwehr Londons schien auf dem Weg hierher zu sein, und die Straße begann sich jenseits der Absperrkette, die Gordon vorsorglich hatte errichten lassen, mit einer immer größer werdenden Zahl von Schaulustigen zu füllen.

Der Lagerschuppen brannte wie ein gigantischer Scheiterhaufen. Dreißig, vierzig Meter hoch leckten die Flammen aus dem zerborstenen Dach und tauchten den Nachthimmel über dem Viertel in flackernde Glut. Auf dem Asphalt vor der ausgeglühten Tür lag ein zusammengeschmolzener, schwarzer Schlackehaufen, die Überreste der einzigen Figur, der es gelungen war, dem feurigen Chaos im Inneren des Hauses zu entrinnen. Aber auch sie war nur wenige Meter weit gekommen.

Ben Gordon schüttelte immer wieder den Kopf, starrte sekundenlang aus weit geöffneten Augen in die Flammen und sah Catherine dann unglücklich an. »Weißt du, daß du der einzige Mensch bist, den ich nach dieser verrückten Story nicht sofort auf seinen Geisteszustand untersuchen lasse?« fragte er. Es waren die ersten Worte, die er von sich gab, seit Catherine mit ihrem Bericht zu Ende gekommen war. »Eigentlich müßte ich euch sogar wegen Brandstiftung verhaften. Jeden anderen würde ich direkt in ärztliche Behandlung schicken, aber bei dir . . . Das heißt noch lange nicht, daß ich deine Geschichte glaube, um das direkt klarzustellen.«

»Das erwarte ich auch nicht«, gab Catherine zurück. Ihre Panik hatte sich inzwischen gelegt. Die Anwesenheit der vielen anderen Menschen gab ihr ein Gefühl der Sicherheit, und vor allem Bens Gegenwart half ihr, über die erlittenen Schrecken hinwegzukommen. »Ich weiß selbst, wie verrückt das alles klingt, und ich wünschte selbst, alles wäre nur ein Alptraum gewesen. Aber das war es nicht, es ist alles passiert. Und ich fürchte, uns steht noch mehr bevor.«

»Wie meinst du das?« Gordon blickte zweifelnd zu dem lichterloh brennenden Schuppen hinüber. »Da kommt keiner raus, wenn du das denkst«, sagte er. »Das Gebäude hat nur einen Ausgang.«

Catherine schüttelte den Kopf. »Das meine ich nicht. Aber es gibt noch mehr Puppen.«

Gordon zuckte sichtlich zusammen.

»Mindestens zwei«, erklärte Jeff. Er hatte sich auf dem Rücksitz von Bens Wagen ausgestreckt und seinen verstauchten Fuß hochgelegt. Ein Sanitäter hatte ihm einen kühlenden Verband angelegt, aber trotz Bens und Catherines Drängen weigerte Jeff sich beharrlich, sich von einem Streifenwagen ins Krankenhaus fahren zu lassen, obwohl er sichtlich Schmerzen hatte. »Catherine und ich haben sie in Herleths Kaufhaus gesehen. Mit ihnen hat überhaupt alles angefangen. Und möglicherweise hat er irgendwo noch ein paar weitere versteckt.«

»Ich werde sofort einen Streifenwagen hinschicken«, sagte Gordon.

»Was hast du eigentlich ausgerechnet in dieser Gegend gemacht?« wollte Catherine wissen.

»Wir suchen jemanden«, erklärte Gordon. »Einen Polizistenmörder. Er wurde in dieser Gegend gesehen. Ich war gerade dabei, das gesamte Gebiet absperren zu lassen. Wir glauben, daß er auch etwas mit diesen Puppen zu tun hat und uns Aufschlüsse über sie geben kann.«

»Thornhill«, vermutete Catherine.

Gordon nickte überrascht. »Woher weißt du davon?«

»Ich habe ihn gesehen. Er hat gegen die anderen Puppen gekämpft. Er... ist tot. Sie haben ihn umgebracht.«

»Sie haben ihn gesehen?« mischte sich Doktor Blackwood ein, der bisher kein einziges Wort gesprochen, sondern nur stumm zugehört hatte. »In welchem Zustand befand er sich?«

Catherine zögerte mit der Antwort, aber nach dem, was sie bislang schon erzählt hatte, konnte sie auch alles berichten. »Er hat sich verändert, war selbst fast schon zu einer Puppe geworden«, stieß sie hervor.

Blackwood nickte, als hätte er nichts anderes erwartet. »Noch eine Frage, Mrs. Langley. Sie sagten, Sie hätten mit einer der Puppen gerungen?«

Catherine lachte humorlos. »Gerungen ist gut. Diese Herleth-Figur hat mich fast in zwei Teile gebrochen. Mein Rücken wird wohl noch in einer Woche weh tun.«

»Hat die Puppe Sie berührt?« fragte Blackwood. Seine Stimme klang besorgt. »Ich meine, hat sie irgendwo Ihre Haut berührt?«

»Natürlich«, antwortete Catherine. »Und nicht gerade sanft.«

Blackwoods Gesicht verdüsterte sich. »Wo?« fragte er.

»Wo?« Catherine sah den Arzt verwundert an. »Überall. An den Händen, im Gesicht . . . warum fragen Sie?«

Blackwood zögerte mit der Antwort. Er tauschte einen besorgten Blick mit Ben, rutschte dann auf dem Autositz herum und schaltete die Innenbeleuchtung ein. Catherine wandte verärgert den Kopf, als er nach ihrem Gesicht griff.

»Was soll das?«

»Bitte laß ihn«, sagte Ben leise. »Er weiß, was er tut.«

»Das hoffe ich«, murrte Catherine. Aber sie ließ es trotzdem zu, daß Blackwood ihr Gesicht betastete. Der Ausdruck auf seinen Zügen verdüsterte sich sichtlich. Nach einer Weile ließ er sich zurücksinken, sah Gordon an und nickte beinahe unmerklich.

»Sind Sie sicher?« keuchte Ben.

»Vollkommen sicher kann ich erst nach einer gründlichen Untersuchung sein. Aber ich fürchte, es ist dasselbe wie bei Corweyn.«

Gordon erbleichte sichtlich. Ein ungläubiger, entsetzter Ausdruck erschien in seinen Augen.

»Vielleicht ist einer von euch so freundlich, mir zu sagen, was das Theater soll«, fragte Catherine ärgerlich, doch in ihren Unmut mischte sich eine immer stärkere Furcht. »Habe ich die Pest oder so etwas?«

Gordon wand sich wie ein getretener Wurm. »Schlimmer«, sagte er schließlich, ohne Catherine dabei anzusehen. »Du hast ja Thornhill gesehen . . .«

»Und?«

Wieder zögerte Gordon. Er senkte den Blick, ballte die Fäuste und atmete hörbar ein. »Doktor Blackwood hat eine Theorie«, begann er leise. »Und ich fürchte, deine Beobachtung bestärkt sie noch.«

»Und was«, fragte Catherine mit mühsam beherrschter Stimme, »besagt diese Theorie?«

»In einfachen Worten ausgedrückt«, antwortete Blackwood an Gordons Stelle, »daß Ihnen das gleiche passieren wird wie Thornhill. Wenn wir nicht ein Gegenmittel finden«, fügte er hastig hinzu.

Catherine erstarrte. Fassungslos blickte sie erst Blackwood, dann Gordon an. »Sie . . . meinen, daß . . . daß . . .«

»Sie können es selbst nicht sehen«, sagte Blackwood ruhig. »Aber die grauen Flecken auf Ihrem Gesicht sind da. Ich fürchte, Ihre Körperzellen haben bereits begonnen, sich zu transformieren.«

Zehn, fünfzehn endlose Sekunden breitete sich bedrücktes Schweigen in dem Wagen aus. Die Bedeutung dessen, was Blackwood gesagt hatte, sickerte nur langsam in Catherines Bewußtsein. Sie hob die Hand, tastete mit den Fingerspitzen über ihr Gesicht und starrte den Arzt dann wieder an. »Wollen Sie damit sagen, daß . . . daß ich mich in eine Puppe verwandeln werde?« keuchte sie fassungslos.

Blackwood nickte. »Ich fürchte es.« Er wich Catherines Blick aus, starrte einen Herzschlag lang seine Fingerspitzen an und fuhr dann mit verärgerter Stimme fort. »Natürlich kann ich nichts Definitives sagen, ehe ich Sie und Mister Langley nicht gründlich untersucht habe. Das beste wäre, wenn wir sofort ins Institut fahren. Vielleicht finden wir eine Möglichkeit, die Metamorphose zu stoppen.«

Catherine antwortete nicht.

Seltsamerweise empfand sie nicht einmal eine besondere Angst. Sie nahm Blackwoods Worte zur Kenntnis, aber das war auch alles. Das Geschehen war einfach zuviel, um sofort verarbeitet werden zu können. Irgend etwas in ihrem Gehirn hatte einfach abgeschaltet, verdrängte, was auf sie einstürmte. Die Reaktion, das wußte sie, würde später kommen. Wenn es ein Später für sie gab.

»Wie lange?« fragte sie.

Blackwood zuckte die Achseln. »Ich weiß es nicht. Vierundzwanzig, vielleicht sechsunddreißig Stunden, wenn man davon ausgeht, wie lange es bei diesem Thornhill gedauert hat. Aber das ist nur eine Vermutung. Ich müßte seinen Körper untersuchen können, um mehr zu sagen.«

»Vierundzwanzig Stunden«, murmelte Jeff. »Das ist verdammt wenig Zeit.«

»Aber sie kann ausreichen.« Catherine setzte sich gerade auf, versuchte beruhigend zu lächeln und deutete mit einer Kopfbewegung nach Westen. »Fahren wir.«

»Ins Institut?«

»Nein. Zu Herleth.«

Gordon schüttelte entschlossen den Kopf. »Das kommt überhaupt nicht in Frage. Um den Burschen werde ich mich kümmern. Du und Jeff werdet mit Doktor Blackwood gehen.«

»Genau das werden wir nicht tun«, widersprach Catherine. »Ihre Fähigkeiten in Ehren, Doktor«, wandte sie sich an Blackwood, »aber ich fürchte, uns bleibt nicht genügend Zeit. Wir müssen Herleth erwischen. Vermutlich ist er der einzige, der weiß, wie man den Prozeß umkehren oder wenigstens stoppen könnte. Dieser Weg erscheint mir erfolgversprechender als medizinische Untersuchungen.«

Blackwood überlegte einen Moment. In seinem Gesicht arbeitete es, und seine Hände führten kleine, unbewußte Bewegungen aus. »Ich fürchte, Sie haben recht«, gestand er. »Ich weiß, eigentlich sollte gerade ich als Wissenschaftler das nicht sagen, aber es würde lange dauern, Untersuchungen anzustellen und herumzuexperimentieren. Wir bräuchten viel mehr Zeit, als uns zur Verfügung steht.«

»Also fahren wir zu Herleth«, sagte Catherine.

Ben rührte sich nicht. »Und du glaubst, er sitzt in seinem Warenhaus und wartet nur darauf, daß wir ihn verhaften?«

»Sicher nicht, aber . . .«

»Wir müssen vor allem diese zwei Figuren haben, von der Mrs. Langley berichtet hat«, fiel Blackwood ein. »Selbst wenn wir ihn nicht stellen, können uns die Figuren weiterhelfen.«

Ben zögerte noch immer. »Gut«, murmelte er schließlich widerwillig. »Aber auf keinen Fall allein. Ich werde Verstärkung herbeirufen. Eine Katastrophe am Abend reicht vollkommen.« Er startete den Motor, fuhr los und klaubte mit der Linken den Hörer des Autotelefons von der Gabel.

Wenige Augenblicke später jagten sie mit heulender Sirene in Richtung City.

Die Straße vor dem Kaufhaus wimmelte von Polizeifahrzeugen. Ein halbes Dutzend Einsatzwagen blockierte jeden möglichen Fluchtweg, und auch von der anderen Seite des Gebäudes wehte das leise Heulen von Sirenen zu ihnen hinüber. Gordons Leute hatten ungeheuer schnell und präzise reagiert – der Block war bereits hermetisch abgeriegelt gewesen, als sie in Bens Wagen angekommen waren, und in der Luft über dem Kaufhaus schwebte ein Polizeihubschrauber mit flackernden Blinkleuchten.

»Perfekt«, lobte Jeff, nachdem sie den Wagen verlassen hatten und sich mit schnellen Schritten auf den Haupteingang des Kaufhauses zubewegten.

»Sieht so aus, als müsse ich den Großteil dessen, was ich in den letzten Stunden über die Tüchtigkeit der Polizei gedacht habe, zurücknehmen.«

Gordon bedachte ihn mit einem finsteren Blick, ging aber nicht weiter auf die Spitze ein. »Hoffen wir lieber, daß es nicht schon zu spät war«, sagte er. »Immerhin hat der Bursche euch schon einmal an der Nase herumgeführt.«

Ein dichter Kordon aus Polizisten blockierte den Haupteingang. Ben zückte seinen Dienstausweis und scheuchte einen der Beamten, der nicht rasch genug beiseite trat, mit ein paar groben Bemerkungen aus dem Weg. Er trat an das massive Schutzgitter, das den Weg zu den gläsernen Doppeltüren versperrte, rüttelte einen Moment lang vergeblich daran und fuhr dann ärgerlich herum.

»Ist einer von euch Schlaubergern auf die Idee gekommen, einen Schlosser zu rufen?« fauchte er.

»Es gibt einen Hausmeister«, antwortete einer der Beamten. »Er wohnt ganz in der Nähe.«

»Dann holen Sie ihn!«

»Er ist bereits unterwegs, Inspektor«, antwortete der Beamte steif. »Er muß jeden Augenblick eintreffen.«

Gordon schluckte die spitze Bemerkung herunter, die ihm auf

der Zuge gelegen hatte, und rüttelte noch einmal vergeblich an den massiven Eisenstäben.

»Nur die Ruhe, Ben«, sagte Catherine. »Wenn Herleth wirklich dort drinnen ist, kommt er sowieso nicht mehr heraus. Auf fünf Minuten kommt es jetzt nicht mehr an.«

Gordon drehte sich verärgert herum. »Vielleicht doch, Catherine. Es ist deine Zeit, die abläuft.«

Catherine schwieg betroffen und wandte sich ab. Gordon schien noch etwas sagen zu wollen, überlegte es sich dann aber doch anders und ließ sie taktvoll allein. Catherine ging ein paar Schritte die Straße hinunter, lehnte sich gegen eine Schaufensterscheibe und starrte, das Gesicht fest gegen das nasse Glas gepreßt, die Auslagen an. Aber ihr Blick schien durch die Gegenstände hinter dem Fenster hindurchzugehen. In ihrem Inneren tobte ein wahrer Orkan von Gefühlen. Sie hatten zwanzig Minuten gebraucht, um hierher zu kommen, aber sie hatte von der Fahrt kaum etwas wahrgenommen. Die Lähmung, der betäubende Schock, den Blackwoods Worte in ihr ausgelöst hatten ...

Transmutation.

Das Wort hatte aus Blackwoods Mund so harmlos geklungen, so verdammt harmlos. Aber vor ihren Augen stand noch immer das schreckliche Bild des halbverwandelten Thornhills, eines Menschen, dessen Körper sich nach flüchtiger Berührung mit einer der Puppen zu verändern begonnen hatte. Obwohl sie sich dagegen wehrte, stieg immer wieder der Anblick dieses fleckigen, auf grausame Weise entstellten Gesichts vor ihr auf. Es war ihr Schicksal, das ihr dort vorgeführt worden war. Vierundzwanzig Stunden, hatte Blackwood gesagt. Vielleicht sechsunddreißig Stunden, dann würde sie sich selbst verwandeln, würde ein Schicksal erleiden, das wahrscheinlich schlimmer als der Tod war. Sie ballte in hilfloser Wut die Fäuste. Es mußte einen Ausweg geben! Sie wollte nicht sterben, jedenfalls nicht so, nicht so sinnlos und grausam!

Sie fuhr herum und ging zu Ben und Jeff zurück. Gordon trat nervös von einem Fuß auf den anderen und hielt ungeduldig nach dem Wagen Ausschau, der den Hausmeister mit dem Generalschlüssel bringen sollte.

Das Funkgerät in seinem Wagen begann zu piepsen. Gordon fuhr auf dem Absatz herum, eilte zum Wagen und riß den Hörer aus der Halterung. »Gordon?« Er lauschte einen Moment. Sein Gesichtsausdruck verdüsterte sich. »In Ordnung«, murmelte er dann. »Danke. Und – bleiben Sie dran.« Wütend schmetterte er den Hörer zurück, bedachte erst das Kaufhaus und dann das Polizeiaufgebot mit einem ärgerlichen Blick und starrte dann sinnend zu dem reglos in der Luft stehenden Hubschrauber hinauf.

»Was ist passiert?« fragte Jeff besorgt.

»Das, was ich befürchtet habe«, antwortete Gordon. »Herleth hat uns an der Nase herumgeführt. Er hat genau gewußt, daß wir hierherkommen werden.«

»Und?«

»Was – und?« schnappte Gordon wütend. »Wir haben natürlich auch einen Wagen zu seiner Wohnung geschickte. Sie haben gerade noch gesehen, wie er verschwand. Mit einem Hubschrauber. Aber was er kann, können wir schon lange.« Er fuhr herum und wandte sich an einen der Polizisten. »Räumen Sie die Straße, schnell. Und dann sagen Sie dem Piloten dort oben Bescheid, daß er landen soll.«

»Hier?« fragte der Polizist überrascht.

»Nein, im Hof des Buckingham-Palastes, wo sonst? Spreche ich so undeutlich?«

Der Beamte erbleichte ein wenig, nickte hastig und entfernte sich dann, um Gordons Anweisungen weiterzugeben.

»Sie bleiben hier, Blackwood«, fuhr Gordon fort, während die Beamten drangingen, die Straßen zu räumen und einen entsprechend großen Landeplatz für den Helikopter zu schaffen. »Mister Langley hat Ihnen die zwei Figuren beschrieben. Glauben Sie, daß Sie sie erkennen?«

Blackwood nickte. »Sicher.«

»Gut. Dann sorgen Sie dafür, daß sie niemand anfaßt. Wir werden versuchen, Herleth zu stellen. Aber wenn es uns nicht gelingt, sind diese Puppen unsere letzte Hoffnung.«

Das Dröhnen des Hubschraubermotors über ihnen wurde lauter. Die Maschine trieb langsam zur Seite, stand dann einen Moment lang reglos in der Luft und sank langsam herab.

Catherine zog den Kopf zwischen die Schultern, als der Helikopter auf der Straße aufsetzte und der Sturmwind der Rotoren in ihre Gesichter peitschte. Die gläserne Kanzeltür wurde geöffnet. Gordon lief los, dicht gefolgt von Catherine und Jeff. Sie erreichten die Maschine, und Gordon griff nach den Handgriffen neben der Tür, um sich in die Kanzel zu ziehen.

Der Pilot winkte ab, als Jeff und Catherine folgen wollten. »Tut mir leid, Sir«, schrie er über den Lärm der Rotoren hinweg. »Mehr als zwei Passagiere kann ich nicht mitnehmen.«

Gordon schürzte ärgerlich die Lippen, aber er widersprach nicht. Er konnte selbst sehen, wie klein die Pilotenkanzel war. Selbst für drei Personen würde es drückend eng werden.

»Jeff könnte zurückbleiben«, schlug Catherine vor. »Vielleicht ist Blackwood froh, ihn dabei zu haben. Möglicherweise kann er Hilfe gebrauchen.« Sie wartete nicht, ob ihr Vorschlag auf Zustimmung traf, sondern zog sich rasch an Ben vorbei in die Pilotenkanzel und nahm auf dem schmalen Sitz neben dem Piloten Platz. Ben sagte irgend etwas, was im Dröhnen der Motoren unterging, und stieg achselzuckend ein. Sie hatte nicht erwartet, daß Jeff ihre Entscheidung so einfach hinnehmen würde, doch er schien einzusehen, daß er sie nicht umstimmen konnte, verzichtete auf jeden überflüssigen Protest und trat zurück. Der Pilot schloß die Kanzel, wartete geduldig, bis Jeff sich in Sicherheit gebracht hatte, und schob dann den Gashebel nach vorne. Ein sanftes Zittern lief durch die Maschine. Die Motoren heulten auf, und Catherine konnte sehen, wie die Menschen auf der Straße vor dem Miniatur-Taifun der Rotorblätter zurückwichen. Die Maschine hob ab und stieg langsam in die Höhe.

»Wissen Sie, in welche Richtung Herleth geflohen ist?« wandte sich Catherine an den Piloten.

Der Mann nickte knapp. »Er hat keine Chance«, sagte er optimistisch. »Die Luftüberwachung hat ihn auf den Radarschirmen. Schwachsinnige Idee, mit einem Hubschrauber verschwinden zu wollen«, fügte er hinzu. »Selbst wenn er uns entkommt, schnappt ihn die Luftwaffe, sobald er das Stadtgebiet verläßt.«

»Welche Richtung hat er eingeschlagen?« wollte Gordon wissen.

»Norden. Wenn er seinen Kurs nicht gewechselt hat ...« Er brach ab und konzentrierte sich einen Moment lang auf die quäkende Stimme, die aus seinem Kopfhörer drang. »Nordwesten«, verbesserte er sich dann. »Richtung Arlington.«

»Arlington?« Catherine runzelte die Stirn. »Ist dort nicht ein Luftwaffenstützpunkt?«

»Schon. Aber das dürfte Zufall sein.«

Catherine bezweifelte das. Sie mußte plötzlich wieder daran denken, daß eine der Figuren in Herleths Horrorkabinett die Uniform eines Luftwaffenoffiziers getragen hatte. Für ihren Geschmack ein bißchen zuviel des Zufalls. Aber sie zog es vor, zu schweigen.

Der Helikopter war mittlerweile hoch über die Dächer Londons emporgestiegen und schwenkte in einem weit geschwungenen Bogen auf nordwestlichen Kurs ein. Catherine beugte sich neugierig vor und blickte durch die Plexiglaskanzel nach unten. Die Stadt war zu Spielzeuggröße zusammengeschrumpft, und die Autos auf den Straßen zu winzigen, scheinbar stillstehenden Lichtpunkten geworden.

»Wie lange brauchen wir, um ihn einzuholen?« fragte sie.

Der Pilot zuckte die Achseln. »Keine Ahnung. Ich weiß nicht, was für eine Maschine er hat. Bis jetzt fliegt er relativ langsam, aber das muß nicht bedeuten, daß er nicht schneller kann. Aber Sie brauchen sich keine Sorgen zu machen. Arlington ist bereits alarmiert. Wenn er wirklich so dumm ist, in diese Gegend zu flüchten, ist er schon so gut wie gefaßt.«

Der Helikopter stieg noch ein Stück höher und beschleunigte, als der Pilot den Gashebel bis zum Anschlag nach vorne drückte.

Jeff Langley richtete den Strahl der Taschenlampe auf die zwei Puppen. »Das sind sie«, sagte er leise. Seine Stimme bebte vor Erregung. Die Erinnerung daran, wie schnell sich diese harmlos aussehenden Figuren in todbringende Killer verwandeln konnten, war noch zu frisch in ihm.

Blackwood wollte an ihm vorbei auf die Puppen zutreten, aber Jeff hielt ihn mit einer raschen Bewegung am Arm zurück.

»Denken Sie an Ihre eigenen Worte, Doktor«, sagte er warnend. »Es nutzt uns nichts, wenn Sie sich auch noch anstecken.« Er ging im weiten Bogen um die Figurengruppe herum und ließ den Strahl seiner Taschenlampe darübergleiten. Selbst bei dieser schlechten Beleuchtung war deutlich zu erkennen, wie bedrückend menschenähnlich sie waren.

Blackwood trat ungeduldig näher, vermied es aber sorgfältig, die Figuren mit den Händen zu berühren. »Phantastisch«, murmelte er. »Ich habe noch nie eine so perfekte Arbeit gesehen. Man könnte glauben, lebenden Menschen gegenüberzustehen.«

»Vielleicht waren sie es ja einmal«, murmelte Jeff.

Blackwood zuckte zusammen, sah Jeff verwirrt an und wandte seine Aufmerksamkeit dann wieder den Puppen zu. Seinem wissenschaftlich geschulten Verstand schien es schwerzufallen, die Tatsachen zu akzeptieren.

»Auf dem Ständer hinter Ihnen liegen Handschuhe«, sagte Jeff. »Ziehen Sie sie an, ehe Sie die Dinger anfassen.«

Blackwood sah sich suchend um, entdeckte den Wühltisch, auf den Jeff gedeutet hatte, und nahm wahllos ein Paar Handschuhe heraus. Sie waren mindestens drei Nummern zu groß, aber das schien er gar nicht zu bemerken. Er streifte sie über, trat dann wieder zu den Puppen und betastete vorsichtig ihre Gesichter. »Es fühlt sich sogar an wie Haut«, murmelte er. »Selbst durch die Handschuhe hindurch. Ich . . .«

»Still!« zischte Jeff. »Irgend jemand ist hier!«

Blackwood verstummte erschrocken. Jeff trat zurück, starrte aus zusammengekniffenen Augen in die Dunkelheit und ließ den Lichtstrahl der Taschenlampe durch den Raum gleiten. Sie waren allein hier heraufgekommen. Weder Jeff noch Blackwood hatten riskieren wollen, daß noch mehr Unschuldige in Gefahr gerieten. Thornhills und Corweyns Tod war schon mehr als genug.

Irgendwo am Rande des Lichtkreises bewegte sich etwas. Jeff hob die Lampe etwas höher und tastete instinktiv nach der Pistole, die immer noch in seinem Gürtel steckte. Aber es war kein weiteres Monster, sondern ein Polizeibeamter, der ihre Warnung offensichtlich nicht mitbekommen oder einfach ignoriert hatte und ihnen gefolgt war.

Jeff seufzte erleichtert. »Mann, haben Sie mir einen Schrecken eingejagt«, stöhnte er. »Lernt ihr das bei der Polizei, euch wie Einbrecher anzuschleichen?«

Der Mann lächelte flüchtig. »Tut mir leid, wenn ich Sie erschreckt habe«, sagte er. »Aber ich dachte, ich könne mich ein wenig nützlich machen.«

»Das können Sie«, sagte Jeff, während der Mann langsam näherkam. »Suchen Sie den Hausmeister, und bitten Sie ihn, hier oben Licht einzuschalten. Und dann rufen Sie einen Transportwagen her. Wir müssen die drei Figuren dort wegschaffen.«

Der Beamte kam weiter näher, blieb dicht vor dem Aufbau mit den drei Puppen stehen und musterte erst sie, dann Jeff eingehend.

»Nicht anfassen!« warnte Blackwood, als der Mann die Hand danach ausstrecken wollte. Aber der Beamte schien seine Warnung nicht gehört zu haben. Er lächelte, legte die Hand auf die Schulter der vordersten Figur und drückte kurz und hart zu.

Und in diesem Moment fiel Jeff auch ein, wo er ihn schon einmal gesehen hatte – in Herleths Lagerhaus! Es war eine der Puppen, auf die sie in dem Verschlag getroffen waren!

Jeff sprang mit einem krächzenden Aufschrei vor und riß den vermeintlichen Bobby von den Puppen zurück. Aber es war zu spät. In den Augen der drei Puppen glomm das gleiche, satanische Feuer auf, das er und Catherine schon einmal gesehen hatten. Jeff schleuderte den Bobby mit einer wütenden Bewegung von sich, fuhr herum und zerrte die Pistole hervor. Die Waffe bellte kurz und trocken auf, und eine der Figuren zerbrach vor seinen Augen in Stücke.

Dann traf irgend etwas seinen Hinterkopf, und Jeff hatte das Gefühl, in einen schwarzen, bodenlosen Schacht zu stürzen ...

Der Helikopter raste mit Höchstgeschwindigkeit nach Nordwesten. Die Stadtgrenze Londons war unter ihnen hinweggehuscht, dann einige der kleineren Vororte. Eine Zeitlang waren sie dem Highway gefolgt, und seit einer halben Stunde erstreckte sich flaches, manchmal sumpfiges Land unter ihnen.

»Wie lange dauert denn das noch?« fragte Gordon ungeduldig. »Wollen Sie warten, bis er in Schottland ist?«

Der Pilot wandte den Kopf, bedachte Gordon mit einem spöttischen Lächeln und deutete auf einen winzigen gelben Punkt weit vor ihnen. »Das ist er. In einer halben Stunde haben wir ihn.«

Catherine beugte sich vor und starrte aus zusammengekniffenen Augen durch die gekrümmte Sichtscheibe. Für sie unterschied sich der winzige Punkt in nichts von einem der unzähligen Sterne, die ab und zu durch die Wolkendecke sichtbar waren. Entweder hatte der Pilot bessere Augen als sie, oder seine langjährige Erfahrung half ihm, den anderen Helikopter zu identifizieren.

»Ein Anruf in Arlington genügt, und sie schicken einen Jäger, der ihn zur Landung zwingt«, schlug der Pilot vor. Gordon schüttelte hastig den Kopf. »Auf keinen Fall. Wir brauchen ihn lebend. Glauben Sie, daß Sie ihn herunterbekommen?«

Der Pilot nickte. »Wäre nicht der erste Vogel, der von mir zur Landung überredet wird«, sagte er optimistisch. »Ich denke, wir . . .«

Catherine sah besorgt auf, als der Pilot mitten im Satz abbrach und den winzigen Lichtpunkt weit vor ihnen sekundenlang konzentriert musterte. Auf seinem Gesicht stand plötzlich ein angespannter, lauernder Ausdruck.

»Was ist?« fragte sie.

»Ich weiß nicht. Ich kann mich täuschen, aber es sieht aus, als habe er gewendet.« Er schaltete ein paarmal auf dem Armaturenbrett vor sich, tippte auf die Ruftaste seines Funksprechgerätes und ließ sich mit der Luftüberwachung des nahe gelegenen Militärstützpunktes verbinden.

»Er hat seinen Kurs gewechselt. Eine Drehung um hundertachtzig Grad. Er rast geradewegs auf uns zu.«

Auch Catherine schien es, als wäre der Leuchtpunkt näher gekommen, aber sie war sich nicht sicher. Das dumpfe Knattern der Rotorblätter über ihren Köpfen veränderte sich, als der Pilot die Neigung der einzelnen Flügel verstellte und die Maschine langsam an Höhe verlor. Ein sanftes Vibrieren ging durch den Rumpf des Helikopters. Die nachtdunkle Landschaft unter ihnen schien ein Stück näherzuspringen.

»Er kommt wirklich auf uns zu«, murmelte Ben. »Ich verstehe das nicht.«

Der Pilot antwortete nicht, aber auf seinem Gesicht lag nun ein Ausdruck unübersehbarer Sorge. Seine Hände krampften sich um den Steuerknüppel. Er ging noch tiefer und zwang die Maschine in eine sanfte Rechtskurve. Der andere Helikopter vollzog das Manöver nach und lag Sekunden später wieder auf Kollisionskurs.

»Der Kerl muß wahnsinnig sein«, keuchte Ben. »Ob er glaubt, uns damit einschüchtern zu können?«

Und dann ging alles ungeheuer schnell. Das winzige weiße Funkeln vor ihnen verwandelte sich in den grellstrahlenden Lichtkegel eines Scheinwerfers. Etwas Großes, Massiges schoß plötzlich auf sie zu, füllte für eine endlose, schreckliche Sekunde das Sichtfeld vor der Pilotenkanzel vollkommen aus und jagte dann in kaum zwanzig Metern Abstand vorbei. Der Sog der größeren und schwereren Maschine traf den zerbrechlichen Polizeihubschrauber wie ein unsichtbarer Riesenhammer. Ein berstender Schlag ging durch die Kanzel. Glas klirrte, und ein ganzes Segment der Instrumentenbeleuchtung ging aus. Catherine wurde wuchtig in die Sicherheitsgurte geschleudert, als der Helikopter wie ein Spielzeug herumgewirbelt und gleichzeitig hinabgedrückt wurde. Der Boden unter ihnen begann zu kreiseln, einen irren, rasenden Tanz aufzuführen und dann nach rechts abzukippen. Die Maschine sackte durch, legte sich auf die Seite und stand eine Sekunde kopf, ehe es dem Piloten wieder gelang, ihren Flug zu stabilisieren. Noch einmal wurden sie durchgeschüttelt, dann hatte er den Hubschrauber wieder vollkommen in der Gewalt.

Aber die Gefahr war noch lange nicht überstanden. Ein riesiger, dunkler Schatten tauchte hinter ihnen auf, wuchs mit rasender Geschwindigkeit heran und ging erneut auf Kollisionskurs. Der Pilot riß fluchend am Steuerknüppel und ließ die Maschine dreißig, vierzig Meter weit durchsacken.

»Um Himmels willen, so tun Sie doch was!« schrie Gordon.

»Das versuche ich ja die ganze Zeit! Aber sehen Sie sich dieses Ding mal genauer an.«

Catherine wunderte sich über die Ruhe, mit der der Hubschrauberpilot sprach. Sie kämpften im wahrsten Sinne des Wortes um ihr Leben, aber seine Stimme klang so emotionslos und ruhig wie die einer Maschine.

»Der Kerl hat uns von Anfang an an der Nase herumgeführt«, fuhr er leise fort. »Er hätte uns spielend abhängen können. Das da drüben ist eine Sikorsky. Eine Militärmaschine.«

Gordon schwieg einen Moment. »Heißt das, daß ... daß sie bewaffnet ist?«

»So könnte man es nennen. Bis an die Zähne sogar. Sie scheinen Feinde zu haben, Inspektor.«

Gordon schien für den Galgenhumor des Polizisten in diesem Moment nicht besonders empfänglich zu sein. Er sah den Mann irritiert an, drehte sich dann hastig um und suchte den Himmel über ihnen ab. Der andere Helikopter war deutlich zurückgefallen, aber sie hatten bereits erlebt, wie schnell die Maschine sein konnte.

Über ihnen blitzte es grell auf. Ein einzelnes Leuchtgeschoß raste durch die Nacht und zischte keine zehn Meter an der Pilotenkanzel vorbei.

»Landen Sie!« keuchte Gordon. »Um Gottes willen, gehen Sie runter!«

Der Pilot schüttelte verbissen den Kopf und legte die Maschine auf die Seite. Wieder blitzte es über ihnen auf, und diesmal jagte eine ganze Salve grell leuchtender, wahnwitzig schneller Geschosse an ihnen vorbei.

»Wenn wir landen, erwischt er uns. Dort unten ist freies Feld. Wir müssen ihn abschütteln. Festhalten!«

Catherine und Ben hatten kaum Zeit, der Aufforderung zu folgen. Die beiden Düsenmotoren des Helikopters brüllten auf. Die Maschine schlug ein Looping, stellte sich mit einem spürbaren Ruck wieder auf und raste dann in engen Spiralen auf den größeren Hubschrauber zu. Für einen Moment riß er die Maschine zur Seite, spät genug, daß sie die grüne Tarnfarbe und die militärischen Kennzeichen auf dem Rumpf des Helikopters erkennen konnten. Der andere Pilot versuchte, ihr Manöver nachzuvollziehen, aber seine Maschine war nicht halb so wendig wie der kleine Polizeihubschrauber. Trotzdem brachte ihnen dieses Manöver nur eine kurze Verschnaufpause.

Ihr Verfolger drosselte seine Geschwindigkeit, schwang dann in einem halsbrecherisch engen Halbkreis herum und pflügte wie eine zornige Riesenlibelle durch die Luft. Dicht unter der Bugkanzel blitzte es grellorange auf. Irgend etwas traf den Rumpf der Maschine. Das Plexiglasfenster auf Catherines Seite verwandelte sich schlagartig in ein zerborstenes Netz aus unzähligen winzigen Rissen und Sprüngen.

Der Pilot fluchte und ließ die Maschine durchsacken. Eine zweite Salve von Leuchtspurgeschossen schnitt durch die Luft, wo sie sich Augenblicke zuvor noch befunden hatten.

»Der Kerl fliegt verdammt gut«, sagte Catherine besorgt.

»Stimmt. Aber schießen kann er nicht, sonst hätte er uns längst erwischt . . .« Die Ruhe in der Stimme des Piloten klang jetzt nicht mehr ganz so glaubwürdig wie noch vor Augenblicken, fand Catherine. Sie hatten einen Treffer abbekommen, mindestens einen, und wahrscheinlich war das schon mehr, als die kleine Polizeimaschine verkraften konnte.

»Rufen Sie Arlington an!« verlangte Gordon. »Sie sollen Hilfe schicken!«

»Zu spät. Bis die hier sind, hat er uns längst erwischt. Wir müssen landen.«

»Aber gerade haben Sie noch gesagt . . .«

»Ich weiß, was ich gesagt habe, Inspektor«, unterbrach ihn der Pilot kühl. »Aber gerade hatten wir auch noch kein Loch im Tank. Hinter dem Sitz liegt ein Gewehr. Nehmen Sie es, und dann halten sich sich fest. Wir gehen ziemlich hart runter.«

Der Boden schien ihnen entgegenzuspringen. Der Helikopter stürzte wie ein Stein herab, fing sich erst im letztmöglichen Moment und setzte mit einem berstenden Schlag auf. Das Motorengeräusch erstarb mit erstickender Plötzlichkeit, und die Kanzel stank plötzlich durchdringend nach Kerosin. Catherine tastete benommen nach dem Verschluß des Sicherheitsgurtes und fiel mehr aus der Maschine, als sie kletterte. Ein greller Lichtpunkt hüpfte vor ihr auf dem Horizont auf und ab, und das dumpfe Dröhnen eines Hubschraubermotors erfüllte die Luft.

Catherine ließ sich instinktiv zur Seite fallen, als der Kampfhubschrauber herabstieß. Die beiden Maschinengewehre im Bug der Maschine bellten hart und trocken. Eine schnurgerade

Doppelreihe winziger Dreckfontänen raste über das Feld auf sie zu, verfehlte sie um wenig mehr als einen Meter und verschmolz hinter ihrem Rücken mit dem Polizeihubschrauber. Die Plexiglaskanzel verwandelte sich schlagartig in einen Scherbenhaufen. Irgendwo im Inneren der Maschine glomm ein winziger, gelber Funke auf, wuchs mit phantastischer Geschwindigkeit zu einer Flamme und dann zu einer grellen Feuerwolke heran. Catherine preßte das Gesicht gegen den Boden und verbarg den Kopf zum Schutz vor der Druckwelle zwischen den Armen. Eine heißglühende Hand schien über ihren Rücken zu streichen. Sie schrie auf, erhob sich mühsam auf Hände und Knie und robbte verzweifelt von der brennenden Maschine davon. Das Feld war schlagartig taghell erleuchtet.

Jemand packte ihren Arm und zerrte sie grob in die Höhe. Es war Ben. Sein Gesicht war rußverschmiert, und er keuchte, als habe er einen Zwanzig-Kilometer-Marsch hinter sich, aber er schien unverletzt zu sein. In der Hand hielt er das Gewehr, von dem der Pilot gesprochen hatte. »Bist du okay?«

Catherine nickte. »Ja. Was ist mit dem Piloten?«

»Er ist auch rausgekommen. Aber wir sollten schleunigst hier verschwinden. Noch einmal wird er uns nicht verfehlen.«

Das Dröhnen des Hubschraubers kam bereits wieder näher. Die Maschine hatte gewendet und raste im Tiefflug heran. Der grelle Lichtkegel ihres Suchscheinwerfers tastete wie der bleiche Finger einer Riesenhand über das aufgeweichte Feld. »Hierhin!« brüllte Gordon, packte ihren Arm, als sie nicht schnell genug reagierte und zerrte sie mit sich auf einige nur wenige Schritte entfernt liegende Felsbrocken zu. »Runter!« Er stieß Catherine zu Boden und warf sich ebenfalls hin, wobei er sie halb mit seinem Körper deckte.

Die beiden Maschinengewehre des Sikorsky feuerten erneut, und diesmal lagen die Einschläge genau im Ziel. Eine schnurgerade, wie mit dem Lineal gezogene Doppelreihe winziger Schmutzfontänen raste über das Feld, kreuzte den brennenden Hubschrauber und jagte mit phantastischer Geschwindigkeit auf die kleine Felsgruppe zu. Gesteinssplitter regneten auf Catherine und Ben herab, dann flog der Hubschrauber wie ein finsteres Rieseninsekt über sie hinweg.

Gordon sprang auf und umrundete die Felsen zusammen mit Catherine zur Hälfte. Dann kniete er sich wieder hin, stützte das Gewehr auf dem Stein ab und visierte den herumschwenkenden Helikopter an. Er wußte, daß ihm nur wenige Sekunden Zeit blieben, gerade genug für einen, vielleicht zwei Schüsse. Die Sikorsky war auch mit schwereren Waffen als den Maschinengewehren bestückt, und gegen eine Rakete würden ihnen auch die Felsen keinen Schutz bieten. Außerdem war die Maschine mit Sicherheit gepanzert, einfache Gewehrkugeln würden dem Glas nichts anhaben können, aber das Seitenfenster der Pilotenkanzel war geöffnet, der vermutlich einzige Schwachpunkt des Helikopters.

Mit zum Zerreißen gespannten Nerven wartete Gordon ab, bis der Hubschrauber fast ganz herumgeschwungen war und er für wenige Momente den Kopf des Piloten hinter dem geöffneten Fenster im Fadenkreuz des Zielfernrohrs hatte. Erst dann drückte er zweimal direkt hintereinander ab. Er konnte nicht einmal mehr sehen, ob er getroffen hatte.

Einige quälend lange Sekunden geschah gar nichts, dann geriet die plötzlich führungslose Sikorsky ins Trudeln, stieg erst ein Stück in die Höhe und sackte gleich darauf wie ein Stein in die Tiefe. Ein Blitz hüllte die Kampfmaschine beim Aufprall auf den Boden für den Bruchteil einer Sekunde in grelle Weißglut.

Gordon duckte sich tief hinter die Felsen.

Ein ungeheurer Donnerschlag rollte über das Feld, und dort, wo vor einem Augenblick noch der Hubschrauber gewesen war, breitete sich ein orangefarbener Feuerball aus, aus dem brennende Trümmerstücke und dunkle unförmige Gegenstände geschleudert wurden und in weitem Umkreis zu Boden regneten. Einige Trümmerstücke gingen auch in unmittelbarer Nähe der Felsgruppe nieder, doch wie durch ein Wunder blieben Catherine und Ben unverletzt. Ein Stück entfernt erhob sich der Pilot des Polizeihubschraubers aus seiner Deckung und kam zu ihnen herübergewankt.

Ben half Catherine beim Aufstehen. Sie zitterte am ganzen Körper. Mit schreckensbleichem Gesicht starrte sie zu der Absturzstelle hinüber. Die Explosion hatte einen tiefen, immer noch von wabernder Glut erfüllten Krater ins Erdreich gerissen.

Der Himmel war von flackernden Flammen erhellt. Das Feuer mußte meilenweit zu sehen sein.

»Das glaube ich nicht«, krächzte Ben. »Ich glaube es einfach nicht, aber ich habe es geschafft!« Gleich darauf mußte er sich an einem der Felsen abstützen, weil auch ihm die Knie weich wurden.

Jemand rüttelte ihn sanft, aber ausdauernd an der Schulter und sagte etwas, das er nicht verstand. Die Berührung pflanzte sich als sanft pulsierender Schmerz bis in seinen Kopf fort und ließ ihn aufstöhnen. Er blinzelte, hob die Hand an den Hinterkopf und zog die Finger mit einem scharfen Schmerzlaut wieder zurück.

»Nicht bewegen«, murmelte die Stimme. »Der Arzt ist schon unterwegs.«

Jeff öffnete die Augen, blinzelte ein paarmal und versuchte sich zu erinnern, wo er war. Um ihn herum war Dunkelheit, erfüllt von huschenden Schatten, Stimmen und den tastenden Lichtfingern von Handscheinwerfern. Ein sanfter, unaufdringlicher Geruch nach Stoffen und schweren Teppichen und klimaanlagengefilteter Luft sieg in seine Nase . . . Kaufhausgeruch. Er setzte sich auf, stöhnte noch einmal und versuchte, den dröhnenden Schmerz in seinem Hinterkopf zu ignorieren. Sein Schädel fühlte sich an, als hätte ihn jemand genüßlich und mit Ausdauer mit einem Vorschlaghammer behandelt. »Was . . . ist passiert?« murmelte er undeutlich.

»Sie sind niedergeschlagen worden, Sir«, antwortete der Bobby, der neben ihm auf dem Boden kniete. »Ich habe bereits einen Arzt verständigen lassen und . . .«

»Quatsch, Arzt«, unterbracht ihn Jeff. »Was ist los? Wo ist Blackwood, und . . .« Er brach ab, stand mit einer plötzlichen Bewegung auf und drehte sich um. Ein banges Gefühl machte sich in ihm breit, als er den leeren Sockel sah, auf dem vor wenigen Minuten noch die zwei Schaufensterfiguren gestanden hatten.

»Wo ist Blackwood?« fragte er noch einmal.

Der Bobby zuckte unglücklich die Achseln. »Ich weiß es

nicht, Sir«, gestand er. »Wir . . . wir sind Ihnen nachgegangen, als wir den Lärm hörten. Aber es war niemand mehr da, außer Ihnen, versteht sich.«

Jeff schwieg einen Moment. »Sie sind sicher, daß niemand das Gebäude verlassen hat?« fragte er dann. »Auch keiner von Ihren eigenen Leuten?«

»Unseren Leuten?«

Jeff nickte ungeduldig. »Ein Mann in einer Polizeiuniform«, sagte er. »Ohne Mütze – die habe ich ihm nämlich vom Kopf geschlagen. Er, Blackwood und zwei junge Frauen in Pelzmänteln.«

»Zwei junge Frauen in Pelzmänteln?« echote der Polizist. Seinem Gesichtsausdruck nach zu schließen schien er allmählich in Sorge zu geraten, daß der Schlag auf Jeffs Kopf doch etwas zu heftig gewesen war. »Ich . . . ich habe niemanden gesehen«, sagte er zögernd. »Und das Haus ist umstellt. Sie können nicht raus sein.«

Ein leises Knacken ertönte, und unter der Decke glühten nacheinander Dutzende von gelben Warmton-Leuchtröhren auf. Offensichtlich hatten die Beamten endlich den Lichtschalter gefunden. Jeff ging rasch zu dem Podest hinüber und bückte sich. Die Spuren des Kampfes waren unübersehbar. Kleidungsstücke lagen in wirrer Unordnung auf dem Boden, und dicht neben dem Podest entdeckte er einen grauen, gezackten Kunststoffsplitter – das Bruchstück einer Figur, die offensichtlich beim Hinfallen beschädigt worden war. Er wog es einen Moment lang nachdenklich in der Hand, steckte es dann in die Rocktasche und wandte sich wieder an Bobby.

»Lassen Sie das Gebäude Zentimeter für Zentimeter untersuchen«, sagte er. »Alles. Auch die Keller und den Dachboden. Professor Blackwood ist entführt worden.«

»Entführt?«

»Von einem Mann in einer Polizeiuniform«, bestätigte Jeff. »Und weisen Sie ihre Leute an, vorsichtig zu sein. Der Kerl ist gefährlich.«

Der Polizist sah ihn einen Moment lang erschrocken an und fuhr dann herum, um zu seinen Leuten zurückzugehen. Er wußte offenbar, daß Jeff mit Ben Gordon verwandt war und wollte allem Ärger entgehen. Nur so ließ sich erklären, daß er die Anweisungen von einer Zivilperson so widerspruchslos hinnahm. Vielleicht war er auch von dem barschen Befehlston so verblüfft worden, daß ihm gar nicht richtig bewußt wurde, von wem er da herumkommandiert wurde. Jeff jedenfalls war es nur recht, er hatte weder genug Zeit, noch verspürte er Lust zu langen Erklärungen. Er blieb noch eine Sekunde unschlüssig stehen, ehe er sich ebenfalls umwandte und auf das nächste Telefon zusteuerte. Aus dem Hörer drang das leise Tuten des Freizeichens, aber als er die Nummer von Scotland Yard wählte, erfolgte keine Reaktion. Natürlich nicht, dachte er übellaunig. Wahrscheinlich gingen sämtliche Gespräche über die Telefonzentrale, die nach Dienstschluß selbstverständlich abgeschaltet war. Er knallte den Hörer wütend zurück und rief einen Polizisten herbei.

»Suchen Sie mir diesen Hausmeister«, befahl er barsch. »Und dann möchte ich mit dem Einsatzleiter sprechen.« Auch dieser Beamte nickte und beeilte sich, seiner Forderung nachzukommen. Wahrscheinlich waren die Männer froh, daß überhaupt jemand da war, an den sie sich wenden konnten. Irgend etwas stimmte nicht mit diesem scheinbar so harmlosen Kaufhaus, das spürte er deutlich, und wahrscheinlich fühlten sie es ebenfalls. Es war ein seltsames, mit logischen Argumenten nicht zu begründendes Gefühl, beobachtet zu werden, das instinktive Wissen, daß in diesem Gebäude etwas unglaublich Fremdartiges und Böses lauerte.

Jeff schauderte, drängte die Gedanken mühsam beiseite und begann unschlüssig zwischen Kleiderständern und Verkaufstischen auf und ab zu gehen. Sieben, acht Polizisten in den schwarzen Uniformen der Londoner Streifenpolizei durchsuchten jeden Winkel des riesigen Raumes, aber Jeff wußte, daß sie nichts finden würden. Die Monster konnten das Haus noch nicht verlassen haben – dazu war die Zeit zu knapp gewesen, und außerdem hatten Gordons Leute das Gebäude so gründlich abgeriegelt, daß nicht einmal eine Maus unbemerkt hätte hinausschlüpfen können – aber er war auch sicher, daß sie Mittel und Wege kannten, sich zu verbergen. Sich – und ihr hilfloses Opfer.

Jeff machte sich insgeheim schwere Vorwürfe, allein mit Blackwood hierher gekommen zu sein. Der Wissenschaftler hatte nicht wissen können, wie gefährlich die Puppenmonster wirklich waren. Wenn ihm etwas zustieß, dann traf ihn die Schuld daran. Aber andererseits, überlegte er, hatten die Kreaturen vielleicht jetzt ihren ersten Fehler begangen. Blackwood mußte aus irgendeinem Grund wichtig für sie sein; und das konnte nur bedeuten, daß er – wenn auch vielleicht ohne es selbst zu wissen – in der Lage war, ihr Geheimnis zu lösen, sie vielleicht zu vernichten.

»Mister Langley?«

Jeff schrak aus seinen Überlegungen hoch und blickte ins Gesicht eines vielleicht dreißigjährigen, uniformierten Polizisten, an dessen Ärmel drei goldene Streifen eines Constablers glänzten. »Sie wollten mich sprechen?«

»Sie sind der Einsatzleiter?«

»Landon, Sir, Constabler Landon. Ich leite hier alles, bis Inspektor Gordon zurück ist. Was kann ich für Sie tun?«

Jeff erklärte Landon, was geschehen war. »Die Entführer müssen noch im Haus sein«, schloß er, »jedenfalls, wenn Ihre Leute wirklich alle Ausgänge besetzt halten.«

Landon wirkte für einen Moment beleidigt. »Das halten Sie, Sir«, sagte er steif. »Und die Polizeiuniform wird dem Burschen auch nicht viel nutzen. Ich habe Anweisung gegeben, daß niemand das Gebäude ohne meine ausdrückliche Erlaubnis verlassen darf. Niemand. Wir kriegen sie.«

»Hoffentlich.« Jeff konnte Landons Optimismus nicht vollkommen teilen, aber sie mußten es wenigstens versuchen. »Ich habe nach dem Hausmeister geschickt«, sagte er. »Wissen Sie, wo er ist?«

»Er öffnet ein paar Türen im Erdgeschoß«, antwortete Landon. »Leider scheint es nur diesen einzigen Schlüssel zu geben. Außer dem, den Herleth besitzt.«

»Haben Sie schon etwas von ihm gehört?« Jeff wies mit einer fragenden Kopfbewegung auf das Walkie-talkie an Landons Gürtel.

»Leider nein. Weder von ihm noch von Inspektor Gordon.« Er grinste flüchtig. »Aber keine Sorge. Er entkommt uns nicht.

Der Einfall mit dem Hubschrauber war ziemlich das Dümmste, was ich je erlebt habe.«

»So?« meinte Jeff. »Finden Sie?«

Landon nickte überzeugt. »Das funktioniert nur in James-Bond-Filmen«, behauptete er. »In der Stadt kann er nicht landen, ohne daß ihn mindestens ein paar tausend Leute beobachten. Und wenn er aus London herausfliegt, wird er von einem Dutzend Radarschirmen erfaßt. Außerdem wäre er der erste, der Gordon entkommt. Ich weiß nicht, wie gut Sie den Inspektor kennen, Mister Langley, aber er erfreut sich eines gewissen Rufes beim Yard . . .«

Jeff winkte ab. »Ich kenne ihn gut genug, Constabler«, antwortete er. »Gut genug. Und jetzt sollten wir nach dem Hausmeister suchen. Reden können wir später.«

Landon zuckte schuldbewußt zusammen und wandte sich um, um vor Jeff die stillstehende Rolltreppe ins Erdgeschoß hinunterzugehen.

Sie fanden den Hausmeister in einem kleinen, fensterlosen Büro an der Südseite des Gebäudes – ein grauhaariges, verschrumpeltes Männchen mit nur einem Arm und einem Gesicht, das nur aus Falten und Runzeln zu bestehen schien. Landon stellte Jeff vor und erklärte dem Hausmeister, worum es ging. »Was mich interessiert«, sagte Jeff, »ist ein Plan des Hauses. Eine Skizze, ein Grundriß, irgend etwas . . .«

»Damit kann ich Ihnen helfen.« Der Hausmeister nickte ein paarmal hintereinander, klaubte einen umfangreichen Schlüsselbund aus der Manteltasche und öffnete einen Aktenschrank. Er nahm einen zusammengerollten Plan des Kaufhauses heraus, breitete ihn auf dem Tisch aus und beschwerte die Ecken mit Kugelschreibern und Bleistiften, die er aus seinen unergründlichen Taschen zutage förderte. Jeff und Landon beugten sich neugierig über den Plan. Das Kaufhaus bestand aus drei Etagen, von denen neunzig Prozent offen waren und der Kundschaft zur Verfügung standen. Das Wenige an verbliebenem Platz wurde von Büros, Lagerräumen und den Umkleide- und Waschkabinen des Personals in Anspruch genommen.

Jeff deutete mit der Hand auf das Kellergeschoß. »Was befindet sich hier?«

»Nichts. Die Heizung, ein Keller, in dem Kisten und Verpackungsmaterial gelagert wird, und ein paar kleinere Räume, die seit Jahren leerstehen.«

Jeff wurde hellhörig.

»Leer?«

Der Mann zuckte die Achseln. »Jedenfalls weiß ich nicht, was drinnen ist. Die Türen sind verschlossen, und ich habe keinen Schlüssel dazu.«

Jeff und Landon sahen sich einen Sekundenbruchteil lang an. Sie schienen beide das gleiche zu denken. »Bringen Sie uns dort hinunter«, verlangte Jeff.

Der Hausmeister nickte, schob sich an ihnen vorbei und humpelte zur Tür. Landon rief zwei weitere Männer herbei; schärfte den Posten an der Tür noch einmal ein, ja niemanden herein- oder herauszulassen, und stürmte dann hinter Jeff und dem Alten durch den Verkaufsraum. Sie erreichten eine schmale, kaum sichtbare Tapetentür an der Schmalseite der Halle, und der Hausmeister schloß umständlich auf. Dahinter war eine steile Treppe aus unverkleideten Betonstufen, die drei oder vier Meter in die Tiefe führte und dann einen scharfen Knick nach rechts machte. Jeff blieb auf der obersten Stufe stehen, bis der Hausmeister Licht gemacht hatte, und zog dann die von der Herleth-Puppe erbeutete Pistole aus dem Gürtel. Ben Gordon hatte ihm zwei volle Magazine gegeben. Landon blinzelte irritiert, aber Jeff reagierte nicht darauf. Diesmal würde er erst schießen und sich dann Gedanken machen. Er hatte in genügendem Maße zu spüren bekommen, wie gefährlich die Killer-Puppen waren, und er beabsichtigte nicht, das Leben von noch mehr Unschuldigen aufs Spiel zu setzen.

Hintereinander begannen sie die Treppe herabzusteigen, zuerst Jeff, dann Landon mit seinen beiden Männern und am Schluß der Hausmeister. Der Pseudoglanz der Verkaufsräume verblaßte, als sie in die Tiefe stiegen. Die Wände waren hier unten nackt; kahler, unverkleideter Beton, in dem noch die Maserung der Schalbretter zu erkennen war und auf dem sich dicke Bündel von Strom- und Versorgungsleitungen wie bunte Schlangen entlangzogen. Nackte, nur mit dünnen Drahtkörben gesicherte Glühbirnen tauchten den schmalen Gang in schattenlose Helligkeit, und in unregelmäßigen Abständen zweigten Türen rechts und links der Wände ab.

Jeff blieb stehen und warf dem Hausmeister einen fragenden Blick zu. Der Mann deutete den Gang herab und hob dann zwei Finger. Die zweitletzte Tür also.

Sie gingen weiter. Jeff nahm mit schußbereiter Waffe vor der Tür Aufstellung und wartete bis Landon und die beiden anderen Beamten sich rechts und links von ihm postiert hatten. Vorsichtig streckte er die Hand nach der Klinke aus und drückte sie herunter.

Die Tür war nicht verschlossen. Die rostigen Angeln quietschten hörbar, als Jeff die schwere Eisentür langsam nach innen drückte. Bleiches Licht fiel vom Flur in den abgedunkelten Raum, beleuchtete einen kahlen, staubbedeckten Betonfußboden und fiel nach kaum drei Metern auf die gegenüberliegende Wand. Jeff tastete mit klopfendem Herzen nach dem Lichtschalter und legte ihn um. Die Kammer war leer. Die Luft roch trocken und bitter, und die unversehrte Staubschicht auf dem Fußboden bewies, daß der Raum schon seit Jahren nicht mehr betreten worden war.

Jeff trat achselzuckend auf den Gang zurück und sah den Hausmeister an. »Was ist hinter den anderen Türen?«

»Dort hinten ist der zweite Raum, der nie benutzt wird«, erklärte der Mann mit einer entsprechenden Geste. »Hinter dieser Tür ist der Heizungskeller, und die beiden letzten sind Lagerräume.«

Jeff überlegte einen Moment. »Gut«, sagte er schließlich. »Zuerst den Heizungskeller, und dann der Reihe nach die anderen.« Er zog die Tür hinter sich ins Schloß und winkte auffordernd mit seiner Waffe. Der Hausmeister drehte sich widerstrebend herum, nahm einen weiteren Schlüssel von seinem Bund und sperrte den Heizungskeller auf.

Drinnen herrschte ein schattiges Halbdunkel, aus dem ihnen die roten Kontrolleuchten der Heizungsanlage wie kleine böse Augen entgegenfunkelten. Jeff schob sich an dem Mann vorbei in den Raum, griff nach dem Lichtschalter und legte ihn um, aber diesmal blieb es dunkel.

»Die Birne ist kaputt«, erklärte der Hausmeister gedrückt.

»Ich hätte sie schon vor einer Woche austauschen sollen, aber es ist immer wieder etwas dazwischengekommen, und im Sommer geht sowieso kaum einer hier runter, und ...«

Jeff brachte ihn mit einer unwilligen Handbewegung zum Schweigen und bewegte sich vorsichtig in den halbdunklen Raum hinein. Er war nicht sonderlich groß – den meisten Platz beanspruchte der Heizkessel und die vier großen Kunststofftanks, in denen das Heizöl gelagert wurde – und es gab kein Versteck, das auch nur groß genug für einen Hund gewesen wäre, geschweige denn für einen ausgewachsenen Menschen.

Jeff zuckte gleichzeitig erleichtert und enttäuscht die Achseln, drehte sich zur Tür und blieb dann noch einmal stehen. »Was ist das?« fragte er. Seine Hand deutete auf einen rechteckigen Umriß im grauen Beton des Bodens.

»Ein Schacht«, antwortete der Hausmeister zögernd.

»Ein Schacht? Was für ein Schacht? Und wohin führt er?«

»In ... in die Kanalisation, soviel ich weiß«, murmelte der Mann. »Er ist erst vor ein paar Monaten angebracht worden. Früher hatten wir hier einen einfachen Gully, aber Mister Herleth ließ Leute von einer Baufirma kommen, die einen Schacht ausheben sollten.«

»Und wozu?« erkundigte sich Landon.

Jeff konnte sich lebhaft vorstellen, wozu. Herleth war ein vorsichtiger Mann. Er hatte rechtzeitig dafür gesorgt, im Notfall verschwinden zu können.

»Ich fürchte, sie sind uns entwischt«, sagte er leise.

»Sie glauben, sie sind dort hinunter? In die Kanalisation?«

Jeff nickte. »Warum nicht? Wenn man sich dort unten auch nur einigermaßen auskennt, kann man praktisch jeden beliebigen Punkt der Stadt erreichen. Aber sie können noch keinen allzugroßen Vorsprung haben.« Er wandte sich mit einer entschlossenen Bewegung um und kniete neben dem Schachtdeckel nieder. Er war schwer – ein fast einen Meter durchmessendes Rechteck aus zollstarkem Gußeisen –, und er und Landon mußten gemeinsam ihre ganze Kraft aufbieten, um ihn hochzuwuchten. Darunter kam ein rechteckiger, finsterer Schacht zum Vorschein, dessen Wände sich in die Tiefe und Dunkelheit verloren. Das leise Gluckern von fließendem Wasser und eine geradezu atemberaubende Welle von Verwesungs- und Fäulnisgeruch drangen zu ihnen hoch.

»Geben Sie mir eine Lampe«, bat Jeff.

Einer der Polizisten reichte ihm eine Taschenlampe. Er schaltete sie ein und ließ den Strahl in die Tiefe fallen. Das bleiche Licht brach sich auf weißen Betonwänden und Schimmel und wurde irgendwo tief unter ihnen von fließendem Wasser reflektiert.

Landon verzog angeekelt das Gesicht. »Sie wollen doch nicht etwa im Ernst dort hinuntersteigen?« fragte er.

»Haben Sie vielleicht eine bessere Idee?« Jeff gab die Lampe an Landon weiter, griff nach der obersten Sprosse der Metalleiter, die in den Schacht hinunterführte, und schwang sich mit einer entschlossenen Bewegung in den Schacht. Landon beugte sich vor und leuchtete ihm.

Jeff kletterte vorsichtig in die Tiefe. Das Metall der Leiter war feucht und mit einem schleimigen Schmierfilm überzogen, und der Gestank, der von unten emporstieg und ihn wie ein unsichtbarer Mantel einhüllte, nahm ihm fast den Atem. Er kletterte Hand über Hand weiter und zählte sorgfältig die Stufen, bis er unten war. Es waren vierzig – der Schacht ragte also fast zehn Meter tief in den Boden hinein. Sekundenlang blieb er in der knöcheltiefen schlammigen Brühe, die seine Füße umspülte, stehen und blickte nach oben. Der Schachtausgang war zu einem winzigen, trüben beleuchteten Rechteck geworden, in dem Landons Oberkörper nicht mehr als ein flacher schwarzer Schatten war. »Ich bin unten«, rief er.

»Okay.« Landons Stimme schien von unendlich weither zu kommen. »Warten Sie. Ich komme nach.«

Jeff trat von der Schachtwand zurück und versuchte, in der pechschwarzen Finsternis, die ihn umgab, etwas zu erkennen. Der Stollen war halbrund und an seinem Scheitelpunkt fast drei Meter hoch. In seiner Mitte schoß ein breiter, schaumig aufgewühlter Strom übelriechenden Wassers dahin, rechts und links von einem meterbreiten Weg aus Ziegelsteinen eingefaßt. Das, worin er stand, war nicht mehr als eine Pfütze, die sich in einer Vertiefung des Bodens angesammelt hatte. Er wartete ungeduldig, bis Landon neben ihm angelangt war und mit seiner

Taschenlampe leuchtete. Der Stollen setzte sich in beiden Richtungen weiter fort, als der Lichtstrahl reichte. In regelmäßigen Abständen führten schmale Metallstege über den Kanal, und hier und da mündete ein niedriger Stollen in den Hauptgang.

»Und jetzt?« fragte Landon.

Jeff zuckte die Achseln und ging langsam den Weg hinunter. Seine Hoffnung, eine Spur der Flüchtenden zu entdecken, sank. Selbst mit einer stärkeren Lampe als der, die sie hatten, wäre es fast unmöglich gewesen, hier unten irgendwelche Spuren zu entdecken.

Plötzlich blieb er stehen, hob den Kopf und starrte konzentriert in die Dunkelheit vor sich.

»Was ist?« fragte Landon.

Jeff brachte ihn mit einer hastigen Handbewegung zum Schweigen und deutete stumm nach vorne. Landon verstummte, und nach einer Weile hörte er es ebenfalls. Das Geräusch war über dem Murmeln und Rauschen des Wassers kaum zu vernehmen, aber Jeff und Landon hörten es trotzdem: Schritte. Hastige, stampfende Schritte von drei, vier oder mehr Menschen.

»Vielleicht haben wir doch noch Glück«, stieß Jeff hervor. »Also los.«

Der Anblick war gräßlich.

Fassungslos starrte Catherine auf das verkohlte Ding zu ihren Füßen. Ihre Gedanken drehten sich hilflos im Kreis, doch obwohl der Anblick Übelkeit und Ekel in ihr hervorrief, war sie unfähig, den Blick von der grausigen Erscheinung des Mannes zu nehmen, der vor ihr versuchte, sich ans Ufer zu ziehen. Sein Körper lag halbwegs in dem schlammigen, ölig schimmernden Regenwasser, mit dem sich der Explosionskrater zu füllen begann, und seine verkohlten Finger fanden in dem aufgeweichten Boden keinen Halt und rutschten immer wieder zurück. Seine Kleidung war zerfetzt und in großen schwarzen Flecken in die Haut eingebrannt und damit verschmolzen. Das linke Bein fehlte, unterhalb des Knies war nur ein schwarzer Stumpf, aus dem eine pulverige graue Masse hervorrieselte, und wo sein

Gesicht sein sollte, war eine schwarzgraue Fläche, in der gezackte Löcher und Risse die Stellen andeuteten, wo vorher Mund, Nase und Augen gewesen waren. Der Kopf war unter der ungeheuren Hitze der Explosion geradezu zerlaufen.

Aber er lebte...

Allen Naturgesetzen zum Trotz lebte das schreckliche, mißgestaltete Ding, zuckte sein Körper wie unter einem gewaltigen inneren Kampf und wand sich auf dem morastigen Boden, griffen die Hände immer wieder mit verbrannten Stümpfen in den Morast und zerrten und zogen den Leib Millimeter für Millimeter aus dem Krater heraus.

»Herleth«, sagte eine Stimme neben ihr. Catherine riß sich mühsam von dem schrecklichen Anblick los, trat hastig zwei, drei Schritte zurück und schlang fröstelnd die Arme um den Oberkörper. »Oder das, was wir für Herleth gehalten haben«, fuhr Ben nach einer Weile fort. Seine Stimme klang belegt und schwankte, aber es war nicht nur die Anstrengung und die Kälte. Er schüttelte den Kopf, fuhr sich mit einer fahrigen Geste über Gesicht und Stirn und gab ein seltsames, wimmerndes Geräusch von sich. Sein Gesicht zuckte im Widerschein der Flammen, die noch immer aus dem Wrack des brennenden Polizeihubschraubers schlugen, den Himmel über dem Feld blutrot färbten und flackernde Lichtreflexe auf die Oberfläche des Kraters zauberten, den die abstürzende Sikorsky geschlagen hatte. Die Luft roch brandig und kalt. Verkohlte Trümmerstücke und kleine, flackernde Brandnester bedeckten das Feld in weitem Umkreis. Die Militärmaschine hatte sich in den weichen Boden gebohrt, und das, was nach der Explosion übriggeblieben war, ragte jetzt wie eine drohende geballte Riesenfaust aus der Mitte des flachen runden Kraters.

Aber von alldem bemerkten weder Catherine noch Ben oder der Hubschrauberpilot etwas. Wie erstarrt standen sie am Rande des Kraters und beobachteten das unglaubliche Ding, das mit der Beharrlichkeit einer Maschine zu ihnen emporzukriechen versuchte.

»Herleth«, sagte Ben noch einmal. Seine Stimme klang jetzt gefaßter, aber Catherine spürte deutlich, wie schwer es ihm fiel, einen klaren Gedanken zu fassen. »Er hat uns reingelegt. Und wir sind ihm sauber auf den Leim gekrochen. Während wir uns hier mit seinen Kreaturen herumgeschlagen haben, ist er wahrscheinlich über alle Berge.«

Catherine antwortete nicht. Sie fühlte sich müde und ausgelaugt, kraftlos. Was sie während der vergangenen Stunden erlebt hatte, ging über ihre Kräfte.

»Ich ... ich begreife das nicht«, murmelte der Pilot stockend. »Wieso ... wieso kann er ... aber niemand kann doch ...« Er brach ab, sah zuerst Ben, dann Catherine gleichermaßen fassungslos wie entsetzt an und schüttelte immer wieder den Kopf. Seine Finger spielten nervös am Reißverschluß seiner schwarzen Lederjacke, und sein Blick irrte immer wieder unstet zu dem zerschmolzenen Etwas vor ihnen im Schlamm, als weigere sich sein Verstand zu begreifen, was seine Augen sahen.

»Es ist auch nicht nötig, daß Sie es begreifen«, sagte Ben grob. »Die Hauptsache ist, Sie reden nicht darüber.« Er lächelte humorlos, überlegte einen Moment und zog dann mit fast bedächtigen Bewegungen seinen Dienstrevolver aus der Manteltasche. Er trat dicht an den Krater heran, zielte sorgfältig und drückte sechsmal hintereinander ab. Die Kugeln zerschmetterten Kopf und Oberkörper des Monsters und ließen nichts als Splitter und scharfkantige Brocken einer grauschwarzen verbrannten Substanz zurück.

Kunststoff, dachte Catherine dumpf. Polyester ... Sie hatten eine Puppe gejagt.

»Aber wieso ...« sagte der Pilot hilflos. »Was ... was war das? Das war doch kein Mensch!« Er brach ab, fuhr dann herum und starrte Catherine und Ben aus ungläubigen geweiteten Augen an. »Was ... was hat das alles zu bedeuten?« keuchte er.

Statt einer direkten Antwort berührte ihn Ben an der Schulter und sah ihn sekundenlang durchdringend an. »Ich erkläre es Ihnen«, sagte er leise. »Aber ich brauche Sie wohl nicht darauf hinzuweisen, daß nichts, absolut nichts von dem, was Sie gerade gesehen haben, jemals bekannt werden darf? Wie heißen Sie?«

»Mandrake«, sagte der Pilot. »Paul Mandrake. Lieutenant Mandrake. Und ich ... ich werde nichts sagen.« Er lachte leise, und in seiner Stimme schwang eine deutliche Spur von Hysterie mit. »Ich . . . ich glaube kaum, daß mir jemand glauben würde. Ich glaube es ja selbst nicht.«

Ben nickte. »Das ist gut, Mandrake, sehr gut. Das Ding, das Sie gerade gesehen haben, war kein Mensch, sondern eine . . . eine Puppe.«

Mandrake starrte ihn mit großen Augen an. »So ein Roboter, wie?«

»So ungefähr«, bestätigte er. »Aber das wußten wir selbst nicht. Es ist klar, daß die Existenz dieser . . . dieser Wesen vorerst noch geheimgehalten werden muß. Ich denke, wir – was ist das?« Er sah auf, hob den Kopf und blinzelte aus zusammengekniffenen Augen nach Norden. Über der dunklen Linie des Horizonts war ein winziger gelber Punkt aufgetaucht, und der Wind trug ein leises näherkommendes Dröhnen mit sich.

»Das muß eine Maschine aus Arlington sein«, vermutete Mandrake. »Wahrscheinlich haben sie den Luftkampf auf ihren Radarschirmen verfolgt und sehen jetzt nach, was passiert ist.«

»Reichlich spät, finde ich«, maulte Ben. Er blickte einmal zu dem auf und ab hüpfenden Lichtpunkt hinüber und sah Mandrake warnend an. »Wie gesagt, Lieutenant – kein Wort. Wir sind von dem Hubschrauber angegriffen worden und haben ihn mit viel Glück vernichtet. Über alles weitere sollen sich ruhig andere den Kopf zerbrechen.«

Mandrake nickte nervös.

Das Rotorengeräusch war mittlerweile zu einem dröhnenden Brüllen geworden, das das Geräusch des Windes und das Prasseln der Flammen verschluckte und bald jedes Gespräch unmöglich machte. Die Maschine glitt im Tiefflug heran, umkreiste die beiden Hubschrauberwracks zwei-, dreimal und setzte dann in knapp fünfzig Metern Entfernung zur Landung an. Die Düsenmotoren brüllten noch einmal auf und verstummten. Die Warnlichter an Bug und Heck des Helikopters erloschen, und in der Pilotenkanzel flammte ein grellweißer Suchscheinwerfer auf. Der Lichtstrahl tastete wie ein schmaler Knochenfinger über das Feld, glitt über das brennende Wrack des Polizeihubschraubers und blieb dann auf Catherine, Ben und dem Piloten haften. In der Seite der dunkelgrün gespritzten

Maschine öffnete sich eine Tür. Eine kurze Metalleiter wurde zu Boden gelassen, und ein Mann in Uniform eines Luftwaffenmajors trat heraus. Er blieb einen Herzschlag lang stehen, sah nacheinander zu den beiden zerstörten Maschinen hinüber und kam dann mit komisch wirkenden Schritten durch den knöcheltiefen Schlamm zu ihnen hinüber.

Ben ging ihm entgegen. Der Major blieb stehen, salutierte nachlässig und sagte: »Major Pelham, Sir. Ich vermute, Sie sind Inspektor Gordon?«

Ben nickte verblüfft. »Woher . . .?«

Pelham lächelte und wurde sofort wieder ernst. »Wir erhielten einen Funkspruch, in dem wir um Unterstützung gebeten wurden. Was ist passiert? Spielt Scotland Yard jetzt schon Krieg?«

Ben blieb ernst. Mit knappen, präzisen Worten erzählte er Pelham, was geschehen war. »Tut mir leid, daß ich einen Vogel Ihres Vereins vom Himmel holen mußte«, schloß er mit verkrampfter Ironie. »Aber wir wären jetzt wahrscheinlich längst tot, wenn ich es nicht getan hätte.«

Pelham runzelte die Stirn. »Sie haben ihn mit diesem Gewehr da abgeschossen?« fragte er. Seiner Stimme war der Zweifel deutlich anzuhören.

»Das Seitenfenster war offen. Und wir hatten unwahrscheinliches Glück. Es war ein Sonntagsschuß, den ich mir selbst nicht zugetraut hätte.«

Pelham überlegte sekundenlang. »Sie sind der Maschine ziemlich nahe gekommen, nicht?« fragte er an Mandrake gewandt. »Konnten Sie zufällig die Nummer erkennen?«

»Nein«, sagte Catherine.

»Vollkommen unmöglich, bei dem Tempo«, fügte Ben hinzu.

Mandrake verzog das Gesicht. »Warten Sie . . . Ich glaube . . . Alpha, Bravo, sieben, vier . . .«

»Neun-sieben-sieben-Alpha?« schloß Pelham.

Mandrake nickte verblüfft. »Ich glaube, ja. Warum fragen Sie?«

»Weil ich weiß, woher die Maschine kam. Von uns. Vom Flughafen Arlington.«

»Äh?« machte Ben verwirrt.

Pelham sah plötzlich ganz unglücklich aus. »Sie wurde gestohlen«, bekannte er. »Vor mehr als etwa zwei Wochen.«

»Gestohlen?« ächzte Gordon. »Ein ausgewachsener Kampfhubschrauber gestohlen? Sie machen Witze!«

»Leider nicht. Gestohlen ist vielleicht nicht der richtige Ausdruck. Sie befand sich auf einem Routineflug, als der Funkkontakt plötzlich abriß. Kurz darauf verschwand die Maschine von den Schirmen der Flugüberwachung. Das da«, er wies auf das immer noch qualmende Wrack der Sikorsky – »ist die erste Spur, die wir von ihr sehen.«

»Und die Besatzung?« fragte Catherine.

Pelham zuckte die Achseln. »Verschwunden. Pilot, Copilot, Funker, drei Marines – weg. Wir vermuten ein Verbrechen. Zu Recht, wie ich fürchte.«

»Und warum weiß niemand was davon?« schnappte Ben.

Pelham seufzte. »Nun, Inspektor Gordon, die Royal Air Force übernimmt die Nachforschungen in solchen Fällen gewöhnlich selbst. Außerdem wollte man vermeiden, daß die breite Öffentlichkeit davon erfährt.«

»Aber wer stiehlt denn einen Hubschrauber?« wunderte sich Mandrake.

»Oh, dafür gibt es genug Interessenten«, sagte Ben, ehe Pelham Gelegenheit bekam, zu antworten. »Waffenhändler, unsere Freunde von der anderen Seite, die Unterwelt...« Er grinste. »Aber darüber sollten wir uns später unterhalten. Im Moment«, fuhr er, dann an Pelham gewandt, fort, »wäre ich Ihnen dankbar, wenn Sie uns hier wegbringen könnten.«

»Natürlich«, sagte Pelham hastig. »Ich lasse Sie zum Stützpunkt fliegen. Ich selbst kann Sie leider nicht begleiten – Sie verstehen, daß ich hierbleiben und darauf achten muß, daß das Gelände abgesperrt und durchsucht wird. Aber ich gebe Anweisung, daß man sich um Sie kümmert.« Er wies mit einer einladenden Geste auf den Hubschrauber und watete vor ihnen über das schlammige Feld.

Catherine atmete innerlich auf, als sie in der Kabine waren und Pelham ihnen ihre Plätze angewiesen hatte. Der Hubschrauber war kleiner, als sie geglaubt hatte. Der Großteil des Innenraums wurde von grün und grau gestrichenen Kästen und

Instrumenten beansprucht, und das Wenige, was an Platz übrigblieb, wurde fast vollkommen von zwei wuchtigen Maschinengewehren, die rechts und links durch die Bordwand stachen, eingenommen.

Pelham brüllte ein paar Kommandos, worauf bis auf den Piloten und den Funker alle übrigen Soldaten den Helikopter verließen und um die Absturzstelle herum ausschwärmten. Jemand schleppte einen Feuerlöscher heran und begann mit ebenso optimistischem wie sinnlosem Versuch, das brennende Wrack der Polizeimaschine zu löschen. Dann fiel die Tür mit dumpfem Laut ins Schloß, und die Rotoren hoch über ihren Köpfen erwachten zu knatterndem Leben. Die Maschine hob ab und entschwebte mit wachsender Geschwindigkeit in Richtung Arlington. Catherine wußte nicht, wie lange sie flogen. Sie hatte die Augen geschlossen und versuchte geistig zu verarbeiten, was sie erlebt hatte, nahm kaum etwas von ihrer Umgebung wahr. Auch Ben war in Gedanken versunken, versuchte allem Anschein nach ebenso wie sie, eine Erklärung für das Unerklärbare zu finden. Erst als der Hubschrauber mit einem kaum spürbaren Ruck aufsetzte, schrak sie aus ihren Grübeleien hoch. Das Motorengeräusch verstummte. Catherine griff nach dem Verschluß ihres Gurtes und öffnete ihn, während Ben und Mandrake sich neben ihr bereits aus den Sitzen stemmten. Die Außentür des Helikopters wurde geöffnet, und ein Soldat lugte neugierig zu ihnen herein.

»Inspektor Gordon und Miß Langley?« fragte er.

Ben nickte und half Catherine beim Aufstehen. Die Kabine war so niedrig, daß sie gebückt zum Ausgang gehen mußten, um sich nicht die Köpfe an der gewölbten Decke zu stoßen.

»Ich bin Sergeant Temps«, sagte der Soldat. »Major Pelham hat Ihre Ankunft über Funk gemeldet. Ich soll mich um Sie kümmern.« Er streckte Catherine die Hand entgegen, um ihr die kurze Leiter auf das Flugfeld hinunterzuhelfen, und deutete gleichzeitig mit der Linken auf einen Jeep, der mit laufendem Motor und eingeschalteten Lampen dicht neben der gelandeten Maschine stand. »General Jorger erwartet Sie bereits«, sagte er, während sie auf den wartenden Wagen zugingen. »Sie können sich aber vorher gerne etwas ausruhen, wenn Sie sich zu müde fühlen.«

Catherine nahm auf den Rücksitzen des Wagens Platz und rutschte zur Seite, als Ben sich neben sie setzte. Mandrake kletterte nach kurzem Zögern auf den Beifahrersitz. Sein Blick wanderte neugierig über die lange Reihe dunkelgrün gestrichener Helikopter, die am Rande des Flugfeldes abgestellt waren. »Das ist nicht nötig«, sagte Catherine. Sie wollte alles so schnell wie möglich hinter sich bringen, um diesen Alptraum zu beenden. »Wir stehen dem General zur Verfügung. Er wird uns ja wohl kaum eine halbe Nacht mit Beschlag belegen wollen.«

Temps lachte gekünstelt und klemmte sich hinter das Steuer. »Mit Sicherheit nicht«, antwortete er, während er rückwärts fuhr und den Wagen wendete. »Eine Maschine für Ihren Rücktransport nach London wird schon vorbereitet. General Jorger wird Ihnen nur ein paar Fragen stellen, das ist alles. Reine Routine.« Er seufzte, schaltete in einen höheren Gang und fuhr auf die flachen Baracken am Südende des Flughafens zu. »Wissen Sie«, erklärte er, »bei der Army geht absolut nichts ohne Protokolle und Papierkram. Aber es wird nicht allzulange dauern.« Er hob den Kopf und musterte Catherine einen Augenblick lang im Rückspiegel. »Vielleicht sollte sich unser Stabsarzt um Sie kümmern«, sagte er freundlich. »Sie müssen einiges mitgemacht haben.«

»Halb so wild«, wehrte Catherine ab. »Wir haben einen ordentlichen Schrecken bekommen, mehr nicht.«

Temps lächelte, beließ es aber dabei.

Sie überquerten rasch das Flugfeld, fuhren an einer Reihe still und dunkel daliegender Baracken vorbei und hielten schließlich vor einem etwas größeren, hell erleuchteten Gebäude. Temps sprang aus dem Wagen, half Catherine erneut – ganz alter Gentleman – beim Aussteigen und eilte dann voraus, um sie anzumelden.

»Das hat mir gerade noch gefehlt«, knurrte Ben, als Temps außer Hörweite war. »Tausende von Fragen. Dieser General wird uns die Geschichte nicht abkaufen.«

»Vor allem nicht«, fügte Catherine hinzu, »wenn sie die Unfallstelle untersuchen und statt der Leichen der Piloten nur ein paar halbverschmolzene Puppen finden.«

»Wir bleiben trotzdem bei unserer Version. Von den Puppen wissen wir nichts.«

Sie betraten die Baracke und blieben unschlüssig stehen. Erst jetzt, als sie in dem trockenen und beheizten Gebäude waren, kam Catherine richtig zum Bewußtsein, wie kalt es draußen gewesen war. Sie zitterte am ganzen Leib, und ihre Haut fühlte sich klamm und feucht an. Fröstelnd zog sie die Schultern enger zusammen und verbarg die Hände unter den Achseln.

»Sie können kommen.« Temps erschien unter der Tür am gegenüberliegenden Ende des winzigen Vorraumes und machte eine einladende Bewegung in den dahinterliegenden Raum. »General Jorger erwartet Sie.« Er sah Catherine an, runzelte die Stirn und schüttelte den Kopf. »Sie sind ja halb erfroren«, murmelte er vorwurfsvoll. »Warten Sie – ich hole Ihnen eine Decke.« Er stürmte an Catherine vorbei in ein anderes Zimmer, kam kaum eine Sekunde später mit einer zusammengefalteten Armeedecke zurück und legte sie ihr um die Schultern. Catherine nickte dankbar. »Kommen Sie«, sagte Temps.

Sie gingen durch einen kurzen, steril weiß gestrichenen Flur und betraten dann ein überraschend großes Büro. Ein überdimensionaler Schreibtisch beherrschte den Raum vollkommen und ließ den Mann dahinter zur Winzigkeit zusammenschrumpfen. An den Wänden hingen verschiedenfarbige Karten, die mit Linien und Strichen und scheinbar sinnlosen Symbolen übersät waren, und in einer Ecke kämpfte eine elektrische Heizsonne gegen die Kälte an. »Nehmen Sie Platz«, sagte General Jorger freundlich. Er war ein großer, athletisch wirkender Mann Ende Fünfzig, einer der sportlichen, durchtrainierten Typen mit grauen Schläfen und markantem Kinn, die jeden Morgen vor Sonnenaufgang aufstanden, ihr Rheuma und das Stechen in den Knien ignorierten und eine Stunde Jogging absolvierten und sich einbildeten, mit ihren grauen Schläfen immer noch auf Frauen zu wirken. Catherine sah ihn eine halbe Sekunde lang an und beschloß, ihn nicht zu mögen.

Sie nahmen auf den drei bereitgestellten Stühlen Platz und warteten, daß Jorger das Wort an sie richten würde. Der General musterte sie nacheinander eindringlich. Seine Augen hatten einen stechenden, unangenehmen Blick. Schließlich wandte er sich mit leisem Lächeln an Mandrake. »Sie sind der Pilot, der den Hubschrauber geflogen hat«, stellte er fest.

Mandrake nickte. »Ich habe Ihr kleines Kunststückchen auf dem Radarschirm verfolgt«, fuhr Jorger fort. In seiner Stimme klang deutliche Anerkennung. »Wenn Sie irgendwann einmal einen krisensicheren Job suchen, junger Mann, dann melden Sie sich bei mir.«

Mandrake lächelte unsicher.

»Haben Sie uns herkommen lassen, um Einstellungsgespräche zu führen?« knurrte Ben mißgelaunt.

Jorger schüttelte ungerührt den Kopf. »Natürlich nicht, Inspektor«, antwortete er. »Ich wollte Ihrem Piloten nur gratulieren. Ich erkenne die Leistung eines Mannes an, wenn ich sie sehe. Aber Sie haben natürlich recht«, fuhr er mit verändertem Tonfall fort. »Sie werden erschöpft und müde sein, nach allem, was Sie durchgemacht haben. Ich möchte Sie nur bitten, mir den Hergang dieses . . . Zwischenfalles zu erzählen. In allen Einzelheiten.«

»Es gibt nicht viel zu berichten«, antworte Ben kurz angebunden. »Wir haben den Burschen verfolgt, ohne zu ahnen, daß Sie den Verbrechern freundlicherweise einen ausgewachsenen Kampfhubschrauber zur Verfügung gestellt haben. Als wir es merkten, war es zu spät. Hätte ich den Piloten nicht mit einem Glückstreffer erwischt und wäre der Bordschütze nicht so kurzsichtig gewesen, wären wir jetzt tot.«

Jorger schluckte den Seitenhieb ohne sichtbare Reaktion. »Wie meinen Sie das, mit dem Bordschützen?« fragte er ruhig.

»Ich glaube, ich weiß, worauf Sie hinauswollen«, antwortete Mandrake an Gordons Stelle. »Die Maschine wurde von einer Besatzung geflogen, die nicht besonders gut damit umgehen konnte. Es waren nicht Ihre Leute, wenn es das ist, was Sie bewegt hat, General.«

»Sind Sie sicher?«

»Ziemlich. Ihre Männer hätten uns mit den Bordwaffen vom Himmel gefegt!« sagte Mandrake überzeugt.

Jorger schwieg einen Moment, aber Catherine konnte deutlich sehen, wie es hinter seiner Stirn arbeitete. »Sie verstehen hoffentlich, daß mir sehr daran gelegen wäre, sicher zu sein, daß unsere Leute nichts damit zu tun haben«, sagte er schließlich. »Es reicht schon, daß die Maschine verschwunden ist. Wo ist sie eigentlich aufgetaucht? Irgendwo über London, wie ich höre?«

Ben nickte. »In Harrow«, sagte er. »Und es ist mir ebenfalls ein Rätsel, wie Herleth sie dorthin bringen konnte, ohne daß ein paar hundert Menschen Wind davon bekommen haben. Aber das werden wir klären.«

»Herleth?«

»Der Mann, der ... den wir darin vermuteten«, verbesserte sich Ben.

»Vermuteten?« In Jorgers Augen erschien ein aufmerksamer Ausdruck. »Das heißt, Sie sind sich nicht sicher, ob er es war?«

»Die Maschine startete von seinem Grundstück aus, aber ... ich bin mir mittlerweile nicht mehr sicher, ob er auch darin war. Vielleicht war alles nur ein Trick, um uns auf eine falsche Fährte zu locken. Sagte Ihnen der Name etwas?«

»Herleth?« Jorger schüttelte den Kopf. »Nein. Ich kenne jeden Mann, der in den letzten zehn Jahren hier Dienst getan hat, aber ein Mister Herleth war nicht dabei. Trotzdem werde ich natürlich Nachforschungen anstellen. Wir haben bisher im dunklen getappt, aber mit diesem Namen haben wir vielleicht eine erste Spur.«

»Nicht unbedingt. Er kann ihn gekauft haben. Bei einem Waffenschieber.«

Jorger zuckte die Achseln. »Das wird sich erweisen. Wir werden die Leichen der Besatzung bergen und untersuchen lassen. Ich garantiere Ihnen, daß wir die Burschen kriegen.«

»Das hoffe ich«, knurrte Ben. Er lehnte sich zurück, suchte in seinen Manteltaschen nach Zigaretten und förderte schließlich eine halb aufgeweichte Packung zutage. »Fehlt eigentlich außer dem Hubschrauber noch etwas?« fragte er harmlos.

Diesmal huschte ein Schatten über Jorgers Gesicht. »Nein«, antwortete er gepreßt. »Warum fragen Sie?«

Ben zuckte die Achseln. »Ich überlege nur, ob es wirklich reiner Zufall war, daß sie in diese Richtung geflogen sind. Der Helikopter stammt von hier. Und mit einem gestohlenen Hubschrauber ausgerechnet über einen Militärstützpunkt zu fliegen, ist ziemlich dämlich, wenn Sie den Ausdruck gestatten. Und Herleth ist bisher recht intelligent vorgegangen.«

Jorger nickte widerwillig. »Ich werde die Sache nachprüfen lassen«, versprach er. »Falls es da irgendeine Verbindung gibt, finden wir es heraus.« Das Telefon auf seinem Schreibtisch klingelte, aber Jorger schien über die Unterbrechung in diesem Moment ganz froh zu sein. Das Gespräch nahm allmählich einen anderen Verlauf, als ihm recht war. Er nahm den Hörer ab, meldete sich und hörte einen Moment schweigend zu. »Ihre Transportmaschine ist bereit«, sagte er, nachdem er wieder aufgelegt hatte. »Sie können zurück nach London fliegen, wenn Sie wollen. Ich werde mich irgendwann im Laufe der nächsten Tage mit Ihnen in Verbindung setzen und alles Weitere klären. Sie können allerdings auch bis morgen hierbleiben. Wir haben Platz genug, und unser Arzt . . .«

Ben wehrte rasch ab und stand auf. »Das ist sehr freundlich von Ihnen, General, aber ich muß dringend nach London zurück.«

»Ich verstehe.« Jorger stand auf und geleitete sie zur Tür. Draußen wartete Temps, der sie in Empfang nahm und mit seinem Jeep wieder aufs Flugfeld hinausbeförderte.

Wenige Minuten später saßen sie erneut in einem Helikopter und rasten Richtung London durch die Nacht.

Das Feld war in das gleißende Licht unzähliger Scheinwerfer getaucht. Das Dröhnen von Dieselmotoren und die scharfen Kommandostimmen der Soldaten übertönten das Geräusch des Windes. Mehr als ein Dutzend großer, braungrün gestrichener Lastwagen bildeten einen weiten Halbkreis um die Absturzstelle, und am Rande des hell erleuchteten Terrains hockte der wuchtige Schatten eines gigantischen Transporthubschraubers, der darauf wartete, das Wrack der Sikorsky nach Arlington hinüberzufliegen.

Major Pelham zog fröstelnd den Kragen seiner Uniformjacke zusammen und zündete sich mit steifen Fingern eine Zigarette an. Er hatte nicht lange warten müssen, bis Männer und Material vom nahe gelegenen Stützpunkt herübergekommen waren. Die Erwähnung eines Hubschrauberwracks hatte wie ein Zauberwort gewirkt – Jorger hatte jeden verfügbaren Mann und beinahe mehr Material, als er gebrauchen konnte, hergeschickt. In dem zweihundert Meter durchmessenden Kreis aus Fahrzeugen und Scheinwerfern drängten sich Hunderte von Soldaten, die buchstäblich jeden Zentimeter des schlammigen Bodens absuchten und jedes noch so winzige Trümmerstück aufhoben und sorgfältig in Plastiktüten verpackten. Aber bisher hatten sie außer Trümmern nichts gefunden.

Pelham schnippte das Streichholz von sich und schlenderte langsam auf den aufgeworfenen Krater zu, in dessen Zentrum das verkohlte Wrack der Sikorsky lag.

»Nun?«

Ein Mann in der braunen Uniform der Pioniere sah auf, erkannte den Major und zuckte unglücklich mit den Schultern. »Nichts, Major«, sagte er niedergeschlagen. »Kein Toter, keine Leichenteile, nichts . . .«

Pelham schwieg einen Moment. Sie suchten jetzt seit zwei Stunden krampfhaft nach den Leichen der Besatzung. »Vielleicht sind sie hinausgeschleudert worden, als die Kiste explodiert ist«, murmelte er, ohne jedoch selbst so recht an seine Worte zu glauben. Er hatte genug Flugerfahrung, um zu wissen, daß es nicht so gewesen sein konnte.

Der Pionier schüttelte den Kopf. Auf seinem Gesicht erschien ein unglücklicher Ausdruck. »Das war nicht einfach nur eine durch den Absturz verursachte Explosion«, sagte er.

Pelham blinzelte verwirrt. »Nicht? Was dann?«

»Wie Sie wissen, explodiert eine Militärmaschine nicht einfach wie ein ziviler Helikopter, wenn sie abschmiert. Treibstoff und Munition sind besonders geschützt. Aber wie es aussieht, wurde unmittelbar vor dem Absturz eine Rakete abgefeuert. Da war die Maschine aber wohl schon nicht mehr auf Kurs. Sie muß direkt in den Explosionsball ihrer eigenen Rakete gestürzt sein. Nur so läßt sich ihr Zustand erklären. Es muß eine ungeheure Hitzeentwicklung gegeben haben. Die Sikorsky . . . sie ist geradezu geschmolzen.«

»Geschmolzen?« Pelham zögerte einen Moment und trat dann entschlossen in das eisige Regenwasser, mit dem sich der Krater mittlerweile gefüllt hatte, hinein. Er mußte zugeben, daß ihm die gleichen Gedanken kamen, als er das Wrack erstmals aus direkter Nähe betrachtete. Es gehörte schon eine sehr große Portion Phantasie dazu, aus der zusammengebackenen Masse die Umrisse eines Helikopters herauslesen zu können. Die Aluminiumhaut war wie Wachspapier geschmolzen, stellenweise verdampft und wie Butter an den Rumpfträgern entlang – und hinuntergelaufen. Das massive Metall der Rumpfkonstruktion war verbogen und ausgeglüht, und wo die Pilotenkanzel sein sollte, gähnte ein riesiges, schwarz verkohltes Loch.

»Das ist noch nicht alles«, sagte der Pionier. »Wir haben etwas Seltsames gefunden. Sehen Sie selbst.« Er watete durch das knietiefe Wasser zur anderen Seite der Maschine und winkte Pelham, ihm zu folgen. In der Seitenwand des Wracks gähnte ein fast meterbreiter, gezackter Riß, durch den man in die Pilotenkanzel – oder das, was davon übrig war – blicken konnte. Der Pionier schaltete eine Taschenlampe ein und ließ den Strahl über das zerschmolzene Instrumentenbrett und das verkohlte Gerippe des Pilotensessels gleiten. »Sehen Sie dort.«

Pelham erkannte erst nach einigen Sekunden, was der Mann meinte. Auf dem Pilotensessel klebte eine schwarzgraue, glitzernde Masse, deren Umrisse vage an die Form eines menschlichen Körpers erinnerten. Pelham beugte sich neugierig vor, hielt sich mit einer Hand an der zerfetzten Metallkante des Risses fest und tastete mit der Rechten nach dem Sitz. »Kunststoff!« murmelte er verblüfft, als er über den Sitz gefühlt hatte. »Das ist irgendein Kunststoff. Ziemlich verkohlt, aber ...«

»Es gibt in einer Sikorsky nichts aus Kunststoff. Nichts, was so groß wäre«, sagte der Pionier ruhig.

»Aber ...«

»Außerdem ist es im Moment der Explosion in den Sitz hineingebrannt worden«, fuhr er ungerührt fort. »Und das bedeutet, daß es sich genau in diesem Augenblick dort befunden haben muß. Auf dem Pilotensitz.«

»Sie ... Sie sind ja verrückt«, sagte Pelham schwach.

»Ich wollte, ich wäre es, Major«, antwortete der Pionier. »Aber die Tatsachen sprechen leider für sich. Außerdem ist da noch etwas ...«

»So?«

Der Soldat griff wortlos in die Jackentasche und förderte

einen durchsichtigen Plastikbeutel zutage. »Das habe ich im Schlamm gefunden, direkt neben dem Krater«, sagte er.

Pelham griff nach dem Beutel und drehte ihn unschlüssig in den Händen. Das Ding, das darin lag, erinnerte ihn auf fatale Weise an einen Finger. Aber es war einer aus Kunststoff ...

Pelham schluckte. »Unmöglich«, sagte er. »Das, was ich denke, ist vollkommen unmöglich.« Er wollte noch mehr sagen, aber in diesem Moment wurden am gegenüberliegenden Kraterende erregte Stimmen laut. Pelham fuhr herum, steckte den Beutel achtlos in die Jackentasche und watete eilig um das Wrack herum. Ein halbes Dutzend Soldaten hatten sich um einen unförmigen, dunklen Körper geschart, der halbwegs aus dem Wasser ragte. Pelham scheuchte die Männer beiseite und kniete neben dem Fund nieder. »Woher kommt das?« fragte er.

»Es lag im Wasser«, antwortete einer der Soldaten. »Dicht am Ufer. Muß beim Absturz herausgeschleudert worden sein.«

Aber Pelham hörte die Worte kaum noch. Er hatte die Taschenlampe wieder eingeschaltet und den Lichtkegel auf das verkrümmte Ding gerichtet. Und was er sah, ließ ihn für einen Moment an seinem Verstand zweifeln. Zuerst hatte er den Eindruck, vor einem leeren Mantel zu knien, den irgend jemand zuerst gründlich verbrannt und dann mit Papier und Abfällen ausgestopft hatte. Aber er erkannte rasch, daß das nicht stimmte. In den Kleidern steckten Überreste eines menschlichen Körpers ...

Eines halben menschlichen Körpers, genauer gesagt. Kopf und Oberkörper waren verschwunden, und der Leib begann erst da, wo bei normalen Menschen das Brustbein sitzen mochte. Aber der Körper war hohl, die Haut zerschmolzen und verkohlt, mit Rissen und gezackten Sprüngen durchzogen und verformt.

»Eine Puppe!« keuchte Pelham ungläubig. Das, was da vor ihm lag, waren die verkohlten Überreste einer menschengroßen Puppe!

Plötzlich mußte er wieder an die zerschmolzene graue Masse auf dem Pilotensitz denken, und für einen Moment hatte er das Gefühl, als berühre ihn eine eiskalte Hand im Nacken und strich langsam an seinem Rücken herab. Er stand auf, schüttelte verwirrt den Kopf und trat instinktiv einen Schritt von dem grausigen Fund zurück.

Die kaum sichtbaren grauen Flecken, die auf seinen Fingerspitzen zurückgeblieben waren, wo er die Puppe berührt hatte, bemerkte er nicht . . .

Jeff blieb plötzlich stehen und hob warnend die Hand. »Licht aus!«

Landon gehorchte sofort. Der bleiche Strahl der Taschenlampe erlosch, und von einer Sekunde zur anderen schlug Dunkelheit wie eine pechschwarze Woge über ihnen zusammen. Das Glucksen und Plätschern des Wassers zu ihren Füßen schien lauter zu werden, und mit der Dunkelheit krochen ungewisse Ängste und gestaltlose Furcht aus Ecken und Winkeln hervor. Ihre Phantasie gaukelte ihren weit aufgerissenen Augen Dinge vor, die nicht da waren, füllte die absolute Schwärze vor ihnen mit Bewegung und körperlosem, dräuenden Leben. Jeff hatte plötzlich das Gefühl, keine Luft mehr zu bekommen, aber das lag nicht allein an dem atemberaubenden Gestank, der den Kanal ausfüllte. Er hörte, wie Landon sich neben ihm unruhig bewegte; sein Atem ging schneller und stoßweise. Auch er schien es zu spüren.

»Da vorne ist etwas«, murmelte Jeff. Er gab sich Mühe, so leise wie möglich zu sprechen, aber die gewölbten Steinwände schienen den Klang seiner Stimme aufzufangen und als vielfach gebrochenes Echo durch den Gang zu werfen.

Vor ihnen waren Geräusche – etwas wie Schritte und ein Schleifen, als würde ein schwerer Körper über den Boden gezerrt. Jeff tastete unwillkürlich nach seiner Waffe. Ihr Gewicht und die kühle Glätte des Metalls gaben ihm ein Gefühl trügerischer Sicherheit. Er streckte die Hand aus. Seine Finger ertasteten ein schmales, rostzerfressenes Metallgeländer, das im rechten Winkel über den Kanal führte.

»Kommen Sie«, flüsterte er. »Sie sind auf der anderen Seite.« Vorsichtig setzte er einen Fuß auf den schmalen, glitschigen Steg, klammerte sich mit der Linken am Geländer fest und trat dann vollends auf die Brücke hinaus. Er fühlte, daß sie den

Kreaturen bereits sehr nahe gekommen waren. Es war noch nicht lange her, seit sie in das unterirdische Labyrinth eingedrungen waren, aber Herleths Geschöpfe waren durch Blackwood behindert – und sie rechneten wohl kaum damit, verfolgt zu werden . . .

Schritt für Schritt tastete er sich über die Brücke und erreichte schließlich das jenseitige Ufer. Die Metallkonstruktion begann unter seinen Füßen zu beben, als sich Landon ebenfalls an die Überquerung des Kanals machte. Jeff wartete geduldig, bis der junge Constabler neben ihm angelangt war, und schlich dann auf Zehenspitzen weiter.

Die Schritte waren jetzt ganz nahe. Und nach einer Weile hörte er auch Stimmen. »Ist alles vorbereitet?« fragte eine männliche Stimme. Sie kam Jeff vage bekannt vor, war aber durch die verwirrende Akustik des Stollens verzerrt, so daß er nicht genau wußte, wo er sie einordnen sollte.

»Natürlich«, antwortete eine andere Stimme. Diesmal erkannte Jeff sie. Es war der falsche Polizist, der ihn niedergeschlagen hatte. »Die Wagen stehen bereit. Es ist alles verladen und fertig. Wir können die Stadt binnen einer Stunde verlassen.«

»Sehr gut.« Die Schritte stockten, und Jeff blieb ebenfalls stehen und hielt Landon mit raschem Griff am Arm fest. »Wir werden unseren ursprünglichen Plan ändern müssen, aber das macht nichts. Eine Verzögerung von wenigen Tagen, das ist alles. Wir – was war das?«

Jeff zuckte unwillkürlich zusammen, als er den erschrockenen Ton wahrnahm. Irgendwo vor ihnen flammte eine Lampe auf. Ein greller Lichtstrahl schnitt durch die Dunkelheit, glitt über den feuchten Stein zu ihren Füßen und blieb an Jeffs Gesicht haften.

»Packt sie!«

Jeff hob schützend die Hand vor die Augen und wich zurück. Ein unförmiger, schwarzer Schatten sprang aus der gleißenden Helligkeit auf ihn zu. Er duckte sich, stieß eine zupackende Hand beiseite und drückte gleichzeitig ab. Der Schuß dröhnte in der Enge des Stollens wie ein Kanonenschuß. Die Gestalt vor ihm wurde hochgerissen, taumelte mit wild rudernden Armen zwei, drei Schritte zurück und prallte dann gegen die Wand.

»Zurück!« schrie Jeff. Er fuhr herum, stieß Landon mit einer verzweifelten Bewegung auf den schmalen Metallsteg hinaus und gab einen weiteren Schuß in die Dunkelheit ab. Die Kugel prallte gegen die Wand und heulte als Querschläger davon.

»Schnappt sie!« kreischte eine überschnappende Stimme. »Sie dürfen nicht entkommen!« Gleichzeitig flammten zwei, drei Handscheinwerfer auf und tauchten den Stollen in gleißende Helligkeit. Jeff hetzte dicht hinter Landon über den schmalen Steg. Die Schritte der Verfolger hämmerten hinter ihnen über den Boden. Er blieb stehen, drehte sich um und drückte im gleichen Moment ab, als die erste Puppe auf die schmale Brücke hinausstürmte. Die Kugel traf ihren Hals und zerschmetterte ihn. Der Kopf schien sich in einer Wolke aus explodierenden Kunststofftrümmern zu lösen, fiel herunter und kollerte ein Stück weiter, ehe es ins Wasser fiel und versank. Der verstümmelte Torso rannte noch ein paar Schritte weiter und stürzte dann ebenfalls in die gurgelnden Fluten.

Jeff schoß noch einmal, und eine zweite Figur wurde mitten im Lauf von einer unsichtbaren Riesenfaust getroffen und regelrecht in Stücke geschlagen. Sie prallte gegen das dünne Geländer und durchbrach es. Der Körper klatschte ins Wasser, trieb einen Sekundenbruchteil reglos und mit weit ausgebreiteten Armen an der Oberfläche und wurde dann heruntergesogen. Eine verkrümmte, graue Kralle erschien noch einmal über der braunen Flut, griff in einer hilflosen Bewegung in die Luft und verschwand schließlich vollends.

»Mein Gott!« keuchte Landon. »Was . . . was ist das?«

»Fragen Sie mich das später noch einmal!« sagte Jeff gehetzt. »Wenn wir dann noch leben, heißt das. Jetzt laufen Sie!« Er gab Landon einen Stoß, schoß noch einmal und rannte hinter ihm den Weg zurück, den sie gekommen waren. Seine Schüsse hatten die Verfolger ein wenig zurückgetrieben, aber der Schreck hielt nicht lange an. Der Steg dröhnte unter den stampfenden Schritten von sieben, acht Monsterpuppen. Jeff war einem verhängnisvollen Irrtum erlegen. Er hatte angenommen, es nur mit drei der Ungeheuer zu tun zu haben, aber das stimmte nicht. Hinter ihm stürmte mindestens ein Dutzend der grauen Killer heran, und hinter ihnen lauerten noch weitere Schatten. Das

Kaufhaus mußte von den Monstern gewimmelt haben – und die, die sie gesehen hatten, waren nicht mehr als die Nachhut gewesen.

Der Schacht tauchte vor ihnen auf. Jeff blieb stehen und drehte sich um. »Schnell!« keuchte er. »Klettern Sie hoch! Ich versuche sie aufzuhalten!« Er drückte ab. Die Kugel zerschmetterte den Arm der vordersten Figur. Hand und Unterarm zersplitterten bis zum Ellbogengelenk hinauf zu grauem Staub, aber das Monster rannte ungerührt weiter, den zersplitterten Stumpf wie eine Keule schwingend. Jeff schoß noch einmal, und diesmal schleuderte die Wucht des Treffers das Ungeheuer zurück. Für einen winzigen Moment verwandelte sich der Gang in ein unentwirrbares Durcheinander aus Gliedern, Köpfen und Körpern. Eines der Monster verlor das Gleichgewicht und stürzte in den Kanal. Die reißende Strömung drückte es unter die Wasseroberfläche und trug es fort.

Landon begann hastig die Sprossen hinaufzuklettern. Jeff gab einen weiteren Schuß ab, griff mit der Linken nach der untersten Sprosse und zog sich hastig empor. Eine graue, unmenschlich starke Hand griff nach seinem Fußgelenk und umklammerte es. Jeff riß sich mit einer verzweifelten Anstrengung los und kletterte weiter, so schnell er konnte. Unter ihm erscholl ein wütender vielstimmiger Aufschrei.

Der Schacht schien kein Ende zu nehmen. Landon kletterte über ihm behende wie ein Affe an den Metallsprossen entlang, aber sie schienen trotzdem nicht von der Stelle zu kommen. Jeff blickte nach unten und verdoppelte seine Anstrengungen. Die Puppen waren dicht unter ihm – einen, höchstens anderthalb Meter tiefer, und sie kletterten mit der beharrlichen Unermüdlichkeit von Maschinen, die keine Erschöpfung und keine Müdigkeit kannten. Endlich, nach einer Ewigkeit, schwang sich Landon über den Schachtrand und griff nach Jeffs Handgelenk. Mit einem verzweifelten Ruck zog er ihn aus dem Schacht, griff nach dem zentnerschweren Deckel und wuchtete ihn in den Scharnieren hoch. »Schnell!« keuchte er. »Helfen Sie mir!«

Jeff packte mit zu, aber der Deckel bewegte sich nur mit quälender Langsamkeit. Eine graue klauenartig gekrümmte Hand erschien über dem Schachtrand, krallte sich in der Betonkante fest und zog und zerrte.

»Himmel!« keuchte einer der beiden Polizisten, die fassungslos danebenstanden und zusahen. »Was ist das?!«

»Reden Sie nicht!« brüllte Landon. »Helfen Sie lieber!«

Der Mann griff zögernd zu und stemmte sich mit aller Kraft gegen den Deckel. Langsam, Millimeter für Millimeter hob sich das gußeiserne Metallstück.

In der rechteckigen Schachtöffnung erschien ein haarloser grauer Schädel. Landon schrie entsetzt auf und stemmte sich noch einmal mit aller Gewalt gegen die rostigen Scharniere. Der Deckel schwang hoch, stand einen Moment lang senkrecht und krachte dann mit ungeheurer Gewalt herunter. Der Puppenkopf wurde zertrümmert. Der Deckel schloß sich mit einem donnernden Schlag. Ein dumpfes Splittern und Bersten drang aus dem geschlossenen Schacht empor; ein Laut, als stürze ein schwerer Körper hinunter und risse weitere mit sich. Dann, von einer Sekunde auf die andere, trat Ruhe ein.

»Mein Gott«, keuchte Landon. »Das war knapp.« Er schluckte, tauschte einen hilflosen Blick mit seinen beiden Männern und sah dann Jeff an.

»Was ... was waren das für Monster, Mister Langley?«

Jeff zögerte sichtlich mit der Antwort. Sein Atem ging schnell und hektisch, und sein Herz hämmerte so wild, daß es schon fast schmerzte. Erst jetzt, als alles vorbei war, kam ihm richtig zum Bewußtsein, wie knapp er erneut dem sicheren Tod entronnen war. Oder vielleicht Schlimmerem. »Es ... waren jedenfalls keine Menschen«, antwortete er ausweichend.

Landon lachte schrill. »Das habe ich gemerkt. Aber was war es dann? Roboter?« Das Wort ging ihm so glatt über die Lippen, als wäre der Gedanke an menschengroße, täuschend lebensechte Roboter die natürlichste Sache auf der Welt. Aber nach dem, was er dort unten erlebt hatte, konnte er sich mit dieser Erklärung vielleicht noch am ehesten abfinden.

Jeff nickte. »Ja. Keine Roboter in dem Sinn, in dem Sie das Wort vermutlich benutzt haben, aber die Erklärung kommt der Wahrheit nahe. Es waren ... eine Art Roboter, ja.«

»Roboter?« fragte einer der Polizisten. Er hatte einen zersplitterten Finger vom Boden aufgehoben und drehte ihn jetzt hilflos in den Händen. »Sind ... sind dort unten noch mehr von den Monstern?«

Jeff nickte widerstrebend. »Ich fürchte, ja«, bekannte er. »Und wir haben keine Zeit mehr zu verlieren. Sie dürfen nicht entkommen.« Er stand auf, machte einen Schritt in Richtung Tür und blieb abrupt stehen, als ihm etwas einfiel.

»Können Sie mit ihrem Walkie-talkie den Yard erreichen?« fragte er, an Landon gewandt.

Der Constabler nickte. »Ich denke schon.«

»Dann tun Sie es. Sie sollen den Kanal absperren und Männer mit schweren Waffen hinunterschicken. Am besten Flammenwerfer.«

Landon löste das Funkgerät von seinem Gürtel und drückte auf die Ruftaste. Auf der Schmalseite des Gerätes leuchtete eine winzige rote Lampe auf, aber der kleine Lautsprecher blieb stumm. Landon versuchte es noch einmal, zuckte dann die Achseln und befestigte das Gerät wieder an seinem Gürtel. »Vermutlich ist um uns herum zuviel Beton«, murmelte er. »Ich komme nicht durch. Aber wir versuchen es vom Streifenwagen aus.« Er stand auf und befahl einen der beiden Beamten zu sich.

»Sie bleiben hier stehen und bewachen den Schacht«, sagte er. »Aber kommen Sie nicht auf die Idee, den Helden spielen zu wollen. Wenn Sie irgend etwas bemerken – ein verdächtiges Geräusch oder sonst was –, schlagen Sie Alarm und verschwinden. Klar?«

Der Beamte nickte und postierte sich gehorsam neben dem Schachtdeckel. Er wirkte blaß und nervös und schien sich alles andere als wohl in seiner Haut zu fühlen.

»Kommen Sie, Langley«, drängte Landon. »Gehen wir nach oben.«

Sie verließen den Heizungskeller. Landon postierte den zweiten Mann vor der Tür und eilte dann vor Jeff durch den schmalen Gang zur Treppe. Die Tür am oberen Ende der Treppe wurde geöffnet, als er den Fuß auf die unterste Stufe setzte, und ein kleinwüchsiger, in einen schwarzen Wintermantel gehüllter Mann erschien in der Öffnung.

Jeff prallte entsetzt zurück. »Herleth!«

»Ganz recht, Mister Langley«, sagte Herleth lächelnd. »Wie nett, Sie so unverhofft wiederzusehen.« Er zog die Tür hinter sich ins Schloß und kam langsam die Treppe heruntergeschlendert. In seiner Armbeuge lag eine schwarze, kurzläufige Maschinenpistole, deren Mündung ständig zwischen Jeff und Landon hin- und herschwenkte.

Jeff versuchte gar nicht erst, nach seiner Waffe zu greifen. In dem engen Treppenschacht brauchte Herleth nicht einmal zu zielen. Es reichte vollkommen, wenn er einfach den Abzug durchgedrückt hielt.

»Wieso . . . wo kommen Sie her?«

»Von oben«, antwortete Herleth. »Ich habe mir erlaubt, mich die ganze Zeit versteckt zu halten.«

»Aber der Helikopter . . .«

»War ein kleiner Kunstgriff von mir, um Ihre entzückende Begleiterin und diesen lästigen Inspektor loszuwerden«, bekannte Herleth. »Aber ich gebe zu, daß ich Sie unterschätzt habe, Mister Langley. Sie hätten den Schacht nicht so frühzeitig entdecken dürfen. Aber das ändert nun auch nichts mehr.« Er winkte drohend mit der Waffe und scheuchte Landon und Jeff vor sich her den Gang hinunter.

»Sie müssen verrückt sein, wenn Sie glauben, damit durchzukommen«, sagte Landon ruhig. »Das Haus ist umstellt, und das Gebäude wimmelt von meinen Männern.«

»Ich denke, ich habe zwei gute Geiseln«, lächelte Herleth. »Und im Zweifelsfall habe ich noch ein paar Verbündete, die mir helfen werden, hier herauszukommen. Und nun . . .«

Landon machte einen Schritt zur Seite, trat Herleth die Waffe aus der Hand und versetzte ihm gleichzeitig einen Handkantenschlag vor die Kehle. Der untersetzte Mann schrie auf, taumelte zurück und fiel mit haltlos rudernden Armen vor die Wand. Er stöhnte. Seine Fingernägel kratzten haltsuchend über die glatte Betonwand, während er zu Boden sank.

Landon bückte sich seelenruhig nach der Waffe, hob sie auf und bedachte Herleth mit einem abfälligen Blick. »Vielleicht sollten wir uns über dieses Thema noch einmal in aller Ruhe unterhalten?« schlug er vor.

»Das finde ich auch«, sagte eine Stimme hinter ihm.

Jeff und Landon fuhren gleichzeitig herum. Hinter ihnen stand – Herleth!

Und noch während sie die Erscheinung fassungslos anstarrten, gingen die Stahltüren rechts und links des Korridors eine nach der anderen auf, und ein dritter, vierter, fünfter Herleth, jeder mit einer Maschinenpistole bewaffnet, und jeder mit dem gleichen süffisanten Lächeln auf den wulstigen Lippen, traten auf den Gang heraus.

Ben Gordon sah zum wiederholten Mal innerhalb der letzten Stunde auf die Armbanduhr. Der Helikopter flog mit gleichbleibender Geschwindigkeit nach Osten, den Weg zurück, den sie gekommen waren. Das dumpfe Dröhnen der Rotoren erfüllte die Kabine und machte eine Unterhaltung fast unmöglich. Das Geräusch war monoton und hatte etwas Einlullendes.

»Wie lange dauert das denn noch?« grollte Ben ungeduldig. »Der Hinweg kam mir nicht mal halb so lang vor.«

Catherine konnte die Worte über dem Motorengeräusch nur bruchstückweise vernehmen, aber sie wußte auch so, was Ben meinte. Auch sie war ungeduldig, von einer schon fast schmerzhaften Unrast erfüllt. Sie war müde, aber sie ahnte, daß sie noch lange nicht dazu kommen würde, sich ein wenig Ruhe zu gönnen. Sie mußte so rasch wie möglich zurück zu Jeff und Blackwood. Der Alptraum war noch nicht vorüber, fürchtete sie, wahrscheinlich begann er jetzt erst richtig. Wenn Herleth sich solche Mühe gab, um sie auf eine falsche Spur zu locken, dann verfolgte er damit einen bestimmten Zweck.

Eine dumpfe, gestaltlose Ahnung stieg in ihr empor. Sie richtete sich im Sitz auf und beugte sich zu Ben hinüber, soweit die Anschnallgurte dies zuließen. »Können wir von hier aus mit der Einsatztruppe beim Kaufhaus reden?« fragte sie.

Ben schüttelte den Kopf. »Nicht direkt«, brüllte er zurück. »Ich könnte über Funk mit dem Tower in London sprechen, und die könnten mit dem Yard telefonieren. Aber ich bin dagegen. Zu viele Ohren, die mithören. Wir müssen bald da sein. Ich verstehe auch nicht, wo der Kerl hinfliegt.« Er deutete mit einer Kopfbewegung zur Pilotenkanzel und machte sich am Verschluß des Gurtes zu schaffen. »Werde mal nachsehen. Vielleicht dreht er noch eine Ehrenrunde über London oder sonstwo.« Er stand auf und ging vorsichtig auf dem wankenden Boden nach vorne. Catherine sah, wie er mit dem Piloten redete und dabei heftig gestikulierte. Zwischen seinen Brauen stand eine steile, ärgerliche Falte, als er zurückkam. »Es dauert noch eine Weile«, brummte er wütend, während er sich wieder in den Sitz fallen ließ. »Wir bekommen keine Landeerlaubnis. Vielleicht sind die Landebahnen überlastet.«

»Landeerlaubnis?« mischte sich Mandrake ein. »Hat Ihnen der Pilot diesen Quatsch erzählt?«

»Wieso Quatsch?«

»Dies ist eine Militärmaschine, Inspektor«, erklärte Mandrake geduldig. »Sie braucht ebensowenig eine Landeerlaubnis wie ich für meine Kiste. Und der normale Flugverkehr wird überhaupt nicht beeinträchtigt, weil wir nicht auf Landebahnen angewiesen sind. Sie können die Mühle in einem Vorgarten aufsetzen, wenn es sein muß.«

Ben schwieg für einen Moment. »Natürlich«, sagte er dann verblüfft. »Daß ich nicht selbst daran gedacht habe... Da stimmt doch was nicht!« Er wollte aufspringen, aber in diesem Moment ertönte aus dem Lautsprecher unter der Decke ein hörbares Knacken.

»Sie haben recht, Inspektor«, sagte die Stimme des Piloten. »Ich wundere mich schon fast, daß Sie nicht eher darauf gekommen sind. Und nun bleiben Sie hübsch sitzen und warten ab, was geschieht.«

Ben knurrte unwillig und stemmte sich hoch. Der Helikopter machte einen Satz, legte sich zur Seite und kam ruckartig wieder hoch. Ben wurde unsanft von den Füßen gerissen und landete unsanft auf dem Boden.

»Das war nur eine Warnung, Inspektor«, verkündete der Lautsprecher. »Das nächste Mal fliege ich eine Rolle. Sie können sich ausrechnen, was dann mit Ihnen passiert. Setzen Sie sich, und bleiben Sie ruhig!«

Ben zog sich hastig auf seinen Sitz zurück und ließ den Verschluß der Gurte einrasten. Er schien den Sturz unversehrt überstanden zu haben, aber der Schreck saß ihm sichtlich in den Knochen. »Sobald wir unten sind, drehe ich dem Kerl den Hals um!« drohte er. »Eigenhändig!«

Aus dem Lautsprecher ertönte ein leises, amüsiertes Lachen. »Ich verstehe Ihre Gefühle, Inspektor, aber Sie werden kaum dazu kommen.«

»Was bedeutet das?« brüllte Ben. »Ich verlange eine Erklärung!«

Der Lautsprecher schwieg.

»Herleth«, murmelte Catherine niedergeschlagen. Sie fühlte erneut Panik in sich aufsteigen, kämpfte aber dagegen an. Ohne die meditativen Übungen, die sie regelmäßig absolvierte und durch die sie ihren Verstand in Krisensituationen zur Ruhe zwingen konnte, wäre sie schon längst geistig zusammengebrochen, doch wahrscheinlich befand sie sich ohnehin in einem Zustand des Dauerschocks, der es ihr gestattete, mit fast überdeutlicher Schärfe zu denken, der jedoch ihre Gefühle dämpfte. Der Zusammenbruch würde zwangsläufig kommen, später, sobald der Schock abklang und ihr alles richtig zum Bewußtsein kam.

»Was meinst du?«

»Die einzige Erklärung. Wir werden entführt. Und du darfst dreimal raten, wer dahintersteckt.«

»Aber ... das würde bedeuten, daß er Arlington fest in der Hand hat!«

»Nicht unbedingt. Ein paar Leute in der richtigen Position ... Es war kein Zufall, daß er uns dort hinausgelockt hat!«

Ben erbleichte, und Catherine konnte sich lebhaft vorstellen, was hinter seiner Stirn vorging. Arlington war mehr als ein normaler Flughafen. Es war ein Militärstützpunkt, vollgestopft mit den modernsten Waffen und Vernichtungsmaschinen, über die die englische Luftwaffe verfügte. Ein solcher Stützpunkt in der Hand eines wahnsinnigen Verbrechers ...

Das Motorengeräusch über ihren Köpfen änderte sich. Die Maschine begann zu sinken. Da die Kabine keine Fenster hatte, konnten sie nicht erkennen, wo sie waren, aber vor dem Plexiglas der Pilotenkanzel schimmerte das Lichtermeer Londons, durchzogen von einem dunklen, matt schimmernden Band. Die Themse.

»Wir gehen irgendwo am Hafen herunter«, sagte Ben. Er starrte wütend durch die offenstehende Tür zur Pilotenkanzel und schürzte kampflustig die Lippen. »Sobald er aufsetzt, schnappen wir ihn«, sagte er.

Aber er kam nicht mehr dazu, sein Vorhaben wahrzumachen. Die Maschine sackte plötzlich durch und setzte dann mit einem berstenden Schlag auf. Ben, Catherine und Mandrake wurden wuchtig in die Sitze gestaucht und kurz darauf in die Gurte geworfen. Irgendwo zerbrach etwas. Catherine öffnete die Gurte und stemmte sich mühsam hoch. Der Boden unter ihren Füßen schwankte noch immer, obwohl die Maschine gelandet war und die Rotoren pfeifend ausliefen.

Die Tür wurde von außen aufgerissen. Drei, vier dunkle Gestalten drängten in die Maschine. Ben fuhr hoch und griff automatisch nach seiner Waffe, aber Catherine hielt ihn mit einer hastigen Bewegung zurück. »Nicht, Ben«, sagte sie. »Es ist sinnlos.«

Sie wurden gepackt und aus dem Hubschrauber geschleift. Eisiger Wind und Kälte schlugen ihnen entgegen. Der Boden unter ihren Füßen war glitschig und feucht; Metall, das unter ihren Schritten dumpf dröhnte. Sie befanden sich auf einem Schiff, einem breiten, tief im Wasser liegenden Lastkahn, der unweit des Ufers vor Anker gegangen war. Der Hubschrauber war auf den geschlossenen Bunkerdeckeln im vorderen Drittel des Schiffes gelandet.

Sie wurden hastig über das Deck zu den flachen, abgedunkelten Aufbauten am Heck des Schiffes gezerrt, aber Catherine hatte trotzdem Gelegenheit, sich ihre Umgebung einzuprägen. Sie mußten sich in einem der ältesten Teile des Hafens aufhalten – die Hallen und Lagerschuppen rechts und links des Flusses waren dunkel und leblos, und die Kaimauer, vor der der Kahn festgemacht hatte, war rissig und halb zerbröckelt. Ein perfektes Versteck. Catherine war sich mit einemmal gar nicht mehr so sicher, daß ihre Landung beobachtet worden war.

Ein unsanfter Stoß in den Rücken ließ sie durch die Tür ins Innere der Kabine taumeln. Sie stolperte ein paar Stufen herab, fing sich an der Wand ab und drehte sich um. Ben und Mandrake wurden ebenso unsanft wie sie in den winzigen Raum gestoßen, dann schlug die Tür über ihnen ins Schloß, und sie konnten hören, wie ein schwerer Riegel vorgeschoben wurde. Ben war mit zwei Schritten die Treppe hinauf und rüttelte an der Klinke. Sie bewegte sich, aber die Tür war von außen gesichert und ging nicht mehr als wenige Millimeter auf. Ben begann wütend vor die Tür zu hämmern.

»Laß es sein, Ben«, sagte Catherine.

Gordon trat noch einmal wütend vor die Tür, verzog das Gesicht und kam dann die Treppe herabgehumpelt. »Und jetzt?« knurrte er.

Catherine zuckte die Achseln. »Sieht so aus, als wären wir gefangen«, stellte sie fest. »Jedenfalls für den Moment.«

»Ach wirklich?« gab Ben spitz zurück. »Und ich habe mich schon gewundert, wie sich der Flughafen verändert hat.«

Ein dumpfes Knattern drang durch die geschlossene Tür, steigerte sich innerhalb weniger Sekunden zu einem hellen Pfeifen und verklang dann. Das Schiff schwankte.

»Das war der Hubschrauber«, sagte Mandrake. »Sie scheinen es verdammt eilig zu haben.«

»Jedenfalls sind wir nicht die einzigen, die heute eine böse Überraschung erleben«, erklärte Ben mit einem schadenfrohen Grinsen. »Schade, daß ich nicht dabei sein kann, wenn dieser Operettengeneral die zweite Maschine auf die Verlustliste setzen muß.«

Catherine begann unruhig in der winzigen Kammer auf und ab zu gehen. Der Raum maß vielleicht zehn Schritte im Quadrat und war so niedrig, daß sie gebückt gehen mußten, um sich nicht die Köpfe zu stoßen. Es gab eine niedrige, halbrunde Tür in einer der Seitenwände, aber sie war verschlossen und rührte sich nicht, als Catherine an der Klinke rüttelte.

»Wir brauchen irgendeine Waffe«, murrte Ben. »Früher oder später wird man uns hier rausholen. Und ich möchte unsere Gastgeber gerne gebührend empfangen.«

»Ihre Pistole«, erinnerte Mandrake.

Ben schüttelte den Kopf. »Leergeschossen«, sagte er lakonisch.

»Und keine Ersatzmunition?«

»Ich pflege kein Waffenlager mit mir herumzuschleppen«,

gab Gordon spitz zurück. »Außerdem . . .« Er verstummte, runzelte die Stirn und sah zu der niedrigen Tür an der Seitenwand hinüber. Ein leises, kratzendes Geräusch drang durch das Metall.

»Jemand kommt!« zischte er.

Er eilte durch den Raum, postierte sich dicht neben der Tür und winkte Mandrake, auf der anderen Seite Aufstellung zu nehmen. Dann zog er seine Pistole, drehte sie herum und nahm sie wie eine Keule beim Griff. In der Tür wurde ein Schlüssel herumgedreht. Catherine wartete mit angehaltenem Atem, aber weiter geschah nichts.

»Sieht aus wie eine Einladung«, flüsterte Mandrake nach einer Weile. Er stieß sich von der Wand ab, griff zögernd nach der Klinke und drückte sie herunter.

Diesmal ließ sich die Tür ohne Schwierigkeiten öffnen. Dahinter lag eine große, behaglich eingerichtete Kabine mit holzvertäfelten Wänden, einer gekrümmten, weißgestrichenen Decke und dicken Teppichen auf dem Fußboden. Durch zwei runde Bullaugen an der Südseite schimmerten die Lichter des Hafens herein. Mandrake trat zögernd ein, dicht gefolgt von Catherine und Ben, der noch immer seine Pistole umklammert hielt, und offenbar tief enttäuscht war, daß es niemanden gab, dem er sie auf den Schädel schlagen konnte.

»Bitte, meine Herrschaften, treten Sie doch näher«, sagte eine Stimme.

Catherine sah sich erschrocken um. Der Raum war menschenleer, aber direkt neben der Tür entdeckte sie einen Lautsprecher und daneben das Kameraauge einer Videoanlage. Aber das war es nicht, was sie erschreckte. Sie kannte die Stimme. Sie war durch die Übertragung verzerrt, aber sie erkannte sie trotzdem. »Herleth!« flüsterte sie.

»Ganz recht, Miß Langley. Es freut mich, daß Sie mich nicht vergessen haben. Bitte entschuldigen Sie die Umstände, unter denen ich Sie herbringen ließ, aber es ging nicht anders.«

»Was wollen Sie von uns?«

»Eines nach dem anderen, Miß Langley«, antwortete Herleth. Seine Stimme klang amüsiert. »Nehmen Sie Platz und machen Sie es sich bequem. Erfrischungen finden Sie in dem kleinen

Schränkchen an der Wand. Ich werde mich gleich um Sie kümmern.« Ein leises Knacken verkündete, daß der Lautsprecher abgeschaltet worden war.

Catherine drehte sich unschlüssig um. Gordon war stehengeblieben und hatte die kurze Unterhaltung mit finsterer Miene verfolgt, während Mandrake, der offenbar praktischer veranlagt war, bereits mit der Untersuchung der Bullaugen begonnen hatte. »Sinnlos«, murmelte er wütend. »Sie sind vernietet.«

»Wir könnten sie einschlagen«, schlug Ben vor.

Mandrake lachte leise. »Nur zu, Inspektor. Ich bin sicher, dieser Mister Herleth wird seelenruhig zuschauen. Außerdem ist das Glas mindestens fünf Zentimeter dick.« Er schüttelte den Kopf, löste sich von der Wand und ließ sich mit einem resignierten Seufzer auf die Couch sinken. »Warten wir ab.«

»Abwarten!« begehrte Ben auf. »Worauf denn warten?«

Fast als wären diese Worte ein Signal gewesen, würde in diesem Moment die Tür, durch die sie hereingekommen waren, ein zweites Mal geöffnet. Zwei von Herleths Kreaturen stießen einen schlaffen Körper in den Raum und zogen die Tür wieder zu, ehe einer von ihnen die Gelegenheit bekam, sich auf sie zu stürzen.

Catherine und Ben knieten rasch neben dem reglosen Mann nieder. Ben keuchte überrascht. »Blackwood!« stieß er hervor.

»Versuchen Sie es lieber nicht«, sagte Herleth – einer der neun absolut identischen Herleths, die mittlerweile auf den schmalen Gang getreten waren – ruhig. »Ich möchte Sie ungern töten, Mister Langley. Wir brauchen Sie noch.«

Jeff ließ resignierend die Hände sinken. Gegenwehr war wirklich sinnlos – schon eine einzige der Monster-Puppen war fast mehr, als ein einzelner Mann bewältigen konnte. Gegen neun der Ungeheuer hatten sie nicht einmal die Spur einer Chance. Er warf Landon einen warnenden Blick zu und wich langsam rückwärts durch die Gasse, die die Monster bildeten, zurück.

»Ich . . . ich verstehe das nicht«, stammelte Landon hilflos.

»Das ist auch nicht nötig, Mister Landon«, lächelte Herleth, der sie auf der Treppe in Empfang genommen hatte. Offensichtlich war er so etwas wie der Wortführer der Truppe. »Sie werden rechtzeitig über alles informiert werden, was Sie wissen müssen. Schließlich lasse ich meine Mitarbeiter nicht gerne im dunkeln tappen.«

»Ihre Mitarbeiter?« keuchte Landon erschrocken.

»Aber natürlich, Mister Landon. In wenigen Tagen werden Sie einer meiner treuesten Verbündeten sein.«

»Sie sind übergeschnappt!«

Herleth lachte unerschütterlich weiter. »Fragen Sie Mister Langley«, sagte er. »Er wird Ihnen erklären, was ich meine. Oder sehen Sie sich seine Hände an. Die rechte besonders.«

Landon wandte unwillkürlich den Kopf und starrte auf Jeffs Hände herab. In der grellen Beleuchtung, die unter der Gangdecke aufgeflammt war, war die mattgraue Färbung der Hände deutlich zu erkennen.

Auch Jeff blickte an sich herab und zuckte zusammen. Er hatte versucht, den Gedanken zu verdrängen, aber Herleths Worte führten ihm sein Schicksal wieder deutlich vor Augen. Der Tod saß bereits wie ein schleichendes Gift in ihm. Seine Haut begann sich da, wo er die Monsterpuppen berührt hatte, langsam in Kunststoff umzuwandeln. Und er wußte, daß die Veränderung nicht haltmachen würde, bis sie seinen ganzen Körper erfaßt hatte. Er verwandelte sich in eine Puppe, so wie er es bei Thornhill gesehen hatte.

Herleth schien seine Gedanken zu erraten. »Zwei Tage«, sagte er freundlich. »Allerhöchstens, Mister Langley. Solange werde ich dafür sorgen, daß Sie nicht noch mehr Schaden anrichten, als bereits geschehen. Aber Sie brauchen keine Angst zu haben – der Prozeß ist beinahe schmerzlos.«

»Sie ... Sie Ungeheuer!« keuchte Landon. Für einen Moment sah es so aus, als wolle er sich trotz der Waffe in Herleths Händen auf den kleinen Mann stürzen, aber dann trat er statt dessen zurück und ballte nur in stummer Wut die Fäuste.

»Wieso Ungeheuer?« fragte Herleth. »Vielleicht mißverstehen Sie die Situation, Mister Landon, aber ich habe nicht vor, Ihnen irgendwelchen Schaden zuzufügen. Sie werden nicht sterben, wenn es das ist, wovor Sie sich fürchten. Sie werden weiterleben, weiter denken und weiter Ihr eigener Herr sein – mit gewissen Einschränkungen natürlich.«

»Aber ... dieses ... diese Puppen ...«

Herleth machte eine wegwerfende Handbewegung. »Oh, die. Lassen Sie sich davon nicht täuschen. Meine Diener gehören der ersten Generation an. Ich muß gestehen, daß ich Jahre gebraucht habe, um meine ... äh ... Technik zur Perfektion zu führen. Was mit Ihnen und Mister Langley geschehen wird, ist das Endprodukt langjähriger Forschung und vieler Rückschläge.«

»Dann sind es wirklich Puppen?« fragte Jeff mißtrauisch. »Keine Menschen, die ...«

Herleth unterbrach ihn kopfschüttelnd. »Nein, keine Menschen, wenigstens die meisten nicht. Deshalb übertragen auch nur wenige den Prozeß. Es sind Puppen, eine Art ... Maschinen, wenn Sie so wollen. Nur daß sie nicht durch irgendwelche Art von Technik, sondern durch andere Kräfte gesteuert werden. Nennen Sie es Magie, wenn Sie so wollen. Menschen neigen ja immer zu solchen Vereinfachungen. Aber das würden Sie sowieso nicht verstehen, selbst wenn ich Lust hätte, es Ihnen zu erklären. Die Methode erwies sich als zu umständlich. Sie sind zu leicht zu erkennen, und zu verwundbar – wie Sie ja bewiesen haben, Mister Langley.«

Jeff nickte grimmig. »Leider haben wir nicht alle erwischt.«

»Aber die meisten. Ich gebe zu, daß Sie mir einen schweren Schlag versetzt haben, als Sie mein Lagerhaus in Brand setzten. Aber nicht so schwer, wie Sie vermutlich gehofft haben. Es sind noch genug übrig. Und meine Armee wächst mit jedem Atemzug. Ich brauche nicht einmal etwas dazu zu tun.«

Jeff hob die Hände und starrte sekundenlang auf die grauen Flecken auf seiner Haut. Sie schienen sich deutlich vergrößert zu haben, seit er sie das letzte Mal betrachtet hatte.

»Ihr Verdacht stimmt!« fuhr Herleth fort. »Sie sind nicht der einzige. Es gibt bereits Dutzende von Infizierten, und es werden mit jeder Stunde mehr. Eine einzige Berührung reicht, und nichts kann den Prozeß mehr stoppen. Schon in wenigen Tagen werde ich über eine unbesiegbare Armee verfügen, Mister Langley.«

»Und dann?« fragte Jeff abfällig. »Wollen Sie der englischen Regierung den Krieg erklären?«

Herleth schnaubte. »Machen Sie sich nicht lächerlich, Mister Langley. Wir werden weiter im verborgenen agieren, wenigstens vorerst. Die Zeit für große Aktionen ist noch nicht reif. Aber sie wird kommen. Außerdem – selbst auf die Gefahr hin, daß Sie mir nicht glauben – bin ich prinzipiell gegen Gewalt, wo sie vermieden werden kann.«

Jeff glaubte ihm. Er konnte sich Herleths Plan lebhaft vorstellen. Er würde Männer und Frauen in einflußreichen Positionen übernehmen, Politiker, Wirtschaftsleute, Polizei, Armee, Banken, Industriebosse ... nein, Herleth hatte es gar nicht nötig, Gewalt anzuwenden.

»Und nun«, sagte Herleth, »folgen Sie mir bitte.«

»Wohin?«

»Ich bringe Sie an einen Ort, an dem Sie sicher sind, vorerst.«

»Sicher?« keuchte Landon. »Sicher vor wem?«

Statt einer Antwort trat Herleth plötzlich vor und preßte Landon kurz und hart die Hand in den Nacken. Landon schrie auf und schlug seinen Arm beiseite.

»Nur, um sicherzugehen«, lächelte Herleth. »Und jetzt kommen Sie.«

Landon rührte sich nicht. Fassungslos starrte er erst Herleth, dann die grauen Flecken auf Jeffs Händen und dann wieder den Manager an. Er hob die Hand, tastete nach seinem Nacken und betrachtete dann seine Fingerspitzen, als fürchte er, schon jetzt irgendwelche Spuren des Unheils zu erkennen.

Herleth versetzte ihm einen unsanften Stoß in die Seite und hob kurz und befehlend die Hand. Seine stummen Doppelgänger rückten vor und trieben Jeff und Landon den Gang hinab. Vor der Tür zum Heizungskeller blieben sie stehen. Jeff warf dem daneben postierten Polizisten einen hilfesuchenden Blick zu, aber alles, was er in dessen Gesicht las, waren Kälte und ein kaum sichtbares, böses Lächeln. Natürlich, dachte er wütend. Die beiden Polizisten gehörten ebenso zu seinen Kreaturen wie vermutlich der Hausmeister. Herleth hatte ihnen eine gigantische Falle gestellt – und sie waren ahnungslos hineingetappt.

Sie betraten den Keller. Der Schachtdeckel war wieder geöffnet, und daneben und dahinter hatte fast ein Dutzend grauer, nackter Ungeheuer Aufstellung genommen.

Herleth deutete einladend auf den offenstehenden Schacht. »Bitte, Sie kennen den Weg.«

»Wo bringen Sie uns hin?« fragte Jeff.

»An einen sicheren Ort, Mister Langley«, wiederholte Herleth ungeduldig. »Sie werden dort nicht allein sein. Jemand, der Ihnen sehr nahe steht, erwartet Sie bereits.«

»Jemand, der . . .« Jeff erschrak. »Catherine!«

»Ich fürchte«, nickte Herleth, »Ihre Frau hat meiner Einladung so wenig widerstehen können wie Sie. Und nun gehen Sie endlich!«

Jeff bückte sich, setzte den Fuß auf die oberste Sprosse und begann langsam den Schacht hinunterzusteigen.

Der Morgen dämmerte bereits herauf, als Major Pelham an der Spitze einer Lastwagenkolonne voller rotäugiger, übermüdeter Soldaten durch das Tor rollte, hinter dem sich das Gelände des Militärstützpunktes Arlington erstreckte. Er ließ anhalten, beugte sich aus dem Fenster und zeigte dem Posten am Tor seinen Dienstausweis und den Sonderbefehl, mit dem Jorger ihn hinausgeschickt hatte. Der Mann prüfte die Papiere sorgfältig, obwohl er Pelham und die meisten seiner Männer seit Jahren kannte und mit vielen von ihnen befreundet war. Aber hier in Arlington herrschten besonders strenge Vorschriften; vor allem, seit vor nicht einmal zwei Wochen ein Hubschrauber praktisch vor der Nase des Generals gestohlen worden war. Die Lastwagenkolonne rollte auf das weite, regenglänzende Flugfeld hinaus und begann sich aufzulösen, als die Fahrer in verschiedene Richtungen davonfuhren, um die Männer zu ihren Unterkünften zu bringen. Schließlich blieben nur noch Pelhams Wagen und ein zweiter Laster, auf dessen Ladefläche – sorgsam unter einer Plane verborgen und von einem mißtrauischen Doppelposten mit gezückter Waffe bewacht – der geheimnisvolle Puppenkörper und der Pilotensessel der Sikorsky lagen. Pelham hatte ihn von seinen Pionieren kurzerhand herausschweißen lassen. Das Hubschrauberwrack und die übrigen Trümmer würden von der Kolonne, die Pelham und seine Leute abgelöst hatten, im Laufe des Tages geborgen werden.

Major Pelham gab seinem Fahrer Anweisung, direkt auf die Kommandobaracke zuzufahren. Der Wagen vollführte eine scharfe Wendung und brummte dann quer über die Betonpiste auf die niedrige Baracke zu. Trotz der frühen Stunde brannte schon – oder noch – Licht hinter den schmalen Fenstern. Jorger würde ihre Ankunft bereits sehnsüchtig erwarten. Immerhin waren die Trümmer, die Pelham brachte, die erste konkrete Spur der Maschine, auf die sie bisher gestoßen waren. Pelham ließ sich zurücksinken und zündete sich mit zitternden Händen eine Zigarette an. Der Rauch schmeckte schal und bitter, und er hatte eigentlich gar keinen Appetit auf die Zigarette. Aber er brauchte einfach etwas, um seine Hände zu beschäftigen. In Gedanken ging er noch einmal die Worte durch, die er sich zurechtgelegt hatte. Er hatte Jorger kurz über Funk mitgeteilt, daß sie auf etwas Ungewöhnliches gestoßen waren, ohne jedoch irgendwelche Einzelheiten zu erwähnen. Ihre Funkfrequenz sollte zwar angeblich abhörsicher sein, aber Pelham mißtraute solchen Behauptungen prinzipiell. Angeblich war es auch unmöglich, einen Kampfhubschrauber direkt aus Arlington heraus zu stehlen.

Die Tür der Baracke wurde geöffnet, als sie anhielten, und Major Jorger trat, gefolgt von seinem Adjutanten, heraus. Pelham zerdrückte die kaum angerauchte Zigarette im Aschenbecher und öffnete den Wagenschlag. Er sprang hinaus, salutierte nachlässig und ging dann ohne ein weiteres Wort auf den zweiten Lastwagen zu.

»Nun?« fragte Jorger. »Was haben Sie entdeckt?«

Pelham gab den beiden Soldaten auf der Ladefläche einen Wink, die Plane zurückzuziehen und sich zu entfernen. »Am besten sehen Sie sich alles selbst an«, sagte er, während er auf den Wagen hinaufkletterte und Jorger hilfreich die Hand entgegenstreckt. Der General ignorierte das Angebot und zog sich, nicht halb so elegant wie Pelham, aber kaum weniger schnell, auf die Ladefläche empor.

Pelham deutete auf ein schwärzlich verbranntes Metallstück, das sie vom Bug der Maschine abgeschweißt hatten. Selbst für einen Fachmann wäre es schwer gewesen, zu bestimmen, wo es einmal hingehört hatte. Aber das war auch gar nicht notwendig. Was Pelham sagen wollte, sah Jorger auf den ersten Blick. Das Metall mußte einer geradezu unvorstellbaren Hitzeeinwirkung ausgesetzt gewesen sein. Der fast zentimeterdicke Stahl war verbogen und ausgeglüht, zu winzigen, bizarren Tröpfchen erstarrt. Der Stahl mußte für Bruchteile von Sekunden weich wie Butter gewesen sein. Selbst wenn die Sikorsky direkt in den Feuerball einer abgefeuerten Granate gestürzt wäre, hätte es keine solchen Zerstörungen gegeben. Irgend etwas im Inneren des Hubschraubers mußte mit einer schier unvorstellbaren Hitzeentwicklung verbrannt sein.

Pelham konnte sich ein flüchtiges, schadenfrohes Lächeln nicht verkneifen, als er Jorgers Gesichtsausdruck sah. Er konnte sich lebhaft vorstellen, was hinter der Stirn des Generals vorging. Ließ man Nukleareinwirkung außer acht, dann gab es keine bekannte Waffe, die eine so fürchterliche Zerstörung anrichten konnte. Nicht bei dem spezialgehärteten Stahl, aus dem der Rumpf einer solchen Maschine gearbeitet war.

Jorger schwieg fast eine volle Minute. »Ich verstehe, warum Sie über Funk keine Einzelheiten erwähnt haben«, murmelte er. »Es war richtig, Major. Gibt es ... sonst noch etwas?«

»Leider ja.« Pelham deutete auf den länglichen schwarzen Gegenstand neben dem Trümmerstück und trat zurück, um Jorger freien Blick zu gewähren. Der General schien erst jetzt richtig zu sehen, worum es sich handelte. Er kniete nieder, schlug mit spitzen Fingern einen Zipfel des verbrannten Mantels beiseite und stieß überrascht die Luft aus, als er den verbrannten Torso sah.

»Das ... das ist ...«

»Eine Puppe«, murmelte Pelham. »Jedenfalls war es einmal eine. Und hier«, er deutete auf den Pilotensessel und wartete, bis Jorger aufgestanden war und sich diesem dritten Fundstück zugewandt hatte, »muß ebenfalls eine gesessen haben. Zumindest vermute ich, daß diese graue Masse die Überreste einer solchen sind. Aber das sollen die Jungs vom Labor herausfinden.«

»Eine Puppe?« keuchte Jorger ungläubig. »Was um Himmels willen hat das zu bedeuten?«

Pelham hob unglücklich die Schultern. »Ich weiß es wirklich nicht, General. Aber wir haben nicht die geringste Spur der Besatzung gefunden. Wäre der Gedanke nicht so verrückt, würde ich behaupten . . .«

»Lassen Sie es lieber«, knurrte Jorger. »Ich müßte sie sonst einsperren lassen. Und mich vielleicht gleich dazu.« Er lachte leise und nervös, richtete sich auf und wischte sich die Finger an der Uniformhose ab.

»Der ganze Kram kommt unter Verschluß«, befahl er barsch. »Sicherheitsstufe eins. Wie viele von Ihren Leuten wissen davon?«

»Alle, fürchte ich. Es ließ sich nicht vermeiden. Die Männer haben Augen im Kopf, wissen Sie?«

Jorger nickte grimmig. »Gut. Dann werden Sie jedem einzelnen einhämmern, daß ich ihn persönlich für mindestens eine Million Jahre ins Zuchthaus schicke, wenn er auch nur ein Sterbenswörtchen verlauten läßt.«

Pelham lächelte. »Schon geschehen, General. Was ist mit diesem Gordon und seinen Begleitern? Sind sie noch hier?«

»Nein. Ich habe sie nach London zurückfliegen lassen. Aber ich werde mich sofort ans Telefon hängen und Gordon anrufen, ganz egal, wie früh es ist.«

»Dieselbe Idee hatte ich auch«, sagte Pelham. »Ich glaube, er hat uns etwas verschwiegen, was den Absturz betrifft. Und die Sache mit der Besatzung . . . Wir suchen natürlich weiter, aber ich glaube kaum, daß wir noch etwas finden.«

Jorger nickte, dann drehte er sich wortlos herum, sprang von der Ladefläche herunter und wartete, bis Pelham ihm gefolgt war. Nebeneinander gingen sie zur Kommandobaracke zurück. Jorger stürmte wortlos zum Telefon, riß den Hörer von der Gabel und wählte hastig eine Nummer.

Draußen wurde das Brummen der Lastwagenmotoren laut, als die Fahrer die Fahrzeuge wendeten und zu einem speziell abgeschirmten Hangar am Westende der Anlage hinüberfuhren. Normalerweise wurden dort Flugzeuge und militärisches Gerät abgestellt, das nicht für die Augen der Öffentlichkeit bestimmt war. Die Lkws und ihre unglaubliche Ladung waren dort sicher.

Pelham ging langsam zum Fenster und blickte nach draußen. Das Glas war beschlagen, so daß das Flugfeld wie hinter einem dünnen Nebelschleier verborgen zu liegen schien. Im Osten kroch ein Streifen grauer Dämmerung über den Horizont, und die großen Flutlichtscheinwerfer, die das Flugfeld bisher in gleißendes Licht getaucht hatten, erloschen einer nach dem anderen. Wieder stieg die Müdigkeit wie eine warme, einlullende Woge in Pelham hoch, und diesmal kostete es ihn erhebliche Überwindung, ein Gähnen zu unterdrücken. Er hörte, wie Jorger hinter ihm mit leiser, erregter Stimme ins Telefon sprach, aber die Worte drangen nicht bis in sein Bewußtsein vor. Er hob die Hand, griff in die Brusttasche und nahm die Zigarettenpackung hervor. Auf seinen Fingerspitzen waren kleine, graue Flecken, ein Grau von der gleichen Art, wie er es auch an der Puppe und am Pilotensessel der Sikorsky bemerkt hatte. Stirnrunzelnd rieb er die Fingerspitzen aneinander, aber die Flecken gingen nicht ab. Er würde es später mit irgendeinem Lösungsmittel versuchen. Hinter ihm knallte Jorger den Hörer auf die Gabel. Pelham drehte sich um und sah den General verwundert an. »Ist irgend etwas nicht in Ordnung?«

Jorger nickte. »Das kann man wohl sagen«, knurrte er. »Dieser Gordon ist angeblich bis jetzt nicht in London angekommen.«

»Nicht? Aber . . .«

Jorger unterbrach ihn mit einer unwilligen Geste. »Ich weiß, was Sie sagen wollen. Die Maschine, die ihn abliefern sollte, ist längst zurück. Irgend etwas stimmt hier nicht.« Er überlegte einen Moment und begann dann eine zweite Nummer zu wählen. »Ich habe einen guten Freund im Londoner Flughafen sitzen«, sagte er. »Er wird mir sagen, ob eine Militärmaschine dort gelandet ist oder nicht.«

»Sie glauben, er wäre nicht angekommen?«

»Unsinn! Ich glaube, man versucht uns zu verschaukeln. Dieser Gordon weiß etwas, und irgend jemand will nicht, daß wir mit ihm sprechen. Aber nicht mit mir. Wenn ich diesen Knallköpfen im Yard seine genaue Ankunftszeit und den Ort angeben kann, können sie nicht mehr leugnen, daß er da ist.« Er bekam seine Verbindung und sprach eine Weile mit leiser, hastiger Stimme. Dann wartete er. »Wissen Sie, Pelham«, sagte er, die Rechte über die Sprechmuschel haltend, »so recht geheuer kam mir die ganze Sache von Anfang an nicht vor. Ein Polizeiinspektor holt eine bis an die Zähne bewaffnete Sikorsky mit einem lächerlichen Gewehr vom Himmel! Pah!«

»Möglicherweise . . . Vielleicht war es keine Kugel, die den Piloten tötete und den Hubschrauber dadurch zum Absturz brachte, sondern so etwas wie ein Laserstrahl«, sagte Pelham zögernd.

Jorger zuckte die Achseln. »Warum auch nicht? Heutzutage ist alles möglich. Zumindest wäre es eine Erklärung für diese Geheimnistuerei.« Er brach ab, lauschte einen Moment angestrengt und sagte dann: »Bist du sicher? Absolut sicher?« Sein Gesicht verdüsterte sich, während er auf die Antwort lauschte. Eine Zeitlang starrte er stumm vor sich hin, dann rang er sich ein kaum vernehmbares »Danke« ab und legte den Hörer langsam auf die Gabel zurück.

»Was ist?« fragte Pelham.

»Gordon ist wirklich nicht angekommen«, erklärte Jorger.

»Ganz sicher nicht? Sie können ihn auf einen anderen Flughafen umgeleitet haben, oder sonstwohin.«

»Das werden wir herausfinden.« Jorger atmete hörbar ein und kam wütend um den Schreibtisch herum. Er stapfte durch das Büro und riß die Tür auf. »Themps!« brüllte er. »Kommen Sie her!«

Der Adjutant erschien eine knappe Sekunde später unter der Tür.

»General?«

»Wo ist Ransom?«

»In seiner Unterkunft, nehme ich an«, antwortete Themps.

»Ich will nicht wissen, was Sie annehmen, sondern wo er ist«, fauchte Jorger. »Rufen Sie an und schicken Sie ihn und seine verdammte Crew hierher, aber ein bißchen dalli. Oder warten Sie – wir gehen am besten selbst hin. Steht der Wagen draußen?«

»Natürlich.«

»Gut, dann fahren wir hin. Pelham – Sie telefonieren mit dem Wachhabenden und lassen sechs Mann zur Unterkunft bringen. Rasch!«

Pelham gehorchte, obwohl er den Sinn dieses Befehls noch nicht so ganz einsah.

Jorger wartete bereits ungeduldig im Wagen, als er aus der Baracke stürmte. Pelham warf sich in den Sitz neben dem General, und Temps brauste los.

»Mein Gott, daß ich nicht eher daran gedacht habe!« murmelte Jorger.

»Woran?«

»Woran?« Jorger lachte hart. »Ich habe es die ganze Zeit über vermutet, aber mir fehlten die Beweise. Die Burschen, die die Maschine gestohlen haben, müssen Freunde hier im Lager haben, Freunde, die sich ganz genau auskennen.«

Pelham erschrak. »Sie denken doch nicht etwa an Ransom?«

»Warum nicht? Wer kennt sich besser mit den Flugplänen und den Sicherheitsbestimmungen aus als einer unserer eigenen Piloten?«

»Aber dafür gibt es keinen Beweis!«

»Immerhin hat er mich angelogen und den Flugbericht gefälscht. Nach seinen Worten hat er Gordon und die anderen auf dem Flughafen abgesetzt.«

»Und Sie glauben, er würde die drei entführen und dann in aller Seelenruhe hierher zurückkehren?« fragte Pelham zweifelnd. »Das wäre ja Schwachsinn hoch drei!«

»Nicht unbedingt. Außerdem – jeder macht einmal einen Fehler. Auch der Klügste.«

Der Jeep bog mit quietschenden Reifen um eine Ecke und kam kurz darauf vor einer niedrigen Baracke zum Stehen. Vom anderen Ende der schmalen Lagerstraße näherte sich ein weiterer Wagen, vollbesetzt mit Soldaten, an deren Helmen die weißen Streifen der Militärpolizei leuchteten. Jorger sprang aus dem Wagen, befahl die Männer mit einer knappen Geste zu sich und stürmte in die Baracke, ohne sich vorher die Mühe zu machen, anzuklopfen. »Ransom!« brüllte er. »Lieutenant Ransom!« Ein halbes Dutzend Männer fuhren schlaftrunken aus ihren Betten hoch, als Jorgers ungedämpftes Organ durch den Raum dröhnte. »Lieutenant Ransom, zum Rapport!« brüllte Jorger noch einmal.

In einem der letzten Betten erhob sich eine schlanke, nur mit einer Pyjamahose bekleidete Gestalt. Ransom. Seine Haut schimmerte in der trüben Beleuchtung der Schlafbaracke fahl, beinahe grau, fand Pelham.

Und dann ging alles ungeheuer schnell.

Jorger hatte mit seiner Vermutung recht gehabt.

Ransom gehörte wirklich zur Gegenseite. Und er begriff im gleichen Moment, in dem er den General und die Männer von der MP vor sich auftauchen sah, daß sein Spiel ausgespielt war. Ohne ein einziges Wort zu verlieren, bückte er sich nach seinem Koppel, zog die Pistole aus dem Halfter und schoß Jorger eine Kugel in die Brust.

Wieder war da dieser grelle, blendende Schmerz, der ohne Vorwarnung über sie hereinbrach und sich wie eine unsichtbare Klaue um ihre Eingeweide zu krampfen schien. Catherine stöhnte auf, rang krampfhaft nach Luft und krümmte sich zusammen. Das Bild der Kabine vor ihren Augen verschwamm, und für einen Moment sah sie weiter nichts als flimmernde Farben, durchzuckt von roten, pulsierenden Linien. Dann, genausoschnell wie er gekommen war, verschwand der Schmerz.

Catherine blieb noch sekundenlang keuchend am Boden hocken und richtete sich nur schwerfällig auf. Die Bewegung kostete sie große Mühe. Der kurze Anfall schien ihre gesamten Kraftreserven verbraucht zu haben.

»Catherine! Was ist !os, um Gottes willen?« Jemand rüttelte an der Schulter, und Catherine merkte erst jetzt, daß Ben schon die ganze Zeit besorgt auf sie eingeredet hatte. Sie sah auf, versuchte zu lächeln und erstarrte, als sie den Schrecken in seinem Gesicht bemerkte.

»Was ist denn?« fragte sie.

Ben schluckte mühsam. »Mein Gott, Catherine. Du ... dein Gesicht ...« Catherine starrte ihn sekundenlang verständnislos an, schob dann seinen Arm beiseite und tastete zögernd mit den Fingerspitzen über ihr Gesicht. Ihre Haut fühlte sich hart und kalt an, unnachgiebig und starr. Nicht mehr wie menschliche Haut, sondern wie ...

Catherine fuhr mit einem unterdrückten Schrei herum, ließ

ihren Blick gehetzt durch die Kabine schweifen und war dann mit einem Sprung bei den Bullaugen. In dem geschliffenen Glas konnte sie deutlich ein Spiegelbild ihres Gesichtes erkennen. Lange, endlos lange stand sie einfach da und starrte das Bild an, gelähmt und unfähig, auch nur einen einzigen klaren Gedanken zu fassen.

Auf ihrem Gesicht war deutlich der Abdruck einer menschlichen Hand zu erkennen. Einer grauen, fünffingrigen Hand, die sich wie eine mißgestaltete Spinne über Kinn und Mund erstreckte und über Augen, Nase und Stirn weit nach oben griff. Der Abdruck von Herleths Hand, menschliche Haut und Gewebe, von einer unbarmherzigen Kraft verändert und in kalten, toten Kunststoff verwandelt. Sie stöhnte. Für einen kurzen, schrecklichen Moment dachte sie wieder an den verzweifelten Kampf in dem alten Lagerschuppen zurück. Herleths Hand hatte sie nur für wenige Sekunden berührt, und doch hatte dieser flüchtige Moment genügt, die Saat für diese grauenvolle Veränderung zu legen.

Jemand berührte sie sanft an der Schulter. Es war Blackwood. Sie drehte sich um, sah ihn einen Moment lang in die Augen und ließ es zu, daß er ihr Gesicht neugierig betrachtete. Als er mit den Fingerspitzen nach dem mutierten Gewebe tasten wollte, schob sie seinen Arm beiseite. »Denken Sie an Ihre eigenen Worte«, sagte sie. »Eine flüchtige Berührung kann genügen, um sich anzustecken.«

»Ich fürchte, dieses Schicksal steht uns so oder so bevor«, gab Blackwood ruhig zurück, ließ aber trotzdem die Hand sinken und trat einen Schritt beiseite. »Sie hatten Schmerzen?« fragte er.

Catherine nickte. »Ja. Aber nicht lange.«

»Und danach begann die Veränderung«, sinnierte Blackwood.

»Nein. Sie begann bereits gestern. Aber ich habe nicht geglaubt, daß . . . daß es so schnell geht.«

»Ich auch nicht«, bekannte Blackwood. »Um ehrlich zu sein, habe ich gehofft, daß uns noch einige Tage bleiben. Aber so, wie es jetzt aussieht . . . Wenn die Umwandlung sprunghaft vorwärtsschreitet, kann ich überhaupt keine Diagnose mehr stellen. Sind sonst noch Körperpartien betroffen?«

Catherine zögerte. »Ich... weiß es nicht«, sagte sie nach einer Weile.

»Sie brauchen keine falsche Scham zu empfinden. Miß Langley. Ich stelle diese Frage nur als Wissenschaftler.«

»Ich weiß«, nickte Catherine. »Aber... man spürt nichts. Innerlich, meine ich.«

»Überhaupt nichts?« Blackwood runzelte die Stirn und betrachtete ihr Gesicht mit neuem Interesse. Sein Blick gefiel Catherine nicht. Er erinnerte sie an den Blick eines Mannes, der ein Kaninchen betrachtet, ehe er ihm den Hals umdreht. »Wirklich nichts? Kein Kältegefühl, keine Taubheit, nichts, als würde etwas absterben...?«

»Gar nichts«, beharrte Catherine. »Die Haut fühlt sich seltsam an, wenn man sie berührt, aber... aber ich fühle nichts. Nur diesen Schmerz vorhin.«

»Haben Sie das schon einmal gehabt?«

»Gestern. Aber nicht so intensiv.«

Blackwood biß sich nachdenklich auf die Lippen und begann unruhig auf und ab zu gehen.

»Sprunghaft...« murmelte er. »Das ist seltsam, sehr seltsam.«

»Und wieso?« fragte Catherine. Sie fand ihre Fassung allmählich wieder. In ihrem Innern tobte ein Vulkan widerstrebender Gefühle und Ängste, aber sie versuchte gewaltsam, sich nichts anmerken zu lassen.

»Weil es meiner Theorie widerspricht«, erklärte Blackwood. »Sehen Sie, das Ganze ist vom wissenschaftlichen Standpunkt aus sowieso vollkommen unmöglich. Aber nach allem, was ich mir wenigstens in der Theorie ausdenken kann, dürfte der Prozeß nicht sprunghaft voranschreiten. Anscheinend verstehe ich noch weniger davon, als ich gehofft habe.«

»Sie sollen lieber versuchen, eine Lösung zu finden, Doktor«, mischte sich Ben ein.

Blackwood lachte leise. »Und wie, Inspektor Gordon? Wir sind auf diesem Boot gefangen, vergessen Sie das nicht. Herleth wird uns sicher kein Laboratorium zur Verfügung stellen. Und selbst wenn – ich weiß als Wissenschaftler sollte ich das nicht sagen, aber ich glaube inzwischen nicht mehr, daß sich dieses

Problem auf wissenschaftliche Weise lösen läßt. Hier ist etwas im Spiel, das allen Naturgesetzen Hohn spricht.«

»Denken Sie etwa an so etwas wie Magie?«

Blackwood zuckte mit den Schultern. »Nicht in der Form, daß der Teufel oder irgendwelche Dämonen dahinterstecken. So etwas sind Ammenmärchen. Aber ich glaube nicht, daß die Transmutation auf einem rein biologischen oder chemischen Vorgang beruht. Hier sind noch andere Faktoren im Spiel. Fremdartige geistige Kräfte, was auch immer. Und hat man nicht immer das als Magie bezeichnet, was man mit dem bisherigen wissenschaftlichen Wissen nicht erklären konnte?«

Ben setzte zu einer scharfen Antwort an, überlegte es sich dann aber anders und wandte sich mit einem unverständlichen Gemurmel ab.

»Tut mir leid, Inspektor«, murmelte Blackwood. »Vielleicht spinne ich nur, aber das hier geht einfach über meinen Horizont. Ich . . . ich bin nervös.«

»Das sind wir alle«, sagte Catherine. »Vergessen Sie's.«

Mandrake stand auf und blickte zur Tür. »Jemand kommt.« Von draußen waren tatsächlich schwere, stampfende Schritte zu hören. Ein Schlüssel klirrte im Schloß, dann schwang die Tür mit leisem Quietschen nach innen.

Catherine unterdrückte einen erschrockenen Aufschrei, als sie Jeff und Herleth erkannte. Jeff trottete mit hängenden Schultern und wütend geballten Fäusten hinter dem kurzbeinigen Manager her. Neben ihm ging ein hochgewachsener Mann in schwarzer Polizeiuniform. Und hinter und neben ihnen betraten eine ganze Anzahl weiterer Herleths die Kabine.

»O Gott!« keuchte Mandrake neben ihr. »Aber das ist . . . das ist doch unmöglich!«

»Wie Sie sehen«, versetzte Herleth lächelnd, »ist es doch möglich. Und nun wäre ich Ihnen allen sehr verbunden, wenn Sie die Freundlichkeit hätten, zur Wand zurückzuweichen. Es tut mir zwar leid, das sagen zu müssen, aber ich traue Ihnen nicht.« Er unterstrich die Aufforderung mit einem Wink mit seiner Waffe. Einer seiner Doppelgänger gab Jeff einen harten Stoß in die Seite, der ihn vorwärts taumeln ließ.

»Catherine!« Jeffs Augen weiteten sich erschrocken, als er

sah, was mit ihrem Gesicht geschehen war. Er kam auf sie zu, nahm sie in die Arme und preßte sie an seine Brust. »Mein Gott, Catherine, ich hatte solche Angst um dich!«

»Wie rührend«, sagte Herleth. »Aber ich hoffe, Sie verzeihen mir, wenn ich Ihre Begrüßung unterbrechen muß.«

Jeff fuhr wütend herum. In seinem Gesicht zuckte es. Aber er beherrschte sich.

Herleth grinste und wich bis dicht an die Tür zurück. Seine Doppelgänger nahmen rechts und links von ihm Aufstellung. Es war ein bizarrer Anblick: Insgesamt sahen sich Catherine und die anderen zehn absolut identischen Männern gegenüber. Sie ähnelten sich nicht nur – sie waren gleich. Vollkommen. Es war nicht einmal zu erkennen, ob sich der echte Herleth unter ihnen befand, so perfekt waren die Kopien.

Blackwood war der erste, der seine Verblüffung überwand. »Was wollen Sie von uns?« fragte er.

»Das ist leicht zu beantworten, Doktor. Ihre Mitarbeit. Zumindest die von Ihnen, Mister Gordon und Miß Langley sowie Mister Langley. Leute in so einflußreichen Positionen kann ich immer gebrauchen. Sie werden sehen, es bringt auch gewisse Vorteile, mit mir zu arbeiten, statt gegen mich.«

»Niemals!« keuchte Ben.

Herleth schüttelte den Kopf. »Aber, aber, Mister Gordon«, sagte er tadelnd. »Nach allem, was Ihnen Miß Langley und der liebe Doktor erzählt haben dürften, hätte ich Sie für einsichtiger gehalten. Sie haben gar keine andere Wahl, als mit mir zu arbeiten. Ich brauche Sie nicht einmal zu zwingen. Alles, was ich tun muß, ist abwarten. Die Zeit arbeitet gegen Sie.« Er lächelte, betrachtete Catherines Gesicht und sah dann wieder Ben an. »Miß Langley dürfte die erste sein, die die Seiten wechselt, gewissermaßen.« Er lachte, als hätte er einen guten Witz gemacht. »Bei den anderen dürfte es etwas länger dauern. Zwei Tage, vielleicht drei. Und so lange werde ich sie hier festhalten, Inspektor.«

»Damit kommen Sie nie durch!« keuchte Ben. Aber der Klang seiner Stimme verriet, daß er genau wußte, wie ausweglos ihre Situation in Wahrheit war. Sie hatten keine Chance, von diesem Schiff herunterzukommen. Das Boot wimmelte von

Herleths Kreaturen. Und mit Hilfe von draußen brauchten sie nicht zu rechnen. Natürlich würde eine großangelegte Suchaktion beginnen, wenn sie alle gemeinsam verschwanden. Aber bis man sie fand – wenn überhaupt –, war es längst zu spät.

»Ich denke doch«, erwiderte Herleth ruhig. »Wir sind hier sicher. Ich habe mir Mühe bei der Auswahl meines Hauptquartiers gegeben. Und falls Sie mir nicht glauben, ich bin gerne bereit, Ihnen hier alles zu zeigen. Das erspart mir später langwierige Erklärungen.« Er trat beiseite und winkte auffordernd. »Kommen Sie, Inspektor. Und Sie auch, Mrs. Langley, Mister Langley und Doktor Blackwood. Meine Vorbereitungen dürften Sie interessieren. Ach ja, Sie können auch mitkommen, Mandrake.«

Ben setzte sich zögernd in Bewegung. Catherine, Jeff und Blackwood schlossen sich ihm an, und nach kurzem Zögern auch der Pilot. Herleth führte sie über das Deck zu einer zweiten Luke am vorderen Ende des Lastkahnes, wo sie wieder in die Tiefe stiegen. Catherine wurde rasch klar, daß das Schiff nur äußerlich ein schrottreifer Lastenschlepper war – unter Deck war kaum noch etwas so, wie man es von einem Flußschiff dieser Bauweise erwartete. Ein schmaler, nur notdürftig erleuchteter Gang führte in voller Länge durch den Schiffsrumpf. Rechts und links zweigten zahlreiche Türen ab, und einmal konnte Catherine einen Blick durch eine offenstehende Tür in den dahinterliegenden Raum werfen. Was sie sah, erinnerte sie an ein modern eingerichtetes Laboratorium. Aber sie waren zu schnell vorbei, als daß sie Einzelheiten erkennen konnten. Offensichtlich war das gesamte Schiff grundlegend umgebaut worden. Sein altersschwaches Äußeres war nur mehr bloße Tarnung.

»Hier entlang!« Herleth deutete mit einer befehlenden Geste auf eine schmale, rotlackierte Metalltür, die von dem niedrigen Gang abzweigte.

Gordon streckte zögernd die Hand nach der Klinke aus und drückte sie herunter. Die Tür schwang lautlos nach innen. Dahinter lag ein stockfinsterer Raum.

»Der Lichtschalter befindet sich rechts neben der Tür«, sagte Herleth, als Gordon zögerte, einzutreten. »Nur zu.«

Ben schenkte ihm einen wütenden Blick, trat durch die Tür und fand nach kurzem Suchen den Schalter. Unter der Decke des Raumes glühte eine Batterie gelber Sonnenlampen auf.

Catherine schauderte, als sie hinter Jeff und Blackwood durch die Tür trat. Der Raum war riesig – mehr als dreißig Meter lang und zehn Meter breit, mit einer hohen, gekrümmten Decke; offensichtlich einer der alten Laderäume des Kahns, durch eine nachträglich eingezogene Trennwand halbiert, aber immer noch gigantisch. Die gegenüberliegende Wand war, ebenso wie die Decke und der Boden, der unter einem alten Metallrost sichtbar war, feucht und rostzerfressen. Ihre Schritte erzeugten ein unheimliches, hallendes Echo.

Aber von alldem merkte Catherine kaum etwas. Ihr Blick war starr auf die Ansammlung bizarrer Gestalten gerichtet, die an einer der Seitenwände aufgereiht waren.

Im ersten Augenblick hatte sie das Gefühl, in ein Wachsfigurenkabinett oder die Asservatenkammer einer Geisterbahn geraten zu sein. Vor der Wand stand eine ganze Anzahl der absonderlichsten Gestalten: Wikinger, Römer, Affenmenschen, Soldaten in Uniformen des Ersten Weltkrieges, aber auch Männer in langen, wallenden Zaubergewändern und Hexen, Monster . . .

Herleth lachte leise. »Ich sehe, meine kleine Sammlung beeindruckt Sie«, sagte er. »Ein kleiner Spleen von mir. Die ersten Versuche, wissen Sie?«

Catherine riß sich mühsam von dem bizarren Anblick los. »Was soll das?« fragte sie. Herleth zuckte die Achseln. »Im Grunde nichts, nichts mehr, jedenfalls. Damit hat es angefangen, wissen Sie?« Er ging rasch an ihr vorüber und trat zwischen die Figurensammlung. »Meine ersten Versuchsobjekte. Ich habe sie damals billig von einem Schausteller erworben, der sein Geschäft aufgab. Im Grunde sind sie zu nichts mehr nutze. Meine neuen Modelle funktionieren besser, sind robuster und vor allem unauffälliger. Aber diese hier sind manchmal noch ganz nützlich. Vor allem«, fügte er in verändertem Tonfall hinzu, »wenn es darum geht, gewisse . . . äh . . . Demonstrationen vorzunehmen.« Sein Gesicht verhärtete sich. Er deutete auf zwei Puppen und stieß ein schnelles, unverständliches Wort hervor. Die beiden Monster packten Mandrake und schleiften den Piloten zu ihm.

Herleth lächelte den knienden Mandrake böse an, drehte sich dann zu seinem Monsterkabinett um und murmelte ein paar Worte in einer guttural klingenden Sprache. Sekundenlang schien nichts zu passieren. Dann ging mit den beiden Wikingerkriegern die gleiche, unheimliche Veränderung vor sich, die Catherine schon bei den Figuren in Herleths Lagerhaus beobachtet hatte. Ihre Augen füllten sich mit Leben. Eine zuckende, unsichtbare Bewegung schien über ihre Gesichter zu laufen, Hände und Arme bewegten sich, zuerst schwerfällig, dann immer geschmeidiger, als erwachten sie aus einem tiefen, endlos langen Schlaf. Die beiden Krieger drehten sich langsam um, sahen erst ihren Herrn und dann Mandrake an und schritten langsam auf ihn zu.

Mandrake begann zu schreien. Verzweifelt bäumte er sich gegen den Griff der beiden Monsterpuppen, die ihn noch gepackt hielten, auf, aber die Kräfte eines Menschen mußten gegen die dieser Ungeheuer versagen. Die beiden Barbarenkrieger erreichten ihn, griffen ihn an den Armen und zerrten ihn mit sich.

»Was haben Sie vor?« brüllte Ben. »Sie ...«

Herleth schnitt ihm mit einer raschen Bewegung das Wort ab. »Beruhigen Sie sich, Inspektor. Ihm wird nicht mehr geschehen als Ihnen allen. Nur ein wenig ... rascher. Und nicht ganz so effektiv. Sehen Sie zu. Wer bekommt schon die Gelegenheit, sein eigenes Schicksal beobachten zu können?«

Die beiden Krieger schleiften Mandrake zwischen sich her und stießen ihn unsanft zu Boden. Mandrake keuchte, sprang auf die Füße und brach ein zweites Mal zusammen, als einer der Krieger fast sanft seinen Nacken berührte.

Eine ungeheuerliche Veränderung ging mit dem jungen Piloten vor sich. Seine Haut verlor alle Farbe und wurde weiß und schließlich grau und begann wächsern zu schimmern. Ein leises, knisterndes Geräusch, als zerbreche irgendwo dünnes Eis, war zu hören, und unter seinen Kleidern entstand vage Bewegung. Dann erschlaffte er und lag ruhig da. Der ganze Vorgang nahm nicht mehr als fünf Sekunden in Anspruch.

Herleth sah sie alle der Reihe nach an, als wolle er sich persönlich davon überzeugen, daß keiner von ihnen den scheußlichen Anblick versäumt hatte. Es dauerte fast zwanzig Sekunden, ehe er das Schweigen schließlich brach. »Stehen Sie auf, Mandrake!« befahl er.

Der verkrümmte Körper auf dem Fußboden regte sich. Mit steifen, ungelenken Bewegungen stemmte er sich auf Hände und Knie hoch, verharrte einen Moment lang, als müsse er erst Kraft sammeln, und erhob sich schließlich ganz, um langsam zu Herleth herüberzugehen. Auf seinem Gesicht lag ein maskenhafter, starrer Ausdruck.

»Du wirst mir gehorchen?« fragte Herleth.

Mandrake nickte. »Ich werde Ihnen gehorchen, Herr.«

Ein dünnes, böses Lächeln umspielte Herleths Lippen, als er sich erneut zu Catherine und den anderen umwandte. »Sie sehen«, sagte er triumphierend, »meine Methode hat zwar gewisse Nachteile, aber sie funktioniert einwandfrei.«

»Sie ... Sie Ungeheuer!« murmelte Catherine hilflos. Sie wollte noch mehr sagen, aber ihre Kehle war plötzlich wie zugeschnürt. Sie hob die Hand und tastete über die harten, kühlen Stellen in ihrem Gesicht, wo sich die Haut bereits verwandelt hatte, und mit einemmal überfiel sie rasende Angst. In wenigen Stunden würde sie genauso aussehen wie der unglückliche Mandrake. Eine Puppe. Eine menschengroße, Marionette, an unsichtbaren Fäden aufgehängt, die Herleth nach Belieben bedienen konnte.

»Eindrucksvoll, nicht?« fragte Herleth lächelnd. »Aber wie gesagt, die Methode hat gewisse ... äh ... Nachteile. Für Sie und Ihre Freunde habe ich etwas Besseres vorgesehen. Interessiert es Sie?« Er wartete nicht auf eine Antwort, sondern drehte sich herum und ging mit kleinen trippelnden Schritten auf eine niedrige Tür an der gegenüberliegenden Seitenwand des Raumes zu. Ein halbes Dutzend seiner Doppelgänger traten auf Catherine und die anderen zu und zwangen sie, ihm zu folgen.

Sie betraten einen zweiten, kleineren Raum, der bis zum Bersten mit Regalen und Ständern vollgestopft war. Auch hier lagen Dutzende von Puppen, aber sie waren lange nicht so perfekt und lebensecht wie die, die Catherine bisher gesehen hatte.

Ihre Körper hatten zwar menschliche Proportionen, aber sie waren nicht mehr als Rohlinge, glatte, mattgrau schimmernde Puppen ohne Gesichter und Hände. Herleth führte sie zu einem langen, niedrigen Tisch im Hintergrund des Raumes, auf dem ein halbes Dutzend reglos ausgestreckter Figuren lagen.

Catherine trat zögernd näher. Sie ahnte, was sie erwartete, und trotzdem traf sie der Anblick wie ein Schock. Eine der Puppen hatte trotz ihrer Unfertigkeit bereits deutliche weibliche Proportionen. Ihre Formen waren runder als die der anderen, weicher, mit breiteren Hüften und sanft angedeuteten Erhebungen, wo sich die Brüste formen sollten. Ihre Haut schimmerte noch grau und matt wie die der anderen, nur im Gesicht begann sich langsam eine Veränderung abzuzeichnen. Über Kinn, Mund, Nase und Augen begann sich die Haut zu färben, weicher und heller zu werden. Der Fleck hatte die ungefähren Umrisse einer menschlichen Hand ... Und dort, wo sich die Kunststoffhaut veränderte, glich sie nicht nur ihre Farbe der der menschlichen Haut an, sondern wurde gleichzeitig detaillierter, echter ... *Es war ein Spiegelbild des Handabdrucks in Catherines Gesicht!*

Sie stieß einen leisen, erschrockenen Laut aus, schlug die Hand vor den Mund und prallte einen Schritt zurück. Mit einem Schlag erkannte sie die furchtbare Wahrheit. Im gleichen Maße, in dem sich ihr Körper in Kunststoff verwandelte, verwandelte sich dieses Monstrum in einen perfekten Doppelgänger von ihr! Und die anderen Puppen waren für Jeff, Ben und Blackwood bestimmt, für sie und andere, die bereits den lautlosen grauen Tod in sich trugen.

Herleth lachte leise. »Sie sehen, Miß Langley, es ist vollkommen sinnlos, weiter Widerstand zu leisten. Es wird nicht einmal mehr vierundzwanzig Stunden dauern, und die Verwandlung ist komplett. Bei Ihnen und Ihren Freunden.« Er brach ab, schwieg einen Moment und fuhr dann mit veränderter Stimme fort: »So, und nun habe ich genug Zeit für Sie geopfert. Meine Diener werden Sie in Ihr Quartier zurückbegleiten. Mich werden Sie leider entschuldigen müssen. Ich habe noch viel zu tun, wie Sie sicher verstehen werden. Aber wir sehen uns wieder. Spätestens morgen.«

Pelham stand eine halbe Sekunde lang wie erstarrt da und betrachtete fassungslos und mit aufgerissenem Mund die rauchende Waffe in Ransoms Händen. Der Explosionsknall dröhnte noch in seinen Ohren, und die Luft in der winzigen Baracke roch plötzlich durchdringend nach Korbit und verbranntem Stoff. General Jorger stieß einen seufzenden, gequälten Laut aus und hob langsam die Hände. In seinem Hemd war plötzlich ein rundes schwarzes Loch, winzig klein und von täuschender Harmlosigkeit. Die Wunde blutete nicht einmal. Er taumelte, sah Ransom erschrocken und ungläubig an und fiel langsam auf die Knie. Seine Hände griffen nach vorne und verkrallten sich in der Decke des vor ihm stehenden Bettes.

»Ransom!« keuchte Pelham. »Was ist ...«

Obwohl er gewarnt war, hätte er um ein Haar zu spät reagiert. Ransom schwenkte die Waffe herum und zielte auf seinen Kopf. Pelham ließ sich verzweifelt auf die Seite fallen, kam mit einer Rolle wieder auf die Füße und warf sich hinter ein Bettgestell, als die Waffe losdonnerte. Die Kugel stanzte durch die Bettdecke, prallte gegen das Metallgestell und jaulte als Querschläger davon.

»Feuer!« brüllte Pelham. Er hörte ein leises, metallisches Klicken, als die Männer der MP ihre Waffen durchluden, dann peitschten vier, fünf Schüsse so dicht hintereinander, daß es sich wie eine einzige, rollende Explosion anhörte. Pelham sprang auf die Füße, fuhr herum – erstarrte.

Im ersten Moment weigerte sich sein Verstand, das Bild zu akzeptieren. Die Salve hatte Ransom voll getroffen. Auf diese geringe Entfernung hatte keiner der Männer danebengeschossen. In seiner nackten Brust zeigten sich fünf schwarze, gezackte Löcher. Aber Ransom ging nicht zu Boden. Er schwankte, hielt sich mit einer Hand an einem Bettgestell fest und hob langsam seine Waffe. Auf seinem Gesicht stand immer noch der gleiche, unbeteiligte Ausdruck.

»Schießt!« brüllte Pelham mit überschnappender Stimme. »Um Himmels willen, so schießt doch.« Er hatte keine Erklärung für das schreckliche Bild, das sich seinen Augen bot, aber er wollte auch gar keine haben. Alles, was er empfand, war Angst.

Wieder krachte eine Gewehrsalve. Ransom wurde von der Wucht der Geschosse herumgerissen und gegen die Wand geschleudert. Sein linker Arm löste sich in winzige graue Splitter auf, und ein zweites Geschoß traf sein Gesicht. Dahinter kam ein dunkles Loch zum Vorschein.

»Major! Vorsicht!«

Die Stimme des Militärpolizisten warnte im letzten Moment. Pelham bemerkte eine huschende Bewegung aus den Augenwinkeln, ließ sich instinktiv nach vorne fallen und schlug noch im Aufspringen zu. Ein zweiter Soldat – ein Mann aus Ransoms Crew, wie er blitzartig registrierte – hatte das Bett umgangen und ihn von hinten angefallen. Pelham schlug die zupackende Klaue des Besessenen beiseite, trat ihm vors Knie und schoß gleichzeitig eine rechte Gerade ab. Aber der Soldat zeigte kaum eine Reaktion. Er wankte, wich einen halben Schritt zurück und drang dann sofort wieder auf Pelham ein.

Pelham keuchte. Sein Blick schien sich am Kinn des Soldaten festzusaugen. Was er sah, war so unmöglich, daß er für einen Moment nicht einmal auf die Idee kam, sich zu wehren. Dort, wo seine Faust getroffen hatte, war das Kinn des Soldaten eingedrückt und gesplittert. Ein winziger Blutstropfen glitzerte auf seinem Mund, aber das war Pelhams eigenes Blut, das aus seinen aufgeplatzten Knöcheln hervorgequollen war.

Plötzlich stieg das Bild des verbrannten Torsos, den sie draußen beim Wrack gefunden hatten, wieder vor ihm auf. Ransom und die anderen waren keine Menschen mehr! Sie kämpften gegen Puppen! Roboter, perfekte Doppelgänger, die die Stellen der Männer eingenommen hatten!

Pelham erwachte erst wieder aus seiner Starre, als sich die Hände des Monsters um seinen Hals legten. Er keuchte, rang verzweifelt nach Luft und sprengte den Griff mit einer ungeheuren Anstrengung. Hinter ihm peitschten Schüsse auf. Ein großer, grauer Körper taumelte an ihm vorüber, wurde plötzlich von einer unsichtbaren Faust getroffen und zerschmetterte. Pelham schleuderte den Angreifer verzweifelt von sich, wich einer zupackenden Klaue aus und rannte auf die kleine Gruppe Militärpolizisten zu. Die Männer waren zur Tür zurückgewichen und feuerten in die Baracke hinein. Pelham begann allmählich zu begreifen, daß sie in eine teuflische Falle gelaufen waren. Nicht nur Ransom und seine Crew waren gegen Monsterpuppen ausgetauscht worden – sondern die gesamte Belegschaft der Baracke! Fünfunddreißig Mann, die bisher unerkannt in der Maske von altbekannten Kameraden gelebt hatten.

Die Vorstellung war ebenso schrecklich wie ungeheuerlich, und doch konnte es nicht anders sein.

Pelham riß seinen Revolver aus dem Koppel und feuerte blind in die heranströmende Meute. Bisher hatten die Monster ihren Angriff noch nicht koordiniert, aber es konnte nur noch Sekunden dauern, ehe sie sich alle auf Pelham und die sechs Soldaten stürzten. Auch die überlegene Feuerkraft der Männer würde sie dann nicht mehr schützen. Pelham beobachtete entsetzt, wie eines der Ungeheuer von einer MPi-Garbe getroffen wurde. Der Oberkörper kippte zur Seite und zerbrach auf dem Boden, während die Beine noch ein Stück weitertorkelten und nur langsam, wie eine Maschine, die plötzlich abgeschaltet wird und aus eigenem Schwung noch ein Stück weiterläuft, zum Stehen kamen.

»Raus hier!« brüllte er mit überschnappender Stimme.

Sie stürmten aus der Baracke, verfolgt von einem halben Dutzend grauer Puppenmonster. Pelham torkelte ein paar Schritte von der Tür weg und feuerte über die Schulter zurück. Das vorderste Ungetüm wurde getroffen und zurückgeschleudert. Der Vormarsch kam für einen Moment zum Stehen.

»Haltet sie auf!« brüllte Pelham. »Ich hole Verstärkung!« Er wirbelte herum, war mit zwei Schritten beim Wagen und riß den Hörer des Funkgerätes von der Gabel. Das Schießen war nicht unbemerkt geblieben. Überall in den umliegenden Baracken wurden Türen und Fenster aufgerissen, und erschrockene Soldaten traten auf die Wege hinaus. Ewigkeiten schienen zu vergehen, bis sich der wachhabende Offizier meldete. »Pelham hier!« brüllte Pelham ins Mikrofon. »Sofort fünfzig Mann mit schweren Waffen zur Baracke siebenunddreißig.«

»Aber warum ...«

»Fragen Sie nicht!« schrie Pelham. »Es handelt sich um einen Notfall. Wir werden angegriffen! Jorger ist tot.« Er warf den Hörer auf die Gabel, ohne auf eine Antwort zu warten. Der

Wachhabende würde reagieren, ohne lange zu fragen. Pelham konnte sich auf die Disziplin seiner Leute verlassen.

Die Situation an der Baracke hatte sich währenddessen beruhigt, wenn auch wahrscheinlich nur für einen Moment. Drei, vier zerschmetterte Figuren lagen in oder vor der zerschossenen Tür, der Tribut, den die Monster für den Versuch bezahlt hatten, das Gebäude zu verlassen. Aber es konnte nur noch Sekunden dauern, bis sie durch die Fenster kamen oder einfach die dünnen Holzwände einschlugen. Und Pelham bezweifelte, daß er sie im Freien mit seinen sechs Mann würde aufhalten können.

Irgendwo am anderen Ende des Platzes begann eine Sirene zu wimmern, und als Pelham sich umsah, erkannte er eine Reihe winziger Punkte, die quer über das Flugfeld auf sie zugeschossen kamen. Die Männer, die er angefordert hatte. Der Offizier hatte wirklich schnell reagiert.

Wie durch ein Wunder unternahmen die Monster keinen weiteren Ausbruchsversuch, während Pelham ungeduldig auf das Eintreffen der Verstärkung wartete. Seine Gedanken bewegten sich wild im Kreise. Alles war viel zu schnell gegangen, als daß er wirklich zum Überlegen gekommen wäre. De facto war er nach Jorgers Tod Kommandant des Stützpunktes, zumindest so lange, wie diese Krise andauerte. Pelham kam sich plötzlich furchtbar einsam und hilflos vor.

Ein Jeep hielt mit quietschenden Reifen dicht hinter ihm. Ein Dutzend Soldaten sprang von der überfüllten Ladefläche und nahm mit angeschlagenem Gewehr Aufstellung. Hinter ihnen raste ein dritter, vierter und fünfter Wagen heran.

»Das Haus umstellen!« befahl Pelham scharf. »Schießt auf jeden, der herauskommt!« Er sah das Erschrecken auf den Gesichtern der Soldaten, und er konnte sich lebhaft vorstellen, was jetzt in ihnen vorging.

»Aber Sir!« sagte der kommandierende Offizier. »Die Männer da drinnen sind unsere Kameraden!«

»Das waren sie vielleicht einmal«, antwortete Pelham ruhig. »Sie werden nicht auf Ihre Kameraden schießen, keine Sorge. Die Wesen dort drinnen sind keine englischen Soldaten. Nicht einmal Menschen.«

Diesmal schien ihn der Mann allen Ernstes für verrückt zu halten. Pelham nahm ihm wortlos beim Arm und deutete auf den zertrümmerten Scherbenhaufen vor der Baracke. Einige größere Trümmerstücke waren noch zu erkennen; Arme, Beine und Hände, hier und da das weggesprengte Bruchstück eines Kunststoffgesichtes.

Der Offizier erbleichte. »Großer Gott!« stöhnte er. »Was . . . was ist mit den Jungs geschehen?«

»Das weiß ich nicht«, antwortete Pelham. »Irgend jemand hat sie gegen perfekte künstliche Doppelgänger ausgetauscht. Ich kann nur hoffen, daß sie noch irgendwo leben. Aber bevor wir uns darum kümmern, müssen wir die Monster vernichten. Verteilen Sie Ihre Leute! Rasch!«

Diesmal reagierten die Männer sofort. Jeder hatte Pelhams Worte gehört, und jeder hatte Gelegenheit gehabt, einen Blick auf die zerstörten Puppen zu werfen. Pelham blickte konzentriert zur Baracke hinüber. Seit dem mißlungenen Ausbruchsversuch war eine fast unnatürliche Ruhe im Gebäude eingekehrt. Aber Pelham zweifelte keine Sekunde lang, daß die Monster irgendeine Teufelei ausheckten. Sie mußten erkannt haben, daß ihre Tarnung aufgeflogen war. Pelhams Blick glitt unsicher über die Gesichter der Männer rechts und links von sich. Wie viele noch? dachte er. Waren diese Männer dort drinnen die einzigen, die gegen künstliche Kreaturen ausgetauscht waren, oder gab es noch mehr? Vielleicht war schon das halbe Lager betroffen, vielleicht befehligte er eine Truppe von Puppen, die seinem Willen nur so lange gehorchten, wie ihr unbekannter Auftraggeber dies zuließ. Aber dieser Gedanke war absurd. Niemand wäre in der Lage, so viele Doppelgänger herzustellen und gegen die echten Menschen auszutauschen.

»Achtung!« rief einer der Männer. Pelham zuckte zusammen und konzentrierte sich wieder auf die Vorgänge an der Tür. Ein einzelner Mann erschien für Sekunden, blickte mißtrauisch zu ihnen hinaus und verschwand dann wieder. Augenblicke später zerbrach auf der Rückseite der Baracke ein Fenster. Ein kurzer, abgehackter Feuerstoß aus einer Maschinenpistole antwortete, und dann brach die Hölle los. Sämtliche Fenster gingen gleichzeitig zu Bruch, und Dutzende der großen, grauen Kreaturen drängten ins Freie.

Die Soldaten eröffneten das Feuer, und der Platz vor der Baracke schien sich in ein Chaos aus explodierenden Kunststoffkörpern und unkenntlichen Fetzen zu verwandeln. Nur wenige der Monster waren bewaffnet, und auch diese kamen kaum dazu, ihre Pistolen einzusetzen. Die Soldaten empfingen sie mit einem wütenden Feuerschlag, dem schon in der ersten Sekunde mehr als die Hälfte der seelenlosen Killer-Roboter zum Opfer fielen.

Aber die anderen stürmten ungerührt weiter, kaum einer ohne Schäden, ohne zerfetzte Löcher in Rumpf und Gliedern oder zersplitterte Arme und Hände. Aber es waren keine Menschen, sondern seelenlose Kunstgeschöpfe, die weder Schmerz noch Angst oder Erschöpfung kannten. Links von Pelham entspann sich ein wütendes Handgemenge, als zwei der Monster den Feuerriegel der Soldaten durchbrachen. Pelham sprang hinzu, riß eine Puppe mit verzweifelter Anstrengung von seinem Opfer fort und leerte aus allernächster Nähe das Magazin seiner Waffe in den plumpen Körper. Die Puppe taumelte zurück, schlug zu Boden und zerbrach.

Irgendwo explodierte etwas. Pelham duckte sich instinktiv, als ein Hagel winziger, scharfkantiger Splitter über ihn hinwegbrauste, gefolgt von einer intensiven Hitzewelle, als berühre ihn eine unsichtbare, glühende Hand. Jemand mußte eine Handgranate geworfen haben. Ein Teil der Baracke stand in Flammen, und vor dem Feuer lagen die zerfetzten Körper von sieben, acht Puppen. Hinter dem grellen Feuervorhang glaubte er weitere Schatten zu erkennen, schlanke menschliche Umrisse, die vor der Gluthitze zurückschreckten und verzweifelt immer wieder nach einer Möglichkeit durchzubrechen suchten. Das Feuer loderte immer heller. Es war grell, unvorstellbar grell. Die Hitze stieg sprunghaft, trieb Pelham und seine Männer zurück. Es schien fast, als würden die Wände zu kochen beginnen. Mit einemmal ahnte Pelham, was die Sikorsky zum Schmelzen gebracht hatte.

Vom anderen Ende der Baracke ertönte ein letzter, abgehackter Feuerstoß, dem ein splitternder Laut und ein dumpfer, hohlklingender Aufprall folgte. Dann war Ruhe. Der Kampf war vorüber.

Pelham richtete sich schweratmend auf. Der Kampf hatte nur wenige Augenblicke gedauert. Wenig mehr als eine Minute, und doch würde er die grausigen Szenen nie wieder in seinem Leben vergessen. Und ein Blick in die Gesichter der anderen sagte ihm, daß es ihnen ebenso erging.

Die Hitze begann bereits wieder abzuflauen. So heiß das Feuer gewesen war, so kurz dauerte es auch nur, als würde es sich selbst verzehren.

»Wir ... wir müssen die Baracke durchsuchen«, murmelte Pelham schwach. »Vielleicht sind noch welche drin.« Er glaubte selbst nicht daran, daß irgend etwas die Gluthölle überstanden haben könnte, aber er mußte seine Leute beschäftigen, damit sie nicht durchdrehten.

»Vor allem sollten wir versuchen, einen von diesen Dingern unbeschädigt in die Finger zu bekommen«, sagte einer der Soldaten. Pelham fiel das winzige Zögern vor dem Wort ›unbeschädigt‹ auf. Obwohl der Mann die Bestien mit eigenen Augen gesehen hatte, schien es ihm schwerzufallen, in ihnen nicht seine langjährigen Kameraden und Freunde zu sehen.

Pelham nickte widerstrebend. »Sie haben recht. Versuchen wir es, bevor der ganze Laden runtergebrannt ist.«

Die Flammen hatten mittlerweile die gesamt Westseite der Baracke erfaßt. Aus dem gezackten Loch, das die Granate gerissen hatte, drang schwarzer Qualm, und der beißende Gestank von brennendem Kunststoff nahm den Männern den Atem.

»Vier Freiwillige zu mir«, befahl Pelham. »Die anderen bleiben hier und halten die Augen auf. Und gebt acht, daß sich das Feuer nicht ausbreitet.«

Anders als sonst mußte er geraume Zeit warten, bis sich endlich vier Soldaten um ihn versammelt hatten. Er verstand die Männer nur zu gut. Sie waren nicht feige, aber auch ihm war bei dem Gedanken, noch einmal in die Baracke vorzudringen, alles andere als wohl. Jeder von ihnen wußte, daß es eines Tages zu einem Ernstfall kommen konnte, aber diese Kunststoffmonster hier waren kein Feind, wie sie ihn kannten.

»Gehen wir«, sagte er rauh.

Einer der Männer reichte ihm eine Maschinenpistole, und er marschierte an der Spitze seiner kleinen Freiwilligentruppe auf den Eingang zu.

Das Innere der Baracke war von fettem, schwarzem Qualm und zuckenden Flammen erfüllt, aber das Feuer sank wirklich bereits in sich zusammen. Nur vereinzelt leckten noch Flammen mit kleinen gierigen Zungen nach den Dachbalken. Mehr als die Hälfte des Innenraumes war ein Raub der Flammen geworden, und wo es gewütet hatte, hatte es nur unförmige Schlackehaufen hinterlassen. Pelham blieb zwei Schritte hinter der Tür stehen und sah sich mißtrauisch um. Seine Nerven waren bis zum Zerreißen gespannt, und sein Zeigefinger spielte nervös am Abzug der MPi.

Aber es gab keine Ziele. Die Puppen, die den Kugeln der Männer entkommen waren, waren ein Opfer der Hitze geworden. Zwei, drei der Monster drängten sich in der hintersten Ecke des Raumes zusammen, aber auch ihre Kunststoffkörper schwelten bereits unter der Hitze, und noch während Pelham zusah, flammte eine von ihnen wie eine gigantische lebende Fackel auf und brach zusammen. »Zurück!« befahl er. »Hier ist nichts mehr zu machen.«

Rückwärts gehend näherten sie sich der Tür. Der Rauch und die Hitze machten ein Atmen fast unmöglich. Pelhams Augen tränten, als sie wieder ins Freie traten, und auf seinem rußverschmierten Gesicht zeigten sich rote Brandblasen. Aber er spürte den Schmerz kaum. Noch immer fühlte er sich wie betäubt, starr und wie in einem bizarren, nicht enden wollenden Alptraum gefangen. Alles, was um ihn herum vorging, selbst die Worte, die er selber sprach, schienen wie durch einen dichten Vorhang an sein Bewußtsein zu dringen, als wäre er selbst nicht mehr als ein unbeteiligter Zuschauer.

»Was ist mit dem General?« fragte einer der Soldaten.

Pelham blickte auf, starrte eine Sekunde lang an dem Mann vorbei ins Leere und schüttelte stumm den Kopf. Selbst wenn der Schuß den General nicht getötet hatte – niemand konnte das Inferno, das sich dort drinnen abspielte, überleben. Niemand und nichts.

Die Seitenwand der Baracke brach in einem Hagel von Funken und glühenden Trümmerstücken zusammen, und die Männer wichen einige Schritte zurück. Niemand sagte etwas. Das Grauen schien sie alle gleichermaßen gepackt zu haben. Es war nicht nur der Schock über das Auftauchen der Kunstmenschen. Die Männer dort drinnen waren ihre Freunde gewesen, und wahrscheinlich fragte sich jetzt jeder insgeheim, was mit ihnen geschehen war. Wo sie waren und wer das schier unmögliche Kunststück fertiggebracht hatte, fünfunddreißig Männer aus dem Lager zu entführen und gegen diese Monstrositäten auszutauschen.

Pelham löste sich nur langsam aus seiner Erstarrung. »Sperrt das ganze Gelände ab«, murmelte er halblaut. »Und stellt Wachen auf. Ich... ich muß mit London telefonieren.« Er schwang sich hinter das Steuerrad des Jeeps, griff mit ungelenken Fingern nach dem Zündschlüssel und ließ den Motor an. Plötzlich war er froh, den Platz verlassen zu können.

Constabler Landon hatte fast eine Viertelstunde reglos gewartet, nachdem Herleth mit seinen Monsterpuppen und den anderen verschwunden und ihn allein zurückgelassen hatte. Er begriff immer noch nicht wirklich, was hier vorging, und wenn er ehrlich war, dann wollte er es auch gar nicht begreifen. Alles, was er definitiv wußte, war, daß hier Dinge geschahen, die sein normales Weltbild sprengten, und daß Herleth – egal wie – aufgehalten werden mußte. Seltsamerweise schreckte ihn der Gedanke, höchstwahrscheinlich in einigen Sekunden sterben zu müssen, kaum. Seit Herleth ihn und Jeff Langley im Keller des Kaufhauses überrumpelt und hierher verschleppt hatte, schien er sich in einer Art Trance zu befinden, ein Zustand, der fast etwas Rauschhaftes an sich hatte und in dem nur der eine Gedanke zählte, Herleth und seine Monsterarmee aufzuhalten.

Er stand auf und begann zum wiederholten Mal, die Kabine zu durchsuchen. Er wußte, daß es sinnlos war – es gab nur diese einzige Tür, und die drei Bullaugen waren fest vernietet. Ganz davon abgesehen, daß sie ohnehin zu klein gewesen wären, um einen erwachsenen Mann hindurchzulassen. Aber er ertrug es einfach nicht, noch länger reglos dazusitzen und die Hände in den Schoß zu legen und auf das Ende zu warten.

Er rückte die wenigen Möbel zur Seite und rollte den Teppich auf, in der schwachen Hoffnung, vielleicht eine Klappe oder Luke im Boden zu finden. Aber natürlich war keine da. So gründlich, wie Herleth vorgegangen war, würde er ein so wichtiges Detail sicher nicht übersehen. Und trotzdem mußte es einfach einen Weg geben, hier herauszukommen! Sein Blick irrte verzweifelt durch den Raum, tastete über die nackten Metallwände und die zusammengerückten Möbel und blieb schließlich an dem schmalen Flaschenregal direkt neben der Tür hängen. Ein bizarrer Plan begann hinter seiner Stirn Gestalt anzunehmen. Sekundenlang starrte er das blinde Kameraauge über der Tür an, ging schließlich zum Regal hinüber und nahm eine halbe Flasche Cognac herunter. Vielleicht würde Herleth oder eine seiner Kreaturen alles mit ansehen und die richtigen Schlüsse ziehen, aber er hatte keine andere Wahl, als dieses Risiko einzugehen. Er schraubte den Verschluß ab, nahm einen kräftigen Schluck und goß den Flascheninhalt dann direkt vor der Tür auf den Boden. Eine braune, glitzernde Lache bildete sich, und die kleine Kabine war plötzlich von durchdringendem Alkoholgeruch erfüllt. Landon stellte die leere Flasche pedantisch auf ihren Platz zurück, besah sich sein Werk einen Moment lang zufrieden und ging dann bis zur Mitte der Kabine. Dann wartete er.

Seine Geduld wurde nicht allzulange strapaziert. Schwere, stampfende Schritte näherten sich der Tür, dann wurde der Riegel klirrend zurückgeschoben, und die Tür schwang langsam nach innen. Landon griff in die Jackentasche und zog eine Packung Streichhölzer hervor. Langsam, fast gemächlich, nahm er eins der Hölzchen heraus, setzte den Schwefelkopf auf die Reibfläche an und hob dann den Blick.

Unter der Tür waren zwei Herleth-Figuren erschienen. »Kommt nur rein«, sagte Landon lächelnd. »Ich erwarte euch schon.«

Auf dem Gesicht der vorderen Puppe erschien ein mißtrauischer Ausdruck. »Was machen Sie da?« fragte sie.

Landon grinste, riß das Streichholz an und warf es der Puppe vor die Füße. Eine grelle Stichflamme schoß in die Höhe und hüllte die Figur ein. Innerhalb von einer Sekunde fing die Cognac-Lache Feuer, flammte mit grellen gelben und blauen Flammen auf und verwandelte den Bereich vor der Tür in ein Inferno.

Landon wartete nicht ab, was weiter geschah. Er duckte sich, nahm zwei Schritte Anlauf und warf sich mit einem Hechtsprung durch die Flammen. Für den Bruchteil einer Sekunde hatte er das Gefühl, mitten durch einen Feuerofen gesprungen zu sein. Die Hitze hüllte ihn ein, versengte sein Haar und die ungeschützte Haut und nahm ihm den Atem. Dann prallte er auf, kam mit einer Rolle wieder auf die Füße und sah die zweite Monsterfigur vor sich aufragen. Instinktiv und ohne zu überlegen, schlug er zu. Seine Faust traf das Kunstmonster vor die Brust und ließ es zurücktaumeln. Es wankte, stieß mit den Kniekehlen vor die unterste Treppenstufe und fiel mit rudernden Armen nach hinten. Landon setzte mit einem verzweifelten Sprung darüber hinweg, hetzte die wenigen Stufen bis zum Ausgang hinauf und warf die massive Stahltür hinter sich zu. Ein dumpfer Schlag, gefolgt von einem hellen, splitternden Poltern, zeigte ihm, wie dicht der Verfolger hinter ihm gewesen war. Mit bebenden Fingern griff er nach dem Riegel, legte ihn vor und blieb einen Moment lang keuchend stehen.

Er war draußen! Noch lange nicht in Sicherheit, aber draußen!

Er drehte sich herum, lehnte sich gegen die Stahltür und rang keuchend nach Luft. Sein Gesicht schmerzte; die Flammen hatten seine Haut versengt und Augenbrauen und Haare angekohlt. Sekundenlang blieb er reglos stehen und sah sich dann auf dem abgedunkelten Deck des Kahns um. Außer dem Aufbau, hinter dem ihr Gefängnis lag, gab es noch eine zweite Erhebung mittschiffs; vermutlich die Brücke, falls es so etwas bei einem Lastkahn überhaupt gab. Hinter den schmalen Fenstern glühte Licht, und ein paarmal glaubte er eine vage Bewegung wahrzunehmen. Der Weg nach vorne war ihm jedenfalls versperrt.

Hinter seinem Rücken begannen harte Fäuste an der Stahltür zu hämmern, und Landon wurde sich schlagartig der Gefahr bewußt, in der er immer noch schwebte. Es konnte nur noch Sekunden dauern, bis das Feuer entdeckt wurde, und wenn er sich dann noch auf Deck aufhielt, war er verloren. Er stieß sich von der Tür ab und schlich geduckt zur Bordwand. Die dunkel glitzernde Wasseroberfläche lag etwa fünf Fuß unter ihm; schmieriges Wasser, in dem Abfälle und Schmutz schwammen. Bis zur Kaimauer waren es vielleicht zehn Meter – selbst für einen erfahrenen Schwimmer wie ihn keine unüberwindliche Distanz. Aber wenn er jetzt floh, überließ er die anderen ihrem Schicksal. Sein Verschwinden würde sehr rasch bemerkt werden, und Herleth würde keine Sekunde verlieren. Sein Hauptquartier war verloren, so oder so, aber Landon zweifelte keinen Augenblick daran, daß er die Zeit nutzen würde, mit seinen Gefangenen zu verschwinden.

Er überlegte einen Moment, zog dann die Jacke aus und warf sie dicht neben der Bordwand zu Boden. Dann schlich er geduckt über das Heck zurück und preßte sich in den schwarzen Schatten der Aufbauten.

Nach einer Weile wurde in der Brücke eine Tür geöffnet, und eine hochgewachsene Gestalt trat auf das Deck. Sekundenlang blieb sie reglos stehen, drehte den Kopf nach rechts und links und ging dann langsam auf den Heckaufbau zu.

Landons Herz begann hart und arhythmisch zu schlagen. Eine zweite Chance würde er kaum bekommen. Wenn die Monster nicht auf seinen Trick hereinfielen, war er verloren. Die Puppe näherte sich der Tür, rüttelte einen Moment lang an der Klinke und machte sich dann am Riegel zu schaffen. Die Tür schwang knarrend auf. Qualm und hellgelber Feuerschein fielen auf das Deck hinaus. Die Puppe wankte erschrocken zurück, blieb einen Moment lang erstarrt stehen und verschwand dann mit einem Satz im Inneren des Aufbaus.

Landon wartete nicht, bis sie zurückkam. Geduckt rannte er über das Deck auf die offenstehende Tür zu, sprang hindurch und sah sich blitzschnell in dem dahinterliegenden Raum um. Es war eine winzige Kammer, von der drei weitere Türen und eine steil in die Tiefe führende Treppe abzweigten. Er griff nach dem Treppengeländer, warf einen letzten, gehetzten Blick über die Schulter zurück und hetzte dann, immer drei Stufen auf einmal nehmend, hinab.

»Wir müssen hier raus«, sagte Catherine entschlossen. »Ganz egal, wie!«

Jeff und Ben antworteten nicht, nur Blackwood lachte leise und gekünstelt. »Eine phantastische Idee, Miß Langley. Haben Sie auch schon eine Idee, wie wir das anstellen sollen?«

Catherine sah sich verzweifelt in der winzigen Kammer um. Man hatte sie nicht in die Kabine zurückgebracht, in der sie vorher gewesen waren, sondern sie noch tiefer in den Bauch des Kahns hinabgeführt und in eine winzige, nackte Kammer gesperrt, die fast knöcheltief mit Wasser gefüllt und deren Wände fleckig und rostzerfressen waren.

»Ich frage mich, warum sie uns hier unten eingesperrt haben?« murmelte Jeff. »Herleth sagte doch, wir würden in unsere Kabine zurückgebracht.«

»Spielt das eine Rolle?« fragte Blackwood.

»Und ob.« Jeff nickte, lehnte sich gegen die Wand und scharrte mit der Fußspitze im Wasser. Sie alle zitterten vor Kälte. Das Wasser war eisig und die Luft war hier unten so kalt, daß ihr Atem als winzige helle Wölkchen vor ihren Gesichtern kondensierte. »Vermutlich ist irgend etwas schiefgegangen«, fuhr Jeff nach einer Weile fort.

»Und was nutzt uns das?«

»Alles, was Herleth schadet, nutzt uns in irgendeiner Weise«, gab Jeff zurück. »Außerdem wird er uns sicher nicht bis morgen hier unten lassen. Er hat kein Interesse daran, daß wir erfrieren. Wenn sie uns holen kommen, greifen wir an.«

Blackwood lachte leise. »Und womit? Sie haben diese Kreaturen doch erlebt. Mit bloßen Händen haben wir keine Chance.«

»Vielleicht doch«, murmelte Catherine.

Jeff sah auf. »Wie meinst du das?«

Catherine deutete auf einen massigen Vorsprung, der in der Mitte der Kammer aus dem Boden ragte. Seine Form erinnerte vage an einen Hydranten, wie man ihn manchmal in alten Filmen sah. »Es könnte sein, daß Herleth seinen ersten Fehler begangen hat, als er uns hierherbringen ließ«, sagte sie. Sie kniete nieder, tauchte die Hände ins Wasser und tastete über den Vorsprung. »Das, was ich vermutet habe«, sagte sie nach einer Weile. »Ein Flutventil.«

Jeff ächzte verblüfft. »Wenn du das vorhast, was ich denke ...«

»Genau das habe ich vor.«

Blackwood schluckte nervös. »Sie ... Sie denken doch nicht etwa daran, das Ventil zu öffnen«, stotterte er.

»Und warum nicht?«

»Aber das ... das wäre Selbstmord. Wir würden ertrinken!«

Catherine schüttelte den Kopf. »Keine Spur, Doktor. Diese Tür war vielleicht vor dreißig Jahren einmal wasserdicht. Herleth wird uns hier herausholen, wenn er nicht riskieren will, daß der ganze Kahn absäuft.« Sie lachte leise. »Ich gebe zu, daß es riskant ist. Aber es ist unsere einzige Chance. Und selbst, wenn es schiefgeht ... wir versenken auf jeden Fall dieses Schiff.«

»Und bringen uns dabei um!«

»Möglich«, sagte Catherine mit einer Ruhe, die sie beinahe selbst erschreckte. »Aber so, wie es im Moment aussieht, haben wir sowieso nur die Wahl zwischen der Möglichkeit zu ertrinken oder Herleths Sklaven zu werden. Was ziehen Sie vor?«

Blackwood erbleichte. »Sie ... Sie sind verrückt!« keuchte er. »Ich lasse das nicht zu! Sie können sich selbst umbringen, so gerne Sie wollen, aber ich will leben! Wir werden wie Ratten ersaufen, wenn Sie dieses Ventil öffnen!« Er machte Anstalten, sich auf Catherine zu stürzen, aber Jeff hielt ihn mit raschem Griff fest und zog ihn zurück. Er sah Catherine an und nickte unmerklich.

Catherine griff mit beiden Händen nach dem Rad und drehte es. Im ersten Moment rührte es sich nicht, dann kam es mit einem Ruck los, und ein schäumender Strahl eiskalten, übelriechenden Wassers ergoß sich in die Kammer. Catherine sprang auf und wich bis zur Wand zurück. Ihr Blick hing gebannt an der Unterkante der Tür. Das Wasser stieg mit phantastischer Geschwindigkeit, erreichte die Tür – und stieg weiter!

Blackwood kreischte entsetzt auf. »Sie ist dicht!« brüllte er. »Wir werden ersaufen wie die Ratten!«

»Das werden wir nicht«, gab Catherine ruhig zurück. »Ich kann das Ventil jederzeit wieder schließen.«

»Dann tun Sie es doch!« wimmerte Blackwood. Das Wasser stand ihm schon fast bis an die Knie und es stieg unaufhörlich weiter.

»Schließen Sie es!«

»Noch nicht.« Catherine schüttelte den Kopf, watete zum Ventil hinüber und drehte prüfend am Rad. Es bewegte sich leicht und ohne Schwierigkeiten hin und her. Mit einem entschlossenen Ruck öffnete sie es ganz und richtete sich wieder auf. Der pulsierende Wasserstrom wurde noch stärker.

Blackwood begann wie wild zu schreien und sich unter Jeffs Griff zu winden.

»Verdammt noch mal, Blackwood, beruhigen Sie sich doch!« brüllte Ben. »Wir werden nicht ertrinken! Begreifen Sie denn nicht, was wir vorhaben?« Er trat auf den Wissenschaftler zu und schlug ihm drei-, viermal mit der flachen Hand ins Gesicht. Blackwood schrie auf, holte japsend Luft und erschlaffte dann. Sein Gesicht zuckte. Aber er beruhigte sich zusehends. »Ich ... entschuldigen Sie«, keuchte er nach einer Weile. »Ich habe die Nerven verloren. Es ... es war zuviel.«

Gordon knurrte wütend. »Schon gut, Doktor. Das kann jedem passieren. Aber behalten Sie jetzt bitte die Nerven, wenn es geht. Eine zweite Chance bekommen wir nämlich nicht.« Er seufzte, drehte sich zu Catherine um und sah sie nachdenklich an. »Wieviel noch?«

Catherine zuckte die Achseln. Das Wasser stand jetzt schon fast einen halben Meter hoch. Eine eisige, tödliche Kälte begann in ihren Beinen emporzukriechen. Bei dem Druck, den der Wasserstrahl hatte, würde die winzige Kammer in wenigen Minuten vollkommen geflutet sein. »Das müßte reichen«, sagte sie. »Wer immer jetzt die Tür öffnet, wird eine unangenehme Überraschung erleben.« Sie bückte sich erneut nach dem Ventil, ließ sich auf die Knie herab und drehte das Rad nach rechts. Es machte zwei volle Umdrehungen und kam mit einem hörbaren Knirschen zum Stillstand.

Catherine erstarrte für eine halbe Sekunde. »Es... es sitzt fest«, sagte sie fassungslos.

Jeff ließ Blackwoods Arme los und war mit einem Satz neben ihr. Verzweifelt stemmten sie sich gemeinsam gegen das Metallrad und zogen und zerrten mit aller Kraft. Es bewegte sich schwerfällig um eine halbe Umdrehung weiter und saß dann endgültig fest. Catherine richtete sich keuchend auf. Das Wasser reichte ihnen jetzt bis zur Hüfte. Der Wasserspiegel stieg nicht mehr so rasend schnell wie noch vor Sekunden, aber er stieg.

Unaufhörlich.

Der Raum war so still, daß selbst das leise Summen des Radioweckers neben seinem Bett laut und störend erschien. Pelham hatte die Jalousien heruntergelassen und zusätzlich die Vorhänge vor das Fenster gezogen. Trotzdem drang noch graues, dämmeriges Licht durch die Fenster herein und malte ein verwirrendes Muster aus Linien und verwaschenen Flecken auf die weiße Decke über seinem Kopf. Die Luft roch durchdringend nach kaltem Zigarettenrauch und Schweiß, und von draußen drangen die gedämpften Geräusche des Stützpunktes herein: Das Brummen und Dröhnen von Maschinen, Stimmen, die heisere Kommandos brüllten, Schritte, Marschieren, Lärmen. Er schloß die Augen, drehte den Kopf in das Kissen und versuchte zu entspannen. Natürlich ging es nicht. Der Tag hatte zuviel Aufregung gebracht, als daß er sich jetzt einfach hinlegen und ruhen konnte.

Nach einer Weile gab er es auf und setzte sich müde auf die Bettkante. Sein Blick wanderte zur Uhr und verweilte einen Moment auf der grünleuchtenden Digitalanzeige. Zwei Tage und eine ganze Nacht ohne Schlaf, aber sein Körper weigerte sich trotzdem, abzuschalten. Pelham stand auf, reckte sich und griff unlustig nach der Zigarettenpackung auf seinem Nachttisch. Der Aschenbecher daneben quoll über vor Kippen und Asche, aber er nahm trotzdem eines der weißen Stäbchen aus der Packung und setzte es mit zitternden Fingern in Brand.

Im Nebenraum klingelte das Telefon. Das Geräusch war deutlich durch die dünne Bretterwand zu vernehmen. Pelham zuckte zusammen und wartete fast ängstlich, daß die Tür aufging und sein Adjutant erschien, um ihn an den Apparat zu rufen. Er hatte mehr als zwei Stunden am Telefon verbracht – endlose Erklärungen, Gespräche mit seinen Vorgesetzten, Männern vom Verteidigungsministerium und der Spionageabwehr, immer und immer dasselbe sagen und dabei genau spüren, daß ihn die Männer am anderen Ende der Verbindung für verrückt hielten. Und dabei, dachte Pelham betrübt, war das erst der Anfang. Er hatte sich zurückgezogen, um wenigstens ein paar Stunden ausruhen zu können, bevor der eigentliche Ansturm losging. Um fünf würde eine Maschine mit einer ganzen Ladung hoher Tiere auf dem Flugfeld landen. Wahrscheinlich würden sie nach allem, was er am Telefon berichtet hatte, gleich ein paar Psychiater und eine Zwangsjacke mitbringen, dachte er spöttisch.

Er stand auf, trat ans Fenster und spähte einen Moment lang durch die dünnen Ritzen der Jalousie nach draußen. Von hier aus war die Baracke, in der sich das Drama abgespielt hatte, nicht zu sehen, aber er meinte trotzdem, noch immer Rauch und Flammen zu erkennen, und wenn er die Augen schloß, sah er deutlich ein Dutzend starrer grauer Puppengesichter, gierig vorgestreckter Krallenhände von unmenschlicher Stärke ...

Pelham stöhnte leise und versuchte die schauerliche Vision zu vertreiben, aber es gelang ihm nur zum Teil. Die Bilder verblaßten, aber sie waren noch da, unsichtbar und lauernd, bereit, jeden Moment über ihn herzufallen. Er wunderte sich beinahe selbst, daß er alles so ruhig und unbeteiligt hingenommen hatte. Das Auftreten der Puppenmonster hätte eigentlich genügen müssen, ihn in den Wahnsinn zu treiben. Aber vielleicht war auch der Schock nur zu groß gewesen.

Ein leises Klopfen ließ ihn herumfahren. Sekundenlang starrte er die geschlossene Tür an, sah dann auf den Wecker und runzelte die Stirn. Es waren noch über zwei Stunden bis zum Eintreffen der Maschine, und er hatte Anweisung gegeben, ihn nicht zu stören. Wenn Themps es trotzdem tat, mußte schon etwas Wichtiges vorliegen. Seufzend ging er zur Tür hinüber, strich noch einmal glättend über seine zerknautschte Uniform und drückte die Klinke herunter.

Es war Themps. »Major Pelham«, begann er. »Es tut mir leid, wenn ich Sie stören muß, aber . . .«

Pelham winkte ab. »Schon gut, Themps. Was gibt es?«

»Draußen am Tor steht jemand, der Sie zu sprechen wünscht.«

Pelham runzelte die Stirn. »Jemand?«

»Er weigert sich, seinen Namen zu nennen, Major«, erklärte Themps unglücklich. »Aber er beharrt darauf, den Lagerkommandanten zu sprechen. Er behauptet, Informationen über das zu haben, was heute hier passiert ist.«

Pelham überlegte einen Moment. Es war alles andere als normal, daß jemand so mir nichts dir nichts am Tor eines so streng bewachten Stützpunktes wie Arlington auftauchte und mit dem Kommandanten sprechen wollte – noch dazu, ohne seinen Namen nennen zu wollen. Aber was heute hier geschehen war, war auch alles andere als normal. Und die Tatsache, daß der Fremde behauptete, über die Geschehnisse Bescheid zu wissen, ließ eigentlich nur den Schluß zu, daß er aus London oder von irgendeiner anderen vorgesetzten Stelle kam. Vielleicht von der Spionageabwehr – manche von diesen Freizeit-James-Bonds, überlegte Pelham spöttisch, liebten es, sich mit Geheimnistuereien zu umgeben.

»Schicken Sie ihn her«, sagte er schließlich.

Themps schien noch etwas sagen zu wollen, überlegte es sich dann aber anders und wandte sich wortlos um.

Pelham ging ins Zimmer zurück, zog die Vorhänge auf und ließ die Jalousien hochschnappen. Das grelle Sonnenlicht blendete ihn, und mit einemmal spürte er wieder, wie müde er war. Er ging zu dem kleinen Waschbecken an der Wand hinüber, schöpfte sich ein paar Hände voll eiskalten Wassers ins Gesicht und griff nach dem Handtuch. Sein Blick fiel wieder auf seine Hände. Die grauen Flecken waren immer noch da. Bei allem, was geschehen war, hatte er sie vollkommen vergessen, aber sie schienen jetzt sichtlich größer geworden zu sein. Er langte nach einem Stück Seife und versuchte einen Moment lang ebenso intensiv wie vergeblich, sie zu entfernen. Die Flecken waren wirklich seltsam. Die Haut schien nicht nur verfärbt, sondern irgendwie anders, hart, kühl . . . Pelham preßte die Fingerspitzen aneinander und lauschte in sich hinein. Dann trat er ans Fenster und betrachtete seine Hände noch einmal im hellen Sonnenlicht. Alle zehn Finger waren hinauf bis zum Gelenk grau, und über die rechte Handwurzel zog sich ein dünner, wie mit einem feinen Stift gemalter Strich hinauf bis zum Gelenk und weiter. Er zögerte einen Moment, öffnete dann die Manschette seines Hemdes und krempelte den Ärmel hoch. Die Linie setzte sich auf seinem Unterarm fort und verbreiterte sich am Ellbogen zu einem zerfaserten grauen Fleck.

Ein sanfter Schrecken durchzuckte Pelham. Das war keine Farbe mehr. Es sah eher aus wie eine Blutvergiftung, obwohl er weder Schmerzen noch sonst etwas spürte. Vorsichtig schob er den Hemdsärmel noch weiter hinauf und verdrehte dann den Hals, um seinen Arm betrachten zu können. Die Verfärbung reichte weiter den Oberarm hinauf und breitete sich über seine gesamte Schulter aus. Kein Zweifel – irgend etwas war mit seinem Körper geschehen. Eine Vergiftung, vielleicht. Er würde zum Arzt gehen, gleich nachdem er sich um seinen sonderbaren Besucher gekümmert hatte. Mit einem leichten Gefühl der Beunruhigung streifte er den Ärmel wieder herunter, schloß den Manschettenknopf und zog die Krawatte fester.

Auf dem Hof wurde das Geräusch eines Wagens laut. Ein dunkelblauer Bedford-Transporter erschien zwischen den Baracken, gefolgt von Themps' Jeep und seinem zweiten Wagen voller Soldaten. Pelham lächelte anerkennend. Jorger hatte seinen Adjutanten wirklich gut ausgebildet. Er wandte sich um und ging zur Tür, um seinen Besucher in Empfang zu nehmen.

Der Mann, der wenige Augenblicke später in Themps' Begleitung die Baracke betrat, entsprach ganz und gar nicht Pelhams Erwartungen. Er war klein, untersetzt und mochte um die fünfzig Jahre sein – ein kahlköpfiges, schlaffes Gesicht mit einem deutlichen Hang zur Fettleibigkeit,. kleine, wäßrige Augen und Hände, die in beständiger Bewegung waren. Nicht der Typ des Geheimagenten, stellte Pelham insgeheim fest. Trotzdem brachte er so etwas wie ein freundliches Lächeln zustande und streckte seinem Besucher die Hand entgegen.

Der Mann ignorierte sie und maß Pelham mit einem undeutbaren Blick. »Sie sind der Lagerkommandant?« fragte er.

Pelham schluckte die ärgerliche Bemerkung, die ihm auf der Zunge lag, herunter. »Ich bin Major Pelham«, antwortete er steif. »Zur Zeit leite ich den Stützpunkt, das stimmt. Und was kann ich für Sie tun? Mein Adjutant sagte mir, Sie hätten gewisse Informationen über den Zwischenfall von heute morgen?«

»Das . . . stimmt«, sagte der Mann zögernd. Er maß Themps mit einem mißtrauischen Blick und fuhr mit heiserer Stimme fort: »Allerdings wäre es mir lieber, wenn wir unter vier Augen miteinander reden können.«

Pelham machte ein ärgerliches Geräusch. »Hören Sie, Mister . . .«

»Herleth!«

»Mister Herleth«, knurrte Pelham verärgert. »Sie schneien hier herein, ohne sich auszuweisen, wollen nicht einmal Ihren Namen sagen, stellen Forderungen und . . .«

Herleth unterbrach ihn mit einem Kopfschütteln. »Sie werden mich verstehen, wenn Sie gesehen haben, was ich draußen im Wagen habe, Major«, sagte er ruhig.

Pelham schwieg einen Moment. Für einen Augenblick wußte er nicht, was er tun sollte. Jorger wäre mit der Situation fertig geworden, dessen war er sich sicher. Wahrscheinlich hätte er diesen sonderbaren Herleth schon am Tor verhaften lassen. Aber er war nicht Jorger. Und er fühlte sich von der Situation vollkommen überfordert. Er versuchte, an Herleth vorbei einen Blick aus der Tür zu werfen. Der Transit war dicht vor der Baracke abgestellt. Durch die getönte Frontscheibe war der Umriß eines Fahrers zu erkennen, aber der Aufbau selber hatte keine Fenster.

»Gut«, sagte er schließlich. »Gehen wir. Ich hoffe, Sie haben wirklich etwas Wichtiges vorzuweisen. Im Moment haben wir hier nicht sonderlich viel Sinn für Humor, wissen Sie?«

Er schob sich an Herleth vorbei und ging mit raschen Schritten auf die Hecktür des Transporters zu. Herleth folgte ihm hastig, löste einen Schlüssel von seinem Bund und steckte ihn ins Schloß. Er öffnete die Tür, schwang sich mit einer erstaunlich kraftvollen Bewegung in den Wagen und winkte Pelham, ihm zu folgen. Dann zog er die Tür rasch wieder hinter sich zu. Pelham hörte ihn im Dunkeln hantieren.

»Warten Sie, Major«, murmelte er. »Ich mache Licht.«

Unter der Decke des Wagens glühte eine Birne auf.

Pelham blickte sich erstaunt um. Der Laderaum war leer bis auf zwei längliche, in weiße Tücher gehüllte Gegenstände, die auf dem Fußboden lagen. Pelham sah Herleth sekundenlang verblüfft an, dann ließ er sich auf die Knie nieder und zog das Laken von einem der Körper herunter.

Darunter lag eine Puppe.

Sie war mit der Uniform eines Majors der englischen Luftwaffe bekleidet und hätte absolut lebensecht gewirkt, wäre ihr Gesicht nicht eine leere, konturlose Fläche gewesen.

»Was . . .?« fragte Pelham, »bedeutet das?«

Herleth lachte leise. »Das werden Sie gleich merken, Major«, sagte er. Seine Stimme klang plötzlich ganz anders als noch vor Sekunden. »Ich hatte gehofft, nicht zu diesen Maßnahmen greifen zu müssen, aber die Dinge entwickeln sich anders, als ich dachte.«

Pelham begriff einen Sekundenbruchteil zu spät, was Herleth mit seinen Worten meinte. Er wollte herumfahren und aufspringen, aber Herleth stürzte sich mit einer ungeheuer schnellen Bewegung auf ihn, riß ihn zu Boden und preßte ihm gleichzeitig die Hand auf den Mund.

Pelham bäumte sich verzweifelt auf. Er bekam keine Luft mehr, und der Körper des kleinen Mannes schien plötzlich Tonnen zu wiegen. Irgend etwas geschah mit ihm. In seinem Inneren war plötzlich eine tiefe, eisige Kälte, und seine Kraft ließ von Sekunde zu Sekunde nach. Mühsam drehte er den Kopf und blickte zu der reglos daliegenden Puppe hinüber. Kurz bevor er endgültig das Bewußtsein verlor, sah er noch, wie sich in der leeren Fläche unter ihrer Uniformmütze langsam Nase, Mund und Augen zu bilden begannen, wie sich die Haut wellte und verwarf, wie unter einem inneren Kampf zuckte und langsam, widerwillig, ein menschliches Gesicht formte.

Sein eigenes Gesicht . . .

Dann war nur noch Dunkelheit um ihn. Herleth lächelte zufrieden.

Kaum eine halbe Stunde später bewegte sich ein Mann, der immer noch exakt wie Major George Pelham von der Royal Air

Force aussah, es aber nicht mehr war, mit schnellen Schritten auf den flachen Flugzeughangar am südlichen Ende der Rollbahn zu. Pelham war vielleicht zehn Minuten im Inneren des Ford-Transit geblieben, und als er wieder herausgekommen war, war er seltsam verändert gewesen. Nicht äußerlich, aber in seinem Verhalten. Ganz gegen seine sonstige Gewohnheit hatte er seine Untergebenen nicht informiert, was als nächstes geschehen würde, sondern nur kurz Anweisungen gegeben, Herleth wieder unbehelligt aus dem Lager herauszulassen und eine der neuen F-107 Phantom-Jagdmaschinen startbereit zu machen. Seine Anweisungen mochten Verwunderung hervorrufen, aber die Männer gehorchten trotzdem. Schließlich war Pelham kommandierender Offizier des Stützpunktes und mußte wissen, was er tat.

Die großen Aluminiumtore des Hangars glitten polternd beiseite, als Pelham sich dem Gebäude näherte, und einer der schlanken Silbervögel glitt, gezogen von einem kleinen Elektrokarren, ins Freie. Pelham blieb stehen und wartete reglos, bis die Maschine vollends aus dem Hangar heraus und gewendet war. Die nadelscharfe Spitze deutete jetzt nach Osten. Der Elektrokarren wurde abgekuppelt, und eine ganze Horde von Technikern und Bodenpersonal machte sich über die Maschine her, um die letzten Handgriffe zu erledigen. Pelham nahm den schmalen braunen Aktenkoffer auf, den er von Herleth erhalten hatte, ging langsam auf die wartende Jagdmaschine zu und begann ohne ein Wort, die Leiter zum Cockpit hinaufzusteigen.

Einer der Techniker blieb am Fuße der Leiter stehen und grinste zu Pelham hinauf. »Nun, Major?« fragte er, »wieder mal Lust auf einen kleinen Flug?«

Pelham runzelte die Stirn, warf seinen Koffer in die Kanzel und angelte nach dem Funkhelm. »Ein Probeflug, Sergeant«, antwortete er kurzangebunden. »Schließlich will ich wissen, mit was für Vögeln ich meine Jungs hinaufschicke.« Die Erklärung klang dünn und unglaubhaft. Pelham flog schon lange nicht mehr selbst. Und wenn er noch im aktiven Dienst gewesen wäre, hätte er eine Phantom kaum so ohne Vorbereitungen fliegen können. Die Jagdbomber gehörten zu der neuesten Generation der Kampfmaschinen, mit denen die Air Force ausgerüstet waren – technische Wunderwerke, die eher einen Ingenieur und Computerfachmann als einen herkömmlichen Piloten benötigten. Aber keiner der Techniker glaubte im Ernst, daß Pelham mehr als eine kurze Proberunde über dem Stützpunkt drehen würde.

Pelham zog sich vollends in die Kanzel, streifte den Helm über und betätigte schnell und sicher ein paar Schalter. Auf dem schmalen Armaturenbrett vor ihm begannen Dutzende Lämpchen und Lichter zu blinken. Ein weiterer Handgriff, und die Kanzel schloß sich mit leisem Summen. Die Techniker zogen sich hastig von der Maschine zurück, als die Triebwerke mit einem machtvollen Dröhnen anliefen.

Keiner von ihnen sah das dünne, böse Lächeln, das plötzlich in Pelhams Augen aufglomm.

Die Phantom rollte an, schwenkte auf die Startbahn hinauf und beschleunigte.

Wenige Augenblicke später raste das schlanke, silberne Geschoß mit Überschallgeschwindigkeit auf die Millionenstadt London zu.

Constabler Landon preßte sich eng in die schmale Nische und wartete mit angehaltenem Atem, bis die beiden Puppen an seinem Versteck vorübergegangen waren. Er hatte Glück, zumindest bis jetzt. Seine Flucht hatte das Schiff in Aufregung versetzt, aber scheinbar rechnete keiner damit, daß er noch an Bord war. Mehr als zwei Dutzend der grauen Ungeheuer waren in den letzten Minuten an seinem Versteck vorübergerannt, darunter eine Reihe von Herleth-Doppelgängern, aber keiner hatte der schmalen Nische auch nur einen Blick gewidmet. Wahrscheinlich würden die Monster jetzt das Schiff verlassen und im Hafen ausschwärmen, um den vermeintlichen Flüchtling zu jagen; jedenfalls hoffte er es. Wenn er überhaupt eine Chance hatte, Langley und die anderen zu befreien, dann nur, wenn der Großteil der Besatzung von Bord war.

Er wartete, bis die Schritte der Monster auf der Treppe verklungen waren, ehe er vorsichtig aus seiner Deckung hervortrat und weiter den Gang hinunterschlich. Unter Deck war der Lastkahn offensichtlich vollkommen umgebaut worden – der Gang, durch den er sich bewegte, war neu und sauber, und durch eine offenstehende Tür erhaschte er einen Blick auf etwas, was wie eine Kreuzung zwischen einem Laboratorium und einem Lagerraum aussah. Aber das war es nicht, wonach er suchte. Er war auf der Suche nach dem Maschinenraum.

Landon durchquerte den Gang bis zum Ende, öffnete eine niedrige Tür und fand sich unversehens in einer gewölbten, nach Öl und Feuchtigkeit riechenden Kammer wieder. Eine schmale Wendeltreppe führte in die Tiefe, und durch eine Luke am Boden drang flackerndes Licht. Die Metallplatten unter seinen Füßen vibrierten sanft, und wenn er ganz ruhig war, hörte er ein leises, pochendes Geräusch, als liefen tief unter ihm schwere Maschinen.

Er drückte die Tür hinter sich ins Schloß und sah sich nach etwas um, das er als Waffe benutzen konnte. Sein Blick fiel auf einen riesigen, fast armlangen Schraubenschlüssel – eine perfekte Keule. Er nahm ihn auf, wog ihn einen Moment prüfend in der Hand und schlich auf Zehenspitzen die Treppe herab. Das Maschinengeräusch verstärkte sich, je tiefer er kam. Gleichzeitig glaubte er leise, murmelnde Stimmen zu hören.

Er schlich weiter und gelangte schließlich in einen langgestreckten, nur schummrig beleuchteten Raum, der sich offensichtlich durch die gesamte Schiffslänge erstreckte und wahrscheinlich bereits unter der Wasserlinie lag. Der Großteil des vorhandenen Platzes wurde von einer wuchtigen Maschinenanlage eingenommen. Landon atmete erleichtert auf. Seine Hoffnungen hatten sich erfüllt – und das Schiff mochte unter Deck gründlich modernisiert worden sein, aber die Maschine war noch die gleiche, die es bei seinem Stapellauf vor dreißig oder vierzig Jahren an Bord gehabt hatte – eine uralte, mit Kohlen beheizte Dampfmaschine. Landon blieb sekundenlang neben der Treppe stehen und wartete, daß sich seine Augen an das halbdunkle Licht hier oben gewöhnen würden. Dann schlich er lautlos in die Richtung weiter, aus der er die Stimmen gehört hatte. Es waren zwei – zwei hoch aufgeschossene, nackte Gestalten aus mattgrauem Kunststoff, die mit gleichmäßigen, roboterhaften Bewegungen Kohlen in den Heizkessel schaufelten und dann und wann an einem Ventil oder einem von Dutzenden Rädern drehten, die die Vorderseite der Maschinen bedeckten. Das Feuer im Kessel brannte nicht sonderlich hoch; der Dampfdruck mußte gerade ausreichen, den Elektrogenerator des Schiffes anzutreiben, und eine der Puppen trat ständig an irgendeines von Dutzenden Manometern, um den Druck zu reduzieren oder zu regeln. Landon sah aus seinem Versteck lange genug zu, bis er glaubte, die Funktionsweise der Maschine wenigstens in groben Zügen erraten zu haben. Dann packte er seinen Schraubenschlüssel fester und trat entschlossen auf die beiden Monsterpuppen zu.

Sie bemerkten sein Auftauchen viel zu spät. Landon schwang den Schlüssel mit beiden Händen. Das schwere Metallstück zerschmetterte den Kopf der ersten Puppe, und Landon wurde vom Schwung seines eigenen Schlages nach vorne gerissen. Die zweite Puppe ließ ihre Kohlenschaufel fallen und drang mit weit ausgebreiteten Armen auf ihn ein. Landon schwang seine Waffe und zertrümmerte auch dieses Monstrum. Dann richtete er sich keuchend auf und trat an die Dampfmaschine heran. Sein Blick irrte hilflos über die verwirrende Vielfalt von Skalen und Rädern und Hebeln. Mit einemmal war er sich gar nicht mehr so sicher, sein Vorhaben auch in die Tat umsetzen zu können. Aber er war schon zu weit gegangen, um jetzt noch aufzuhören.

Zögernd hob er die Hände, drehte an einem Rad und beobachtete gespannt, wie der Zeiger der darüberliegenden Skala anzusteigen begann. Er hatte keine Ahnung, was er damit anrichtete – vielleicht traf er den Lebensnerv des Schiffes, vielleicht brachte er auch nur irgendwo ein bedeutungsloses Rohr zum Platzen. Aber vor ihm waren Dutzende von Ventilen, und er drehte sie eines nach dem anderen zu, hastig und mit fliehenden Fingern, aber methodisch.

Das Geräusch der Maschine schien sich verändert zu haben, als er fertig war. Sekundenlang blieb er ratlos vor der deckenhohen Schalttafel stehen, ehe er sich umwandte, seine Keule wieder aufnahm und langsam in Richtung Ausgang ging. Einige der Zeiger auf der Schalttafel waren schon bedrohlich weit in den roten Bereich vorgedrungen.

Er erreichte die schmale Metalltreppe nie.

Unmittelbar neben ihm platzte ein Leitungsrohr, und ein Strahl kochendheißen und unter Hochdruck stehenden Wasserdampfs schoß heraus und hüllte ihn ein. Er spürte nicht einmal mehr, wie er auf dem Boden aufschlug.

Jeff tauchte prustend aus dem Wasser, rang einen Moment lang keuchend nach Luft und schwamm dann mit einem kraftvollen Stoß zu Catherine und den anderen hinüber. »Sinnlos!« keuchte er. »Das Ding sitzt bombenfest. Muß sich irgendwie verklemmt haben.«

»Und . . . und wenn wir es alle gemeinsam versuchen?« fragte Blackwood nervös. »Alle vier zusammen?«

Jeff schüttelte stumm den Kopf. Das Wasser stand ihnen mittlerweile bis zur Brust. Es stieg jetzt nicht mehr so schnell, daß man zusehen konnte, aber trotzdem blieben ihnen nur noch wenige Minuten, ehe sie sich schwimmend über Wasser halten mußten. Und selbst das war nur eine kurze Gnadenfrist. Die Kammer war keine zwei Meter hoch, und auch wenn der Luftdruck das Wasser schließlich stoppen würde, würden sie entweder ersticken, oder in dem eiskalten Wasser erfrieren, falls ihnen nicht einfach vorher die Kräfte schwanden und sie ertranken.

»Es hat keinen Zweck«, sagte er laut. »Wir müssen hier heraus.«

»Heraus!« keuchte Blackwood. »Und wie? Wollen Sie vielleicht die Tür einschlagen?«

»Beherrschen Sie sich, Blackwood«, sagte Catherine ruhig.

Blackwood fuhr wie von der Tarantel gestochen herum. Seine Augen flammten wütend auf. »Beherrschen?« keuchte er. »Ausgerechnet Sie verlangen von mir, daß ich mich beherrsche?« Er watete auf Catherine zu und hob drohend die Fäuste. »Sie haben uns doch in diese Situation gebracht, Sie und Ihre phantastische Idee! Mit Ihnen hat überhaupt erst alles angefangen. Ohne Sie läge ich jetzt wahrscheinlich friedlich schlafend zu Hause in meinem Bett. Und Sie verlangen von mir, daß ich mich beherrschen soll? Ich will nicht sterben, hören Sie? Ich will nicht!«

»Halten Sie endlich den Mund, Doktor!« fuhr Ben auf. »Keiner von uns hat Lust, hier zu ertrinken, aber Sie helfen uns mit Ihrem Gejammer nicht weiter!« Er fuhr herum, watete zur Tür und begann, mit den Fäusten dagegenzuschlagen. »Helfen Sie mir lieber! Vielleicht kommt jemand nachsehen!«

Blackwood zögerte einen Moment und trat dann neben den Inspektor, um ebenfalls mit beiden Fäusten gegen die Tür zu hämmern. Die Schläge hallten dumpf durch den Schiffsrumpf. Catherine bezweifelte, daß das etwas nutzen würde. Sie befanden sich auf der untersten Sohle des Schiffes, tief unter Herleths Lager- und Laborräumen. Und selbst, wenn man sie hören würde, würde sich wahrscheinlich niemand darum kümmern. Trotzdem trat sie nach einer Weile ebenfalls hinzu und schlug mit den Händen vor die Tür.

Natürlich war es zwecklos. Nach einer Weile gab sie es wieder auf und trat zurück, und auch Ben schüttelte den Kopf und ließ resignierend die Hände ins Wasser sinken. Nur Blackwood fuhr fort, in sinnloser Wut mit beiden Händen an die massive Stahltür zu hämmern.

»Lassen Sie es gut sein, Doktor«, murmelte Ben. »Wir . . . was war das?!«

Auch Catherine glaubte, etwas gehört zu haben; ein dumpfes, vibrierendes Grollen, das im Plätschern des Wassers und den Geräuschen von Blackwoods Schlägen beinahe unterging.

»Blackwood, hören Sie auf!« befahl sie scharf. »Nur einen Moment.«

Der Doktor erstarrte und lauschte ebenfalls. Das Geräusch wiederholte sich nicht, aber dafür begannen die massiven Eisenplatten unter ihren Füßen spürbar zu vibrieren. Dann krachte irgend etwas, und ein dumpfer, donnernder Schlag lief durch das Schiff.

»Eine . . . Explosion«, murmelte Ben. »Hört sich an, als wäre da etwas in die Luft geflogen.«

Sie lauschten gebannt weiter. Zehn, fünfzehn Sekunden lang geschah nichts weiter, dann waren auf dem Gang schwere hastige Schritte zu hören, und eine aufgeregte Stimme rief irgend etwas.

»Weg von der Tür!« zischte Ben. »Jemand kommt!«

Sie wichen hastig zur gegenüberliegenden Wand der Kammer zurück. »Haltet euch irgendwo fest!« keuchte Catherine. Instinktiv ergriff sie Jeffs Hand und klammerte sich daran fest.

Ein Schlüssel wurde im Schloß gedreht, und im nächsten Moment wurde die Tür vom Druck des aufgestauten Wassers regelrecht nach außen katapultiert. Catherine erhielt einen flüchtigen Eindruck von zwei, drei grauen Gestalten, die von der schäumenden Flutwelle erfaßt und mit ungeheuerer Wucht gegen die Gangwände geschmettert wurden, dann wurde sie selbst von den Füßen gerissen und nach vorne gesogen. Sie schrie auf, schluckte Wasser und griff verzweifelt nach oben. Ein schmerzhafter Schlag traf ihre Schulter, irgend etwas ratschte über ihr Gesicht und riß eine blutige Schramme in ihre Wange. Die Flutwelle riß sie aus der Kammer, warf sie gegen die Wand und trug sie fast durch die gesamte Länge des Schiffes, bevor ihre Kraft endgültig aufgebraucht war. Mit einem schmerzhaften Schlag landete sie auf dem stählernen Boden, rollte herum und rang sekundenlang keuchend nach Luft, ehe sie sich aufrichtete und nach den anderen sah.

Jeff lag wenige Meter neben ihr. Er stöhnte und hielt sich den Kopf, war aber bei Bewußtsein. Ben und Blackwood schienen sich instinktiv aneinander festgehalten zu haben und waren nicht so weit mitgerissen worden wie sie und Jeff. Ben richtete sich gerade mühsam auf die Knie und betastete seinen Körper, als wolle er sich davon überzeugen, daß noch alle Knochen heil waren.

Und Blackwood...

Catherine schrie erschrocken auf, als sie den Wissenschaftler sah. Die Welle hatte ihn gegen die Gegenwand geschleudert. Sein rechter Arm schien gebrochen und stand in unnatürlichem Winkel von seinem Körper ab, und aus seinem Gesicht war ein dreieckiges Stück herausgebrochen und zersplittert.

Dahinter war nichts als eine leere, dunkle Höhlung.

Blackwood war eine Puppe!

Herleth hatte sie die ganze Zeit von einer seiner Kreaturen bespitzeln lassen, und keiner hatte es bemerkt!

Wieder lief ein dumpfer Schlag durch das Schiff, und diesmal schien sich das gesamte Schiff ein Stück zu heben und auf die

Seite zu legen. Catherine wurde abermals von den Füßen gerissen, rollte gegen die Wand und raffte sich mühsam auf. Das Schiff hatte Schlagseite. Die Deckenbeleuchtung flackerte, ging aus und wieder an und flackerte erneut.

»Raus hier!« schrie Jeff. »Der ganze Kahn säuft ab.«

Catherine sah unwillkürlich in die Kabine zurück, aus der sie herausgeschwemmt worden waren. Das Wasser schoß immer noch aus dem geöffneten Ventil, aber selbst wenn es Herleth und seinen Leuten nicht gelang, das Flutventil zu schließen, würden Stunden vergehen, ehe das Schiff wirklich in Gefahr geriet. Trotzdem hatte Jeff recht – das Schiff sank.

Sie sprang auf. Jeff hatte sich inzwischen ebenfalls erhoben und hielt sich mit einer Hand an der Wand fest, nur Ben schien Schwierigkeiten zu haben, auf die Füße zu kommen. Es dauerte eine Weile, bis Catherine merkte, daß er in Wirklichkeit verzweifelt mit Blackwood kämpfte. Das Monster hatte sich mit beiden Händen an seinen Beinen festgeklammert und zog ihn mit unmenschlicher Kraft zurück.

»Jeff!« rief Catherine erschrocken. »Wir müssen Ben helfen!« Jeff schien erst jetzt überhaupt zu bemerken, daß Blackwood kein Mensch war. Er erstarrte, blickte einen Moment aus ungläubig geöffneten Augen auf Blackwoods zertrümmertes Gesicht und stürzte sich dann mit einem wütenden Schrei auf den vermeintlichen Wissenschaftler. Aber selbst zu dritt gelang es ihnen kaum, das tobende Monster zu bändigen. Schließlich riß Ben mit einer verzweifelten Anstrengung sein Bein los und versetzte dem Monster einen Tritt, der es hintenüberkippen und im Wasser verschwinden ließ.

»Weg hier!« keuchte er.

Sie fuhren herum und rannten nebeneinander den Gang hinauf. Das Schiff hatte mittlerweile deutliche Schräglage, und sie mußten sich an der Wand abstützen, um die schmale Metalltreppe hinaufzusteigen. Jeff warf sich mit der Schulter gegen die Tür, sprengte sie auf und stolperte auf den dahinterliegenden Gang. Flackernder, roter Feuerschein schlug ihnen entgegen. Die Luft war mit Hitze und heißem Dampf gesättigt. Wieder erzitterte das Schiff unter einer krachenden Explosion. Eine Puppe tauchte aus dem Treppenschacht auf, erstarrte einen

Moment und warf sich dann mit vorgestreckten Klauen auf Jeff. Jeff sprang zur Seite, ließ das Monster über sein vorgestrecktes Bein stolpern und versetzte ihm einen mörderischen Ellbogenstoß in den Rücken. Die Puppe stolperte zu Boden, krachte gegen die Wand und zerbrach.

»Weiter!« keuchte Jeff. »Wir müssen hier raus!« Er nahm Catherine bei der Hand und zerrte sie rücksichtslos hinter sich her.

»Warte Jeff! Wir müssen Herleth finden!« Sie versuchte sich aus seinem Griff zu befreien, aber Jeff zerrte sie unbarmherzig weiter.

»Du bist verrückt!« keuchte er. Er rannte noch schneller, zog Catherine hinter sich her und steuerte die Treppe am vorderen Ende des Ganges an. »Wir können froh sein, wenn wir unser Leben retten können.«

Nur Sekunden später wurden die Türen rechts und links von ihnen aufgerissen, und rund ein Dutzend absolut gleich aussehender Herleths sprangen auf den Gang. Jeff prallte mit einem entsetzten Keuchen zurück. Der Gang vor ihnen war von den Puppen blockiert. Zwischen ihnen und der Treppe lagen vielleicht noch zwanzig Schritte, aber es hätten genausogut zwanzigtausend Kilometer sein können.

»Meine Gratulation«, sagte Herleth – einer von zwölf Herleths, die den schmalen Gang wie eine lebende Mauer blockierten und sie haßerfüllt anstarrten – leise. Seine Stimme bebte vor Zorn, und seine Hände waren zu Fäusten geballt. Jeff wußte nicht warum, aber er war sich plötzlich absolut sicher, daß es sich um den echten Herleth handelte. »Ich weiß nicht, wie Sie es geschafft haben, aber Sie sind raus. Und es ist Ihnen zum zweiten Mal gelungen, mein Hauptquartier zu vernichten. Ich fürchte, ich habe Sie unterschätzt«, fuhr er gefährlich leise fort. »Ein Fehler, wie ich zugeben muß. Aber er wird mir nicht noch einmal unterlaufen. Ich fürchte, ich werde auf Ihre Mitarbeit verzichten müssen. Schade.«

»Geben Sie auf, Herleth«, sagte Jeff. »Sie haben verloren.«

Herleth runzelte die Stirn und bedachte Jeff mit einem Blick, als zweifele er ernsthaft an seinem Verstand. »Verloren?« wiederholte er. »Aufgeben? Die einzigen, die verloren haben, sind

Sie. Ich werde Sie nicht töten, wenn Sie das befürchten. Das ist gar nicht nötig.« Er lächelte böse und gab seinen Kreaturen einen Wink. Die Puppen begannen sich langsam zurückzuziehen. »Es wird nur noch wenige Minuten dauern, bis der Dampfkessel unter Ihren Füßen endgültig platzt«, erklärte er freundlich. »Selbst wenn Sie die Explosion überleben, hat das Schiff hinterher ein hübsches Loch. Tut mir ja leid, aber Sie werden wohl Opfer Ihres eigenen Planes werden. Der einzige Weg hinaus führt nämlich über diese Treppe dort. Und die Tür werde ich eigenhändig verriegeln, bevor ich das Schiff verlasse. Leben Sie wohl, Mister Langley.«

Jeff schrie wütend auf und warf sich nach vorne. Herleth machte einen Schritt zur Seite, empfing ihn mit einem Hieb in den Magen und schmetterte ihm das Knie ins Gesicht, als er sich vor Schmerz zusammenkrümmte. »Narr«, zischte er. »Verdammter Narr. Selbst, wenn es euch gelungen wäre, mich zu beseitigen, hätte euch das nicht mehr gerettet.« Er wandte sich um, ging eilig hinter seinen Kreaturen her und begann die Treppe emporzusteigen.

Ein Schatten flog plötzlich von der Seite auf ihn zu, klammerte sich an ihn und riß ihn zurück. Catherine erkannte Ben. Aneinandergeklammert stürzten die beiden Gestalten auf die Stufen und rangen miteinander.

Jeff stürzte vor, doch drei der Puppen stellten sich ihm in den Weg und trieben ihn Schritt für Schritt zurück. Die anderen eilten ihrem Herrn zu Hilfe.

Ben Gordon kämpfte wie ein Berserker, doch gegen mehr als ein halbes Dutzend der übermenschlich starken Puppen hatte er keine Chance. Sie rissen ihn hoch, aber dennoch ließ er den echten Herleth nicht los. Er hatte die Hände um Herleths Hals gelegt und drückte mit erbarmungsloser Kraft zu, obwohl die Puppenmonster alles taten, um seinen Griff zu sprengen.

Ein dumpfer Schlag erschütterte den Schiffsrumpf. Der Boden unter der Treppe riß plötzlich auf. Eine grelle Stichflamme zuckte durch den Gang, dann zischte eine graue, kochende Dampfsäule aus dem Loch und hüllte die schmale Eisentreppe ein. Ein gellender Schrei mischte sich in das Zischen des Dampfstrahles. Ben taumelte mit schmerzverzerrtem Gesicht aus der brodelnden Dampfwolke hervor. Seine Haut war schrecklich verbrüht, doch immer noch hatte er seine Hände um den Hals des reglosen Herleth geklammert. Er drehte sich einmal um seine Achse, blieb schwankend am Rande des zerfetzten Loches stehen, und starrte Catherine einige Sekunden lang mit längst blind gewordenen Augen an. Dann kippte er langsam hintenüber und verschwand lautlos in der Tiefe.

Catherine schrie auf. Fassungslos starrte sie auf die Stelle, an der er gerade noch gestanden hatte. Sie war wie gelähmt, bekam nicht einmal mit, daß die drei Monster, die Jeff angegriffen hatten, zur Reglosigkeit erstarrt waren. Im gleichen Moment, in dem Herleth starb, waren auch die unheiligen Kräfte erloschen, die ihnen Leben eingehaucht hatten.

Sie bemerkte auch nicht, daß nur wenige Meilen entfernt über dem Meer eine Sternschnuppe vom Himmel fiel, oder zumindest etwas, das aus der Ferne wie eine Sternschnuppe aussah, obwohl es sich eigentlich zu schnell bewegte und zu lange leuchtete. Fast wie das Positionslicht eines ins Meer stürzenden Flugzeugs.

Das letzte, was Catherine wahrnahm, war, daß sich ein dunkler Schleier über sie senkte und ihre Beine weich wurden. Den Aufprall auf das Deck spürte sie bereits nicht mehr.

Catherine blieb noch lange an der Kaimauer stehen und blickte auf das langsam versinkende Schiff herunter. Sie fror. Ihr Körper war steif und taub vor Kälte, und die kurze Strecke, die sie nach ihrem Erwachen in dem eiskalten Wasser ans Ufer geschwommen waren, hatte ihre Kräfte beinahe überfordert. Hätte Jeff sie nicht gestützt, hätte sie nicht einmal mehr stehen können. Ihre Fingerspitzen tasteten unaufhörlich über ihr Gesicht. Mit Herleths Tod waren nicht nur die Monsterpuppen wieder zu leblosen Skulpturen geworden, sondern auch der Verwandlungsprozeß hatte aufgehört. Ihre Haut war wieder normal, ebenso wie die Jeffs. Herleths Macht war erloschen.

Aber sie empfand keinen Triumph und keine Freude. Es war nicht ihr Verdienst, daß Herleth gestoppt worden war, und die beiden Männer, die ihn aufgehalten hatten, hatten ihre Tat mit dem Leben bezahlt. Nur Landon konnte die Explosion ausgelöst haben, und sie wußte, daß er nicht mehr herauskommen würde. Das Schiff lag schon zur Hälfte unter Wasser, und es sank mit jeder Minute schneller. Das Unterdeck hatte sich in eine Hölle aus kochendem Dampf und Wasser verwandelt, als sie das Schiff verlassen hatten. Niemand konnte diesem Chaos lebend entkommen.

Wie viele Menschen hatten für Herleths Wahnsinn mit dem Leben büßen müssen? Er hatte das Geheimnis seiner Macht mit in den Tod genommen, niemand würde je erfahren, wie es ihm gelungen war, Menschen in lebende Puppen und tote Puppen in exakte Ebenbilder von Menschen zu verwandeln, und wahrscheinlich war es auch besser so. Es gab Dinge, die besser nicht erforscht, Fragen, die besser nie gelöst wurden.

Catherine jedenfalls wollte keine Antworten mehr. Sie wollte nur noch so schnell wie möglich vergessen, was geschehen war.

Sie dachte an Ben. Ohne sein selbstmörderisches Eingreifen wären auch sie und Jeff jetzt tot. Er hatte Herleth besiegt, doch noch im Tode hatte der wahnsinnige Puppenspieler ihn mit ins Verderben gerissen. Catherine konnte keine wirkliche Trauer empfinden, noch nicht. In ihrem Inneren herrschte nur Leere.

Jeff berührte sie sanft an der Schulter. »Komm, Catherine«, sagte er. »Gehen wir.«

Sie schüttelte den Kopf und streifte seine Hand ab. »Warte noch«, murmelte sie. »Ich . . . ich möchte sehen, wie es sinkt.«

Catherine antwortete nicht. Sie hatte Herleths Ende mit eigenen Augen gesehen, aber irgend etwas sagte ihr, daß der Alptraum noch nicht vorüber war.

Vielleicht, dachte sie, begann er jetzt erst.

Vielleicht hatten sie nur den ersten Akt eines Dramas miterlebt, an dessen Schluß etwas stand, das sie sich noch nicht einmal vorstellen konnte.

Das Schiff unter ihr erbebte. Der Bug senkte sich, glitt mit einer raschen Bewegung drei, vier Meter unter die Wasseroberfläche. Gleichzeitig hob sich das Heck, so daß man die algenverkrustete Schraube und das Ruder sehen konnte. Dann fiel das Schiff mit einem dumpfen Platschen zurück und legte sich endgültig auf die Seite.

Catherine wandte sich langsam um und ging neben Jeff auf die dunkle Silhouette des Hafens zu.

ENDE

Band 25 262
Der Thron der Libelle
In Karas seltsamer Drachenwelt herrscht nach langer Unruhe endlich Frieden. Bis plötzlich Schelfheim, die große Stadt am Schlund, langsam, aber unaufhörlich im Abgrund versinkt. Kara und ihre Drachenkrieger wollen das Rätsel lösen. In den riesigen Höhlen unter der Stadt treffen sie auf sonderbare Fremde – und auf stählerne Libellen, die Feuer spucken.
Wolfgang Hohlbein, Deutschlands Fantasy-Autor Nummer Eins, mit seinem bislang ambitioniertesten Roman.

Band 25 263
Der Hexer von Salem
Wir schreiben das Jahr 1883. Vor der Küste Schottlands zerschellt ein Viermaster auf den tückischen Riffen. Nur wenige Menschen überleben die Katastrophe. Unter ihnen ein Mann, der die Schuld an dem Unglück trägt. Ein Mann, der gejagt wird von uralten, finsteren Göttern . . .

H.P. Lovecraft, einer der Urväter der phantastischen Literatur, schuf mit dem Cthulhu-Mythos ein Universum des Grauens, beherrscht von bösen Gottheiten, von lebenden Schatten und Büchern, in denen der Wahnsinn nistet. Nun belebt Wolfgang Hohlbein den Mythos neu!

Band 25 264
Neues vom Hexer von Salem

Er ist der Sohn eines mächtigen Magiers. Doch nicht nur die Hexerkräfte seines Vaters sind auf Robert Craven übergegangen. Auch der furchtbare Fluch der *Großen Alten*. Craven ist dem Tode geweiht. Es gibt nur einen Weg, den finsteren Göttern zu entkommen – die Magie eines uralten, sagenumwobenen Buches, in dem der Wahnsinn haust.
Zusammen mit seinem Freund H.P. Lovecaft macht er sich auf die Suche nach dem *Necronomicon*. Doch alles scheint verloren, als die *Großen Alten* Macht über den Geist des Vaters erlangen.

Band 25 265
Der Hexer von Salem
Der Dagon-Zyklus

Im September des Jahres 1885 wird vor der Küste Englands ein schreckliches Seeungeheuer gesichtet. Selbst Kanonen können der Bestie nichts anhaben.
Robert Craven, hat zu dieser Zeit andere Sorgen. Sein Freund und Mentor Howard Lovecraft ist spurlos verschwunden. Er ahnt nicht, daß das Auftauchen des Ungeheuers und Lovecrafts Verschwinden in direktem Zusammenhang stehen.
Unter dem Meer schmiedet ein Wesen seine dunklen Pläne, das Äonen alt ist und sich nun aufmacht, das Land zu erobern. Nur der Hexer

hat die Macht, den Fischgott Dagon zu besiegen. Er und das Seeungeheuer, das in Wahrheit die legendäre Nautilus ist, das Unterseeboot Kapitän Nemos . . .

Band 25 266
Der Sohn des Hexers
In jener Nacht, als das letzte Siegel fiel und dreizehn der abgrundtief bösen Götter, die man die *Großen Alten* nannte, in die Wirklichkeit entkamen, in jener Nacht wurde der Sohn des Hexers geboren. Während Robert Craven, seinen letzten Kampf focht, gebar Shadow, der abtrünnige Engel, das Kind – und starb selbst nur wenige Minuten darauf. Ein Teil von Robert Cravens Geist und seiner Magie ging auf den Knaben über und machte ihn zum Erben der Macht – und zum größten Feind der *Großen Alten*. Die blasphemischen Götter jedoch schmiedeten einen Plan, der an Bosheit und Qual alles übertraf, was je ein Mensch erleiden mußte. Das Kind verschwand spurlos – und das größte Abenteuer des Hexers begann..

Band 25 267
Die Heldenmutter
(mit Heike Hohlbein)
Eigentlich ist Lyra nur ein armes Bauernmädchen, doch dann findet sie das Kind der

erschlagenen Elfenprinzessin und muß fliehen. Denn dieses Neugeborene wird gejagt, weil eine alte Prophezeiung es zum Befreier des Landes erklärt. Um dem Kind ein Leben in Krieg und Kampf zu ersparen, greift Lyra selbst zum Schwert. Gegen den übermächtigen Feind steht ihr nur ein Helfer zur Seite – der Zauberer Dago. Doch kann sie einem Mann vertrauen, der aus dem Nichts zu kommen scheint?

Band 25 268
Die Moorhexe
Eine Jahrtausendflut hat es an Land gespült, in einer einzigen sturmdurchpeitschten Nacht. Und als das Meer sich zurückzog, blieb es als Gefangener im Moor zurück – ein Wesen aus den lichtlosen Tiefen des Ozeans, älter als die Menschheit selbst: die Moorhexe.
Und diese Moorhexe wartet, erfüllt von unendlicher Gier nach Leben und grenzenlosem Haß.
Dann schuf sie die Falle, eine perfekte, tödliche Falle, die auf ihre ahnungslosen Opfer wartet: das Haus im Moor.

Band 25 269
Das große Wolfgang Hohlbein-Buch
Der Mann ist ein Phänomen, ein Magier der Worte, ein Zauberer, der Geschichten webt. Hundert Bücher hat Wolfgang Hohlbein in zehn Jahren geschrieben und Millionen von Lesern in seinen Bann gezogen. Grund genug, endlich in einem Band die vielen bunten Facetten seines Werkes zu präsentieren: Das große Wolfgang Hohlbein-Buch enthält die ersten, längst vergriffenen Erzählungen des Meisters sowie eine Handvoll faszinierender Kurzromane. Alle Seiten seines Schaffens klingen an: Horror, Fantasy und Science Fiction – sämtliche Dimensionen der Phantastik. Ein Werkstattbericht, mit einem Einblick in Wolfgang Hohlbeins Privatleben rundet diesen einzigartigen Band ab.

Band 25 271
Spacelords
(mit Johan Kerk)
Drei Romane

Hadrians Mond
St. Petersburg Zwei
Sandaras Sternenstadt

Spannung und Abenteuer im 44. Jahrhundert: Dies sind die ersten drei Bände einer großartigen Science-Fiction-Saga. Entstanden ist dieses ungewöhnliche Projekt nach dem gleichnamigen Actionspiel.
Einst war Cedric Cyper ein kühner, verwegener Raumfahrer. Doch dann wurde er verhaftet und kam auf Hadrians Mond, eine Sträflingskolonie, die noch nie jemand lebend verlassen hat. Cedric weiß nicht, wer hinter seiner Verhaftung steckt, aber er weiß, er wird fliehen und Rache nehmen. Also versucht er das Unmögliche: Mit einem Getreuen wagt er die Flucht – und stößt auf eine Verschwörung, die galaktische Ausmaße hat . . .

Band 13 228
Auf der Spur des Hexers
Als Chronist des Hexers Robert Craven, der vor genau einhundert Jahren in London lebte, begann Wolfgang Hohlbein eines der ungewöhnlichsten Projekte der Phantastischen Literatur. Mit seinen HEXER-Abenteuern nahm er sich des legendären Cthulhu-Mythos H.P. Lovecrafts an – einem der Urväter der Phantastik – und führte ihn einfallsreich und einfühlsam weiter. Dabei entstanden atmosphärisch dichte, unheimliche Erzählungen von dunklen Gottheiten, alptraumhaften Prophezeiungen und Büchern, die den Wahnsinn bringen.

Hier nun endlich, die Geschichte, wie alles begann . . .

Band 13 406
Der Hexer von Salem
Die sieben Siegel der Macht
Vor undenklichen Zeiten, als die Erde noch jung war, herrschten schreckliche Gottheiten über jedwede Kreatur: die *Großen Alten*. Sie verhöhnten alles Leben und schufen sich Dienerwesen aus unheiligem Protoplasma. Dieser Frevel rief andere, mächtigere Götter von den Sternen herbei, und in einer einzigen feurigen Nacht besiegten sie die *Großen Alten* und verbannten sie in finstere Kerker jenseits der Wirklichkeit. Und sie verschlossen die Kerker mit sieben Siegeln.
So schlafen die grausamen Dämonen bis heute, und nur ihre Träume und Gedanken durchstreifen unsere Welt. Was aber, wenn jemand die Siegel findet und bricht? Es wäre der Tag der Apokalypse. Die Schreckensherrschaft der *Alten* würde neu beginnen . . .

Band 13 453
Die Hand an der Wiege
Der Roman zum Film

Im Haus der Bartels herrscht Hochstimmung, hat Claire doch soeben ihr zweites Kind zur Welt gebracht. Da sie dennoch an ihrem Gartenhaus weiterarbeiten will, sucht sie ein Kindermädchen. Die junge Peyton, die wie eine Mischung aus Florence Nightingale und Mutter Theresa wirkt, bietet sich an und erhält den Job. Aber kaum daß das Kindermädchen sich im Haushalt unentbehrlich gemacht hat, kommt es zu immer neuen Zwischenfällen und kleinen Katastrophen. Mit jedem Tag lädt sich die

Band 13 627
Der Inquisitor
Deutschland im finsteren Mittelalter: Der Inquisitor Tobias wird in eine entlegene Stadt im Norden des Reiches gerufen. Schreckliche Dinge geschehen in Buchenfeld – das Korn verfault, das Wasser ist vergiftet, und Kinder kommen mit Mißbildungen auf die Welt. Das Volk von Buchenfeld glaubt zu wissen, wer die Schuld an all dem Leid trägt: Katrin, die Frau des Apothekers. Nur zögernd nimmt Tobias die Untersuchungen auf, denn er kennt die angebliche Hexe – er hat sie einst geliebt.